U0902444

终南文化书院

中华文化传承学术丛书

《水浒传》研究史

许勇强　李蕊芹　著

中国社会科学出版社

图书在版编目（CIP）数据

《水浒传》研究史/许勇强，李蕊芹著．—北京：中国社会科学出版社，2017.5

ISBN 978-7-5203-0482-5

Ⅰ．①水… Ⅱ．①许… ②李… Ⅲ．①《水浒》研究 Ⅳ．①I207.412

中国版本图书馆CIP数据核字（2017）第104760号

出版人 赵剑英
责任编辑 王 曦
责任校对 孙洪波
责任印制 戴 宽

出 版 中国社会科学出版社
社 址 北京鼓楼西大街甲158号
邮 编 100720
网 址 http://www.csspw.cn
发行部 010-84083685
门市部 010-84029450
经 销 新华书店及其他书店

印 刷 北京明恒达印务有限公司
装 订 廊坊市广阳区广增装订厂
版 次 2017年5月第1版
印 次 2017年5月第1次印刷

开 本 710×1000 1/16
印 张 26
插 页 2
字 数 429千字
定 价 118.00元

目　录

《水浒》研究的金钥匙

（代序）

石　麟　（中国水浒学会副会长）

勇强、蕊芹伉俪，均为项楚先生和沈伯俊先生门下弟子，也是近年来在中国古代小说研究界崛起的新生代杰出人才。他们以小说研究为中心，旁及方志文学研究和道教文化研究等领域，硕果累累，令人刮目相看。

我与勇强认识并成为忘年交，已有十年左右的时间。前几年，他还为我的一本拙著写过书评。他们夫妻二人合著《〈水浒传〉研究史》一事，我早就听说过，一直恭候此书的问世。前年，在江西上饶的一次学术会议上，勇强曾经希望我给这本书写个序言，当时我未敢答应。个中原因有三：一来，他是沈伯俊先生弟子，而沈先生是蜚声文坛的小说研究专家，此篇序言理应劳烦沈先生大驾。二来，我虽然也写过几篇关于《水浒传》的文章，但那只是管中窥豹或盲人摸象，对于“《水浒传》研究史”这样的大题目，我实在缺少研究，不敢置喙。三来，那时我还在“延聘”期间，一切工作如同未退休，每周有课程二十多节，还得写那些完成考核任务的文章、参加大大小小的会议、填写形形色色的表格以及对二十多位本科生和硕士生进行论文指导。恐怕没有时间静下心来认真阅读被“序”的佳作，生怕坏了别人的大事。因此，只有狠下心来谢绝了勇强的要求。今年十月，在陕西汉中的三国会上我又碰到勇强，他说这本《〈水浒传〉研究史》即将出版，再次要求我写篇序言。盛情难却，我觉得实在不好意思再推辞了，于是觍颜答应下来。接下来，就是在上面三点顾虑并未完全消除的前提下，认真阅读《〈水浒传〉研究史》，旋即勉力敷衍出以下文字。不当之处，还望勇强夫妇和读者批评指正。

《〈水浒传〉研究史》一书在占有大量原始文献的基础上，以时间为经，以《水浒传》研究专题为纬，将明代嘉靖迄今四百多年的《水浒》研究情况做了系统梳理。全书分为以下几部分：“绪论”部分交代了选题的原因和当前的研究状况。第一章为“明清时期《水浒传》研究”，主要对容与堂本和金圣叹评点本及明清时期文人笔记中有关《水浒传》的研究进行了探讨。第二章乃“近现代《水浒传》研究”，主要对近现代学者尤其是胡适、鲁迅、郑振铎等人的研究成果进行了分析介绍。第三章至第五章则是对新中国建立以来的《水浒传》研究情况的介绍，从成书、作者、版本、文本和评点五个方面进行了颇为详细的回顾和分析。最后，“附录”部分简单介绍了大陆以外的《水浒传》研究情况，“余论”则对四百余年的《水浒传》研究情况进行了总结，并对21世纪的“水浒”研究进行了展望。

据我看来，《〈水浒传〉研究史》一书具有以下特点：

第一，学术史的贯通意识。

《〈水浒传〉研究史》以学术史的眼光对四百余年的《水浒传》研究情况从成书、作者、版本、文本和评点五个方面进行了详尽的考察，力求站在历史的高度，从纵横两个方面进行分析研究，具有十分明确的学术史贯通意识。如该书第五章“当代《水浒传》研究（下）”，除第一节“近二十年《水浒传》研究概述”而外，以下各节为：“第二节近二十年《水浒传》成书与传播接受研究”，“第三节近二十年《水浒传》作者研究”，“第四节近二十年《水浒传》版本研究”，“第五节近二十年《水浒传》文本研究”，“第六节近二十年《水浒传》评点研究”。

第二，扎实的文献梳理。

《〈水浒传〉研究史》的研究材料上起嘉靖时期的文人笔记和小说序跋，下至2014年为止的当代学人最新研究成果，既包括大陆学者的研究，还将目光投射到了海外学人的成果。全书涉及《水浒传》原著文本八种，古籍书目三十多种，现代海内外学者论著、编著一百五十多种，论文数以百计。材料比较宏富，大致囊括了数百年来《水浒传》研究的基本文献，是当前已经出版的关于《水浒传》学术史方面文献最为丰富的著作之一。

第三，“点”与“面”的结合。

在全书的结构布局上，《〈水浒传〉研究史》既顾及史的全面概述，又考虑到对重要文献进行个案剖析。如对鲁迅评论《水浒》的分析就是如此。作者在第二章第三节中说：“鲁迅研究《水浒传》的成果主要是《中国小说史略》的第十五篇《元明传来之讲史（下）》和《中国小说的历史的变迁》中的相关文字。另外在鲁迅的杂文、序记和书信等文字中，涉及《水浒》的大约还有三十五篇之多，这还不包括《小说旧闻钞》中有关《水浒传》的资料和鲁迅的按语以及《鲁迅日记》中的有关文字在内。有的研究者将这三十五篇涉及《水浒传》的文字归纳分类，发现涉及《水浒传》的思想和《水浒传》人物的思想的有十一篇、涉及艺术的八篇、涉及图像的九篇、涉及书的性质的一篇、涉及资料的一篇、涉及目录的一篇、涉及书名的一篇、涉及版本的一篇、胡适作《水浒传》序的两篇。在这些专著和文章中，鲁迅对《水浒传》的源流、版本、作者和思想艺术等方面进行了比较系统的研究。当然，由于有的文章系杂文，其中个别的提法与《中国小说史略》和《中国小说的历史的变迁》中的相关文字可能不一致，我们下面探讨鲁迅对《水浒传》的研究主要还是以学术专著为主，个别地方涉及杂文。”这样，就尽力做到了“点”“面”结合，并以此为基础建构一个系统的《水浒传》研究史。

第四，不盲从，有主见。

作者在罗列学术界已有观点的基础上，并没有盲目服从于某一种观点，而是在罗列、分析前人观点、材料的基础上，提出自己的观点，发表自己的意见。例如书中第一章第二节在涉及“明代署名李卓吾评点本的作者问题”时，作者写道：“关于署名李卓吾评本的真伪问题自晚明开始就已经争论不休、莫衷一是了。概言之有四种观点：一是认为两者都是真的，如容肇祖《李贽年谱》；二是认为都是假的，如鲁迅、胡适和黄霖；三是认为容本是真，袁本是假，如郑振铎、马蹄疾、肖伍等；四是认为袁本是真的，容本是假的，如戴望舒、何心、王利器、叶朗等。由于李贽著作屡次遭到统治者的焚毁，流传于世的《水浒传》评点已经不能确保是李氏亲手所作了。根据目前学界研究的情况，笔者比较倾向于容本系叶昼伪托的观点。”

从以上几点，我们已经可以大致领略到这本《〈水浒传〉研究史》的学术价值，当然，还有很多我没有看到的地方，只好请读者诸君睁开慧眼去发现之、评说之了。下面，我想对作者提两点建议：

其一，全书在体制方面还可以作进一步的调整，如可以将书中的第三、第四、第五章的材料进行整合，从成书、作者、版本、文本、评点五个方面进行论述，如果觉得一章难以容纳，可以分为两到三章进行。

其二，“附录”和“余论”的位置不太恰当，最好是先有“余论”，后有“附录”。因为“余论”属于著作本身的范畴，而“附录”中的有些内容则可以是著作内容范围之外的，甚至作者发表过的文章也可以收入其间。

以上评价也罢、建议也罢，都只是供作者和读者参考的。但笔者的一点感受还是要发表出来：对于喜爱《水浒传》并希望研究这一世界名著的读者诸君而言，勇强、蕊芹伉俪所奉献的这本《〈水浒传〉研究史》应该是打开那座辉煌而又永恒的艺术迷宫的一把金钥匙！

2015 年 10 月 26 日于湖北黄石大地花城寓所

绪 论

作为四大经典名著之一的《水浒传》，自明嘉靖时期以来就在士大夫和下层市民中广泛传播，并引起了当时名公巨卿的关注。经过清末才子金圣叹的妙手点评后，该书遂“家置一编，人怀一箧”，天下无人不知矣。清末小说界革命的时候，《水浒传》被誉为“祖国之第一小说”，施耐庵为“世界小说家之鼻祖”①，其地位被无限拔高。20 世纪 20 年代以后，以鲁迅、胡适和郑振铎为代表的一批学者开始运用现代学术研究的方法对《水浒传》进行全面考察，开创了《水浒传》研究史的新纪元。新中国成立以后迄今，研究《水浒传》的论著可谓成果显著，汗牛充栋。

一 选题原因

之所以要选择《水浒传》研究史作为研究的对象，除了笔者自身对小说的偏爱外，主要是基于以下两方面的原因。

（一）在研究方法上，学术史的研究再度成为显学

和其他学科不同，当面对汗牛充栋的前贤时修的著作时，初次踏上学术研究道路的古典文学研究者在选题上往往感到无从下手，这个时候，研究方法的选择就显得至关重要了。笔者之所以选择《水浒传》研究史作为自己的研究对象，一个主要的原因就是当前学术史的研究逐渐成为一门显学，似乎昭示着古典文学研究的一个新航向。

回眸历史，我国学术界曾先后出现过两次学术史研究的高潮。第一次是在清末民初至 20 世纪 30 年代，它以章太炎《訄书》为发端，以梁启超《清代学术概论》、《中国近三百年学术史》为代表，以王国维、罗振玉、夏曾佑、廖平、皮锡瑞、胡适、钱穆、陈寅恪、傅斯年、顾颉刚等为主力，学术史著作一时风起云涌，成为当时学术界一大热潮。

---

① 燕南尚生：《新评〈水浒传〉叙》，载朱一玄、刘毓忱《〈水浒传〉资料汇编》，南开大学出版社 2002 年版，第 343 页。

第二次学术史研究高潮开始出现于20世纪的90年代。1991年《学人》杂志创刊号“学术史研究笔谈”开宗名义讨论学术史，随后，《东方》杂志创刊和上海学人发起人文精神的大讨论，《中国现代学术经典》和《读书》等多家著名刊物也纷纷加入，学术史的研究遂成为世纪之交中国学界的一大景观。在这一思潮的影响下，许多出版社陆续出版了一系列学术研究史丛书。如福建人民出版社的“20世纪中国人文学科学术研究史丛书”、东方出版中心的“20世纪中国古代文学研究史丛书”等。在古代文学研究界，也纷纷对过去一个乃至几个世纪以来的学术研究进行了回顾、总结与反思。如赵敏俐等著《20世纪中国古典文学研究史》，董乃斌等著《中国古典文学学术史研究》，黄霖《中国小说研究史》，杜书瀛等主编《中国20世纪文艺学学术史》，《文学遗产》编辑部等编《百年学科沉思录——20世纪古代文学研究回顾与前瞻》，蒋述卓等《二十世纪中国古代文论学术研究史》，赵沛霖《二十世纪〈诗经〉研究史》等等。另外黄霖主编的《20世纪中国古代文学研究史》分总论、散文、词学、小说、文论、诗歌、戏曲七卷，对20世纪中国古代文学研究史进行了全面的总结。在具体的小说文本研究方面，则有刘梦溪《〈红楼梦〉与百年中国》、陈维昭《红学与二十世纪学术思想》、吴敢《20世纪〈金瓶梅〉研究史长编》、陈美林等的《〈儒林外史〉研究史》、竺洪波《四百年〈西游记〉学术史》① 等著作问世。

学术史的研究在清末民初已然勃兴并成为显学，时隔百年我们又一次看到了学术史研究兴盛的局面。在回顾和总结20世纪中国学术史潮流已蔚然成风的学术背景下，笔者选择《水浒传》研究史作为本书的选题就非常自然了。

---

① 赵敏俐等:《20世纪中国古典文学研究史》，陕西人民教育出版社1997年版；董乃斌等:《中国古典文学学术史研究》，新疆人民出版社1997年版；黄霖:《中国小说研究史》，浙江古籍出版社2002年版；杜书瀛等主编:《中国20世纪文艺学学术史》，上海文艺出版社2001年版；《文学遗产》编辑部等编:《百年学科沉思录——20世纪古代文学研究回顾与前瞻》，人民文学出版社1998年版；蒋述卓等:《二十世纪中国古代文论学术研究史》，北京大学出版社2005年版；赵沛霖:《二十世纪〈诗经〉研究史》，学苑出版社2006年版；黄霖主编:《20世纪中国古代文学研究史》，东方出版中心2006年版；刘梦溪:《〈红楼梦〉与百年中国》，河北教育出版社1999年版；陈维昭:《红学与二十世纪学术思想》，人民文学出版社2000年版；吴敢:《20世纪〈金瓶梅〉研究史长编》，文汇出版社2003年版；陈美林等:《〈儒林外史〉研究史》，海峡文艺出版社2006年版；竺洪波:《四百年〈西游记〉学术史》，复旦大学出版社2006年版。

（二）当前《水浒传》研究现状的需要

首先，《水浒传》漫长的研究历史和宏富的研究材料足以支撑起一部完整、独立的学术研究史。

《水浒传》产生时间虽然众说不一，但对它的研究滥觞于明人李开先则无疑议。李开先的《一笑散》说：

> 崔后渠、熊南沙、唐荆川、王遵岩、陈后冈谓《水浒传》委曲详尽，血脉贯通，《史记》而下，便是此书。且古来更无有一事而二十册者。倘以奸盗诈伪病之，不知序事之法、史学之妙者也。①

李开先认为《水浒传》叙事“委曲详尽，血脉贯通”，堪与《史记》比肩，这个观点一是揭示了《水浒传》叙事艺术的渊源，二是体现了当时人们攀附史学以抬高小说社会地位的文学思潮。《一笑散》中记载的这条评论是目前所知的有关《水浒传》研究最早的资料，它揭开了一部波澜壮阔的《水浒传》研究史的序幕。经过明清时期李贽和金圣叹等的评点式批评、五四以胡适鲁迅为代表的现代学术研究范式的建立，以及新中国成立后迄今60多年的研究等几个阶段的长达400余年的层累叠加，《水浒传》研究的内容已非常丰富。根据笔者的不完全统计，近百年《水浒传》研究的学术论文至少有4000篇，专著200部，这些材料无疑可以构成一部非常完整的学术研究史了。

其次，当前《水浒传》研究的状况需要撰写一部系统的研究史。

经过近百年尤其是近30多年来无数研究者的辛勤耕耘，《水浒传》的研究取得了可喜的成绩，但从另外一个角度看，问题也不少，主要表现为：

第一是研究课题广泛而分散。在近30多年来的研究中，王利器、石昌渝、李伟实、侯会等的成书研究，刘冬、张惠仁、黄俶成、马成生和浦玉生等的施耐庵研究，马蹄疾、何心、马幼垣和刘世德等的版本研究，张国光、何满子、陈洪、吴子林等的金圣叹研究，朱一玄、马蹄疾的文献研究都比较突出，影响亦很大。但由于《水浒传》博大精深，这些学者大

① （明）李开先：《词谑》，《中国古典戏曲论著集成》（三），中国戏曲出版社1959年版，第268页。

多在各自的层面上孤立展开，系统、宏观、形而上的学科性研究还不够显著。

第二是研究对象不平衡与低水平重复研究突出。《水浒传》的成书、作者以及金圣叹的评点等研究一直比较热门，出版了大量论著，而对《水浒传》简本的研究、对水浒故事和水浒说唱艺术的研究、对《水浒传》与其他小说的比较研究则相对薄弱。另外，由于特别是五四时期和明清之际对《水浒传》的研究缺乏完整系统的认识，加之目前对学术研究主体的考核和职称评审机制等原因，导致当下低层次重复研究的大量出现，例如小说思想艺术、金圣叹和一些具体人物形象如宋江、潘金莲等的研究就是如此。

第三是研究方法上的单一。我国古典文学的研究长期以来就是以传统的考据和感性的评点为主，它们在小说版本、作者、成书和作品意蕴的阐发等方面曾经发挥了巨大的作用。但随着一些传统研究课题的基本结束，这些方法在新的领域里就有点力不从心了。新中国成立以后马列文论对小说艺术的分析曾经取得了辉煌的成就，但在新的历史条件下却存在着盛极难续的尴尬。20 世纪 80 年代中期以后，形形色色的西方文艺理论陆续被介绍进来，对我们古典文学的研究在方法论上起到了很大的推动作用，不少学者在运用西方文艺理论研究我国古典文学方面确实也做出了成绩。但有的学者却生搬硬套西方理论，结果画虎不成反类犬，对当前的学术研究造成了一些负面影响。

这些问题促使我们的研究者不得不以谨慎的态度来对待这一历史与现状，而学术史研究由于注重综合性、宏观性，追求历史感和逻辑性，尤长于史料的累积和事实的确证，可以为当前《水浒传》具体问题的研究提供必要的学术背景。因此《水浒传》当下的研究现状迫切需要撰写一部全面而系统的《水浒传》研究史。

但令人遗憾的是《水浒传》研究史却长期阙如，从学术史视角来研究《水浒传》的论文也不是很多①，这就影响了《水浒传》研究自身的进一步发展。近年来，《水浒传》学术史研究已有了向宏观性、整体性和系统性过渡的态势，构建一部《水浒传》研究史成为许多研究者的共识。

---

① 2014 年 12 月 16 日，笔者收到福建师范大学教授齐裕焜先生惠赠的《水浒学史》，这是目前出版最早的比较系统地研究《水浒传》的学术史著作。本书系笔者在博士论文基础上补充完成，博士论文定稿于 2009 年初，当时《水浒学史》尚未出版，故有此言，特此说明。

有感于此，笔者以《水浒传》学术史研究为课题，试图对400余年《水浒传》学术史进行全面审视和通盘考察，力图在历时性与共时性的整合中把握《水浒传》研究的演进脉络，揭示其发展轨迹和客观规律，为新世纪的《水浒传》研究略尽绵薄之力。

二 本课题的研究现状概述

据不完全统计，近60年来对《水浒传》的研究状况进行研究分析的文章有30多篇，写作时间主要集中在世纪之交，在这之前也有部分文章。其主要内容有以下几点：

（一）《水浒传》整体研究状况的分析研究

这方面的文章主要从一段时间范围内，从《水浒传》研究的整体状况出发进行分析论述。从时间段的不同可以分为以下几方面。

首先是对近百年《水浒传》研究状况进行总结分析。

黄霖先生主编的《20世纪中国古代文学研究史》（小说卷）第十章《水浒研究》从“上半世纪的《水浒》研究”、“50年代至60年代前期的《水浒》研究”、“文化大革命时期的《水浒》研究”、“80年代至90年代的《水浒》研究”四个时间段对《水浒传》研究状况作了比较清晰的勾勒和评述[①]。沈伯俊师《水浒研究论文集》的《前言》将新中国成立后到20世纪80年代的《水浒》研究分为三个阶段，并提出《水浒》研究五个热点问题，即“关于《水浒》的作者”、“关于施耐庵的生平史料”、“关于《水浒》的版本”、“关于《水浒》的主题”和“关于金圣叹对《水浒》的评改”[②]。另外，纪德君《正说〈水浒传〉》附篇《〈水浒传〉研究述要》也对20世纪的《水浒传》研究进行了比较详尽的梳理[③]。

其次是对明清时期《水浒传》的研究状况进行总结分析。

施达青《明清时代对〈水浒〉的评论》从“对《水浒》的综合评论”、“关于宋江的评论”、“关于‘招安’”三方面对明清时期的《水浒传》研究状况进行了述评[④]。徐仲元《漫话晚清时期的〈水浒传〉评论》从艺术、语言特色、思想内容和评论形式等方面分析了晚清《水浒传》

① 黄霖主编：《20世纪中国古代文学研究史》，东方出版中心2006年版。

② 沈伯俊：《水浒研究论文集》，中华书局1994年版。

③ 纪德君：《正说〈水浒传〉》，团结出版社2007年版，第275—333页。

④ 施达青：《明清时代对〈水浒〉的评论》，《北京师范大学学报》（社会科学版）1975年第5期。

评论[1]。笔者也曾对明清时期的《水浒传》研究概况进行过梳理。[2]

再次是对新中国成立以来的《水浒传》研究状况进行总结分析。

劳樟《解放以来至“文化大革命”前的〈水浒〉评论简介》从“关于《水浒》的评价问题”、“关于宋江形象的评价问题”、“关于梁山起义军受招安的问题”、“关于《水浒》中的‘忠义’观念问题”和“关于《水浒》作者的立场问题”五方面对新中国成立至“文化大革命”前《水浒传》研究的情况进行了比较简要的论述[3]。另外佚名的《解放以来有关〈水浒〉的评论综述》和《〈水浒〉研究中各种不同意见的综述》[4]与之大体类似。晓黎《近年来〈水浒〉评论简介》[5]则对1973年以来《水浒传》研究的情况进行了简要回顾。

“文化大革命”结束后的两三年有关《水浒传》研究的情况也有文章进行总结，如白栋柱《关于〈水浒〉问题的讨论》和阳林《一九七八年至一九七九年关于〈水浒〉问题的讨论》两篇文章。[6]而孔管《当代〈水浒传〉研究述略》则从“前十七年”、“文化大革命”和“新时期”三个阶段，对新中国成立后《水浒传》研究进行了比较系统的评述。[7]

20世纪80年代以来《水浒传》研究状况也有专文进行论述。王丽娟博士的《90年代〈水浒〉研究综述》一文对90年代《水浒传》研究从“题材与主题”、“成书与流传”、“版本与源流”和“本事及其他”四方面进行了比较深入的论述[8]。高日晖博士《近二十年〈水浒传〉批评综

---

① 徐仲元：《漫话晚清时期的〈水浒传〉评论》，《内蒙古大学学报》（哲学社会科学版）1983年第1期。

② 许勇强、李蕊芹：《明清文人笔记与小说序跋中的〈水浒传〉研究》，《明清小说研究》2009年第4期。

③ 劳樟：《解放以来至“文化大革命”前的〈水浒〉评论简介》，《光明日报》1975年8月30日。

④ 佚名：《解放以来有关〈水浒〉的评论综述》，《天津师范学院学报》（社会科学版）1975年第5期；佚名：《〈水浒〉研究中各种不同意见的综述》，《山东师范大学学报》（人文社会科学版）1975年第5期。

⑤ 晓黎：《近年来〈水浒〉评论简介》，《光明日报》1975年8月23日。

⑥ 白栋柱：《关于〈水浒〉问题的讨论》，《语文教学通讯》1978年Z1期；阳林：《一九七八年至一九七九年关于〈水浒〉问题的讨论》，《重庆师范学院学报》（哲学社会科学版）1980年第2期。

⑦ 孔管：《当代〈水浒传〉研究述略》，《湖州师专学报》1988年第2期。

⑧ 王丽娟：《90年代〈水浒〉研究综述》，《湖北大学学报》（哲学社会科学版）2000年第2期。

述》则对20世纪80年代以后的《水浒传》研究从“拨乱反正”“理论与方法的多样性”和“阐释的热点”等方面作了一个概括性总结，认为近20年《水浒传》批评的基本特征是多元化，并处于徘徊状态[①]。

(二)《水浒传》专题研究的总结

《水浒传》的研究是多元化的，成书、作者、版本、文本和评点等每一个方面都有许多学者进行研究，对这些专题进行分类总结显然是必要的。这方面的文章主要有以下内容。

首先是成书、作者和版本研究的总结。

《水浒传》成书、作者和版本研究一直是“水浒学”的热点问题。关于作者研究方面的总结，陈松柏《〈水浒传〉作者研究八说》一文是比较有代表性的。文章概括了《水浒传》作者研究的观点，即施耐庵说、施罗合作说、罗贯中说、山东罗贯中说、明中叶同名小说家说、罗著某续说、非罗非施说和陆续完成说。综合研究这八种说法，作者认为陆续完成说比较可信[②]。王同书《〈水浒〉作者施耐庵问题讨论述评》则对施耐庵研究的四个主要阶段和论争中的主要观点进行了分析述评[③]。史尚信《施耐庵研究十年》一文对20世纪80年代所谓“施学”的情况进行了简单的回顾，主要对有关施耐庵材料的发现与分析、水浒和施耐庵学会的建立与发展、有关施耐庵的文艺作品、施耐庵纪念馆和海外“施学”进行了介绍[④]。

马成生《〈水浒传〉作者及成书年代论争述评》介绍了有关施耐庵研究争论突出的三个问题，并介绍了部分学者从作品的地理、气候描写、语言特色和人事风物等“内证”来研究作者的成果：认为作者是长期生活于江南，主要是钱塘（杭州）的人；通过对作品部分素材来源的考证，认为《水浒传》可能成书于洪武十八年（1385）之后[⑤]。

纪德君《百年来〈水浒传〉成书及版本研究述要》是一篇比较扎实的综述文章，该文对20世纪以来《水浒传》的成书和版本研究进行了简

① 高日晖：《近二十年〈水浒传〉批评综述》，《菏泽学院学报》2006年第1期。

② 陈松柏：《〈水浒传〉作者研究八说》，《南都学坛》2000年第5期。

③ 王同书：《〈水浒〉作者施耐庵问题讨论述评》，《苏州大学学报》（哲学社会科学版）1983年第1期。

④ 史尚信：《施耐庵研究十年》，《复旦学报》（社会科学版）1991年第2期。

⑤ 马成生：《〈水浒传〉作者及成书年代论争述评》，《中华文化论坛》2001年第1期。

要的回顾与总结，内容涉及《水浒传》的成书过程、成书时间、《水浒传》版本问题中繁本与简本的关系、版本的演变，以及《水浒传》祖本及金圣叹是否腰斩过《水浒传》等问题①。何红梅《新世纪〈水浒传〉作者、成书与版本研究综述》对近几年来《水浒传》作者、成书和版本方面最新研究成果做了介绍②。笔者也对近百年来小说成书时间研究和近20年来《水浒传》的版本研究作过简单的小结。③

王丽娟《20世纪水浒故事源流研究述评》则从“水浒故事的流传演变及《水浒传》的成书过程”“水浒故事的性质及主题”“水浒故事的各种形态”和“水浒故事的历史真相”四方面对20世纪《水浒传》故事源流研究进行了比较深入的述评，并在此基础上对21世纪《水浒传》故事源流研究提出了三点建议。④

其次是人物形象与主题研究的总结。

纪德君《百年风云：宋江形象论争的回顾与启示》对20世纪以来《水浒传》中宋江形象的研究情况，作了简要的回顾与评述，指出百年来宋江形象研究所走的道路之所以曲折，其主要原因是宋江形象研究与政治功利主义的结缘，以及宋江形象本身的丰富、复杂与批评方法的简单、贫乏等。⑤ 陈辽《“水浒学”的历史发展及其启示》从“明、清两代”“‘五四’运动以后”和“新中国成立后”三个阶段对《水浒传》的主题发展演变脉络进行了分析述评⑥。马树良《近三十年来〈水浒传〉主题研究综述》对“文化大革命”后至今近三十年《水浒传》的主题研究进行了简单的总结，提出了“为市民写心说”“伦理反省说”“忠奸斗争说”“讽谏说”“复仇说”“明暗主题说”“游民说”“多元融合说”八种主题思想⑦。

再次是学术争鸣问题的总结。

---

① 纪德君：《百年来〈水浒传〉成书及版本研究述要》，《中华文化论坛》2004年第3期。

② 何红梅：《新世纪〈水浒传〉作者、成书与版本研究综述》，《苏州大学学报》（哲学社会科学版）2006年第6期。

③ 许勇强、李蕊芹：《百年〈水浒传〉成书时间研究方法检讨》，《中华文化论坛》2010年第4期；《近20年〈水浒传〉版本研究述评》，《南阳师范学院学报》2013年第4期，《高等学校文科学术文摘》2013年第4期转载。

④ 王丽娟：《20世纪水浒故事源流研究述评》，《中州学刊》2003年第3期。

⑤ 纪德君：《百年风云：宋江形象论争的回顾与启示》，《明清小说研究》2005年第3期。

⑥ 陈辽：《“水浒学”的历史发展及其启示》，《江汉论坛》1982年第3期。

⑦ 马树良：《近三十年来〈水浒传〉主题研究综述》，《阅读与写作》2007年第12期。

《水浒传》研究史上发生争论的问题不少，刘天振的《两种〈水浒〉说与两截〈水浒〉说论争述评》就是对世纪之交发生在张国光和罗尔纲支持者之间的一场论争的总结。文章对这场论争涉及的主要问题进行了简要述评，并对论争中所暴露出的学风问题发表了个人的看法。① 应坚《〈古本水浒传〉真伪问题研究述评》则是对发生在20世纪80年代中后期一场有关"古本水浒"问题论争的研究述评，文章分析了正方和反方的主要观点，并对这些观点进行了简单的评论②。

（三）金圣叹研究综述

金圣叹研究一直是《水浒传》研究中的一个热点问题，对该问题的研究综述主要有以下几篇。黄霖先生《近百年来的金圣叹研究——以〈水浒〉评点为中心》是比较有代表性的有关金圣叹与《水浒传》研究的综述文章。该文比较详细地回顾了百年金圣叹研究的历程，并对金圣叹与《水浒传》研究中出现的矛盾的原因进行了分析。文章材料扎实，尤其是对港台和日本、美国等的相关研究的介绍，使得对该问题的论述更加全面充分，而文末对金圣叹与《水浒传》研究中出现的矛盾原因的分析更是发人深省③。

邓绍秋《李贽、金圣叹小说理论研究百年回顾》一文在金圣叹部分将20世纪金圣叹小说理论研究分为"世纪初到七十年代末"和"七十年代到九十年代末"两个大的阶段，认为在这两个阶段中出现了三次讨论研究的高潮，并对每一个阶段的主要代表观点进行了介绍④。另外，陈洪《金圣叹文论研究百年》和魏中林《20世纪金圣叹小说戏曲理论研究》也部分论述到金圣叹与《水浒传》评点的问题⑤。

此外，韩梅《论金圣叹文学评点在韩国的传播》一文还专门研究了金圣叹文学评点在韩国的传播问题⑥。

---

① 刘天振：《两种〈水浒〉说与两截〈水浒〉说论争述评》，《浙江师范大学学报》（社会科学版）2005年第1期。

② 应坚：《〈古本水浒传〉真伪问题研究述评》，《龙岩师专学报》1990年第1期。

③ 黄霖：《近百年来的金圣叹研究——以〈水浒〉评点为中心》，《明清小说研究》2003年第2期。

④ 邓绍秋：《李贽、金圣叹小说理论研究百年回顾》，《株洲师范高等专科学校学报》2002年第1期。

⑤ 陈洪：《金圣叹文论研究百年》，《锦州师范学院学报》2000年第4期；魏中林：《20世纪金圣叹小说戏曲理论研究》，《学术研究》2001年第2期。

⑥ 韩梅：《论金圣叹文学评点在韩国的传播》，《东岳论丛》2004年第3期。

（四）其他问题

除了上面提到的几方面外，还有几篇文章也需要提及。刘天振《20世纪〈水浒传〉研究方法的回顾与检讨》是专门探讨20世纪《水浒传》研究方法论的文章。该文从20世纪初的《水浒传》研究谈起，具体分析了“20年代至40年代末《水浒传》研究方法中西并用、多元拓展的时期”、“50年代至60年代中期《水浒传》研究方法由多元走向一元的时期”和“70年代末至90年代《水浒传》研究方法从一元独尊到理性自觉、多元竞争的时期”三大阶段学术研究的方法论问题①。文章视角新颖，论述深刻，颇具启发性，是一篇探讨《水浒传》研究方法方面的好文章。

在《水浒传》研究史上，有许多优秀的学者，对他们的研究成果和研究方法进行总结也是《水浒传》研究史的一个重要课题。欧阳健的《重评胡适的〈水浒〉考证》就是这样的文章。该文对胡适在《水浒传》研究方面的三大历史功绩进行了比较中肯的分析和评价，也实事求是地分析了胡适《水浒传》研究的阶级与时代局限性。②

通观近50年来对《水浒传》研究情况进行总结的文章，我们发现，这些文章主要集中在世纪之交，范围囊括了《水浒传》研究的几个主要方面。这些文章对我们今后的《水浒传》研究无疑具有重要的指导作用。但令人遗憾的是，我们也发现近50年来对《水浒传》学术研究史进行总结和分析的时候，还存在着一些不足。概言之有以下三点。

一是系统性不足。虽然对《水浒传》学术研究史进行总结和分析的文章有30多篇，但由于体例或者文章容量的原因，大多数成果都是从某个时间段或者某个专题入手，很少对《水浒传》学术研究史从全局的高度进行总结和分析的。像沈伯俊师和纪德君等的文章已经是比较有全局性和系统性的了，然而囿于体例等原因，很多问题没有具体展开，因此显得有些单薄。另外，在内容上由于忽略了明清时期和近代的《水浒传》研究，因而显得不够完整，缺乏历史感。

二是理论深度不够。大多数的文章还是事实陈述多，理论分析少，至于从各种研究现状中提升出规律性、理论性的文章更是少之又少。

---

① 刘天振：《20世纪〈水浒传〉研究方法的回顾与检讨》，《菏泽学院学报》2006年第3期。

② 欧阳健：《重评胡适的〈水浒〉考证》，《学术月刊》1980年第5期。

三是低层次的重复。通观这些研究综述文章，我们发现大多集中在部分热点问题上，如作者、版本和成书以及金圣叹等问题，对《水浒传》的艺术方面进行总结的几乎没有。从文章的质量上看，好的有新意的文章不多，很多问题是在简单地重复。

面对这些问题，我们认为写一部比较系统的《水浒传》研究史是非常必要且切实可行的。

第一章 明清时期《水浒传》研究

明清时期的《水浒传》研究是《水浒传》研究史的发轫期，它从明朝嘉靖年间肇始，至戊戌变法止①，前后历时360余年。这一时期《水浒传》研究的主要成绩是小说评点，另外文人笔记中对某些问题的考辨也开启后世《水浒传》研究无数法门。从时间上讲，明清时期的《水浒传》研究是近代、现代和当代三个研究阶段的几倍，但无论是从数量还是质量上讲，它所取得的成绩都远较后者逊色。这自然与其时代的文化背景息息相关。

第一节 明清时期《水浒传》研究概述

此处所谓明清时期是指从明朝嘉靖年间（1522—1566）到清光绪二十四年戊戌变法（1898）之前这段历史。由于明清时期《水浒传》研究成果主要集中在小说评点，尤其是明代后期至崇祯末年的评点中，所以我们有必要先了解这一时期《水浒传》研究的社会背景。

一 明代后期《水浒传》研究的社会背景

明清《水浒传》研究史肇端于明朝中后期，经历了明清两个封建王朝。这个时段正是封建制度日趋腐朽并濒于崩溃的阶段，也是资本主义萌芽在旧的社会制度肌体内潜滋暗长的阶段。随着商品经济的迅速发展，资本主义生产关系逐渐成为社会生产关系的异己力量和推动整个社会剧变的潜在杠杆。在思想文化上，传统程朱理学在自身的蜕变中产生了王阳明心

① 学界通常认为中国古代小说理论的近代化是从戊戌变法开始的（具体论述见本书第二章），故而此处未将戊戌变法后的十多年计入。

学和李卓吾异端邪说。在中国文学演进史上，伴随着嘉靖年间《三国演义》和《水浒传》的刊刻，长篇章回小说异军突起而成为中国文学的主流，小说评点也开始勃兴。明朝末年，农民起义风起云涌，严重地威胁到明王朝的统治，以东林党为代表的清议派成为当时最具影响的思想势力，王学遭到攻击。明清鼎革之际，以金圣叹、陈忱为代表的封建士子通过小说的评点和续写表达自己对社会政治的看法。伴随着康乾盛世而来的文化钳制政策导致大批文人将其精力投入到考据之学，无形中促成了清代后期对《水浒传》成书等问题的初步探考。清代后期，社会腐败动荡，部分文人再次通过续写小说表达其政治理想，明清《水浒传》研究史的发生、发展从根本上说就是在这一社会背景中产生的。具体而言，明清《水浒传》研究史的思想文化背景主要有以下几方面。

首先是明王朝封建统治的日益腐朽和商品经济的发达。自朱元璋开国以来的百余年间，天下晏然，但从明朝中晚期开始，皇帝倦政臣子党争，国政日趋腐坏。明世宗嘉靖后期，皇帝长期不理国政，朝政由严嵩一伙把持，蒙古和倭寇不断骚扰，边患日趋严重。神宗时期，随着张居正新政的失败，明朝政治中兴希望破灭，而君臣却汲汲于“国本”之争，这场相持了 15 年的争论酿成了万历朝极为严重的政治危机。但就在这一时期内，明政府却穷兵黩武，在西北、东北、西南边疆几乎同时展开了所谓的“万历三大征”。此时关外女真崛起，至万历四十六年（1618）正式向明朝宣战，而明政府却始终拿不出有效的对策。天启、崇祯两朝，皇帝昏聩，宦官乱政，阶级矛盾与民族矛盾空前尖锐，辽东边患、李自成张献忠的农民起义和阉官东林党人的党争成为贯穿明朝末年的三大事件。崇祯十七年（1644），随着清人铁骑的入关，崇祯自缢，明王朝宣告灭亡。

随着明朝中后期政治日益腐朽，封建统治对商品经济的控制也逐渐放松，商品经济得以发展和壮大，资本主义萌芽在江南等经济发达地区产生。明朝二百余年的长治久安使社会生产力达到了前所未有的高水平，而万历朝张居正新政的农商并重政策更是刺激了商品经济的发展。随着社会生产力的发展和封建政治压制的松懈，商业往来、商品交换和流通日益频繁，商品经济达到了空前的规模，城市日益繁荣，出现了如全国政治、经济、文化中心的南北两京和杭州、苏州、临清、湖州等大型商业城市，众多工商业市镇也大量出现了，如正德《姑苏志》记载该府市镇达 37 个，万历《湖州府志》记载该府市镇有 20 多个①。商品经济的发展促进了商业资本的活跃，许多人放弃了农业生产而专门从事商业活动，商人数量迅速增长，市民阶层的队伍不断扩大，商人和市民在社会生活中成为一支重要的经济力量和政治势力。市民阶层的文化需求成为通俗小说发展的强大动力，他们的思想观念与审美趣味不仅制约着通俗小说的发展，并且成为通俗小说内容的一部分。同时，市民阶层的思想观念也影响到作为小说研究评点的士人，这主要反映在小说评点中。

其次是思想领域的巨变，具体表现为作为统一思想标准的程朱理学受到了来自其内部心学的冲击，理学的权威性及控制力大大削弱。当时最先给思想界带来新变的是陈献章，继之而起的就是王阳明。王阳明心学的出现在客观上导致了传统道学的解体。王阳明强调"心为天地万物主"，树立"吾心"至上的绝对权威而排斥一切外界权威。他说"夫学贵得之心，求之于心而非也，虽其言之出于孔子，不敢以为是也"②，不以孔子为是非标准，对于引发思想解放产生了一定的影响。同时，王阳明把超感性的先验本体"理"与感性主体的"心"相合为一，使外在的"天理""道心""天命之心"等都转化为内在的"心"的感性欲求。这样，理性变为感性，发展下去就是"穿衣吃饭，即是人伦物理"，否认用外在规范来人为地管辖"心"、禁锢"欲"的必要，成为个性解放的哲学基础。到了隆万时期，心学势力几乎遍及全国，尤以江淮以南影响最大，它冲破了几百年来程朱理学在思想文化界的独霸地位。顾炎武论及这一思想界的大变迁说："盖自弘治、正德之际，天下之士厌常喜新，风气之变，已有所自来。而文成以绝世之资，倡其新说，鼓动海内。嘉靖以后，从王氏而诋朱子者始接踵于人间。"③

王阳明之后心学分化，出现了泰州学派和李贽等进步的流派与思想家，他们进一步发挥了心学的反传统内容。李贽的思想受王阳明和泰州学派的影响很深，他公开以"异端"自居，毕生以反对礼教、抨击道学为己任。李贽的进步思想首先表现在反对封建统治者把孔子的思想说成是万古不变的永恒真理。李贽认为，千百年来"咸以孔子之是非为是非，故

① 林金树、高寿仙、梁勇：《中国明代经济史》，人民出版社 1994 年版，第 198 页。

② （明）王阳明：《答罗整庵少宰书》，《传习录注疏》，邓艾民注，法严出版社 2000 年版，第 235 页。

③ （清）黄汝成：《日知录集释》卷十八，花山文艺出版社 1990 年版，第 829 页。

未尝有是非耳"[①]。这就是说，人们对是非的评论本来没有固定的标准，对人的评论也没有固定的结论，是非如同岁月一样日夜不停地发展变化，而衡量的标准也应该随着社会前进而发展变化。李贽还对宋朝以来理学家吹捧孔子"天不生仲尼，万古如长夜"的宣传进行驳斥。他说："夫天生一人，自有一人之用，不待取给予孔子而后足也。若必待取足于孔子，则千古以前无孔子，终不得为人乎?"[②] 李贽针对朱熹"存天理，灭人欲"的说教，提出了"穿衣吃饭，即是人伦物理；除却穿衣吃饭，无伦物"的进步思想[③]。除此之外，李贽还将目光投向下层人民。他曾说市井凡夫"身履是事，口便说是事，作生意者但说生意，力田作者但说力田。凿凿有味，真有德之言"[④]。他公开为商人辩护，说"商贾亦何可鄙之有"，主张各从所好，各骋所长，发挥各种各样的人的个性和特长。李贽这些进步的主张，在客观上反映了当时新兴市民阶层自由发展的愿望和要求。

李贽最有影响的应该是他的童心说。所谓"童心者，真心也"，即赤子之心，"最初一念之本心"[⑤]，也就是真实的思想感情。李贽以"童心"说作为孔孟之道的对立面，认为孔孟的"道理闻见"使人的言谈举止不再发自本心，因而言谈举止成为"以假人言假言""事假事而文假文"的虚假世界。他认为要保持"童心"，使文学存真去假，就必须割断与道学的联系。《童心说》是李贽公开讨伐假道学、假文学的一篇檄文，有着很大的震撼力。他以"童心说"反对复古主义的"文必秦汉，诗必盛唐"理论，认为文学是在不断变化和发展中出好作品，而作品的优劣不是愈古愈好。另外"童心说"也改变历来轻视通俗文学的偏见，肯定传奇、院本、杂剧的价值，进而把《西厢记》《水浒传》列为"古今之至文"。王阳明心学和王学左派的激进思想对小说地位的提高和小说美学如人物性格理论有较大的影响。

最后是伴随小说创作繁荣而来的小说理论的发展。王国维说："凡一代有一代之文学，楚之骚，汉之赋，六代之骈语，唐之诗，宋之词，元之

① （明）李贽：《世纪列传总目前论》，《藏书》，中华书局1950年版，第8页。
② （明）李贽：《答耿中丞》，《焚书》卷一，中华书局1975年版，第16页。
③ （明）李贽：《答邓石阳》，《焚书》卷一，中华书局1975年版，第4页。
④ （明）李贽：《答耿司寇书》，《焚书》卷一，中华书局1975年版，第30页。
⑤ （明）李贽：《童心说》，《焚书》卷三，中华书局1975年版，第98页。

曲，皆所谓一代之文学，而后世莫能继焉者也。”① 那么历史发展到明清时期，一代之文学又是什么呢？显然是通俗小说。从通俗小说发展史来看，明朝后期应该是通俗小说创作的繁荣期。这主要体现在以下几方面：一是四大奇书的相继刊刻和问世标志着通俗小说质的飞跃。除《三国演义》和《水浒传》是在嘉靖初年已经刊刻外，《西游记》世德堂本是在万历二十年（1592）、《金瓶梅》则是在万历四十五年（1617）刊刻出版。

二是从创作数量看，明代通俗小说约160部（其中包括少量已佚或明清间难断代者），万历二十年（1592）以前刊刻的只有10多部，而在万历二十年至泰昌元年（1620）的29年中，却新刊刻出版了50部左右，天启元年（1621）至明亡（1644）的20多年里又新出小说近70部（明末清初之际难以断代的小说全都略去不计）②。

三是就创作题材而言，万历初期小说仍是以讲史演义为主，但从中期开始，出现了公案、神魔与人情小说等新的小说流派，同时时事小说从历史演义小说中分化出来。所有这些都说明明朝后期是通俗小说创作的繁荣阶段。

随着通俗小说创作的繁荣，小说理论也得到了发展。这首先表现在小说概念的明确和地位的提高。胡应麟细致地分析了《汉书·艺文志》中关于小说家的论述，梳理了古今小说概念的差别，将小说分为志怪、传奇、杂录、丛谈、辨订与箴规六类。尽管他的分类仍混入了非小说的文字，但毕竟为进一步的讨论提供了基础。胡应麟还从史的观念出发，扼要地概括了小说发展的脉络：

> 凡变异之谈，盛于六朝，然多是传录舛讹，未必尽幻设语。至唐人乃作意好奇，假小说以寄笔端。……宋人所记乃多有近实者，而文采无足观。本朝《新》、《余》等话本出名流，以皆幻设而时益以俚俗，又在前数家下。③

这实际上是将小说的发展分为六朝、唐、宋和明代四个阶段。沈德符

① 王国维：《宋元戏曲考·序》，《王国维遗书》第十五册，上海古籍书店1983年版。

② 参见陈大康《明代小说史》（上海文艺出版社2000年版）有关章节。

③ （明）胡应麟：《少室山房笔丛》，上海书店出版社2001年版，第371页。

则认为："夫小说家盛于唐而滥于宋，溯其初，则萧梁殷芸，始有小说行世。"① 沈德符这里的小说观念已经与今人大体相类了。

通俗小说一开始地位并不高，社会允许它们的存在是因为它们既可以"记正史之未备"②，又可以扩大正史的社会影响。较早给予通俗小说较高评价的是嘉靖年间的李开先，他在《词谑》中认为"《水浒传》委曲详尽，血脉贯通，《史记》而下，便是此书"③。李贽则称《水浒传》是"古今之至文"，许之为"宇宙内五大部文章"之一④，与《史记》、杜诗并列。陈继儒在《叙列国传》中也说通俗小说"与经史并传可也"⑤。另外，袁宏道、冯梦龙等人也发表过类似的评论。由于这一批著名文人的鼓吹，小说可以与经史并列的观念逐渐得到了人们的认可，小说的社会地位在明朝后期得到极大的提高，而这又反过来促进了明末小说创作高潮的到来。

小说创作的繁荣带动了小说评点的兴盛。评点是我国古代文学批评的一种重要形式，与"话""品"等一起构成古代文学批评形式的体系。这种批评形式有其独特性，其中最为重要的是批评文字与所评作品融为一体，故只有与作品连为一体的批评才称之为评点，其形式包括序跋、读法、眉批、旁批、夹批、总批和圈点⑥。评点发端于唐代，至明代万历年间则广泛应用于小说批评，现存较早的章回小说评点本是万历十九年（1591）的万卷楼刊本《三国志通俗演义》。此后小说评点迅速兴盛，据谭帆的统计，从万历十九年到清代顺治康熙年间刊刻的小说评点本有120部左右⑦。

总之，由于城市经济的繁荣和封建统治的腐朽没落，明朝后期文化政策日益松弛，程朱理学受到冲击及心学的兴起，给政治思想带来了相对自

---

① （明）沈德符：《万历野获编序》，中华书局1980年版。

② （明）熊大木：《新刊大宋中兴通俗演义序》，《明清善本小说丛刊》第十四辑，台湾天一出版社1985年版。

③ （明）李开先：《词谑》，《中国古典戏曲论著集成》（三），前引书，第268页。

④ （明）周晖：《金陵琐事》，《笔记小说大观》第十六编第三册，新兴书局1985年版，第1483页。

⑤ （明）陈继儒：《叙列国传》，黄霖等《中国历代小说论著选》，江西人民出版社1985年版，第139页。

⑥ 谭帆：《中国小说评点研究》，华东师范大学出版社2001年版，第6页。

⑦ 据谭帆《中国小说评点研究》第一章统计，万历后期评点本约20部，天启至顺治、康熙间约100部。

由的空间；同时，小说创作的繁荣与小说理论的发展也提高了通俗小说的社会地位。这些有利的社会环境极大地促进了明清时期尤其是明代后期《水浒传》的研究，譬如注重个性社会思潮反映在小说中就是李评本和金圣叹个性理论的产生；反对假道学、追求自然人性反映在小说评点中就是对鲁达、李逵纯真人格的推崇等。

二　明清《水浒传》研究概述

明清时期《水浒传》研究成果散见于当时文人笔记、诗文、方志和目录学等著作之中，但其主体显然是小说评点（包括序跋和批语）。明清两代出现的《水浒传》评点本主要有9种，它们从不同的侧面对文本进行了细致、深入的阐释和解读，对当时和后世《水浒传》的传播接受都有很重要的影响。这些评点本中刊刻于明朝的有6部，其中最有理论价值的是刊刻于万历三十八年（1610）的《容与堂刻李卓吾先生批评忠义水浒传》和崇祯十四年（1641）的《金圣叹批评第五才子书施耐庵水浒传》，这两部评点在人物塑造和叙事理论上取得了非常大的成就。另外可能刊刻于万历四十年的《李卓吾评忠义水浒全传》也是一部比较有名的评点本，但其理论价值相对小点。刊刻于清代的有3部，其中清顺治十四年（1657）醉耕堂刊的《王望如评论五才子水浒传》比较有名，其评点实际上是以金本为基础加上回末总评，其内容整体上不出金圣叹的范围。

明清时期《水浒传》研究成果除了评点外，还有许多零星的评论研究散见于当时文人笔记、诗文、方志和目录学等著作之中。这些内容比较庞杂，但已基本囊括了后世《水浒传》研究的主要方面。在小说成书源流方面当时还主要是就宋江等人的历史真实和梁山泊地理位置等进行考证；对于作家生平籍贯乃至于署名权的问题在明代已经开始争论了；对于小说版本的著录当时还不是很重视，从这些材料中我们可以大致窥见《水浒传》原本的某些情况和简本产生情况；对《水浒传》主题思想和艺术方面的探索还比较幼稚，主要是对忠义问题的论争，对《水浒传》艺术的认识远远没有达到容与堂本、金圣叹本的水平。

第二节　明清时期《水浒传》评点研究

评点是我国古代文学批评尤其是小说批评的一种重要形式，它与“话”、“品”等共同构成古代文学批评的形式体系。明清时期小说评点风行，《水浒传》自然也不例外。今存的《水浒传》评点本主要以明代的容本和金本为代表，构成了《水浒传》评点这类研究方法的主体。本节即是对他们的简单分析和评介，借以管窥明清时期的《水浒传》研究状况。

一　明清时期《水浒传》评点状况

从万历开始，《水浒传》评点风行，现存明代刊行的《水浒传》评点本主要有以下六种：

一是插图本《容与堂刻李卓吾先生批评忠义水浒传》（本书以下简称容本）。一百卷一百回，北京图书馆藏，半叶十一行，行二十二字。卷首小沙弥怀林《批评水浒传述语》；次《梁山泊一百单八人优劣》；次《水浒传一百回文字优劣》；次《又论水浒传文字》。板口鱼尾上题“李卓吾批评水浒传”，下题“容与堂藏板”，每回有插图二幅，计二百幅。有眉批、行间夹批和回末总评。又日本内阁文库藏本卷首有李卓吾序，为此本所无①。研究者根据该书卷首李卓吾《忠义水浒传叙》末尾刻“庚戌仲夏日虎林孙朴书于三生石畔”，通常认为本书刊行于万历三十八年（1610）②。

二是《李卓吾评忠义水浒全传》一百二十回，明袁无涯刊本（本书以下简称袁本），北京大学图书馆藏。正文半叶十行，行二十二字，三十二册。有旁批，眉评，每回后有总评。首李贽序；次杨定见《忠义水浒全传小引》；次《出像评点忠义水浒全书发凡》；次《宣和遗事》；次《水浒忠义一百八人籍贯出身》；次《新镌李氏藏本忠义水浒全书引首》；

① 孙楷第：《日本东京所见中国小说书目》，上杂出版社1953年版，第144—147页。又见马蹄疾《水浒书录》，上海古籍出版社1986年版，第84页。

② 如孙楷第《日本东京所见中国小说书目》第135页云：“此本据李卓吾序后所题，似即万历三十八年刊本，与闽刊之《水浒评林》时代相去不远。”又见马蹄疾《水浒书录》，上海古籍出版社1986年版，第84页。

次行分题"施耐庵集撰，罗贯中纂修"；次《忠义水浒传目录》；次插图六十叶，一百二十幅①。袁本未署刊刻时间，马蹄疾《水浒书录》定为万历四十二年（1614）刊本②，但据署名许自昌的《樗斋漫录》中已提到袁无涯刊本，而该书序中有"万历壬子"一语，可知该书当刻行于万历四十年。因此，袁本刊行时间必不晚于该年。再据袁本署名李贽的《出像评点忠义水浒全书发凡》提到"已有提为《寿张传》者矣"，可知《寿张传》已刊行，而容本署名怀林的《批评水浒传述语》中有"本衙已精刻《黑旋风集》（即所谓《寿张传》）、《清风史》"的说法，可知袁本刊行又必定晚于容本。故袁本刊行年代当在万历三十八年至万历四十年之间。

三是积庆堂藏板《钟伯敬先生评忠义水浒传》，一百卷一百回，本书以下简称钟本。日本神山闰次氏藏。明天启间刊本，半叶十一行，行二十六字。首钟惺序及《水浒传人品评》。原书缺，以他本抄补，卷二十二题"积庆堂藏板"。钟序有"世无李逵吴用令哈赤猖獗辽东"之语，则书刻当在天启乙丑丁卯间。书无田王故事，评语大致与容与堂李卓吾评本同③。

四是《金圣叹批评第五才子书施耐庵水浒传》，本书以下简称金本。全书七十五卷七十回。明崇祯十四年（1641）贯华堂刊本，日本长泽规矩也藏。无图，正文半叶八行，行十九字。板心鱼尾上题"第五才子书"，鱼尾下记卷数。板卷下题"贯华堂"。卷一为《圣叹外书》，卷二为《宋史纲》、《宋史目》，卷三为《读第五才子书法》，卷四为施耐庵序，卷五以下始为正文。有夹批、眉评，每回前有总评④。

五是《京本增补校正全像忠义水浒志传评林》，二十五卷，一百五回，本书以下简称评林本。明万历二十二年（1594）福建建阳余氏双峰堂刊。日本日光山轮王寺慈眼堂藏全本，内阁文库残藏第八卷至第二十五卷。正文叶十四行，行二十一字。首无名氏《题水浒传叙》；无目次，正

① 孙楷第：《中国通俗小说书目》，人民文学出版社 1982 年版，第 215 页。又见马蹄疾《水浒书录》，上海古籍出版社 1986 年版，第 95 页。

② 马蹄疾：《水浒书录》，上海古籍出版社 1986 年版，第 95 页。

③ 孙楷第：《日本东京所见中国小说书目》，上杂出版社 1953 年版，第 147 页。

④ 孙楷第：《日本东京所见中国小说书目》，上杂出版社 1953 年版，第 150 页。又见马蹄疾《水浒书录》，上海古籍出版社 1986 年版，第 117 页。

文有卷数，分则无回数。卷一题“中原贯中罗道本名卿父编辑；后学仰止余宗□云登父评校，书林文台余象斗子高父补梓”。书共分三栏，上栏是评语，中栏是插图，图左右有题句，下栏是正文。卷末版记云“万历甲午季秋月书林双峰堂余文台梓”①。余评本比较简略，基本上是从道德层面进行阐发，少有艺术方面的见解。

六是文杏堂批评忠义水浒全传，三十卷，明宝翰楼刊刻。法国巴黎国家图书馆残藏第一卷至第五卷，第六卷半卷。首有五湖老人《忠义水浒全传序》；次插图二十二叶。封面题《忠义水浒全传》，旁署“李卓吾原评”，下署“本衙藏”，下钤长方朱印“宝翰楼章”。其目置于卷首，皆单言。绣像覆容与堂本。文字较容本省十之五六。评点内容与袁本同②。

清代评点本主要有三种。一是醉耕堂刊王仕云评论五才子水浒传。它实以金本为底本，加上王望如的评语。该书七十五卷七十回，清顺治十四年（1657）醉耕堂刊。北京图书馆藏。叶八行，行十九字。扉页上端栏外横书“陈章侯画像”，右栏顶格直书“王望如先生评论，醉耕堂藏版”，左栏大书“五才子水浒传”。正文书口底“醉耕堂藏版”五字。首王仕云《评论水浒序》；次《评论出像水浒传姓氏》；次王仕云《评论出像水浒传总论》；次陈老莲画像四十页，画像背赞。内容排列与贯华堂本同。③

二是日本无穷会所藏《李卓吾评忠义水浒传》无穷会藏本，又称织田藏本、织田小觉（或织田确斋）藏本。百回，李卓吾评，图百枚，二十册，没有刊行者的任何标记。据刘世德的考证，该本系清初顺治年间刊本④。

三是芥子园板藏《李卓吾评忠义水浒传》。清康熙中芥子园刊，白南轩插图，日本帝国图书馆藏。百回，叶十行，行二十二字，版心有“芥子园藏版”字样。日本学人神山闰次《水浒传诸本》、薄井恭一《明清插图本图书》予以著录。首大涤余人《刻忠义水浒传缘起》；次《评忠义水浒传目》；次插图一百幅。按，此本当为郭武定本之新安翻刻本的重刻

① 孙楷第：《日本东京所见中国小说书目》，上杂出版社 1953 年版，第 133 页。又见马蹄疾《水浒书录》，上海古籍出版社 1986 年版，第 6 页。

② 孙楷第：《中国通俗小说书目》，人民文学出版社 1982 年版，第 215 页。又见马蹄疾《水浒书录》，上海古籍出版社 1986 年版，第 17 页。

③ 马蹄疾：《水浒书录》，上海古籍出版社 1986 年版，第 120 页。

④ 刘世德：《〈水浒传〉无穷会藏本初论——〈水浒传〉版本探索之一》，《文学遗产》2000 年第 1 期。

本。其旁批、眉批与袁本同，无回后总评[①]。

根据以上统计，现存明清《水浒传》评点本有九种，但真正在我国小说评点史上产生了比较大的影响并取得比较高的艺术成就的只有容本和金本，故本书拟选取这两个本子作为明清时期《水浒传》评点的代表进行简单的分析。

二 明代署名李卓吾评点本的作者问题

明代署名李卓吾评点的本子至少有三种，影响比较大的是容本和袁本。由于容本和袁本评点内容截然不同，因此两书究竟谁为真正李评本的问题多年来一直争论不休。

从现存材料来看，李卓吾确实评点过《水浒传》。李贽《与焦弱侯》曾经提到过他自己批《水浒传》之事，说"《水浒传》批得甚快活人，《西厢》、《琵琶》涂抹改窜得更妙"[②]。另外李贽还给《水浒传》写过一篇序，即《忠义水浒传序》，认为"《水浒传》者，发愤之所作也"，"施、罗二公，身在元，心在宋；虽生元日，实愤宋事"[③]。

与李卓吾过从甚密的袁中道在其《游居杮录》中也有记载："记万历壬辰夏中，李龙湖方居武昌朱邸，予往访之，正命僧常志抄写此书，逐字批点。"[④] 另外，许自昌《樗斋漫录》卷六说，"闽有李卓吾名贽者，从事竺乾之教，一切绮语，扫而空之，将谓作《水浒传》者必堕地狱当犁舌之报，屏斥不观久矣。乃愤世疾时，亦好此书，章为之批，句为之点"[⑤]。总之，从现存材料看，李贽的确评点过《水浒传》。

但是由于李卓吾盛名远播，因此在他生前身后社会上陆续出现了不少标榜"李卓吾"评点的著作，因此"李卓吾"评点作品的真实性在当时就已经遭到怀疑。例如张鼐《读卓吾老子书述》说"卓吾死而其书重。卓吾之书重而真书、赝书并传于天下"[⑥]。焦竑在《李氏续焚书序》中也

---

① 孙楷第：《中国通俗小说书目》，人民文学出版社 1982 年版，第 212 页。又见马蹄疾《水浒书录》，上海古籍出版社 1986 年版，第 69 页。

② 李贽：《与焦弱侯》，《续焚书》卷一，中华书局 1975 年版，第 34 页。

③ 李贽：《忠义水浒传序》，《焚书》卷三，中华书局 1975 年版，第 109 页。

④ 袁中道：《游居杮录》，《笔记小说大观》第七编第二册，台北新兴书局 1985 年版，第 947 页。

⑤ 许自昌：《樗斋漫录》，《续修四库全书》子部杂家类，第 1133 册，上海古籍出版社 1995 年版，第 103 页。

⑥ （明）张鼐：《读卓吾老子书述》，《续焚书》，前引书，第 2 页。

说，“先生书既尽行，假托者众”[①]。钱希言在成书于万历四十一年（1613）的《戏瑕》中说：“比来盛行温陵李贽书，则有梁溪人叶阳开名昼者，刻画摹仿，次第勒成，托于温陵之名以行。往袁小选中郎，尝为余称，李氏《藏书》、《焚书》、《初潭集》、批点北《西厢》四部，即中郎所见者，亦止此而已。数年前，温陵事败，当路命毁其籍，吴中锓《藏书》板并废，近年始复大行。于是有宏父批点《水浒传》、《三国志》、《西游记》、《红拂》、《明珠》、《玉合》数种传奇及《皇明英烈传》，并出叶笔，何关于李？”[②] 清初周亮工《书影》卷一也说：“当温陵《焚藏书》盛行时，坊间种种借温陵之名以行者，如《四书第一评》、《第二评》、《水浒传》、《琵琶》、《拜月》诸评，皆出文通手。”[③] 另外明人陈继儒《国朝名公诗选》卷六、盛于斯《休庵影语》中的“西游记误”等都认为《水浒传》评点系叶昼伪托的[④]。

关于叶昼的资料现在流传下来的不多，据《顾端文先生年谱》，他曾经从学于东林党人顾宪成。钱希言《戏瑕》卷三“赝籍”条说：

> 昼，落魄不羁人也，家极贫，素嗜酒，时从文贷饮。醒即著书，辄为人持金鬻去，不责其值，即所著《樗斋漫录》者也。近又辑《黑旋风集》行于世，以讽刺进贤，斯真滑稽之雄也。[⑤]

周亮工《书影》卷一云：

> 叶文通，名昼，无锡人，多读书，有才情，留心二氏学，故为诡异之行。迹其生平，多似何心隐。或自称锦翁，或自称叶五叶，或称叶不夜，最后名梁无知，谓梁溪无人知之也。[⑥]

---

① （明）焦竑：《李氏续焚书序》，《续焚书》，前引书，第1页。

② （明）钱希言：《戏瑕》卷三，《笔记小说大观》第十七编第二册，台北新兴书局1985年版，第1057页。

③ （清）周亮工：《书影》卷一，古典文学出版社1957年版，第8页。

④ 朱一玄、刘毓忱：《水浒传资料汇编》，南开大学出版社2002年版，第99页；朱一玄、刘毓忱：《西游记资料汇编》，南开大学出版社2002年版，第316页。

⑤ （明）钱希言：《戏瑕》卷三，《笔记小说大观》第十七编第二册，台北新兴书局1985年版，第1058页。

⑥ （清）周亮工：《书影》卷一，古典文学出版社1957年版，第7页。

从明清人的这些笔记中我们大体可以知道，叶昼是个落魄潦倒的文人，一生沉沦不得志，命运多舛，靠卖文为生，受晚明李贽、何心隐等思想影响比较深，大约在天启四年或五年死于河南。

关于署名李卓吾评本的真伪问题自晚明开始就已经争论不休、莫衷一是了。概言之有四种观点：一是认为两者都是真的，如容肇祖《李贽年谱》;① 二是认为都是假的，如鲁迅、胡适和黄霖;② 三是认为容本是真，袁本是假，如郑振铎、马蹄疾、肖伍等;③ 四是认为袁本是真的，容本是假的，如戴望舒、何心、王利器、叶朗等。④

由于李贽著作屡次遭到统治者的焚毁，流传于世的《水浒传》评点已经不能确保是李氏亲手所作了。根据目前学界研究的情况，笔者比较倾向于容本系叶昼伪托的观点。考虑到容本评点在小说艺术方面成就比较大，故本书仅以容本作为万历时期《水浒传》评点的代表进行简单的分析。

三　容本评点分析

容本评点从内容上大体可以分为思想批评和艺术批评两方面。

从思想批评来看，评点者首先借评点《水浒传》来讽刺和抨击封建政治的种种弊端。在第一回洪太尉请张天师祈禳瘟疫处，眉批曰："瘟疫盛行，为君为相底，无调燮手段，反去求一道士，可笑可笑。"这是讽刺朝廷官僚昏庸无能。第十四回回评说："晁盖、刘唐、吴用，都是偷贼底。若不是蔡京那个老贼，缘何引得这班小贼出来?"第五十七回回评说："一僧读到此处，见桃花山、二龙山、白虎山都是强盗，叹曰：'当时强盗真揔地多!'余曰：当时在朝强盗还多些。"这是直接抨击在朝官

① 容肇祖：《李贽年谱》，生活·读书·新知三联书店 1957 年版，第 114 页。

② 鲁迅：《中国小说史略》第十五篇《元明传来之讲史下》，《鲁迅全集》第九卷，人民文学出版社 2005 年版，第 150 页；胡适：《百二十回本〈忠义水浒传〉序》，《胡适文集》第四册，北京大学出版社 1998 年版，第 351 页；黄霖：《〈水浒全传〉李贽评也属伪托》，《江汉论坛》1982 年第 1 期。

③ 郑振铎：《郑振铎全集》第四卷，人民文学出版社 1998 年版；马蹄疾：《金圣叹继承李卓吾反封建斗争的传统吗?》，《光明日报》1964 年 7 月 26 日；肖伍：《试论李卓吾对〈水浒传〉的评点》，《学术月刊》1964 年第 5 期。

④ 戴望舒：《袁刻〈水浒传〉之真伪》，见《小说戏曲论集》，作家出版社 1958 年版，第 59 页；何心：《水浒研究》，上海文艺联合出版社 1954 年版，第 89 页；王利器：《〈水浒〉李卓吾评本的真伪问题》，《文学评论丛刊》第 2 辑，中国社会科学出版社 1979 年版；叶朗：《中国小说美学》，北京大学出版社 1982 年版，第 289 页。

傣为强盗了。正是因为朝政腐败，所以评点者感慨有才之士不能够为国家所用，说“杨志是国家有用人。只为高俅不能用他，以致为宋公明用了。可见小人忌贤嫉能，遗祸国家不小”，“鲁智深、杨志，却是两员上将。只为当时无具眼者，使他流落不偶。若庙堂之上，得有一曹正、张青其人者，亦何至此哉?”①

其次，评点者强调和赞赏率性真诚。这其实与晚明李贽为代表的人文主义解放思潮是一致的。前面我们曾经提到，李贽曾经大力提倡“真”，提出“童心说”，认为所谓“童心”，就是“真心”或“赤子之心”。他认为一个人学了六经、《语》、《孟》等儒家经典，“童心”就丧失了，人就成了“假人”，言就成了“假言”，事就成了“假事”，文也就成了“假文”②。评点者显然受李贽这种思想的影响，在他的评点中大力提倡率真，对李逵这样的人大加赞赏，称之为“梁山泊第一尊活佛”。他在第五十二回回末总评说：“我家阿逵只是直性，别无回头转脑心肠，也无口是心非说话。如殷天锡横行，一拳打死便了，何必誓书铁券?柴大官人到底有些贵介气，不济，不济!”在第七十四回“李逵寿张乔坐衙”部分，评点者连续用了八个“趣”字赞赏李逵，在回末总评说：“燕青相扑，已属趣事，然犹有所为而为也，何如李大哥做知县、闹学堂，都是逢场作戏。真个神通自在，未至不迎，既去不恋。活佛，活佛!”③ 这是对李逵为代表的真人的高度赞扬，表现了评点者自己对美好人性的向往。

赞赏和追求率性真诚的美好人性，就必然要抨击假道学。这也是晚明流行的社会思潮之一。如李贽就曾公开骂道学家是“阳为道学，阴为富贵，被服儒雅，行若狗彘”④。评点者对李逵、鲁达这样真诚的好汉非常赞赏，常常将他们和假道学对比。如第四回回末总评说：“此回文字，分明是个成佛作祖图。若是那班闭眼合掌的和尚，决无成佛之理。何也?外面模样尽好看，佛性反无一些。如鲁智深吃酒打人，无所不为，无所不做，佛性反是完全的，所以到底成了正果。算来外面模样，看不得人，济不得事，此假道学之所以可恶也与!此假道学之所以可恶也与!”认为鲁达“率性而行，不拘小节，方是成佛作祖根基。若瞻前顾后，算一计十，

① 《李卓吾先生批评忠义水浒传》，明万历容与堂刻本第十二回、十七回回评。

② （明）李贽：《童心说》，《焚书》卷三，中华书局 1974 年版，第 98 页。

③ 《李卓吾先生批评忠义水浒传》，明万历容与堂刻本。

④ （明）李贽：《三教归儒说》，李贽《续焚书》卷二，中华书局 1974 年版，第 76 页。

几何不向假道学门风去也?”他认为“假道学之所以可恶、可恨、可杀、可剐，止为忒似圣人模样耳”。并认为宋江就是这样的代表，说“宋公明只是一个黄老之术，以退为进，以舍为取”，“有些道学气味”，而像王矮虎这样的人虽然好色，“却不遮掩，即在性命相关之地，只是率其性耳。若是道学先生，便有无数藏头盖尾的所在，口夷行跖的光景”①。

除了以上三方面外，评点者还借机评论世间万象，表达自己的人生态度。譬如他在第十一回写林冲受到王伦的排挤时评曰：“尝笑天下忌才之人，狗也不值。彼既有了才了，忌他何益？且他岂终为你忌了，适以杀其躯而已矣。何也？有才者定是恩怨分明，既可明珠报德，亦能匕首杀仇。你若不信，王伦便是样子。”又说：“天下秀才，都会嫉贤妒能，安得林教头一一杀之也?”这是对忌才之人的批评。第二十回林冲火并王伦后说“可惜王伦那厮，却自家送了性命。昔人云：‘秀才造反，十年不成。’岂特造反，即做强盗，也是不成底。尝思天下无用可厌之物，第一是秀才了。”② 这是讽刺当时只知道空谈心性、不知实务的酸秀才的。另外，在第四十九回和五十六回回末评中，评点者还随笔点染，告诫人们不要贪小便宜和耽于某种嗜好。

怀林《批评水浒传述语》说评点者是因为“一肚皮不合时宜，而独《水浒传》足以发抒其愤懑，故评之为尤详。”可见评点者正是通过对《水浒传》的评点来“浇自己之块垒”。通观容本对社会人生的批评，主要表现为对封建腐朽政治的批判，对假道学的憎恶，对社会百态的慨叹等等，这基本上还是一种情绪的宣泄，缺乏一种理性精神的观照。尽管如此，通过这些评语我们还是能够窥见那个时代知识分子心灵的一隅。

容本评点者对小说艺术的探讨非常丰富，主要有以下几个方面的内容。

首先是探讨了生活与艺术的关系。评点者认为，《水浒传》之所以能够“与天地相终始”，关键在于“世上先有《水浒传》一部”。他说：

> 世上先有《水浒传》一部书，然后施耐庵、罗贯中借笔墨拈出；若夫姓某名某，不过劈空捏造，以实其事耳。如世上先有淫妇人，然

① 《李卓吾先生批评忠义水浒传》，明万历容与堂刻本第四十八回回评。
② 《李卓吾先生批评忠义水浒传》，明万历容与堂刻本。

后以杨雄之妻武松之嫂实之；世上先有马泊六，然后以王婆实之；世上先有家奴与主母通奸，然后以卢俊义之贾氏李固实之。若管营，若差拨，若董超，若薛霸，若富安，若陆谦，情状逼真，笑语欲活，非世上先有是事，即令文人面壁九年，呕血十石，亦何能至此哉？亦何能至此哉？此《水浒传》之所以与天地相终始也与！①

评点者认为《水浒传》是小说家从生活中提炼出来的，现实生活是小说家能够创造出“情状逼真，笑语欲活”的人物形象的前提，否则，“即令文人面壁九年，呕血十石”，也不能够写出优秀的作品。另外他在具体评点中也多次提到类似的问题，如第一回回评说“《水浒传》事节都是假的，说来却似逼真，所以为妙。常见近来文集，乃有真事说做假者，真钝汉也；何堪与施耐庵、罗贯中作奴？”② 评点者其实已经认识到了现实主义创作的一个基本规律：社会生活是小说创作的源泉，作家只有在生活的源泉中汲取养分，才有可能创作出优秀的文学作品。

艺术既然来源于生活，那么如何处理生活真实与艺术真实之间的关系呢？容本的评点者认为关键是要有“真情”。他说：“《水浒传》文字，原是假的。只为他描写得真情出，所以便可与天地相终始。”所谓“真情”，就是我们今年所说的生活逻辑，虽然《水浒传》是“假”的，是“劈空捏造”的，但因为符合人情事理，所以就真了。所以他非常推许小说中写得真实的部分，说第十回中“李小二夫妻两人情事，咄咄如画。若到后来混天阵处都假了，费尽苦心，亦不好看”，而第六十五回情节过分机巧，不符合生活逻辑，所以批评说“此回文字极不济。那里张旺便到李巧奴家？就到巧奴家，缘何就杀死他四命？不是，不是！即王定六父子过江，亦不合便撞着张顺。张顺却缘何不渡江南来接王定六父子？都少关目。”所谓少关目就是缺少了细节的铺垫，结果就不符合现实生活逻辑了。由于小说创作来源于生活，所以评点者特别反感没有生活基础的虚构，说：“《水浒传》文字不好处，只在说梦、说怪、说阵处，其妙处都在人情物理上。人亦知之否？”③

其次是人物塑造理论。塑造栩栩如生的人物形象是小说最基本的任务

① 《水浒传一百回文字优劣》，《李卓吾先生批评忠义水浒传》卷首，明万历容与堂刻本。

② 《李卓吾先生批评忠义水浒传》，明万历容与堂刻本。

③ 同上。

之一，《水浒传》在这方面非常成功。容本的评点者针对小说的人物塑造提出了完整的人物性格理论。一方面他认为《水浒传》塑造出了具有典型性的人物形象：

> 说淫妇便像个淫妇，说烈汉便像个烈汉，说呆子便像个呆子，说马泊六便像个马泊六，说小猴子便像个小猴子，但觉读一过，分明淫妇、烈汉、呆子、马泊六、小猴子光景在眼，淫妇、烈汉、呆子、马泊六、小猴子声音在耳，不知有所谓语言文字也。①

淫妇、烈汉、呆子、马泊六等分别是各类型人物身上共有的特点，但在《水浒传》里却是通过潘金莲、武松、武大、王婆、郓哥这几个人物表现出来的，这就是所谓的典型人物。同样，“摩写鲁智深处，便是个烈丈夫模样；摩写洪教头处，便是忌嫉小人的身份”②，也是指塑造人物性格典型性。

典型性固然是人物塑造追求的主要目标，但是另外一方面小说还要求人物有鲜明的个性色彩，就是评点者所说的“刻画三阮处个个不同”。如何才能够做到呢？容本评点者提出要“同而不同处有辨”：

> 《水浒传》文字妙绝千古，全在同而不同处有辨。如鲁智深、李逵、武松、阮小七、石秀、呼延灼、刘唐等众人，都是急性的，渠形容刻画来，各有派头，各有光景，各有家数，各有身份，一毫不差，半些不混，读去自有分辨，不必见其姓名，一睹事实，就知某人某人也。③

这就是说作家通过凸显类型人物群中每一个人物自身更为深层的个性化特征，使人物独特的个性更加鲜明突出，也就是“这一个”。这是容本小说评点者最具理论深度的人物个性批评理论，为后来金圣叹和晚清黄人等的人物性格理论导夫先路。

再次是对小说情节结构的探讨。容本评点者称赞《水浒传》是“化

---

① 《李卓吾先生批评忠义水浒传》，明万历容与堂刻本第二十四回回评。

② 《李卓吾先生批评忠义水浒传》，明万历容与堂刻本第九回回评。

③ 同上。

工文字”，因此“可先天地始，后天地终”。所谓的“化工文字”除了指小说塑造鲜活的人物形象外，还指小说叙事的转折与变幻，即小说的情节。小说是现实生活的反映，必然表现为丰富多彩、奇幻纷呈，另外作为通俗小说，曲折跌宕的情节更是基本的要素。因此容本评点者认为小说的情节必须生动曲折，最忌平铺直叙，如“印板文字”，所以他在评点中特别强调“伸缩”“变化”“波澜”。他说《水浒传》“不可及处，全在伸缩次第。但看这回，若一味形容梁山泊得胜，便不成文字了。绝妙处正在董平一箭，方有伸缩，方有次第。”根据这个观点，他认为第七十回：“叙处却没伸缩变化，大不好看”，第八十七回“描画琼妖纳延、史进、花荣、寇镇远、孙立弓马刀剑处，委曲次第，变化玲珑，是丹青上手。若斗阵法处，则村俗不可言矣。”① 为什么“斗阵法”就“俗不可言”呢？评点者认为它没有生活基础，违背了我们前面讲的“人情物理”。

另外，容本的评点者还以趣论文，认为第五十三回文字是《水浒传》中“第一”，因为这一回文字“种种摩写处，那一事不趣？那一言不趣？天下文章，当以趣为第一。既是趣了，何必实有是事，并实有是人？若一一推究如何如何，岂不令人笑杀？”② 叶朗认为，这其实是评点者强调小说要给读者以审美享受（“趣”），小说的描写只要能给读者以审美享受，就不必要求“实有其事”、“实有其人”③。但联系第七十四回评点者的八个“趣”字，我们认为这里的“趣”不是所谓的“审美享受”，而是指诙谐搞笑的言行以及由此带来的喜剧效果。评点者欣赏“趣”一方面固然是与他强调率真自然、反对虚伪道学有关，但也是与有意迎合市民追求纯粹消遣娱乐的生活目的相关，更是评点者这样的文人逃避社会现实、不敢面对生活矛盾的表现。表现在小说理论上，就是过分强调“趣”，甚至认为“天下文章，当以趣为第一”，这又与评点者自己强调的“人情物理”——现实主义创作主张相违背了。

总的来说，容本评点者通过《水浒传》的批评，第一次对小说艺术与现实生活的关系、个性化的人物形象塑造、小说情节结构的布局等问题进行了比较系统而深入的探讨，开创了《水浒传》系统的美学批评先河，为我国小说美学开拓出了一片广阔的天地，并为后来的小说批评家提供了

---

① 《李卓吾先生批评忠义水浒传》，明万历容与堂刻本第三回回评。

② 《李卓吾先生批评忠义水浒传》，明万历容与堂刻本。

③ 叶朗：《小说美学》，北京大学出版社 1982 年版，第 31 页。

宝贵的理论借鉴，在中国古代小说理论史上具有重要的地位。

四 金本评点

金圣叹（1608—1661）名采，字若采，吴县人，明末诸生，入清后，更名人瑞，字圣叹，顺治十八年因“哭庙案”为清廷所杀。金圣叹深受孔孟、老庄、程朱和佛学等多种文化的影响，思想比较复杂。除了正统儒家思想外，金圣叹受老庄思想影响亦较深，主张任性自然，而这种思想和晚明狂禅思想有相通之处。金圣叹具有一定的民主进步倾向，他在其《语录纂》中提出“圣人不禁民之好恶”，“大君不要自己出头，要放普天下人出头”，所以他在《水浒传》评论中对受压迫的下层百姓寄予同情，对贪官污吏进行无情鞭挞。但金圣叹又和冯梦龙等文人一样，有着十分浓厚的封建正统思想，在李自成等农民起义严重威胁明王朝统治的时候，他又坚决反对农民起义，所以才腰斩《水浒传》。总之，金圣叹的思想本身包含许多矛盾，这本质上是晚明新兴市民阶级思想同封建统治阶级观念之间的矛盾，这种矛盾是由他所处的时代和社会地位决定的。

金圣叹曾评点《离骚》、《庄子》、《史记》、杜诗、《水浒传》和《西厢记》，称之为六才子书，在当时非常流行，“几至家置一编”。他的《水浒传》评点因为艺术水平高，获得了世人的青睐。清代著名学者刘廷玑高度赞扬说：“金圣叹加以句读字断，分评总批，觉成异样花团锦簇文字，以梁山泊一梦结局，不添蛇足，深得剪裁之妙。”①

金圣叹《水浒传》评点内容丰富，这里仅就他《水浒传》评点的思想内容和艺术价值两个方面进行简单的分析。

金圣叹对《水浒传》思想内容的认识主要表现在对“忠义”问题的理解和对施耐庵著书目的的认识两个方面。李贽是最早提出《水浒传》具有“忠义”思想的人，后来很多论者都持此观点，但金圣叹却对此进行大胆的质疑。他在《水浒传序二》中认为宋江等一百八人是“天下之凶物”，“皆揭竿斩木之贼也”，所为是“杀人夺货之行也”，故“施耐庵传宋江，而题其书曰《水浒》，恶之至、迸之至、不与昕同中国也”。施耐庵写此书的目的在于“诛前人既死之心”，“防后人未然之心”。而李贽等“好乱之徒，乃谬加以忠义之目”，这样一是造成“无恶不归朝廷，无美不归绿林”，违背了当时基本的封建伦理道德，二是以“忠义”归水

① （清）刘廷玑：《在园杂志》，张守谦点校，中华书局2005年版，第83页。

浒，则造成“名实牴牾”：“豺狼虎豹而有祥麟威凤之目，杀人夺货而有伯夷颜渊之誉，劓刖之余而有上流清节之荣，揭竿斩木而有忠顺不失之称”，其后果必然是“已为盗者读之而自豪，未为盗者读之而为盗也”①。因此金圣叹将《水浒传》腰斩，“削忠义而仍水浒”，否认《水浒传》具有“忠义”思想。

金圣叹之所以要腰斩《水浒传》，主要是与当时的社会环境和他作为封建社会文人的思想有关。前面提到，明朝末年满洲金人、农民起义军和阉党小人被视为三患，东林党人更是坚决要求镇压农民起义，而金圣叹评点《水浒传》时，农民起义更是直接威胁明王朝的生存。明王朝当时采取剿杀招抚并用的政策，但招抚政策屡被农民军利用，如李自成、张献忠陷入绝境时就几次投降而后复反。金圣叹身处的东南地区是明末的清议中心，攻击当事者玩寇纵寇成为压倒性的舆论。作为封建时代知识分子的金圣叹必然要受到这种思想的影响，所以他坚决反对招安。胡适早就认识到这个问题，他在《水浒传考证》中说：“圣叹生在流贼遍天下的时代，眼见张献忠、李自成一班强盗流毒全国，故他觉得强盗是不能提倡的，是应该口诛笔伐的。”② 金圣叹的这种思想表现在《水浒传》评点中就是将“排座次”以后的内容删去，虚拟卢俊义“惊恶梦”表达其“安得张叔夜其人，以击宋江之余力而遍击之也”，“则千人亦快、万人亦快”的仇视农民起义的心态。金圣叹的这种心态不仅使他腰斩《水浒传》，并且在具体的评点中还通过删改文本具体描写与批语表达他反对农民起义的“当世之忧”。用删改文本来表现其“独恶宋江”就是其中最明显的例子，而在具体评点中还多处表达了他反对招安和忠义与水浒的思想，如第七十回说“吾观《水浒》洋洋数十万言，而必以天下太平四字终之，其意可以见矣。后世乃复削去此节，盛夸招安，务令罪归朝廷，而功归强盗，甚且至于裒然以忠义二字而冠其端，抑何其好犯上作乱，至于如是之甚也哉?”③

反对招安和“忠义与《水浒传》”是金圣叹的主导思想，但在他的小说具体评点过程中，他的思想又表现出复杂性和矛盾性。他一方面认为“《水浒》所叙，叙一百八人，其人不出绿林，其事不出劫杀，失教丧心，

① （明）金圣叹：《水浒传序二》，《第五才子书施耐庵水浒传》，中华书局 1975 年影印本。
② 胡适：《水浒传考证》，《胡适文集》第 2 册，北京大学出版社 1998 年版，第 408 页。
③ （明）金圣叹：《第五才子书施耐庵水浒传》，中华书局 1975 年影印本。

诚不可训”，表达了他对梁山好汉极其厌恶的心理，但同时又对这些人进行了热情的赞美，并对他们不得已而为盗的行为表示同情和理解。

金圣叹对宋江诸人不得已而为盗的原因进行了大胆的质疑：“嗟乎，才调，皆朝廷之才调也。气力，皆疆场之气力也。必不得已而尽入于水泊，是谁之过也?”他认为这是当时政治极端腐败的原因，“一部大书七十回，将写一百八人也，乃开书未写一百八人，而先写高俅者，盖不写高俅，便写一百八人，则乱自下生也；不写一百八人，先写高俅，则是乱自上作也”①。“乱自上作”就是金圣叹对于上面所说“是谁之过”的回答，这个回答对宋江诸人不得已而为盗的原因进行了分析，其实是在某种程度上肯定了他们行为的合理性。

另外，金圣叹在评点中表达了对梁山好汉的赞美之情。如他说“李逵是上上人物，写得真是一片天真烂漫到底。……《孟子》‘富贵不能淫，贫贱不能移，威武不能屈’，正是他好批语”，又说“鲁达自然是个上上人物，写得心地厚实，体格阔大。论粗卤处，他也有些粗卤；论精细处，他亦甚是精细。然不知何故，看来便有不及武松处。想鲁达已是人中绝顶，若武松直是天神，有大段及不得处。”②

金圣叹思想的矛盾性不仅表现在如何评价《水浒传》“忠义”思想和梁山诸人，还表现在《水浒传》作者的著书主旨上。他一方面反对李贽发愤著书的观点，认为施耐庵著《水浒传》是出于纯粹消遣。他在《读第五才子书法》中说：

> 大凡读书，先要晓得作书之人，是何心胸，如《史记》，须是太史公一肚皮宿怨发挥出来。所以他于《游侠》、《货殖传》，特地着精神，乃至其余诸记传中，凡遇挥金杀人之事，他便啧啧赏叹不置。一部《史记》，只是“缓急人所时有”六个字，是他一生著书旨意。《水浒传》却不然。施耐庵本无一肚皮宿怨要发挥出来，只是饱暖无事，又值心闲，不免伸纸弄笔，寻个题目，写出自家许多锦心绣口，故其是非皆不谬于圣人。后来人不知，却于《水浒》上加忠义字，

---

① （明）金圣叹:《读第五才子书法》,《第五才子书施耐庵水浒传》，中华书局1975年影印本，第二回、第一回回评。

② 同上书。

遂并比于史公发愤著书一例，正是使不得。①

金圣叹认为《水浒传》作者著书是“饱暖无事”“心闲”，目的是为了展示自己的才华，写出“自家许多锦心绣口”，与司马迁发愤著书不同。但他在第一回回评点中又认为“为此书者，吾则不知其胸中有何等冤苦而为如此设言”。在第十八回总批中，金圣叹又说：“此回前半幅借阮氏口痛骂官吏，后半幅借林冲口痛骂秀才，其言愤激，殊伤雅道，然怨毒著书，史迁不免，于稗官又奚责焉?”② 联系前面他对《水浒传》主题的矛盾理解，我们发现金圣叹是矛盾的③。这种矛盾性和复杂性其实是由金圣叹的思想和所处的环境决定的。

金圣叹在李贽所谓宇宙中五大部书的基础上进一步提高《水浒传》的社会地位，将《水浒传》与“史家之绝唱，无韵之《离骚》”的《史记》对举，认为“《水浒传》方法，都从《史记》出来，却有许多胜似《史记》处。特《史记》妙处，《水浒》已是件件有。”④ 与李开先、李贽等人仅仅攀附《史记》以抬高《水浒传》的地位相比，金圣叹是从艺术手法的角度肯定二者之间渊源关系的。仔细分析金圣叹对《水浒传》的评点，我们发现他在小说艺术方面已经取得了非常耀眼的理论成就，大体来说他的小说理论包括了小说创作论、人物形象论和小说叙事论三个方面。

一是小说创作论。首先，在小说创作目的论上，上面我们已经说到，金圣叹是矛盾的。他一方面反对李贽发愤著书的观点，认为施耐庵著《水浒传》是出于纯粹消遣，“只是饱暖无事，又值心闲，不免伸纸弄笔，寻个题目，写出自家许多锦心绣口，故其是非皆不谬于圣人”。但他在第

---

① （明）金圣叹：《读第五才子书法》，《第五才子书施耐庵水浒传》，中华书局1975年影印本。

② 同上书。

③ 有的学者认为这并不矛盾。如王先霈认为“金圣叹在‘读法’中讲的，可能是讲写作动力问题。司马迁身受宫刑，他要借著书传名后世；而施耐庵不是因为有所愤而想借助著书立身传名，他著书只是消闲。金圣叹在回评中讲的作者胸中冤苦流露于书中，则是讲作者之愤进入文学作品内容，这一点施耐庵与司马迁相同。从金圣叹全部论述（包括他对《离骚》、《周易》的评论）来看，从他总的倾向来说，‘怨毒著书说’是他的主导观点之一，是他的真实主张，则并无疑义。”详见王先霈《明清小说理论批评史》，花城出版社1988年版，第256页。

④ （明）金圣叹：《读第五才子书法》，《第五才子书施耐庵水浒传》，中华书局1975年影印本。

一回回评中却又认为《水浒传》作者是有所感而著书，认为“为此书者，吾则不知其胸中有何等冤苦而为如此设言”。无论作者是否因怨毒而著书，金圣叹始终认为作者在写作之前必然有个“缘故”，“看来作文，全要胸中先有缘故。若有缘故时，便随手所触，都成妙笔；若无缘故时，直是无动手处，便作得来，也是嚼蜡”①。这就是说作家创作必然是有感而发，如果故做呻吟语，则味同嚼蜡，是写不出好作品的。

其次是创作题材问题。金圣叹认为题材是写好小说的关键，“题目是作书第一件事。只是题目好，便书也作得好”。他说施耐庵之所以选择水浒题材是因为水浒故事丰富多彩，施耐庵“贪他三十六人便有三十六样出身，三十六样面孔，三十六样性格，中间便结撰得来”。他还将《水浒传》与其他两部名著进行比较，认为《西游记》《三国演义》的题材都不好，“《三国》人物事体说话太多了，笔下拖不动，踅不转，分明如官府传话奴才，只是把小人声口，替得这句出来，其实何曾自敢添减一字?《西游》又太无脚地了，只是逐段捏捏撮撮，譬如大年夜放烟火，一阵一阵过，中间全没贯串，便使人读之，处处可住”②。虽然金圣叹的说法有点唯题材论的感觉，但至少已经意识到题材对小说创作有着重要的影响。

最后是小说创作中的虚构问题。关于这一点，容本评点者已经有所认识了。金圣叹也提出了“因文生事说”：

> 某尝道《水浒》胜似《史记》，人都不肯信。殊不知某却不是乱说。其实《史记》是以文运事，《水浒》是因文生事。以文运事，是先有事生成如此如此，却要算计出一篇文字来。虽是史公高才，也毕竟是吃苦事。因文生事即不然，只是顺着笔性去，削高补低都由我。③

这里，金圣叹谈的是历史叙事与小说叙事的区别。他认为，历史叙事是先有历史事实，“文”是为“事”服务的，而小说叙事是着眼于“文”的，“事”是根据塑造艺术形象的需要虚构出来的。历史叙事的“事”决

① （明）金圣叹：《读第五才子书法》，《第五才子书施耐庵水浒传》，中华书局 1975 年影印本。

② 同上书。

③ 同上书。

定“文”,“文”必须为表现“事”服务。但作为文学创作的小说叙事则恰恰相反,“文”是作者想要表现的,尽管也要反映现实,但必须经由作者道出,“我”手写来。因此金圣叹说小说叙事“只是顺着笔性去,削高补低都由我”。由于作者遵循了“因文生事”的原则,所以《水浒传》的主要人物塑造得都很成功,达到了“任凭提起一个,都似旧时熟识”的地步。金圣叹一方面主张虚构,一方面却又反对谈神说怪这样没有现实生活基础的虚构,认为“《水浒传》不说鬼神怪异之事,是他气力过人处。《西游记》每到弄不来时,便是南海观音救了”①。这种现实主义的创作精神显然是与容本一致的,是对容本的继承和发展。

二是人物形象论。金圣叹说“天下之文章,无有出《水浒》右者”,这主要是因为《水浒传》刻画人物特别成功,“《水浒》所叙,叙一百八人,人有其性情,人有其气质,人有其形状,人有其声口”②。故而“独有《水浒传》,只是看不厌”。金圣叹特别强调《水浒传》的作者善于刻画人物性格,尤其是善于写出某一类型人物各自细微的区别:

> 《水浒传》只是写人粗卤处,便有许多写法:如鲁达粗卤是性急,史进粗卤是少年任气,李逵粗卤是蛮,武松粗卤是豪杰不受羁□,阮小七粗卤是悲愤无说处,焦挺粗卤是气质不好。③

鲁达、李逵等粗鲁人物各自的精神面貌、独特个性正是通过如此同而不同处的细微区别来体现的,显然这一认识已经是非常深刻的人物性格理论了。

另外,金圣叹认为要成功塑造人物还要注意描摹人物的个性化的语言,“《水浒传》并无之乎者也等字。一样人,便还他一样说话。真是绝奇本事”④。所谓“一样人,便还他一样说话”,指的正是人物的个性化语言。小说的主要任务就是塑造成功的形象,只有通过人物独特的符合其身份的语言,才能够给读者留下深刻的印象,金圣叹认为《水浒传》就达

① (明)金圣叹:《读第五才子书法》,《第五才子书施耐庵水浒传》,中华书局 1975 年影印本。

② 同上书。

③ 同上书。

④ 同上书。

到了这样的艺术水平。

三是小说叙事理论。金圣叹在他的《读法》中还总结了《水浒传》的叙事理论。在全书的叙事结构上，金圣叹以他腰斩的《水浒传》版本为依据，高屋建瓴地提出《水浒传》是以三个石碣为全书结构的大关键，“三个石碣子，是一部《水浒传》大段落”。他还将人物出场和全书整体结构相联系，认为主角宋江出场是作者精心安排的，“《水浒传》不是轻易下笔。只看宋江出名，直在第十七回，便知他胸中已算过百十来遍。若使轻易下笔，必要第一回就写宋江，文字便一直帐，无擒放”，[①] 这种从整体上对小说结构进行把握的观点在以前是没有的。

除了从整体上把握小说结构外，金圣叹还认识到《水浒传》在局部的结构上是以人物为中心的“列传体”，他说“《水浒传》一个人出来，分明便是一篇列传”。[②] 我们知道《水浒传》其实主要是由若干个人物的单个故事组合而成的，如鲁十回、武十回等，这种结构今人称之为“缀段式”结构。金圣叹虽然没有明确地给这种结构命名，但的确已经认识到了它的基本特征。

在叙事时间上，金圣叹着重强调了等述和叙事频率。所谓等述就是叙述时间与故事时间基本吻合。等述具有时间的连续性和画面的逼真性特征，它主要用于表现人物在一定时间、空间里的活动，构成一种戏剧性场面。在《水浒传》中这类例子不胜枚举，而金圣叹所谓的“大落墨法”即是等述的典型。“大落墨法”在绘画中指的是对画面主要部分浓墨重彩的渲染，用于叙事文法，则指的是对叙事文本中重要场面的详尽叙述。金圣叹在《读第五才子书法》中指出，《水浒传》中“如吴用说三阮，杨志北京斗武，王婆说风情，武松打虎，还道村捉宋江，二打祝家庄等”[③] 都是这种技法，从时间上看，这种技法的运用表现为作品中叙事时间与事件发生的本身时间几乎相等。其目的主要在于突出和强化重要事件或人物的重要活动，给读者留下深刻印象。

叙述频率研究事件发生的次数与叙述次数的关系。“频率”原是物理学上的一个概念，指单位时间内有规律的运动次数，这里借用表示叙事作

① （明）金圣叹：《读第五才子书法》，《第五才子书施耐庵水浒传》，中华书局 1975 年影印本。

② 同上书。

③ 同上书。

品中的重复关系。但这种重复“事实上是思想的重复，它去除每次出现的特点，保留它与同类别其他次出现的共同点，是一种抽象”①。所以我们这儿所说的“同一事件”仅是基于其相似性的伪重复。金圣叹独具慧眼地发现《水浒传》中的叙述频率问题，并归结为正犯与略犯两种类型。“正犯法”指的是情节中主要部分的相似，金圣叹在《读第五才子书法》中指出：

> 有正犯法，如武松打虎后，又写李逵杀虎，又写二解争虎；潘金莲偷汉后，又写潘巧云偷汉；江州城劫法场后，又写大名府劫法场；何涛捕盗后，又写黄安捕盗；林冲起解后，又写卢俊义起解；朱仝、雷横放晁盖后，又写朱仝、雷横放宋江等。正是要故意把题目犯了，却有本事出落得无一点一画相借，以为快乐是也。真是浑身都是方法。②

在一般作品中，雷同是一大忌讳，尤其是同一部作品前后相似，更是力求避免的。但在《水浒》中，相似事件的出现是一种很突出的现象，金圣叹认为这是作者的一种有意安排，通过事件的某些相似性以获得较为明显的照应、对比等艺术效果。

“略犯法”指的是事件中个别部分与小段文字的相似，重复的范围较“正犯法”小，方式也较为隐蔽。但作为重复的一种手段，它在叙事文中却是大量存在的，现实生活中事件和人物的某些共同性正是它存在的基础。在《水浒传》中，它表现为作者在经营时的刻意安排。金圣叹指出：“有略犯法。如林冲买刀与杨志卖刀，唐牛儿与郓哥，郑屠肉铺与蒋门神快活林，瓦官寺试禅杖与蜈蚣岭试戒刀等是也。”③ 金圣叹认为作者采用略犯法的目的是犯中求避，犯中显避。“犯之而后避之，故避有所避也。若不能犯之而但欲避之，然则避何所避乎哉?”异是与同相比较而存在的，犯中显异才更显出作者的才气，也才能更好地表现叙述对象的特色。

---

① ［法］热拉尔·热奈特：《叙事话语·新叙事话语》，王文融译，中国社会科学出版社1990年版，第73页。

② （明）金圣叹：《读第五才子书法》，《第五才子书施耐庵水浒传》，中华书局1975年影印本。

③ 同上书。

金圣叹曾对林冲买刀与杨志卖刀作了较仔细的比较：

> 两位豪杰，两口宝刀，接连而来，对插而起，用笔至此，奇险极矣。……又一个买刀，一个卖刀，分镳各骋，互不相犯，固也；然使于赞叹处、痛悼处，稍稍有一句、二句，乃至一字、二字偶然相同，即亦岂见作者之手法乎？今两刀接连，一字不犯，乃至譬如东泰西华，各自争奇。呜呼！特特挺而走险，以自表其“六辔如组，两骖如舞”之能，才子之称，岂虚誉哉？①

在这两件事中，相异大于相似，作者正是通过偶尔的相犯以引起人们的联想和对比，从而更清楚地分辨出人物各自的神威。

总之，金圣叹《水浒传》的评点在艺术上取得了巨大的成就，影响深远。对此，清代著名的小说评点家冯镇峦曾满怀崇敬之情地说：“金人瑞批《水浒》、《西厢》，灵心妙舌，开后人无限眼界，无限文心。”② 从金圣叹对中国小说美学的贡献来看，冯氏的赞扬并非溢美之词。

容本和金本在评点艺术上都取得了较高的成就，分别代表着万历中期和崇祯末年《水浒传》评点乃至整个小说评点的两个高潮。从评点文学的角度看，二者是互有优劣，而金本更是在容本的基础上将整个评点文学推向了高峰，代表着评点文学的最高成就。

首先，金本在容本“发愤著书”说的基础上提出“怨毒著书”说，这是对容本思想的继承。但同时由于金圣叹处在明朝末年农民大起义的时代，所以他又认为施耐庵著《水浒传》是出于纯粹消遣，这实质上又是否定了自己的怨毒著书说。但从全书评点的整体上看，金圣叹是基本上坚持了“怨毒著书”说这一观点的。

其次，在小说创作论上，容本提出“世上先有说”，认为小说创作来源于生活。金圣叹一方面继承了容本的观点，强调小说题材对创作的影响，但他同时更看重作家对生活的感受，认为作文“全要胸中先有缘故。若有缘故时，便随手所触，都成妙笔；若无缘故时，直是无动手处，便作

---

① （明）金圣叹：《读第五才子书法》，《第五才子书施耐庵水浒传》，中华书局1975年影印本。

② （清）冯镇峦：《读聊斋杂说》，《聊斋志异会校会评会注本》，上海古籍出版社1986年版，第12页。

得来，也是嚼蜡”。

另外，金圣叹的小说叙事理论继承了前人如容本的小说情节理论和文人笔记的部分观点，创造性地总结出了若干文法，对小说叙事结构、叙事时间和叙事视角等问题进行了非常深入的探讨，对后代如毛宗岗、张竹坡和脂砚斋等有巨大的影响。

第三节　明清时期《水浒传》其他问题

明万历以后，由于《水浒传》在普通市民和士大夫中迅速传播开来，其影响和地位日渐提高，当时“世人耽嗜《水浒传》，至缙绅文士亦间有好之者”①，“上自名士大夫，下至厮养隶卒，通都大郡，穷乡小邑，罔不目览耳听，口诵舌翻，与纸牌同行”②。流风所及，一些士大夫也开始在自己的笔记里对《水浒传》中人物、地理和思想艺术等问题进行考辨探究。从现存明清笔记和小说序跋来看，主要集中在《水浒传》本事、作者、版本的考证和思想艺术的分析等方面。这实际上已经基本囊括了现代《水浒传》研究的主要领域。

一　本事考辨

《水浒传》虽然是小说，但它却有部分历史的影子。小说广泛流行后，《水浒传》中一些问题——如宋江等人是否历史上实有、梁山泊是否真的存在——引起了很多人的兴趣，明清时期的文人在笔记中对这些问题进行了考辨。

首先是对宋江等梁山一百零八条好汉的历史本来面目进行考证，这主要集中在两个方面：一是宋江等是否实有其人。大多数人都认为宋江三十六人有历史记载，是真实的，而所谓七十二地煞则是作者虚构。明人郎瑛《七修类稿》卷二十五《辩论类·宋江原数》说：“史称宋江三十六人横行齐、魏，官军莫抗，而侯蒙举讨方腊。周公谨载其名赞于《癸辛杂

---

① （明）胡应麟：《少室山房笔丛》卷四十一《庄岳委谈》下，上海书店出版社 2001 年版，第 437 页。

② （明）许自昌：《樗斋漫录》卷六，《续修四库全书》子部杂家类，第 1133 册，上海古籍出版社 1995 年版，第 102 页。

志》，罗贯中演为小说，有替天行道之言。今扬子、济宁之地，皆为立庙。据是，逆料当时非礼之礼，非义之义，江必有之，自亦异于他贼也。但贯中欲成其书，以三十六为天罡，添地煞七十二人之名。”① 王士禛《居易录》卷七说：“稗官小说，不尽凿空，必有所本。如施耐庵《水浒传》，微独三十六人姓名见于龚胜予赞，而首篇叙高俅出身，与《挥麈后录》所载一一吻合。”② 梁玉绳《瞥记》卷七也认为“《东都事略·侯蒙传》称宋江三十六人横行河朔。《癸辛杂志续集》载龚圣与《三十六人赞》，皆不云一百八人也”③。故胡应麟明确指出：“施氏此书所谓三十六人者，大概各本前人，独此外则附会耳。”④

二是宋江是否受招安并攻讨方腊问题。大多数笔记根据《宋史》、《建炎以来系年要录》等正史野史的记载，认为宋江等人接受了招安，但有的学者对是否攻讨方腊问题则存疑。如焦循《剧说》卷五认为：“《张叔夜传》，言宋江降，而不言降后之事。《侯蒙传》，亦载其疏招宋江平方腊语，而不详其允否。则当时用蒙议，命张叔夜降之，使隶辛兴宗平方腊于清溪，未可知也。”⑤ 另外有的学者根据陆友仁《题宋江三十六人画赞》，认为宋江在投降后曾经攻讨方腊。李调元《剧话》卷下说：“陆友仁《题宋江三十六人画赞》云：‘睦州盗起尘连北，谁挽长江洗兵革？京东宋江三十六，悬赏招之使擒贼。后来报国收战功，捷书夜奏甘泉官。’则江降后自有攻讨方腊等事，《续传》不为无因。”⑥ 但这种观点也遭到一些学者的反对。俞樾《小浮梅闲话》认为“宋江事见《宋史·张叔夜传》、《宋史·徽宗本纪》、《韩世忠传》、《侯蒙传》……是赦宋江以讨方腊，侯蒙有此议，而实未之行。小说家即本此附会耳。”⑦ 梁章钜《浪迹丛谈》卷六也认为宋江攻讨方腊之事不可确考：

---

① （明）郎瑛：《七修类稿》，中华书局1959年版，第385—386页。

② （清）王士禛：《居易录》卷七，《笔记小说大观》第十五编第八册，新兴书局1985年版，第4831—4832页。

③ （清）梁玉绳：《瞥记》，《续修四库全书》子部杂家类，第1157册，上海古籍出版社1995年版，第82页。

④ （明）胡应麟：《少室山房笔丛》卷四十一，上海书店出版社2001年版，第438页。

⑤ （明）焦循：《剧说》，古典文学出版社1957年版，第116页。

⑥ （清）李调元：《剧话》，《中国古典戏曲论著集成》（八），中国戏曲出版社1959年版，第62页。

⑦ 朱一玄、刘毓忱：《水浒传资料汇编》，南开大学出版社2002年版，第100页。

《水浒传》之作，亦依傍正史，而事迹不能相符。……按《侯蒙传》虽有使讨方腊之语，事无可考。宋江以二月降，方腊以四月擒，或藉其力。但其时擒腊者，据《徽宗本纪》以为忠州防御使辛兴宗；据《童贯传》以为宣抚制使童贯，据《韩世忠传》则世忠以偏将穷追至青溪峒，问野妇得径，渡险数里，捣其穴，辛兴宗掠其俘以为己功：皆与宋江无涉也。①

另外，有的学者还对《水浒传》中诸多细节问题进行了考辨，指出其谬误之处，如许自昌《樗斋漫录》卷六：

余惟此书，多与史传不合，如《宋史》宣和三年一月，淮南盗宋江寇京东州郡，至海州，知州张叔夜败之，江乃降，未尝命高太尉童大王也；而《水浒传》系于四年。惟《宋史》宣和二年，方腊陷建德军歙衢杭州，以童贯为江淮荆浙宁抚使，帅师讨之。三年四月，贯执方腊。八月伏诛，差后于三年二月；或者因知亳州侯蒙上书，有赦江罪命讨方腊之言，疑江降后，贯调其兵，随军至帮源洞乎？然腊未尝陷苏常等州也。若政和五年，女真完颜阿骨打已称帝，国号金，改元收国，至七年，又改天辅，大败契丹兵，收其五京。至宣和四年三月，宋以童贯为河北河东路宣抚使，帅师巡北边应金，而五月伐辽，贯败绩于白沟，退保雄州。十月，贯使刘延庆、郭药师伐辽，败绩于燕山，延庆退保雄州。宋江何尝从军也？宋师何尝胜辽也？余藏《癸辛杂志》、《宣和遗事》，所载详略不同，若田虎王庆，归功水浒，固不足辨，如蓟州五台，此时正属契丹，宋人岂能掉臂出入耶？又瓦子团头，杭州市井，岂出于杭人之笔，不免夹带乡谈耶？而《黄花峪》、《花和尚》二杂剧，不见本传，何耶？愚意宋江自在山东，而《宋史》书淮南，已可笑，其金华将军事，又可笑，金华令曹杲，真定人，仕吴越，有功杭州，庙食涌金门内，载在祀典，与张顺何预耶？又金铃钓挂，系之华山，益可笑，盖江未尝越开封而至陕西明

① （清）梁章钜：《浪迹丛谈》，刘叶秋、苑育新校注，福建人民出版社 1983 年版，第 82 页。

矣，抑讹泰山作华山，蔡衙内作任原耶?①

许自昌的考订虽然有将小说混同史学之嫌，但其考论详尽，对后来《水浒传》本事、成书和作者考证都有很大的启发。

此外，值得注意的是有的笔记中认为宋江事是在南渡后发生的，这与历史和小说发生在政和年间不同。如明人曹学佺《大明舆地名胜志》卷四说，“湖在漕河西岸，萦回百里，即巨野大泽东畔也。宋时与梁山泺水汇而为一，围三百余里，即南渡时宋江军所据梁山泊也”②。另外嘉靖时《山东通志》卷五也说，“梁山泺在东平州西五十里。宋南渡时宋江为寇，尝结寨于此，中有黑风洞”③。这其实直接牵涉《水浒传》故事源流与演变问题，今人如侯会等对此多有阐发。

其次是对小说中梁山泺等地理问题的考证。该问题主要有两方面。一是对梁山泺具体位置的考察和宋江是否据有梁山泺为盗的问题。大多数人都认为梁山泺在今山东省东平县境内，宋江等曾以此为根据地。如李贤《大明一统志》卷二十三说“梁山泺在东平州西。宋宋江为寇，尝保此中，有黑风洞”④。《大明一统志》的说法往往被后世地理方志类书籍所承袭，如嘉靖时修的《山东通志》卷五“梁山泺在东平州西五十里。宋南渡时宋江为寇，尝结寨于此，中有黑风洞”⑤；顾祖禹《读史方舆纪要》卷三十三《东平州》云：“（梁山）山周二十余里，上有虎头崖，下有黑风洞。山南即古大野泽。……宋政和中，盗宋江保据于此，其下即梁山泊也。”⑥

但也有学者认为史书上并无宋江盘踞梁山泺之事，宋江盘踞梁山泺当是后人的附会。如袁枚《随园随笔》卷十八《辩讹类下 · 梁山泊之讹》云：“俗传宋江三十六人据梁山泊，此误也。按《徽宗本纪》、侯蒙、张

---

① （明）许自昌：《樗斋漫录》卷六，《续修四库全书》子部杂家类，第1133册，上海古籍出版社1995年版，第102页。

② 朱一玄、刘毓忱：《水浒传资料汇编》，南开大学出版社2002年版，第79页。

③ 嘉靖《山东通志》卷五，《四库全书存目丛书》史部地理类第187册，齐鲁书社1996年版，第803页。

④ （明）李贤等撰：《大明一统志》卷二十三，台联国风出版社1977年版，第1530页。

⑤ 嘉靖《山东通志》卷五，《四库全书存目丛书》史部地理类第187册，齐鲁书社1996年版，第803页。

⑥ （清）顾祖禹：《读史方舆纪要》，《续修四库全书》史部地理类第602册，前引书，第316页。

叔夜两传纪江事者，并无据梁山泊之说。惟《蒲宗孟传》言：‘梁山泺多盗，宗孟痛治之，虽小偷必断其足，盗虽衰止，而所杀甚多。’《孙公谈圃》云：‘蒲宗孟知郓州，有盗黄麻胡依梁山泺为患’云云。此是神宗时事，与宋江之起事宣和者，已相隔数十年矣。”① 另外汪师韩《韩门缀学续编》也说“梁山泺在宋为盗薮，世借以为宋江据此。……《徽宗本纪》及《侯蒙张叔夜》等传纪宋江事者，俱不及梁山泺”②。晚清的邱炜萲《菽园赘谈·梁山泊辨》对这个问题谈得最清楚，他说：

> 梁山泊不知在何处，谈者津津，坚称世间确有其地。及问其地之在何处，则又东称西指，莫定主名。大抵人情好怪，不稽事理，随声附和，往往而然。不为喝破，反增疑窦，使无识者日驰情于无何有之乡，则当世之惑，而人心之害人矣。今按《宋史》并无梁山泊，而有梁山泺。梁山泺虽为盗薮，究与宋江无涉。……微论与江无涉，且宗孟为神宗朝人，其去徽宋朝，亦越数十年也。作者随手扭捏一梁山泊地名，亦犹《三国演义》之落凤坡，本无心于牵合，谈者求其地以实之，不得，或遂指梁山泺为梁山泊。如今时四川之有落凤坡者，究未可知。要为齐东野人之言，非大雅所宜出也。③

邱炜萲其实已经从文学虚构的角度对宋江是否据有梁山泊的问题进行了阐述，初步接触到艺术真实与生活真实的问题。

二是对小说描写中的地理问题进行了辨析，指出其中的错误。这对后来以地理问题研究作者有很大的启发。昭梿《啸亭续录》卷二说：“《水浒传》官阶、地理，虽皆本之宋代，然桃花山既为鲁达由代郡之汴京路，何以三山聚义时，反在青州？北京之汴，不过数程，杨志奚急行数十日，尚未至，又纡至山东郓城，何也？此皆地理未明之故。”④

---

① （清）袁枚：《随园随笔》，《续修四库全书》子部杂家类第1148册，上海古籍出版社1995年版，第316页。

② （清）汪师韩：《韩门缀学续编》，《续修四库全书》子部杂家类第1147册，上海古籍出版社1995年版，第538页。

③ 朱一玄、刘毓忱：《水浒传资料汇编》，南开大学出版社2002年版，第106页。

④ 同上书，第319页。

另外，明清笔记中还有些涉及《水浒传》的情节问题。如王士禛《香祖笔记》卷十二“徐神翁谓蔡京曰：‘天上方遣许多魔君下生人间，作坏世界。’蔡曰：‘安得识其人?’徐笑曰：‘太师亦是。’按《水浒传》传奇首述误走妖魔，意亦本此；然不识蔡京为是天罡，为是地煞耳。神翁语见《钱氏私志》。”① 这是对小说开篇误走妖魔情节模式的溯源。俞樾《茶香室丛钞》卷十七指出戴宗的神行术源出佛典，“《莲社高贤佛驮邪舍传》云：罗什在姑臧，遣信要之。师恐国人止其行，取清水，以药投之，呪数十言，与弟子洗足，即夜便发，比旦行数百里。问弟子：‘何所觉耶?’答曰：‘惟闻疾风流响，两目有泪。’师又呪水洗足，乃止。按小说书有神行之术，本此”②。俞樾《茶香室续钞》卷十六《梁山泺贼》还提到张清以手投石的原型来自施鸿宝《闽杂记·石手军》③。

明清笔记中关于《水浒传》本事的考辨开启后代《水浒传》源流研究的先河，许多论题如宋江是否招安与征讨方腊问题都成为后来学者争论的重点，而今天有的学者从小说中的地理位置来探讨《水浒传》成书问题，显然是受到明清笔记中相关问题的启发。

二　作者论争

关于《水浒传》的作者问题一直是个谜。从明代嘉靖时期开始，文人著录中就歧说纷出。总的来看，明清时期关于《水浒传》作者的说法可以分为四种：一是罗贯中（或罗贯，字本中），二是施耐庵，三是施作罗编或罗续，四是无名氏。

最早提到《水浒传》作者的是嘉靖年间的郎瑛，他在《七修类稿》卷二十三中说：

> 《三国》、《宋江》一书，乃杭人罗本贯中所编。予意旧必有本，故曰编。《宋江》又曰钱塘施耐庵的本。④

此后田汝成《西湖游览志余》卷二十五亦从其说，认为：“钱塘罗贯中本者，南宋时人，编撰小说数十种，而《水浒传》叙宋江等事，奸盗

---

① （清）王士禛：《香祖笔记》，赵伯陶选评，学苑出版社2001年版，第367页。
② 朱一玄、刘毓忱：《水浒传资料汇编》，南开大学出版社2002年版，第102页。
③ 同上书，第103页。
④ （明）郎瑛：《七修类稿》，中华书局1959年版，第352页。

脱骗机械甚详。然变诈百端，坏人心术，其子孙三代皆哑，天道好还之报如此!"① 与《西湖游览志余》相似的说法是王圻《续文献通考》，该书第百七十七卷《经籍考》云："《水浒传》罗贯著。贯字本中，杭州人。"② 这里作者由罗贯中变成了罗贯，字本中。此后，许多人如陈氏尺蠖斋《评诠东西两晋演义序》都祖述此说。

关于罗贯中的生平材料涉及少。《录鬼簿续编》云："罗贯中，太原人，号湖海散人。与人寡合。乐府、隐语极为清新。与余为忘年交，遭时多故，各天一方。至正甲辰复会，别来又六十余年，竟不知其所终。《风云会》(赵太祖龙虎风云会)、《蜚虎子》(三平章死哭蜚虎子)、《连环谏》(忠正孝子连环谏)"③。另外，《稗史汇编》认为罗贯中是"有志图王"者④。

但罗贯中是否为《水浒传》作者也一直受到人们的质疑，有的人认为《三国演义》和《水浒传》在艺术风格上迥然不同，不可能是出自一人手笔。如胡应麟《少室山房笔丛》卷四十一谓"郎（瑛）谓此书及《三国》并罗贯中撰，大谬。二书浅深工拙，若霄壤之悬，讵有出一手理？世传施号耐庵，名字竟不可考"⑤。类似的声音在明代署名惠康野叟的《识余》中也曾出现。

关于施耐庵作《水浒传》的观点其实产生很早，前引《七修类稿》就提到《水浒传》"又曰钱塘施耐庵的本"。较早将《水浒传》著作权独归施耐庵的是胡应麟，他在《少室山房笔丛》中说《水浒传》是"元人武林施某所编"，说"施某尝入市肆。细阅故书，于敝楮得宋张叔夜檎贼招语一通，备悉其一百八人所由起，因润饰成此编。其门人罗本亦效之为《三国演义》，绝浅陋可嗤"⑥。胡氏不仅将《水浒传》著作权独归施耐庵，并且认为罗贯中是施耐庵的门人。降至崇祯年间金圣叹批点《水浒传》，将其腰斩，并伪造了一篇施耐庵的序，认为自梁山排座次后都是罗贯中续作，斥之为"恶札"。由于金圣叹评点本极为流行，因此施耐庵说

---

① （明）田汝成：《西湖游览志余》，浙江人民出版社 1981 年版，第 468 页。

② （明）王圻：《续文献通考》卷百七十七，台北文海出版社 1988 年版，第 2698 页。

③ （元）钟嗣成、贾仲明撰，马廉校注：《录鬼簿新校注》，文学古籍刊行社 1957 年版，第 148 页。

④ （明）王圻：《稗史汇编》卷一百三，北京出版社 1993 年版，第 1537 页。

⑤ （明）胡应麟：《少室山房笔丛》卷四十一，上海书店出版社 2001 年版，第 438 页。

⑥ 同上书。

在以后近四百年间影响最大，譬如盛于斯《休庵影语》、李渔《闲情偶寄序》、句曲外史《水浒传序》等都祖述其说。

关于施耐庵的生平资料，在1952年前后发现的明王道生《施耐庵墓志》、杨新《故处士施公墓志铭》以及佚名《施耐庵传》[①] 等材料中有所论及，但对于这些材料的真实性问题，还有很大的争论。另外还有一种观点认为施耐庵就是施惠，如清无名氏《传奇汇考标目》云："施耐庵，名惠，字君承，杭州人。（著有）《拜月亭旦》、《芙蓉城》、《周小郎月夜戏小乔》。"[②] 这个观点响应者鲜，近现代学者如吴梅、王利器等还支持该说。

稍晚于罗贯中说的是施作罗编或罗续说。嘉靖年间的高儒在《百川书志》卷六《野史》条下著录《水浒传》版本时说：

> 《忠义水浒传》一百卷。钱塘施耐庵的本，罗贯中编次。宋寇宋江三十六人之事，并从副百有八人，当世尚之。周草窗《癸辛杂志》中具百八人混名。[③]

李贽在《忠义水浒传序》中也认为《水浒传》的作者是"施、罗二公"[④]，清代延月草堂主人也引昭文黄募庵语，说"耐庵本书止于'三打曾头市'，下皆罗贯中所续，今通行本则金采割裂减增施、罗两书首尾成之"[⑤]。此外容本序、袁本序和宝翰楼刻本五湖老人序和笑花主人《今古奇观序》等都持这种观点。

最后一种观点认为《水浒传》作者不可确考，代表人物如周亮工。他在《书影》卷一里说：

> 《水浒传》相传为洪武初越人罗贯中作，又传为元人施耐庵作，田叔禾《西湖游览志》又云此书出宋人笔。近金圣叹自七十回之后，

---

① 刘冬等：《施耐庵与水浒传》，《文艺报》1952年第21号。

② （清）无名氏：《传奇汇考标目》，《中国古典戏曲论著集成》第七集，中国戏剧出版社1959年版，第249页。

③ （明）高儒：《百川书志》卷六，古典文学出版社1957年版，第82页。

④ （明）李贽：《忠义水浒传序》，《焚书》卷三，中华书局1974年版，第303页。

⑤ 朱一玄、刘毓忱：《水浒传资料汇编》，南开大学出版社2002年版，第326页。

断为罗所续，因极口诋罗，复伪为施序于前，此书遂为施有矣。予谓世安有为此等书人，当时敢露其姓名者，阙疑可也。定为耐庵作，不知何据?①

周亮工从当时小说地位卑下的社会环境出发，认为《水浒传》作者不可确考，据有一定的可信性。另外清人王望如也持类似的观点，他在《第五才子水浒序》中说："《水浒》一书七十回，为一百八人作列传。或谓东都施耐庵所著，或谓越人罗贯中所作，皆不可知，要不过编辑绿林之劫杀以示戒也。"②

作者的时代问题直接关系到作品成书与版本问题，因此非常重要，但《水浒传》作者的时代仍然无法确定。大致而言有三说：一是南宋人说，见田汝成《西湖游览志余》；二是元人说，见胡应麟《少室山房笔丛》；三是明朝初年人说，见天都外臣《水浒传序》："故老传闻：洪武初，越人罗氏，诙诡多智，为此书，共一百回，各以妖异之语引于其首，以为之艳。"③

关于作者籍贯，一般认为罗贯中是杭州人，如郎瑛《七修类稿》，天都外臣则统称"越人"，而《录鬼簿续编》则认为是"太原人"。关于施耐庵，《七修类稿》认为是钱塘人，《传奇汇考标目》则认为是杭州人，而《施耐庵墓志》则认为是"世居扬之兴化，后徙海陵白驹"④。

总的来说，由于文献不足征，明清时期关于《水浒传》作者及其生活时代籍贯等问题已经出现很大的歧说，后来《水浒传》作者研究基本上不出此范围。

三　版本著录

明清时期文人对《水浒传》的版本基本上限于著录和介绍。大体来说，当时提及的主要版本除了现存的，还有以下三种：

一是旧本《水浒传》。从当时文人笔记著录来看，我们可以推测旧本《水浒传》具有以下特征：首先应该是百回本，明天都外臣《水浒传序》说"故老传闻：洪武初，越人罗氏，诙诡多智，为此书，共一百回"。当

---

① （清）周亮工：《书影》卷一，古典文学出版社1957年版，第15页。

② （清）王望如：《评论出像水浒传》，清顺治十一年醉耕堂本。

③ 朱一玄、刘毓忱：《水浒传资料汇编》，南开大学出版社2002年版，第167页。

④ 刘冬等：《施耐庵与水浒传》，《文艺报》1952年第21号。

然也可能是二十册而不分回，李开先《词谑》说“《水浒传》委曲详尽，血脉贯通，《史记》而下，便是此书。且古来更未有一事而二十册者”①。可见李氏所见时的《水浒传》还是不分回的。

其次是每回有“致语”。天都外臣《水浒传序》说《水浒传》“各以妖异之语引于其首，以为之艳。嘉靖时，郭武定重刻其书，削去致语，独存本传。余犹及见《灯花婆婆》数种，极其蒜酪”。钱希言《戏瑕》卷一亦云：

> 词话每本头上，有请客一段，权做过德胜利市头问，此政是宋朝人借彼形此，无中生有妙处。游情泛韵，脍炙千古，非深于词家者，不足与道也。微独杂说为然，即《水浒传》一部，逐回有之，全学《史记》体，文待诏诸公，暇日喜听人说宋江，先讲摊头半日，功父犹及与闻。今坊间刻本，是郭武定删后书矣。②

可见文徵明时代的《水浒传》还有类似于话本小说头回之类的片段。

最后从内容上看，旧本小说没有田王二传。天都外臣《水浒传序》说旧本“复为村学究所损益。盖损其科诨形容之妙，而益以淮西、河北二事”，正是指此。可惜的是现在这个本子没有流传下来，无法得窥原貌。

二是督察院本，具体情况不详，周弘祖《古今书刻》上编“督察院”条下云“水浒传”③，惜其太简，无法知道更多情况。

三是郭武定版。袁无涯《忠义水浒全书·发凡》云：“古本有罗氏致语，相传《灯花婆婆》等事，既不可复见；乃后人有因四大寇之拘而酌损之者，有嫌一百廿回之繁而淘汰之者，皆失。郭武定本，即旧本移置阎婆事，甚善；其于寇而去王、田而加辽国，犹是小家照应之法。”④ 可见郭本当是根据旧本删去“致语”、“移置阎婆事”、“去王、田而加辽国”，

---

① （明）李开先：《词谑》，《中国古典戏曲论著集成》（三），中国戏曲出版社 1959 年版，第 268 页。

② （明）钱希言：《戏瑕》，《笔记小说大观》第十七编第二册，台北新兴书局 1985 年版，第 937 页。

③ （明）周弘祖：《古今书刻》卷上，古典文学出版社 1957 年版，第 325 页。

④ （明）袁无涯：《忠义水浒传全书·发凡》，《明清善本小说丛刊》第十七辑，台湾天一出版社 1985 年版。

显然属百回本系统，在当时被世人号为善本。

另外，对简本产生的情况在当时文人笔记中也有反映。胡应麟说“余二十年前所见《水浒传》本，尚极足寻味，十数载来，为闽中坊贾刊落，止录事实，中间游词余韵，神情寄寓处，一概删之，遂几不堪覆瓿。复数十年，无原本印证，此书将永废”①。周亮工《书影》卷一也说：“予见建阳书坊中所刻诸书，节缩纸板，求其易售，诸书多被刊落。此书亦建阳书坊翻刻时删落者。”② 李葆恂则通过版本对勘，发现金本中的施耐庵序是金氏伪造的，说“大抵金评所谓俗本作某者，此本皆然；所谓古本者，皆其臆改者也，与平四寇共为一百二十回。然一片铸成，并无前后之说”③。显然李氏是用袁本进行校勘而发现金本做伪的。

四　主题思想

明清文人笔记和小说序跋中还对《水浒传》的思想内容、社会功用、作家创作目的等问题进行了阐发。

当时就《水浒传》思想内容的认识而言，概言之无非有二：一是忠义说，二是诲盗说，实质上是一个问题的两个方面。主忠义说者如天都外臣往往从当时的社会政治环境出发，认为宋江诸人是不得已而为盗，与蔡京高俅辈比较仅是“窃钩者耳”，算得上是忠义之辈，况且这些人“诵义负气，百人一心，有侠客之风，无暴客之恶”，“惟以招安为心”④，是值得赞赏和褒扬的。李贽在《忠义水浒传序》中以“忠义”推许梁山诸人，认为梁山诸人之所以归于水浒是因为“小德役大德，小贤役大贤”的社会环境，说“水浒之众，皆大力大贤有忠有义之人”，而宋江“身居水浒之中，心在朝廷之上；一意招安，专图报国，卒至于犯大难，成大功，服毒自缢，同死而不辞”，是“忠义之烈也”。他还认为，上至有国者、贤宰相，下至文武大臣都应该读《水浒传》，“苟一日而读此传，则忠义不在水浒，而皆为干城心腹之选矣。否则，不在朝廷，不在君侧，不在干城心腹，乌乎在？在水浒。”⑤ 这实际上是从维护封建统治的立场出发，将

---

① （明）胡应麟：《少室山房笔丛》卷四十一，上海书店出版社 2001 年版，第 436 页。

② （清）周亮工：《书影》，古典文学出版社 1957 年版，第 8 页。

③ （清）李葆恂：《旧学庵笔记》，载朱一玄、刘毓忱《水浒传资料汇编》，南开大学出版社 2002 年版，第 138 页。

④ 天都外臣：《水浒传序》，载朱一玄、刘毓忱《水浒传资料汇编》，南开大学出版社 2002 年版，第 167 页。

⑤ （明）李贽：《忠义水浒传序》，《焚书》卷三，中华书局 1974 年版，第 303 页。

《水浒传》当作政治教科书了。

与忠义说相反，主张诲盗说者往往否定梁山诸人，认为“此百八人者，始而夺货，继而杀人，为王法所必诛，为天理所不贷，所谓忠义者如是，天下之人不尽为盗不止，岂作者之意哉?”① 王望如继承了金圣叹的观点，认为宋江诸人是“宋朝之乱臣贼子”，作者写此书是责“暴政”，批评此书目的是“非教天下以盗也，教天下以止偷之法也”②。

由于当时的社会环境和小说的社会地位，对《水浒传》主题思想的接受主要是从社会功用而非艺术角度来立论的。当时欣赏《水浒传》的论者为了抬高其社会地位，往往比附《春秋》，从中国传统的史学角度阐发《水浒传》对社会风气的正面影响。如大涤余人《刻忠义水浒传缘起》认为“稗说可以醒通国。化血气为德性，转鄙俚为菁华，其于人文之治，未必无小补云”③。无名氏《题水浒传叙》则认为“昔人谓《春秋》者史外传心之要典，愚则谓此传者，纪外叙事之要览也”④。杨明琅《叙英雄谱》更是高度评价，说“故为君者不可以不读此谱，一读此谱，则英雄在君侧矣；为相者不可以不读此谱，一读此谱，则英雄在朝廷矣。为经略掌勤王之师，马部主梨庭之役，又不可以不读此谱，一读此谱，则干城腹心尽属英雄，而沙漠鬼哭之□，玉门冤号之声，各不复闻于耳矣”⑤。甚至有的人认为《水浒传》“当与十空经并垂不朽”。

当然，也有的文人从相反的角度抨击《水浒传》，认为它是坏人心术之书。龚炜《巢林笔谈》卷二云：“施耐庵《水浒》一书，首列妖异，隐托讽讥，寄名义于狗盗之雄，凿私智于穿窬之手，启闾巷党援之习，开山林啃聚之端，害人心，坏风俗，莫甚于此!”⑥ 甚至有的人还诅咒作者“三世皆哑”。

对于《水浒传》的创作目的，李贽曾经认为是抒发愤懑之作。他在《忠义水浒传序》中说“《水浒传》者，发愤之所作也”，认为“施、罗

---

① （清）王望如:《评论出像水浒传序》，清顺治十一年醉耕堂本。

② （清）王望如:《评论出像水浒传总论》，清顺治十一年醉耕堂本。

③ 《芥子园本李卓吾批评忠义水浒传》，明清善本小说丛刊本十七辑，台湾天一出版社1985年版。

④ 《京本增补校正全像忠义水浒传评林》，明清善本小说丛刊本十七辑，台湾天一出版社1985年版。

⑤ 《精镌合刻三国水浒全传》，明清善本小说丛刊本第十三辑，台湾天一出版社1985年版。

⑥ （清）龚炜:《巢林笔谈》，钱丙寰点校，中华书局1981年版，第27页。

二公，身在元，心在宋；虽生元日，实愤宋事”。这其实是揭示了《水浒传》产生的社会根源在于封建社会腐朽黑暗，指出文学创作要针对现实有为而作，并进一步认为只有发愤而为的作品才是好作品，“古之圣贤，不愤则不作矣。不愤而作，譬如不寒而颤，不病而呻吟也，虽作何观乎？”① 后来的论者在继承他观点的基础上有了进一步的发展和细化，认为抒愤包含两个层面：一是抒发一己不得志之愤，如陈氏尺蠖斋《评释东西两晋演义序》说“罗氏生不逢时，才郁而不得展，姑作《水浒传》以抒其不平之鸣”②；二是抒家国之愤，盛于斯《休庵影语》说“耐庵，元人也，而心忠于宋……首称破大辽者，即所以破金、元也。称平河北、定淮西者，所以吐宋家恹恹不振之气也”③。

除了抒愤说之外，还有警世说，认为《水浒传》的写作就是警示劝戒。王望如《五才子水浒序》：“作者之旨，不责下而责上，其词盖深绝而痛恶之，其心则悲悯而矜疑之，亦有关世道之书，与宣淫导欲诸稗史迥异也。”④ 潘德舆《金壶浪墨·读水浒传题后一》云：“夫元季，何世也？其人见盗贼之蜂起，而揭竿持梃者之将以移鼎，而特以是书箴焉。其终曰‘天下太平’者，盖伤之也。……作是书者……大声疾呼前代之乱，以警当世之道也。”⑤

明清时期文人对《水浒传》主题的认识尤其是政治意识的突出一直影响到当代《水浒传》的研究，而关于《水浒传》创作目的与社会作用的认识大体上也离不开中国古代“文以载道”的文化传统。

五 艺术成就

明清文人笔记还对《水浒传》的艺术进行了阐释，有的将其与《史记》比较，有的论其叙事艺术，有的分析其人物塑造，均有一定的创见。

当时，有的学者常常攀附《史记》，认为《水浒传》和其他历史上的经典一样是“古今至文”⑥，“宇宙内”“五大部文章”。这一方面固然是为了抬高小说的社会地位，但也认识到《水浒传》在艺术上对史传文学

① （明）李贽：《忠义水浒传序》，《焚书》卷三，中华书局1974年版，第109页。
② 朱一玄、刘毓忱：《水浒传资料汇编》，南开大学出版社2002年版，第201页。
③ 同上书，第306页。
④ （清）王望如：《评论出像水浒传序》，清顺治十一年醉耕堂本。
⑤ 朱一玄、刘毓忱：《水浒传资料汇编》，南开大学出版社2002年版，第321页。
⑥ （明）李贽：《童心说》，《焚书》卷三，中华书局1974年版，第99页。

的继承和发展。故李开先认为"《水浒传》委曲详尽，血脉贯通，《史记》而下，便是此书"。钱钟书先生一语道破当时文人这种心理，指出："明清评点章回小说者，动以盲左、腐迁笔法相许，学士哂之，哂之诚是也，因其欲增稗史声价而攀援正史也。然其颇悟正史稗史之意匠经营，同贯共规，泯町畦而通骑驿，则亦何可厚非哉？"[①] 正是史乘显贵的社会地位存在着无穷的诱惑，才能够给小说及其批评提供了一种可供操作的评价体系和批评指标，而后世的小说批评的一支正是沿着这种思路进行的。

有的学者则从小说叙事学的角度高度赞扬《水浒传》。如胡应麟说《水浒传》"不事文饰，而曲尽人情耳。……述情叙事，针工密致，亦滑稽之雄也"。并且它"排比一百八人，分量重轻，纤毫不爽，而中间抑扬映带，回护咏叹之上，真有超出语言之外者"[②]。这其实是透过文字的表面现象，高屋建瓴地看到作家在叙事结构方面的良苦用心。另外，惠康野叟在《识余》中也有类似的观点。

除了叙事"委曲详尽，血脉贯通"外，有的论者还分析了《水浒传》在人物描写上的成就，认为它描写"一百八人，人各一传，性情面貌，装束举止，俨有一人跳跃纸上"[③]。这显然是对金圣叹观点的继承。由于《水浒传》善于叙事和描写人物，因此取得了很好的艺术效果，"读之令人喜，复令人怒；令人涕泗淋浪，复令人悲歌慷慨。"[④] 李渔认为能够达到这样的艺术效果，关键是作者在创作中"设身处地"，"代此一人立心"，才能够"说一人肖一人"[⑤]。

本章小结

明清时期是中国封建制度开始走向末路而资本主义生产关系逐渐成长的

① 钱钟书：《管锥编》第一册，中华书局1979年版，第166页。

② （明）胡应麟：《少室山房笔丛》卷四十一，前引书，第436页。

③ （清）刘廷玑：《在园杂志》，张守谦点校，中华书局2005年版，第83页。

④ 朱一玄、刘毓忱：《水浒传资料汇编》，南开大学出版社2002年版，第305页。

⑤ （清）李渔：《闲情偶寄》卷三，中国古典戏曲论著集成（七），中国戏剧出版社1959年版，第54页。

重要阶段，这一时期的《水浒传》研究就是在这样的政治、经济、文化背景下展开的。当时由于逐渐壮大的市民阶层的文化需求，小说的写作出版均比前代有重大发展，小说地位逐渐提高并受到具有较高文化修养的文人的青睐。这些文人对《水浒传》的研究主要成果散见于他们的笔记、诗文、方志和目录学等著作之中，但其主体却是小说评点（包括序跋和批语）。

明清时期《水浒传》评点的杰出代表是容本和金本。通观当时小说评点，主要集中在对小说思想内容和和艺术成就探讨两方面。在思想内容上，评点者主要是通过小说的具体描写，抨击腐朽没落的政治和日益沦丧的社会道德，并对小说的思想主题如招安等进行分析，并形成了所谓的“忠义”与诲盗两种对立主题。在小说艺术成就的探讨上，主要对小说与社会生活的关系、人物形象的塑造、情节结构的布置和叙事时间等进行了比较深入的分析，尤其是前两者已经与今天的现实主义文学理论相差无几了。

另外，在当时文人笔记中还对《水浒传》的其他问题如本事源流、作者、版本进行了初步的考证，对小说思想内容和艺术成就进行了探讨。虽然由于体例等原因，这些问题大多都比较粗糙，但已基本构建了后世“水浒学”的大致框架，并在一些具体问题如水浒源流、繁本简本上取得了一些成就，对后来的研究有一定的影响。

但是，明清时期《水浒传》的研究也有明显的不足。首先是由于小说还没有真正作为一种独立的文体，仍然是野史稗官，因而对《水浒传》的研究具有随意性、无系统性。除了评点者的读法之类的具有理论雏形外，大多数评点是即兴、感悟式的只言片语，有的甚至是套话废话，理论意义不大。

其次，笔记中的考证除了随意性外，在史实的考证上往往具有这两个特点：一是史实与小说混杂不分。往往将历史事实与小说混淆，以历史的真实来要求小说，这自然与中国古代史官文化特别发达有关。二是在具体史实的考证上往往陈陈相因。如有的观点明显是错误的，但后人往往据最早的材料进行生发敷衍，造成以讹传讹，例如关于地理问题、作者问题等。故著名学者余嘉锡批评说：“清人其他考证著作，偶尔牵涉及宋江梁山泺者，大抵为随笔摭拾，非经意之作，故因袭前人者十恒八九，鲜所订正；甚且治丝而棼，转增讹谬。”①

① 余嘉锡：《宋江三十六人考实》，作家出版社1955年版，第4页。

第二章　近现代《水浒传》研究

这里所说的近代不等同于历史学分期的近代，而是指中国小说理论史的近代。关于近代小说理论起点的问题，学术界一般认为始于戊戌变法前后。如王运熙等主编的《中国文学批评史新编》认为："1840 年鸦片战争以后，中国进入了近代社会。然而，从小说创作、特别是小说理论批评方面来看，在相当长的一段时间内基本上停留在传统的观点和方法上，并没有跳出旧的圈子。……我国近代小说理论的新局面，是随着资产阶级维新派登上政治舞台并大力提倡'小说界革命'而出现的。"[①] 颜廷亮认为"还在戊戌政变以前的几年间，小说理论的近代化，已经正式出现了"[②]。有的学者说得更具体，"中国近代小说理论从其形成到终结共约 20 年时间，戊戌变法前后小说理论的独立运行标志着近代小说理论的形成，1917 年文学革命爆发前，近代小说理论在其各种形态充分呈现后而告终结"[③]。本书拟采用此学术界通行观点，将近代小说理论的时间具体界定为戊戌变法前后至 1917 年文学革命爆发这段时间。

现代《水浒传》研究的时间界定是指从 1917 年文学革命爆发以后至 1949 年这段历史时间。这段研究史是以五四新文化运动为重要标志，以胡适、鲁迅和郑振铎等的研究成果为主要代表。

---

① 王运熙等主编：《中国文学批评史新编》（下册），复旦大学出版社 2001 年版，第 513 页。

② 颜廷亮：《维新变法运动和我国小说理论近代化的正式开端》，《社科纵横》1993 年第 1 期。

③ 王德禄：《近代小说理论浅探》，《中国现代文学研究丛刊》1997 年第 1 期。

第一节　近现代《水浒传》研究概述

光绪二十三年（1897）十月，著名学者严复和夏曾佑在《国闻报》发表了《国闻报附印说部缘起》，这是我国自有小说以来“以新观点论小说”的第一篇长文，标志着近代小说理论的开始。其后梁启超、王钟麒、黄人、邱炜萲等人纷纷起而著文，对小说的地位、社会价值以及小说创作艺术规律等都进行了不同程度的分析和探讨。近代《水浒传》的研究正是在这样的背景下展开的。

一　近代《水浒传》研究的承上启下意义

近代《水浒传》研究的主要内容有以下六个方面。第一是对小说地位的探讨，与当时肯定小说力量的社会思潮一致，高度肯定《水浒传》的地位。第二是创作论，有的论者如邱菽园、燕南尚生继承前人发愤著书的观点并进行延伸；有的论者如夏曾佑则提出初步的现实主义创作原则。第三是对小说艺术进行分析。除了对小说结构的探讨外，有的还对小说虚构问题进行了探讨。在人物形象塑造理论上，强调一是处理好生活真实与艺术真实的关系，二是艺术形象个性化问题，三是强调细节描写，四是正确处理小说叙事与议论关系。第四是文学接受论，梁启超在《论小说与群治之关系》中提出小说具有“熏”“浸”“刺”“提”四大功能。第五是比较论，这时期的《水浒传》研究出现了初步的比较研究，它主要从两方面进行，一是将《水浒传》与《红楼梦》进行比较；二是将《水浒传》与外国小说进行比较。尽管这种简单的比附还很肤浅，但实已开近代中国比较文学的先声了。第六是关于金圣叹评点的评价问题。金圣叹《水浒传》评点本成为有清一代最为流行的版本，影响深远，近代一些研究者也对他的评点进行了批评。有的研究者对金圣叹的评点进行了高度肯定，如邱炜萲就是比较早地肯定金圣叹批评《水浒传》的人之一；有的论者则对金圣叹进行了批评甚至否定，主要以燕南尚生为代表。

近代《水浒传》的研究与明清时期的研究成果是紧密联系的。首先在精神上，近代和明清时期的相关论述有着割不断的联系，在许多重要问题的论述上，表现出对传统观点的吸收和继承。如对小说地位和作用的认识上，古代文论基本上是一种功利的态度，人们在评论小说时，往往强调这种通俗文学形式的社会作用。如大涤余人《刻忠义水浒传缘起》认为“稗说可以醒通国。化血气为德性，转鄙俚为菁华，其于人文之治，未必无小补云”①。1840 年鸦片战争以后，国势日危的现实使许多文人不无忧虑，他们常常在其作品中谈论教化作用，希望能以此挽救没落的封建王朝。戊戌变法前后的小说理论界更是如此，他们倡导小说界革命，认为小说的革新与社会政治的革命是一致的，“欲新民，必自新小说始”。燕南尚生、定一等更是从当时社会思潮出发，认为《水浒传》是表现西方“民主”、反对专制，是社会主义小说等。

另外，在对小说艺术的探讨上，近代《水浒传》的研究也与明清时期评点派观点相一致。对小说艺术的分析是明清时期小说评点派的一个重要组成部分，比如小说的人物刻画、文笔、章法、行文之妙等等。如著名小说评点家金圣叹评价《水浒传》的人物形象说：“《水浒》所叙，叙一百八人，人有其性情，人有其气质，人有其形状，人有其声口”，这与后来黄人、眷秋等人对人物形象的论述是非常相似的。

近代《水浒传》的研究对五四以后的现代《水浒传》研究有很大的影响。如在对小说进行艺术探讨方面，近代《水浒传》的理论和五四文学革命以后的理论表现出很大的连续性。由于在文学革命运动中对文学本质的认识更加深刻，人们更推崇富有个性的人物刻画。如同样是论述人物形象的塑造，胡适就要比黄人等更透彻。他赞扬《水浒传》的人物刻画很成功，认为“写人要举动、口气、身份、才性，……都要有个性的区别：件件都是林黛玉，决不是薛宝钗；件件都是武松，决不是李逵”②。

二　“五四”新文化运动与现代《水浒传》研究的发端

早在 1904 年，王国维《红楼梦评论》一文就横空出世了。它第一次真正运用西方近代哲学和美学理论来分析中国传统小说，并提出了与以往不同的全新观点，开辟了文学批评的新道路，标志着一个新的文学理论时代的到来。但遗憾的是，后来的大多数小说理论研究者并没有沿着王国维《红楼梦评论》所开创的学术范式继续前进，而是仍然在梁启超、黄人等

① 《芥子园本李卓吾批评忠义水浒传》，明清善本小说丛刊本十七辑，台湾天一出版社 1985 年版。

② 胡适：《建设的文学革命论》，《胡适文集》第二册，北京大学出版社 1998 年版，第 55 页。

人的阴影下徘徊，直到五四以后胡适、鲁迅等才第一次真正举起了现代意义上的小说研究大旗，并通过他们的经典学术著作构建起了现代小说研究的理论范式。

辛亥革命结束了两千多年的封建帝制，但革命的果实却被袁世凯窃取了。袁世凯任总统后，大力破坏民主共和，实行专制独裁，大搞帝制复辟。面对尊孔复古的谬论，以陈独秀、胡适等为代表的激进的资产阶级、小资产阶级知识分子发动了新文化运动。五四新文化运动的基本内容是提倡“民主”与“科学”，并波及文化以外社会生活的各个方面，如妇女解放问题、家庭问题、婚姻恋爱问题，宣传了男女平等、个性解放思想。1917 年胡适在《新青年》上发表《文学改良刍议》，提出反对文言、提倡白话、提倡新文学、反对旧文学的主张，倡导“文学革命”。五四新文化运动在文学批评方面取得了重要的成果，他们从提倡白话文创作、引进“易卜生主义”、探讨新诗与“美文”的格式、批判“黑幕小说”与“鸳鸯蝴蝶派”、反击复古思潮，一直到讨论“为人生”还是“为艺术”，在短短几年时间里，新文学先驱通力合作，革故鼎新，为建立新文学理论批评做出了彪炳史册的巨大贡献。在古典小说研究方面，影响最为深远、成果最为显著的当数胡适和鲁迅。他们对《水浒传》《红楼梦》等小说的考证和评论，为现代小说研究导夫先路，代表着这个时代小说研究的最高成就。

这一时期《水浒传》研究的主要成果有以下几方面。首先是从类型学上确立了《水浒传》在古代小说史上的地位。鲁迅第一次从史的角度对《水浒传》在中国古代小说史中的地位和影响进行了精辟的论述，随后郑振铎对《水浒传》的小说类型进行了定位，将其作为“英雄传奇”的代表作品。这种分类遂成为古代小说研究的基本理论。

其次是对《水浒传》的成书、版本等方面进行比较系统的研究，取得了巨大的成就。胡适、鲁迅和郑振铎等人对《水浒传》的成书问题进行了比较细致的研究，取得了基本一致的结论，而胡适更是在此基础上总结了“世代累积型”小说成书的基本规律，对后世小说研究有重要影响。在小说版本演变上，胡适、鲁迅和郑振铎诸人均取得了不俗的成果，《水浒传》版本演变的基本线索已经清晰可见。在具体版本研究方面，以孙楷第先生的研究最为突出。他根据国外稀见《水浒传》版本的研究，对胡适、鲁迅等的观点进行了修正，提出了许多非常科学而独到的见解。另外，在小说作者研究方面也取得了部分成果，但由于材料的客观限制，无论是胡适还是鲁迅、郑振铎都没有在该问题上取得重大突破。本时期有的学者还对《水浒传》的其他问题也进行了研究，如罗尔纲对《水浒传》与天地会关系的研究，李辰冬对《水浒传》艺术成就的研究都取得了一些开创性的成绩，并开启了新中国成立后《水浒传》研究多元化的先声。

胡适、鲁迅和郑振铎等的《水浒传》研究无论是在小说观念上，还是在研究方法或者批评体式上都与以前有很大的不同。首先是全新的文学观念。五四新文化运动和文学革命后，在胡适、鲁迅的示范和带领下，小说才真正摆正了它的地位，成为“中国文学之正宗”，如胡适就认为《水浒传》“是一部奇书，在中国文学占的地位比《左传》、《史记》还要重大得多”①。这是对《水浒传》的文学价值和文学史上地位的高度评价。其次是科学的研究方法。以胡适、鲁迅为代表的新文学家提倡白话和白话文学，他们推崇白话小说，并在他们的研究中引进西方文学思想和研究方法，取代那些旧式的随意鉴赏、直觉评论以及猜谜式的索隐，使小说研究获得了现代学术的品格。如鲁迅将进化论等思想与清代乾嘉学派严密考证的传统方法结合，对《水浒传》进行了科学的分类，并从史的角度对其地位和影响进行了分析，对其版本进行了分类，并讨论了各版本之间的关系。这些论述，尽管有其时代的局限性，但大多数观点在今天看来仍然是有价值的。最后是批评体式的现代化。中国传统的文学批评主要是具有浓厚民族色彩的诗话和评点，他们的缺陷非常明显。近代以来，小说研究逐渐由短篇散论发展为系统、严谨的学术专论甚至专著。如胡适的《水浒传考证》，鲁迅的《中国小说史略》。

总之，以胡适、鲁迅、郑振铎为代表的学者在他们的《水浒传》研究过程中，以融贯中西的学养、开拓创新的学术视野和敏锐独到的学术眼光，在文学观念、研究方法和批评体式上做出了巨大的创新，标志着现代意义上的《水浒传》研究的成熟。

---

① 胡适：《〈水浒传〉考证》，《胡适文集》第二册，北京大学出版社 1998 年版，第 378 页。

第二节　近代《水浒传》研究

1840年鸦片战争之后，中国在接踵而来的外敌入侵中迅速蜕变为半殖民地半封建社会，日益衰微的国势使得当时仁人志士奋起探索救亡图存的道路。西方新的政治学说和各种新的思想纷至沓来，小说创作和研究也日新月异。作为中国古典小说重要代表的《水浒传》的研究也在这个时代浪潮中乘风而行，取得了显著的成果。

一　近代《水浒传》研究背景

近代《水浒传》研究史的20余年正是中国由封建社会末期转向近现代社会的时候，伴随着西方列强的入侵，西方政治思想和文学思想也纷纷传入中国，小说获得了前所未有的迅猛发展，故而寅半生感叹说"十年前之世界为八股世界，近则忽变为小说世界"①。简言之，近代《水浒传》研究主要有以下几方面的时代背景。

首先是激变的时代。近代中国是个多灾多难的国家，昔日强大的东方巨人已经垂垂老矣。在经历了两次鸦片战争、中法战争、甲午战争和庚子国变之后，腐朽的满清王朝已经朝不保夕了。面对亡国灭种的危机，一批有志之士纷纷奋起探求救国强国之路。于是邻国日本和西方诸国的政治思想和经验纷纷被介绍进来，以康梁为首的维新派掀起了近代著名的戊戌变法，企图通过维新变法解救满清这个垂危的老人。但在以慈禧太后为首的保守派的反攻下，戊戌变法犹如昙花一现，迅速失败。此后中国就在维新与革命中蹒跚前行，一直到孙中山领导的辛亥革命推翻清王朝为止。但辛亥革命的果实却落入了袁世凯的手里，随着袁氏称帝闹剧的结束，中国又进入了军阀割据的动乱时代。

其次是形形色色的社会思潮。在救亡图存时代，中国人不得不积极地向西方与日本学习。于是，西学大规模地输入中国，形成各种各样的救国方案与社会思潮。20世纪最初十年左右占据社会主流思潮的是君主立宪

---

① 寅半生:《小说闲评叙》，见朱一玄、刘毓忱《水浒传资料汇编》，南开大学出版社2003年版，第371页。

思潮与民族、民主革命思潮。李泽厚说："就思想史的主流说，二十世纪最初十年，正是后者（指革命思想）与前者（指维新与立宪思想）不断划清界限、逐渐成熟壮大的发展过程。"① 除了这两种主流思潮外，当时还存在形形色色的其他新思潮，如中体西用思潮、无政府主义思潮、女权主义思潮、国粹主义思潮、科学救国思潮、实业救国思潮和教育救国思潮等。作为反映时代的镜子，晚清小说真实地反映了它的时代。在论及清末小说的思想内容时，阿英这样写道：

> 从作品里所反映的作家思想也极复杂，正体现了那样复杂的、动乱的社会。有极其顽固的守旧党，拥护皇室，拥护封建社会，对新的或比较新的人，嘲笑漫骂，无所不至；有极进步的反对满族统治，反对立宪，主张种族革命的新人，他们在作品里热烈的，感愤的，把革命的思想尽量宣传。又有既要顾君权又要顾民权，实际上还是替君权打算的立宪党，在作品里宣传君主立宪的好处。有些知识分子，不提倡保皇也不提倡革命，只从事反迷信、反缠足、反吸食鸦片等等，认为只有从这些地方下手，才是真正的救国办法。有的却由于一班投机分子胡乱的行为，对一切感到幻灭，政府不好，维新党不好，革命党也不好。有提倡科学的作品，也有发挥玄学的，而基于"中学为体，西学为用"的思想，更有科玄很矛盾并栖着的作品。当然也有对政治社会毫不关心，只会讲嫖经说爱情的人。形形色色，充分的表现了一种过渡期的现象。②

再次是新的文学思想与观念。晚清以后，随着西学东渐，先进知识分子不断向西方寻求真理，西欧的政治、哲学和美学思想也就陆续被介绍到中国来。梁启超就是这样的人之一，他是中国近代第一个以资产阶级观点强调小说社会地位的学者。梁启超认为"欧洲各国变革之始，其魁儒硕学，仁人志士"，都是用小说来宣传政治理想，以唤醒人民，"往往每一书出，而全国之议论为之一变"，于是他推崇小说为"国民之魂"③。另

① 李泽厚：《中国近代思想史论》，天津社会科学院出版社 2003 年版，第 263 页。

② 阿英：《晚清小说史》，人民文学出版社 1980 年版，第 7 页。

③ 梁启超：《译印政治小说序》，《梁启超全集》第一册，北京出版社 1999 年版，第 172 页。

外，著名国学大师王国维可以说是第一个用资产阶级哲学、美学思想研究和评论小说的。深受康德、叔本华思想影响的王国维认为文学是一种游戏的事业，与功利无关。他说："艺术之美所以优于自然之美者，全存于使人易忘物我之关系也"，一切"学问皆能以利禄劝，独哲学与文学不然。……餔餟的文学，决非真正之文学也"，"文学者，游戏的事业也"①。他还以叔本华的"生活之本质"就是"苦痛"的思想来解释《红楼梦》，认为《红楼梦》的目的在于"描写人生之苦痛与其解脱之道"。王国维还把美分为优美和壮美："尚一物焉，与吾人无利害之关系，而吾人之观之也，不观其关系，而但观其物，或吾人之心中，无丝毫生活之欲存，而其观物也，不视为与我有关系之物，而但视为外物，则今之所观者，非昔之所观者也。此时吾心宁静之状态，名之曰优美之情，而谓此物曰优美。而吾人生活之意志为之破裂，因之意志遁去，而知力得为独立之作用，以浑观其物，吾人谓此物曰壮美，而谓其感情曰壮美之情。"② 这都是康德哲学和美学思想的具体运用。以梁启超和王国维为代表的先进知识分子用西方的政治、哲学和美学思想来探讨、研究、评论小说在当时虽属少数，但它代表了现代文学研究的一种方向，对后来的学者有很深远的影响。

最后是印刷事业、新闻事业的发达促进了近代小说的繁荣兴盛。近代随着小说地位的提高和印刷业特别是报业的发达，小说创作非常繁荣。根据《中国通俗小说总目提要》的著录，单就光绪二十七年（1901）到宣统三年（1911）这十年间就产生通俗白话小说526部。阿英在《晚清小说史》中谈到这一时期小说繁荣的原因时说："第一，当然是由于印刷事业的发达，没有前此那样刻书的困难；由于新闻事业的发达，在应用上需要多量产生。第二，是当时智识阶级受了西洋文化影响，从社会意义上，认识了小说的重要性。第三，就是清室屡挫于外敌，政治又极窳败，大家知道不足与有为，遂写小说，以事抨击，并提倡维新与革命。"③ 小说创作的繁荣大大出乎人们的意料，连戊戌变法的领导人康有为也不禁感慨"经史不如八股盛，八股无如小说何"④。

---

① 王国维：《文学小言》，《王国维文集》，北京燕山出版社1997年版，第231页。

② 王国维：《红楼梦评论》，《王国维文集》，北京燕山出版社1997年版，第206页。

③ 阿英：《晚清小说史》，人民文学出版社1980年版，第1页。

④ 康有为：《闻菽园居士欲为政变说部诗以速之》，郭绍虞、罗根泽主编：《中国近代文论选》，人民文学出版社1959年版，第148页。

总之，由于自鸦片战争以来中国政治所遭受的种种激烈的变革、西方思想文化的大量涌入和由于新闻印刷事业的发展所带来的小说创作的繁荣，这一切使得近代小说批评理论迅速成长壮大。

二　近代小说批评理论概述

近代文学革新运动是中国资产阶级维新派发起的一场新国民运动，它包括诗界革命、文界革命、小说界革命和戏剧改良，其中小说界革命的成就最大，影响最深。统观近代小说理论批评，主要表现为三大思潮：戊戌变法前后以严复、梁启超为代表，以张扬小说社会功利为核心的“小说革命”思潮；辛亥革命前以徐念慈、黄摩西、王国维等为代表，以探讨小说艺术本质和规律为目标的“小说本体论”思潮；辛亥革命后以“鸳鸯蝴蝶派”为代表，以鼓吹趣味、消闲、金钱的文学观念为内容的“小说游戏说”思潮①。

近代小说批评理论的主要内容有以下几点：

（一）小说地位与作用论述

①“小说上乘说”。研究小说的社会地位，在小说与社会的关系上，一反中国古代视小说为“小道”的文学传统，从总体上给予小说很高的位置。如严复、夏曾佑认为小说非常适于普通读者的审美需求，在社会中影响深远，“夫说部之兴，其入人之深、行世之远，几几出于经史上，而天下人心风俗遂不免为说部之所持”②。

②小说改良社会论。这是研究小说的社会作用、艺术功能，从宏观（以社会整体为对象）上研究小说与社会的关系及其规律。比如梁启超就将小说看做社会的精神食粮，认为要想“改良群治，必自小说界革命始，欲新民，必自新小说始”③。

（二）小说创作规律探讨

①在小说创作动力上，明代论者认为《水浒传》是发愤著书，如李贽、金圣叹，而天僇生《中国历代小说史论》却在这个基础上提出三种原因，即“愤政治之压制”“痛社会之混浊”“哀婚姻之不自由”。这

---

① 王德禄：《近代小说理论浅探》，《中国现代文学研究丛刊》1997 年第 1 期。

② 严复、夏曾佑：《国闻报附印说部缘起》，朱一玄、刘毓忱：《水浒传资料汇编》，南开大学出版社 2002 年版，第 335 页。

③ 梁启超：《小说与群治之关系》，《梁启超全集》第二册，北京出版社 1999 年版，第 886 页。

是对古代小说创作心理理论的新拓展。

②强调作者广博的知识和丰富的社会人生体验对小说创作的巨大影响。如黄人强调作小说不仅要将“一切谣俗之猥琐，闺房之诟谇，樵夫牧笠之歌谚”、“四部三藏鸿文秘典同收笔端”，还要将“宇宙万有之运用于炉锤”，“作小说与读小说者几于无一不知”①。这其实是明代小说评点强调作者积累生活理论的继承和发展。

③严肃认真的创作态度。寅半生认为想要创作出好的经典小说必须要有认真的态度，“息心静气，穷十年或数十年之力，以成一册，几经锻炼，几经删削，藏之名山，不敢遽出以问世”，否则“朝脱稿而夕印行，一刹那间即已无人顾问”了②。

（三）小说艺术探讨

①小说创作注意结构。邱炜萲认为小说虽然是小道，但“自有章法、有主脑在。否则，满屋散钱，从何串起?”③

②人物形象塑造。黄人在《小说小话》中认为人物塑造一是切忌掺杂作者主观论断，其次是写人物不要追求人格的绝对完美，否则就不真实，这是对金圣叹等人物塑造理论的继承。

③注重小说语言的审美特征。夏曾佑在《小说原理》中说“繁法之语言，则衍一事为数十语，或至百语千语，微细纤末，罗列轶然”，所以小说给人的审美感受虽“稍晦于画”，但却像看画一样“如在目前”、“少不费心思”，而且“世间有不能画之事，而无有不能言之事”④。这实际上揭示了小说语言形象的间接性、多义性以及反映社会生活灵活性等特点。

④想象虚构。夏曾佑在《小说原理》中指出：“史亦与小说同体，所以觉其不若小说可爱者，固实有之事常平淡，诳设之事常浓艳，人心去平淡而即浓艳，亦其公理”⑤。夏氏所说的“诳设”，就是虚构。

---

① 黄人：《小说小话》，朱一玄、刘毓忱：《水浒传资料汇编》，南开大学出版社2002年版，第357页。

② 寅半生：《小说闲评叙》，朱一玄、刘毓忱：《水浒传资料汇编》，南开大学出版社2002年版，第371页。

③ 邱炜萲：《菽园赘谈·梁山泊》，朱一玄、刘毓忱：《水浒传资料汇编》，南开大学出版社2002年版，第360页。

④ 夏曾佑：《小说原理》，朱一玄、刘毓忱：《水浒传资料汇编》，南开大学出版社2002年版，第337页。

⑤ 同上。

⑤小说审美效应。梁启超《论小说与群治之关系》提出“熏”“浸”“刺”“提”四种力量，说详后。

三 近代《水浒传》研究举隅

（一）小说地位的探讨

与当时肯定小说力量的社会思潮一致，大众亦高度肯定《水浒传》的地位。如《小说丛话》作者之一的定一说：“有说部书名《水浒》者，人以为萑苻肖小传奇之作，吾以为此即独立自强而倡民主、民权之萌芽也。何以言之？其书中云，旗上书‘替天行道’，又书于其堂曰‘忠义堂’，以是言之耳。”[①] 燕南尚生则认为“《水浒传》者，祖国之第一小说也；施耐庵者，世界小说家之鼻祖也”，高度评价《水浒传》及其天才作者[②]。当时的论者主要是从社会变革这样的政治角度来肯定《水浒传》的地位，以为其政治理想服务，基本上都认为《水浒传》是表现西方“民主”和反对专制思想，是社会主义小说。

然而，另外一些论者也对《水浒传》等古代小说持传统的偏见，其中以小说界革命的主将梁启超最为激烈。梁启超一方面抬高小说的社会地位以为其政治服务，认为小说是“文学之最上乘”，但同时又对古代小说全盘否定。早在1898年，梁启超就在《译印政治小说序》中就把古代小说总结为“述英雄则规画《水浒》，道男女则步武《红楼》，综其大较，不出诲盗诲淫两端”[③]，全盘否定古典小说的艺术成就，并极其片面地把社会罪恶全部归咎于小说及其作者，认为小说是“吾中国人群治腐败之总根源”。因此梁启超提出，“今日欲改良政治，必自小说界革命始，欲新民，必自新小说始”[④]。

（二）小说创作论

首先是继承前人如李贽发愤著书的观点并进行延伸。如邱菽园认为：“虞卿穷愁著书，此语千古被人嚼烂。……小说亦然，必有穷愁不平之

---

① 定一：《小说丛话》，朱一玄、刘毓忱：《水浒传资料汇编》，南开大学出版社2002年版，第366页。

② 燕南尚生：《新评水浒传叙》，朱一玄、刘毓忱：《水浒传资料汇编》，南开大学出版社2002年版，第343页。

③ 梁启超：《译印政治小说序》，《梁启超全集》第一册，北京出版社1999年版，第172页。

④ 梁启超：《论小说与群治之关系》，《梁启超全集》第二册，北京出版社1999年版，第886页。

心，因不得已而后著，其著乃堪传世而行远：《琵琶记》以讥时人著，《西厢记》以怀彼美著，《水浒传》以慕自由著，《三国志》以振汉声著，《金瓶梅》以刺伧父著，《红楼梦》以思胜国著。"① 王钟麒则认为"《水浒传》，则社会主义之小说也；……著诸书者，其人皆深极哀苦，有不可告人之隐，乃以委曲譬喻出之。读者不知古人用心之所在，而以诲淫与盗目诸书，此不善读小说之过也"②。

有的论者在新时代思潮的影响下，将这一传统命题进行延伸。如燕南尚生认为：

> 施耐庵生于专制政府之下，痛世界之惨无人道，欲平反之，手无寸权，于是本其思想发为著述，以待后之阅是书者，以待后之阅是书者而传播是书者，以待后之阅是书者而应用是书、实行是书之学说者。③

他又说，"施耐庵先生，生在专制国里，俯仰社会情状，抱一肚子不平之气，想着发明公理、主张宪政，使全国统有施治权，统居于被治的一方面，平等自由，成一个永治无乱的国家，于是做了这一大部书"④。吴沃尧对这种比附曲解的说法进行了批评，认为"轻议古人固非是，动辄索引古人之理想，以阑入今日之理想，亦非是也。吾于今人之论小说，每一见之。如《水浒传》志盗之书也，而今人每每称其提倡平等主义，吾恐施耐庵当日断断不能作此理想，不过彼叙此一百八人聚义梁山泊，恰似一平等社会之现状耳。吾曾反复读之，意其为愤世之作"⑤。

天僇生（王钟麒）在《中国历代小说史论》中分析作家创作有三个原因，其中之一为"愤政治之压制"。他说："吾国政治，出于在上，一

---

① 邱菽园：《客云庐小说话·穷愁著书》，朱一玄、刘毓忱：《水浒传资料汇编》，南开大学出版社2002年版，第362页。

② 王钟麒：《论小说与改良社会之关系》，朱一玄、刘毓忱：《水浒传资料汇编》，南开大学出版社2002年版，第341页。

③ 燕南尚生：《水浒传新或问》，朱一玄、刘毓忱：《水浒传资料汇编》，南开大学出版社2002年版，第344页。

④ 燕南尚生：《水浒传命名释义》，朱一玄、刘毓忱：《水浒传资料汇编》，南开大学出版社2002年版，第349页。

⑤ 吴沃尧：《说小说·杂说》，朱一玄、刘毓忱：《水浒传资料汇编》，南开大学出版社2002年版，第371页。

夫为刚，万夫为柔，务以酷烈之手段，以震荡摧锄天下之士气。士之不得志于时而能文章者，乃著小说，以抒其愤。其大要分为二：一则述已往之成迹……一则设为悲歌慷慨之士，穷而为寇为盗，有侠烈之行，忘一身之危，而急人之急，以愧在上位而虐下民者，若《七侠五义》、《水浒传》皆其伦也。”①

而定一则高屋建瓴地从社会巨变的时代大背景下讨论施耐庵作《水浒传》的原因是“因外族闯入中原，痛切陆沉之祸，借宋江之事，而演为一百零八人。以雄大笔，作壮伟文，鼓吹武德，提振侠风，以为排外之起点”②。这种观点显然与当时西方列强入侵不无联系，而对以后胡适、鲁迅的影响更是显而易见的。

其次是初步的现实主义创作原则的提出。夏曾佑在论及作家与社会的关系时，非常重视作家的思想修养、生活阅历对文学创作的影响，强调作家生活体验的重要性，主张写熟悉的人和事。《小说原理》总结出创作小说有“五易五难”：写小人易，写君子难；写小事易，写大事难；写贫贱易，写富贵难；写实事易，写假事难；叙实事易，叙议论难。他分析所以会产生这“五难”，是因为作者不容易具有像“君子”那样高的思想水平和道德品质，而且大部分未曾经历过一些大场面、大事件，未曾经历过富贵的生活，说“大抵吾人于小事之经历多，而于大事之经历少”，“发愤著书者，以贫士为多，非过来人不能道也”，明确地提出了作家生活经历、思想水平与创作的关系③。

王国维则认为《水浒传》之所以写得好是因为作者了解生活很深，阅世丰富。他在《人间词话》中说：“客观之诗人不可不多阅世，阅世愈深，则材料愈丰富、愈变化，《水浒》、《红楼梦》之作者是也。”④ 这些观点都是对明清时期评点派如容本“世上先有论”的继承和进一步的丰富发展。

---

① 天僇生：《中国历代小说史论》，朱一玄、刘毓忱：《水浒传资料汇编》，南开大学出版社 2002 年版，第 340 页。

② 定一：《小说丛话》，朱一玄、刘毓忱：《水浒传资料汇编》，南开大学出版社 2002 年版，第 366 页。

③ 夏曾佑：《小说原理》，朱一玄、刘毓忱：《水浒传资料汇编》，南开大学出版社 2002 年版，第 337 页。

④ 王国维：《人间词话》，《王国维遗书》第十五册，上海古籍书店 1983 年版。

（三）小说艺术分析

①对小说结构的探讨。邱炜萲认为“诗文虽小道，小说盖小之又小者也。然自有章法、有主脑在。否则，满屋散钱，从何串起？读者亦觉茫无头绪，未终卷而思睡矣。……《水浒》主脑，在于收结三十六人，故以‘梁山泊惊恶梦’戛然而止。意在于著书，故可止而止，不在于群盗。故凭空而起者，亦无端而息，所谓以不了了之也。此是著书体例，非示人以破绽。后人不察，纷纷蛇足，几何不令读者齿冷？”①

黄人认为：“语云‘神龙见首不见尾。’龙非无尾，一使人见，则失其神矣。此作文之秘诀也。我国小说名家能通此旨者，如《水浒记》（耐庵本书止于三打曾头市，余皆罗贯中所续，今通行本则金采割裂增减施、罗两书首尾成之），如《石头记》，如《金瓶梅》，如《儒林外史》，皆不完全，非残缺也，残缺其章回，正以完全其精神也。”② 这些论点虽然未必确切，但都是从《水浒传》全书的高度对其叙事结构等进行分析，对今人颇有启发。

②对小说虚构的认识。眷秋《小说杂评》说：“《水浒》发挥作者之理想，故凭虚构造，虽假前人之事迹演成，其举动一切，悉出自主，且所托系前代，故处处直书，毫无讳饰，以所发之感慨全系无形中一种不平之气，无可顾忌也。”③ 他认为小说作者目的在于表达自己的理想，于是凭空虚构了这样一部小说。

③对人物形象塑造的探讨。论者认为，由于施耐庵在人物描写上多下工夫，“空画三十六人于壁，老少男女，不一其状，每日对之吮毫，务求刻画尽致，故能一人有一个之精神，脉络贯通，形神俱化”④。

那么如何能够做到“脉络贯通，形神俱化”呢？他们认为要注意以下几个方面。

一是处理好生活真实与艺术真实的关系。黄人认为：“小说之描写人

---

① 邱炜萲：《菽园赘谈》，朱一玄、刘毓忱：《水浒传资料汇编》，南开大学出版社 2002 年版，第 360 页。

② 黄人：《小说小话》，朱一玄、刘毓忱：《水浒传资料汇编》，南开大学出版社 2002 年版，第 357 页。

③ 眷秋：《小说杂评》，朱一玄、刘毓忱：《水浒传资料汇编》，南开大学出版社 2002 年版，第 368—379 页。

④ 邱炜萲：《菽园赘谈》，朱一玄、刘毓忱：《水浒传资料汇编》，南开大学出版社 2002 年版，第 360 页。

物，当如镜中取影，妍媸好丑令观者自知。最忌搀入作者论断。……故小说虽小道，亦不容着一我之见，如《水浒》之写侠，《金瓶梅》之写淫，《红楼梦》之写艳，《儒林外史》之写社会中种种人物，并不下一前提语，而其人之性质、身份，若优若劣，虽妇孺亦能辨之，真如对镜者之无遁形也。夫镜，无我者也。”① 这是强调作家在塑造人物形象时要客观，忌掺入作家主观偏见。这个见解实际上已经涉及小说人物形象的真实性与作者思想倾向的关系问题，与今天的现实主义创作原则已经很接近了。

二是艺术形象个性化问题。论者认为在人物形象的塑造方面应该肯定个性的表现，反对完美无瑕的虚假人物形象。眷秋认为，“《水浒》写人物，各有面目，绝不相混”②。另外觚庵也说，“《水浒传》、《儒林外史》，我国尽人皆知之，良小说也。其佳处即写社会中殆无一完全人物，非阅历世情，冷眼旁观，不易得此真相”③。

黄人则通过具体作品的比较，将这个问题说得更透彻：“古来无真正完全之人格，小说虽属理想，亦自有分际，若过求完善，便属拙笔。《水浒记》之宋江、《石头记》之贾宝玉人格虽不纯，自能生观者崇拜之心，若《野叟曝言》之文素臣，几于全知全能，正令观者味同嚼蜡，尚不如神怪小说之杨戬、孙悟空腾拿变化，虽无理而尚有趣焉。”④ 他清楚地认识到，如果人物形象过于完美和理想，将因失去生活的真实性而丧失其艺术生命力。

黄人还认为，为了表现出人物与众不同的特征，除了要注意他们的共性外，还要写出一些“匪夷所思”而又“却为情理所有”的情节来凸显人物的个性特征。如鲁智深瓦官寺抢粥、武松孔家庄杀狗这些精彩的情节，看似“真无赖之尤矣，然愈无赖愈见其英雄”⑤。

④强调细节描写。夏曾佑在《小说原理》中说：“如《水浒》武大郎

---

① 黄人：《小说小话》，朱一玄、刘毓忱：《水浒传资料汇编》，南开大学出版社2002年版，第356页。

② 眷秋：《小说杂评》，朱一玄、刘毓忱：《水浒传资料汇编》，南开大学出版社2002年版，第369页。

③ 觚庵：《觚庵漫笔》，朱一玄、刘毓忱：《水浒传资料汇编》，南开大学出版社2002年版，第368页。

④ 黄人：《小说小话》，朱一玄、刘毓忱：《水浒传资料汇编》，南开大学出版社2002年版，第357页。

⑤ 同上书，第358页。

一传，叙西门庆、潘金莲等事，初非有奇事新理，不过就寻常日用琐屑叙来，与人人胸中之情理相印合，故自来言文章者推为绝作。若以武大入《唐书》、《宋史》列传中叙之，只有‘妻潘通于西门庆，同谋杀大’二句耳，观者之孰乐孰不乐可知也。”① 夏曾佑将小说和史书进行比较，认为小说比史书能够引人入胜的原因不是追求情节的“奇事新理”，而是因为作者把“寻常日用琐屑”描写得“与人人心中之情理相印合”。所谓“寻常日用琐屑”，其实就是今天所说的生活细节。由于小说描写了生动的并且符合生活逻辑的细节，而“史文简素，万难详尽，必读者设身处地，以意历之，始得其状，尤费心思”，自然小说就比史书更吸引人了。

⑤对小说叙事与议论关系的探讨。小说是叙事艺术，往往忌讳大段的直白议论，而在梁启超等所谓新小说中，则比比皆是。针对此，夏曾佑说：“以大段议论羼入叙事之中最为讨厌，读正史纪传者无不知之矣。若以此习加之小说，尤为不宜。”显然，夏曾佑是把握住了小说作为叙事艺术的基本特征的。那么如何处理好叙事和议论的关系呢？他说：“有时不得不作，则必设法将议论之痕迹减去始可。如《水浒》吴用说三阮撞筹，《海上花》黄二姐说罗子富，均有大段议论者。然三阮传中，必时时插入吃酒、烹鱼、撑船等事；黄二姐传中，必时时插入点烟灯、吃水烟、叫管家等事。其法是将实景点入，则议论均成书意矣。”②

（四）审美接受论

梁启超在《论小说与群治之关系》提出小说具有“熏”“浸”“刺”“提”四大功能。“浸也者，入而与之俱化也”，它能够使读者“读《红楼》竟者，必有余恋有余悲，读《水浒》竟者，必有余快有余怒。何也？浸之力使然也”。小说这种由情节故事等构成的审美时间方面的艺术感染力被梁启超称为“浸”。

“刺也者，刺激之义也。我本蔼然和也，乃读林冲雪天三限，武松飞云浦厄，何以忽然发指？我本愉然乐也，乃读晴雯出大观园，黛玉死潇湘馆，何以忽然泪流？……皆所谓刺激也。”“刺之力，在使感受者骤觉。刺也者，能入于一刹那顷忽起异感而不能自制者也”。这种特殊境遇或典型情境是小说吸引读者的重要方面和原因，这样一种使读者被震动、被吸

① 夏曾佑：《小说原理》，朱一玄、刘毓忱：《水浒传资料汇编》，南开大学出版社2002年版，第337页。

② 同上书。

引的审美效应，梁启超称之为“刺”。

“提”则是偏于小说审美效应中的“内力”，它是人们在阅读小说时产生的“自内而脱之使出”的一种审美效应。很显然，“提”是人们阅读小说时审美心理的积极主动的产物。在“提”这种审美效应里，读者自觉不自觉地把自己与小说中的人物融合起来，从而产生一种忘我的“内慕”与“移情”，一种建筑在人性基础上的相类感。“提”不仅是指读者被小说中的人物吸引感动，而且还意味着读者与小说中的人物产生了思想情感上的认同与共鸣，它达到一种人性自由的深度，所以，在梁启超看来，“提”才是小说审美效应中最重要者，它能“化人”①。

（五）比较论

这时期的《水浒传》研究出现了初步的比较研究，它主要从两方面进行：

①将《水浒传》与《红楼梦》进行全方位的比较。如眷秋在《小说杂评》中将《水浒传》与《红楼梦》进行比较。第一，是从整体上评价二书，认为“吾国近代小说（指评话类），自以《石头记》、《水浒》二书为最工。两书皆社会小说，《水浒》写英雄，《石头记》写儿女，均能描摹尽致，工力悉敌。然互相持较，亦各有优劣可言。”

第二，从结构上比较：“以文章论，《水浒》结构严整，用字精警；《石头记》则似冗长，不免脱沓散涣之病。《水浒》于每一人出现，必先就其一身叙述历史，似列传体，故线穿插，易于寻讨；《石头记》于一人出现，惟略叙其履历，不追述以前经过之事。书中所述事体，首尾一贯，毫无简断。其线索穿插，皆伏于文字中，非细心钩稽不可知，即作者亦难检点。往往前后矛盾，令读者茫无头绪，似涉于太晦。然亦篇幅过长，且有不得已之苦衷，遂至如此，不足为大诟病也。”“故以结构论，《水浒》较《石头记》严整有法”。

第三，是从人物描写上比较。“《水浒》写人物，各有面目，绝不相混；《石头记》写诸人，亦各有不同处。然《水浒》所述一百八人，不外乎奇杰之士。虽其人之赋性或有特殊，善恶刚柔，妍媸文野不同，然其大致，皆怀抱愤恨不平之气，思得一逞，遂不惜流为盗贼，故虽谓为一流人可也。如地煞七十二人中，则有特长者更少，益无从分别。《石头记》则

① 胡健：《审美与启蒙——梁启超小说美学思想新论》，《宁夏社会科学》2007年第1期。

包罗万象，无所不有，自名士闺媛，以至卜巫卜媪之流，数百余人，莫不有其特长，一人之事，断不能易为他人所作，此真千古小说中之大观，迥非《水浒》之囿于一部分者所可及也矣”。

第四，是从描摹人情及社会状态比较。“以描摹人情及社会状态论，则《水浒》逊《石头记》远甚。《水浒》仅以一事见长，《石头记》则如百川汇海，人间万事莫不具备，自宫闱阀阅至闾阎蓬荜，以及医巫星相，花木农佃，博徒篾片之流，皆跃然纸上。作者生平所观察之社会，多能言之有故，非可勉强为之。”

第五，是从小说风格上比较。“《水浒》之叙事雄快，令人读之块垒俱消，自是长处。”“小说中之《水浒》、《石头记》，于词中可比周、辛。《石头记》之境界惝恍，措语幽咽，颇类清真。……《水浒》之雄畅沉厚，直逼稼轩。……《水浒》与《石头记》，其取境绝不同。《水浒》简朴，《石头记》繁丽。《水浒》刚健，《石头》旖旎。《水浒》雄快，《石头》飘缈。《水浒》写山野英夫，《石头》写深闺儿女。《水浒》忿贫民之失所，故为豪杰吐气，《石头》痛风俗之奢靡，故为豪杰贵族箴规。其相反如此。然两书如华岳对峙，并绝千古。”①

②将《水浒传》与外国小说进行比较。王钟麒将施耐庵与外国著名作家相比较，说：“使施耐庵而生于欧美也，则其人之著作，当与柏拉图、巴枯宁、托尔斯泰、迭盖司诸氏相抗衡。观其平等级，均财产，则社会主义之小说也；其复仇怨，贼污吏，则虚无党之小说也；其一切组织，无不完备，则政治小说也。”② 他把施耐庵及其作品，与欧洲柏拉图、巴枯宁、托尔斯泰、狄更斯等作家及作品相提并论，高度肯定了施耐庵在文学史上的地位。

林纾则从尚武精神的角度，将《水浒传》与西方小说进行比较：“故西人说部，舍言情外，探险及尚武两门，有曾偏右奴性之人否？明知不驯于法，足以兆乱，然横刀盘马，气概凛烈，读之未有不动色者。吾国

---

① 眷秋：《小说杂评》，朱一玄、刘毓忱：《水浒传资料汇编》，南开大学出版社2002年版，第369—370页。

② 王钟麒：《中国三大小说家论赞》，朱一玄、刘毓忱：《水浒传资料汇编》，南开大学出版社2002年版，第341—342页。

《水浒》之流传，至今不能漫灭，亦以尚武精神足以振作凡陋。”①

侗生受到金圣叹等人讨论小说人物个性的启发，从人物典型性的角度进行比较：“英人哈葛德所著小说，不外言情，其书之结构，非二女争一男，即两男争一女，千篇一例，不避雷同，然细省其书，各有特色，无一相袭者。吾国施耐庵所著《水浒》，相类处亦伙。即以武松论，性质似鲁智深，杀嫂似石秀，打虎似李逵，被诬似林冲，然诸人自诸人，武松自武松，未尝相犯。”②

这些比较，其目的自然是企图攀附当时流行的外国著名小说，借以抬高古代小说的声望。尽管这种简单的比附还较肤浅，但实已开近代中国比较文学的先声了。

（六）关于金圣叹评点

金圣叹对《水浒传》的评点本成为清代最流行的版本，影响深远。近代一些研究者也对他的评点进行了研究。

有的研究者对金圣叹的评点进行了高度肯定，如邱炜萲就是比较早地肯定金圣叹批评《水浒传》的人之一。他首先从小说评点史的宏观角度高度肯定了金圣叹在小说批评史上的重要地位，并且通过对金圣叹小说评论的肯定，进而肯定了整个小说评论。1897 年邱炜萲在《菽园赘谈·金圣叹批小说说》中指出：“盖以小说之有批评，诚起于明季之年，时当小说风尚为极盛，一倡于好事者之为，而正合于人心之不容已。是天地间一种诙谐至趣文字，虽曰小道，不可废也，特圣叹集其大成耳。前乎圣叹者，不能压其才；后乎圣叹者，不能掩其美。批小说之文原不自圣叹创。批小说之派却又自圣叹开也。”③

其次，他还从小说著书主旨、小说取材两方面肯定了金圣叹的观点，认为“元人施耐庵卖弄才情，希名后世，与他人穷愁抑塞，发愤著书者不同，金圣叹尝言之矣。耐庵何题不可著书，何必取群盗而铺张之？盖因史有宋江等三十六人一句，以三十六人之多，然后足供挥洒也。此亦圣叹

① 林纾：《鬼山狼侠传叙》，朱一玄、刘毓忱：《水浒传资料汇编》，南开大学出版社 2002 年版，第 373 页。

② 侗生：《小说丛话》，朱一玄、刘毓忱：《水浒传资料汇编》，南开大学出版社 2002 年版，第 374 页。

③ 邱炜萲：《菽园赘谈·金圣叹批小说说》，朱一玄、刘毓忱：《水浒传资料汇编》，南开大学出版社 2002 年版，第 360 页。

之言也"①。

最后，邱炜萱还高度评价了金圣叹腰斩的七十回本的成就，认为施耐庵的原本存在一些缺陷，"惟小说家言，信笔挥洒，不无失检"，而"圣叹从而润色，托之耐庵古本，遂觉洋洋大观"②。

稍晚些的定一在《小说丛话》里也认为："《水浒》一书，为中国小说中铮铮者，遗武侠之模范，使社会受其余赐，实施耐庵之功也。金圣叹加以评语，合二人全副精神，所以妙极。"他还对金圣叹的具体批评观点进行了分析辩驳，说："圣叹谓从《史记》出来，且多胜《史记》处，此论极是。又谓太史公因一肚皮宿怨发挥出来，故作《史记》，而施耐庵是无事心闲。吾意为不然。凡作一书能惊天动地，必为有意识的，而非无意识的。既谓史公为有意识的，故《史记》方妙；今《水浒》且有胜过《史记》者，而云耐庵为无意识的。龟毛兔角，其谁信之？"③

有的论者则对金圣叹进行了批评甚至否定，主要以燕南尚生为代表。燕南尚生首先认为金圣叹的小说批评一味讲求文法，"任意以文法之起承转合、理弊功效批评之，致文人学士，守唐宋八家之文而不屑分心"，这样的后果使人们忽略了小说的主旨，"遂使纯重民权，发挥公理、而且表扬最早极易动人之小说，湮没不彰，若存若亡，甘让欧西诸国，莳花而食果"，这对《水浒传》来说是一大劫难，"金人瑞能辞其咎欤？"④ 这个观点对后来的胡适都还有一定的影响。胡适就曾说金圣叹"用了当时'选家'评文的眼光来逐句批评《水浒》，遂把一部《水浒》凌迟碎砍，成了一部'十七世纪眉批夹注的白话文范'！……这种机械的文评正是八股选家的流毒，读了不但没有益处，并且养成一种八股式的文学观念，是很有害的。"⑤

其次，燕南尚生还分析了金圣叹采用这种方式进行评点的原因。一是

① 邱炜萱：《菽园赘谈·水浒传》，朱一玄、刘毓忱：《水浒传资料汇编》，南开大学出版社2002年版，第360页。

② 邱炜萱：《菽园赘谈·水浒传》，朱一玄、刘毓忱：《水浒传资料汇编》，南开大学出版社2002年版，第360页。

③ 定一：《小说丛话》，朱一玄、刘毓忱：《水浒传资料汇编》，南开大学出版社2002年版，第366—367页。

④ 燕南尚生：《新评水浒叙》，朱一玄、刘毓忱：《水浒传资料汇编》，南开大学出版社2002年版，第343页。

⑤ 胡适：《水浒传考证》，《胡适文集》第二册，北京大学出版社1998年版，第375页。

钓名说。金圣叹是因为“彼既批《三国演义》矣，既批《西游记》矣，既批《金瓶梅》矣，既批《西厢记》矣。《水浒》为卓荦不群之作，使不批之，恐贻笑大方。于是乎批《水浒传》。”似乎金圣叹批评《水浒》是为了“钓赞成《水浒》之美名”。二是避祸说。他认为金圣叹这样批评《水浒传》是因为“《水浒传》者，专制政体下所谓犯上作乱大逆不道者也”，为了避免文字狱，“于是乎以文法批之”。

最后，燕南尚生还分析了金本独恶宋江的原因是避免文字狱，认为金圣叹“犹恐专制政府，大兴文字狱，罪其赞成宋江也，于是乎痛诋宋江，以粉饰专制政府之耳目”①。前面我们已经提到，金圣叹之所以要腰斩《水浒传》，独恶宋江，主要是因为他所处的时代，故胡适说“圣叹生在流贼遍天下的时代，眼见张献忠、李自成一班强盗流毒全国，故他觉得强盗是不能提倡的，是应该‘口诛笔伐’的”②。而此处燕南尚生以为金本独恶宋江，是为避免文字狱，则未免失之浅薄了，而这种观点也成了后来张国光等人“保护色”说的滥觞。

四　近代《水浒传》研究的过渡性

近代《水浒传》的研究继承了明清时期《水浒传》研究的基本框架和精神，对后代影响很大，但从根本上来说，这一时期的《水浒传》研究基本上还是延续了旧时代评点和笔记随意性、零散性的特征，理论性不强，所以在《水浒传》研究史上更多地具有一种承上启下的过渡性质。

首先，近代小说理论的现代转型是近代《水浒传》研究发生的大背景。有学者指出，“晚清小说理论是一种过渡的小说理论，是我国小说理论从古代形态向现代形态过渡的小说理论，因而，与现代形态的小说理论相较，晚清小说理论是有其不足的一面的。它的指导思想并不是马克思主义的文学观，它对有关小说的一系列问题的论述，相对地说也缺乏深度。然而，与古代形态的小说理论相较，却大大地前进了一步，作为现代形态的小说理论产生的准备和先导。事实上，不仅晚清小说理论的许多基本观点为‘五四’以后的小说理论所吸取，而且一些晚清小说理论家如早期鲁迅等人还是‘五四’以后小说理论的建设者。”③ 作者所说的“晚清”

---

① 燕南尚生：《水浒传新或问》，朱一玄、刘毓忱：《水浒传资料汇编》，南开大学出版社2002年版，第344—345页。

② 胡适：《水浒传考证》，《胡适文集》第二册，北京大学出版社1998年版，第408页。

③ 颜廷亮：《〈晚清：小说理论近代化的历程〉卷端赘言》，《社科纵横》1990年第5期。

基本上等同于本书的“近代”概念。近代《水浒传》研究正是在这样一个学术发展大背景下展开的，其过渡性质是必然的。

其次，相对于明清时期《水浒传》研究而言，近代《水浒传》研究的继承性主要表现在：

一是《水浒传》地位评价方面。关于小说地位和作用的认识，中国古代文论基本上是一种功利主义的态度，人们在评论小说时，往往也强调这种通俗文学形式的社会作用。如大涤余人《刻忠义水浒传缘起》认为“稗说可以醒通国。化血气为德性，转鄙俚为菁华，其于人文之治，未必无小补云”。这与近代梁启超、天僇生（王钟麒）等从国家政治革新的高度肯定《水浒传》的地位是一致的。

二是对小说做艺术分析方面。例如古代文论重视人物形象的塑造，重视对个性的表现。如金圣叹就认为“《水浒》所叙，叙一百八人，人有其性情，人有其气质，人有其形状，人有其声口。”他们推崇个性化的人物，把它作为评价一部小说的重要标准；同时，他们也反对好人至善、坏人至恶的写作手法。在这方面，近代小说理论全面接受了传统文论的思想，同样肯定对个性的表现，反对完全人格，“《水浒传》、《儒林外史》，我国尽人皆知之，良小说也。其佳处即写社会中殆无一完全人物，非阅历世情，冷眼旁观，不易得此真相。视寻常小说写其主人公必若天人者，实有圣凡之别，不仅上下床也。”① 另外，对生活与文学创作的关系、虚构等问题的探讨也大体如此。

但是，近代《水浒传》研究也有自己的新气息。在西方新的文学理论逐渐介绍进来之后，一些学者开始运用这些理论来分析我国古代小说。譬如他们有的开始注重小说本体的艺术分析，如黄人；有的从接受心理的角度探讨《水浒传》感人至深的原因，如梁启超的“熏”“浸”“刺”“提”四大功能说；另外有的人开始进行最原始的中外文学的比较等，这些都是时代赋予的新的气息。

近代《水浒传》的研究还对现当代《水浒传》研究有很大的影响。如定一从社会巨变的大背景下讨论施耐庵作《水浒传》的原因，这种观点对胡适、鲁迅的影响是显而易见的。鲁迅《中国小说史略》说“破辽

---

① 觚庵：《觚庵漫笔》，朱一玄、刘毓忱：《水浒传资料汇编》，南开大学出版社2002年版，第368页。

故事虑亦非始作于明，宋代外敌凭陵，国政弛废，转思草泽，盖亦人情”①。又如对小说进行艺术探讨方面，胡适认为“写人要举动、口气、身份、才性，……都要有个性的区别：件件都是林黛玉，决不是薛宝钗；件件都是武松，决不是李逵”②。这显然与黄人等的论述是有继承关系的。

总之，正如周作人所说：“自甲午战后，不但中国的政治上发生了极大的变动，即在文学方面，也正在时时动摇，处处变化，正好像是上一个时代的结尾，下一个时代的开端。”③ 近代《水浒传》研究在若干重要问题的论述上也是如此，即表现出对传统的继承，同时又具有时代的特色。近代小说理论家站在传统的基础上吸收了西方的理论，为中国的小说理论带入新的空气，为文学革命运动奠定了基础。

第三节　胡适与鲁迅的《水浒传》研究

中国古代小说研究虽然在近代已经取得了比较大的成果，但真正意义上的现代小说研究是自五四新文化运动开始，以胡适、鲁迅为代表的一批学者积极投身于传统文化的整理工作中，在古代小说的社会地位和价值、小说版本目录学以及小说发展流变史等方面做出了巨大贡献，构建了一套比较完整的现代小说研究模式，标志着现代小说研究的勃兴。胡适、鲁迅的《水浒传》研究第一次比较科学地确立了现代《水浒传》研究的范式，推动了《水浒传》研究史上第一个高潮的到来。

一　五四新文化运动与现代文学批评的兴起

辛亥革命敲响了清王朝的丧钟，但胜利的果实却被袁世凯窃取了，他破坏民主共和，实行专制独裁，大搞帝制复辟。而与政治倒退相伴的则是在思想文化领域出现了尊孔复古的逆流。袁世凯诬蔑辛亥革命以来“纲常沦弃，人欲横流，几成为土匪禽兽之国”，命令全国“尊崇孔圣”。在

---

① 鲁迅：《中国小说史略》第十五篇《元明传来之讲史下》，《鲁迅全集》第九卷，人民文学出版社 2005 年版，第 151 页。

② 胡适：《建设的文学革命论》，《胡适文集》第二册，北京大学出版社 1998 年版，第 55 页。

③ 周作人：《中国新文学的源流》，海南出版社 1994 年版，第 69 页。

这种情况下，各地相继出现了诸如孔教会、孔道会和宗圣会等尊孔复古组织。这些组织与北洋军阀相唱和，攻击辛亥革命，谩骂民主共和，鼓吹孔教。但是，新兴的资产阶级新文化和新闻业已经蓬勃发展，民主的思潮势不可当。同时，由于民族资本主义经济的发展，民族资产阶级的力量增强，知识分子和工人阶级的队伍也有所壮大，面对尊孔复古的谬论，激进的资产阶级和小资产阶级知识分子发动了新文化运动。

五四新文化运动肇始于 1915 年 9 月 5 日陈独秀创办《青年杂志》。《青年杂志》从第二卷起改名为《新青年》。陈独秀、李大钊、鲁迅等先后担任《新青年》的编辑或主要撰稿人，成为新文化运动左翼的主要倡导者。陈独秀在《青年杂志》创刊号上发表《敬告青年》一文，痛斥当时中国社会的黑暗，公开向传统的封建思想文化挑战，举起了新文化运动“人权”（民主）与“科学”的大旗。李大钊在《新青年》上发表文章，号召青年们冲决历史上的一切网罗，破除一切陈腐的学说，催促青春之中国的诞生。他还极力反对复古运动，猛烈抨击“偶像”、“圣人”束缚人们的思想，反对帝国主义的侵略战争，要求民主与和平。五四新文化运动的斗争锋芒集中于以维护封建专制为基本内容的孔子学说，号召“打倒孔家店”。1916 年秋，康有为上书黎元洪、段祺瑞，主张定孔教为“国教”，列入宪法；国会也讨论孔教应否列入宪法的问题，引起舆论界的激烈论战。《新青年》连续发表文章，从反对康有为扩大到对整个封建伦理道德的批判，号召打倒以孔子为护身符的封建独裁者和专制制度，掀起一场讨孔的大浪。1917 年胡适在《新青年》上发表《文学改良刍议》，反对文言，提倡白话，从而揭开了五四文学革命序幕。随着新文化运动的继续发展，《新青年》从 1917 年起提出了提倡白话文、反对文言文，提倡新文学、反对旧文学的主张，倡导“文学革命”。

五四新文化运动的基本内容是提倡“民主”与“科学”。运动提倡的“民主”就是资产阶级民主政治，反对君主专制和军阀独裁，反对为专制独裁政治服务的封建旧伦理道德，摒弃官僚的专制的个人政治，实行自由的自治的国民政治。运动提倡的“科学”，就是指自然科学和看待客观事物的科学观点，反对迷信、盲从和武断，树立积极、进取和科学的精神。

五四新文化运动反对封建的特权政治，要求政治民主；反对旧道德，提倡新道德；反对旧文学，提倡新文学，是辛亥革命在文化思想领域中的延续，是资产阶级新文化和封建阶级旧文化的一次激烈斗争。它促使人们更迫切地追求救国救民的真理，为马克思列宁主义在中国的传播创造了有利条件。但是，新文化运动也有严重的缺点，如运动的倡导者忽视同广大群众相结合，使文化运动局限在知识分子的圈子里；他们对中国文化遗产不加分析地一笔抹杀，甚至要“废灭汉文”、采用世界语，而对西方资产阶级文化非常崇拜，这种绝对化态度产生过不好的影响。

五四新文化运动在文学批评方面有重要的影响。从1917年初《新青年》的同人扛起文学革命的大旗开始，现代文学批评进入了一个生机勃勃的创建期。他们一方面尝试新的文学创作，另一方面又从事现代文学理论与批评建设。从提倡白话文创作、引进“易卜生主义”、探讨新诗与“美文”的格式、批判“黑幕小说”与“鸳鸯蝴蝶派”、反击复古思潮，一直到讨论“为人生”还是“为艺术”，在短短几年时间里，新文学先驱通力合作，革故鼎新，为建立新文学理论批评做出了彪炳史册的巨大贡献。这期间的代表作品有胡适的《文学改良刍议》《建设的文学革命论》《易卜生主义》《谈新诗》，陈独秀的《文学革命论》，刘半农的《我之文学改良观》，傅斯年的《怎样做白话文》，周作人的《人的文学》《平民文学》，康白情的《新诗底我见》，欧阳予倩的《予之戏剧改良观》，等等。这些都已经成为现代文学批评史的经典文献。

在小说研究方面，影响最为深远、成果最为显著的当数胡适和鲁迅。他们对《水浒传》《红楼梦》等小说的考证和评论，为现代小说研究导夫先路，代表着这个时代小说研究的最高成就。

二　胡适的《水浒传》研究

胡适对中国古典小说的研究应该说是很早的，早在1917年5月的《再寄陈独秀答钱玄同》中，胡适就对我国古代几部重要的小说发表了自己独到的见解。据有的学者统计，从《再寄陈独秀答钱玄同》至1962年2月逝世前四日写的《红楼梦问题最后一信》，前后46年间胡适所作中国传统小说的考证文章、书信和论文，共有46篇，计45万余字，论及小说20余种。[①] 胡适在口述自传时也说自己“从1920年到1933年，在短短的十四年之间，我以《序言》、《导论》等不同的方式，为十二部传统小说大致写了三十万字〔的考证文章〕”[②]。

---

① 易竹贤：《胡适传》，湖北人民出版社2005年版，第217页。

② 唐德刚译：《胡适口述自传》，《胡适文集》第一册，北京大学出版社1998年版，第357页。

胡适可以说是中国现代《水浒传》研究的第一人。就目前的资料来看，胡适对《水浒传》的研究成果主要是《〈水浒传〉考证》（1920）、《〈水浒传〉后考》（1921）、《“致语”考》（1921）、《〈水浒续集两种〉序》（1923）、《百二十回本〈忠义水浒传〉序》（1929）等文章。从这7万字左右的考证文章和散见于其他书信日记等文章中有关《水浒传》的论述来看，胡适的主要观点有以下几点。

（一）《水浒传》演变研究

胡适《水浒传》研究的第一个重要成果也是最大的成果就是对《水浒传》的源流演变作了比较细致的勾勒，并在此基础上总结出中国古代长篇小说成书的一种基本模式，他称之为“历史演进法”。“历史演进法”原是20世纪20年代初在关于古史讨论中顾颉刚等人用历史演进的见解来观察研究历史上传说演进情况的方法，这个方法经过胡适的总结和概括后成为一种普遍适用于研究各种古史传说的历史科学方法。这正如胡适所指出的：“古史上的故事没有一件不曾经过这样的演进，也没有一件不可用这个历史演进的（evolutionary）方法去研究。”① 胡适最早用这个方法研究过关于“井田制度”的种种传说演进的历史，而用它来研究古典小说，则是从1920年的《水浒传》考证开始的。胡适运用历史演进法，通过搜集早期流传的各种“水浒故事”和“水浒戏”，考察了《水浒传》故事流传、演变及成书的历史过程。他认为《水浒传》故事的演变经历了从宋代民间的“宋江故事”—宋元之际龚开的“宋江三十六人像赞”—《宣和遗事》—元代的各种“水浒戏”—经明代文人整理增删这样一个过程。胡适最后得出结论说：“《水浒传》不是青天白日里从半空中掉下来的，《水浒传》乃是从南宋初年（西历十二世纪初年）到明朝中叶（十五世纪末年）这四百年‘梁山泊故事’的结晶。”② 胡适对《水浒传》成书的考证方法不仅在《水浒传》研究上是一个创造，而且对于中国古典小说的研究也提供了一种科学的范本。

后来胡适在《〈三侠五义〉序》里进一步提出所谓小说母题的问题。他认为“母题”的扩展，是中国古典长篇小说发展过程中的一种独特的

---

① 胡适：《古史讨论的读后感》，《胡适文集》第三册，北京大学出版社1998年版，第357页。

② 胡适：《〈水浒传〉考证》，《胡适文集》第二册，北京大学出版社1998年版，第379页。

运动方式。胡适在总结这一独特规律时精辟地指出："传说的生长，就同滚雪球一样，越滚越大，最初只有一个简单的故事作个中心的'母题'(Motif)，你添一枝，他添一叶，便像个样子了。后来经过众口的传说，经过平话家的敷演，经过戏曲家的剪裁结构，经过小说家的修饰，这个故事便一天一天的改变面目：内容丰富了，情节精细圆满了，曲折多了，人物更有生气了。"① 胡适这段话揭示了中国长篇小说发展的三个演变阶段：即"平话家的敷演"（宋代）、"戏曲家的剪裁结构"（元代）和"小说家的修饰"（明代及以后）。

胡适不仅指出了中国古典小说发生发展的规律，并且对小说生成过程中作家最后的写定贡献作了积极的肯定。他高度评价施耐庵的巨大贡献，说，"'施耐庵'又用这个原百回本作底本，加上高超的新见解，加上四百年来逐渐成熟的文学技术，加上他自己的伟大创造力，把那草创的山寨推翻，把那些僵硬无生气的水浒人物一齐毁去；于是重兴水浒，再造梁山，画出十来个永不曾磨灭的英雄人物，造成一部永不曾磨灭的奇书"②。但是，胡适也认为古典小说这种"母题"扩展的生成方式也有其负面影响，它限制了广大作家聪明才智的自由发挥。他认为："《水浒传》是四百年文学进化的产儿，但《水浒传》的短处也就吃亏在这一点。倘使施耐庵当时能把那些梁山泊故事完全丢在脑后，倘使他能忘却了那'三十六大伙，七十二小伙'的故事，倘使他们用全副精神来单写鲁智深、林冲、武松、宋江、李逵、石秀等七八个人，他这部书一定格外有精彩，一定格外有价值。可惜他终不能完全冲出那历史遗传的水浒轮廓，可惜他总舍不得那一百零八人。但是一个人的文学技能是有限的，决不能在一部书里创造出一百零八个活人物。因此他不能不东凑一段，西补一块，勉强把一百零八人'挤'上梁山去。"③ 尽管胡适对后半部分众英雄上山的评价似乎有些偏颇，但整体上说是言之成理、切中要害的。

（二）《水浒传》版本研究

胡适《水浒传》研究的第二个重要成果就是对《水浒传》版本的研

① 胡适：《〈三侠五义〉序》，《胡适文集》第三册，北京大学出版社 1998 年版，第 382 页。

② 胡适：《〈水浒传〉考证》，《胡适文集》第二册，北京大学出版社 1998 年版，第 405 页。

③ 同上书，第 406 页。

究。胡适对《水浒传》版本的考证的成果主要见于《〈水浒传〉考证》《〈水浒传〉后考》《〈水浒续集两种〉序》和《百二十回本〈忠义水浒传〉序》四篇文章中。胡适对《水浒传》版本的研究，经历了从无到有的过程，吸收了同时代学者鲁迅、俞平伯、李玄伯及日本学者青木正儿等人的观点，以设论为主，全面考证。考证的版本前后计有天都外臣本、容本、百十五回本、袁本、金本、百二十四回本和《征四寇》本等，对这些版本的来历和内容演变都作了介绍和分析。其主要内容有以下几点。

①胡适通过对现存各种版本内容的比较对勘，分析整理了各个版本之间的演变关系。胡适从《水浒传》发展演变的情况入手，以进化论思想作支撑，认为原本（他称为X本）《水浒传》产生的时间应该是在明朝初年，作者可能是罗贯中，回数大概不足百回。从内容上讲，“《水浒传》的原本是有招安以后的事的”，“因为这种见解和宋元至明初的梁山泊故事最相接近”，并且这种本子在艺术上是“幼稚”的。胡适曾一度认为“《征四寇》这部书乃是原百回本的下半部”，因为它的“文学的技术和见解，确与元朝人的文学的技术和见解相像。”但后来受到鲁迅、李玄伯观点的启发，他根据众英雄在征辽、征田虎与征方腊战役中无一阵亡和降将马灵、乔道清等在征方腊战役中没有任何表现这两点，认为这三部分都是后来插入的，“大概最早的长篇，颇近于鲁迅先生假定的招安以后直接平方腊的本子，既无辽国，也无王庆、田虎”，并且征辽部分是“最晚出”①。

胡适认为在罗贯中原本之后，有的人误读《宣和遗事》里的“三路之寇”一句话，硬加入田虎、王庆两大段，便成了一种更长的本子即Y本，其回数大概在百回外。后来又有一种本子，没有王庆、田虎两大段，却插入了征辽国的部分，即Z本，其回数大概不过百回。②

在明朝嘉靖年间，《水浒传》版本又发生了新变，产生了所谓的郭本（即通常说的天都外臣本），它是在上面所说的X本、Y本和Z本的基础上重新改造的：“是用‘X’本事迹的全部而大加改造，加上‘Z’本的征辽故事，又加上从‘Y’本借来重新改造过的王进与高俅的故事作为开

---

① 胡适：《〈水浒传〉考证》，《胡适文集》第二册，北京大学出版社1998年版，第395—396、398—399页。

② 胡适：《百二十回本〈忠义水浒传〉序》，《胡适文集》第四册，北京大学出版社1998年版，第348—349页。

篇，但完全删除了王庆、田虎两大部分。”[①] 胡适认为改造者很可能是汪道昆，他假托郭勋家传而编著，由于“其时士大夫还不敢公然出名著作白话小说，故此本假托于‘施耐庵’。”胡适还总结了郭本的特点：一是以王进开章；二是移置阎婆事；三是去王庆、田虎二段；四是加辽国一段；五是删去诗词；六是订文音字之功；最后是书本阔大，个别人名与《宣和遗事》等旧材料同[②]。

由于郭本少了田、王二传，为了满足读者的需求，在明末又出现了杨定见序的百二十回袁本。胡适认为该书刊刻时间当在“崇祯初期”，改造者大概就是作序的杨定见。杨定见根据建阳书坊的删节本进行修改，“修改田虎故事；又发愤改造王庆故事，避免了旧本里所有和百回本重复或矛盾之处，改正了地理上的错误，删除了一切潦草的幼稚的记载，提高了书中主要人物的性格，统一了本书对王庆一群人的见解，并抬高了人物描写的技术。”[③]

关于金圣叹七十回本，胡适最初认为金氏真是根据古本进行改定的。他认为金圣叹所依据的古本是在明初罗贯中原本基础上，在弘治正德时候由不知名的人作的。由于作者删除了招安部分，“触犯当时的忌讳，故不得不托名于别人。‘施耐庵’大概是‘乌有先生’、‘亡是公’之流的人，是一个假托的名字”[④]。但随着新的小说版本的发现，胡适又修正了自己的观点，说“最大的错误是我假定明朝中叶有一部七十回本的《水浒传》”。他根据鲁迅等的研究，认为“七十回本是金圣叹依据百回本而截去后三十回的，为《水浒传》最晚出的本子”[⑤]。

②胡适还对《水浒传》繁简本之间的关系进行了探讨。鲁迅认为“现存之《水浒传》实有两种，其一简略，其一繁缛”，百十五回本“文词蹇拙，体制纷纭，中间诗歌，亦多鄙俗，甚似草创初就，未加润色者，虽非原本，盖近之矣”，“若百十五回简本，则成就殆当先于繁本，以其

---

① 胡适：《百二十回本〈忠义水浒传〉序》，《胡适文集》第四册，北京大学出版社 1998 年版，第 352 页。

② 同上书，第 349—350 页。

③ 同上书，第 364 页。

④ 胡适：《〈水浒传〉考证》，《胡适文集》第二册，北京大学出版社 1998 年版，第 401 页。

⑤ 胡适：《百二十回本〈忠义水浒传〉序》，《胡适文集》第四册，北京大学出版社 1998 年版，第 341、344 页。

用字造句，与繁本每有差违，倘是删存，无烦改作也”①。鲁迅的观点在当时的学术界影响很大，很多学者如俞平伯等都持该观点。但是胡适根据明人笔记记载的相关版本资料和现存版本具体文字的比较，认为“删节也往往有改作的必要，故鲁迅先生‘删存无烦改作’之说不能证明百十五回本之近于古本，也不能证明此种简本成于百回繁本之先”。他还根据当时市面上流行的专为小孩子和下层社会做的“画书”删节的情况作为旁证，认为鲁迅的观点不正确，百十回本和百二十四回本等等简本“大概都是胡应麟所说的坊贾删节本”②。

总的来看，胡适《水浒传》版本研究大体经历了三个阶段：第一阶段是通过对水浒故事源流的考证，预设《水浒传》几种版本的发展脉络，并对其进行考证，首次对《水浒传》版本源流进行了比较科学的探索，开创了新的学术规范，代表作品就是《〈水浒传〉考证》。第二阶段以《〈水浒传〉后考》为代表，通过对小说文本的校勘，梳理了从原本到郭本再到袁本和诸简本以及金本之间演变的轨迹和相互关系。第三阶段以《百二十回本〈忠义水浒传〉序》为代表，广泛搜求各种资料，积极而虚心地吸收他人学术成果，基本解决了《水浒传》几种主要版本的源流沿革和繁简本关系等重大问题，确立了比较科学的版本史学观。胡适的版本研究科学地揭示了《水浒传》成书的历史过程，为小说版本研究及学科的建立作了开拓性的贡献。当然胡适的版本研究也有许多不足的地方，如对郭勋刊刻《水浒》的考证主观臆测的成分就较多。

（三）金圣叹研究

胡适《水浒传》研究的第三个重要成果就是对金圣叹的全面评价。在《水浒传》研究史上，金圣叹是一个划时代的人物，代表着中国古代小说评点艺术的最高成就。但金圣叹又是矛盾而复杂的：一方面他发掘出了《水浒传》巨大的文学艺术成就，是《水浒传》的功臣；但另一方面由于时代和阶级的局限，他又窜改、腰斩《水浒传》文本，从一定程度上歪曲《水浒传》的思想意义，因此又可以说他是《水浒传》的罪人。金圣叹身后可谓千秋功过任人评说。胡适站在 20 世纪初这样一个更高的

① 鲁迅：《中国小说史略》第十五篇《元明传来之讲史下》，《鲁迅全集》第九卷，人民文学出版社 2005 年版，第 147、151 页。

② 胡适：《百二十回本〈忠义水浒传〉序》，《胡适文集》第四册，北京大学出版社 1998 年版，第 353—354 页。

瞭望点上，敏锐地捉住金圣叹的这一矛盾，运用新的思想方法和观点对金圣叹做了比较全面而科学的评价，显示了在新的历史条件下研究者开阔而远大的学术视野。

①胡适首先对金圣叹的文学思想和政治思想进行了比较客观的批评。他认为："金圣叹是十七世纪的一个大怪杰，他能在那个时代大胆宣言，说《水浒》与《史记》、《国策》有同等的文学价值，说施耐庵、董解元与庄周、屈原、司马迁、杜甫在文学史上占有同等的位置，说：'天下之文章无有出《水浒》右者，天下之格物君子无有出施耐庵先生右者！'这是何等眼光！何等胆气！又如他的序里的一段：'夫古人之才，世不相沿，人不相及：庄周有庄周之才，屈平有屈平之才，降而至于施耐庵有施耐庵之才，董解元有董解元之才。'这种文学眼光，在古人中很不可多得。"① 但是金圣叹的文学思想又是矛盾的，他在宏观上能够充分肯定通俗作家和通俗文学作品在文学史上的地位，但一触及作品的具体内容，他的文学眼光却又被文章家的习气所掩盖了。胡适指出："金圣叹用了当时'选家'评文的眼光来逐句批评《水浒》，遂把一部《水浒》凌迟碎砍，成了一部'十七世纪眉批夹注的白话文范'"，"这种机械的文评正是八股选家的流毒，读了不但没有益处，并且养成一种八股式的文学观念，是很有害的。"② 这种批评，既肯定了金圣叹的远见卓识，又对其注重章句、文法的八股习气进行了批判，的确是切中肯綮，令人信服。

胡适不仅对金圣叹的文学思想进行了批评，而且还对他的政治思想进行了批判。一方面胡适肯定了金圣叹思想中的民主性的一面，认为金圣叹是和黄宗羲一样的具有明末"清议"派精神的进步人士。金圣叹在评点《水浒传》第一回时说"一部大书七十回将写一百八人……而先写高俅者，盖不写高俅便写一百八人，则是乱自下生也。不写一百八人先写高俅，则是乱自上作也"，又说《水浒传》"记一百八人之事而亦居然谓之史也，何居？从来庶人之议皆史也。庶人则何敢议也？庶人不敢议也。庶人不敢议而又议，何也？天下有道，然后庶人不议也。今则庶人议矣。"③ 对这些具有民主性的观点，胡适深表赞同，认为"金圣叹说他要写'乱

① 胡适：《〈水浒传〉考证》，《胡适文集》第二册，北京大学出版社 1998 年版，第 374 页。

② 同上书，第 375 页。

③ 金圣叹：《第五才子书施耐庵水浒传》，中华书局 1975 年影印本。

在上生'，大概是很不错的。圣叹说'从来庶人之议皆史也'，这句话很可代表明末清初清议的精神。"①

②胡适对金圣叹评点小说的成就给予了客观的评价。他对金圣叹腰斩的七十回本《水浒传》还是比较欣赏的，认为"这三百年中，七十回本居然成为《水浒传》的定本，平心而论，七十回本得享这点光荣，是很应该的"②。他高度评价金圣叹的评点，认为"圣叹的辩才是无敌的，他的笔锋是最能动人的。……在小说批评界，他的权威直推翻了王世贞、李贽、钟惺等等有名的批评家"③。另外，他对金圣叹的部分评点进行了肯定，认为"金圣叹确是懂得《水浒》的第一大段，他评前十一回，都无大错。"但是，胡适却不同意金圣叹对《水浒传》作者创作动因的评价：

> 这是很误人的见解。一面说他"不知其胸中有何等冤苦"，一面又说他"只是饱暖无事，又值心闲，不免伸纸弄笔"，这不是绝大的矛盾吗？一面说"不止于居海避纣之志"——老实说就是反抗政府——一面又说"其是非皆不谬于圣人"，这又不是绝大的矛盾吗？《水浒传》决不是"饱暖无事，又值心闲"的人做得出来的书。"饱暖无事，又值心闲"的人只能做诗钟，做八股，做死文章，——决不肯来做《水浒传》。④

胡适还对于金圣叹"把《春秋》的'微言大义'用到《水浒》上去"所发出的许多"极迂腐的议论"予以驳斥，深刻地指出"这种穿凿的议论，实在是文学的障碍。"

③胡适还对金圣叹在评点《水浒传》中所表现出的矛盾性进行了分析。认为金圣叹腰斩《水浒传》和"独恶心宋江"是由他所处的时代环境所决定的。他说"圣叹生在流贼遍天下的时代，眼见张献忠、李自成一班强盗流毒全国，故他觉得强盗是不能提倡的，是应该'口诛笔伐'

① 胡适：《〈水浒传〉考证》，《胡适文集》第二册，北京大学出版社 1998 年版，第 376 页。

② 同上书，第 402 页。

③ 胡适：《百二十回本〈忠义水浒传〉序》，《胡适文集》第四册，北京大学出版社 1998 年版，第 365 页。

④ 胡适：《〈水浒传〉考证》，《胡适文集》第二册，北京大学出版社 1998 年版，第 407 页。

的”，“圣叹又亲见明末的流贼伪降官兵，后复叛去，遂不可收拾。所以他对于《宋史》侯蒙请赦宋江使讨方腊的事，大不满意，故极力驳他，说他‘一语有八失’。所以他又极力表彰那没有招安以后事的七十回本。其实这都是时代的影响。”① 这种从艺术和社会生活以及政治局面的相互关系出发来认识文学史现象的方法，明显更具科学性和操作性。

从整体来说，胡适对金圣叹的批评还是有很多可取之处的，例如对金圣叹的文学思想等，但有的批评显然是错误的。例如金圣叹所谓的文法在今天看来大多是正确的，是对小说创作和欣赏的基本规律的揭示。但正如有的学者评价说，“胡适把封建时代评论《水浒》的最高水平的代表金圣叹作为评论与批判的对手，运用资产阶级的社会科学理论，既做到对《水浒》的文学性的充分理解，也注意到对《水浒》的思想性的正确阐发，这就使他确实开拓了一条研究《水浒》的新方向和新道路，并获得了远较其前人深入得多的成就”②，这应该是比较中肯的评价。

（四）《水浒传》艺术研究

胡适《水浒传》研究的第四个重要成果就是对《水浒传》文学性的细致分析。中国小说地位自来卑微，尽管在近代经过梁启超等人的倡导，小说地位大大提高，但真正从今天的所谓文学本身来欣赏和系统研究小说的还是胡适等人。胡适运用西方传入的“文学”的观点对《水浒传》的文学性进行了细致的分析，提出了在今天看来仍然值得重视的见解。

①胡适十分重视小说创作中的想象和虚构。他把作者想象力、创造力的高低看作是一部作品优劣的重要条件。他认为《西游记》“著者的想象力真不小”，所以能创造出这“世间最有价值的一篇神话文学”③，而《三国志演义》由于它“拘守历史的故事太严，而想象力太少，创造力太薄弱”，所以“只可算是一部很有势力的通俗历史讲义，不能算是一部有文学价值的书”④。胡适如此强调小说创造的想象与虚构，显然是得益于对文学艺术的特点及创作规律的正确理解。他还对如何处理历史事实与想

① 胡适：《〈水浒传〉考证》，《胡适文集》第二册，北京大学出版社1998年版，第408—409页。

② 欧阳健：《重评胡适的〈水浒〉考证》，《学术月刊》1980年第5期。

③ 胡适：《〈西游记〉考证》，《胡适文集》第三册，北京大学出版社1998年版，第521页。

④ 胡适：《〈三国志演义〉考证》，《胡适文集》第三册，北京大学出版社1998年版，第591页。

象创造的关系进行了论述，认为“不可全用历史上的事实，却又不可违背历史上的事实”。根据这个观点，他认为“《水浒传》所记宋江等三十六人是正史上所有的事实。《水浒传》写宋江在浔阳楼上吟反诗，写武松打虎杀嫂，写鲁智深大闹和尚寺……等事，处处热闹煞，却终不违背历史的事实。”[①] 正是因为作者大胆的想象和虚构，所以《水浒传》根据武松的传说故事，“加上新的创造的想象力，从打虎写到杀嫂，从杀嫂写到孟州道打蒋门神，从蒋门神写到鸳鸯楼、蜈蚣岭，便成了《水浒传》中最精彩的一大部分”[②]。

②胡适非常注重小说细节的描写。他不满于传统白话小说“记账式”的粗糙叙述方式，认为小说对细节的重视是一种技巧上的进步。他说“《水浒》所以比《史记》更好，只在多了许多琐屑细节。《水浒》所以比《宣和遗事》更好，也只在多了许多琐屑细节。……这都是文学由略而详，由粗枝大叶而琐屑细节的进步”[③]。他认为《宣和遗事》里的“生辰纲”因为粗糙而艺术成就不高，《水浒传》的作者却“用这个旧轮廓，加上无数琐细节目，写得格外有趣味”[④]。小说细节描写是刻画人物的重要手法，胡适站在进化论的立场，高度赞赏《水浒传》的细节描写，强调小说“状物写情全是靠琐屑节目”，这是非常有见地的。

③胡适强调小说要塑造成功的人物形象。胡适认为《水浒传》中排座次靠前的“卢俊义、呼延灼、关胜等人不是《水浒》的中心人物”，《水浒传》的中心人物是那些写得有血有肉的人物，如鲁智深、林冲、武松、宋江、李逵、石秀等七八个人。这就打破了历来《水浒传》评论家按资历论述人物的形式主义，明确了只有典型人物才是文学作品的中心与灵魂[⑤]。胡适不仅强调塑造典型的人物形象，更是把人物描绘的成功与否作为他评价古典小说成败优劣的一个重要标准。他认为小说在“闹江州以前，施耐庵却能放手创造，看他写武松一个人便占了全书七分之一，所以能有精彩”，而《水浒传》的成功，也在于“画出十来个永不会磨灭的

---

① 胡适：《论短篇小说》，《胡适文集》第二册，北京大学出版社1998年版，第111页。

② 胡适：《〈水浒传〉考证》，《胡适文集》第二册，北京大学出版社1998年版，第403页。

③ 胡适：《论短篇小说》，《胡适文集》第二册，北京大学出版社1998年版，第112页。

④ 胡适：《〈水浒传〉考证》，《胡适文集》第二册，北京大学出版社1998年版，第403页。

⑤ 欧阳健：《重评胡适的〈水浒〉考证》，《学术月刊》1980年第5期。

英雄人物”。但是作品的缺点也出在人物描绘方面，由于作者“舍不得那一百零八人”，以至笔力分散，“东凑一段，西补一块，勉强把一零八人‘挤’上梁山去”，也就难见精彩了。①

胡适对《水浒传》文学性的分析整体上说是很有创见的，但个别观点也有失偏颇。如他在《五十年来中国之文学》里认为中国古典小说“差不多都是没有布局的”，演义小说“往往用史事做间架，这一朝代的事‘演’完了，他的平话也收场了”，谈不上什么布局。《水浒传》一类的小说，虽不肯受史实的严格限制，但“也还是没有布局的，可以插入一段打大名府，也可以插入一段打青州……割去了，仍可成书；拉长了，可至无穷。这是演义体结构上的缺乏”②。应当指出，一些作家用西洋小说结构来改造中国小说结构，从小说现代化角度讲是有一定进步意义的。但是将西方小说结构作为唯一价值评判尺度，这势必会削足适履，忽略了中国古典小说的民族特征。所以胡适所谓中国古典小说“差不多都是没有布局的”的说法是不正确的。

作为近代著名的大学者，在新文化运动和整理国故的大潮中，胡适身体力行，率先垂范，在《水浒传》研究史上写下了浓重的一笔，对当时和后代都有重大的影响。概言之，胡适对《水浒传》研究的贡献有以下几点。

①胡适以历史家的眼光，科学地考察了《水浒传》发展演变的历史，总结出了《水浒传》乃至中国早期古典章回小说演进的基本规律。尽管胡适以及鲁迅等学者对早期古典章回小说演进规律的认识还停留在初步阶段，但这种思想却逐渐得到大多数研究者的认可，并成为一种常识被写进文学史或小说史。例如北京大学中文系文学专门化 1955 级集体编著的《中国文学史》认为“《三国演义》是群众创作与文人创作相结合的典范之一”③，游国恩等主编的《中国文学史》说：“罗贯中在民间传说及民间艺人创作的话本、戏曲的基础上，又运用陈寿《三国志》和裴松之注

① 胡适：《〈水浒传〉考证》，《胡适文集》第二册，北京大学出版社 1998 年版，第 406 页。

② 胡适：《五十年来中国之文学》，《胡适文集》第三册，北京大学出版社 1998 年版，第 247 页。

③ 北京大学中文系文学专门化 1955 级集体编著：《中国文学史》，人民文学出版社 1959 年版，第 213 页。

的正史材料结合他丰富的生活经验，写成了这部影响深远的《三国志通俗演义》。”① 石昌渝《中国小说源流论》谈到章回小说时也有类似的论述。

②胡适提出了比较科学的版本考证方法，即“大胆假设，小心求证”这样一个实验主义的方法。所谓“大胆假设，小心求证”是他对清代学者治学方法的概括。1921年胡适在《清代学者的治学方法》中说：“他们用的方法，总括起来只是两点：①大胆的假设，②小心的求证。假设不大胆，不能有所发明。证据不充足，不能使人信仰。”② 他认为清代学者的治学方法，是针对宋儒的“格物”方法提出来的，假设就是归纳法，求证就是演绎法。1930年胡适又在《介绍我自己的思想》一文里再次提到这个思想：

> 在这些文字里，我要读者学得一点科学精神，一点科学态度，一点科学方法。科学精神，在于寻求事实，寻求真理。科学态度，在于撇开成见，搁起感情，只认识事实，只跟着证据走。科学方法，只是“大胆的假没，小心的求证”十个字，没有证据，只可悬而不断；证据不够，只可假设，不可武断；必须等到证实之后，方才奉为定论。③

虽然胡适的这个观点在新中国成立后常常被批判，但客观地讲，这个方法固然有不足，但还是基本正确和行之有效的，胡适运用这个方法也取得了很大的成果。

③对小说文学性质的认识。胡适是当时少数几个真正把古典小说当作文学艺术和一种创造性的审美活动成果来加以考察和评价的学者之一。他曾经说“文学之一要素，在于‘美感’”④。胡适明确提出了“文学的眼光”、“文学的风格”、“文学的价值”和“美感”的标准，用以考察和评

---

① 游国恩等主编：《中国文学史》，人民文学出版社1964年版，第15页。

② 胡适：《清代学者的治学方法》，《胡适文集》第二册，北京大学出版社1998年版，第302页。

③ 胡适：《介绍我自己的思想》，《胡适文集》第五册，北京大学出版社1998年版，第518—519页。

④ 胡适：《答钱玄同书》，《胡适文集》第二册，北京大学出版社1998年版，第34页。

价像《水浒传》这样的作品，并探讨中国古典小说的特点与规律，开创了现代小说研究史上崭新的观点和方法。

当然，作为中国现代小说研究筚路蓝缕的开创者之一，胡适的《水浒传》研究也有很多不足之处。第一是考证过于繁琐。例如在《水浒传考证》第四部分作者问题的考证上，先是一个假设接着一个假设，然后反复地考证，但花了很大的篇幅仍然没有考出《水浒传》的著者。

第二是有的考证流于臆断而有失严谨。如考证郭勋刊刻《水浒传》时大谈如何增删改写，但由于没有确凿材料可供论证，主观臆测的成分较多。对《水浒传》作者问题进行讨论时他认为“元明两朝还没有可以考证施耐庵的材料”，“施耐庵大概是‘乌有先生’、‘亡是公’一流的人，是一个假托的名字”，这种推论显然是没有多少证据的，反映出胡适“大胆的假设”的负面影响。

第三是对传统文化的偏见。如前面提到的对我国古代小说结构的批评即是一例。胡适对金圣叹《水浒传》评点文字的否定也表现出在当时文化思潮下，作者主观上过于强调新文化、新事物和新文学而否定封建文化思潮的倾向。这种倾向造成对明清时期评点这种文学批评方式的偏见，影响了批评的客观性。

总之，胡适以他的“历史进化的文学观念”为基础，第一次运用具有现代性的“文学”理念，通过对作品内容的解构、版本的梳理、小说叙事艺术特征的分析，从方法论上彻底改变了明清时期以金圣叹为代表的小说评点学的影响，揭示了早期长篇小说的成书规律，从而实现了《水浒传》从传统向现代的研究转型，对后来的“水浒学”产生了重大影响。用胡适自己的话来说，就是“替将来的‘《水浒传》专门家’开辟一个新的方向，打开一条新道路”。

三　鲁迅的《水浒传》研究

鲁迅关注中国古典小说是很早的，早在1912年他就辑录了《古小说钩沉》一书，并相继完成了《小说旧闻钞》《唐宋传奇集》等书，在辑录古代小说的过程中，鲁迅接触了大量的原始材料，为后来写作小说史奠定了坚实的基础。1923—1924年，鲁迅将他在北京高等师范学校和北京女子高等师范学校等处讲授小说史的讲稿整理成篇予以出版，这就是后来著名的《中国小说史略》。这部书从远古的神话与传说开始，依次论述了小说发展的各个阶段。从汉人小说、六朝志怪小说讲到唐宋传奇，从宋代话本及拟话本、元明的讲史及明代的神魔小说、人情小说讲到清代的拟晋唐小说、讽刺小说、人情小说、狭邪小说、侠义及公案小说，直至清末的谴责小说。它首次打破了“中国小说自来无史”的局面，对古代小说产生、发展和变迁的历史过程作了系统的探索，建立了较完整的中国小说史的体系。五四新文化运动前后的鲁迅和胡适一样，在当时的中国古代通俗小说研究中处于领先地位，并代表着这一时期小说理论的最高成就。

鲁迅研究《水浒传》的成果主要是《中国小说史略》的第十五篇《元明传来之讲史（下）》和《中国小说的历史的变迁》中的相关文字。另外在鲁迅的杂文、序记和书信等文字中，涉及《水浒传》的还有35篇之多，这还不包括《小说旧闻钞》中有关《水浒传》的资料和鲁迅的按语以及《鲁迅日记》中的有关文字在内。有的研究者将这35篇涉及《水浒传》的文字归纳分类，发现涉及《水浒传》的思想和《水浒传》人物的思想的有11篇、涉及艺术的8篇、涉及图像的9篇、涉及书的性质的1篇、涉及资料的1篇、涉及目录的1篇、涉及书名的1篇、涉及版本的1篇，胡适作《水浒传》序的两篇。[①] 在这些专著和文章中，鲁迅对《水浒传》的源流、版本、作者和思想艺术等方面进行了比较系统的研究。当然，由于有的文章系杂文，其中个别的提法与《中国小说史略》和《中国小说的历史的变迁》中的相关文字可能不一致。我们下面探讨鲁迅对《水浒传》的研究主要还是以学术专著为主，个别地方涉及杂文。

（一）《水浒传》成书研究

鲁迅通过对《水浒传》大量材料的研究，科学地分析了《水浒传》发生演变的源流。在古典小说研究中，鲁迅历来重视本事溯源工作，并把它作为研究的基础，对《水浒》的研究自然也不例外。他广泛披览资料，比勘爬梳，理出了一条《水浒传》成书的线索：

> 《水浒》故事亦为南宋以来流行之传说，宋江亦实有其人。……然宋江等啸聚梁山泺时，其势实甚盛，《宋史》（三百五十三）亦云“转略十郡，官军莫敢撄其锋”。于是自有奇闻异说，生于民间，辗转繁变，以成故事，复经好事者掇拾粉饰，而文籍以出。宋遗民龚圣

① 蓝天：《“水浒学”史上的第三座丰碑——论鲁迅研评〈水浒〉》，《河北大学学报》1985年第4期。

与作《宋江三十六人赞》，自序已云“宋江事见于街谈巷语，不足采著，虽有高如李嵩辈传写，士大夫亦不见黜”（周密《癸辛杂识》续集上）。今高李所作虽散失，然足见宋末已有传写之书。《宣和遗事》由钞撮旧籍而成，故前集中之梁山泺聚义始末，或亦为当时所传写者之一种……又元人杂剧亦屡取水浒故事为资材……意者此种故事，当时载在人口者必甚多，虽或已有种种书本，而失之简略，或多舛迕，于是又复有人起而荟萃取舍之，缀为巨袟，使较有条理，可观览，是为后来之大部《水浒传》。①

在《中国小说的历史的变迁》一文中，鲁迅也说：

《大宋宣和遗事》，首尾皆有诗，中间杂些俚句，近于“讲史”而非口谈；好似“小说”而不简洁；惟其中已叙及梁山泊的事情，就是《水浒》之先声，是大可注意的事。……《水浒传》是叙宋江等的事情，也不自罗贯中起始；因为宋江是实有其人的，为盗亦是事实，关于他的事情，从南宋以来就成社会上的传说。宋元间有高如、李嵩等，即以水浒故事作小说；宋遗民龚圣与又作《宋江三十六人赞》；又《宣和遗事》上也有讲“宋江擒方腊有功，封节度使”等说话，可见这种故事，早已传播人口，或早有种种简略的书本，也未可知。到后来，罗贯中荟萃诸说或小本《水浒》故事，而取舍之，便成了大部的《水浒传》。②

根据上面引述的这两段话，可以看出鲁迅将《水浒传》的成书过程实际上分为三个主要阶段，即从本事产生后的传说阶段、文人小本《水浒》阶段和写定的大部《水浒传》阶段。第一阶段的“宋江是实有其人的，为盗亦是事实，关于他的事情，从南宋以来就成为社会上的传说”，“这种故事，早已传播人口”。第二阶段是水浒故事由民间文学向文人整理创作的发展。至少在南宋末年就出现了遗民龚圣与的《宋江三十六人

① 鲁迅：《中国小说史略》，《鲁迅全集》第九卷，人民文学出版社 2005 年版，第 145—146 页。

② 鲁迅：《中国小说的历史的变迁》，《鲁迅全集》第九卷，人民文学出版社 2005 年版，第 331、334 页。

赞》，宋元间高如、李嵩[①]的采写和时间未定的话本《大宋宣和遗事》等，这些都是文人作品的最初代表。但由于故事产生非一地，传者非一人，故此时“虽或已有种种书本，而失之简略，或多舛迕，于是又复有人起而荟萃取舍之，缀为巨袟，使较有条理，可观览，是为后来之大部《水浒传》”。

同时，鲁迅还认为在《水浒传》由口头文学演变为文人作品的过程中，水浒故事也出现了由抄撮旧籍的“简略”走向“巨袟”的“繁缛”、由舛迕杂乱而趋向于“较有条理”的发展趋势。从今天来看，这种规律应该说几乎是所有民间文学向文人整理创作演化的基本发展规律。虽然鲁迅没有像胡适那样将其上升到理论的层面，但通过《中国小说史略》其他篇章对《三国演义》《西游记》等世代累积型小说发展源流的考证，可以发现，在事实上鲁迅已经在自觉地运用这种规律来考察研究这一类型的小说作品了。

此外，鲁迅还在其他文章中通过发掘历代笔记等材料来参证自己的观点。如他引用元陈泰《所安遗集·江南曲序》所记宋江为人“勇悍狂侠”和宋妻在梁山泊种植荷花的材料，认为“宋江有妻在梁山泺中，且植芰荷，仅见于此；而谓江勇悍狂侠，亦与今所传性格绝殊，知《水浒》故事，宋元来异说多矣”。以此来论证自己关于《水浒传》演变“集合许多口传”而成，“所以当然有不能一律处”的观点。另外他还引用了宋洪迈《夷坚甲志》十四《舒民杀四虎》的材料，认为“《水浒传》叙李逵沂岭杀四虎事，情状极相类，疑即本此等传说作之”[②]。后来有的学者如孙楷第、侯会等受到鲁迅的启发，比较细致地研究了《夷坚志》，发现其中有很多材料与后来的《水浒传》有类似之处，对开拓《水浒传》成书研究有重大意义。

（二）《水浒传》版本研究

鲁迅通过对当时有限的《水浒传》版本比勘分析，论述了《水浒传》的版本问题。由于条件的限制，在鲁迅撰写《中国古代小说史略》时手里只有六种版本。鲁迅将其分类为四种，并对其情况进行了论述。第一种就是我们今天所说的简本系统，它包括一百一十五回和一百一十回两种

---

① 此处鲁迅误读原文，将“高如”作为人名理解，非。

② 鲁迅：《华盖集续编·马上支日记》，《鲁迅全集》第三卷，人民文学出版社2005年版，第341、340页。

《英雄谱》本的《忠义水浒传》以及一百二十四回《水浒传》。鲁迅简单介绍了它的内容，认为这种版本“文词蹇拙，体制纷纭，中间诗歌，亦多鄙俗，甚似草创初就，未加润色者，虽非原本，盖近之矣”①。

第二种版本是百回本《忠义水浒传》，即通常所说的郭本。郭本不可见，鲁迅所见的很可能是郭本系统的容与堂本的覆刻本。该本“惟于文辞，乃大有增删，几乎改观，除去恶诗，增益骈语；描写亦愈入细微”，在艺术上讲是大大进步了，所以鲁迅评价比较高。

第三种是一百二十回本《忠义水浒全书》，即今日所见之袁本。“全书自首至受招安，事略全同百十五回本，破辽小异，且少诗词，平田虎王庆则并事略亦异，而收方腊又悉同。文词与百回本几无别，特于字句稍有更定。”该本诗词较多，当是“刊时增入”。鲁迅还谈到百回本和百二十回本的评点文字“两皆弇陋，盖即叶昼辈所伪托”②。这和胡适的观点非常接近。胡适通过比较百回本和百二十回本的批语，认为“两本同是所谓李贽批点本，而有这样的大不同，故我们可以断定两本同是假托于李贽的”③。虽然说二人的观点有值得商榷的一面，但对后来《水浒传》评点研究却有一定的影响。

第四种本子即金本。鲁迅通过版本校勘，认为“其书与百二十回本之前七十回无甚异，惟刊去骈语特多”，又根据周亮工《书影》的有关记载，认为金圣叹其实没有所谓的“古本”，“只是凭了自己的意见删去的，古本云云，无非是一种‘托古’的手段罢了”，“所据殆仍是百回本”，所以金圣叹应该负制造“断尾巴蜻蜓”的责任。对金圣叹的评点，鲁迅也作了批评，认为“经他一批，原作的诚实之处，往往化为笑谈，布局行文，也都被硬拖到八股的作法上”④。当然鲁迅也从实际出发，客观地肯定了金本“字句亦小有佳处”的优点。鲁迅还从金圣叹所处的时代环境出发，分析了金圣叹删除“招安”以后内容的原因，认为“这大概也就是受了当时社会环境底影响。胡适之先生说：‘圣叹生于流贼遍天下的时

---

① 鲁迅：《中国小说史略》，《鲁迅全集》第九卷，人民文学出版社 2005 年版，第 147 页。

② 同上书，第 150 页。

③ 胡适：《百二十回本〈忠义水浒传〉序》，《胡适文集》第四册，北京大学出版社 1998 年版，第 351 页。

④ 鲁迅：《南腔北调集·谈金圣叹》，《鲁迅全集》第四卷，人民文学出版社 2005 年版，第 542 页。

代，眼见张献忠、李自成一般强盗流毒全国，故他觉强盗是不应该提倡的，是应该口诛笔伐的。'这话很是。就是圣叹以为用强盗来平外寇，是靠不住的，所以他不愿听宋江立功的谣言。"①

鲁迅还通过对四种代表性版本的具体研究，探讨了各种版本之间的演变关系，勾勒了其发展脉络。鲁迅认为《水浒传》版本应该经历如下的五个演变阶段：第一阶段是古本《水浒传》，它应当是百回，"以平方腊接受招安之后，如《宣和遗事》所记者"，但在明朝后期"既不可复见"。在古本之后"又有旧本，似百二十回中有'四大寇'，盖谓王田方及宋江"，这是《水浒传》版本的发展的第二阶段。现存的郭本系统乃在旧本（当是指百二十回本）基础上"削王田而加辽国"，成为今天我们见到的百回本，这是《水浒传》版本发展的第三阶段。袁本《水浒全书》"又增王田，仍存辽国，复为百廿回，而宋江乃始退居于四寇之外"，这是《水浒传》版本发展的第四阶段。至于金本则是《水浒传》版本发展的最后一个阶段了。

除了探讨版本之间演变的关系外，鲁迅还指出《水浒传》版本的发展变化是与当时的社会思潮息息相关的。他认为原本的招安之说和破辽故事"亦非始作于明"，"乃是宋末到元初的思想"，因为"宋代外敌凭陵，国政弛废，转思草泽，盖亦人情"②，又说"因为当时社会扰乱，官兵压制平民，民之和平者忍受之，不和平者便分离而为盗。盗一面与官兵抗，官兵不胜，一面则掳掠人民，民间自然亦时受其骚扰；但一到外寇进来，官兵又不能抵抗的时候，人民因为仇视外族，便想用较胜于官兵的盗来抵抗他，所以盗又为当时所称道了。"至于宋江服毒的结局，鲁迅认为"乃明初加入的，明太祖统一天下之后，疑忌功臣，横行杀戮，善终的很不多，人民为对于被害之功臣表同情起见，就加上宋江服毒成神之事去"③。这一点也与胡适的观点相似。

另外，鲁迅还对《水浒传》繁简本之间的关系进行了论述。他认为"现存之《水浒传》实有两种，其一简略，其一繁缛"，由于简本"文词

---

① 鲁迅：《中国小说的历史的变迁》，《鲁迅全集》第九卷，人民文学出版社 2005 年版，第 335 页。

② 鲁迅：《中国小说史略》，《鲁迅全集》第九卷，人民文学出版社 2005 年版，第 151 页。

③ 鲁迅：《中国小说的历史的变迁》，《鲁迅全集》第九卷，人民文学出版社 2005 年版，第 334—335 页。

蹇拙，体制纷纭，中间诗歌，亦多鄙俗”，因此鲁迅认为它“甚似草创初就，未加润色者，虽非原本，盖近之矣”。在此基础上，鲁迅进一步认为简本不可能是繁本的删节本，“若百十五回简本，则成就殆当先于繁本，以其用字造句，与繁本每有差违，倘是删存，无烦改作也”①。鲁迅判断繁简本先后关系主要是从文字方面为依据的，其理论指导或许是进化论思想。今天看来，由于其占有的版本资料不足，论述显然有不周之处，但仍不失为一家之说。直到今天，鲁迅关于《水浒传》繁简本关系的论述仍然有很大的影响。

（三）《水浒传》作者研究

鲁迅通过明清时代文人笔记等文献的考察，对《水浒传》的作者进行了考证。关于《水浒传》的作者，胡适曾经认为是罗贯中，“施耐庵”是“明朝中叶一个文学大家的假名”，大概是“‘乌有先生’、‘亡是公’一流的人物”②。鲁迅考察了当时的文献，发现关于作者的记载有四种说法，“或曰罗贯中（王圻、田汝成、郎瑛说），或曰施耐庵（胡应麟说），或曰施作罗编（李贽说），或曰施作罗续（金人瑞说）”。由于鲁迅以为简本“甚似草创初就，未加润色者，虽非原本，盖近之矣”，是最接近原本的，其在时间上自然要早于繁本，所以他根据“简本撰人，止题罗贯中”，而“周亮工闻于故老者亦第云罗氏”这两条证据，得出《水浒传》作者应该为罗贯中。所以他才说“罗贯中荟萃诸说或小本《水浒》故事，而取舍之，便成了大部的《水浒传》”。鲁迅在考证出《水浒传》原作者为罗贯中之后，还对其他几种常见的说法进行了分析，认为施耐庵当是后起者，“乃演为繁本者之托名，非古本所有”，“后人见繁本题施作罗编，未及悟其依托，遂或意为敷衍，定耐庵与贯中同籍，为钱塘人（明高儒《百川书志》六），且是其师”，“到清初，金圣叹又说《水浒传》到‘招安’为止是好的，以后便很坏；又自称得着古本，定‘招安’为止是耐庵作，以后是罗贯中所续，加以痛骂。”③ 由于金本在最近这三百年非常流行，所以人们往往只知道《水浒传》作者是施耐庵了。到了近代，著

① 鲁迅：《中国小说史略》，《鲁迅全集》第九卷，人民文学出版社2005年版，第151页。

② 胡适：《〈水浒传〉考证》，《胡适文集》第二册，北京大学出版社1998年版，第401页。

③ 鲁迅：《中国小说的历史的变迁》，《鲁迅全集》第九卷，人民文学出版社2005年版，第151、335页。

名学者吴梅在《顾曲麈谈》中提出《幽闺记》作者施君美"即作《水浒传》之耐庵居士也"，鲁迅认为由于不知道吴梅本于何书，"故亦未可轻信"。

此外，鲁迅还通过材料考证出《水浒传》作者的籍贯是浙人。《水浒传》第二十四回叙郓哥向武大索麦稃，武大道："我屋里又不养鹅鸭，那里有这麦稃？"郓哥道："你说没麦稃，怎地栈得肥膪膪地，便颠倒提起你来也不妨，煮你在锅里也没气？"武大道："含鸟猢狲！倒骂得我好。我的老婆又不偷汉子，我如何是鸭？……"小说中这段话通过骂人鸭子暗喻对方老婆偷汉子，这显然是一种已经为我们今天所不理解的方言。巧合的是宋代庄季裕的笔记中有一段记载，可以帮助我们理解小说中的这段话。《鸡肋编》云："浙人以鸭儿为大讳。北人但知鸭羹虽甚热，亦无气。后至南方，乃始知鸭若只一雄，则虽合而无卵，须二三始有子，其以为讳者，盖为是耳。"鲁迅根据这篇文献，认为"鸭必多雄始孕，盖宋时浙中俗说，今已不知。然由此可知《水浒传》确为旧本，其著者则浙人"①。这其实是从方言的角度考证作者，具有一定的科学性，今天有的学者在考证《水浒传》作者问题时也采用了此方法。但由于《水浒传》成书"集合许多口传，或小本《水浒》故事而成"，所以单纯从方言这个角度立论还是显得比较单薄。

总的看来，鲁迅对《水浒传》作者的考证还是比较谨慎的，其结论在今天看来仍然是最有影响的一说。由于文献不足征，《水浒传》作者问题到今天依然还是"水浒学"上一个大难题，在短时间内如果没有新材料的发现是很难解决的。

（四）《水浒传》思想研究

鲁迅从其改造国民性的一贯立场出发，对《水浒传》的思想内容进行多层次的批判性分析。中国的国民性问题，自20世纪初就受到中国启蒙主义者的重视，严复、梁启超、章太炎等人都曾著文，系统论述了改造国民性的理论主张。鲁迅在这些启蒙先驱者的理论基础上，通过《狂人日记》、《阿Q正传》为代表的一系列文学作品，对存在于国人身上的奴性、精神胜利法及看客心理做了深入的剖析和猛烈抨击，表现了他对中国

---

① 鲁迅：《华盖集续编·马上支日记》，《鲁迅全集》第三卷，人民文学出版社2005年版，第341页。

社会、历史、文化、现实人生所特有的反省意识、批判精神和崇高的社会责任感与历史使命感。在鲁迅的古典文学研究活动中，也同样存在着这种思想，如他在《马上支日记》中就说过，“从小说来看民族性，也就是一个好题目”①。

鲁迅对《水浒传》思想内容的认识有这几方面。首先，他高度评价了《水浒传》，认为它是宋人话本以来“平民文学正脉”的一部分，具有“反抗政府”的精神。他将《水浒传》和清代侠义小说进行比较，认为二者之间关系密切，“其中所叙的侠客，大半粗豪，很像《水浒》中底人物，故其事实虽然来自《龙图公案》，而源流则仍出于《水浒》。不过《水浒》中人物在反抗政府；而这一类书中底人物，则帮助政府”，并指出之所以有这样的区别，主要是“作者思想的大不同处，大概也因为社会背景不同之故”②。另外，《水浒传》也有仇视“外寇”的爱国精神，譬如“征辽”等情节就是与当时的社会环境相关的。

其次，鲁迅也对《水浒传》所反映的负面文化意识也毫不留情地给予了批评。如对小说招安问题，鲁迅分析了它的局限性：

> “侠”字渐消，强盗起了，但也是侠之流，他们的旗帜是“替天行道”。他们所反对的是奸臣，不是天子，他们所打劫的是平民，不是将相。李逵劫法场时，抡起板斧来排头砍去，而所砍的是看客。一部《水浒》，说得很分明：因为不反对天子，所以大军一到，便受招安，替国家打别的强盗——不“替天行道”的强盗去了。终于是奴才。③

鲁迅认为，由于梁山群雄没有彻底地反抗政府，最后自然只有接受招安，成为政府的帮凶去镇压方腊的起义。鲁迅还分析了宋江等的悲剧结局，认为：

---

① 鲁迅：《华盖集续编·马上支日记》，《鲁迅全集》第三卷，人民文学出版社 2005 年版，第 351 页。

② 鲁迅：《中国小说的历史的变迁》，《鲁迅全集》第九卷，人民文学出版社 2005 年版，第 349—350 页。

③ 鲁迅：《三闲集·流氓的变迁》，《鲁迅全集》第四卷，人民文学出版社 2005 年版，第 159 页。

至于宋江服毒的一层，乃明初加入的，明太祖统一天下之后，疑忌功臣，横行杀戮，善终的很不多，人民为对于被害之功臣表同情起见，就加上宋江服毒成神之事去。——这也就是事实上缺陷者，小说使它团圆的老例。①

鲁迅将《水浒传》成书的社会环境与《水浒传》的实际描写结合，客观地分析了“忠义难容世”的现实和民众对忠臣的同情这样的社会思想意识对《水浒传》结局的影响。

另外，鲁迅还对《水浒传》的负面影响进行了批判。他在《叶紫作〈丰收〉序》中说，“中国却也还盛行着《三国志演义》和《水浒传》，但这是为了社会还有三国气和水浒气的缘故”②。显然鲁迅并不是轻视《三国演义》和《水浒传》这些伟大作品的思想和艺术成就，而是对《水浒传》糟粕部分的影响进行批判。由于《水浒传》产生于封建社会，其间必然包含有许多在鲁迅的时代看来已经是过时乃至糟粕的思想文化意识。这些负面的思想文化意识的主要表现为《水浒传》所宣扬的崇尚暴力、无视法纪的游民意识和江湖义气等。就是在今天看来，对这样一些社会习气的认同也很容易导致流氓和黑社会帮会的大量涌现以及暴力和违法事件的出现。

（五）《水浒传》艺术研究

除了对《水浒传》发展演变的源流、版本和作者等问题进行研究外，鲁迅还对《水浒传》艺术成就进行分析，在涉及《水浒传》的艺术的八篇文章中，就其实质说，大多属于褒扬之词。首先，鲁迅认为小说艺术形象的塑造必须来源于生活而又高于生活。他说：“我们的古人，是早觉得做小说要用模特儿的，记得有一部笔记，说施耐庵——我们也姑且认为真有这作者罢——请画家画了一百零八条梁山泊上的好汉，贴在墙上，揣摩着各人的神情，写成了《水浒》。但这作者大约是文人；所以明白文人的技俩，而不知道画家的能力，以为他倒能凭空创造，用不着模特儿来作标

① 鲁迅：《中国小说的历史的变迁》，《鲁迅全集》第九卷，人民文学出版社2005年版，第334—335页。

② 鲁迅：《且介亭杂文二集·叶紫作〈丰收〉序》，《鲁迅全集》第六卷，人民文学出版社2005年版，第228页。

本了。”[①] 笔记作者认为画家（艺术家）可以离开实际人物而凭空创造，显然这种观点鲁迅是不赞同的。他认为作家也要取人为模特，并谈到具体如何取模特的方法。

其次，鲁迅还很赞赏《水浒传》的语言艺术。他在《看书琐记》里说：“高尔基很惊服巴尔札克小说里写对话的巧妙，以为并不描写人物的模样，却能使读者看了对话，便好像目睹了说话的那些人”，“中国还没有那样好手段的小说家，但《水浒》和《红楼梦》的有些地方，是能使读者由说话看出人来的”[②]。鲁迅认为《水浒传》的语言具有典型性，能够反映出每一个人物各种的身份和性格等。这其实就是金圣叹所说的“一样人，便还他一样说话”的语言个性化特征。鲁迅还赞扬《水浒传》的语言比文言文更能够传神达意，认为《水浒传》“林教头风雪山神庙”一回中“那雪正下得紧”一句，其“神韵”比文言文的“大雪纷飞”“却好得远了”[③]。

再次，鲁迅还对《水浒传》全书“前后有些参差”、艺术成就不一致的问题发表了自己的看法。他指出《水浒传》“文章之前后有些参差，却确如圣叹所说”，这是客观存在的事实，金氏针对《水浒传》招安后文章的批评也有某些合理性。鲁迅也分析了造成小说前后艺术水平不平衡的原因：一是“《水浒传》是集合许多口传，或小本《水浒》故事而成的，所以当然有不能一律处”；二是“描写事业成功以后的文章，要比描写正做强盗时难些”；其三是“一大部书，结末不振，是多有的事”[④]。这个说法还是比较客观的，对理解《水浒传》艺术成就前后不平衡性有一定的参考价值。

综上所述，我们可以看到鲁迅的《水浒传》研究基本上是涵盖了水浒学的几大主要内容，即成书（源流）研究、版本研究、作者研究、评点研究和具体文本研究。当然他并不是平均用力的，其成果也是不一致

---

① 鲁迅：《且介亭杂文末编·出关的“关”》，《鲁迅全集》第六卷，人民文学出版社 2005 年版，第 537 页。

② 鲁迅：《花边文学·看书琐记》，《鲁迅全集》第五卷，人民文学出版社 2005 年版，第 559 页。

③ 鲁迅：《花边文学·“大雪纷飞”》，《鲁迅全集》第五卷，人民文学出版社 2005 年版，第 581 页。

④ 鲁迅：《中国小说的历史的变迁》，《鲁迅全集》第九卷，人民文学出版社 2005 年版，第 335 页。

的。在今天看来，鲁迅对《水浒传》研究最大的贡献应该是他的成书研究和版本研究，他和胡适的《水浒传》研究一起对中国现当代水浒研究具有重大的影响。尤其是在新中国成立以后特别是“文化大革命”期间，鲁迅在杂文中的个别论述被歪曲、肢解，断章取义地为当时的政治运动服务，这是鲁迅的悲哀，也是学术的悲哀，更是时代的悲哀。胡适曾高度评价鲁迅的《中国小说史略》，他说：“在小说史料方面，我自己也颇有一点贡献。但最大的成绩自然是鲁迅先生的《中国小说史略》，这是一部开山的创作，搜集甚勤，取材甚精，断制也甚谨严，可以替我们研究文学史的人节省无数精力。”① 笔者认为这个评价也同样适用于对鲁迅《水浒传》研究的评价。

四　胡适、鲁迅与《水浒传》研究的现代转型

辛亥革命失败后，在第一次世界大战的夹缝中，中国的资本主义经济得到了进一步的发展，西方科学、民主和革命等思潮如潮水般涌来。在这样的时代背景下，一批先进的知识分子总结辛亥革命血的经验和教训，很快掀起了一场新的声势浩大的以反帝反封建为主要内容的思想革命和文化启蒙运动。胡适、鲁迅等作为五四新文化运动的先驱，在晚清文学改良运动的基础上，发动了一场前所未有的“文学革命”，小说革命就是其中重要内容之一。在这样的时代变革中，经过几代批评家的努力探索，小说得以以崭新的姿态出现在文学舞台上，获得了应有的地位，小说批评也终于形成了完整的体系，标志着我国通俗小说批评理论终于发展成为一种新型的小说批评理论，实现了我国小说研究由传统向现代的转型。

《水浒传》的研究也是如此，它从明清两代三百多年的传统小说批评转变为现代意义上的小说批评，无论是在小说观念上，还是研究方法或者批评体式上都与前者有很大的不同。简单来说，20 世纪初期以胡适、鲁迅为代表的《水浒传》研究具有如下新的特征。

一是全新的文学观念。以胡适、鲁迅为代表的《水浒传》研究在文学观念上，将小说由古代的“小道”、近代梁启超小说政治改革工具论变革为以文学本身为中心，从文学自身的角度出发进行研究。中国古代小说地位卑微，两千余年来一直视为“小道”“丛残小语”而被学术界边缘

① 胡适：《〈白话文学史〉自序》，《胡适文集》第八卷，北京大学出版社 1998 年版，第 145 页。

化。降至近代，小说由婢而为夫人，由附庸而蔚为大国，梁启超等人更是以之为新国新民的利器，然而小说地位虽然抬高了，却不能够承受如此超负荷的历史使命。五四新文化运动和文学革命后，在胡适、鲁迅的示范和带领下，小说才真正摆正了它的地位，成为“中国文学之正宗”。在这个观念的指导下，胡适认为《水浒传》“是一部奇书，在中国文学占的地位比《左传》、《史记》还要重大得多”①。这是对小说《水浒传》的文学价值和在文学史上的地位的高度评价。鲁迅则从文学发展史的角度将《水浒传》看作一种类型的代表和首创者，并认识到它在文学史的地位和影响。他认为讲史类小说有两种，一种就是我们今天通常所说的历史演义小说，以《三国演义》为代表；另外一种则是“叙一时故事而特置重于一人或数人者”，“《水浒传》即其一”，这种小说我们今天称为英雄传奇。鲁迅虽然没有明确地将这类小说从讲史小说中独立出来，但实际上已经认识到二者之间的不同，并认为《水浒传》影响巨大，“其后较夥”，产生了大量的英雄传奇作品。他还对清代侠义小说进行了分析，认为他们受到《水浒传》的影响，如他说《三侠五义》“乃较似有《水浒》余韵，然亦仅其外貌，而非精神”②。胡适、鲁迅将小说视为独立的文学种类，并对其在文学史上的地位影响进行了充分肯定与研究，这与明清文人的评点分析和近代学者视《水浒传》为新民新国家的政治工具是完全不同的。

二是科学的研究方法。在研究方法上，古代小说评点即使是金圣叹的评点也大多是零散琐碎的印象式批评，谈不上什么科学的方法，甚至到后来将八股文的一套东西运用到小说评点中，更是遭到胡适等的批判。文学研究降至近代，随着西方现代研究方法的传入才逐步进入了科学研究的状态。但真正运用科学的方法来研究中国古代小说的第一人应该是王国维，他将西方的哲学和美学思想拿来分析中国古典小说，开一代学术新风。以胡适、鲁迅为代表的新文学家提倡白话和白话文学，他们推崇白话小说，并在他们的研究中引进西方文学思想和研究方法，取代那些旧式的随意鉴赏、直觉评论以及猜谜式的索隐，使小说研究获得了现代学术的品格。用胡适的话来说就是，“这种工作是给予这些小说名著现代学术荣誉的方

① 胡适：《〈水浒传〉考证》，《胡适文集》第二册，北京大学出版社 1998 年版，第 378 页。

② 鲁迅：《中国小说史略》，《鲁迅全集》第九卷，人民文学出版社 2005 年版，第 287 页。

式；认定它们也是一项学术研究的主题，与传统的经学、史学平起平坐”①。胡适将杜威的实验主义和乾嘉学派考据工夫结合，提出了“大胆的设想，小心的求证”的研究方法，并把这一方法用到对《水浒传》《三国演义》《西游记》《镜花缘》《红楼梦》等许多古典小说的研究。他还采用“历史演进法”考证出《水浒传》的源流和成书演变过程，对《水浒传》的版本问题进行了比较科学的考证和清理。鲁迅则将进化论等思想与清代乾嘉学派严密考证的传统方法相结合，并且以一位伟大的小说家的眼光来研究中国小说，对各类小说的历史价值、审美文化价值做出了比较科学的论断，更是将古代小说研究系统化、理论化。在《水浒传》研究上，他将其进行了科学的分类，并从史的角度对其地位和影响进行了分析，对其版本进行了分类，论述了各版本之间的关系。这些论述尽管有其时代的局限性，但大多数观点在今天看来仍然是有价值的。

三是批评体式的现代化。中国传统的文学批评主要是诗话和评点。小说评点在明清时期发展迅速，影响深远，并出现了金圣叹、毛宗岗、张竹坡、脂砚斋等名家。评点这种具有浓厚民族色彩的文学批评方式自然有其优点，但缺陷更是明显。近代以来，小说研究逐渐由短篇散论发展为系统、严谨的学术专论甚至专著。前者代表是王国维的《红楼梦评论》、胡适的《水浒传考证》和《水浒传后考》等文章，后者就是鲁迅的《中国小说史略》，这是中国小说研究的开山之作，它打破了“中国小说自来无史”的局面，泽被学林，功德甚伟。

总之，胡适和鲁迅在他们的《水浒传》研究过程中，以融贯中西的学养、开拓创新的学术视野和敏锐独到的学术眼光，在文学观念、研究方法和批评体式上做出了巨大的创新，标志着现代意义上的《水浒传》研究的成熟。

第四节　郑振铎、孙楷第等的《水浒传》研究

20 世纪 20—40 年代末，在中国古代小说研究领域，除了其先驱胡

① 胡适：《胡适口述自传》，《胡适文集》第一册，北京大学出版社 1998 年版，第 397 页。

适、鲁迅之外，尚有一大批学者辛勤耕耘在这片热土上，并做出了不同程度的贡献。在《水浒传》研究史上，由于胡适、鲁迅的示范作用，这一阶段《水浒传》的研究也取得了不俗的成就，涌现出了如郑振铎、孙楷第等一批杰出的学者。他们将《水浒传》的研究推向了一个新的高度，为新中国成立后的《水浒传》研究夯实了基础。

一　郑振铎的《水浒传》研究

郑振铎是我国五四时期涌现的著名作家、文学家和翻译家，也是我国新文化和新文学运动的倡导者。郑振铎对《水浒传》的研究主要是在新中国成立前的二三十年代，主要作品有《巴黎国家图书馆中之中国小说与戏曲》（1927）、《日本最近发见之中国小说》（1927）、《水浒传的演化》（1929）、《中国小说的分类及其演化的趋势》（1930）、《宋元明小说的演进》（1931）、《插图本中国文学史》（1932）和《清初到中叶的长篇小说的发展》（1934）等论著。另外《中国古典文学中的小说传统》（1953）和《水浒全传序》（1953）两篇文章也涉及《水浒传》，我们将在下一章论及。

纵观郑振铎这些论著，其成果主要集中在《水浒传》成书演化和版本问题的研究，另外，对《水浒传》的作者、思想内容和评点等问题亦间有涉及。简单地说，有以下几方面。

（一）《水浒传》演变研究

郑振铎对《水浒传》成书演化的研究是他《水浒传》研究最具代表性的成果。1929 年 9 月郑振铎在《小说月报》上发表了长文《〈水浒传〉的演化》，对《水浒传》的成书问题进行了详尽的论述，并将《水浒传》成书演化从产生到最后定型分为六个阶段。

第一阶段是《水浒传》雏形阶段，时间是南宋。郑振铎根据各种史料和笔记，认为“宋江在历史上是实有其人的，他所带领的一伙好汉们，也似乎是实有其人的。最初是三十六个，后来的传说才扩充到一百单八个”，并且宋江的“投降和讨方腊……乃是确切无疑的史实了。这样的一件英雄故事，流传于民间，不到几时，便成了一个盛传各处的英雄传说。这个传说，又很快地便为文人学士所采取，而成为几部盛传各处的英雄传奇”，《宣和遗事》中“所叙的‘水浒故事’竟是这个传说的节本”。郑振铎根据当时的社会历史背景，分析了水浒故事产生的两大原因：一是认为当时社会心理造成的。由于汉族人民处在蒙古民族的铁蹄之下，“颇希望有宋江之类的豪杰出来，以恢复故邦。……他们为金人所侵凌，畏之如虎，便不禁的会想起了‘能征惯战’的水浒英雄来。”这就是鲁迅所说的“转思草泽”之意。《水浒传》广泛传播的第二个原因：一方面是民间大量流传着梁山好汉的故事，“民间原是产生或传播许多英雄传奇的大本营”；另一方面是有专业人员的参与创作。郑振铎说：“当时虽没有‘行吟诗人’将他们的小传说团结为一部伟大的英雄史诗，却有一班的说书先生与好事文人，将他们编为话本或散文的英雄传奇。《水浒传》的最初雏形便是这样的形成了。”①

第二阶段是元代《水浒传》阶段。在这一阶段郑振铎提出了几个值得注意的问题。其一是在南宋末年《水浒传》人物的名字已经基本定型，“与今本诸种《水浒传》完全相合了”，但三十六个人的姓名没有固定，“随时可以改换变动几个的”。其二，郑振铎通过对元代水浒戏的研究，认为在这个时候梁山好汉的人数已经发生变化，“已由三十六位好汉，一变而增至‘三十六大伙，七十二小伙’”。其三，郑振铎认为，元代“一定有一部《水浒传》，有一个完全的水浒故事”，“当时的一种《水浒传》已与今本相差不远，或者今本之中有一种竟是由元人底本演化而来的，而元人的戏曲的叙述则本与这部小说不同。”他还对这部《水浒传》的情况进行了推测，认为在内容上小说“大节目当仍不外于《宣和遗事》之所叙者。小节目或已添了不少”；在语言上则“像他们的《三国志评话》等作，半文半白，辞法比较生硬”；其作者或编者“大约便是施耐庵氏”②。

第三阶段是原本《水浒传》阶段。郑振铎认为“元末明初，乃是今本《水浒传》祖本出现的时代”，其作者“即为《三国志》作者罗贯中氏”。郑振铎认为这部原本的《水浒传》内容大约有几方面：首先在语言上，其“文辞一定不会高过弘治本的《三国志演义》；其叙述描写，一定是很简率的”，后来诸种简本中“必有一部分是罗氏的原文”。其次，在形式上只是分卷不分回，“罗氏的原本一定只是分作二十卷，每卷又分作若干则，每则一个标目。且这个标题一定是单句的，决不会是分作一百回或一百二十回，也决不会具有对偶的回目”。另外在每一卷还有“致语”冠于其首。再次，在故事情节上罗氏的原本“其故事实与今日流行的任

---

① 郑振铎：《〈水浒传〉的演化》，《郑振铎全集》第四卷，花山文艺出版社1998年版，第90—95页。

② 同上书，第95—98页。

何的简本、繁本大致相同"[①]。

第四阶段是郭本《水浒传》阶段，时间是嘉靖时期。郑振铎首先高度评价了郭本，认为"郭本的出现是《水浒传》演化过程上最重要的一件事"，"这个嘉靖本的《水浒传》，乃是《水浒传》的最完美的一个本子，也是一切繁本《水浒传》的祖本。"其次，郑振铎探讨了郭本对罗贯中原本的改造情况：其一是整改回目，将全书定为百回，"郭本第一次将单语标目的'则'，改为第几回第几回，且取消了卷数，又加上了对偶的回目，每回必有二语。"其二是插增"征辽"故事。郑振铎认为之所以要插增这段故事，主要是因为明朝边患严重引起社会心理的巨变：

> 郭本产生在嘉靖的时候，我们如果看那时的时事，便可知郭勋（?）之编造征辽的故事，其原意与陈忱之作《后水浒传》，金人瑞之表彰七十回《水浒传》，俞万春之写《荡寇志》并没有什么两样，都是"时代"的变化，使他们产生了这些故事的。……在这三十几年中前半是蒙古人的犯边，后半是倭寇的侵入东南诸省。当时吏治的腐败，军兵的无用，在在都足以使人愤慨。郭本作于此时，自然会有心想到要草莽英雄来打平强邻的了。[②]

鲁迅曾经认为插增"征辽"故事是在南宋，说"破辽故事虑亦非始作于明，宋代外敌凭陵，国政弛废，转思草泽，盖亦人情"[③]。郑振铎虽然也是从社会生活的变化方面来探讨其对文学的影响，但结论似乎比鲁迅更合理些。其三是郭本在文学艺术方面对原本进行了修订，"浅的改之为深；陋的改之为雅；拙的改之为精妙；粗笨的改之为隽美；直率的改之为婉曲"，"将一部不大有情致的《水浒传》改成一部生龙活虎似的大名作了"[④]，最终使之成为嘉靖时期长篇小说艺术的"顶点"。

第五阶段是插增本阶段，时间大约是万历年间及其以后。郑振铎考察

---

① 郑振铎：《〈水浒传〉的演化》，《郑振铎全集》第四卷，花山文艺出版社 1998 年版，第 99—104 页。

② 同上书，第 107 页。

③ 鲁迅：《中国小说史略》，《鲁迅全集》第九卷，人民文学出版社 2005 年版，第 151 页。

④ 郑振铎：《〈水浒传〉的演化》，《郑振铎全集》第四卷，花山文艺出版社 1998 年版，第 109 页。

了六种简本版本，认为余象斗所刻的《新刊京本全像插增田虎王庆忠义水浒传》是最先出现并且最重要的本子，从这个本子开始，所有简本的《水浒传》都增加了田虎王庆故事，形成所谓的全本水浒故事。郑振铎认为余氏是在罗贯中原本《水浒传》基础上增加了田虎王庆故事，又将郭本“征辽”故事删节并入，并仿照郭本将罗氏原本的分卷分则的格式变为回目，从此“‘水浒故事’的演变，至此始宣告完成”①。

第六阶段是袁本《水浒传》阶段。郑振铎认为袁本产生的原因是插增本的流行使得郭本面临挑战。杨定见在郭本的基础上，通过“增定诗词”、“校订文字”将简本的田虎王庆故事全部改写并插到郭本中，最终形成“一部最完备”的《水浒全传》。

总的看来，郑振铎对《水浒传》的源流和成书持这样一个基本观点：《水浒传》的故事从南宋开始，“就其发展的历程看来，处处都可见其为由一个核心而放大了的，不是由几个中心扭合在一处而成了的”②，它“跟了时代而逐渐放大，其描写技术也跟了时代而逐渐完美”。在内容的演变上，是以罗本（包括“误走妖魔”、“全伙招安”、“征讨方腊”和“魂聚蓼儿洼”几部分）为中心，通过郭本插增“征辽”和余本、杨本插增征“田虎王庆”形成一个三级发展的同心圆。从今天来看，这个结论基本上是符合事实的，但它是否完全是“由一个核心而放大了的，不是由几个中心扭合在一处而成”，这还值得商榷。

（二）《水浒传》版本研究

郑振铎对《水浒传》的诸多版本进行了考证，基本厘正了它们之间的关系。

①郑振铎对《水浒传》各时期的版本进行了爬梳，理清了它们之间的相互承传的关系。《水浒传》版本演变应当是和文本的演变基本一致的。第一个阶段是南宋时期，郑振铎认为早在南宋《水浒传》就有“底本”了，但这个本子“已绝不可得见”。第二个阶段是元代施本，“其后有施耐庵（在元代），其所写著的《水浒传》，今也绝难得到”。元代的《水浒传》“已与今本相差不远，或者今本之中有一种竟是由元人底本演化而来的，而元人的戏曲的叙述则本与这部小说不同。”第三阶段是元末

---

① 郑振铎：《〈水浒传〉的演化》，《郑振铎全集》第四卷，花山文艺出版社1998年版，第128页。

② 同上书，第106页。

明初的罗本。罗贯中“依据施氏之作，重为编次”，创作出了新的《水浒传》，成为今后一切《水浒传》的祖本，“罗氏这部书便是许多今本《水浒传》之所从出。但罗书今亦未得见，根据种种理由，略可知其书的内容大概。又其一部或全部的原文，似仍存在各种简本《水浒传》中”。第四个阶段是嘉靖时期的郭本，它继承了罗本的主体，插增了“征辽”部分，文辞优美，成为《水浒传》“最完美的一个本子，也是一切繁本《水浒传》的祖本。”第五阶段是万历时期的插增本。它们在罗贯中原本《水浒传》基础上增加了田虎王庆故事，又将郭本“征辽”故事删节并入，并仿照郭本将罗氏原本的分卷分则的格式变为回目，从此“‘水浒故事’的演变，至此始宣告完成”。第六阶段是杨本，它以郭本为基础，通过“增定诗词”、“校订文字”以及插入改写的田虎王庆故事，最终形成“一部最完备”的《水浒全传》。最后一阶段是明末清初的金本。它是金圣叹在郭本基础上通过腰斩七十回以后的文字形成的一种新的《水浒传》版本，并在后来300年间风行一时。

②郑振铎还对一些罕见版本进行细微的研究考证，如《巴黎国家图书馆中之中国小说与戏曲》即是这样的文章。他在该文中对几种国内罕见的《水浒传》版本进行了研究。《新刻京本全像插增田虎王庆忠义水浒全传》是比较早的简本，国内未见，郑振铎详细介绍了它的版式，并根据其古老的形式认为这是万历之前的刻本，“为现存的《水浒》简本中最古的一个副本”。他根据这个本子的标题“新刻京本全像插增”推断出《水浒传》原本内容的情况，认为“不仅‘田虎王庆’的故事是插增的，便是‘征辽’的故事也是插增的。”这个论断以前的胡适、鲁迅都提出过，但他们主要是理论推测，没有比较有力的版本学依据，而郑振铎却是通过具体的版本研究论证了前人的论点。

号称李卓吾原评的《文杏堂批评水浒传》也是一部罕见的《水浒传》刊本，郑振铎通过比较，认为其批语“不仅与金圣叹、钟伯敬等批评本不同，即与《京本忠义水浒传》及《汉宋奇书》中的一百十五回本《水浒传》亦不同”，是“现有《水浒传》中最简的本子”①。《钟伯敬先生批评水浒传》系百回本系统，其中有征辽、征方腊的故事而无征王庆、田

---

① 郑振铎：《巴黎国家图书馆中之中国小说与戏曲》，《郑振铎全集》第五卷，花山文艺出版社1998年版，第423页。

虎的故事。郑振铎分析了这个版本罕见的原因是它的《序》具有强烈的民族复仇意识，故在清代被禁。此外，郑振铎对金本也做了分析，详后。

③郑振铎探讨了繁简本的关系。关于繁简本的关系问题一直是《水浒传》版本研究史上争论不休的话题。较早的鲁迅认为简本在前，最接近原本，繁本则是在简本的基础上增饰而成的；胡适则与之相反。说详前。郑振铎的观点与鲁迅同。他首先对繁本和简本进行了界定，说："所谓繁本，盖即指如郭本之增润罗氏原本，放大为二三倍的篇幅的几个本子而言。又有简本，则指罗氏原本；未加放大，或依据原本而并不放大的几个本子而言。"又说："简本决不是繁本删节了的。坊贾们的能事，往往不在于'删'而在于'增'。"① 在这里，郑振铎认为简本在前，繁本为简本的增润，其原因就是现存简本文辞简陋粗鄙，而繁本的代表郭本则"精妙"、"隽美"，郑振铎认为"这是黄金时代以前的长篇小说所决不能臻及之境"。这实际上是继承了鲁迅的文学进化论观点，承认文学发展的一般规律，但却忽略了其发展所具有的特殊性，故而马幼垣批评其为"一面之词"②。

另外，由于简本是"罗氏原本"或者"依据原本"，那么纵然罗贯中的原本已经亡佚，但应该有一部分还保留在今存简本中。所以郑振铎说："大约后来诸种简本的《水浒传》，如《英雄谱》本《水浒传》，如文杏堂评点三十卷本的《水浒传全本》，如万历时余氏刊本《新刊京本插增王庆田虎忠义水浒传》，如一百二十四回本的《水浒传》等，其中必有一部分是罗氏的原文。"③

（三）文体的定位与划分

在明代通俗小说的流派中，英雄传奇类型的作品首先问世，并且跨越了有明一代。作为一种经由200多年的历史风雨磨洗而成的文化形态，明代英雄传奇小说的文史价值自不待言。但对这类小说的文体学上的定位却与其在文学史上的地位不相称。最早对古代章回小说文体进行分类当始于鲁迅《中国小说史略》。在这部巨著中，鲁迅将明清时期的小说分为"讲

① 郑振铎：《〈水浒传〉的演化》，《郑振铎全集》第四卷，花山文艺出版社1998年版，第105、126页。

② 马幼垣：《水浒论衡》，三联书店2007年版，第36页。

③ 郑振铎：《〈水浒传〉的演化》，《郑振铎全集》第四卷，花山文艺出版社1998年版，第100页。

史”、“神魔”和“人情小说”等，《水浒传》是隶属于“讲史”类的。郑振铎第一次提出“英雄传奇”的名称是在1929年《〈水浒传〉的演化》一文中。他在该文中指出：

> 《水浒传》是中国英雄传奇中最古的著作，也是她们之中最杰出的一部代表作，却又是矫矫不群，与一切的英雄传奇都没有什么联络的关系。她的来历，与一切的英雄传奇的来历是很不相同的。初期的中国英雄传奇，大都是由历史小说分化而来的。然而这个最早期的英雄传奇《水浒传》，却是与最早期历史小说并行发展起来的。她们之间并没有什么关联。《水浒传》并不是什么历史小说的片段，如《英烈传》，也不是由她们演化而来的，如《说唐传》，她一开头便是一个完整的民间的英雄传说。经过了好几个时代的演化、增加、润饰，最后乃成了中国小说中最伟大的作品之一。①

作者指出英雄传奇与历史小说的文体学关系，高度评价了《水浒传》的地位，并指出《水浒传》产生的独特性：它不是像其他英雄传奇那样来源于历史小说，而是“一开头便是一个完整的民间的英雄传说”。

1930年郑振铎在《中国小说的分类及其演化的趋势》一文中对历史演义与英雄传奇进行了区别，认为英雄传奇是“由仅仅叙述史事的正史的翻本，一变而成为着意于叙写极短时间的一部分在历史上若有若无的英雄豪杰的Romance。”② 这其实已经指出历史演义与英雄传奇的几点区别：一是取材，历史演义是依靠正史作为材料来源的，而后者则是“英雄豪杰的Romance”；二是文本故事时间不同，历史演义是一朝一代乃至许多代，时间跨度长；但英雄传奇则“着意于叙写极短时间的一部分”“英雄豪杰的Romance”；三是真实程度不同，历史演义依托历史，是“七实三虚”，而英雄传奇则叙写“在历史上若有若无的”传奇故事。这篇文章使郑振铎成为中国小说史上首次对历史演义与英雄传奇作比较科学的文体学区分的第一人。

① 郑振铎：《〈水浒传〉的演化》，《郑振铎全集》第四卷，花山文艺出版社1998年版，第89页。

② 郑振铎：《中国小说的分类及其演化的趋势》，《郑振铎全集》第六卷，花山文艺出版社1998年版，第237页。

1932年北平朴社出版了郑振铎积十余年之功写成的《插图本中国文学史》。在该书第48章，郑振铎以“英雄传奇”与“讲史”对举标名，对英雄传奇这个小说文类进行了更为详尽的分析。他在文章中指出：

> 罗氏的英雄传奇，其成就似远较他的讲史或演义为伟大。因为讲史或演义，只是据史而写，不容易凭了作者的想像而骋驰着；又其时代也受着历史的牵制，往往少者四五十年，多者近三五百年，其事实也多者有千百宗，少者也有百十宗；作者实难于收罗，苦于布置，更难于件件细写；而其人物也往往为历史所拘束，不易捏造，更不易尽量的描写着。以讲史而写到《三国志演义》的地步，已是登峰造极的了。这样的左牵右涉，如何会写得好呢？此讲史之所以决难有上乘的创作的原因也。至于英雄传奇则不然，人物可真可幻，事迹若虚若实，年代也完全可不受历史的拘束，如此，作者的情思可以四顾无碍，逞所欲写，材料也可以随心所造，多少不拘。作者很容易见长，读者也更易感到趣味。①

在这里，郑振铎区分了讲史与传奇的不同之处，并用“传奇”一词概括英雄的行历特点，从而将《水浒传》类小说从鲁迅的“讲史”中剥离出来，“英雄传奇”这一小说文体类型正式诞生。但由于当时研治小说与文学史者诸说鹊起，并噪一时，故而郑振铎之“英雄传奇”说并未受到足够重视，而仅是作为一家之说而存在。但郑氏之说却在新中国成立后影响深远，其“英雄传奇”也基本上成为与“历史演义”和“神魔”和“人情小说”等并列的小说文体类型。从这个角度讲，郑振铎对《水浒传》乃至中国古代小说可谓厥功甚伟。

（四）《水浒传》其他问题

郑振铎还对《水浒传》的其他问题进行了研究。

①《水浒传》的作者问题。郑振铎从中国小说发生学入手，指出“中国平话小说之创始者，乃是民间无名氏作家，或在庙宇中说书的‘说话人’经过了一代代的传述与增饰，到了最后的一个文人手中，方才成为现在的定式，正如希腊之史诗，欧洲中世纪之传说的情形一样。”《水

① 郑振铎：《插图本中国文学史》，第四册，人民文学出版社1957年版，第721页。

浒传》自然也是“经过了好几个时代的演化、增加、润饰”而成的，因此“《水浒传》是罗贯中或施耐庵著的等等问题，便都不必提：我们若以罗、施为元代人，则他们当然的不会著有如此完美的《水浒传》出来。”①

但郑振铎又认为，在《水浒传》发展的每一个具体阶段，其作者是大体可知的。他认为，在南宋《水浒传》雏形时期，主要是“说书先生与好事文人编为话本或散文的英雄传奇”。到元代中叶出现了一部施耐庵氏作的《水浒传》。元末明初，《三国演义》的作者罗贯中在施耐庵的基础上写出了另外一部《水浒传》，成为今本《水浒传》的祖本。关于施、罗二人的关系，郑振铎认为“别无可考”，至多是罗贯中取材于施耐庵的著作，如同罗贯中与陈寿之间的“编次”关系，胡应麟以罗氏为施氏的门人之说“别无旁证，恐亦系‘想当然’的假设”②。到了明嘉靖时期，郭本横空出世，成为《水浒传》最完美的定本。虽然它号称传自“武定侯府”，但郑振铎认为这“本不是指此本为郭勋所自作的，也许是作书者借郭勋或郭府以自重而已”。胡适认为“也许汪道昆即是这个本子的编著者”③，郑振铎根据汪氏的著作，认为“《洛神记》诸作中的白话，与《水浒传》的白话却全不相类，决非出之于一人的笔下”④。“有的人说是郭勋写的，但事实上似乎不会是的（也有人说是汪道昆写的，更不可靠）。也许这位大作家曾在郭勋的幕府中也难说。”⑤

万历年间出现的插增本是《水浒传》演变史上重要的一环，郑振铎根据小说刻本和插增文字的艺术水平，推断“田、王故事大约是他（笔者按：指余象斗）自己的手笔。”⑥ 这个推断在今天看来还是比较可信的。稍晚一点的袁本则将田、王故事改写了，郑振铎对此评价比较高，说：

> 其中足足有二十回，出于他自己的手笔。这二十回是叙征田虎、

① 郑振铎：《日本最近发见之中国小说》，《郑振铎全集》第六卷，花山文艺出版社1998年版，第265页。

② 郑振铎：《〈水浒传〉的演化》，《郑振铎全集》第四卷，花山文艺出版社1998年版，第103页注释。

③ 胡适：《百二十回本〈忠义水浒传〉序》，《胡适文集》第四册，北京大学出版社1998年版，第349页。

④ 郑振铎：《〈水浒传〉的演化》，《郑振铎全集》第四卷，花山文艺出版社1998年版，第124页。

⑤ 郑振铎：《插图本中国文学史》，第四册，人民文学出版社1957年版，第910页。

⑥ 郑振铎：《插图本中国文学史》，第四册，人民文学出版社1957年版，第132页。

征王庆的事的。他取了余象斗本中的征田、王二大段事而加以改造，加以敷演，加以烘染，使之能与百回本的一部分相称相匹。这种的改编不仅仅是润饰字句，增加烘染而已，简直是全部的改写一过，毫不顾忌的删除、淘汰。……杨氏可以说是全本《水浒传》最后的一个编订者。就他所写的征田、王的二十回文字来看，也颇有佳处。[①]

其实关于插增内容和杨本中的田、王故事的作者到目前为止还是个谜，但学术界赞同郑氏观点的人还是比较多的。

《水浒传》作者是非常复杂的问题，尤其是随着施耐庵新材料的发现，更是聚讼纷纭。在1953年，郑振铎根据新出土的文献修正了自己的观点，认为“《水浒传》号称也是罗贯中写的，但笔法与《三国志》、《平妖传》完全不同，已没有之乎者也之类的东西，完全是流畅的白话文，在写作技巧上也远远超过了前二书，所以可以肯定《水浒传》与《三国志》并非出于一人之手。原本水浒上有‘施耐庵的本，罗贯中编辑’之语，可知原作者是施耐庵，而罗贯中只是后来加以编辑而已。”[②]当然这是后话了，容后再叙。

②《水浒传》的评点问题。郑振铎首先对李评本问题谈了自己的看法。他分析了李贽生活的时代、文学见解与诸版本有无李贽序文等情况，认为现存三种（余本、郭本和杨本）署名李卓吾的评本只有“百回本（按：指郭本）是最近于真实的李评本，而其他二本，则为显然的假托”，而《钟伯敬先生批评忠义水浒传》则为“同出于郭本的一个来源”[③]。郑氏与胡适、鲁迅的观点迥异，在今天看来，学术界持此观点的人还是比较多的。

其次，郑振铎对金本的评点进行了研究。他一方面高度评价了金圣叹的评点事业，认为他是“纵横无敌的雄评”，具有“无碍的辨才”。客观地评价了金本巨大的社会影响，认为“他这一部‘腰斩’的《水浒传》，

① 郑振铎：《〈水浒传〉的演化》，《郑振铎全集》第四卷，花山文艺出版社1998年版，第136—137页。

② 郑振铎：《中国古典文学中的小说传统》，《郑振铎全集》第六卷，花山文艺出版社1998年版，第194页。

③ 郑振铎：《〈水浒传〉的演化》，《郑振铎全集》第四卷，花山文艺出版社1998年版，第134—135页。

却打倒了、湮没了一切流行于明代的繁本、简本、一百回本、一百二十回本、余氏本、郭氏本……使世间不知有《水浒传》全书者几三百年。《水浒传》与金圣叹批评的七十回本，几乎结成一个名辞。……金氏的威力真可谓伟大无匹了”①。

另外一方面，郑振铎对金圣叹腰斩《水浒传》和诋毁后半部表示极大的不满，认为后二十九回的《水浒传》在艺术上也有可取之处，金圣叹“硬派这二十九回的文字是‘续本’，是‘恶札’”，这是“倒黑为白，指鹿为马的横暴无比的批评手段”②。

郑振铎还对金圣叹腰斩《水浒传》的原因进行了分析，认为“惊噩梦”这一段文字是“有深意存焉”的：

> 正如郭本的加征辽，雁宕山樵之写《后水浒传》，俞仲华之写《荡寇志》一样。金氏生当明末农民纷纷起义之时，故对于梁山水泊的英雄们深恶痛绝，以为非杀了这些英雄便不能够“天下太平”。明代诸种《水浒传》对于宋江诸人都口口声声许以忠义，圣叹却将一腔愤气，尽泄之《水浒传》中。一方面于批评中处处寓意，一方面更不惜“托古改制”之嫌，大胆地将《水浒传》全书腰斩了，使她只剩下七十回，不仅不使这些英雄们得专征伐之权，且也不使他们招安受抚。③

郑振铎从当时社会环境出发来分析金圣叹腰斩《水浒传》的原因和目的，显然是与胡适、鲁迅等观点一脉相承的，无疑是科学的认识。

③《水浒传》的艺术成就。首先，郑振铎对《水浒传》的评价非常高，多次认为它在艺术上“高出《三国演义》远甚”。他高度评价郭本的艺术水平，说“嘉靖本《水浒》之对于原本《水浒》，不仅扩大、增饰、润改之而已，简直是给她以活泼泼的精神，或灵魂，而使之焕然动目，犁然有当于心，由平常的一部英雄传奇而直提置之第一流的文坛的最高座上。……她已不复是《三国志演义》的侪辈，也不复是《说唐传》，及原

① 郑振铎：《〈水浒传〉的演化》，《郑振铎全集》第四卷，花山文艺出版社1998年版，第137页。

② 同上书，第119页。

③ 同上书，第139页。

本《平妖传》的侪辈。她独自高出于罗氏的诸作而另呈了一副面目，正如罗氏的《三国志演义》之高出于元刊《全相平话》的诸作一样，而其高出的程度则不仅伯仲之间而已”①。郑氏对郭本艺术成就的评价还算是基本客观的，但对《三国志演义》的评价似乎有点主观了。

其次，郑振铎对《水浒传》语言艺术甚为欣赏，认为郭本“这位改作者，其运用国语的程度已臻炉火纯青之候，几乎是莹然的美玉，粹然的真金，湛然的清泉，已不见一毫的渣滓，一丝的疵瑕。而其曲折深入，逼真活泼的描写，也已与最高的创作的标准相符合”②。他还认为《水浒传》的文笔优美描写出众，说“《水浒传》的文笔，较《三国》、《唐传》尤为横恣；但其半文半白、多记载而少描写的缺点（指‘简本’而言），仍是很显著的，颇可充分地表现出罗贯中氏的特有的彩色。惟对于人物的性格，故事的支配，已特殊的进展。……像这样的描写，乃是《三国》中所没有的。而蓼儿洼的会葬，林冲的走雪，武松的打虎，以及野猪林救林冲，快活林的醉打蒋门神等等，不管它描写得如何，其情景的布设，已都是很俊峭可喜的了。”③

对于《水浒传》的悲剧，当时学者少有论述，而郑振铎则清晰地认识到这点，认为“最后的一回‘神聚（一作显）蓼儿洼’更极凄凉悲壮之至，令人不忍卒读。有了这一回，全书便更显得伟大了。全书本是一部英雄传奇，有了这一回，却无意中成就为一部大悲剧了”④。郑振铎对《水浒传》悲剧的认识就是在今天来看，也是非常高明而极具启发性的。

郑振铎一方面高度评价了《水浒传》在语言描写和悲剧艺术方面的杰出成就，但对它的艺术结构却不甚欣赏，认为它们是幼稚而松散的。他说：“除了《金瓶梅》以外，《水浒》、《西游记》都只是英雄历险的故事，都只是一件‘百衲衣’，分之可成为许多短篇，合之——只是以一条线串之！例如《水浒》以梁山泊的聚义为线串，《西游》以唐三藏取经为线串之类——则成为一个长篇，其结构是幼稚而松懈的，还脱离不了原始

① 郑振铎：《插图本中国文学史》，第四册，人民文学出版社 1957 年版，第 910 页。

② 同上书，第 910—911 页。

③ 同上书，第 722—724 页。

④ 郑振铎：《〈水浒传〉的演化》，《郑振铎全集》第四卷，花山文艺出版社 1998 年版，第 119 页。

期的式样。”① 郑振铎的这个评价与胡适的观点非常相似，他们都受时代的影响，以西方小说的结构来衡量中国古代小说，而忽略了它们的民族特性，这是其不足之处。

从上面的分析可以发现，郑振铎的《水浒传》研究对胡适、鲁迅等的继承是非常明显的。除了在宏观的实证方法上学习他们之外，在具体的研究方法甚至结论上也受到了他们的影响。如在成书问题上，郑振铎的“由一个中心放大”的观点其实就是胡适母题说的变种，但他将《水浒传》成书与版本问题结合起来，分析得更细致而合理，揣测之辞少而实证之语多，故而成就也就超越了前辈。在对《水浒传》艺术结构的批评上，郑振铎与胡适基本一致，然而郑振铎更多的是从文学的眼光来分析小说文本，因而其结论更科学合理。郑振铎将《水浒传》的成书与当时的社会意识形态结合，这是对鲁迅思想的继承和发展，而对繁、简本关系的论证也因有了更多具体版本的分析，立论较鲁迅更为坚实。

虽然我们说郑振铎的《水浒传》研究深受胡适、鲁迅等巨擘的影响，但这并不影响他在《水浒传》研究史上的地位。从整体上看，在 20 世纪 30 年代，郑振铎在《水浒传》研究方面取得的成绩应该是非常杰出的，超出了其同时代的大多数学者。他在《水浒传》源流和版本研究方面对胡适和鲁迅的观点有很大的突破和补充，诚为后出转精之作。他将《水浒传》从历史演义小说的文类独立出来作为英雄传奇的代表，这个在今天看来已是文学常识，但在当时却是一个伟大的创举，对后世影响深远。另外，郑振铎对《水浒传》的文学成就的分析也是当时《水浒传》研究史上最深刻和全面的，为 50 年代《水浒传》文学艺术研究奠定了基础。

当然，由于时代的局限，郑氏的《水浒传》研究也有一些不足。如他对元代水浒戏与杂剧关系的探讨和认为元代“一定有一部《水浒传》”等说法似乎没有多少根据，臆测居多。另外他认为《水浒传》的产生是“由一个核心而放大的，不是由几个中心扭合在一处而成了的”，这与胡适、鲁迅认为《水浒传》是多源形成的观点颇为不同。② 通过今人如王利

---

① 郑振铎：《清初到中叶的长篇小说的发展》，《郑振铎全集》第六卷，花山文艺出版社 1998 年版，第 340 页。

② 详见胡适《百二十回本〈忠义水浒传〉序》（《胡适文集》第四册，北京大学出版社 1998 年版，第 348 页）和鲁迅《中国小说史略》（《鲁迅全集》第九卷，人民文学出版社 2005 年版，第 151 页）相关论述。

器、侯会等学者的研究，我们发现《水浒传》的成书很可能是多源流的，一个中心说未必可靠。

二　孙楷第的《水浒传》版本目录学研究

孙楷第（1898—1989），河北沧县人，我国现代著名学者，主要著作有《也是园古今杂剧考》《中国通俗小说书目》《日本东京所见小说书目》《沧州集》《沧州后集》《小说旁证》等。孙楷第早年专心研究训诂、校勘之学。中年以后转而研究小说史、戏曲史、变文、楚辞以及汉魏晋南北朝乐府歌词并取得了非常杰出的成就。孙楷第的小说研究，是从小说的版本目录学入手的，这是他的特点，也是他的优点。中国通俗小说自来没有专门的书目，孙楷第于1932年写了《日本东京所见小说书目提要》和《大连图书馆所见小说书目提要》，首开此例。在此基础上，他又于1933年撰写了《中国通俗小说书目》。这三种著作自20世纪30年代问世以来，多次再版，已成为今天治中国小说史的人案头必备之书。在撰写三种小说书目过程中，孙楷第对通俗小说的版本作了详细的调查研究，并使之系统化，通过这些小说书目，不但明了了版本、源流，也认识了它们在文学史上的位置。孙楷第以其卓有成效的工作，为研究中国通俗小说的版本目录学做出了重要贡献。

20世纪上半叶，在众多《水浒传》研究的学者中，孙楷第先生可谓独树一帜。孙楷第研究考证《水浒传》的论文主要有《〈水浒传〉旧本考》《〈水浒传〉人物考》①。另外，在《日本东京所见小说书目提要》《大连图书馆所见小说书目提要》《中国通俗小说书目》《戏曲小说书录解题》等专著中也有关于《水浒传》版本的研究。

孙楷第的《〈水浒传〉旧本考》是他研究《水浒传》的代表作品。他在该文中提出了几个重要的观点。首先在繁本与简本的关系上，他认为《水浒传》繁本当先于简本。他说："《水浒传》自明以来行世者有数本：一叙事详，其所演有征辽而无征田虎王庆事，今见百回本是。一文字极略，即从百回本节出，其所演于征辽外更增入征田虎王庆事。今见百十五回百十回诸本是。一即百回本增加二十回，此二十回演田虎王庆事虽据百十五回等本，而文加藻饰，顿异旧文，今所见袁无涯刊本百二十回本是。

① 孙楷第：《〈水浒传〉旧本考》，《图书季刊》1941年第4期；《〈水浒传〉人物考》，载《文学研究季刊》1964年第一集。

一为删定本，即金圣叹七十回本。此四本中要以百回本为近古。”①

其次，他以明新安刊大涤余人序百回本《水浒传》为据，推测了旧本《水浒传》的形态：一是认为旧本《水浒传》“应为分卷之本”。根据百回本第四十九回“这上三卷书中所说”一段文字和《花草粹编》卷十的小注认为旧本是分卷的，但决不是如李评本和钟评本的百回百卷，具体卷数不知②。二是旧本《水浒传》应为词话。他根据百回本第四十八回（百二十回本同）中一篇诗赞叙宋江所见祝家庄景象，断其词为偈赞之词，与上下文密合无间，考定这是出于旧本的词话，是改词话本为散文本时刊落未尽的化石。③ 第三，《水浒传词话》应为元末南方书会所编，这从百回本《水浒传》杂有吴语越语之例可知。不过，他又说：“今行百回本《水浒传》，以文论非纯粹南方文学，亦非纯粹北方文学；其书底本固不可谓纯属北客寓南者所作，亦不可云纯属南人所作，乃自南宋以来南方书会递相传授肆习之本。其最后成书当在元末。其易词话本为说散本，似在明熙、宣之后，正、嘉以前。今行百回本《水浒传》，当自明嘉靖时郭勋本出。”④

孙楷第在《跋金圣叹本〈水浒传〉》一文中还对金本进行了简单的评价，认为金本系从“袁无涯刊之百二十回本出”，并对金圣叹的评点进行了批评，认为“圣叹所改虽多，亦未有绝胜处，且有时专在字面上弄狡狯，细察之并无意味……其所评论，以浅而易晓，特为世人所喜，然往往有不知其义而妄说者”⑤。

孙楷第最为世人所重的当是他的小说书目。他在大学毕业后就参与了20世纪二三十年代的两部大型工具书《中国大辞典》《续修四库全书总目》的编写工作。为完成这两项工作，他在1929—1930年遍阅北京图书馆、孔德学校藏书及马廉等私人所藏。为补其不备，他又于1931年赴日本访书，补录了东京及大连收藏的小说作品。通过这些工作，他先后出版了《日本东京所见小说书目》《中国通俗小说书目》，对古典小说研究产生了不可忽视的影响。这两部书主要有这几方面的内容。

---

① 孙楷第：《〈水浒传〉旧本考》，《沧州集》，中华书局1965年版，第121页。

② 同上书，122—123页。

③ 同上书，第124—126页。

④ 同上书，第142页。

⑤ 孙楷第：《跋金圣叹本水浒传》，《沧州集》，中华书局1965年版，第147页。

一是对他所见到的《水浒传》的版本进行了详尽著录。在《日本东京所见小说书目》中，著录了五种明本，对它们的版式、插图、刊刻者和时间等进行了说明和分析。在《中国通俗小说书目》中，作者分古佚本、存本和水浒续书三类共著录了25种本子①。

二是对这些版本之间的关系进行了分析。孙楷第根据所见小说文本的内容，对几种版本的关系进行了分析论述。如他将郑振铎所见法国巴黎藏本《新刻京本全像插增田虎王庆忠义水浒全传》和自己所见之《京本增补校正全像忠义水浒志传评林》进行比较，“观其命名，于增补之外，加‘校正’‘评林’字样，似增补事已属过去，所矜者为校正与集评。意西谛所见为原本，而此为重刊本，即从西谛所见本出者。”②

三是对一些简本的具体内容进行了分析。孙楷第将《京本增补校正全像忠义水浒志传评林》中插增田虎、王庆故事与百二十回本的内容进行了比较，从“诗词之删略”、“正文之删略”、“节目之省并”和增加部分这四个方面论述其文本内容的改变情况③。

四是对繁本和简本的关系进行了论述。孙楷第把容本与百十回本进行对勘比较，发现凡是容本拟删之处后者皆无，由此他认为：

> 以是言之，则文简事繁之百十回本，实就百回本删节。友人郑西谛君，谓简本如百十五回本等实自罗贯中原本出，非自今行之百回本出，殆非笃论。④

郑振铎在20世纪30年代是主张繁本自简本出的学者，而孙楷第通过自己对版本的校勘，否定了郑氏的观点，成为繁先简后说的代表人物之一。

孙楷第的《水浒传》研究特别是他的版本目录研究在当时就受到著名学者的赞誉。胡适在为《日本东京所见小说书目》所作的序中曾经毫无保留地指出：“沧县孙子书（楷第）先生是今日研究中国小说史最用功又最有成绩的学者。”郑振铎在20世纪50年代为孙楷第论文集《论中国

① 孙楷第：《中国通俗小说书目》，人民文学出版社1982年版，第209—218页。

② 孙楷第：《日本东京所见中国小说书目》，上杂出版社1953年版，第134页。

③ 同上书，第136—138页。

④ 同上书，第147页。

短篇白话小说》作序时，仍称誉道："孙先生的《中国通俗小说书目》是最好的一部小说文献，给我们开启了一个找书的门径。二十多年来的小说研究者们，对于这部书是重视的，对于孙先生的这个工作是感谢的。"①

三 蒋瑞藻等的《水浒传》研究

在20世纪前半叶，除了胡适、鲁迅等大家外，还有许多学者也对《水浒传》的各个方面进行了研究。虽然他们的研究不是很系统，但往往能够在某一方面有独到的见解，开辟了后来《水浒传》研究多元化的局面。下面择要对这些学者的观点进行简单介绍。

（一）蒋瑞藻等的小说史料整理

在20世纪初期，除了胡适、鲁迅这样卓有建树的学界名流外，较早对《水浒传》资料进行整理研究的当属蒋瑞藻（1891—1929）。蒋氏别号花朝生，浙江诸暨人。一生编写出版书籍八十二卷，除《新古文辞类纂》和《越缦堂诗话》外，为后人所熟知并至今仍时被称引的便是两部有关小说的资料书《小说考证》（1915）和《小说枝谈》（1931）。《小说考证》正编10卷，续编5卷，后有附录、拾遗。辑录自元至清470余种小说、戏曲研究资料，涉及作家生平事迹、作品题材源流和内容评论分析等，还包括若干清末民初的翻译小说资料。蒋瑞藻在该书"水浒传十四"条中详引《七修类稿》《小浮梅闲话》《茶香室丛钞》等十余种笔记，内容涉及《水浒传》本事、作者、版本、评点、影响问题等有关材料。对于《水浒传》的作者，蒋瑞藻认为是施耐庵。他在该条中下按语说："瑞藻按：《水浒传》相传元东都施耐庵撰，贯华堂本有耐庵自序一首，足徵此说之不谬。郎氏谓出罗贯中手中，不知何据。岂以罗演《三国志》，因误为《水浒》欤?"②

除了《小说考证》外，蒋瑞藻还有《小说枝谈》一书。该书系前者的续编，辑录了近百种金、元、明、清小说戏曲的资料，包括作家轶事、故事源流、版本考订及前人有关作品的分析评书等等，于1931年由商务印书馆发行。该书"水浒传"条引《戏瑕》《寒夜录》《巾箱说》等笔记，内容涉及《水浒传》本事、作者、版本、评点、影响问题等有关材料。这些材料对《水浒传》研究具有重要价值。如引《戏瑕》云："词话

---

① 郑振铎：《论中国短篇白话小说序》，载《论中国短篇白话小说》，棠棣出版社1953年版，第2页。

② 蒋瑞藻：《小说考证》，江竹虚标校，上海古籍出版社1984年版，第42—43页。

每本头上，有请客一段，权做过德胜利市头问，此政是宋朝人借彼形此，无中生有妙处。游情泛韵，脍炙人口，非深于词家者，不足与道也。微独杂说为然，即《水浒传》一部，逐回有之，全学《史记》体，文待诏诸公，暇日喜听人说宋江，先讲摊头半日，功父犹及与闻。今坊间刻本，是郭武定删后书矣。郭故跗注大僚，其于词家风马，故奇文悉被铲剃，真施氏之罪人也。而世眼迷离，漫云搜求武定善本，殊可绝倒。"[①] 这段话对《水浒传》版本形态如有无词话本、繁本和简本关系等问题的研究有重要参考价值。

总的来看，蒋瑞藻这两部书中的小说资料基本上是辑自各种笔记、曲话和杂录，间有编者考订按语。两书内容丰富，所据原始材料有不少在当时即不易见，现在更有佚失，所以颇受研究者重视。著名学者周汝昌先生曾经高度评价："小说资料工作者似以蒋瑞藻先生为伐林开山之功臣，学人辄于其中获益。"[②] 但他的著作也有其缺点。首先是校阅不精。鲁迅《小说旧闻钞序》曾客观地评价说："昔尝治理小说，于其史实，有所钩稽。时蒋氏瑞藻《小说考证》已版行，取以检寻，颇获稗助；独惜其并收传奇，未曾理析，校以原本，字句又时有异同。"[③] 其次是在研究方法上还停留在抄撮资料的层面，没有对这些资料进行考辨并得出自己的结论，这显然具有从传统汉学到现代小说研究转型期的过渡特征。

在蒋瑞藻之后对《水浒传》相关资料进行整理的还有孔另境的《中国小说史料》。孔另境（1904—1972），字若君，桐乡人，作家、出版家。1936 年，孔另境在鲁迅《小说旧闻钞》和其他人相关著作的基础上编成《中国小说史料》。该书"大宋宣和遗事"和"水浒传"两条著录了有关《水浒传》相关资料数十条，从南宋周密《癸辛杂识》到近代蛮的《小说小话》，搜录不可谓不勤。故而郑振铎和赵景深都对该书赞扬有加，如赵景深说它"采录宋元明清各家笔记中有关小说的部分，同时也把蒋瑞藻的《小说考证》和《小说枝谈》以及鲁迅的《小说旧闻钞》所采集的收进去。所以，只是为了研究中国通俗小说，那末，这部《中国小说史料》

① 蒋瑞藻：《小说枝谈》，古典文学出版社 1958 年版，第 54 页。
② 周汝昌：《中国古典小说名著资料丛刊序言》，南开大学出版社 2002 年版，第 4 页。
③ 鲁迅：《小说旧闻钞》，《鲁迅全集》第十卷，人民文学出版社 2005 年版，第 15 页。

实是最方便且也比较完备的”①。

（二）余嘉锡的《宋江三十六人考实》

除了蒋氏等的资料整理外，余嘉锡对《水浒传》各个专题进行考证研究也取得了不俗的成绩。其中关于水浒人物的考证，当时是比较热门的话题。最早对《水浒传》人物进行考证的是谢兴尧《〈水浒传〉人物考》，紧接着雨桐作《〈水浒传〉人物考证》②。在这个问题上，余嘉锡《宋江三十六人考实》③ 可谓集大成之作，对后来该问题的研究影响深远。余嘉锡（1883—1955），目录学家、史学家，字季豫，湖南常德人。历任辅仁大学中文系教授兼主任，后任中国科学院语言研究所专门委员、中华书局编辑、北京大学教授等。其学以历史、文献学和目录学为精。著述主要有《四库提要辨证》《目录学发微》《古书通例》《世说新语笺疏》等。

在《宋江三十六人考实》这篇长文中，余氏通过追迹文献，沿波溯源，对《水浒传》前身《宣和遗事》所述宋江等三十六人横行河朔的故事进行了考辨。文章主要贡献在于：一是考证了《水浒传》主要人物如宋江等近 20 人的历史原型。本书从史学角度考证梁山诸人事迹，广引宋代正史、野史，对宋江等人的历史原型进行了考证，结果是历史上的史实多与小说不合，除宋江之外，难于一一坐实。这从一个角度表明水浒故事最初是由宋江事附会生发，并在吸收大量历史故事和民间传说的基础上发展演变而来的。例如关于张顺这个人物形象，余嘉锡认为实际上是吸收了南宋末年民兵部将张顺和后唐金华将军曹杲的故事而融合之，“小说之取材，移甲就乙，大都如此”④。

其次是从文本、制度、地理和民俗等多方面还宋江起义以历史真实。余氏通过《宋史》《三朝北盟会编》《十朝纲要》等史书和文人笔记等文献的辨析，认为历史上的宋江确有 36 人，他们在宣和二年冬天降张叔夜后“曾隶属童贯参与攻方腊之役。特以偏裨隶人麾下，史纪之不详耳”。⑤

另外，余氏对宋江是否以梁山泊为根据地的事也进行了考辨。文章从

① 赵景深：《中国小说史料跋》，载孔另境《中国小说史料》，上海古籍出版社 1982 年版，第 307 页。

② 谢兴尧：《〈水浒传〉人物考》，《逸经》第 1 期，1936 年 3 月 5 日；雨桐：《〈水浒传〉人物考证》，《京报》1936 年 11 月 11 日。

③ 余嘉锡：《宋江三十六人考实》，原载《辅仁学报》第 8 卷第 2 期，1939 年 11 月 14 日。

④ 余嘉锡：《宋江三十六人考实》，作家出版社 1955 年版，第 38 页。

⑤ 同上书，第 20 页。

黄河水道在宋元明清的演变入手，考证“梁山泊”在历史上的变迁，征引繁富而辨析精审。在此基础上，他认为“宋江据梁山，其地属京东西路之郓州，故称之为‘山东盗’，《泊宅编》言‘京东盗宋江……因梁山泺弥漫京东诸州郡，故举其根据地之所在以称之也”①。

由于余嘉锡学识渊博、考证精详，他的这篇考证文章堪称《水浒传》人物考辨方面的扛鼎之作，对后来的研究者影响深远。当然余氏的考证主要是从历史的角度进行的，而《水浒传》毕竟是小说，二者之间显然是不能够等同的。所以赵景深在《水浒传简论》中指出，《水浒传》三十六人“只是民间传说，过于穿凿，会失去文艺的本身价值”②，这其实是委婉地对余嘉锡的研究进行了批评。

（三）赵景深的《水浒传》研究

赵景深（1902—1985），20世纪中国杰出的戏剧家、翻译家和学者。20世纪30年代有《小说闲话》《小说戏曲新考》等文章及《中国小说论集》《小说论丛》等专著行世。新中国成立后致力于元明清戏曲史的研究，著有《宋元戏文本事》《元人杂剧辑选》《读曲随笔》《元人杂剧钩沉》《读曲小记》《戏曲笔谈》《曲论初探》《曲艺丛谈》等10余种。此外，他还曾从事外国文学作品翻译及小说、散文、诗歌的创作。新中国成立前赵景深研究《水浒传》的文章主要有《〈水浒传〉杂识》（1939）、《〈水浒后传〉作者的诗》（1940）、《〈水浒传〉简论》（1948），后均收入《中国小说丛考》中。在这几篇文章中，赵景深主要研究了如下几个问题。

第一，是关于《水浒传》的本事问题。他虽然认为《水浒传》中的“人物和地点颇有一些是可考的”，但却认为宋江“讨方腊不过是侯蒙上书假设的话。据《宋史》记载，擒方腊的人实为韩世忠。《三朝北盟会编》虽载《童贯别传》云‘贯将刘延庆、宋江等讨方腊’，因非正史，恐不足信。……至于‘征四寇’之说，更为可笑”。他还婉转地批评了谢兴尧、余嘉锡等的人物考证，认为这些人物只是“姓名偶同而已”，“只是民间传说，过于穿凿，会失去文艺的本身价值”③。

第二，赵景深对《水浒传》演变进行了简单的研究，其结论大体与

① 余嘉锡：《宋江三十六人考实》，作家出版社1955年版，第78页。
② 赵景深：《〈水浒传〉简论》，《中国小说丛考》，齐鲁书社1980年版，第143页。
③ 同上书，第142—143页。

胡适、郑振铎相同。但也有不同之处。如他纠正了胡适、鲁迅等对龚开赞语理解的失误，指出所谓“高如李嵩辈传写”应该解释为“高妙如李嵩辈传神写照”，非胡适所谓的“已有高如李嵩一班文人‘传写’这种故事”①。他认同李玄伯的多源头说，认为“已知南宋有各个独立的‘水浒’故事，这恰足以证明李玄伯的假想”。通过对元和明初杂剧的比较研究，他认为《水浒传》在元杂剧阶段尚未定型，在明初才“逐渐凝固得成为定型了”，但还未成书，“否则朱有炖应该根据《水浒传》写作，不必再根据《大宋宣和遗事》了”②。

第三，在《水浒传》作者问题上，赵景深认为明刊本“都任意题署，不足为据。罗贯中还可考，施耐庵就比罗贯中更为渺茫了”。对于作者的籍贯，他认为罗贯中“太原人一说比较可靠”，而“施耐庵这个人，实际上是无可稽考的”，并对施耐庵墓志等文物和江苏地方传说持质疑的态度。

第四，在《水浒传》版本问题上，赵景深认同孙楷第的观点，认为《水浒传》早期是词话本，在“明代中晚叶还有《水浒传词话》普遍地流传着”，“嘉靖本犹存词话的风格”；并认为“简本并不是繁本的祖本”③。

（四）李玄伯的成书研究

在胡适、鲁迅研究《水浒传》的时候，当时著名学者也是历史学家的李玄伯（宗侗）曾经刊发了一部百回本《水浒传》，其底本据该书《序》是李玄伯的侄子李兴秋在小摊上无意购得的“明本”。但后来经过学者的考证，李藏本其实是个伪百回本，它其实是“用大涤余人序本的残册与百二十本拼凑而成的”④。李玄伯在卷首的《读水浒记》中，把水浒故事的演变分为四个时期：

第一个时期，“先有口传的故事，不久就变为笔记的水浒故事”。这个时期约当北宋末年以至南宋末年。

第二个时期，“许多的短篇水浒笔记，连贯成了长篇，截成一回一回的，变作章回体的长篇水浒故事。”这个时期约当元明之间。连贯成的水浒故事，他认为至少有所谓《水浒》四传：第一传的事迹，约等于百回

① 赵景深：《〈水浒传〉杂识》，《中国小说丛考》，齐鲁书社 1980 年版，第 159 页。

② 同上书，第 160 页。

③ 赵景深：《〈水浒传〉简论》，《中国小说丛考》，齐鲁书社 1980 年版，第 150—152 页。

④ 范宁：《〈水浒传〉版本源流考》，《中华文史论丛》1982 年第 4 辑。

本的第一回至八十回，即从误走妖魔起，至招安止。第二传是百回本的第八十回至九十回，即平辽一段。第三传是百回本所无，即征田虎、王庆一段。第四传是百回本第九十回至一百回，即平方腊一段。

第三个时期，即将水浒长篇故事，或二传，或三传，或四传，合成更长篇的《水浒传》。这个时期约在明代。

第四个时期，“征田王、征辽、征方腊皆被删去，前传亦被删去七十一回以后的事迹，加了卢俊义一梦，变作了现行的七十回本。这个时期即清初以后[①]。另外作者在《猛进》杂志上也发表了《水浒传故事的演变》一文，它其实是《读水浒记》中的一部分。李氏的说法显然有很多不合实际的臆测，但在当时还是很有影响的，胡适等学者都曾经引用过该文的观点。

（五）罗尔纲的《水浒传与天地会》

罗尔纲（1901—1997）是我国著名的历史学家和太平天国史研究专家，主要论著有《太平天国史》《太平天国史论文集》《李秀成自述原稿注》《湘军兵志》等。罗尔纲在20世纪30年代就已经开始研究《水浒传》了。到了40年代他发现“水浒”一词的源起，70年代末写成《水浒真义考》，其后又锐意研求，证明《水浒传》的七十回本成书于元、明之间，是宣扬梁山泊与宋王朝对立、主张建立新政权这一主题思想，而一百回本则是明朝宣德、正统年间后人所加的。他的这些观点后来结集为《水浒传原本和著者研究》一书。他的这些论文突破了乃师胡适否定七十回本的旧说，做出了新的学术贡献。

1934年11月16日罗尔纲在《大公报》上发表了长达万余字的《〈水浒传〉与天地会》一文，从意识形态与组织形式上考察了《水浒传》对天地会的影响。1933年广西贵县发现了天地会文件《贵县修志局发现的天地会文件》，罗尔纲将其与《水浒传》七十本末回《单道梁山泊好处》的韵文进行比较，发现它们有很多相似之处，而断定天地会精神源自《水浒传》。他认为《水浒传》与天地会的关系主要有以下几方面。

首先，天地会的命名和思想来源于罗贯中的《水浒传》。罗尔纲认为，“天地会”名称取自洪门拜会歌歌词“拜天为父，拜地为母”，也就是泯除家族的畛域，合异姓为一家，共图大事业。《贯华堂水浒传》记宋

① 李玄伯：《读水浒记》，《百回本水浒》卷首，燕京印书局1925年版。

江等一百八人拈香已毕，齐跪堂上。宋江为首誓曰：“窃念江等昔分异国，今聚一堂，准星辰为弟兄，指天地作父母。”所以，罗尔纲认为“天地会的取名，正是从《贯华堂水浒传》上梁山泊大聚义的誓词而来”①。

罗尔纲还认为《水浒传》那篇《单道梁山泊好处》的韵文表达了《水浒传》作者所要创造的理想社会是要求四海皆兄弟的，即“八方共域，异姓一家”。天地会的组织，正是根据这个理想。作者举《洪门诗篇》为例证明了他的论点②。

其次，在政权组织形式和活动仪式上，天地会也受到《水浒传》的影响。一方面，在政权组织形式上，天地会受到《水浒传》等的影响。罗尔纲根据天地会大量材料认为，《三国志通俗演义》和《水浒传》“反映出一种我国古来哲人主张限制君主权力和农民民主的政治思想”，而伦敦所藏《明主朱洪竹和军师陈近南先生绘像》则“把《三国志通俗演义》和《水浒传》通过蜀汉军师诸葛亮和梁山泊军师吴用而表现出来的以‘主’和‘军师’构成的政体的政治理想活现在纸上。太平天国的军师负责制也同天地会一样取自这两部书这个政治思想”③。另外一方面，天地会歃血为盟结拜兄弟的仪式来自《水浒传》。其活动地点也往往模拟《水浒传》。如《忠义水浒传》出现，把聚义厅改为“忠义堂”，天地会聚会所也称“忠义堂”。

最后，天地会还运用《水浒传》来发动起义。作者根据咸丰元年的上谕和《荡寇志续序》以及嘉庆时琼州黎族起义的材料证实了《水浒传》对天地会的影响是“至深至大的”。

罗尔纲的《〈水浒传〉与天地会》一文可以说是最早从意识形态与组织形式方面全面考察《水浒传》对天地会影响的文章，对我们研究天地会以及《水浒传》与民间秘密结社组织有重要的启示意义。

（六）萨孟武的《〈水浒〉与中国社会》

萨孟武（1900—1984），福建福州人，著名法学家、政治学家、历史学家。主要著作有《西洋政治思想史》《中国政治思想史》《中国社会政治史》《社会科学概论》《儒家政论衍义》等。另外他还写了几本脍炙人

---

① 罗尔纲：《〈水浒传〉与天地会》，《水浒传原本和著者研究》，江苏古籍出版社1992年版，第239页。

② 同上书，第241页。

③ 同上书，第255—257页。

口的小册子，如《〈水浒传〉与中国社会》《〈红楼梦〉与中国旧家庭》《〈西游记〉与中国古代政治》等，用札记与随想式的文体，在中国小说的小情节中透析出传统社会中的大问题，可谓慧眼独具。

萨孟武的《〈水浒〉与中国社会》是20世纪抗战前为《中央周刊》副刊写的，后来结集出版。这部小册子可以说是最早采用“漫说”这种札记与随想式的文笔来解读《水浒传》的专著。文章笔调轻松，旁征博引，所论所讲很多都是前人很少关注的，常常令人击节赞赏，有恍然顿悟之感。例如他讨论梁山泊的社会基础时认为，梁山泊的构成分子主要以流氓为主。“梁山泊的好汉大率出身于流氓，没有正当的职业。……‘有福同享，有苦同受’，是他们的口号；‘大秤分鱼肉，小秤分珠宝’，是他们的生活。由这口号与生活观之，可知梁山泊集团只是帮会，而非政党。帮会依义气而结合，政党依主义而团结”。他还认为梁山泊在经济方面是共产主义，但却是消费的共产主义，不是生产上的共产主义，“即他们的共产主义并不想改变生产形式，只想劫掠富人的货财，把各种消费另行分配”，所以“‘仗义疏财’及‘劫富济贫’遂成为他们的最高道德”①。但李辰冬却对梁山泊构成分子的阶级成分有所质疑，认为“《水浒传》中的人物，绝对大多数都是资产阶级，或自由职业者”②。

在讨论梁山泊事业成败的原因时，萨孟武认为“梁山泊虽然标榜‘替天行道’，但是他们的行为又常常与道背驰……这是梁山泊失败的原因。”③

对于天书和九天玄女等问题，萨孟武认为这其实是历代农民起义利用迷信而团结群众的惯例。他说：“古代没有一种主义，以结合人心，而社会又是农业社会，农民散处各地，不易团结，非用迷信之法，固不能纠合群众，这就是《水浒传》上九天玄女与三卷天书的来源。”④

另外，萨孟武还对《水浒传》的一些具体问题进行了分析。如他认为李逵虽是宋江的心腹，但是他常常在大庭广众之中，说出宋江的秘密。所以“在专制政治之下，皇帝要维持政权的安定，不能不保持自己的尊

---

① 萨孟武：《〈水浒〉与中国社会》，岳麓书社1998年版，第7—8页。

② 李辰冬：《三国水浒与西游》，《李辰冬古典小说研究论集》，中华书局2006年版，第206页。

③ 萨孟武：《〈水浒〉与中国社会》，岳麓书社1998年版，第19页。

④ 同上书，第77页。

严，像李逵那样性质的人，最容易触犯天威，而损害皇帝的神圣，所以宋江做了皇帝之后，李逵纵不被诛，至少同尉迟敬德一样，受了惩戒。”在诸好汉排位的顺序上，他认为关胜之所以能够排在梁山功臣林冲之上，主要是因为他们崇拜关云长，所以不能不提高关胜的地位：“关胜的地位所以比林冲高，乃由于门第关系”。而燕青位卑功薄，却仍然列在三十六天罡之内，作者认为这是因为燕青对卢俊义很忠诚，宋江为了“防止好汉不为别人所笼络，唯一的方法只有提倡忠的道德”，所以燕青仍然位列三十六天罡之内①。

该书有时候还援引了很多深受西方影响的社会学、经济学和政治学理论来分析小说的问题，使人眼界大开。如他分析潘金莲的问题，认为西门庆与潘金莲的悲剧主要是因为当时的社会是“婚姻不自由的社会”，“妇女经济不能独立”，所以“像西门庆与潘金莲之事又是免不了的”②。

萨孟武是第二次世界大战后台湾政法学的泰斗，地位尊崇。虽然他谦虚地说自己写这本书是为报纸副刊而作，如同“姨太太”，但这本书在当时影响比较大。易中天曾评价说：“历史学家萨孟武老先生在谈到他那本《〈水浒〉与中国社会》时，曾戏称该书的写法是‘姨太太式’的。当‘姨太太’并不怎么体面，但萨先生抗战前为《中央日报》副刊写的这些文章，却着实比那些‘太太式’的比如《中央日报》的社论要好看得多。”③ 他对梁山好汉的性质界定为“流氓”，对后来的学者如王学泰影响是比较明显的④，而其借题生发的随笔式的解读方式对近几年流行的大话性质的《水浒传》研究论著如《麻辣水浒》《宋江日记》等也有一定的影响。

当然，由于时代和体例的缘故，这部书也有明显的不足。前面我们说了，这部小书是应报纸副刊而作的，作者的目的也只是“以《水浒传》为根据，说明中国的社会”。由于属于杂文性质，其目的也不是纯粹严谨的学术研究，作者又常常大量引用史书或者西方政治经济学的理论，所以

---

① 萨孟武：《〈水浒〉与中国社会》，岳麓书社 1998 年版，第 100、110、126 页。

② 同上书，第 58 页。

③ 易中天：《学会放松》，http：//www.gmw.cn/02sz/2001-10/10/11－F1CF5F254C3674D448256B4F00266A33.htm

④ 王学泰：《游民文化与中国社会》，学苑出版社 1999 年版；《水浒与江湖》，中国工人出版社 2004 年版。

文章常常给人跑题的感觉。如作者借宋江的家族关系来谈论中国古代的政治问题，由五台山文殊院说到佛教流行的原因，这些都离小说《水浒传》非常远了。

总的来说，以上介绍的这些学者的研究均有独到之处，对后世研究具有不同程度的影响。蒋瑞藻、孔令境等的小说史料研究涉及《水浒传》小说素材、故事演变、作者和版本的考证与汇编，为《水浒传》的研究提供了坚实的文献基础。余嘉锡的《水浒传》人物考证是这方面的经典之作，具有典范意义。罗尔纲对《水浒传》与天地会关系的研究和萨孟武分析中国传统社会的研究对王学泰等学者的影响是显而易见的。在这一时期还有许多学者也对《水浒传》进行了研究，如李辰冬、张恨水、俞平伯、刘修业、赵万里、隋树森、叶德均等，限于篇幅只有暂付阙如了。

本章小结

从光绪二十三年（1897）十月严复和夏曾佑的《国闻报附印说部缘起》肇始，《水浒传》的研究进入了近现代阶段。虽然这一阶段从时间跨度上讲较明清时期远为短暂，但由于时代文化背景的不同，这一时期的研究成果却是远远超出了第一阶段，形成了《水浒传》研究史上的第一个高潮。在这50余年的岁月里，涌现出了一大批《水浒传》研究的巨匠，他们以梁启超、王钟麒、黄人等为先导，以胡适、鲁迅、郑振铎、孙楷第等为代表，在《水浒传》成书源流研究、版本研究、作者研究以及其他方面都做出了开创性的成果。尤其是胡适、鲁迅、郑振铎的《水浒传》成书源流研究，孙楷第的版本研究对后世影响深远。

近代《水浒传》研究完全笼罩在以政治革新为终极目标的社会运动中，从一开始就偏离了文学自身的轨道。尽管个别研究者的只言片语也充满了学术研究的火花思想，但总体而言更多的却是一种口号式的呐喊和空洞的说教，有的甚至显得荒谬可笑。这一时期的《水浒传》研究政治味浓、理论性差，方法上相对于明清人的评点好考证，简直就是历史的退步。当然这一阶段的研究也并非一无是处，至少对小说地位的提高还是起到了积极的作用。

五四新文化运动带给《水浒传》研究最重要的不仅仅是长篇的论著，更重要的是研究方法的现代化——这是胡适、鲁迅最伟大的功劳，也是《水浒传》研究史划时代的变革。

其次，从内容来看，这一时期的《水浒传》研究几乎已经涉及后世“水浒学”的各个方面，当然最重要的是初步厘定了小说成书、作者和版本等最核心的问题，为后世的研究奠定了基础。郑振铎则站在前贤的肩膀上将《水浒传》的研究有效地推进了一大步，成为这一时期的集大成者，而孙楷第的小说版本学则成为后来版本研究者绕不过去的丰碑。

再次，从研究方法上看，传统的考据学与西方现代学术方法结合后，在小说成书、版本和作者研究方面做出了巨大的贡献，这充分地证明了传统学术研究方法具有强大的生命力。

当然，由于学术研究的草创性，其缺陷也是非常明显的，如对小说文本艺术的挖掘，对小说评点价值的理论阐释等都尚显不足。而由于基础文献的匮乏，许多论断都有待后来者修正和完善。

百年时光弹指一挥，当我们站在21世纪的时代分水岭再次回首近现代的《水浒传》研究时，我们不得不承认，尽管它存在着这样那样的缺陷与不足，但它仍然是400多年《水浒传》研究史上最光辉灿烂的一页！

第三章　当代《水浒传》研究（上）

——十七年时期《水浒传》研究（1949—1966）

1949 年 10 月 1 日中华人民共和国宣告成立，这意味着在中国共产党的领导下，中国人民最终取得了反对帝国主义、封建主义和官僚资本主义的新民主主义革命的胜利，从而进入了社会主义建设的新的历史时期。为了巩固新政权，这个新生的社会主义国家在国内开展了“三反”“五反”运动，制定了在一个相当长的时期内，逐步实现国家的社会主义工业化，并逐步实现国家对农业、手工业和对资本主义工商业的社会主义改造的总路线；在国际上，为了保卫胜利果实、反对帝国主义的侵略，在全国人民的支持下开展了抗美援朝运动，并最终取得了战争的胜利，社会主义的建设取得了初步的胜利。然而，在发展中也伴随着种种迷误，1957 年的“反右扩大化”和随之而来的“大跃进”思潮阻滞了中国社会主义建设的发展，随后的“文化大革命”，更使中国陷入了长达十年的浩劫，国民经济也陷入困顿之中。因而，新中国成立后的十七年是经验与教训并存的时期。同样，作为文学研究的一个分支的《水浒传》研究，在这一历史阶段也是经验与教训并存，既取得了非常大的成绩，但也出现了许多问题。

第一节　十七年时期《水浒传》研究概述

1949 年新中国的建立，标志着古老的东方大国进入了一个全新的时期。在意识形态领域，中国共产党的共产主义思想也得到很好的实施机会，马列主义、毛泽东思想的指导地位在全中国得以确立。在文艺思想方面也出现了定于一尊的局面，历史唯物主义和阶级分析法、社会学批评方法和马列文论成为当时文艺研究的主流武器。《水浒传》的研究就是在这样一个大的历史背景下展开并取得了比较大的成绩。

一 时代背景

（一）文艺批评的一元独尊与三大批判运动

文艺批评的一元独尊表现在如下几方面：首先，文艺工作的指导思想相同，都是以毛泽东《在延安文艺座谈会上的讲话》为代表的马克思主义文艺思想作为指导思想；其次，文艺批评的研究方法也相同，都是通过发动政治运动方式来解决文学艺术的问题；再次，它们的服务对象相同，都是强调文艺为政治服务，为最广大的工农兵服务。当然，它们也有区别，即前者是在国民党时期的局部地区独尊，后者是随着新中国的建立而在华夏大地取得了唯我独尊的地位。这个独尊的过程主要是通过三次大的文艺批评运动而逐渐形成的。

1949 年 7 月 2 日，第一次全国文代会在北平召开，它标志着解放区文学与国统区文学的合二为一，也标志着我国现代文学历史阶段的结束和当代文学的开始。值得注意的是在这次全国性的代表大会上，解放区的文学经验居于绝对的主导地位。

1950 年以后的几年时间里，中共中央和中央人民政府在经济领域相继实施了三大改造。在对工商业和农业实施社会主义改造的同时，也开始实施了从延安时期就已经开始的知识分子的思想改造运动。这个改造运动直接体现为新中国成立初期的三次大的思想批判运动：1951 年对电影《武训传》的批判；1954 年 10 月开始的对俞平伯《红楼梦》研究的批判和对胡适思想的批判；1955 年对胡风文艺思想的批判和由此形成的“胡风反革命集团案”。

对电影《武训传》的讨论是新中国成立以后反对所谓“资产阶级唯心主义”的第一次大规模的文艺运动和文艺思想斗争。它涉及如何运用正确的观点评价历史和历史人物的问题，但由于这次文艺批评采取了行政领导的方式，用简单粗暴的态度和大规模的群众运动，将思想问题、学术问题当做对资产阶级唯心主义斗争的政治问题进行批判，开启了新中国成立以来以政治批判代替学术讨论的恶劣文风的先河，对以后中国文学批评的发展产生了极其恶劣的影响。此外，对俞平伯《红楼梦》研究的批判和对胡适思想的批判，以及对胡风文艺思想的批判基本上都与《武训传》类似。

这三次批判运动都是新中国成立初期中国共产党从当时的历史环境的

要求出发进行意识形态整合的重要组成部分，本质上讲是国家权力意识对知识分子主体意识的整合，在新中国的文化建设历程中留下了不可磨灭的印迹。“虽然这样的整合和一元化不可能彻底实现，但是革命意识形态已经在文化领域、国统区中间派、国统区左翼以及解放区的作家、艺术家和学者中树立了权威，也基本确立了革命现实主义的基本原则和《讲话》在新中国意识形态和文化领域的统治地位。这一系列的从宏观到微观的批判行动为‘文化大革命’文艺的纯化提供了很充分的文化和文学的土壤。”①

（二）“双百”方针与文艺政策的游移

1956 年，随着对农业、手工业和资本主义工商业进行社会主义改造的基本完成，以及社会主义制度的基本确立，全国工作的重心开始由群众性的阶级斗争转向经济建设。在思想文化领域，需要发扬民主，纠正“左”倾思想的影响，调动一切积极因素，特别是调动广大知识分子的积极性，解放科学文化生产力。于是中共中央提出了“百花齐放，百家争鸣”的方针。这个方针是在文艺工作和科学研究的实践中逐步提出来的。1951 年，中国国内关于京剧的发展问题出现了争论，有的主张全部继承，有的主张全部取消，毛泽东为此题词“百花齐放，推陈出新”，主张对待京剧艺术要去其糟粕，取其精华，加以继承。1953 年，毛泽东就历史研究工作的方针，提出要百家争鸣。在此基础上，1956 年 4 月 28 日，毛泽东在中共中央政治局扩大会议上说，“百花齐放，百家争鸣”应该成为我们的方针，艺术问题上百花齐放，学术问题上百家争鸣。1956 年 5 月 2 日，毛泽东在最高国务会议上提出了“百花齐放，百家争鸣”的方针。5 月 26 日，中共中央宣传部部长陆定一在怀仁堂作了《百花齐放，百家争鸣》的讲话，对中共中央确定的这个方针作了全面阐述。讲话中提出：要使文学艺术和科学工作得到繁荣发展，必须采取“百花齐放、百家争鸣”的政策。我们所主张的这一方针，是提倡在文学工作和科学研究工作中有独立思考的自由、有辩论的自由、有创作和批评的自由，有发表自己的意见、坚持自己的意见和保留自己的意见的自由。在学术批评和讨论中，任何人都不能有什么特权，以“权威”自居，压制批评，或者对资

① 方维保：《当代文学思潮史论》，长江文艺出版社 2004 年版，第 29 页。

产阶级思想熟视无睹，采取自由主义甚至投降主义的态度，都是不对的。①

正当文艺界贯彻“双百”方针，初步出现活跃局面的时候，从 1957 年下半年起，中共在全党开展整风运动与反右斗争，在政治和意识形态领域发生了愈来愈严重的“左”的倾向。1958 年 2 月，周扬在《人民日报》上发表《文艺战线上的一场大辩论》一文，对文艺界的反右斗争作了总结。文章称 1957 年的反右运动是“一次最彻底的思想战线和政治战线上的社会主义大革命”，它“给资产阶级反动思想以致命的打击，解放文学艺术界及其后备军的生产力，解放旧社会给他们带上的脚镣手铐，免除反动空气的威胁，替无产阶级文学艺术开辟了一条广泛发展的道路”②。显然，1957 年开始的整风运动与反右斗争践踏了“双百”方针，断送了贯彻“双百”方针的成果，助长了“左”倾文艺思想的膨胀，又一次把文艺问题、思想问题等同于政治问题，展开群众性的批判运动，伤害了一大批文艺工作者，使他们含冤受屈，造成了当代文学与文艺界的巨大损失。

1960 年冬，中共中央对国民经济实行“调整、巩固、充实、提高”的八字方针，文艺界也开始实行文艺政策的调整，甄别平反曾经受到错误批判的作家作品等。如 1961 年第 3 期《文艺报》发表了由张光年执笔的《题材问题》专论，指出对于近来一个时期题材问题上的片面化、狭隘化的倾向，不能采取熟视无睹的态度。为了促进社会主义文艺的百花齐放，必须广开文路，提倡题材的多样化，破除题材问题上的清规戒律。同年 6 月，中宣部在北京召开全国文艺工作座谈会。与此同时，全国故事片创作座谈会也在北京召开，周恩来发表了《在文艺工作座谈会和故事片创作会议上的讲话》，总结了新中国成立以来文艺工作的经验教训，着重论述了发扬艺术民主、尊重文艺规律、物质生产与精神生产等问题。

但是，中共中央对文艺政策的调整所带来的某些新局面，很快又被“左”倾思潮的升级吞没。1962 年 9 月召开的中共八届十中全会向全党全民发出了“千万不要忘记阶级斗争”的号召，强调要狠抓意识形态领域的阶级斗争。会议期间，康生就诬陷李建彤的长篇小说《刘志丹》是为

---

① 陆定一：《百花齐放，百家争鸣》，《人民日报》1956 年 6 月 13 日。

② 周扬：《文艺战线上的一场大辩论》，《人民日报》1958 年 2 月 28 日。

“高岗翻案的大毒草”。接着从 1963 年到 1965 年，江青等直接插手文艺界，以整人为目的，先后策划了对孟超的《李慧娘》以及廖沫沙评《李慧娘》的《有鬼无害论》文章的批判，认定他们意在借“厉鬼”推翻无产阶级专政。他们还将《北国江南》《早春二月》《不夜城》《林家铺子》等影片，以及田汉改编的京剧《谢瑶环》等打成“大毒草”。这期间还对“现实主义深化论”“时代精神汇合论”“写中间人物论”等文艺观点多次展开大批判，一直发展到 1965 年 11 月 10 日，姚文元在《文汇报》上发表《评新编历史剧〈海瑞罢官〉》。该文以莫须有的罪名，对吴晗的新编历史剧《海瑞罢官》进行批判，制造了株连甚广的冤案。“左”倾思潮在这个时候愈演愈烈，严重地摧残了文艺事业。

二　研究状况

1949—1966 年“文化大革命”前共 17 年的时间里，中国古典文学研究取得了比较大的成绩。从学术成果的数量来讲，这一时期所发表的论文和出版的书籍比 20 世纪 20 年代到新中国成立期间的成果还要多。如北京师范学院中文系资料室和中国社会科学院文学研究所图书资料室合编的《中国古典文学研究论文索引》，共收集了自 1949 年至 1966 年 6 月间各类报刊上发表的学术论文几千篇。从这里我们就能够窥见当时古典文学研究所取得的成绩。作为古典文学研究分支的《水浒传》研究同样也取得了可喜的成绩。简单来说，这一时期的成绩主要有以下几方面：

（一）文本的整理和出版

《水浒传》最早的整理本是 1920 年亚东图书馆出版的汪原放标点本，也是古代小说最早的新式标点本。十七年时期先后有 8 种不同版本的《水浒传》得以整理出版。

①七十回本的出版。1952 年人民文学出版社出版了《水浒志传》，系新中国成立后的第一部《水浒传》。它以金本为底本，删去“惊噩梦”，将楔子作为第一回，恢复“排座次”为第七十一回，并以百回本为参照，将金氏更改处悉数恢复，每回插增光绪二十三年石印本的插图[①]。1953 年作家出版社重印，并删去插图。1959 年北京群众出版社影印出版了台北世界书局版的《足本水浒》，该书系 1923 年上海世界书局的翻印本，底

① 马蹄疾：《水浒书录》，上海古籍出版社 1986 年版，第 167 页。本节关于新中国成立后出版的《水浒传》版本介绍均见此书，以下所引均不再注页码。

本为金本。1965 年人民文学出版社出版了评注本《水浒》，系内部征求意见用，故仅印 1—6 回，正文有夹评，每回回末有回评。

②百回本的出版。1966 年初上海人民出版社影印出版了容与堂本《水浒传》。这是新中国成立后容本的第一次影印出版。

③百二十回本的出版。1954 年人民文学出版社出版了由郑振铎和王利器点校的《水浒全传》，该书系以石渠阁百回本为底本，并插入袁本的田虎、王庆故事而成，其实是一个混合本。1957 年上海商务印书馆根据 1929 年万有文库本进行重印，该书系以袁本为底本。1961 年北京中华书局根据原商务印书馆版重新校定排印了袁本，并附录插入了袁本插图和醉耕堂本陈洪绶的水浒人物像。

④评林本的出版。1956 年北京文学古籍刊行社影印出版了《水浒志传评林》，该书系万历年间余氏刊本，属于简本系统的代表，原藏日本日光山轮王寺慈眼堂，这次出版是根据王古鲁拍摄的照片影印的。

除了以上几种外，北京宝文堂书店还重新出版了宋云彬的《洁本小说水浒》[①]。该书系新中国成立前开明书店出版的“洁本”经典长篇小说之一，在当时有一定的影响。

虽然由于时代条件的限制，还有一些《水浒传》的版本没有进行整理和出版，但从总体上看，这个时期出版的文本基本上涵盖了《水浒传》几种主要的本子，对推动《水浒传》的研究和普及具有重要意义。

（二）研究论著的发表

十七年时期除了对《水浒传》的版本进行整理出版外，还发表了 300 余篇学术论文。从其发表时间来看，主要集中在两个时期，第一个是 1953—1957 年，五年内共发表论文约 170 篇，占十七年时期论文发表总数的 60% 左右；第二个时期是 1961—1963 年，三年内共发表论文约 65 篇，占十七年时期论文发表总数的 23% 左右。

除了论文之外，这一时期还出版了 14 部具有较高水平的学术专著。其中何心的《水浒研究》考证了《水浒传》中的官制、地名、生活风俗、衣着食品类、俗谚土语，以及《水浒传》故事的来源，梁山泊地势的变迁等；并对《水浒传》的作者、水浒故事的演变和版本的先后等做了比较研究，是新中国成立后《水浒传》研究的经典之作。严敦易的《水浒

---

① 宋云彬：《洁本小说水浒》，北京宝文堂书店 1955 年版。

传的演变》主要对《水浒传》的成书演变进行了详尽而细致的分析，堪称《水浒传》成书研究方面的扛鼎之作。何满子的《论金圣叹评改〈水浒传〉》则主要对金圣叹及其评点进行了研究。而高阳（杨柳）的《水浒人物论》则对《水浒传》中所塑造的20来名主要人物进行了分析和论述[①]。

黄裳《谈水浒戏及其他》是作者在1949年冬至1950年夏（其中《关于武松》写于1951年）半年时间所写的有关戏曲改革的部分文章，企图通过对水浒戏的分析讨论，来阐明作者对当时戏曲改革的看法。傅惜华、杜颖陶的《水浒戏曲集》则收录了现存水浒杂剧和传奇，是迄今为止水浒戏资料整理方面最为权威的著作。王少堂口述、扬州评话研究小组整理的《武松：扬州评话水浒》是对水浒衍生作品评话的收集整理，为研究扬州评话中的水浒故事提供了宝贵的文本依据[②]。

此外，这一时期还出版了两本论文集，两本资料汇编。其中作家出版社编辑的《水浒研究论文集》收录文章48篇，附录关于版本的考证3篇，内容涉及小说的人物、结构、思想、艺术、时代背景以及如何评价和阅读等问题。东北人民大学中文系资料室编的《〈水浒〉研究论文集》收录了茅盾等人的8篇论文。北京图书馆编的《〈水浒传〉及其参考资料》和复旦大学中文系资料室编的《有关〈水浒传〉的参考资料目录》是比较早的两部著录部分《水浒传》版本和有关《水浒传》论文索引的工具书[③]。

从我们上面对十七年时期的研究状况的简单介绍来看，这一阶段在短短的17年中取得了可喜的成绩，尤其是1953—1957年研究成果最为突出，大多数专著和半数以上的论文都发表或出版在这5年间，所以我们说十七年时期是《水浒传》研究史上继胡适、鲁迅、郑振铎之后一个极为

① 何心：《水浒研究》，上海文艺联合出版社1954年初版；严敦易：《水浒传的演变》，作家出版社1957年版；何满子：《论金圣叹评改〈水浒传〉》，上海出版公司1954年版；高阳（杨柳）：《水浒人物论》，火星出版社1954年版。

② 黄裳：《谈〈水浒戏〉及其他》，开明书店1952年版；傅惜华、杜颖陶：《水浒戏曲集》，古典文学出版社1957年版；王少堂口述、扬州评话研究小组整理：《武松：扬州评话水浒》，江苏人民出版社1959年版。

③ 作家出版社编辑部编：《水浒研究论文集》，作家出版社1957年版；东北人民大学中文系资料室编：《〈水浒〉研究论文集》，东北人民大学1955年版；北京图书馆编：《〈水浒传〉及其参考资料》，北京图书馆1953年版；复旦大学中文系资料室编：《有关〈水浒传〉的参考资料目录》，复旦大学中文系资料室1956年版。

重要的研究阶段。

第二节　十七年时期《水浒传》成书研究

《水浒传》的成书演变研究是《水浒传》研究的基础，它关系到《水浒传》的作者和版本问题，在很多时候他们甚至是不能够截然分开的。在新中国成立前，胡适、鲁迅和郑振铎已经对这个问题进行了比较详尽的研究，提出了一些基本的结论。新中国成立后十七年间，许多学者就该问题继续进行探讨，对《水浒传》如何从史实演变到文本定型、宋江起义等史实的考证、《水浒传》与南宋忠义军的关系以及与水浒戏的关系都进行了广泛而深入的研究，取得了显著的成果。

一　《水浒传》的成书与演变

（一）《水浒传》演变研究

《水浒传》的成书演变过程是研究者首先必须面对的问题，胡适、鲁迅和郑振铎等前辈学者对此已经进行了比较详尽的考证。十七年时期的学者在此基础上提出了一些新的见解，在某些问题上也取得了较大的突破。

①聂绀弩的成书研究。聂绀弩是新中国成立后比较早研究《水浒传》的学者之一。1953 年他在《人民文学》第 6 期发表了长文《〈水浒〉是怎样写成的》，对《水浒传》的成书问题进行了研究。他认为“《水浒》不是一个人写成的，也不是一次写成的；是经过很多人、很长时期、很多次修改才完成的”。聂绀弩认为它的创作过程经历了三个阶段：一是人民大众口头传说阶段，二是民间艺人讲述和记录阶段，三是作家的编辑、加工或改写阶段，并对这三个阶段的具体问题进行了论述。

聂绀弩的三阶段说从大框架上基本与胡适和郑振铎的观点相同，但在具体论述中聂绀弩也提出了一些比较重要的见解。如他认为《水浒传》的口头传说阶段可细分为“1）把宋江他们当作流动武装的阶段；2）说他们在太行山的阶段；3）说他们在梁山泊”三个小阶段。[①] 在这三个阶

① 聂绀弩：《〈水浒〉是怎样写成的》，《人民文学》1953 年第 6 期，又收入作者《古典文学小说论集》，上海古籍出版社 1981 年版，第 9 页。

段中，宋江故事经历了一个由早期的与梁山泊无关、太行山忠义军故事的渗入再到《宣和遗事》最终将宋江与梁山泊结合这样一个过程。

②何心的《水浒传》研究。何心的《水浒研究》是本时期《水浒传》研究的代表作品之一。他在该书中也谈到了《水浒传》的演变问题，只是没有提出明确的发展阶段。综合他的论述，实际上是将《水浒传》的演化分为四个阶段。第一阶段是北宋时期的历史史实阶段。他根据前人发掘的史料，认为"《水浒传》的故事，并非完全出于虚构，在正史、野史以及文人诗文集中都有述及宋江等三十六人的事迹"①。但也认为这些记载大多十分简略，"无法写出一部轰轰烈烈的《水浒传》来"。第二阶段实际上是南宋时期的民间传说阶段。他认为《水浒传》大部分是根据民间传说编写，它的前身"有一部分是书会中人所编的话本"，并以《宣和遗事》为例进行了分析。作者认为，在南宋时代"宋江三十六人的故事除了口头传说之外，只有话本与图画，还没有《水浒传》"②。第三阶段是元代的杂剧阶段。何心认为元代和明初的水浒戏有三十二种，其中一部分故事已被《水浒传》收入。但由于"当时还没有一部《水浒传》，所以每一个英雄的历史、性情、人格、行为，还没有定型。各人可以自由描写，不受限制"，"但是叙述宋江与晁盖的关系以及上梁山落草的原因，却大都根据《宣和遗事》，渐渐趋于一致"，"这时已经渐渐地有了《水浒传》的轮廓了"③。第四阶段是《水浒传》的文本形成有版本演变阶段。何心认为，到了"元末明初，有人搜集了话本中和杂剧中一部分梁山泊英雄的故事，连缀起来，再加上他自己的创作，成为一部长篇小说，这就是原始的《水浒传》，编的人假定就是罗贯中"④。另外何心还对《水浒传》书名的含义进行了解释，认为"水浒"二字来源于《诗经·大雅·緜》"率西水浒，至于岐下"，之所以取这个名字是因为"百八人盘踞的梁山，在水泊中间，所以这书称为《水浒传》"⑤。

③严敦易的《水浒传》研究。严敦易《水浒传的演变》被楼适夷盛赞为"评《水浒》的第一部系统的著作"，它可以说是十七年时期《水浒

① 何心：《水浒研究》，上海古籍出版社 1985 年版，第 1 页。

② 同上书，第 82 页。

③ 同上书，第 83—84 页。

④ 同上书，第 84 页。

⑤ 同上书，第 19 页。

传》研究最具特色的作品，尤其是在《水浒传》成书问题上达到了当时研究的最高水平。在这部书中，作者具体而详尽地论述了《水浒传》从南宋时期到明代的具体演变过程，认为《水浒传》的演变经历了历史史实阶段、口头传说与说话阶段、元杂剧阶段和小说成熟阶段四个发展时期，提出了许多与前人不同的观点。简单来说，它在以下四个方面突破了前人的论述：

首先，作者将《水浒传》的演变放在纷繁复杂的具体社会背景下进行考察。尽管胡适、鲁迅和郑振铎都曾经结合当时的社会环境变化来探讨《水浒传》的成书问题，但如此全面系统而自觉的运用当首推严敦易。如他认为宋江故事之所以能够广泛流传，其中一个重要因素就是因为南宋初年如火如荼的抗金形势促使人们选择了宋江的传说作为加工的对象，而后来小说中的“忠义堂”也就是这一时期的印痕。当宋金议和之后，南宋的统治者已经不能够容忍一个“带有高度反抗性斗争性人民性的传说故事”，于是宋江受招安和征方腊就产生了，这“正充分显现了当时城市人民尤其是士大夫阶级、中产阶级的思想意识的缘故，这是他们当时对于农民起义队伍的看法，愿望与要求。这又适应了统治方面容许像《水浒传》这样性质的东西公开流传的条件”①。

其次，作者还把《水浒传》故事传说阶段的演变过程具体化，并总结出了每一小阶段的发展特点。严敦易认为《水浒传》传说的形成阶段又可分为“萌芽茁发期”、“融合炼铸期”和“凝固定型期”三个小阶段，它“总共经过了从十二世纪初年，直到约至十三世纪初年，一百多年的时间”。第一小阶段是北宋末年到南渡的初期，它的特点是“宋江传说突出，梁山根据地的确定。‘忠义’的应用，阶级反抗的情节中结合着抗金的活动，吸收集纳已在开始”。第二小阶段是南宋政权正式建立以来至宋金和议的告成，它的特点是“宋江成了全部的中心环节，有了结构和组织的轮廓，‘三十六夥’大略形成，许多英雄人物正式是梁山的成员了，有些人则被淘汰了，或是成为反面人物了，抗金的描写减少了，和地主武装斗争的场面加入了，顶点是在大聚义，和迎敌官军，并预备投入抗金的大战中去”。第三小阶段是南宋中叶前后起到元代。它的特点是“完全去掉了抗金的部分，在大聚义后，出现招安，在招安后，又去讨平方

① 严敦易：《水浒传的演变》，作家出版社 1957 年版，第 41 页。

腊，……又给他安排一个为奸臣陷害的悲剧收尾。稍后，又加入了伐辽的部分”①。

再次，作者还具体分析了《水浒传》故事在传说时期口头的传播途径与演进轨迹。作者认为在传说时期的第一个阶段，“宋江个人及《水浒传》传说故事的若干部分”应该属于说话的“说铁骑儿”当中，“并可能是还比较多的保存渲染或残余了某些抗金的色彩”②。宋金议和后《水浒传》故事演进到第二个阶段，而“说铁骑儿”因其强烈政治色彩受到当政者的禁止，《水浒传》故事就由“说铁骑儿”“搬到了另一个部门——‘说公案’中去了”。随着朴刀杆棒从公案中分离，《水浒传》故事的重心也从阶级、民族斗争“转移到英雄人物的出身经历甚至武勇技能的场面上去了”，这就“逐渐的为梁山三十六人造型，水浒传说故事的生动、活泼、细致、详尽的人物事件的描写，也都发凡于此时，奠基于此时”③。这从《醉翁谈录》中所列举的《花和尚》《青面兽》《武行者》等篇目可以看出。到了《水浒传》故事发展的第三个阶段，由于它集纳了许多的故事片段，“成为一部博大复杂得多的东西”，“情节内容更不只简单得只以一两个中心铺叙为限”，于是《水浒传》故事的讲述就由“说公案”转移到了“讲史”④，并最终奠定了《水浒传》成为章回小说的基础。

最后，作者在元杂剧与《水浒传》的关系问题上一反主流观点，认为元杂剧并非是《水浒传》的发展源头，而是其衍生物。严敦易认为在元代的时候，“《水浒传》已经走完了他形成和演进的很长的道路，至少当已到了有着最初的，分‘则’的，长篇的，内容结构大体铺排停当，并可能曾经刊行的新的阶段。他并且应该直接便是明代中叶所刊行的许多《水浒传》的前身和祖本”⑤。通过仔细分析元杂剧的内容，作者发现现存水浒戏无论是从内容上还是思想上，“他们并未脱离了或是动摇了故事本身原有的线索和基础，他们只是凸现了某几个人物，他们所创作增撰出来的情节……是一种插话的性质，是定型故事以外的旁枝……杂剧的题材终是从属于话本的，也就是从属于说话系统的，他主要的仍是由过去的传说

① 严敦易：《水浒传的演变》，作家出版社1957年版，第40页。
② 同上书，第70页。
③ 同上书，第71页。
④ 同上书，第79页。
⑤ 同上书，第92页。

故事中感受到搏动和力量，并以之作为唯一汲引滋养的源泉，顶多稍微加以增饰渲染和消化罢了。我们如果倒果为因，反认为正缘有了多样的繁复丰富的杂剧的创造，才启发了，壮实了，汇入了还是雏形的未成长的不成熟的当时以及后来的《水浒传》，这种概念，是违反了水浒传说演进发展的客观情势的”①。

④其他人的《水浒传》演变研究。除了以上几位学者外，还有部分研究者也对小说的成书问题进行了思考。如陈中凡认为，“北宋时代水浒故事尚未形成。到南宋后，宋江故事成为人民的口头传说……到人民的口头传说愈传愈广，愈加神奇夸大，成了英雄传奇的时候，当时‘说话人’也用这类资料作为‘说话’的题材了”②。《宣和遗事》为元人集录之书，“其叙述虽然极其简略，已把水浒故事扼要的写出个轮廓了。可认定它所据的‘话本’是元人所作《水浒传》最早的底本。……《宣和遗事》确定了水浒的根据地，提出了‘天书’和重要人物‘公孙胜’和‘林冲’，使整个故事和《水浒传》更加接近”③。

与严敦易的观点相反，陈中凡认为元代水浒戏是定本《水浒传》的渊源之一，“元代的水浒故事流传既广，戏曲家也就取为编剧的资料，遂写出许多水浒的剧本”。他还高度肯定了水浒杂剧对《水浒传》的影响，认为它“不独增加了水浒的资料，而且对于《水浒传》的主题，思想，有极大的贡献”，以至于“只需有人为之整理、编辑，这部伟大的创作便告完成了”④。

宋云彬《谈〈水浒〉》一文也对《水浒传》的成书问题有所涉及，他认为“水浒故事从南宋以来就在民间广泛地流传着。……文人写的水浒故事当然也有，但大都写得很零碎、很粗略，也不成为文学作品，所以都没有流传下来。”到了元朝的时候，“已经有一部比较完整的《水浒传》，大家从那里取材，尽管你取那一部分，我取这一部分，但并不破坏整个水浒故事”⑤。

（二）成书时间研究

关于《水浒传》的成书时间，这时期的学者一般都继承鲁迅的观点，

① 严敦易：《水浒传的演变》，作家出版社 1957 年版，第 120—122 页。

② 陈中凡：《试论〈水浒传〉的著者及其创作时代》，《南京大学学报》1955 年第 1 期。

③ 同上。

④ 同上。

⑤ 宋云彬：《谈〈水浒〉》，《文艺月报》1953 年 3 月号。

认为是在元末明初。如宋云彬就认为“《水浒传》经过加工，成为一部伟大的文学作品，是元末明初的事情”①。何心《水浒研究》也认为：“到了元末明初，有人搜集了话本中和杂剧中一部分梁山泊英雄故事，连缀起来，再加上他自己的创作，成为一部长篇小说，这就是原始的《水浒传》，编的人假定就是罗贯中。”②

但是有的学者却不认同元末明初说。如陈中凡就认为“《水浒传》当为元人产品，元代以前不能有此创作了”。他从明代文献入手，先分析了施耐庵、罗贯中的时代，认为“施耐庵确为元后期人，罗贯中为元末明初人，《水浒传》曾经他们审定、校正、加工、改造，则原作者姓氏虽不可知，其为元人所编”也可以推知。作者还进一步从《水浒传》的体制和语言来考察其成书的具体时间，认为从体制上来看《水浒传》“实由元人‘词话’嬗变而出，较宋人话本有了更进一步的发展”，另外从语言方面看“《水浒传》采用当代人民口语，可与元曲互相印证”。于是作者得出自己的结论：“此书当作于元代中叶，即十四世纪前半期，从体制和语言两方面可以得到证明。”③ 其实陈中凡所谓的体制和语言只能说明《水浒传》成书的上限，而不能够确证其一定在元代。

严敦易也认为是在元代。他在谈到明初《水浒传》的沉寂状态时说：“也许有人将这种沉寂的状态，理解为在元末明初有了一位伟大的作家，根据了过去的水浒传说，参合了元末农民大起义的背景环境，创作了这一部小说；沉寂的状态，也就是新作尚未出现，而旧的传说则已告了一个段落，结束了他的流传。这样讲，在前面几章的论述里，已足以证明这种说法的不能成立，他是违反水浒传说故事发展到《水浒传》的客观规律的，是反历史的。”④

总的来说，十七年时期学者对《水浒传》成书问题的研究成果是比较大的。在《水浒传》成书时间方面突破了胡适、鲁迅的经典结论，提出自己的新说；而严敦易对《水浒传》成书演变过程的详尽分析更是超出了前人，达到了一个新的高度。

---

① 宋云彬：《谈〈水浒〉》，《文艺月报》1953 年 3 月号。

② 何心：《水浒研究》，上海古籍出版社 1985 年版，第 84 页。

③ 陈中凡：《试论〈水浒传〉的著者及其创作时代》，《南京大学学报》1955 年第 1 期。

④ 严敦易：《水浒传的演变》，作家出版社 1957 年版，第 141 页。

二 《水浒传》本事考证

《水浒传》的本事研究主要是指《水浒传》在演变过程中所牵涉的历史、地理和人物等史实问题。这一时期对《水浒传》的本事研究主要集中在宋江起义的具体考证上，另外对三十六人和具体人物的历史原型等也有所涉及。下面分别论之。

（一）宋江起义考证

从明代开始，许多人就对历史上宋江起义的时间、地点和结局等问题进行了考证。进入十七年时期，这一传统问题继续得到关注，特别是宋江是否投降与征方腊问题更是成为讨论的重点。

对于宋江是否投降的问题，一般论者都根据《宋史·张叔夜传》认为是投降了的。如何心就认为“北宋末年确有宋江等三十六人，横行河朔、京东一带，声势浩大，后来投降了张叔夜，曾跟随童贯去平方腊”①。但张政烺分析了《折可存墓志铭》中有关“捕宋江”的材料，认为“宋江当时很可能是诈降”，“后来又反正了，1122 年夏最后失败被擒”②。而严敦易则认为宋江根本就没有投降或者被擒。他从历代农民起义的特征和当时历史材料出发，认为宋江是当时“京东、淮南以至河北广大地区内”的农民起义所共尊的“共主”，后来这些队伍中的一部分被招安、投降或者被擒，但不一定就是宋江，宋江“投降则绝对是近于捏造的事实”③。

在宋江是否征方腊问题上，何心等是持赞同观点的，而张政烺则认为历史上的宋江和张叔夜妥协的时间是在宣和三年二月，而同年四月方腊已经被消灭，所以宋江未征方腊“这是铁一般的事实”④。华山也同意张政烺的观点，认为宋江没有征讨方腊，并认为宋江起义军的结局“不能一概而论。他们一定被分别处置。宋江等几个领导人物，可能被杀；一部分人可能从此做了宋代的官（如关胜等），还有部分人或者坚持反抗（如史进——史斌）”⑤。严敦易也认为“宋江委实没有随征方腊的这一件事实”⑥。

---

① 何心：《水浒研究》，上海古籍出版社 1985 年版，第 4 页。

② 张政烺：《宋江考》，《历史教学》1953 年第 1 期。

③ 严敦易：《水浒传的演变》，作家出版社 1957 年版，第 19 页、第 9 页。

④ 张政烺：《宋江考》，《历史教学》1953 年第 1 期。

⑤ 华山：《〈水浒传〉和宋史》，《文史哲》1955 年第 10 期。

⑥ 严敦易：《水浒传的演变》，作家出版社 1957 年版，第 8 页。

除了对宋江起义的问题进行考证外，三十六人也是当时讨论的一个重点，人们往往围绕三十六人是三十六个头领或者是实指三十六个人等进行了探讨。张政烺认为三十六人是实指，“我们考证宋江的历史，首先要说明的是宋江只有三十六人，并不像元曲里所说的‘三十六大夥，七十二小夥’，更不像小说里那样千军万马”①。这显然是比较拘泥的说法。与之类似的是华山，他认为“宋江起义人数很少，即使不一定始终是三十六人，但决不会超过数百”②。

何心则认为三十六人是指“重要的头领而言，小喽罗当然不在内”，“宋江部下有名的头领虽只三十六人，喽罗一定很多，决不会只有五百人”③。张默生也认为“历史上所说的宋江等三十六人，都是些起义的领袖；《水浒传》扩充为一百零八人，也仍然是一些将领”④。此外，孙楷第《〈水浒传〉人物考》也持相同观点。

严敦易则提出更新的说法，认为“所谓‘三十六人’是渊源于东汉末年黄巾起义的三十六方，这原先应该视为三十六个单位组织，亦即三十六股来解释，不能竟狭隘的依文义，看作是三十六位副贼或头领来对待”⑤。

对于历史上的宋江起义问题。由于时代久远而现存文献有限且多有抵牾，因而宋江起义后是否投降和征方腊以及结局等问题就比较复杂。十七年时期由于特殊的时代背景，人们对农民起义往往褒扬有加，讳言投降，而当时的部分研究者又断章取义地摘引文献以证己说，故而治丝益棼，不得要领。

（二）水浒人物考证

对《水浒传》人物历史真实性的考证是《水浒传》本事考证的一个重点，新中国成立前余嘉锡《宋江三十六人考实》是这方面的代表作。1964年孙楷第在《文学研究辑刊》第一集上发表了《〈水浒传〉人物考》，对该问题继续进行探索。作者在《序》中谈到自己考证《水浒传》人物的动机在于余嘉锡先生的考证仅限于宋江三十六人，且实际上真正有

① 张政烺：《宋江考》，《历史教学》1953年第1期。

② 华山：《〈水浒传〉和宋史》，《文史哲》1955年第10期。

③ 何心：《水浒研究》，上海古籍出版社1985年版，第82、114页。

④ 张默生：《谈谈〈水浒〉》，《西南文艺》1953年3月号。

⑤ 严敦易：《水浒传的演变》，作家出版社1957年版，第18页。

历史文献记载的仅十三人。作者为了补其不足，故“不以宋江三十六人为限，凡《水浒传》中人，无论起为天罡为地煞或为梁山泊首领以外之人，苟其名见于史即录之”①。作者广引诸多史籍，考证了解宝、宋万、王英、彭玘、李忠、张横、王伦和李成8人。但从考证的结果来看，几乎没有一个人物可以确切地对应于小说中的人物，作者也承认“所论或属假设，不敢云一一正确”。

除了孙楷第外，张政烺也对部分水浒人物进行了考证，认为靖康年间的张横和梁青很可能就是小说中的张横和燕青②。华山也对史进、李逵、王伦等进行了简单的考证，认为《水浒传》不仅将宋江之后的忠义军首领们拉了进来，“并且也可能把前于宋江的起义军领袖们搬上了梁山泊”，譬如王伦“可能就是暗射庆历中起义领袖王伦”。又说：“如果肯定这三十六人都是真名实姓，当然武断；反之，如果说全是附会捏造，也同样近于武断。我们的意见是：一部分可能确实是宋江部将，另一部分可能是别的起义部队的首领，姓名或有误传，但决不会是完全向壁虚造。”③

笔者认为，无论是余嘉锡、孙楷第还是张政烺，他们的考证都是属于历史范畴的考证，这固然有助于对小说的理解，但若一一以之与以虚构为主要特征的小说对照，这显然就隔阂了，其效果也可想而知。关于这个问题，李希凡在当时就批评了张政烺，认为他“完全混淆了历史真实与艺术真实的区别”④。严敦易也指出：“如此去做，似是免不了近于附会的，穿凿的。我们不能因为某一个人名的巧合和一百八人中的任何一人偶然相符，便认为已找着了某一位英雄的来源和根据，这是胶柱鼓瑟的方式与方法。”⑤

（三）《水浒传》与忠义军

两宋之际，北方沦陷地区的人民自发组织武装抗金，当时在太行山就有“八字军”“红巾”“忠义社”等民间武装。有的学者认为今天的《水浒传》在演变过程中就受到了这些武装斗争故事的影响。如聂绀弩就认为“太行山既然有这些抗金的人民武装，当然有不少的英雄故事流传

---

① 孙楷第：《〈水浒传〉人物考》，《沧州后集》，中华书局1983年版，第1—2页。

② 张政烺：《宋江考》，《历史教学》1953年第1期。

③ 华山：《〈水浒传〉和宋史》，《文史哲》1955年第10期。

④ 李希凡：《略谈〈水浒〉评价问题》，《文史哲》1954年第4期。

⑤ 严敦易：《水浒传的演变》，作家出版社1957年版，第20—21页。

出来，传来传去，就和宋江他们的故事结合起来了”，而《水浒传》中的“忠义堂”和宋江以忠义相号召就是“从《宋史》的‘忠义军’、‘忠义社’、‘忠义巡社’等语而来”①。王利器也认为“因为太行山与忠义军的关系，于是施耐庵又把忠义军的许多人物和故事的素材搬来创造一百单八人”②。

张政烺则从人物形象塑造的角度谈到了古代忠义军对《水浒传》的影响。他说：“宋江性格复杂的原因：一是宋元时代的说话人和书会先生歌颂宋江，让他忠义。但是最大的原因则是他们受了北宋亡后北方忠义军寨故事的影响。……我们说忠义军的首领被宋元小说家转化成宋江的党徒，虽然没有很明确的证据，小说里宋江的投降性格和‘忠义’招牌是从忠义军偷来的，却毫无问题”③。

此外，严敦易《水浒传的演变》、华山《〈水浒传〉和宋史》和陈中凡《试论〈水浒传〉的著者及其创作时代》也谈到了忠义军与《水浒传》的关系问题。

（四）《水浒传》与梁山泊

除了对宋江起义的时间、结局以及与忠义军的关系等问题进行论述外，有的学者还对梁山泊的形成与演变进行了考证。前面我们谈到，在明清时期，文人主要是对梁山泊的地理位置以及是否为宋江的根据地进行了考证，余嘉锡先生更是对这个问题用力甚勤。新中国成立后十七年时期，对该问题进行进一步研究的是王利器和何心等人。

何心在他的《水浒研究》第十三节引用了大量地理方志文献，对梁山泊的地理位置、名字由来等问题进行了考辨。但其考证从本质上讲仍然是属于历史史实性质的考据，在成绩上也没有能够超越余嘉锡。

另外，有的学者对《水浒传》与梁山泊的关系进行了研究。有的学者认为梁山泊曾经作为宋江起义的活动据点，如严敦易就认为“梁山泊可能是他（按：指宋江）的根据地”，但因为宋江是以流动的方式活动的，所以“不必认做梁山应为宋江所专有，他可能曾经以之为根据地，在那里经营过一个时期”④。

---

① 聂绀弩：《〈水浒〉是怎样写成的》，《人民文学》1953年第6期。

② 王利器：《施耐庵是怎样创造梁山泊的》，《文学遗产》1954年8月15日第16期。

③ 张政烺：《宋江考》，《历史教学》1953年第1期。

④ 严敦易：《水浒传的演变》，作家出版社1957年版，第15页。

但更多的学者认为历史上的宋江并没有以梁山泊为根据地。华山就认为："宋江等英雄们即使曾经和梁山泊发生过若干关系，但决没有像小说中所描写的那样，曾在那里建立过水寨，做过长期的根据地"，"宋江等没有在梁山泊结寨，那是没有疑问的"，《宣和遗事》所叙述的"前往太行山梁山泺去落草为寇"、"明白地透露出《遗事》的作者和后来《水浒传》的作者们把宋江等和南宋初年太行山忠义军扭合在一起的显明痕迹"①。另外前面我们也提到，聂绀弩也认为宋江故事经历了一个由早期的与梁山泊无关、太行山忠义军故事的渗入再到《宣和遗事》最终将宋江与梁山泊结合这样一个过程。

在梁山泊与《水浒传》关系问题上研究最透彻的当属王利器。他于1954年在《文学遗产》第16期上发表了《施耐庵是怎样创造梁山泊的》一文，对梁山泊如何从现实地理的存在逐渐演变为小说中众好汉活动根据地这一过程进行了详尽的分析。王利器认为，小说中的梁山泊是通过施耐庵概括加工，把它典型化了的"农民革命根据地的理想蓝图"，它实际上是由三部分组成的：一是现实的地理存在的梁山泊，它自宋代至清朝"不仅是许多次农民革命的根据地，而且还是宋代民族解放战争中战略上的必争之地"。二是太行山地区地理环境的加入，他认为"一方面因为宋江三十六人中有好几位是太行好汉，于是施耐庵就把太行山的根据地碗子城搬来创造梁山泊"，并且把山西怀仁县的金沙滩也"移植来梁山泊了"。此外根据他的考证，小说中的黄泥冈也是属于太行山区的。三是南方洪泽湖等区域地名的加入。王利器根据《泊宅编》等材料，认为"施耐庵创造梁山泊的石碣村，并以此为三阮本贯，这显然是从方腊那里搞来的"。他还怀疑"鸭嘴滩、蓼儿洼都是属于洪泽湖区域的地名。这个区域，即南宋人时常提到的淮甸。当时这一带地方，既是抵抗异族侵略战争的前哨地带，也是所谓盗贼聚义的地方……施耐庵把洪泽湖地区的蓼儿洼、鸭嘴滩搬移到梁山泊来，也正如接受招安后，把宋江封做楚州安抚使一样，都是和宋江诸人曾经活动于楚、海州界是分不开的"②。

显然，王利器的梁山泊考证已经从余嘉锡、何心等的纯粹历史地理考证过渡到了文学典型形象的研究，其科学性、合理性自然也较前人更胜一

① 华山：《〈水浒传〉和宋史》，《文史哲》1955年第10期。

② 王利器：《施耐庵是怎样创造梁山泊的》，《文学遗产》1954年8月15日第16期。

筹。并且这种过渡从本质上讲是学术方法、学术思维的飞越，因而该文在《水浒传》成书研究史上具有重要的理论价值和学术史意义。

三　《水浒传》与水浒戏

《水浒传》与水浒戏的关系在胡适、鲁迅那里开始受到重视，并对该问题进行了研究。降至十七年时期，不少学者对这个传统问题继续进行深入考察，并取得了显著的成果，出现了水浒戏整理的专书和研究专著，标志着《水浒传》与水浒戏研究高峰的到来。

这个时期关于水浒戏研究最值得一提的是傅惜华和杜颖陶对水浒戏文本的整理。早在20世纪30年代，女作家林培志就在《水浒戏》这篇文章中钩稽出元明清三代水浒杂剧和水浒传奇共55种[①]。新中国成立后傅惜华和杜颖陶将目前所见的水浒戏编为两集，第一集是元、明、清三代水浒故事的杂剧，共收录15种；第二集是明代水浒故事的传奇，共收录6种[②]。傅惜华的《水浒戏曲集》代表了现代水浒戏曲文献研究与整理的最高成果，影响很大。但限于体例等原因，这套选集也有其不足之处，如它只是对现存的水浒戏剧进行整理，没有对整个水浒戏（包括存、残、佚）进行钩沉以及本事、版本流传等的考索。直到20世纪80年代，这个工作才由王晓家、刘靖之等人完成。

对于元代水浒戏与《水浒传》的关系，学者通常认为前者是后者的源头之一。如陈中凡通过对现存水浒戏的考察，认为“元代的水浒剧不独增加了水浒的材料，而且对于《水浒传》的主题思想有极大的贡献……元代曲家作出许多水浒杂剧，确定了水浒故事的主题思想，丰富了它的内容。”后来的《水浒传》就是在此基础上“分析、解说、组织、裁减以至补充的工作，才完成这部伟大的创作”[③]。

但也有论者认为《水浒传》与元杂剧并无直接关系。早在新中国成立初期，杨绍萱在谈到元水浒杂剧的取材问题时，就认为元杂剧水浒故事大都据口传的梁山泊故事写成，并非直接取材于《宣和遗事》[④]。新中国成立后，严敦易也持此观点。他首先对现存所谓的水浒戏进行了分析，

---

① 林培志：《水浒人物与〈水浒传〉》，台湾学生书局1971年版，第155—167页。

② 傅惜华、杜颖陶：《水浒戏曲集》，古典文学出版社1957年版。

③ 陈中凡：《试论〈水浒传〉的著者及其创作时代》，《南京大学学报》1955年第1期。

④ 杨绍萱：《论〈水浒传〉与水浒戏》，《水浒研究论文集》，作家出版社1957年版，第343页。

认为很多所谓的水浒戏并不可靠，“严格地说，水浒故事题材，在元杂剧里数量上并不占重要地位……有些似乎不是水浒戏”①。此外，他还通过对戏剧具体内容的分析，认为元杂剧不仅对《水浒传》的故事情节没有发展，并且在思想性上不是像有的学者所说那样“丰富了它的内容”。他认为“元代的杂剧作者，确曾凭借了利用了水浒题材来反映现实，这是无可置疑的”，但“从现在存见的几种来讲，他们并未脱离了或是动摇了故事本身原有的线索和基础，他们只凸现了某几个人物，他们所创作增撰出来的情节，多放置在聚义排座次后的一段时期上，以下山及还山来开始和结束，自为起讫，是一种插话的性质，是定型故事以外的旁枝”，“而不是故事本身血肉的缔造或摘用”。所以他认为“如认今本《水浒传》的某些地系后来小说采自杂剧，毋宁是杂剧源于他以前的话本，稍为适当”，它们“是不会影响到当时流行的，甚或已有了定型的平话或刊本的水浒传说的”②。

本时期《水浒传》的成书演变研究在新中国成立前胡适、鲁迅和郑振铎等的基础上取得了很大的成绩，其中严敦易在水浒故事演变为小说过程的研究对前人有很大的修订和补充，对后来研究者的影响很大。在《水浒传》本事考证方面，王利器为代表的学者对北宋忠义军与《水浒传》的关系研究是前人未曾论及的，而对具体人物史实的考证虽然并没有超越余嘉锡氏，但它却是从史学的考证到文学研究的过渡，具有方法论革新的意义。

第三节　十七年时期《水浒传》作者与版本研究

《水浒传》的作者和版本研究是《水浒传》研究的传统重镇之一，它往往是和《水浒传》的成书演变紧密联系的。但由于资料的缺乏，人们对作者的研究仍然扑朔迷离，而版本中的繁本与简本关系问题以及各主要本子之间的嬗变承传关系仍然是个难点。本时期由刘冬发起的施耐庵大讨

① 严敦易：《水浒传的演变》，作家出版社 1957 年版，第 109 页。

② 同上书，第 120、113 页。

论成为了十七年时期《水浒传》研究的一大热点。

一　作者研究

（一）关于施耐庵问题的田野调查

十七年时期《水浒传》作者研究最热闹的当属施耐庵问题的调查与讨论。早在明代，郎瑛《七修类稿》就有“钱塘施耐庵的本”的记录。20世纪20年代，兴化县志局工作人员胡瑞亭因赈灾调查户籍到江苏白驹镇考察，无意间发现施氏后人供的牌位上写着施耐庵的大名，于是他将在此地所发现的材料进行整理，写成《施耐庵世籍考》一文，并在上海《新闻报·快活林》发表，文中抄引了王道生的《施耐庵墓志》和袁吉人的《耐庵小史》，并略加发挥，认为《水浒传》作者施耐庵是苏北兴化县人①。

十七年时期，有关部门又两次发起施耐庵的调查。第一次调查是1952年。其起因是黄清江于1951年发现了“苏迁施氏宗”木主和《兴化县续志》等文献，并与刘冬撰成《施耐庵与〈水浒传〉》一文，投稿到《文艺报》。《文艺报》接到该文后非常重视，遂委托苏北文联的丁正华和苏从麟在兴化、大丰等地实地调查。1952年冬天，《文艺报》将他们的《施耐庵生平调查报告》与刘冬的文章一并在《文艺报》第21号发表。文章交代了调查经过、调查方法、有待继续调查研究的事项等，并将调查所得的若干材料附录于报告后，有很大的参考价值。

在丁正华、苏从麟调查之后的10月份，文化部又派人民文学出版社的聂绀弩、《人民日报》社徐放和谢兴尧以及中央文化研究所钱峰四人赴苏北作进一步的调查，在这次调查中又发现五六种不同抄本的施氏族谱、施氏宗祠残存的“苏迁施氏宗”木主、施耐庵散曲《秋水令》等珍贵文献资料。徐放据此写成《再次调查有关施耐庵历史资料的报告》，后来因为诸多原因没有发表，一直到30多年后才得以正式刊发。对于这些材料，徐放后来也发表过自己的看法，他说：“从五十年代开始发表有关施耐庵的调查材料以来，就有人对此持否定态度。理由是很多的，但其中有一个带根本性的观点，便是认为：所有这些‘资料’，都不过是一些‘不见经传’的‘民间传说’，并不足为据。笔者对《水浒》及其作者很少研究，不过，由于参加过这一调查，有一点想法想借此机会提出，那便是我认

① 胡瑞亭：《施耐庵世籍考》，《新闻报》1928年11月8日。

为：把在苏北施族关于他们祖先的某些口耳相传下来的‘家史’，都看成是‘民间传说’，或以‘民间文学’视之，不一定是妥当的。”① 但也有学者认为这些材料不可信，如聂绀弩就认为“施耐庵连个影子也没有”②。

第二次关于施耐庵的调查是在1962年，赵振宜、周正良、尤振尧、丁正华等在兴化、大丰两县做调查，发现了施让墓及施让地照、洪武铜钱、随葬瓷器、有关施耐庵的民间传说、施耐庵与顾逖赠答诗等文献，于是写成了《清理施让残墓文物及继续调查施耐庵史料报告》，但由于当时的社会环境，这些材料并未引起学者的重视和做更多的研究。

（二）关于作者的论争

本时期关于作者的论争主要有以下几种观点。

①施耐庵说。如前所述，这一时期持该观点的主要是刘冬。1952年刘冬、黄清江《施耐庵与〈水浒传〉》在《文艺报》第21号上发表。该文对新发现的几种有关施耐庵的材料如神主、墓志等进行了介绍，并对材料中的几个问题如中进士的年代、迁苏州、施罗关系等问题进行了分析，勾勒了施耐庵的生平轮廓：“施耐庵生在元朝中叶成宗元贞二年，死在明初洪武三年。三十五岁中进士，在至顺元年，中进士后一般有差，约在至顺二年至三年为官钱塘，到至正十六年张士诚据吴称王后，他早弃官退居苏州，从事著作。在这以后又因避张士诚之征而迁居兴化，约当在至正二十年前后。其后他又一度居家淮安，直至洪武初年去世。”③

在施罗关系问题上，刘冬基本认同传统的施为罗师的观点，认为罗贯中是元末明初人，“可能《三国演义》等书是出于施与罗的合作，或者当时这些书施耐庵不愿被人知道是他所作，故每本都署名罗贯中编”④。

但对这些文献，当时还是有学者持否定性的态度，如何心的《水浒研究》。作者在文中对现存施耐庵史料进行了分析，尤其是对新近出土文物进行辨析，认为王道生《墓志》和《兴化县志》两篇有关施耐庵的材料是“后人伪造，决不能相信”⑤。

当然，从总体上来看，施耐庵说这个观点在十七年时期尤其是20世

① 徐放：《再次调查有关施耐庵历史资料的报告》，《明清小说研究》1986年第2期。

② 马成生：《〈水浒传〉作者及成书年代论争述评》，《中华文化论坛》2001年第1期。

③ 刘冬、黄清江：《施耐庵与〈水浒传〉》，《文艺报》1952年第21号。

④ 同上。

⑤ 何心：《水浒研究》，上海文艺联合出版社1954年8月15日版，第31页。

纪50年代是占据了主流地位的，社会影响也很大。如著名学者王利器《施耐庵是怎样创造梁山泊的》一文就认为《水浒传》的作者是施耐庵。[①] 1952年人民文学出版社出版的《水浒》卷首《关于本书作者》就引用了刘冬的材料。北京大学中文系1955级编写的《中国小说史稿》（修订后更名为《中国小说史》）也说“施耐庵就是在这样长期积累的人民群众创作的基础上，写成了这部反映封建时代农民革命的出色著作。关于施耐庵，没有什么确凿可靠的历史记载。传说他参加过元末张士诚领导的农民起义”[②]。陆侃如、冯沅君著的《中国文学史简编》（修订本）也认为，“施耐庵……一说名子安，白驹人（今江苏兴化）。生于1296年；三十六岁成进士，到钱塘做过官，1370年死”[③]。北京大学中文系1955级集体编著的《中国文学史》认为尽管目前关于作者的材料很少，但从一些蛛丝马迹可以知道，“施氏……名子安，字耐庵。祖籍姑苏。三十五岁时，中元至顺元年进士，出任钱塘两年，因不合当道权贵而弃官居住苏州阊门。后又迁居苏北兴化白驹镇”[④]，肯定了苏北的施彦端即施耐庵。

②罗贯中说。何心《水浒研究》认为“罗贯中定然是元朝人，也许明初他还活着”。他还将《龙虎风云会》与《水浒传》进行对勘比较，认为“假使《龙虎风云会》确是罗贯中所撰，则《水浒传》也是罗贯中的著作，或曾经他编撰修订过，那似乎更无可疑了”[⑤]。但宋云彬却对这个观点持否定的态度，认为“《水浒传》经过加工，成为一部伟大的文学作品，是元末明初的事情。究竟是谁做的加工工作，其说不一……我们现在读他的那本《三国志演义》，觉得文笔实在不高明，他似乎写不出《水浒传》那样伟大的作品”[⑥]。

③施罗合作说。主要代表人物是李希凡和杨柳等人。李希凡《〈水浒〉的作者与〈水浒〉的长篇结构》认为“事实上从《水浒》一有刻本，一直就有两个伟大的名字‘施耐庵’、‘罗贯中’和它们在一起”[⑦]。

---

① 王利器：《施耐庵是怎样创造梁山泊的》，《文学遗产》1954年8月15日第16期。

② 北京大学中文系1955级编：《中国小说史稿》，人民文学出版社1973年版，第146页。

③ 陆侃如、冯沅君：《中国文学史简编》，作家出版社1957年版，第297页。

④ 北京大学中文系1955级集体编：《中国文学史》（三），人民文学出版社1959年版，第240页。

⑤ 何心：《水浒研究》，上海文艺联合出版社1954年版，第25、27页。

⑥ 宋云彬：《谈〈水浒〉》，《文艺月报》1953年3月号。

⑦ 李希凡：《〈水浒〉的作者与〈水浒〉的长篇结构》，《文艺月报》1956年1月号。

而李永先也认为“水浒故事原为民间传说，是民间歌颂梁山义军的作品，宋元时代已广泛流传开来。元明间，施耐庵、罗贯中吸收了这些民间创作为营养，创作了《水浒》这部小说。以后又经过许多文人的加工、润色和增删，才成为现在这部小说的样子”①。另外杨柳的《水浒人物论》一书也持施罗合作说观点。

④集体创作说。由于特定历史时代强调人民大众的力量，因此该观点成为这一时期最后几年流行的观点，比较早倡导这一观点的是聂绀弩。他在《〈水浒〉是怎样写成的》一文中认为：“《水浒》不是一人写成的，也不是一次写成的；是经过很多人、很长时期、很多次修改才完成的。它的创作过程，经历过三个阶段：（一）人民大众口头传说阶段，（二）民间艺人讲述和记录阶段，（三）作家的编辑、加工或改写阶段”②。

严敦易《水浒传的演变》则认为《水浒传》的作者“截至元代为止，他的撰述与初稿，是无从去推断或指证是出于某一位天才作家所创造的，我们只有说他是人民的集体的力量所成就……书会的成员是前后始终其事，最主要的参加者和完成者”③。他通过对大量文献的分析，推测“施耐庵只是一位流传（或竟是敷演《水浒传》）的人”，“他本身既可能竟是一位说话人，再不然也就是这一行业中的后裔，或与这一门技艺有其学习渊源的关系的，这样他也才可能传下这《水浒传》的‘的本’”④。他还认为“施氏是毫无根脚可寻的”，“兴化白驹发见施耐庵墓志”是“作伪”⑤。关于罗贯中，严敦易认为《录鬼簿续编》中的“戏曲作家的罗贯中，与小说编辑加工的罗本或罗道本字贯中的，有其分歧，或竟非一人”。而小说《水浒传》题署上的罗贯中很可能是一位“书林主人”，类似于万历年间余氏、熊氏一样的“小说演义的出版家”，所以才有许多风格各异的小说均有“罗贯中”这样的相同题署出现⑥。

张默生也说：“《水浒传》成为文学名著，不是一人一时之作，它是由北宋末年宋江等起义的史实，流传而为民间故事，经过数百年的演化和

① 李永先：《关于〈水浒〉评价问题的重新探讨》，《文史哲》1966 年第 1 期。
② 聂绀弩：《〈水浒〉是怎样写成的》，《人民文学》1953 年第 6 期。
③ 严敦易：《水浒传的演变》，作家出版社 1957 年版，第 128、132 页。
④ 同上书，第 219—220 页。
⑤ 同上书，第 224—225 页。
⑥ 同上书，第 228—229 页。

若干人的创作，才慢慢的完成的。虽然现在已可确定施耐庵和罗贯中是和《水浒传》最有关系的人，而且他们也确实写过《水浒传》；但不能把后来屡经加工的《水浒传》的功绩完全归于他们。……这是一切民间文艺发展的规律，无论是小说、是诗歌、是戏曲，都不能例外；除非是已确定为某某作家的个人作品。"①

集体创作说这一观点在当时已经遭到一些学者的批评。如李希凡就认为，承认《水浒传》对前人的继承性和从民间创作中吸取它的精华，"这都并不贬低《水浒》的价值，也丝毫不能够就因此而得出结论说《水浒》没有作者，而只有所谓'加工者'、'编辑人'"。他认为这样做的后果必然是"根据《水浒》这最初一部长篇小说形式上的某些朴素的特点，而把它看成是'由几个主要人物的传说缀合而成'的作品，无形中贬低了它作为长篇史诗的价值，甚至根本否认它是一部长篇杰作。"②

十七年时期关于《水浒传》作者问题的探讨在新中国成立前的基础上有了重大的进步，尤其是施耐庵材料的相继发现与争论，对推动这个问题的深入研究有巨大的作用，为20世纪80年代施耐庵热创造了条件。另外本时期集体创作说之所以特别流行，并一度占据主流地位，从根本上来说是与当时的社会背景密不可分的。从渊源上讲，这个观点可以追溯到胡适等的世代累积说，而它在特别强调文学的民间性、人民性、阶级性的50年代就变本加厉，在事实上夸大了文学作品的世代累积性，忽略甚至于否定了小说最后写定者的集大成作用，混淆了小说素材和作品的关系，将事物发展的量变和质变的关系混为一谈，并在实际上为后来徐朔方等世代累积型集体创作说张本。

二 版本研究

《水浒传》版本问题历来是《水浒传》研究史上的重点，本时期有关《水浒传》版本研究的问题，主要涉及简本与繁本的关系和《水浒传》版本的承传演变两个方面。

（一）繁简本关系研究

简本与繁本的关系自胡适、鲁迅以来一直存在两种互相对立的观点。在十七年时期关于简本与繁本的关系，当时主要存在以下三种观点。

---

① 张默生：《谈谈〈水浒〉》，《西南文艺》1953年3月号。

② 李希凡：《〈水浒〉的作者与〈水浒〉的长篇结构》，《文艺月报》1956年1月号。

①繁本出于简本说。这是鲁迅提出的观点，曾经一度居于主流位置。本时期持此观点的主要是何心等人。何心在《水浒研究》第三章中胪列了《水浒传》的繁本、简本、残本及佚本共二十余种，并根据“百十五回本的回目，有许多与繁本不同”、“百十五回本叙述任何人讲话，都用‘曰’字”和“百十五回本虽是简本，有几处文字却反比各繁本为多”三条证据，推断“百十五回简本乃是现存各本中成立最早的本子，因为它最接近原本”①。

除了何心之外，张默生也认为简本在先，它是由施耐庵和罗贯中共同创造出的一个祖本，而明嘉靖年间郭勋府中的百回本就是“根据施、罗的‘祖本’加以放大，又增添上‘征辽’的故事，是加工最细致最完美的一部文学杰作了”。他还认为余象斗的百二十回本“当是根据施、罗的‘祖本’，在文字上无大修改，并模仿施罗的文体又编写了‘征辽’、‘征田虎’、‘征王庆’的故事，完成了这部著作”，杨定见本自然就是根据“余本中的‘征田虎’、‘征王庆’的故事，加以增饰而成的”②。

②简本出自繁本说。前面我们提到，郑振铎在20世纪30年代所写的《〈水浒传〉的演化》中曾认为万历年间闽刻简本百十五回《水浒传》等出自罗贯中原本。但到了1954年他在为人民文学出版社出版的《水浒全传》写序言时，又根据新发现的材料修正了自己以前的观点，认为闽刊刻简本出自于郭勋所刊刻的百回本，只是他们“把一百回本的原文大加删节，又平空添入‘平田虎、王庆’的故事，这就成为所谓‘文简事繁’本”③。王古鲁也认为，文简事繁之百十回本，源出于“水浒志传评林”本，而“评林”本实在是根据古本百回本（容与堂本的底本）删节而成的，确不是出于今行之百回本④。

③繁简本自成体系说。除了以上两种传统的观点外，这个时期还提出了简本、繁本自成体系说。严敦易在《水浒传的演变》中指出，简本、繁本“无非是《水浒传》多种版本出现时纷呈的一种外在的现象”，不是“他发展上的具体表现，和唯一重要的环节”。他从文本流通的角度对简

---

① 何心：《水浒研究》，上海文艺联合出版社1954年版，第37—40页。

② 张默生：《谈谈〈水浒〉》，《西南文艺》1953年3月号。

③ 郑振铎：《〈水浒全传〉序》，《郑振铎全集》第六卷，花山文艺出版社1998年版，第736页。

④ 王古鲁：《读〈水浒传郑序〉及谈〈水浒传〉》，《北京师范大学学报》1957年第2期。

本、繁本产生的原因进行了阐释，认为《水浒传》原非“一位伟大作家一手写成的著作”，它“具有大体相同而略有参差出入的不同的多种传本”，这些本子“基本上和他所传布表现的听众对象——以至稍后的读者对象——都是有关系的。农民，一般市民，注重故事，那就描写方面简单一些；智识分子，士大夫阶层，注重文字技巧，那么，描写方面就复杂着力一些”。这样就形成了所谓的简本与繁本的区别。因此，简本、繁本之间“可能没有直接的交往，而是一个源流的派衍”，“个别的‘繁本’是‘简本’的加工，或‘简本’是‘繁本’的删节”可能有理，但“却不是《水浒传》最初的祖本属于‘繁本’的论断的根据”①。

此外，何心《水浒研究》第四章《简本与繁本的不同》还谈到关于简本与繁本的异同问题。他将百十五回简本与百回、百二十回繁本仔细进行比勘，分别从回数、回目、众英雄名号、情节以及文词五个方面指出了它们的差异。

（二）版本演变研究

版本的演变是与成书时间相关的。本时期对《水浒传》版本演变轨迹的描述虽然基本上没有突破前人，但在《水浒传》祖本和插增两个主要问题的探讨上却取得了不小的成绩。

陈中凡是主张在施罗之前有祖本的学者。他认为《水浒传》成书当在元代中叶，而施耐庵和罗贯中只是它的编辑者，在“‘施本’以外，尚有他本，惜已散佚”，已经不能够看到了。他还认为元代杂剧之所以形态各异，乃是因为作家对祖本的利用不同，指出“朱有燉之作或另有所本，或凭自己的假设，这和元剧较之现传水浒，或人同而事迹各异，或事同而人名地名互异者，并由于此”②。

王利器虽然认为《水浒传》是施耐庵所著，但他也认为“《水浒》百回本，在明初罗贯中编次的时候，就有一些不同的传本，所以罗氏才以‘钱塘施耐庵的本’相号召”③。陈、王对祖本的探讨在今天看来主要还是作为一种学术假设而存在。因为从现存的《水浒传》刊本来看，没有任何确切的证据能够说明在当时有一个所谓的祖本，更遑论其作者和时间了。

---

① 严敦易：《水浒传的演变》，作家出版社1957年版，第152—154页。

② 陈中凡：《试论〈水浒传〉的著者及其创作时代》，《南京大学学报》1955年第1期。

③ 王利器：《关于〈水浒传〉的版本及校订》，《文学书刊介绍》1954年第3期。

关于原本形态及插增问题是当时讨论比较热烈的话题之一。有的学者认为《水浒传》原本仅有大聚义、招安及打方腊，征辽等都是后来加的。如郑振铎《水浒全传序》说：“无论是一百回本，还是一百二十回本，其中的‘征辽’的故事和‘平田虎’、‘王庆’的故事，都有一个显著的痕迹，证明它们不是原本的完整的结构中所包含的部分。”① 穆烜也认为：“‘征辽’在历史上既无依据，又不见于民间故事的流传；现在所知的元曲水浒戏中，也没有与‘征辽’有关的故事。很可能是在《水浒》已成为一部完整的小说之后，某些说书人或作家又创作了‘征辽’这个故事，把它插了进去……原本的结构，是大致相当于一百回本减去‘征辽’部分的。”②

王利器也认为简本的田王二传是后来加入的，其时间“当在嘉靖郭武定本以后”，很有可能是从《新刊京本全像插增田虎王庆忠义水浒全传》开始的。而袁本的田王二传“当是袁氏据当时简本改写补入”③。

严敦易也对各种《水浒传》版本作了细致考察，认为明初极少有关《水浒传》的记载，到了明中叶郭勋刊本出现后，才有了多种刊本的盛行。在刊本出现之前，发生了这样几个变化：一是三十六人扩展为一百零八人，并且个别人的地位有变化；二是有一些人物的故事被删除；三是晁盖在宋江上山之后，仍旧做一个很长时期的领袖了；四是征辽故事的增入；五是宋江等人的被谗害的结局已经固定④。严敦易还认为，郭勋刊本是今知最早的本子，属繁本系统。在郭本后，其他百回本等未续出之前，福建书商刻出属于“简本”系统的刊本，而“田虎、王庆二部分是由闽本所开始插增的，这是最确切而不可否认的真实”，这样做的目的乃是为“加重了宋江为统治阶级效命的‘忠义’，更缓和与冲淡前半部的反抗色彩与斗争意识”⑤。然后，杨定见“以百回本的基础来接纳闽本所插增的这两部分”，从而成为百二十回本。这样《水浒传》就出现了“繁本”、“简本”和“繁简和并本”的鼎足之势。

---

① 郑振铎：《〈水浒全传〉序》，《郑振铎全集》第六卷，花山文艺出版社 1998 年版，第 736 页。

② 穆烜：《关于〈水浒全传〉的后半部》，《文学遗产》第 24 期，1954 年 10 月 10 日。

③ 王利器：《〈水浒全传〉田王二传是谁所加》，《文学遗产》1955 年 9 月增刊 1 辑。

④ 严敦易：《水浒传的演变》，作家出版社 1957 年版，第 148—149 页。

⑤ 同上书，第 189 页。

第二种观点认为征辽系原本所固有。如王古鲁《读〈水浒传郑序〉及谈〈水浒传〉》认为“征辽”事不是“郭本”所加的，而是施罗本子所原有的，现在的百回本系统包括郭武定重刻本以及其他的百回本都属于这个类型，主要内容在梁山泊英雄排次以后，有“招安”、“征辽”、“征方腊”等故事。而简本如《忠义水浒志传评林》、《英雄谱》等的“王田故事”是后来插增的①。徐士年也认为“就《水浒》底古故事看，‘受招安’、‘征辽’和‘征方腊’却从来都是完整的《水浒》故事底一部分，没有这部分，《水浒》就没有结局”②。

第三种观点认为征辽、征田虎、征王庆都是原本所固有的。何心《水浒研究》第五《水浒传的演变》中逐一反驳了百二十回本《发凡》所云的加辽国说、三大征中没有死掉一个梁山好汉和《宣和遗事》是《水浒传》蓝本说三条证据，认为“征辽”是原本所有。他还根据柴进簪花入禁苑一节中四大寇的记录和百十五回本中柳世雄在百回本中改为柳世权的变化两条证据，认为《水浒传》中征田虎、征王庆两段是“原本所固有”③。

总的看来，这一时期《水浒传》版本问题的探讨在两方面成绩比较突出，一是对简本与繁本的关系探讨，出现了严敦易的“简本、繁本自成体系说”，这是在前人研究基础上新的突破。二是对《水浒传》原本形态和插增问题的讨论也较前人有了进一步的深化，尤其是何心的“征辽、征田虎、征王庆为原本说”值得注意，它对反思和探讨《水浒传》的成书有比较重要的参考价值。

第四节 十七年时期《水浒传》文本研究

十七年时期《水浒传》的文本研究涉及面广，基本覆盖了主题思想、人物形象、情节结构、艺术成就等方面。总的来说，这一时期的文本研究

---

① 王古鲁：《读〈水浒传郑序〉及谈〈水浒传〉》，《北京师范大学学报》1957年第2期。

② 徐士年：《谈〈水浒〉的招安和征方腊》，《古典小说论集》，古典文学出版社1956年版，第61页。

③ 何心：《水浒研究》，上海文艺联合出版社1954年版，第75—78页。

主要成绩和缺陷都在《水浒传》的主题思想和宋江形象两方面，而艺术分析等则相对薄弱。

一 《水浒传》主题思想研究

关于《水浒传》的主题论争，自明代以降都是集中于“忠义”与“诲盗”两个方面。新中国建立之后，马克思主义理论居于思想界的主导地位，在古典文学研究方面，学者们也有意识地运用新的思想方法来指导自己的研究工作。20世纪50年代初，中国作协文学讲习所学员提出研究《水浒传》必须以历史观点去分析、研究，便是当时具有代表性的一种意见。在这样的时代背景下，《水浒传》主题思想的阐释自然就有了新的时代内容，其中农民革命说和反贪官污吏说是当时比较新的观点。

中国共产党的取得政权在很大程度上是依靠了中国最广大的农民群众的力量，其革命理论的指导思想也是马克思主义的阶级斗争学说，新中国成立以后这些革命成功的经验理所当然地成为当时意识形态领域内最基本的观念和思想。另外，当时一大批学者在时代风气和政治运动的影响下，也纷纷自觉地运用所谓的马克思主义的哲学观点来改造自己和作为学术研究的指导思想。流风所及，农民革命说就必然成为《水浒传》主题阐释中最流行和主流的学说了。

当时持此观点的学者很多。如王利器就认为，“由于《水浒》它形象化地表现了宋代以宋江为首的一百八位英雄反压迫、反侵略的斗争实践的全部过程，它不光是深刻反映了阶级斗争，而且还热烈地歌颂了民族意识。”① 这个观点在今天看来还是比较客观平实的，而有的学者则进一步加以发挥，认为“《水浒》所以是一部不朽的作品，正因为它反映了封建社会的主要矛盾——农民阶级和地主官僚阶级的关系；歌颂了矛盾的主要方面——农民革命英雄；暴露了矛盾的次要方面——官僚、恶霸地主”②。李希凡也认为“《水浒》是出现在中国近古文学史上第一部，而且是后无继者的描写农民革命的最完整的长篇小说”③，“他公开地赞扬、歌颂农民起义和起义的英雄们。由于这种同情和歌颂，由于在农民起义的问题上，作者是站在农民义军的一边，他才能够真实地写出农民群众的革命斗争和

---

① 王利器：《〈水浒〉与农民革命》，《光明日报》1953年5月27日。
② 路工：《〈水浒〉——英雄的史诗》，《光明日报》1953年2月1日。
③ 李希凡：《〈水浒〉的现实主义》，《文史哲》1957年第7期。

革命理想”[1]。

这个主流的观点从当时文艺界的领导者之一、时任中国作家协会副主席、《文艺报》主编的冯雪峰身上也看得出来。1954 年冯雪峰在《文艺报》上发表了长文《回答关于〈水浒传〉的几个问题》，从 14 个方面论述了作者对《水浒传》的看法。他在文中认为《水浒传》“以描写北宋末年的一次农民起义为主题，以宋江等英雄人物为主干，全面描写了中国中世纪时期的社会生活；尤其是深刻地、大胆地描写了农民阶级和地主阶级的矛盾斗争，描写了农民的革命斗争、革命力量和革命思想，反映了在封建主义统治下的人民的正义斗争和希望，同时也反映了农民革命思想的不彻底性和在革命斗争中所表现的缺点等等”[2]。冯雪峰的这篇文章对于十七年时期的《水浒传》研究来说，是具有指导性和方向性意义的文章，而且它在一定的范围内确实也推进了当时《水浒传》的研究，因而具有重要的价值。

虽然农民革命说成为《水浒传》主题阐释的主流学说，但间或也有学者反对的声音。李永先对当时学术界一边倒的倾向进行了批评，认为这些评价“都对《水浒》的思想内容缺乏具体分析，论断带有极大的片面性和盲目性，不完全符合《水浒》的实际情况。实际上是夸大了《水浒》精华的一面，掩盖了糟粕的一面，混淆了糟粕和精华的原则和界限”。他认为《水浒传》从本质上讲是一部反映了封建时代忠诚于统治者的“忠臣义士”反对贪官污吏、维护统治秩序的书，“《水浒》一书有一个基本的政治倾向是只反对土豪劣绅、贪官污吏，而拥护赵宋皇帝和封建社会制度，维护封建正统伦理观念，颂扬统治阶级的好官、清官及一般的地主。……《水浒》这部作品的基本思想并不都是站在农民起义的立场上歌颂农民起义。其基本思想倾向还是从封建的“忠臣义士”的立场出发，揭露了蔡京、童贯、高俅等贪官污吏的丑恶面貌，揭露了祝朝奉、西门庆等土豪劣绅的肮脏嘴脸”[3]。

徐士年也认为，“《水浒》所仇视和揭发的对象，主要是实际执行封建统治的滥官污吏和土豪劣绅，而对于封建社会最高统治者的皇帝却很少

---

① 李希凡：《论中国古典小说的艺术形象》，上海文艺出版社 1962 年版，第 205 页。

② 冯雪峰：《回答关于〈水浒传〉的几个问题》，东北人民大学中文系资料室编《〈水浒〉研究论文集》，东北人民大学研究部教材出版科 1955 年版，第 27 页。

③ 李永先：《关于〈水浒〉评价问题的重新探讨》，《文史哲》1966 年第 1 期。

贬词”，“反对具体的封建统治者，反对滥官污吏，而不反对皇帝，这是《水浒》底基本思想”①。

从本质上讲，无论是农民革命说还是反贪官污吏说都没有逃出传统的“诲盗”与“忠义”的阐释怪圈。封建统治者所说的“盗”在 20 世纪 50 年代就是所谓的革命的农民，而忠诚于统治者的“忠臣义士”反对贪官污吏，本质上讲就是对封建统治者的“忠”。

尽管 20 世纪 50 年代学术界在批判《红楼梦》的同时也对胡适的《水浒传》研究进行了批判，接着又对何心《水浒研究》中的方法和主要论点也进行批判，但这个时候的学术批评基本上还是限制在文学批评范围内。到了 1958 年，随着当时政治环境的变迁，学术批评开始发生变化，政治斗争披着学术的外衣闯进了文艺批评的殿堂，最明显的标志是冯雪峰本人因《回答关于〈水浒传〉的几个问题》一文在批评别人的同时自己却遭到了批评和勒令检讨。1965 年发表的《不要忽视我国古典文学评论中的阶级斗争——读王望如〈水浒传〉评点札记》一文，则直接把阶级斗争学说运用到学术研究领域中，《水浒传》正常的学术批评和研究中止了。

二　招安问题研究

招安从本质上讲仍然属于《水浒传》思想主题研究的一部分，但由于这个问题比较复杂，也一直是《水浒传》研究中的热点问题，故单独列出。

这一阶段有部分学者肯定招安描写，认为招安是历史真实性的反映和农民阶级局限性的体现。首先，秦文兮认为《水浒传》的作者写宋江招安“是反映了一种历史现象，不是如刘中等所说的是作者强使之，是创作上的失败。有的人认为宋江的争取招安是为了抵御外辱。这两种观点都不免片面，这是由于把‘水浒写招安’和‘宋江争取招安’两者混淆”。作者还指出，《水浒传》主要是从以下三个方面成功地处理了有关招安的问题：“《水浒》把招安前后的故事安排在一系列的斗争场面上，是处理招安问题获得成功的主要因素之一。其次，就宋江形象的塑造而言，它与招安问题的处理存在着辩证的关系。《水浒》把招安写成革命方面的主动

① 徐士年：《谈〈水浒〉的招安和征方腊》，《古典小说论集》，古典文学出版社 1956 年版，第 84—85 页。

争取的更重要的意义是真实的刻画了宋江这一类型人物的动摇妥协面及这一面的发展前途，使之更富有典型性。其三，《水浒》处理招安问题的成功，安排受招安后几个重要人物的结局也是一个重要因素。水浒英雄们的悲剧结局，特别是宋、卢两位有忠君思想的领袖的被暗害，是很富于历史的真实性的，因而对读者的教育意义也极深。增加了作品的思想性。”①

张文勋则认为水浒英雄接受招安表现了“历史真实性与艺术的真实性”，作者通过英雄们的悲剧，通过《水浒传》的招安，“指出了农民革命的弱点和悲剧的真正原因，揭示了阶级矛盾的不可调和性与复杂性”，“反映出农民革命的弱点及其失败的必然性的本质。”他还从创作论的角度指出作者之所以要写招安，其主要原因是“作者在世界观和现实主义创作方法之间，是存在着矛盾的，作者并不是从根本上否定封建制度，主观上也是拥护封建制度及大宋王朝的。……但在另一方面，也最重要的方面，那就是作者清醒的现实主义与高度的人道主义，使他看到人民的疾苦，从而同情革命”②。

苗得雨从两个层面分析了《水浒传》写招安的原因，认为招安问题从本质上讲根源于农民阶级的特点，“农民阶级本身，它具有着两面性，即革命性和落后性。……由于农民阶级本身所具有的革命性和落后性这两方面的特点，便决定了农民阶级的革命性是有限度的，便决定了当革命性发挥到一定程度的时候，必然要走向失败的，也不可能不走向失败的”，因而招安就是必然的结局之一。另外他还认为作者之所以写招安还有另外一个原因，那就是“从民族意义上来讲，宋江领导的农民起义受‘招安’，则是积极的行动”。所以《水浒传》中的“招安”“充分地反映了阶级斗争，同时也接触到了民族问题。在后半部则反映了这二者的错综的关系。这错综的关系，在宋江这一人身上鲜明地体现出来。宋江受‘招安’，为了‘尽忠报国’，出发于整个国家人民的利益”③。

李骞在《读〈谈水浒中的几个问题〉》一文中对招安问题进行了比较全面的分析。他首先认为《水浒传》写招安是现实主义精神的反映，体现了农民革命的必然性。“《水浒》作者虽然主观上歌颂了《水浒》英雄

---

① 秦文兮：《论〈水浒〉研究中引起争论的几个问题》，《文史哲》1957年第12期。

② 张文勋：《历史的真实与艺术的真实——对〈谈水浒中的几个问题〉的意见》，《光明日报》1955年6月12日。

③ 苗得雨：《关于宋江——〈水浒〉问题研究之一》，《文史哲》1955年第1期。

的‘受招安’，肯定了‘受招安’是‘水浒’英雄的出路，但实质上，通过具体形象的刻画，却也写出了在‘受招安’这一问题上的两条路线的矛盾和斗争。并在这基础上深刻地反映了革命的必然失败的结局……《水浒》的现实主义的主要力量，就在于通过具体形象的刻画，反映了农民革命战争内部的两条路线（以李逵为首的坚决革命到底的路线和以宋江为首的妥协、动摇的路线）的斗争。……因之《水浒》所反映的农民革命结局——‘受招安’也就一定程度地概括了农民革命的某些本质规律。故此，它同样反映了《水浒》的现实主义精神，因之，对现实也能够起一定的积极作用。”

其次，他认为《水浒传》作者本质上是在批判招安。他虽然“主观上歌颂了《水浒》英雄的‘受招安’，但从作者所写的情节发展及人物形象的发展上来看，作者实际上是把‘受招安’当做一个历史悲剧处理的（这一点冯雪峰同志及穆烜同志都有所论述）。正因为这样，作者虽然形式上歌颂了‘受招安’，实质上却通过具体的形象描写批判了宋江等人的‘受招安’”。

最后，李骞还指出了招安的出现乃是作家主体思想的局限与现实环境的双重作用，认为“作者以‘受招安’的形式来概括农民革命的结局，一方面这反映了作者思想的局限——受封建思想的束缚；另一方面与宋江史实的实际面貌及南宋、元代的民族矛盾尖锐化的情况下所产生的农民革命的现实面貌也是分不开的”①。

此外，丁力也认为“招安早就是水浒故事不可分割的一部分……受招安的结局，是特定的历史条件和水浒故事本身所决定的……也是当时特定环境下一般农民思想的反映”②。

虽然有的学者认为招安体现了历史的真实，反映了农民阶级的局限性，但仍然有学者对招安的描写进行否定，尤其到了1957年后，由于当时的政治环境，这种观点更是占据了主导地位。

当时持招安否定论的代表之一刘中针对所谓招安反映了历史真实的论点，认为“尽管‘受招安’是历史上某些农民起义可能的结局，但《水浒》作者强使宋江等‘受招安’总应该说是作者的失败”，并认为这样写

① 李骞：《读〈谈水浒中的几个问题〉》，《光明日报》1955年5月8日。

② 丁力：《关于宋江受招安的问题》，《文艺学习》1957年第2、3期。

的原因是“由于作者的阶级局限性使然，而完全不是什么技术性的写作问题。……梁山革命事业的由发展到失败，宋江自始至终的思想脉络，正是作者由于历史条件和阶级局限性所产生的矛盾思想的反映”①。

徐士年在1954年发表了《谈〈水浒〉的现实主义》一文，认为《水浒传》写梁山泊接受“招安”是“被《水浒》所反映的那个历史时代的必然规律”所决定的，“在那个历史时代里”，“梁山泊好汉们不可能有其他样式的结局”②。文章发表后周乐群撰文进行了反驳。他认为“受招安”只是农民起义失败的可能之一，徐士年的文章是以“受招安”的概念偷换了“失败”的概念，是“站在资产阶级和地主老爷的立场”，“是彻头彻尾的地主阶级和资产阶级立场观点”。文章针对徐士年受招安是“水浒故事本身的要求所决定的”观点，认为作者对农民起义的看法决定他如何安排《水浒传》的故事情节发展，“情节是在作者的观点指导下安排的，因此不能用故事情节来反证非这样写或那样写不可。梁山泊英雄的失败固然是历史规律所决定的，但对于这个规律怎样认识，在作品中如何表现，处理成怎样的悲剧，表现悲剧的深度如何，这又是为作者的世界观所决定的”，徐士年的“受招安”是“水浒”故事本身要求所决定的说法，“实质上是企图贬低和抹杀世界观对创作的决定作用。这是彻头彻尾的修正主义思想”。此外作者还认为“受招安”不是真正的爱国主义思想的表现，小说宣传的“是从封建统治者的反动的‘攘外必先安内’的观点出发”的“投降主义”③。显然，周乐群文章的政治火药味已经非常浓厚了，这也正是当时整个大环境在文艺批评上的反映。

客观地讲，对招安问题的讨论在20世纪50年代初期尚不失为严谨科学的学术研究，对招安问题的解读基本上也是符合实际的正确结论。但到了文艺界开始大批判和反右运动开始后，受到当时政治大环境的影响，招安问题就比较敏感了，批判反对之声鹊起，持论者的主观色彩和政治批判色彩也更加浓厚。

三　宋江形象问题

由于受到当时社会主流思潮的影响，十七年时期对宋江形象的研究往

---

① 刘中：《谈〈水浒〉中的几个问题》，《光明日报》1955年3月6日。

② 徐士年：《谈〈水浒〉的现实主义》，《长江文艺》1954年第2期。

③ 周乐群：《也谈〈水浒〉中的招安问题》，《北京师范大学学报》（哲学社会科学版）1958年第4期。

往是从社会学的角度探讨宋江形象的阶级属性，在人物艺术成就的研究方面大多数学者认为它是成功的，但也有个别否定的声音。

（一）农民领袖与英雄形象

当时许多文章都认为《水浒传》中的宋江是农民起义的领袖和英雄。如张友鸾就认为："《水浒》里所写的宋江，是一个有政治见解，有组织能力，有策略思想，有政治风度，勇于为正义而斗争，在人民群众中具备着极高的威望，因而他才能够成为那些梁山英雄们所信服、拥护的领袖。"① 路工认为在宋江身上虽然有封建的传统思想和正统观念——希望招安，对封建统治阶级抱有幻想，但是"这样一位农民革命的领袖，和封建统治阶级的政治人物，在本质上是不同的。宋江的领袖形象，是集中了当时农民革命领袖的品质和面貌"②。苗得雨也认为，"宋江在上梁山之前是讲孝义遵守当时封建道德和规范的小吏，对革命抱有同情心。上了梁山后，他由造反的同情者变为造反的参与者，在晁盖死后成为领导，发展壮大了梁山事业"③。萧兵以"白龙庙小聚义"以后宋江行动作为依据，认为宋江这个时候已经成长为一个农民革命的领袖了："宋江战胜了思想中某些落后和消极的因素。从量到质，宋江将以焕然一新的面目屹立在水泊梁山之上。他警醒了、觉悟了、坚强了。"④ 另外，戴不凡《谈〈水浒〉》也持类似的观点⑤。

受其影响，当时的文学史也基本上接受了这一观点。如复旦大学中文系古典文学组编写的《中国文学史》就认为"梁山泊的第一把交椅，只有宋江可坐，乃是人民选择自己领袖的结果，是人民意志与愿望的表现"，"他是经过群众斗争的考验的领袖"⑥。

（二）投降派形象

一部分学者从阶级分析的角度入手，认为宋江是农民起义队伍的投降派和统治阶级的走狗形象。李恩普认为宋江根本不是"领导农民起义"的"英雄形象"，"《水浒》中的宋江形象，原是一个代表中小地主利益的

---

① 张友鸾：《金圣叹是怎样污蔑宋江的》，《文学书刊介绍》1954 年第 3 期。

② 路工：《〈水浒〉——英雄的史诗》，《光明日报》1953 年 2 月 1 日。

③ 苗得雨：《关于宋江》，《文史哲》1955 年第 1 期。

④ 萧兵：《宋江论》，《文艺月报》1957 年第 3 期。

⑤ 戴不凡：《谈〈水浒〉》，《中国青年报》1954 年 4 月 13 日。

⑥ 复旦大学中文系古典文学组学生集体编著：《中国文学史》（下），中华书局 1959 年版，第 122 页。

下层官吏，他接近下层，与大地主、大官僚统治集团有利害上的矛盾。宋江被逼上梁山后，由不敢反对土豪劣绅、贪官污吏到敢于和他们作对，当了农民义军首领。但宋江上梁山只是‘权借水泊暂时避难’，为了以后接受招安‘为朝廷出力’，好得到‘高官厚爵’，他的地主阶级思想和立场并未改变。到了革命发展到一定阶段，宋江终于背叛了农民起义，胁迫、引诱，欺骗梁山好汉投降了统治阶级，成了统治阶级的走狗，与蔡京、高俅、童贯等统治集团合作镇压其他农民义军”①。这个观点其实是鲁迅思想在特定历史条件下的复活与发展，是当时阶级斗争意识渗入文艺批评的体现。

李永先《宋江是农民英雄形象吗?》一文针对当时一些论者的所谓宋江是“矛盾形象”说法，认为“无论在上梁山以前或上梁山以后，宋江性格的主导倾向始终是妥协性，其路线是投降主义，很难看出‘革命性与妥协性在这样一个农民起义领袖身上得到结合’。因为革命性和妥协性是对立矛盾的思想，不可能始终纠缠在一起得到调和，或在一个人身上‘和平共处’、平分秋色。认为宋江性格始终是双重的，不分主次的分析评价，实质上是调和了阶级矛盾，抹煞了农民与地主阶级存在着不可调和的斗争”②。

（三）矛盾综合形象

对宋江形象的认识除了以上两种势若水火的观点外，还有一种中间形态，它认为宋江形象是复杂的、矛盾的，具有多重性。如李骞就认为，从整体上看宋江形象是成功的，“作者不但写出了‘一个真正胸怀大志，企图效法黄巢创造一番伟大事业的革命者’的形象，而且写出了‘他所以成为众望所归的广大革命群众所拥戴的革命领袖的令人情服的原由’”。宋江形象是由两方面组成的，一方面他在“统治阶级中是一个有才能、有抱负的并和下层群众有密切联系的‘义士’‘英雄’，所以走上梁山之后，就提出一系列的改革意见而使得革命有了空前的发展。而作者在写梁山革命军发展斗争的过程的同时，也表现了宋江能团结群众，讲义气、在具体斗争中（如三打祝家庄、打曾头市、打大名府等）立场稳定、遵守革命纪律等优秀品质。”另一方面，“作者在写宋江积极面同时，也写

① 李恩普：《对宋江形象分析的一点质疑》，《文史哲》1965年第3期。

② 李永先：《宋江是农民英雄形象吗?》，《文史哲》1966年第5期。

了——甚至着重写了宋江的消极面——对统治阶级存在幻想、希望招安，故此在革命力量强大时，梁山英雄在他领导下受了招安，最后导致失败”。最后作者还分析了宋江形象复杂矛盾的原因是其家庭出身环境决定的，“《水浒》所写的宋江在上山前是个地主家庭出身的小官吏，也正因为这样的社会地位，所以在宋江身上出现了矛盾的性格，一方面是模范的忠孝思想的代表者，另一方面也是同情劳苦人民、同情农民革命和革命英雄有密切联系的及时雨宋江”①。

秦文兮认为宋江形象具有动摇妥协和革命的矛盾性，这种特性归根到底是由于家庭环境和时代背景等复杂因素造成的：“地主家庭出身造成了他在革命问题上的严重的动摇性，使他领导的梁山泊起义走上了向当时腐朽堕落的反动皇朝投降的道路”；而儒家经史中有关“治国安民”、“圣君贤臣”的理论与反抗社会的英雄豪杰的接触，以及小吏的社会身份又“形成他的性格中的进步面，使宋江成为统治阶级出身的‘开明人物’的典型”②。

杨柳也认为宋江是个矛盾复杂的典型形象：一方面，他有“鲜明的显著的个性”，如谦卑、喜欢玩弄权术等；另一方面，“宋江性格中也有属于一般性的‘客观内容的概括’的特征，主要的当然是通过宋江的艺术形象体现出来的农民革命英雄的典型特征”；此外他身上还概括了“一些宋江所属的封建地主阶级的消极落后的因素”③。

当时著名的文学史也认为宋江形象具有矛盾性和复杂性。如中国科学院文学研究所编《中国文学史》认为“宋江的性格始终是双重的：反抗性和妥协性纠缠在一起”④。

另外在关于宋江形象塑造的成功与否问题上，一般论者都认为是成功的。如秦文兮就认为“宋江形象具有很高的典型性，也即是说《水浒》作者塑造宋江这一形象是成功的”⑤。李希凡也认为宋江是“一个全新的创造”，“在中国古典小说里，充满了如此复杂矛盾的悲剧性格、如此深

---

① 李骞：《读〈谈水浒中的几个问题〉》，《光明日报》1955 年 5 月 8 日。

② 秦文兮：《论〈水浒〉研究中引起争论的几个问题》，《文史哲》1957 年第 12 期。

③ 杨柳：《论宋江的典型形象》，《作品》1957 年 8 月号。

④ 中国科学院文学研究所编：《中国文学史》（三），人民文学出版社 1962 年版，第 861 页。

⑤ 秦文兮：《论〈水浒〉研究中引起争论的几个问题》，《文史哲》1957 年第 12 期。

刻地反映了社会矛盾的艺术形象，宋江的形象还是第一个”①。但也有个别论者认为宋江形象是失败的。如刘中《谈〈水浒〉中的几个问题》认为宋江形象是不真实甚至失败的：“《水浒》在描写宋江这一农民革命领袖方面是较为逊色的。我甚至认为是失败的。……《水浒》中对宋江的描述，并没有更多的一些具体事实来说明他对封建统治者的反抗及其在上梁山前的一些革命斗争事迹，没有充分地以具体事实来说明他所以成为众望所归的广大革命群众所拥戴的革命领袖的令人信服的原由……《水浒》对宋江形象的创造是很薄弱的，甚至是不真实的，因而也是失败的。”②吉林大学中文系编写的《中国文学史》也认为“作者对宋江这一人物形象的塑造是有缺点的，较之其他英雄人物，显得不够集中突出，这也使后世读者在理解宋江这一人物时，带来一些模糊的观念和意见上的分歧，给一些资产阶级的文人学者，带来了更多的仇视宋江的根据”③。

从本质上讲，宋江形象的复杂性乃是由于《水浒传》在成书过程中的多源性决定的，另外《水浒传》的版本对该问题也有一定的影响。十七年时期对该问题研究最主要的成绩就是揭示了宋江形象的复杂性、矛盾性，至于对其形成的原因的探索则还停留在阶级出身、家庭环境等社会学批评的层面。在具体的论述过程中，研究者往往生搬硬套阶级理论，没有全面客观地分析小说文本，而是从已有的观念出发，以材料图解观念。

四　《水浒传》艺术研究

由于现代文艺研究的方法是在五四新文化运动后引入的，故而《水浒传》艺术方面的探讨相对于传统的考据而言在新中国成立前一直比较薄弱，除了鲁迅、郑振铎等在这方面略有论述外，相对而言李辰冬的成就是比较大的。十七年时期，许多学者在《水浒传》人物形象、情节结构和语言等方面较前人取得了更大的成绩。

（一）人物形象塑造

刻画典型的人物形象是小说最主要的任务之一。明代的小说评点家已经有初步的典型意识和典型理论，十七年时期随着西方文艺理论特别是马

---

①　李希凡：《〈水浒〉中宋江的悲剧形象和义军的悲剧结局》，《论中国古典小说的艺术形象》，上海文艺出版社 1961 年版，第 168 页。

②　刘中：《谈〈水浒〉中的几个问题》，《光明日报》1955 年 3 月 6 日。

③　吉林大学中文系中国文学史教材编写组编：《中国文学史》（元明部分），吉林人民出版社 1959 年版，第 158 页。

列文论典型理论的引入，当时的研究者往往能够自觉运用该理论来分析《水浒传》的人物形象。

茅盾是较早运用马克思主义的物质决定意识理论来分析《水浒传》的。他认为“善于从阶级意识去描写人物的立身行事是《水浒》的人物描写的最大一个特点”。他继承前人的观点，认为《水浒传》的人物描写具有中国化特征，“《水浒》人物描写的又一特点便是关于人物的一切都由人物本身的行动去说明，作者决不下一按语”①，这与西方小说是截然不同的。宋云彬也指出《水浒传》人物塑造的两个特点，即以人物自身言行体现性格和运用对比手法：“《水浒传》人物出场，往往突如其来，除了简短的描写容貌、装束，不大叙述他们的身世，更不表明他们的性格，但我们读下去，就会从他们的言语行动中认清他们的身世和性格，并明白了他们的阶级成分：这是第一点。《水浒传》常常用对照的写法……无论武松打虎或李逵打虎，武松杀嫂或石秀杀嫂，作者都只叙事实，不下断语，然而能使读者留下深刻的印象，发生不同的观感：这是第二点。”②张默生则强调了《水浒传》人物性格的典型性，认为“不但一百零八位英雄都有他们的出身、面貌和性格；就是一百零八人以外的任何人物，都有他们的出身、面貌和性格。不过只是把他们当做个别的性格来看还是不够的，我们更应当进一步将这些人物看作是典型性格”③。徐士年通过对武松形象的分析，认为“在武松这个典型的塑造上，《水浒》向我们提供了在艺术形象上创造既有阶级共性又有个人特性的良好范例”④。

李希凡则从细节描写方面具体分析了《水浒传》在人物塑造上的成就。他认为《水浒传》虽然“没有烦琐的细节描写，也没有抽象的心理剖析”，但却善于运用细节描写来刻画人物形象，“只是在表现方法上，作者所采取的不是抽象的心理分析，而是从鲜明的行动和对话中体现人物的心理活动”。他认为《水浒传》的细节描写有如下三个特点：一是“《水浒》的细节描写经常是伴随着突现人物性格的特征行动而出现”；二是“《水浒》中还有一些细节描写，是通过性格与性格间发生的关系，通

① 茅盾：《〈水浒传〉的人物和结构》，《文艺报》1950年4月10日第2期。

② 宋云彬：《谈〈水浒〉》，《文艺月报》1953年3月号。

③ 张默生：《谈谈〈水浒〉》，《西南文艺》1953年3月号。

④ 徐士年：《谈〈水浒〉的现实主义》，《古典小说论集》，古典文学出版社1956年版，第7页。

过他们对于同一生活事件抱着不同态度的矛盾对照，而深刻地刻画了性格”；三是“《水浒》中也有一些细节描写，是直接伴随着性格的发展和性格的展开而写出的，富有鲜明的特征性”①。李希凡关于《水浒传》细节描写的分析详尽细致而科学，具有比较重要的理论意义。

此外，戴不凡也认为《水浒传》“具有不朽的文学价值，正因为其中各种不同的正面和反面人物的鲜明性格，如磁铁一般吸引住了读者”。他以李逵、武松、鲁智深为例，认为作者在刻画人物时“掌握了人物性格特征，因此当他描写他们思想行动的时候，能使人物跃然纸上”，做到了“写谁就活像谁”。另外“施耐庵善于运用性格化的语言，以精练的手法，把人物形象生动地呈现在读者面前”②。

除了专著和论文之外，当时的文学史也都对该问题进行了论述。如北京大学中文系1955级编写的《中国小说史稿》就认为《水浒传》的人物形象塑造“具有鲜明的民族风格和民族气派。《水浒传》描写人物，能紧紧地扣住人物的阶级出身和社会地位来刻画不同性格。……《水浒传》还善于把人物安置在矛盾冲突的焦点上，通过人物自己的行动来突出地展示人物的性格。《水浒传》也善于运用对比手法，显示人物性格的差异”③。游国恩等的《中国文学史》也谈到了《水浒传》塑造人物的四个特点：“把人物置身于真实的历史环境中，扣紧人物的身份、经历和遭遇来刻画他们的性格”、将“人物置于生死存亡的关头，以自己的行动、语言来显示他们的性格特征”、“在人物的对比中，突出他们各自的性格”和“通过富有特征性的细节来塑造人物个性”④。

虽然研究者基本上都肯定了《水浒传》在人物刻画上的成功之处，但也有学者指出它的不足。如宋云彬就认为“《水浒传》写英雄们被逼上梁山都写得很好，可是一上梁山以后，每个人就没有什么发展了。这些不能不说是缺点。《水浒传》作者为要凑齐‘三十六天罡之数’，硬把卢俊义送上梁山，非常不自然”⑤。

---

① 李希凡：《〈水浒〉的细节描写与性格》，《文艺学习》1955年4月号。

② 戴不凡：《谈〈水浒〉》，《中国青年报》1954年4月14日。

③ 北京大学中文系1955级编：《中国小说史稿》，人民文学出版社1973年版，第160—161页。

④ 游国恩等主编：《中国文学史》（四），人民文学出版社1964年版，第42—45页。

⑤ 宋云彬：《谈〈水浒〉》，《文艺月报》1953年3月号。

（二）情节结构

关于《水浒传》的情节结构，自胡适、郑振铎以来基本上都是持否定态度的。本时期茅盾也持此观点。他认为从全书来看，“《水浒》的结构不是有机的结构。我们可以把若干主要人物的故事分别编为各自独立的短篇或中篇而无割裂之感”。但同时茅盾也客观地指出，“从一个人物的故事来看，《水浒》的结构是严密的，甚至也是有机的。……这些各自独立、自成整体的故事，在结构上有一些共同的特点。大概而言，第一，故事的发展，前后勾连，一步紧一步，但又疏密相间，摇曳多姿。第二，善于运用变化错综的手法，避免平铺直叙”①。显然，茅盾这种一分为二的观点是比较客观和符合文本实际的。

李希凡针对茅盾的观点进行了反驳，认为《水浒传》是一个完整的艺术体，“决不可能是简单的‘缀合’”，“《水浒》流变史的考据家们”将《水浒传》看成是“由几个主要人物的传说缀合而成”的作品，这“无形中贬低了它作为长篇史诗的价值，甚至根本否认它是一部长篇杰作”。他认为《水浒传》的章回结构“是依据《水浒》作者对于他所要表现的社会生活现象的理解而确切组织起来的。我们只有从《水浒》作为长篇小说的内容的安排来探讨《水浒》的结构，才能得出正确的结论。茅盾同志只从《水浒》在长篇形式上残留的一些原始形态特点出发，而认为‘从全书看来，《水浒》的结构不是有机的结构’的意见是不能使我们同意的”②。

游国恩的《中国文学史》也认为“《水浒传》的全部结构基本上是完整的，同时又是富有变化的。书中人物与情节的安排，主要是单线发展，每组情节既有相对的独立性，又是一环紧扣一环，互相勾连的”。他还对小说这种独特结构的原因进行了分析，认为“这种安排固然是由于继承了‘话本’表现手法的特点，把一些主要人物和事件集中起来叙述；但更主要的还是为全书的内容所决定，即通过不同英雄被逼上梁山的不同道路来展示起义斗争的广阔画面的”③。

吉林大学中文系编写的《中国文学史》认为：“《水浒》所描写的人物和事件都很复杂，一方面要照顾到故事情节有条不紊地进行发展，同时

① 茅盾：《谈〈水浒〉的人物和结构》，《文艺报》1950 年 4 月第 2 期。

② 李希凡：《〈水浒〉的作者与〈水浒〉的长篇结构》，《文艺月报》1956 年 1 月号。

③ 游国恩等主编：《中国文学史》（四），人民文学出版社 1964 年版，第 47 页。

又必须使一些重要英雄人物性格的刻画显得鲜明突出，因此在结构上采取了分段发展，重点突出的方法。分开看，各段可以成为独立章节，它有自己的情节高潮；但就整体看，各段又自有其内部的有机联系，它们是服从于整体的若干环节。前后衔接，环环相扣，符合这一长篇巨制在广泛地展开主题和刻画众多人物等方面的要求。所以这一特殊的结构形式，是为作品复杂而庞大的思想内容所决定的。”①

《中国小说史稿》则强调了《水浒传》在情节的选择和组织上注重宏大而富有故事性、戏剧性题材的特点，认为“它并不注意日常生活琐事，而是紧紧抓住阶级斗争的主题组织了大量富有强烈故事性、戏剧性、传奇性的情节，让人物活动在广阔的阶级斗争背景中”。作者认为这样的情节组织对人物形象的塑造也有重要意义，“在这样紧张复杂的情节的逐步展开中，表现了多种多样的人物性格及其发展；围绕一个中心人物的主要情节发展完毕时，形象的塑造也就基本上完成了”②。

（三）语言艺术

作为古代白话文学的典范，《水浒传》的语言艺术历来是备受称赞的，胡适就曾经以它作为白话文学的教材。十七年时期的研究基本上是沿着这条思路展开的。如宋云彬就认为“《水浒传》的语言是朴素的、纯粹的”③。相对来讲，当时的几部文学史对该问题的论述反而比较深刻。

游国恩的《中国文学史》认为，由于《水浒传》是从话本发展而来的，因此先天就有口语化的特点。施耐庵又在人民口语的基础上进行了巨大的艺术加工，使其成为优秀的文学语言。首先，他认为《水浒传》的语言特色之一“在于明快、洗炼，无论叙述事件或刻划人物，常常是寥寥几笔，就达到绘声绘色，形神毕肖的地步”，并以“汴京城杨志卖刀”一回作了具体分析论述。其次，他还强调了《水浒传》语言的“生动、准确、富有表现力”和“人物语言个性化”的特征④。

吉林大学中文系编写的《中国文学史》认为：“《水浒》的语言是真正大众化的人民的语言，较之《三国演义》有进一步的成就。书中用的

---

① 吉林大学中文系中国文学史教材编写组编：《中国文学史》（元明部分），吉林人民出版社1959年版，第165—166页。

② 北京大学中文系1955级编：《中国小说史稿》，人民文学出版社1973年版，第162页。

③ 宋云彬：《谈〈水浒〉》，《文艺月报》1953年3月号。

④ 游国恩等主编：《中国文学史》（四），人民文学出版社1964年版，第47—48页。

都是口语，显得异常生动活泼，人物形象之所以能栩栩如生，和语言的形象化、个性化是分不开的，《水浒》的语言都很富于形象性，且都符合于人物的性格和身份，三拳打死镇关西的描写就是很好的例证，不但写得有声、有色、有味，而且突出地显示了鲁智深的性格和身份。”①

（四）具体人物与篇章分析

除了对《水浒传》的主题思想、人物形象和故事情节等问题进行宏观研究外，有的论者还运用解剖麻雀的方法对某些具体的故事片段或者人物形象进行了研究。

陈继生当时写过几篇对小说片段进行分析的文章。他在《谈林教头风雪山神庙》一文中分析了小说的人物描写、环境气氛描写和故事叙述。他认为作者在这部分文字中善于将“人物放在矛盾斗争中来表现”，“不但写出人物性格，而且通过这些性格的描写，也写出人物背后的社会环境”，并且“所描写的人物性格是发展着的，不是静止不变的”。另外他还分析了小说的环境气氛描写，认为小说虽然写雪，但却擅长烘托手法，“除了几句正面的描写（雪）以外，从许多侧面来暗示、衬托”②。

在另外一篇谈生辰纲的文章中，陈继生认为“全文结构的巧妙和严密，这是本文艺术表现上的第一个特点”。小说描写主要人物杨志也有特色，“是从杨志的阶级意识来描写他的性格的，杨志的思想意识与性格，作者并没有做任何说明式的介绍，而是通过杨志的言语行动直接表现出来的”③。

冯国定分析了“大闹野猪林”一段的结构和人物形象，认为这部分在结构上很好地表现了故事情节的发展，“从许多地方可以看出，情节的生动巧妙，合乎讲故事的习惯”。他认为林冲是“地道的小资产阶级意识和传统的农民保守思想”，只是一味地妥协，不敢反抗。而鲁智深却与之相反，是“思想明朗的，性格是顽强不屈的，他的道路是反抗的、斗争的”④。

① 吉林大学中文系中国文学史教材编写组编：《中国文学史》（元明部分），吉林人民出版社1959年版，第166页。

② 陈继生：《谈林教头风雪山神庙》，《语文学习》1953年第21期。

③ 陈继生：《〈水浒〉智取生辰纲的分析》，《语文学习》1953年第22期。

④ 冯国定：《大闹野猪林的结构和人物描写》，《语文学习》1954年11月号。

此外对《水浒传》篇章进行分析的还有宋松筠《生辰纲的现实主义精神》、斜宝洪《景阳冈的思想教育目的应该是什么》、宋松筠《林冲发配的写作技巧》、萧平《环境静态与动态描写》等文章。①

当时发表的文章中对小说具体人物的分析不是很多，主要集中在林冲、李逵、宋江、武松等少数几个人物身上。李希凡《谈豹子头林冲》是其中比较有代表性的一篇。在这篇文章中，李希凡认为《水浒》创造林冲这样一个丰满鲜活的形象主要采取了“从行动中刻画人物性格的手法”，而不是“静止地以作者的观念代替人物行动的叙述分析方法”。作者通过“扣紧了林冲的阶级特质”、性格的发展和变化与环境结合、恰当处理林冲性格的转变三方面将林冲由忍辱负重到反抗的性格发展生动表现出来。李希凡认为“《水浒》作者对林冲性格发展的这种描写，完全符合人物发展的规律。他突出地选择了典型的事件——肃清革命阵营内部的封建余孽，把人物性格的表现，配置在最尖锐的斗争场合，形象地体现出这发展性格的本质，给读者留下了强烈的不可磨灭的鲜明印象”②。

除了李希凡的文章，顾学颉的《黑旋风李逵》也是一篇谈人物形象的文章。文章认为李逵是一个“憨直、淳朴、鲁莽、富于反抗性和同情心，农民气息很重的英雄”③。但该文理论性不强，论证时将小说与元杂剧的材料混同运用。另外冯雪峰《回答关于〈水浒传〉的几个问题》、邵慕水《谈谈林冲》、沈流《谈林冲》、张啸虎《〈水浒〉里的妇女形象》、高乃昌《谈谈〈水浒〉中的鲁智深的形象》等文章也谈到了小说的人物形象问题④。

除了对小说的主题思想、人物形象、情节结构等进行分析外，当时还有的文章对《水浒传》的地理名物、虚词、方言等进行了研究和探讨。

---

① 宋松筠：《生辰纲的现实主义精神》，《语文教学通讯》1956 年第 4 期；斜宝洪：《景阳冈的思想教育目的应该是什么》，《小学教育通讯》1956 年第 12 期；宋松筠：《林冲发配的写作技巧》，《语文教学通讯》1957 年第 6 期；萧平：《环境静态与动态描写》，《草原》1962 年第 7 期。

② 李希凡：《谈豹子头林冲》，《文艺学习》1954 年第 4 期。

③ 顾学颉：《黑旋风李逵》，《大公报》1954 年 4 月 3 日。

④ 冯雪峰：《回答关于〈水浒传〉的几个问题》，《文艺报》1954 年第 3 期；邵慕水：《谈谈林冲》，《新民晚报》1955 年 2 月 4 日；沈流：《谈林冲》，《文学遗产增刊》1955 年第 1 期；张啸虎：《〈水浒〉里的妇女形象》，《长江文艺》1955 年第 12 期；高乃昌：《谈谈〈水浒〉中的鲁智深的形象》，《天津日报》1956 年 8 月 28 日。

限于篇幅，此不赘述①。

本时期关于《水浒传》艺术成就的探索，李希凡的成就相对较大，他的《水浒的现实主义》以及其他关于《水浒传》分析的文章是这一时期的代表作，标志着十七年时期以马列主义美学观对《水浒传》进行美学探索的开始。但是，从整体上看，这一时期《水浒传》艺术分析的文章还是比较稚嫩，理论的运用还比较生硬。

十七年时期《水浒传》文本研究具有两个重要特点：一是研究方法单一。由于十七年时期特殊的政治环境以及文艺界对新的马列主义文艺理论的吸收和运用还不到位，因此这一时期《水浒传》文本研究从方法论上看比较单一，政治的、阶级的社会学分析方法成为主流的甚至是唯一的批评工具，而文化分析等则罕见。由于方法单一，因此这时期的成果从总体上看成绩并不突出。

二是研究成果分布不均衡。这段时间研究成果的不平衡性主要表现在时间和内容的分布上。1957 年以前的政治环境相对宽松，因而这七年时间里《水浒传》研究论著无论是数量还是质量都较后十年显著；从研究成果内容的分布来看，对《水浒传》招安问题和宋江形象的分析整体上更符合文本实际，更具合理性、科学性，但问题比较多的也恰好是这两部分。至于其他的方面如篇章结构、语言艺术等的分析则成果甚少。

第五节　十七年时期《水浒传》评点研究

十七年时期对《水浒传》评点的研究主要集中在李贽和金圣叹评点两方面。由于受到时代的影响，本时期对李贽的研究主要是探讨他的哲学思想，有的文章涉及李评本的真实性问题，但对李评本自身的艺术价值的探讨几乎没有。相对而言，这一时期对金圣叹的研究却显得很热闹，尤其是在 20 世纪 60 年代更是形成了三足鼎立、各执一辞的格局。

---

① 如阿苏：《〈水浒〉里的张天师》，《羊城晚报》1959 年 9 月 6 日；张卫经：《〈水浒〉里的几个方言词的意义》，《中国语文》1958 年第 10 期；戴苏：《陈老莲的水浒叶子》，《读书》1959 年第 10 期；林妙：《从九纹龙谈到文身习俗》，《羊城晚报》1960 年 3 月 9 日。

一　李贽评点研究

以前对李贽评点《水浒传》的研究主要集中在评点内容的真实与否和思想内容的辨析上。十七年时期对李贽的研究主要是探讨其哲学思想，对他的小说评点方面的研究只有几篇文章。

（一）李评本真伪问题

萧伍《试论李卓吾对〈水浒传〉的评点》对李贽评点本真实性的问题进行了研究。他根据李贽的书信等材料认为李贽评点过《水浒传》是实有其事，胡适认为存世的李贽评点本是伪作的观点是错误的。他认为"容与堂百回本《水浒传》的评点出于李卓吾，似乎是比较符合实际情况的"，并提出以下几点理由：第一，李卓吾序文中只谈到梁山泊军的"破辽"、"灭方腊"，而根本没有提及"征田虎"、"征王庆"，这与百二十回本的内容不符。第二，容本的评点与李贽作品中的思想相符，而百二十回本的评点中有不少地方是与李卓吾这种战斗思想相违背的。第三，从文字风格来看，容本批语的文风笔调同李卓吾著作特别是晚年著作非常相像，而百二十回本中的批语则多半是平平稳稳，语多平淡。第四，从《水浒传》版本演变的历史看，容本出版在前，"百二十回本刊于万历四十二年（1614），即是在李卓吾死后十几年才出版的。可见李卓吾生前并没有见过这部书，当然更谈不上为这部小说做序的了"。第五，百二十回本回末总评中除了有一回引"李卓吾曰"一句话外，并无一署李卓吾名字的，"这也可作为前者是出于李卓吾评点的旁证"。同时百二十回本较容本后四年出版，如果署名为李卓吾评点的容与堂百回本是赝品，百二十回本刊刻者岂有不予以揭穿的道理？这也说明容与堂百回本《忠义水浒传》中的李卓吾评点并非伪作。第六，百二十回本鲁达拳打镇关西回末评点曾引陈眉公语，而陈眉公是李卓吾的晚辈，且所引话语系陈晚年作品，此时李卓吾去世很久，故百二十回本的批点是伪作，它"实际上是出于叶昼之手"①。

李贽评点本的真伪问题从明代开始就已经聚讼不休。我认为萧伍的论述有一定的道理，但有的论述也未必准确。如容本与袁本刊刻时间的先后就是值得深入探讨的问题，另外以作品的文风和思想内容来衡量作者也有一定风险。

---

① 萧伍：《试论李卓吾对〈水浒传〉的评点》，《学术月刊》1964 年第 5 期。

严敦易《〈水浒传〉的演变》则认为袁本是李贽所评，但可能已经非原貌，“李氏评本似未尝付刊，杨氏小引所称付与袁无涯的批定《忠义水浒传》，或为稿本，惟大概已非李氏原来之旧，而是杨定见改动过的了。如果这点确切，那容与堂等百回本所标称的李评，当悉系假借之辞”①。何心的观点基本上与严敦易同。他认为“容与堂本有李卓吾批评，乃是他人伪托”，而袁本“似确是李卓吾所批点，又经过杨定见、袁无涯、冯梦龙等校对删削，而许自昌或许也是参预其事的一分子”②。

复旦大学中文系1955级《中国文学批评史》明清小组写的《李贽对通俗小说的卓见》一文认为容本和袁本都是李贽的，他“在武昌时叫僧常志抄写《水浒传》并亲自加以评点，在评点了一百回本的《忠义水浒传》后，又评点了一百二十回本的《忠义水浒全书》和其他小说”。③ 显然这种观点忽略了两种署名李卓吾的批语是基本上不同的事实，因而其立论是站不住脚的。

（二）李评本思想内容

除了对李贽评点本的辨析外，当时还有的学者对李贽评点小说的目的、思想内容等进行了分析。如黄海章《评李贽〈忠义水浒传序〉》认为李贽虽然在反封建方面起过的积极作用，但他的思想中也仍然有其阶级的烙印，“单就他对《水浒传》的评论来说，不能因为他把‘忠义’归于水浒，和反动文人金圣叹站在相反的方向，就从而全部肯定下来”，“他所赞扬的‘一意招安专图报国’的路线，实际上就是妥协投降的路线。他所赞扬的‘服毒自缢同死而不辞’的‘大忠大义’行为，实际上就是任由统治者一网打尽最蠢笨的行为”。作者认为，这些思想归根到底是“因为他到底还是封建士大夫，不可能站在农民革命的立场，来歌颂农民革命，而只愤恨封建统治者把有才能的人物‘逼上梁山’而已。然而‘逼上梁山’，最后还希望他们‘走下梁山’，为封建统治者卖力，为封建统治者‘殉节’。这正证明李贽的阶级的局限性”④。

萧伍认为李贽提出“发愤著书”其实是借题发挥，“即借评点这部小

① 严敦易：《〈水浒传〉的演变》，作家出版社1957年版，第195页。

② 何心：《水浒研究》，上海文艺联合出版社1954年版，第89、91页。

③ 复旦大学中文系1955级《中国文学批评史》明清小组：《李贽对通俗小说的卓见》，《文汇报》1961年4月15日。

④ 黄海章：《评李贽〈忠义水浒传序〉》，《光明日报》1965年5月9日。

说，抒发自己心中的不平，并对他所处的时代和社会作了严厉的批判”，“借《水浒传》这部无情地揭露黑暗社会生活的小说，对自己所处的丑恶现实进行猛烈的抨击”。当然，作者也认识到李贽的局限性，认为“作为进步士大夫文人李卓吾的世界观基本上还没有摆脱封建主义范围”：“他那片面强调梁山泊英雄好汉的‘忠义’思想，把《水浒传》看作是反对权奸、为王室尽忠的小说，用‘忠义’两字来概括《水浒传》，这样就把《水游传》所主要反映的统治阶级与被统治阶级的矛盾，视为‘忠臣义士’与奸臣之间的矛盾，这个看法是与《水浒传》的精神不完全相符合的；同时，他特别强调《水浒传》所描写的基本上符合封建统治阶级利益的农民起义受招安的结局，这样也就不能不削弱和冲淡了《水浒传》这部富有战斗性小说的鲜明的阶级斗争的思想内容。”①

萧伍还高度肯定了李贽重视小说的思想，认为“在八股文、试帖诗充斥文坛的时候，李卓吾敢于突破统治阶级文人鄙视我国通俗小说、戏曲的偏见，对《水浒传》一书的艺术成就，予以如此崇高的评价，把它看作‘古今至文’，列为‘宇宙五大部文章之一’，这也是很有胆识的”②。

《李贽对通俗小说的卓见》一文首先肯定了李贽重视通俗小说的思想，认为李贽把通俗小说中的《水浒传》和《史记》、杜诗并列是“敢于突破统治阶级鄙视通俗小说的偏见”的，“确是非常大胆而又卓越的见识，同时也多少反映了一些市民阶层为自己喜爱的文学作品争取地位的要求”。文章还认为李贽的“发愤著书”说是“对通俗小说反映社会生活的作用”的认识，是“一个受到市民阶层思想影响的封建阶级叛徒的看法”③。

（三）李评本艺术成就

这一时期对李贽评点本的艺术分析相对而言是非常薄弱的。萧伍认为“李卓吾的《水浒传》评点中，对该书艺术描写出色之处的批评，虽只有三言两语，却往往能切中要害”。他还认为“李卓吾指出《水浒传》在塑造人物方面取得的重要成就。认为《水浒传》人物描写的艺术成就，在

① 萧伍：《试论李卓吾对〈水浒传〉的评点》，《学术月刊》1964 年第 5 期。

② 同上。

③ 复旦大学中文系 1955 级《中国文学批评史》明清小组：《李贽对通俗小说的卓见》，《文汇报》1961 年 4 月 15 日。

于他细致地刻划了人物的个性”。①

《李贽对通俗小说的卓见》认为李贽评点小说最大的特点是“善于借题发挥，把作品内容和自己所处的社会联系起来，所谓‘夺他人之酒杯，浇自己之垒块’，借评点小说抒发对社会的意见”，另外“李卓吾对作品中的人物性格也常有简单的分析”，指出了“人物形象的某些性格特征”②。

总的来说，由于当时的社会政治环境，有限的几篇文章也主要是针对李贽评点文字中的思想意识的分析评价，对李贽评点中的文艺理论思想的阐发几乎没有，这是其最大的缺陷。

二 金圣叹研究

金圣叹的研究是本时期的一个热点问题。20 世纪 50 年代即有宋云彬等的文章肯定金氏腰斩《水浒传》。在 60 年代初，学术界就此展开了一场小的争论：公盾、马蹄疾、龚兆吉等人对金圣叹持否定态度，而张国光、张默生等则认为金圣叹是“封建文化的贰臣，封建政权的叛逆”，值得肯定。另外一部分学者则从正反两方面进行了分析，更具科学性。

（一）肯定金圣叹

张国光是肯定金圣叹的代表人物。1964 年他发表《金圣叹是封建反动文人吗？——与公盾同志商榷》一文，针对公盾的观点进行了驳斥。张国光认为金圣叹是封建文化的贰臣，是封建文化的叛逆，不是所谓的反动文人。作者认为金圣叹的反封建思想是“与他所处的时代、社会环境分不开的”，金本中的反动批文，其实是金圣叹“革命思想的保护色”。腰斩后的《水浒传》指出了农民革命的必然性、正义性，揭露了整个官僚统治集团的罪恶，“强化了《水浒》的革命主题”，突出了宋江的革命性，“不是丑化，而是美化了宋江形象”③。

宋云彬也是当时肯定金圣叹的一位代表。他认为金圣叹是个封建社会的叛逆，“至少不是一个安分守己的人，他的性格里含有一点儿‘叛逆’的成分”。当时主流观点多继承鲁迅的观点，往往认为金圣叹批改《水浒

① 萧伍：《试论李卓吾对〈水浒传〉的评点》，《学术月刊》1964 年第 5 期。

② 复旦大学中文系 1955 级《中国文学批评史》明清小组：《李贽对通俗小说的卓见》，《文汇报》1961 年 4 月 15 日。

③ 张国光（张绪荣）：《金圣叹是反动文人吗？——与公盾同志商榷》，《新建设》1964 年 4 月号。

传》主要是因为痛恨梁山泊这一批人物，所以将七十一回以后删掉，并加上一段“惊噩梦”的尾巴，目的在于不让宋江这样的盗寇受“招安”。而宋云彬却认为金圣叹这样评点《水浒传》是“做得相当好”，认为金圣叹的“立场跟那时候的一般知识分子有点儿不一样。他如果不同情梁山泊的好汉，怎么会费这么大的力气来批改《水浒》?”宋云彬认为金圣叹之所以要装上“惊噩梦”的尾巴是“别有一番苦心”，是“要使他批改的《水浒》能够流传，不装那么一段尾巴是不成的。不装那么一段尾巴，不但他的七十回本《水浒》会被禁止，恐怕他的头也会早被砍掉了”。宋云彬还认为作者之所以将宋江改写成为假仁假义的人，主要是因为“中国历代假农民起义以造成所谓‘帝业’的人，没有一个不是假仁假义的”，所以熟悉历史书的作者才按照生活的原型和历史的真实来塑造这样一个艺术形象①。

除了宋云彬外，张默生也认为金本《水浒传》“基本上是处理得好的”。他首先从思想意识的角度高度肯定了金圣叹腰斩《水浒传》的功劳，认为这样做不仅可以“使领导农民起义的英雄，不致背叛他自己的阶级，而向统治阶级投降妥协”，而且“增强了《水浒传》的人民性、革命性”。另外，他还从艺术的角度肯定腰斩的好处，认为“‘水浒故事’发展到梁山泊英雄大聚义，正是故事的顶点，就此作为小说的结束，按现实主义的创作方法来说，正是现实发展的正确反映”②。此外野马（马积高）、易名、张澄寰、傅懋勉等人也撰文从正面肯定了金圣叹③。

（二）否定金圣叹

受时代的影响，当时学术界对金圣叹评点《水浒传》更多的是一片否定和批评之声。严敦易针对有的学者称颂金圣叹的观点进行反驳，认为将金氏看做一个比较进步的、有些新思想的文人，甚至把他当作旧时代的叛徒来看待，“这无疑是过高估计了他”④。对于七十回本的评价，严敦易认为它是“《水浒传》演变史中，给予他思想意识以最大的歪曲，借以适

① 宋云彬：《谈〈水浒〉》，《文艺月报》1953 年 3 月号。

② 张默生：《谈谈〈水浒〉》，《西南文艺》1953 年 3 月号。

③ 野马：《略谈金圣叹对〈水浒〉的见解》，《文艺报》1961 年第 11 期；易名：《从“哭庙案”看金圣叹》，《光明日报》1962 年 3 月 24 日；张澄寰：《关于金圣叹的评价问题》，《光明日报》1962 年 7 月 11 日；傅懋勉：《关于评价金圣叹的问题》，《文汇报》1962 年 9 月 28 日。

④ 严敦易：《〈水浒传〉的演变》，作家出版社 1957 年版，第 250 页。

应环境的一种最大的变更”，金氏将七十回以后的删节，这本质上“是全盘给予他们以残酷的虐杀的否定”，是“完全体现了对农民革命打击覆灭的思想感情的”。而金圣叹之所以这样做，主要是因为“那个时候时代背景的趋势所激荡，是封建统治地主阶层反对绝望的破坏与挣扎”①。

龚兆吉《论金圣叹评〈水浒传〉的观点》一文是比较详尽地分析金圣叹的文章。他首先分析了金氏评点《水浒传》的目的和立场，认为金圣叹是封建社会秩序维护者，他自觉地站在反对农民起义的地主阶级立场，这是他评点《水浒传》的主要动机和目的。因此，“金圣叹在艺术手法上予以赞扬，在思想内容上加以歪曲，歪曲作品的原意”，而“削忠义”则是金圣叹评点《水浒传》的指导思想。其次，作者认为金圣叹在评点的时候是有意将作品“艺术的形式和内容割裂开来”，通过歪曲思想内容与艺术形式的统一来分析和评价《水浒传》的艺术性。最后，作者虽然对金圣叹评点《水浒传》的成就进行了分析，但主要还是持否认观点。他认为在评论《水浒传》作者刻画人物性格等一般问题上“冲破了我国传统评论的陈规，提出了不少新的看法。但是在许多关键问题上，鲜明地表现出他那封建地主阶级的立场、观点和艺术趣味，以致作出违背原著的荒谬论断”②。

宋云彬在 1954 年发表的《谈金圣叹》一文完全否定了自己一年前的观点，认为金圣叹是当时“统治阶级的帮闲或帮凶，他的性格里何尝有什么‘叛逆的成分’”。他还否定了金圣叹装上“惊噩梦”的尾巴是“别有一番苦心”的观点，认为金圣叹之所以要腰斩《水浒传》主要是因为“百回本的《水浒》里有几回是讲‘征辽’的，他怕触犯清朝的忌讳”③。

这一时期还出现了何满子研究金圣叹的专著。何满子这部书共分九章，主要从金圣叹的阶级属性、思想、艺术观和评点《水浒传》的动机、影响等方面进行了简单的论述。何满子认为金圣叹是“封建统治阶级的道统思想的另一类型的维护者和说教者”，将他看成“反异族奴役的爱国主义者”是不可能的。在研究方法和艺术观念上，作者认为金圣叹在学术研究方法上是诡辩主义者，他在评论《水浒传》的时候，往往采取

① 严敦易：《〈水浒传〉的演变》，作家出版社 1957 年版，第 239—240 页。

② 龚兆吉：《论金圣叹评〈水浒传〉的观点》，《北京师范大学学报》（社会科学版）1963 年第 2 期。

③ 宋云彬：《谈金圣叹》，《文艺月报》1954 年 1 月号。

"牵强附会，自圆其说"、"咬文嚼字，强求新意"和"片面夸大"等方法进行诡辩。在艺术观上，金圣叹是个形式主义者，认为"文学作品不过是借题发挥，不必重视真实"，"只当作是作者的观念所任意敷设出来的东西"①。

何满子对金圣叹评点《水浒传》的动机和具体的方法也进行了分析。他认为金圣叹批改《水浒传》的动机是为个人和狭隘集团的利益服务的。他的评点有两个主要内容：一是统治阶级的政治思想和道德说教，二是八股式的文章作法。为了达到这个目的，金圣叹在具体的评点中采用了"曲解"、"转移目标"、"擒贼擒王"和"窜改"等方法②。

在腰斩《水浒传》的原因上，作者认为是金圣叹特别痛恨给强盗以官做，认为那样是"失朝廷之尊"，"坏国家之法"，所以才将下半部的招安、做官等内容删去。对于这个腰斩本，作者认为"作为一个完整的艺术作品，特别是作为一个完整的历史教训，金本不及原本"。③

除了上述论著外，这一时期对金圣叹持否定观点的还有公盾、霍松林、王古鲁、高淡云④等的文章。

（三）综合评价

虽然当时学术界主要是否定金圣叹，但也有部分学者站在比较客观的立场上进行综合分析。郑振铎在《水浒全传序》中对金圣叹"腰斩"《水浒传》的原因进行了分析，认为这是与他的反动的政治思想和当时的社会环境紧密联系的："他生在明末，眼见当时李自成所率领的农民起义军队的节节胜利，便觉得统治阶级对于起义农民不应该以'招安'为'姑息之计'，而应该像他所写的卢俊义梦中的嵇叔夜一样，采取'严刑酷法'，一网打尽。"。

另外，郑振铎也肯定了金圣叹评点本的优点，认为："第一，它已经包括了《水浒传》的菁华和主要部分；第二，在文字上也是一般地比其

---

① 何满子：《论金圣叹评改〈水浒传〉》，上海出版公司1954年版，第8—9、53页。

② 详见何满子《论金圣叹评改〈水浒传〉》第九节，上海出版公司1954年版。

③ 同上书，第83页。

④ 公盾：《不要美化封建反动文人》，《新建设》1963年7月号；霍松林：《金圣叹批改〈西厢记〉的反动意图》，《光明日报》1955年5月19日；王古鲁：《读〈水浒传郑序〉及谈〈水浒传〉》，《北京师范大学学报》1957年第2期；高淡云：《不应该拿"哭庙案"来为反动文人金圣叹翻案》，《光明日报》1964年11月3日；公盾、朱通：《关于金圣叹思想评价的几个问题》，《哲学研究》1965年第3期。

他的版本洗练和统一些。它在近三百年来最流行，是有原因的。”并认为如果将金本加以订正，把那些改坏了的地方改回来，将那些荒诞的和反动的批语削去，那么“它对于广大的一般读者还是比别的本子更适合的”。①

何心在谈到金圣叹修改《水浒传》时也指出了他的不足之处是反人民的立场，“金圣叹的修改《水浒传》，有非常荒谬的一点，便是他站在反对农民起义的立场，对梁山英雄——尤其是宋江——横加污蔑，他硬把别人的著作，改成他自己的思想，穿凿傅会，削足适履。”但何心也通对金本在结构、回目、名号、情节和文字的修改五方面进行了认真分析，客观地指出了金圣叹评点本的成就。如他对文字修改的分析上就具体从修改得好的、修改得不好的、不能不改的和可以不改的四方面进行了分析，论述客观公正而有说服力②。

此外，聂绀弩也站在比较客观的立场对金本进行了分析，认为金圣叹“把第一回改作楔子，删掉七十一回末幅以下，加上卢俊义一梦，改动了里面许多词句，删掉了许多诗词四六”，这一方面“使《水浒》在文字上更统一、简洁，在技术上提高了一步”，但也有“对原作有所歪曲的”的不足之处。③ 此外刘大杰和章培恒《金圣叹的文学批评》、傅懋勉的《金圣叹论“那辗”》等文章也对金圣叹进行了比较客观公正的评价和分析。④

整体来说，由于受到当时社会政治环境和鲁迅有关金圣叹的论述的影响，十七年时期的金圣叹研究是薄弱的。无论是肯定者还是否定者，他们对金圣叹的评论主要集中在思想意识形态的阶级属性的判定上，没有真正地、科学认真地对待金圣叹在《水浒传》评点方面的成就，更没有对金氏在整个评点文学史上的历史地位进行客观准确的定位。

---

① 郑振铎：《水浒全传序》，《郑振铎全集》第六卷，花山文艺出版社1998年版，第738页。

② 参见何心《水浒研究》（上海文艺联合出版社1954年版）的《金圣叹的修改》部分。

③ 聂绀弩：《〈水浒〉是怎样写成的》，《人民文学》1953年第6期。

④ 刘大杰、章培恒：《金圣叹的文学批评》，《中华文史论丛》第三辑，1963年5月；傅懋勉：《金圣叹论“那辗”》，《边疆文艺》1962年第11期。

本章小结

回顾十七年时期的《水浒传》研究，我们可以说这一时期的成就是比较大的，影响是深远的。前面我们提到，这一时期除了整理出版了《水浒传》的几种主要版本外，还出版了14部具有较高水平的学术专著，发表了300余篇学术论文。无论是从数量还是质量上说，这个成绩与之前的任何一个时期《水浒传》研究相比都毫不逊色，所以我们说这是继胡适、鲁迅、郑振铎之后《水浒传》史上的一个重要阶段。

十七年时期的《水浒传》研究之所以能够取得比较大的成绩，当时的社会文化背景是其中一个重要的原因。首先是新生民主政权为《水浒传》研究创造了一个比较宽松的环境。中国自近代以来百余年间战火不断，新中国的成立为文化工作创造了一个和平的社会环境，许多学者终于可以安心于自己的学术研究。其次，政府将古典文学的研究当成了社会主义文化建设事业的一部分，使这时期的古典文学研究受到了普遍的重视，如科研机构的建立，大量古籍的出版，都在国家的政策指导下进行，都有国家的资助。这对推动《水浒传》等古典文学研究的作用是不可低估的。再次，以毛泽东为代表的国家领导人对《水浒传》等古典文学的爱好和提倡、“双百”方针的提出和关于《水浒传》的大讨论也对当时《水浒传》的研究起到了促进作用。

从整体来说，十七年时期的《水浒传》研究具有这样几个特点。首先是作为学术的《水浒传》研究与当时的政治生活紧密联系。虽然说在十七年时期许多文学作品的研究都与当时的政治生活有联系，但像《水浒传》这样紧密联系的却是非常罕见。文艺与政治的关系问题从《毛诗序》开始就是中国古代文论探讨的一个重要命题。到了20世纪二三十年代，受到当时革命战争等的影响，文艺为政治服务就成为当时革命文艺运动的一个基本思想。新中国成立以后，这一观念自觉或不自觉地将为政治服务具体化为为政策服务，并把这作为体现新文艺方向的总口号，从而产生了一系列消极后果。新中国成立以后的《水浒传》研究始终与政治运动联系，这一现象可以说就是当时文艺研究思想的生动图解或缩影。

《水浒传》研究与当时的政治生活联系最紧密的当属后来的“评《水浒传》运动”。这场由最高领导人发起的涉及全国的运动从 1975 年 9 月至 1976 年 9 月，持续了一年的时间。当时在全国范围内到处都是批判宋江的文章。根据中国社会科学院文学研究所图书资料室编《中国古典文学研究论文索引》（1966. 7—1979. 12）的统计，在这次为时一年的运动中，发表的评《水浒传》文章有 1700 篇之多。但是今天我们回头来看这些文章，却基本是满纸呓语，只有史料的价值了。

其次是研究方法的单一，以阶级分析为核心的社会学研究成为当时的主导方法。1949 年中华人民共和国成立，马克思主义和毛泽东思想确立了在意识形态领域的统治地位。这一结果就是在人文社会科学研究领域，辩证唯物主义与历史唯物主义的理论方法逐渐取得了主导地位，以阶级分析为核心的社会学研究变成了当时最基本的原则和方法，并逐步排斥其他的理论方法。这一趋势在 20 世纪 50 年代初关于《水浒传》的研究中已经表现出来了，如杨绍萱、冯雪峰、路工等人的论述就是如此。这种方法最突出的特点是重思想阐发而忽略艺术美学分析，往往具有用今人的价值观去苛求或拔高古人的反历史主义倾向，如前面我们提到的刘中《谈〈水浒〉中的几个问题》一文就是典型。这一现象到了 20 世纪 80 年代随着原型批评、系统论、接受美学、符号学、阐释学、传播学等理论和批评方法的传入才得以改观。

再次是研究领域的不均衡。对某一文学作品的研究肯定具有不平衡性，这是与当时的社会思潮和研究方法所决定的。由于十七年时期特殊的政治环境和研究方法的单一，这一时期《水浒传》研究主要集中在作品的主题思想、招安问题和宋江形象以及金圣叹等的论争上，而对作品自身的文学性的分析却相对较少并且很肤浅。

总之，十七年时期的《水浒传》研究虽然有这样那样的不足，但它在水浒故事演变和施耐庵文物调查等方面却取得了很大的成绩，成为新时期成书和作者研究尤其是施耐庵问题大讨论的前奏。因此从这个角度讲，这一时期的《水浒传》研究具有承上启下的特殊意义。

第四章　当代《水浒传》研究（中）

——新时期《水浒传》研究（1977—1989）①

“文化大革命”以后，特别是1978年以后，随着真理标准的大讨论，文艺研究界也开始了拨乱反正和反思。20世纪70年代后期的《水浒传》研究基本上就是对“文化大革命”中《水浒传》研究的反思和批评，它为80年代《水浒传》研究的迅猛发展奠定了基础。

进入20世纪80年代以后，随着社会政治经济的发展和西方新的研究思想与方法的大量涌入，《水浒传》的研究进入了第二个高潮。这期间无论是对《水浒传》的本事考辨、作者论争，还是对小说主题思想的探讨，以及小说艺术的分析都较以前更深刻、透彻，成就也更大。

第一节　新时期《水浒传》研究概述

随着“文化大革命”的结束、真理标准大讨论的开展和改革开放方针的确立，中国进入了一个思想解放和经济快速发展的时期。随着国门的打开，西方大量的文艺理论如潮水般涌入，这为当时的古典文学研究提供了新的方法和开阔的学术视野。在这样的时代背景下，《水浒传》的研究取得了很大的成绩。一方面全国性水浒研究学会成立，并有固定的学术刊物出版，研究队伍不断壮大，另外出版了30多部《水浒传》研究专著和发表了近900篇学术论文，有力地推动了《水浒传》研究的发展，形成了《水浒传》研究史上的第二次高潮。

---

①　为了行文方便，本书所说的新时期是特指“文化大革命”结束后到20世纪80年代末（1977—1989年）这段时期。

一　时代背景

（一）拨乱反正与思想解放

1976 年 10 月，中共高层粉碎了“四人帮”组织，结束了“文化大革命”，极“左”路线也随之宣告结束。但是由于历史的惯性，教条主义和个人崇拜思想还在一定时期内继续存在。

1978 年 5 月 11 日，《光明日报》发表了署名“本报特约评论员”的文章《实践是检验真理的惟一标准》，由此引发了一场全国范围的关于真理标准问题的讨论。这篇文章指出，理论与实践的统一是马克思主义的一个最基本的原则，唯有社会实践才是检验真理的标准，任何理论都要接受实践的检验，毛泽东思想也不能例外。这场讨论的深入开展，为彻底清除“两个凡是”等“左”的思想打下了理论基础。

1978 年 12 月，中共十一届三中全会的召开真正开辟了一个新的历史时期。在这次会议上，教条主义和个人崇拜思想得到了彻底的清理，“以阶级斗争为纲”的口号也随之退出了历史舞台，政府的工作重点转移到以经济建设为中心的轨道上来，并确立了改革开放等一系列影响深远的决策。此后，新中国成立以来的一批冤假错案得到了平反，农村经济改革政策陆续出台，中国由此真正进入了社会主义现代化建设的新的历史时期。周扬高度评价了这一历史时期，称它为中国历史上的“第三次伟大的思想解放运动”①。

伴随着社会政治环境的好转，这一时期的文学思潮也经历了一个反思到恢复和发展的过程。1976 年至 1978 年，文艺研究界主要是对“文化大革命”时期种种错误的思想进行拨乱反正。这一时期充斥于报刊的话题是对“文化大革命”时期甚嚣尘上的“文艺黑线专政”论、法西斯文化专制主义及其他“四人帮”的反动思想观点和理论主张的批判。正如当时有的人所说，文艺界此时所做的主要工作还仅仅是把“许多长期被‘四人帮’颠倒了的路线是非、思想是非、理论是非”再“颠倒过来”②，至于如何在新的历史条件下大力推动文艺研究的发展还是在中共十一届三中全会以后。

1979 年 10 月底至 11 月初召开了全国第四次文代会，会议提出“文

① 周扬：《三次伟大的思想解放运动》，《人民日报》1979 年 5 月 7 日。

② 周扬：《在斗争中学习》，《文艺报》1978 年第 1 期。

艺为人民服务，为社会主义服务”的口号。此后，邓小平在《目前的形势和任务》一文中再次强调了“文艺为人民服务，为社会主义服务”这个口号的重要性和必要性。他指出：“坚持‘双百’方针和‘三不主义’，不继续提文艺从属于政治这样的口号，因为这个口号容易成为对文艺横加干涉的理论根据，长期的实践证明它对文艺的发展利少害多。”① 这一讲话从根本上解决了“文艺为谁服务”的问题，使文艺最终摆脱了附属于政治的尴尬地位，将文学创作和文艺研究纳入了正常的发展轨道。从此文艺研究以崭新的姿态踏上了新的历史征程，开创了一个繁荣昌盛的新时代。

（二）当代西方文艺理论的传入

西方文艺理论的传入早在20世纪初就形成过一次高潮。当时的中国社会正由传统向现代转型，而由传统文化孕育、发展起来的传统文学样式已不能满足和适应在新的社会背景下人们在精神、情绪和感觉方面的需求，因而逐渐退出了历史舞台。在这种大背景下，各种西方现代思潮挟其经济、政治、科技方面的威势而大举传入中国，新一代作家如胡适、鲁迅等在胡塞尔、海德格尔、尼采、叔本华、弗洛伊德等人思想的影响下，掀起了声势浩大的新文学运动。20世纪的中国文学遂以此为起点由本土走向世界。但这一时期西方现代思潮对中国文学的影响是有限的，一方面，它主要作用于中国文学的形式，未能真正地影响到中国文学的精神；另外一方面，中国作家对西方现代思潮的学习，也多是停留在表层上而没能深入到西方文化的深处。

1978年中国实行改革开放政策，东方古国厚重的大门再次向世界敞开，各种西方现代文化思想如潮水般涌入中国，这令刚刚从十年“文化大革命”的梦魇中醒来的知识分子兴奋不已。在这样的形式下，国内翻译和出版了大量西方文艺思想方面的书籍。如四川人民出版社率先在20世纪80年代初期出版了大型系列丛书“走向未来丛书”，其中大部分是翻译介绍当今世界新的科技、人文、社会科学和政治法律方面的著作。紧跟着上海译文出版社也推出了“现代西方哲学译丛”，其后三联书店全力推出“学术文库”“新知文库”等丛书，翻译出版了近百部西方近现代典籍，前所未有地推动了80年代西方现代思潮在中国的传播。通过这些书

① 《邓小平论文艺》，人民文学出版社1989年版，第108页。

籍，人们不仅接触到了康德、黑格尔、弗洛伊德，也接触到了现象学、阐释学、存在主义、西方马克思主义、逻辑分析哲学，以及现当代政治学、法学、教育学、历史学等。在文学方面，西方现代主义文学作品也被大量地翻译和介绍。如袁可嘉主编的《外国现代派文学作品选》就是当时最热门的畅销书。此外其他出版社也竞相出版外国文学作品，如北京外国文学出版社和上海译文出版社联合出版的“20 世纪外国文学丛书”、“外国文学名著丛书”，广西漓江出版社出版的“诺贝尔文学奖获奖作家作品集”等。

伴随着思想界不断掀起的西学热，中国的批评家们也从中汲取了各种方法和理论，并将其大量运用于当时的文学批评与研究中。在古典文学方面，自 20 世纪 80 年代中期以来，研究者逐渐将社会学、人类学、民俗学、民族学、神话学、宗教学、心理学、语言学等其他学科的观念和方法融入传统文学的研究中。这不仅大大拓宽了他们的研究视野，增添了新的研究手段，并且为学科开拓了许多边缘性的研究课题。从此，中国古典文学研究的面貌就焕然一新了。

（三）古典文学研究的繁荣

“文化大革命”后古典文学研究的繁荣主要体现在以下几方面。

首先，是研究队伍的恢复和发展。随着 1977 年大学恢复招生，古典文学的学科重要性再次得到社会确认，古典文学也重新被确定为大学中文系重要基础课程，教学和研究队伍的恢复和扩充也在加紧进行。

其次，是研究团体的壮大。在 1980 年后，古典文学领域也开始成立各种学会，通过这些学会，学者之间的横向联系有所增强，研究队伍重整旗鼓，学术活动也次第展开。全国各地举办的有关古典文学的有一定规模的学术讨论会，每年总在 10 次以上，而国际间的学术交流活动也已开始。在这种形势下，研究成果也相应增加，出版发表的论文和著作数量激增。

再次，是研究刊物大量出版。1980 年《文学遗产》以杂志的形式复刊是一个象征性的标志，从此，全国各高校学报和各地的学术刊物、文学杂志、自考辅导刊物纷纷出刊，这为古典文学研究者学习和交流提供了广阔天地。

最后，是对“文化大革命”错误观念和理论的廓清。这主要集中在 1985 年前，它包括理论观念上的和具体文学现象评论上的。在理论观念上的，如关于文学遗产的性质、怎样继承文学遗产、批判与继承的关系等；在具体文学现象评论方面则牵涉文学史上的许多作家作品，如关于李白与杜甫问题、《红楼梦》问题、《水浒传》问题等。此外拨乱反正方面还包括对上一时期所发生的某些批判运动的重新评价，如对1954年关于《红楼梦研究》的批判运动，《文学遗产》、《文学评论》等杂志都曾刊出文章，作了实事求是的历史回顾和客观评论，对于其中是非功过的分析，比较令人信服。拨乱反正一方面消除了种种遗留谬误和弊端，使研究工作能在较高的起点上展开；同时也使广大古典文学工作者从“文化大革命”时期错误思想的束缚中解脱出来，为这一学科的多元化发展作好思想和理论准备。

政治环境的拨乱反正为《水浒传》的研究提供了一个好的“大气候”；而西方大量先进的文艺理论的涌入又为研究者开阔了视野，提供了新的研究方法；古典文学研究的繁荣则为《水浒传》的研究提供了一个好的“小气候”，在这样的平台和依托下，1977—1989年这13年的《水浒传》研究取得了可喜的成就。

二 研究概述

由于研究环境的好转，1977—1989年的《水浒传》研究取得了很好的成绩。从总体上看，这十三年的《水浒传》研究还可分为两个小阶段。第一个小阶段是1977—1981年。与当时思想政治环境一致，这一时期的《水浒传》研究主要是对“文化大革命”、“批《水浒》”运动等错误论调进行廓清。第二个小阶段是1981—1989年。这一阶段的《水浒传》研究从前一阶段的反思与廓清发展到了多元化的研究，无论是从研究领域还是从研究方法及研究成果的数量和质量上都取得了显著的成果。大体来说主要体现在如下几方面。

（一）研究队伍的壮大和专刊的出版

随着中共文艺政策的调整，古典文学研究呈现出欣欣向荣的景象，同样在《水浒传》研究方面也是如此。它主要表现为学术组织纷纷建立，研究队伍越来越大，以及全国性的《水浒传》学术讨论会的举行和研究《水浒传》专刊的出版。

1981年3月，湖北省成立了第一个《水浒》研究会。它由湖北大学中国古代小说戏曲研究所所长张国光教授任会长，黄清泉、吴志达、李悔吾任副会长，翁伯年、佘大平任秘书长。1981年11月，该会在武汉举办了首届全国《水浒》学术讨论会，这是我国《水浒传》研究史上的一次盛会。在这次讨论会期间，一些《水浒传》研究者就提出了成立全国学会的倡议，得到了与会者的热烈响应。此后分别于1982年（杭州）、1983年（菏泽）、1987年（襄樊）举行了三届全国《水浒》讨论会。在1987年11月全国第四届《水浒》讨论会上，正式成立了中国《水浒》学会，会长吴晓铃，副会长刘世德、张国光、袁世硕、郭豫适，秘书长李悔吾。学会挂靠在湖北大学，学会下设秘书处，处理日常事务。

除了学会的成立外，还出版了专门研究《水浒传》的刊物《水浒争鸣》。该刊物自1982年创刊，先后由长江文艺出版社和武汉大学出版社出版，至今已出版15辑。该刊原由湖北省《水浒》研究会主办，1987年中国《水浒》学会成立后即将该刊作为会刊，改由中国《水浒》学会主办。该刊创刊20余年来，已发表了包括台湾、香港在内的全国各地和美国、日本的专家学者的大量学术论文，内容涉及《水浒传》的作者、版本、成书时代、思想内容、艺术成就、《水浒》戏曲和影视的创作改编、金圣叹评点问题、《水浒》与中外古代小说的比较研究等方面，对推动《水浒传》研究的深入和提高做出了巨大贡献。

（二）文本的整理和出版

1977—1989年《水浒传》的文本整理和出版最大的成绩是《水浒传会评本》[①] 的出版。《水浒传会评本》由陈曦钟、侯忠义和鲁玉川辑校，它在保留金圣叹评本原貌的基础上，以金本为基础，会集了国内现存的其他多种《水浒传》评本的批语，对于研究《水浒传》和中国文学批评史都有重要的参考价值。除了会评本外，这一时期出现的校注本还有李泉、张永鑫校注，王利器审订的《水浒全传新校注本》和罗尔纲校订的《水浒传原本》[②]。《水浒全传新校注本》用1954年人民文学出版社出版的《水浒全传》等加以校订，改正明显错误，书内附杜堇绘制的人物图像20幅，书末附有无名氏的《大宋宣和遗事》（节录）、李贽的《忠义水浒传序》、袁无涯的《忠义水浒全书发凡》和杨定见的《忠义水浒全书小引》。

在文本出版方面，台湾天一出版社出版的《明清善本小说丛刊》第十七辑《水浒传》专辑，收录了9种版本。在大陆，百回本、百二十回本和七十回本都陆续出版，如人民文学出版社的《水浒传》，江苏古籍和

① 陈曦钟、侯忠义和鲁玉川辑校：《水浒传会评本》，北京大学出版社1981年版。

② 李泉、张永鑫校注，王利器审订：《水浒全传新校注本》，四川文艺出版社1986年版；罗尔纲校订：《水浒传原本》，贵州人民出版社1989年版。

中州古籍出版社的《第五才子书施耐庵水浒传》，上海古籍出版社的《水浒全传》等。另外天一出版社还出版了《精镌合刻三国水浒全传》，河北人民出版社出版的蒋祖钢校勘的《古本水浒传》①。另外，这一时期还出版了大量的水浒故事选编和改编的图书以及连环画，这对《水浒传》的普及具有重要作用。

附带说一下的是在水浒画册方面，先后出版了陈老莲《水浒叶子》、杜堇《水浒人物全图》和戴敦邦《水浒叶子》②，这对普及和研究《水浒传》的插图和传播等有一定的价值。

（三）大量专著的出版

根据笔者的不完全统计，1977—1989 年出版的《水浒传》研究专著至少有 30 余种。现分类简介如下。

①研究资料方面。首先要说的就是马蹄疾和朱一玄、刘毓忱的两部研究资料汇编。马蹄疾的《水浒资料汇编》辑录了自南宋以来到“五四”运动 700 多年间有关梁山泊农民起义故事的记载和《水浒传》及其作者的主要资料，是研究《水浒传》必备的参考书之一。朱一玄和刘毓忱编的《水浒传资料汇编》在体例上很有特色，分为“本事编”、“作者编”、“版本编”、“评论编”、“注释编”和“影响编”六部分，收录了施耐庵和罗贯中两个人的资料和《水浒传》各种版本的资料等内容，在研究者中影响非常大③。这两部资料汇编都是多次重版，成为今天研究《水浒传》基本的工具书。

此外还出版了两本研究目录索引，它们是湖北省文学学会《水浒》研究会、武汉师范学院中文系资料室编《水浒研究论著目录索引》和南京大学中文系资料室编《水浒研究资料》。④这两本书将新中国成立后研究《水浒传》的论文和专著按照时间顺序进行了编目，研究者可以按图

---

① 《水浒传》，人民文学出版社 1984 年版；《第五才子书施耐庵水浒传》，江苏古籍和中州古籍出版社 1985 年版；《水浒全传》，上海古籍出版社 1984 年版；《精镌合刻三国水浒全传》，天一出版社 1985 年版；蒋祖钢校勘：《古本水浒传》，河北人民出版社 1985 年版。

② 陈老莲：《水浒叶子》，四川美术出版社 1986 年版；杜堇：《水浒人物全图》，上海书画出版社 1986 年版；戴敦邦：《水浒叶子》，江苏美术出版社 1985 年版。

③ 马蹄疾：《水浒传资料汇编》，中华书局 1977 年版；朱一玄，刘毓忱编：《水浒传资料汇编》，百花文艺出版社 1981 年版。

④ 湖北省文学学会《水浒》研究会、武汉师范学院中文系资料室编：《水浒研究论著目录索引》1981 年版；南京大学中文系资料室编：《水浒研究资料》，南京大学中文系资料室 1980 年版。

索骥进行查阅。

②作者研究。这一时期《水浒传》作者研究是一大热点，除了大量论文外，还出现了四部研究专著和刊物《耐庵学刊》的连续出版，标志着《水浒传》作者研究高峰的到来。这四部专著对施耐庵等问题进行了研究，其中张惠仁的《水浒与施耐庵研究》是比较具有代表性的。张惠仁是施耐庵说的积极支持者和倡导者，他在该书中通过大量材料，从名讳学的微观层次解读了施彦端、施耐庵名字的奥秘，为论证施耐庵实有其人，即今苏北兴化、大丰施族祖先起了重要作用。马春阳《施耐庵的传说》共收录69篇至今在苏北民间流传的故事，展示了施耐庵的生平性格与写作《水浒传》的过程。此外曹晋杰、朱步楼的《施耐庵新证》和江苏省社会科学院文研所编的《施耐庵研究》都是这一时期《水浒传》作者研究的力作。① 另外大丰县施耐庵研究会编辑出版的连续性刊物《耐庵学刊》从1985年创刊起，迄今已出版20期，刊载了大量关于施耐庵的文章，是新时期小说作者研究的重要阵地。

③评点研究。这一时期的评点研究主要以张国光的金圣叹研究为代表。张国光先后出版了两部有关金圣叹的著作，即《金圣叹与七十回本〈水浒〉研究》和《〈水浒〉与金圣叹研究》。在这些论著中，张国光对金圣叹腰斩《水浒传》等问题进行了研究和评价。另外徐立、陈瑜《文坛怪杰金圣叹》也是研究金圣叹的一部专著，它包括“金圣叹坎坷的一生”、“评点的才子书”和“小说理论”及年谱四部分。而刘欣中的《金圣叹的小说理论》一书则从“小说的艺术特征、小说的虚构和生活真实、小说的社会作用和在文学史上的地位、小说的创作动机”等10个方面比较全面和系统地梳理了金圣叹的小说理论，成为这一时期金圣叹小说理论研究的代表作品②。

④综合研究。这一时期《水浒传》思想艺术研究等成果最为显著，除了大量的论文外，还出版了10部专著和6部《水浒争鸣》。其中欧阳

---

① 张惠仁：《水浒与施耐庵研究》，延边大学出版社1988年版；马春阳：《施耐庵的传说》，江苏人民出版社1984年版；曹晋杰、朱步楼：《施耐庵新证》，学林出版社1986年版；江苏省社会科学院文研所：《施耐庵研究》，江苏古籍出版社1984年版。

② 张国光：《金圣叹与七十回本〈水浒〉研究》，武汉师范学院学报编辑部1980年版；张国光：《〈水浒〉与金圣叹研究》，中州书画社1981年版；徐立、陈瑜：《文坛怪杰金圣叹》，湖南教育出版社1987年版；刘欣中：《金圣叹的小说理论》，河北人民出版社1982年版。

健、萧相恺的《水浒新议》是比较有影响的一部论文集。该书由25篇论文组成，分别探讨了《水浒传》的主题思想、人物形象、情节结构等问题，其中将《水浒传》主题概括为“为市井细民写心说”在当时影响很大。汪远平《水浒拾趣》一书从结构奇思篇、梁山好汉篇、三教九流篇、战术武功篇、民风习俗篇和语言技巧等方面对《水浒传》进行了综合研究。高明阁《水浒传论稿》是一本有关《水浒传》的论文专辑，它包括“水浒故事的演变过程”、“金圣叹对《水浒》的评点与篡改”等5篇文章。除此之外，还有胡菊人《红楼水浒与小说艺术》、双翼《水浒新谈》、郑公盾《水浒传论文集》、林文山《水浒简评》、汪远平《水浒艺术探胜》、吴士余《〈水浒〉艺术探微》、程远山和吕耘的《水浒赏析》等专著出版①。

⑤其他方面。除了以上几方面的论著外，这一时期还出版了两本辞书和一部探讨《水浒传》武打艺术的书。李法白、刘镜芙的《水浒语词词典》以人民文学出版社百回本《水浒传》为基础，共收词和熟语3194条，并逐一进行解释。另外胡竹安《水浒词典》是一部以古代白话为主的专书言语词典，它以1954年北京人民文学出版社出版的郑振铎序本《水浒全传》为基础，共收词条4859条②。

王资鑫《水浒与武打艺术》在《水浒传》研究领域内另辟蹊径，填补了《水浒》研究领域的空白。该书从文学、美学、哲学、力学诸角度，特别是从武术学的角度，对《水浒传》中描写的武打艺术，进行了多方面的、既富有哲理又饶有情趣的探讨和研究。大凡《水浒传》中所描绘的硬功、轻功、射功、御功，马战、步战、水战、陆战，刀法、枪法，拳术、棒术，徒手相扑，持械格斗，攻城拔寨，偷营打店等等，都分门别类地对其做出科学的阐释和艺术的分析。该书还对中国古代文学作品中的武打描写，进行了纵向的考察，从而在宏观上肯定了《水浒传》武打艺术

① 欧阳健、萧相恺：《水浒新议》，重庆出版社1983年版；汪远平：《水浒拾趣》，北岳文艺出版社1987年版；高明阁：《水浒传论稿》，辽宁大学出版社1987年版；胡菊人：《红楼水浒与小说艺术》，百叶书舍1977年版；双翼：《水浒新谈》，万源图书公司1979年版；郑公盾：《水浒传论文集》，宁夏人民出版社1983年版；林文山：《水浒简评》，文艺出版社1985年版；汪远平：《水浒艺术探胜》，山西人民出版社1985年版；吴士余：《〈水浒〉艺术探微》，重庆出版社1985年版；程远山、吕耘：《水浒赏析》，少年儿童出版社1987年版。

② 李法白、刘镜芙：《水浒语词词典》，上海辞书出版社1989年版；胡竹安：《水浒词典》，汉语大词典出版社1989年版。

描写在中国通俗文学史以至于在中国文学史上的重要地位①。

除了文本整理与专著之外，这一时期还发表了大量的研究论文。根据笔者的不完全统计，这一时期发表的《水浒传》研究论文近900篇，涉及《水浒传》研究各个方面，有力地推动了《水浒传》研究的发展。

第二节　新时期《水浒传》成书研究

《水浒传》成书演变研究在本时期取得了比较大的进展。在本事研究上，关于宋江问题的讨论是这一时期的一个热点问题，成果也很显著。在《水浒传》演变问题上夏梦菊的系列文章是比较详尽的，但整体上没有能够突破前人。在成书时间问题上，这一时期取得了很大的成就，无论是元代说或者是明代说都取得了很大的进展，研究更趋细化。另外对元杂剧与《水浒传》的关系问题，曲家源的元杂剧非《水浒传》源头说也是一大亮点。

一　宋江史实研究

对宋江及其相关史实的考辨自来就是《水浒传》成书演变的传统课题。早在十七年时期，张政烺等就对该问题进行了考辨。1978年，著名历史学家邓广铭在《社会科学战线》上先后发表两篇文章，力主宋江没有投降，从而引发了一场关于宋江是否投降的小论争。学术界围绕这个问题发表了十余篇文章，并基本上形成了肯定和否定两个对立的派别。

作为否定论者的代表，邓广铭和李培浩在《历史上的宋江不是投降派》一文中主张宋江既未投降，更未征方腊。他们分析现存大量史料后发现，北宋人的记载里从没有宋江军队曾经到过海州境内的记载，也从未看到宋江向张叔夜投降之说，但是到南宋人的记载里便比比皆是了，他认为这些现象“说明所谓宋江受招安，只不过是南宋时人根据已被演为传奇的故事，写进官私著作里罢了”。既然宋江没有投降，“当然更不可能有参加镇压方腊起义军的罪行”，而这种说法也是“南宋人所捏造”的②。

① 王资鑫：《水浒与武打艺术》，江苏古籍出版社1986年版。

② 邓广铭、李培浩：《历史上的宋江不是投降派》，《社会科学战线》1978年第2期。

邓广铭和李培浩的这篇文章发表后遭到张国光等学者的质疑，于是又撰写《就有关宋江是否投降·是否打方腊的一些史料的使用和鉴定问题答张国光君》一文进行论辩，再次强调“历史上只有一个宋江。这个宋江并没有向张叔夜投降，而是在反抗斗争失败后被折可存等人的部队俘获的。既不曾投降过，当然更不可能有从征方腊的事”①。

值得称道的是，当宋江投降的铁证《捕盗偶成》诗被发现后，邓广铭立刻发表了《关于宋江的投降与征方腊问题》的文章，对自己以前的观点作了重要修正。他认为“宋江等人之曾投降是确有其事的，我们断言其为南宋人所捏造，是完全错误的”。但另一方面作者仍然坚持认为“宋江确曾一度投降北宋王朝，又确实不曾从征方腊，并确实是既降复叛”②。

除了邓广铭外，戴不凡也认为“历史上的宋江是没有受招安打方腊的。宋江投降去打方腊这是‘南派水浒’故事的特点”，“《水浒》小说把历史上其实并没有投降的宋江，写成为投降官军去打方腊的宋江，一般认为是施耐庵搞的”③。

周健明《〈水浒传〉札记》则从“宋江没有投降的记载离事变发生的时间很近”、“宋江投降的历史资料有很多自相矛盾之处”、“《宋会要辑稿》中没有宋江投降的记录”和“南宋封建文人有意篡改这段历史的可能性很大”四个方面进行论证，认为宋江没有投降。另外他还从“侯蒙的建议并没有实现”、“说宋江征方腊的资料，彼此矛盾很多”和“许多可靠的资料却没有宋江征方腊的记载”三个角度认为历史上的宋江没有征方腊④。

此外，柴平对肯定论者所持的材料进行了辨析，认为“李焘、王偁当时所说宋江投降了又去打方腊或仅仅说宋江降于张叔夜而不说宋江打过方腊，其依据的原始出处，都不过是如上所述一些南宋人的著作而已”，“关于宋江起义问题的记载，本来只有宣和元年十二月诏书、侯蒙上书、方勺《泊宅编》、蒋园墓志、折可存墓志这几件材料才可信”，因此说

---

① 邓广铭：《就有关宋江是否投降、是否打方腊的一些史料的使用和鉴定问题答张国光君》，《社会科学战线》1980年第1期。

② 邓广铭：《关于宋江的投降与征方腊问题》，《中华文史论丛》1982年第4辑。

③ 戴不凡：《疑施耐庵即郭勋》，《小说见闻录》，浙江人民出版社1980年版，第98页。

④ 周健明：《〈水浒传〉札记》，《湘潭大学学报》（哲学社会科学版）1981年第1—2期。

“宋江投降了又去打方腊的记载”乃是“无稽之谈”①。

邓广铭的文章发表后，陆续有学者撰文进行商榷。张国光在邓文发表后一期的《社会科学战线》上就著文与之进行商榷，他从“全面理解《折可存墓志》，不应任意夸大其史料价值”、“实事求是地对待宋江投降史料，不应任意怀疑和否定”以及“宋江打方腊的罪证不容否认”三方面对邓文进行了辩驳，认为宋江曾经投降并征讨过方腊是历史上的事实。作者还在此基础上对宋江的结局进行了探讨，认为余嘉锡先生的推测是比较合乎实际的②。后来张国光又在《重庆师范学院学报》发表文章，对邓广铭的《就有关宋江是否投降、是否打方腊的一些史料的使用和鉴定问题答张国光君》一文进行反驳，认为“邓文中所提出的八条答辩，多不成立，……因此，他关于宋江不曾投降，不曾攻打方腊的结论，也难以使人相信”③。

就在双方争执不下的时候，关于宋江曾经接受招安的确切材料被发现了。1981 年马泰来发表了《从李若水的〈捕盗偶成〉诗论历史上的宋江》一文，揭示出北宋末年吏部侍郎李若水的《捕盗偶成》诗已经描写了宋江被朝廷招安这一历史事件④。在新的史料面前，汉白发表《宋江投降与从征方腊史实考辨》一文支持张国光，并对反对论者的观点进行了分析。他认为邓广铭等的错误是对封建时代士大夫墓志史料价值过分相信，将“里面充满着夸美不实之词”的“士大夫阶级的树碑立传文学”的墓志“当成是最可靠的原始材料”，用以检查订正史籍，从根本上说是犯了“从现成的结论出发去取舍史料”的错误⑤。

洪克夷则通过对大量史料的分析认为：“迄今我们所见，只有记载宋江投降与征方腊的史料，以及未明投降与否、征方腊与否的史料，而没有记载宋江未投降与征方腊的可靠史料。宋江的起义、投降、征方腊，皆为

---

① 柴平：《宋江投降史料辨伪——评余嘉锡〈宋江三十六人考实〉》，《阴山学刊》1982 年 00 期。

② 张国光：《历史上的宋江不是投降派一文质疑——与邓广铭、李培浩同志商榷》，《社会科学战线》1978 年第 4 期。

③ 张国光：《对“历史上的宋江不是投降派”论再质疑——与邓广铭先生》，《重庆师范学院学报》1981 年第 1 期。

④ 马泰来：《从李若水的〈捕盗偶成〉诗论历史上的宋江》，《中华文史论丛》1982 年第 1 辑。

⑤ 汉白：《宋江投降与从征方腊史实考辨》，《吉林师范大学学报》（人文社会科学版）1985 年第 1 期。

史实，后代的水浒故事离历史虽然很远，但其间架，却是有历史的端倪可寻的。”① 刘知渐通过对李若水《捕盗偶成》一诗的分析，认为“宋江接受招安，本是铁的事实，没有任何可以怀疑之点了。至于宋江接受招安之后，又从征过方腊，到了方腊被消灭以后，折可存‘奉御笔’加以逮捕，这也是历史事实，无须争论的”②。

除了以上两种尖锐对立的观点外，当时还有的学者认为宋江曾经接受招安但未征方腊。邓广铭《关于宋江的投降与征方腊问题》就认为：“史学界经过一番热烈的争论，现在基本上可以肯定的是：宋江等三十六人确曾一度接受过北宋王朝的招安，然而却确实不曾参加过北宋王朝镇压方腊的战役。在接受招安至少过了一年以上的时光之后，宋江再度反叛，所以宋廷才在折可存等人镇压了方腊的起义军而班师过开封时，颁降了‘捕草寇宋江’的命令给他们，而在不出一月的时间内就又被他（折可存）擒获了”，并认为“至于何时复叛，何时又被擒获，这最好等待以后更能找到确实的资料时再为论定”③。

张惠仁也认为宋江不曾征讨方腊，《题宋江三十六人画赞》的内容是陆友仁“展开了‘艺术想象的翅膀’，说得有鼻子有眼，什么‘后来报国收战功，捷书夜奏甘泉宫’，俨然宋江打方腊是实有其事”④。此外罗继祖也根据《折可存墓志铭》和《忠义彦通方公传》两则材料认为“《水浒传》谓宋江擒方腊，此小说家装点谰言也，故有人信之，而不计其甚乖情理”⑤。

关于宋江是否投降和征方腊的争论是这一时期《水浒传》研究的一个小热点。从当时的十余篇文章来看，基本上是承认宋江接受招安的观点占据上风，尤其是在李若水《捕盗偶成》一诗被披露后，宋江接受招安问题基本上可以定谳了，而对是否征讨方腊则还需要进一步地探讨，仅以目前的材料似乎还不能够盖棺定论。

---

① 洪克夷：《〈水浒〉二论》，《杭州大学学报》1982 年第 1 期。

② 刘知渐：《〈水浒〉的书名及其所谓“真义”——罗尔纲同志〈水浒真义考〉质疑》，《明清小说研究》1986 年第 1 期。

③ 邓广铭：《关于宋江的投降与征方腊问题》，《中华文史论丛》1982 年第 4 辑。

④ 张惠仁：《鸟瞰〈水浒〉演变史，漫议如何评〈水浒〉》，《陕西理工学院学报》1984 年第 1 期。

⑤ 罗继祖：《宋江不擒方腊》，《社会科学战线》1978 年第 1 期。

二 成书演变研究

《水浒传》的成书演变研究一直是《水浒传》研究史上的重要话题。这一时期的研究既有宏观全面分析《水浒传》成书演变过程的文章，也有对其演变过程中的某一细节或者局部问题进行分析的文章。

首先是系统分析《水浒传》的成书演变。对《水浒传》的演变，刘维俊、曹作芬将其产生的过程大致归纳为“人民大众口头传说阶段”、“民间艺人讲述和记录阶段”和“作家的编辑、加工和改写阶段”三个部分①。张惠仁则认为在《水浒传》演变史上有三座里程碑：元末施耐庵的《水浒传》原本、明代中叶的“百回本”和明末清初金圣叹的七十回本。他认为第一座里程碑反映的是人民群众摆脱压迫剥削的理想和愿望。第二座里程碑是在基本上保留着施耐庵的《水浒传》原本“乱自上作”、“官逼民反”等内容的基础上增续“招安”、“平寇”等内容，企图把主题思想改造成为既向封建统治者进谏（“勿逼民反”）又对造反者劝降（“反后须降”），并且寄寓“忠不见用”“忠反受谗”“功成身退”的忧愤。现传版本《水浒传》内容的复杂性主要来源于此，《水浒传》评论的众说纷纭也是从这里开始的。第三座里程碑“金批”《水浒传》七十回本的出现，正是金圣叹用他的删、改、批、序等“四合一”的手段来体现他对“百回本”、“百二十回本”《水浒传》的一种评价（反对“水浒忠义说”，坚持百回本“水浒诲盗说”），并标榜自己的“七十回”本才是可以真正起到“弭盗”的作用的，但在客观上又是起了“诲盗”的作用②。

高明阁《水浒传论稿》认为《宣和遗事》是当时水浒故事概貌的记录，其中接受招安和征方腊等都是当时故事中原有的。他认为水浒故事在《宣和遗事》等说话材料的基础上发展“主要不是在原有的形象和情节中的刻画和充实，而是在其他原属次要的形象与情节中打主意”。具体来说这种发展有两条途径：第一条途径是“在原来的主要形象的故事充实之中，配置原来不曾有的次要形象”，如宋江故事中插入柴进、武松、孔氏兄弟和花荣等；第二条途径也是最主要的途径是“从与原来《水浒》无关的故事中，吸收新的血液，来充实这部作品”，如杨雄、石秀、鲁智深

① 刘维俊、曹作芬：《〈水浒〉的形成及其思想意义》，《河北大学学报》1984 年第 1 期。

② 张惠仁：《鸟瞰〈水浒〉演变史，漫议如何评〈水浒〉》，《汉中师范学院学报》1984 年第 1 期。

等故事，它们往往来自当时的说话故事，这在《醉翁谈录》里有记录①。

这一时期对《水浒传》的成书演变研究论述甚详的是夏梦菊的文章。他将《水浒传》的成书演变分为三期，即集纳期、成熟期和定型期。他认为《水浒传》的集纳期分为四个阶段。

第一个阶段是最初的宋江故事。它是在强烈的抗金意识的渗透下萌芽的，这注定了它必然脱离历史的真实内容。它在这时的故事主体当是三十六人接受了朝廷的招安之后如何伐辽抗金。后来《水浒传》中的“忠义”之称，也就导源于此。

第二个阶段是宋金议和后，讲说抗金又掺杂了阶级斗争意识的宋江故事，便不得不转向讲说英雄的出身行径和武功技能。三十六人的团伙也被拆开，由对群体的描写变为对单个的描写。这时期水浒故事演变的成就，一是对每一位英雄的描写转向深入和细致，奠定了一部巨制的广泛深刻的内涵；二是由此决定了后来《水浒传》形式上单线发展的模子。

到南宋中、晚叶之间出现了第三个阶段。这次集纳首先呈现出努力向官方历史靠拢的迹象，如接受“征方腊”这一篡改了的历史，收入人数不突破“三十六人”而排除了以前附会在宋江集团的许多人物，改宋江根据地为梁山泊和宋江受招安于张叔夜。在具体内容方面，它主要还是由前一阶段的个别英雄的事迹连缀起来的，打州劫县、聚义招安等群体活动的场面几乎没有。另外，在不同的集纳者的体系中，人物和故事情节还没有固定下来，还存在着巨大的波动性和伸展余地。

第四个阶段是从南宋的晚叶直到明初。水浒故事的主要变化表现为：一是三十六大头目外，另添出七十二小头目，以吸纳原附会在宋江集团中的，甚至包括一些不属于宋江集团中的传说英雄；二是拆散三十六人分作几大批的组合，让这些英雄好汉陆续投上梁山泊，以将更多的对他们出身行径的描述穿插进去，丰满了人物形象；三是描写叙述更为详细周到，特别是许多群体场面的描述；四是在求全要求的驱使下，最早期的有关宋江三十六人抗金和与地主武装冲突的内容也被改编后加入进去，甚至同一内涵、情节略异内容也被重复改编加入；五是某些人物形象和故事情节的更改。

《水浒传》演变的成熟期是指从明初到嘉靖的百余年间。夏梦菊认为

---

① 高明阁：《水浒传论稿》，辽宁大学出版社 1987 年版，第 10、14 页。

在明初时，罗贯中专门收集以前说话资料逐一改编，《水浒传》也在此时出现。但由于它在形制上还只是说话人的蓝本，故未引起士大夫们更多的注意而沉寂无闻。嘉靖年间郭勋的门人受《三国演义》刊刻的影响，便以施耐庵为托名将罗贯中的《水浒传》再次改编。这次改编的分量并不太大，基本情节甚至绝大部分的文字没有变动，只是删削了作为话本必不可少的“致语”，补充了一部分描写成分，改过一些半文不白的句子，整理、编定了回目。从郭勋刻《水浒传》到金圣叹腰斩水浒，这是水浒演变史的定型期①。

其次是对《水浒传》局部演变的研究。除了对《水浒传》演变作宏观分析外，这一时期有的文章还对演变过程中的某一细节或者局部问题进行了探讨。

戴不凡《疑施耐庵即郭勋》认为早期《水浒传》故事应该是分为南北两派，南派写招安等，而北派主要是写类似于包公的主持正义故事。他认为在北中国的早期民间戏曲作品中没有发现宋江受招安的描写；而南派水浒故事传说则一直是和受招安攻打方腊联系的，“北派是写为民除害，甚至直接把矛头指向迫害老百姓的女真贵族统治者。南派则是宋江最后受招安去打方腊”。作者认为后者该是偏安的南宋境内不断有农民起义，有一部分人主张招抚的政见在民间文学中的反映。② 王利器则认为现在的《水浒全传》所根据的故事底本来源大致有三种：一是以梁山泊故事为主的本子，二是以太行山故事为主的本子，三是以述及方腊故事的施耐庵“的本”③。

洪克夷通过对大量材料的分析，认为“南宋瓦肆说话技艺中的水浒故事，很多是各自独立的一些短篇。它们的内容较之《宣和遗事》，一定会丰富具体得多”，“随着时间的推移，水浒故事由南北各地的短篇传说而逐渐汇合成为大规模的长篇，这大概是元代后期数十年内的事”。他还对小说招安情节进行了研究，认为《水浒传》招安后的大段情节“是元初以前所没有的，宋江一心受招安的思想，则更是后人的改饰”，“在元

① 夏梦菊：《〈水浒〉演变史新论》（下），《新疆师范大学学报》（哲社版）1990年第1期（按：夏梦菊分别在1988年、1989年和1990年发表了《〈水浒〉演变史新论》的系列文章。为了行文方便，故将此文归入本阶段研究史范畴进行论述）。

② 戴不凡：《疑施耐庵即郭勋》，《小说见闻录》，浙江人民出版社1980年版，第98页。

③ 王利器：《〈水浒全传〉的来源》，《西南师范大学学报》1987年第1期。

代后期，包含着招安以前故事和招安后征方腊情节的长篇水浒故事”才逐渐形成并基本定型①。侯会则根据书中每位好汉首次登场时配有一首“出场诗”的有规律现象断定，不但小说前十三回很可能是由一位博学多才、疾恶如仇的文人在原本的基础上增加的，后五十回可能也是后人在原本基础上增添的②。

马成生《南宋杭州与“水浒故事”的形成》一文则对南宋杭州与水浒故事的关系进行了分析，认为南宋杭州的社会环境、“街谈巷语”中发生和发展的水浒故事以及一些社会风尚也直接或间接地影响了后来的《水浒传》③。另外吕乃岩、闻莺等人也撰文对《水浒传》演变中的一些问题进行了分析和探讨④。

三 成书时间研究

关于《水浒》的成书时代，这一时期的学者通常认为是元末或元末明初，也有学者认为成书于明代，但对成书于明代具体什么时期却又有不同看法。

（一）元代说

王利器认为《水浒传》不是写于宋代是可以断言的，他根据周宪王杂剧和瞿佑《归田诗话》中的材料以及《水浒传》语言有的在明代已经不通行等证据认为《水浒传》也“不是明人作品”。文章从《水浒传》内证入手，根据小说中的行省制度、爪哇国名和其他地名等七条证据认为：“《水浒全传》成书于元代，故多举当时之事为言，从而具有浓厚的时代气氛。”⑤ 黄霖从《靖康稗史》的作者耐庵的考证入手，结合吴读本的有关资料，认为此耐庵即《水浒传》作者施耐庵，“施耐庵当为宋末元初钱塘（今杭州）人，他曾于元初编集了一本简略的《水浒传》”⑥。

---

① 洪克夷：《〈水浒〉二论》，《杭州大学学报》1982 年第 1 期。

② 侯会：《〈水浒〉源流管窥》，《文学遗产》1986 年第 4 期。

③ 马成生：《南宋杭州与“水浒故事”的形成》，《杭州师院学报》（社会科学版）1987 年第 3 期。

④ 吕乃岩：《〈水浒〉故事在南北两地的流传情况》，《水浒争鸣》第 3 辑，长江文艺出版社 1984 年版，第 119—133 页；闻莺：《〈水浒〉流变四章》，《水浒争鸣》第 3 辑，长江文艺出版社 1984 年版，第 205—221 页。

⑤ 王利器：《〈水浒全传〉的来源》，《西南师范大学学报》1987 年第 1 期。

⑥ 黄霖：《宋末元初人施耐庵及“施耐庵的本”》，《复旦学报》（社会科学版）1982 年第 5 期。

（二）元末或明初说

徐仲元根据嘉靖人有关记载的分析，认为《水浒传》应该“成书于元明之际，最迟不会晚于明初”。作者之所以认为《水浒传》成书于元末，主要是因为从嘉万以迄清初，凡是谈及《水浒传》及其作者（施、罗）的几乎都把时代说成或传为南宋末以迄明初，而从记述之口气来看则像是对遥远的过去的回忆或追述，“这表明嘉、万时人都把《水浒传》的成书传世说成是很久远的事情了。反之，值得注意的是关于《水浒传》之作者与时代虽聚讼纷纭，其说不一，但自嘉靖初以来，几乎没有人说成甚或怀疑为当时（嘉靖）人所为。各种有代表性之说法，虽然大都染有扑朔迷离之色彩，但却没有人怀疑或说出施耐庵系当时人某某之托名（施之托名说是到近代才明确）”。因此，作者推断，出现这种现象是因为“《水浒传》（祖本）的成书时代及其作者距嘉靖时确实已远。在嘉靖以前，在当时历史条件下，此种题材与倾向之作品，由于多方面的原因造成较少流传机会之情形以及较少确切真实之有关记述文字，因此才形成嘉靖以来对于《水浒传》及其作者之时代的聚讼纷纭、猜测不一的局面”，而这恰好说明了《水浒传》的成书是在元末或者明初①。

袁世硕根据《水浒传》所写宋代的故事在地名、职官名、人事称谓等许多方面大都符合宋代社会的实际，而杂用元代事语的情况并不多的现象认为小说祖本成书的时间“当不晚于元末明初”②。周维衍认为，《水浒传》一书中有不少府州名称和相关的地理知识是宋代并不存在而到了明代才出现的，这就为探求《水浒传》的成书年代提供了证据。作者具体考察了“江西信州”、“临淮州”、“蒲州”等地名，认为《水浒传》写作于元代的说法便不能成立，“最后成书必定是在明代”。作者又从“南京建康府”这一出现在明洪武十年（1377）的地名和小说中元代独有地名的偶然出现两条证据，认为汪道昆、周亮工二氏所说洪武初成书的记载是正确的，“《水浒传》最后成书必是在明初，更具体地说，当在洪武四年至十年之间，不可能在洪武十年以后。认为成书于元代，或元末明初，或

① 徐仲元：《施耐庵热与〈水浒传〉作者》，《内蒙古大学学报》（哲学社会科学版）1984年第1期。

② 袁世硕：《〈水浒传〉作者施耐庵问题》，《东岳论丛》1983年第3期。

嘉靖年间这三种说法都不可取”[①]。

（三）宣德成化说

李伟实在《从水浒戏和水浒叶子看〈水浒传〉的成书年代》一文中认为《水浒传》的成书时间是在宣德成化之间。他通过元代水浒戏和明初朱有燉《黑旋风仗义疏财》和《豹子和尚自还俗》两出水浒戏的分析，认为“元杂剧中没有留下小说《水浒传》彼时已成书的痕迹，从宣德年间朱有燉的两出水浒戏里也看不到《水浒传》的影子”，因此《水浒传》不产生在元末明初，而是产生在宣德八年之后。他又通过明人笔记关于成化年间水浒叶子的记载，并参考明末陈老莲绘画的水浒叶子和清代以至现在还在民间流行的水浒纸牌上面的人物图像，进一步断定《水浒传》小说的产生最早也不早于成化前期[②]。

（四）嘉靖说

张国光是这一时期嘉靖说的肇始者和坚定拥护者。他在《〈水浒传〉祖本探考——兼论施耐庵为郭勋门客之托名》中根据“小说中地名有明代建制”、“没有反映宋元时期的民族矛盾”、“嘉靖前文献没有提到《水浒传》”、“嘉靖前不可能出现白话文如此高超的作品”和“《水浒传》受《三国演义》影响”五个方面进行论证，认为《水浒传》的成书时间不早于嘉靖十一二年，即 16 世纪 30 年代初[③]。次年，张国光再次重申他的“嘉靖说”观点。他在《再论〈水浒〉成书于明嘉靖初年》一文中提出四条证据力证《水浒传》的成书时间为嘉靖十一二年。他的四条证据是：《水浒传》的地名、官制有不少是明代的建制，加上鼓吹招安与宣扬道教种种内证，均可证明此书成于明嘉靖中叶；郭勋之前无关于《水浒传》的记载；郭勋又是最早出现的《水浒传》版本的刊行者；根据《皇明从信录》可知郭勋使人写《英烈传》在嘉靖十六年稍前，而《英烈传》又是仿《三国志》、《水浒传》写的，则《水浒传》的下限必在嘉靖十五年以前。又郭勋的得势在嘉靖九年以后，因此推测他授意其门客撰写《忠

① 周维衍：《〈水浒传〉的成书年代和作者问题——从历史地理方面考证》，《学术月刊》1984 年第 7 期。

② 李伟实：《从水浒戏和水浒叶子看〈水浒传〉的成书年代》，《社会科学战线》1988 年第 1 期。

③ 张国光：《〈水浒传〉祖本探考——兼论施耐庵为郭勋门客之托名》，《江汉论坛》1982 年第 1 期。

义水浒传》的时间当在嘉靖十一二年①。

从上面的介绍我们就可以看出，这一时期对《水浒传》成书时间的探讨较之过去已经大大深入和具体，并且从方法论上看，它们大多采取了内证法，即通过小说文本自身内在的证据来论证自己的观点。但是无论是从地理名物还是从作品反映的思想内容或者社会思潮来论证，都具有一定的局限性，必须要综合地进行考察。例如张国光和周维衍等通过小说地名来考证小说成书就忽略了《水浒传》的世代累积型特征，也没有考虑到作品在传播过程中的增删和刊刻时候的窜入等因素，因而往往造成攻其一点而不及其余的缺陷。关于这一点，李永祜在《〈水浒〉中的地名证明了什么》一文中就曾提出异议，认为《水浒》中不少地名并非如张文所说属于明代建制。②

四 “水浒”寓意讨论

对“水浒”一词的寓意的探讨从本质上说是与《水浒传》主题思想相关的一个问题。在明清时期已经有人对此发表过一些看法，主要以袁无涯“姜太公钓鱼说”和金圣叹“荒远弃寇说”为代表。明朝万历年间袁无涯刊刻本《忠义水浒传全书·发凡》认为“传不言梁山，不言宋江，以非贼地，非贼人，故仅以‘水浒’名之。浒，水涯也，虚其辞也。盖明率土王臣，江非敢据有此泊也。”③ 意思是说宋江等虽然身居水泊，但不敢承认这水泊就是他们占有的，而认为一切都是宋王朝的，他们只不过是“率土”之“王臣”，所以宋江等人不是“贼人”。作者认为宋江他们暂居水泊是“居海滨之思”，是要学姜太公在渭水之滨，等候时机辅佐周文王。

金圣叹在他评点的《第五才子书施耐庵水浒传》序二里认为所谓“水浒也者，王土之滨则有水，又在水外则曰浒”。他对容本的忠义说进行了批判，认为施耐庵作小说以“水浒”命名，是因为宋江一伙是“天下之凶物恶物”，作者对这些人“恶之至、迸之至”，所以以“水浒”来

---

① 张国光：《再论〈水浒〉成书于明嘉靖初年》，《武汉师范学院学报》（哲学社会科学版）1983 年第 4 期

② 李永祜：《〈水浒〉中的地名证明了什么》，《水浒争鸣》第 4 辑，长江文艺出版社 1985 年版，第 106—120 页。

③ 袁无涯：《忠义水浒传全书·发凡》，朱一玄、刘毓忱：《水浒传资料汇编》，南开大学出版社 2002 年版，第 132 页。

“远之”。他认为宋江等人虽然“逃于及身之诛戮”，但通过施耐庵的小说却可以使他们“必不得逃于身后之放逐”，并起到“诛前人既死之心”“防后人未然之心”的目的。①

到了20世纪80年代，有的学者对“水浒”的寓意继续进行探讨，并形成了这样三种主要观点。首先是罗尔纲的建立新政权说。罗尔纲在《水浒真义考》一文中认为“水浒”一词出自《诗经》，表达的是建立新政权而与当时统治者对抗的思想。他说：

> 考水浒一辞的来源出自《诗经》。《诗经·大雅·緜》咏周朝之兴的历史道：“古公亶父，来朝走马，率西水浒，至于歧下。爰及姜女，聿来胥宇”。古公亶父是周文王的祖父，因为他有仁德，得到人民的拥戴，在岐下建立周朝开国的基业。水浒，指古公亶父来岐山时经过的漆、沮两水的旁边……（元杂剧）把梁山写成为根据地，以水浒寨作为新政权，显然是取自《诗经》这首“率西水浒，至于歧下”的史诗而来。罗贯中正是继承了并且进一步发挥了元杂剧的思想，取“水浒”为书名，以表明梁山泊与宋王朝对立，建立新政权的全书内容的。②

罗氏的建立新政权说显然比较牵强，因为利用小说来宣传革命这样一种思想和策略不大可能产生于罗贯中的时代，并且元杂剧中的“水浒”一词也未必就是表现所谓的“新政权”的意思。

罗尔纲的这篇文章在《文史》十五辑上发表后引起了比较大的反响，赞同者有之，如张惠仁就认为罗尔纲的观点“甚惬我意”③；反对者也不少，如刘知渐就认为“《水浒》二字，并不是该书的第一个书名……‘水浒’二字在《诗经》里，原是水边的意思，把一本小说取名为‘水边传’，实在不通，评话艺人的‘旧本’，决不会用这个名字”。他认为罗尔纲引以为据的两部元人剧本中的“‘水浒’二字，决非元人杂剧所有，是《水浒传》出现之后才加进去的，不能据此以证明罗贯中是继承和发挥‘元杂剧的思想，取《水浒》为书名’的。《水浒传》的原名，依据郎瑛

① 金圣叹：《第五才子书施耐庵水浒传》，中华书局1975年影印本。

② 罗尔纲：《水浒真义考》，《水浒原本和著者研究》，江苏古籍出版社1992年版，第3页。

③ 张惠仁：《〈水浒〉与施耐庵研究》，延边大学出版社1988年版，第11页。

《七修类稿》的记载，只有可能叫做《宋江三十六人传》或《宋江传》”。[①] 鲜述文也认为“‘水浒’这一词汇虽然起源于《诗经》的‘率西水浒’，而在元明时代，则已作为‘水边’、‘水泊’之类的同义词。刘先生说《水浒传》这个书名不过是‘梁山水泊’的雅化，没有深刻意义，是合乎情理的”[②]。张国光也认为这个观点“未免附会其词”[③]。

除了罗尔纲的说法外，汪远平在《水浒拾趣》一书中提出“虚其辞说”。他认为“水浒”一词“不一定特含那个方面的内容，只是泛指宋江一伙在水泊附近所发生的故事”，因为“《水浒传》这部书的内容是极其复杂丰富的，片面强调书名含有‘歌颂’或‘恶贬’之意，是不确切不稳妥的。作者主观创作意图，也不可能是十分单纯的。再者，硬是从‘水边’意思的‘浒’字里，去‘发现’所谓大义，似有牵强附会之嫌”[④]。显然汪远平的这个说法是比较符合作品的实际情况的。

此外，丘振声《读《水浒》札记四题》则综合两种说法，肯定了罗氏观点有一定的依据，认为“以‘水浒’为书名，借周朝有岐山开基的典故，表明梁山与宋皇朝对立，建立新政权”的意思是存在的，但梁山泊与宋皇朝“对立”到什么程度还应做具体分析。作者认为，从小说文本来说施耐庵取名《水浒传》确实有“虚其辞”的用意，它可以避免指某一方面的具体内容。但“从整个作品内容看，它既有与朝廷对立的一面，所谓‘撞破天罗为水浒，掀开地网上梁山’；又有受招安与朝廷妥协的一面，所谓‘替天行道存忠义，三度招安受帝封’。只执一端，以概其全，都不可能作出符合实际的解释”[⑤]。

以上诸说，平心而论当以“虚其辞”说较为妥当，如果非要从书名上去琢磨和发现所谓的“微言大义”，很可能就难以真正理解“水浒”二字的含义了。

五 《水浒传》与水浒戏

关于水浒戏与《水浒传》的关系问题，自胡适开始基本上都认为前

---

① 刘知渐：《〈水浒〉的书名及其所谓“真义”——罗尔纲同志〈水浒真义考质疑〉》，《明清小说研究》1986 年第 1 期。

② 鲜述文：《〈水浒〉的书名和意义》，《重庆师范学院学报》1986 年第 2 期。

③ 张国光：《对罗尔纲先生〈水浒真义考〉一文之商榷》，《武汉师范学院学报》（哲学社会科学版）1984 年第 4 期。

④ 汪远平：《水浒拾趣》，北岳文艺出版社 1987 年版，第 9 页。

⑤ 丘振声：《读〈水浒〉札记四题》，《惠州学院学报》1983 年第 1 期。

者是后者的艺术源头之一。本时期对这一问题研究的文章比较少，并且大都与传统观点保持一致，认为水浒戏对《水浒传》成书具有重大的影响。如宋子俊《试论元代水浒戏的思想价值及其地位》一文就对元代水浒戏的思想内容、水浒戏兴盛的原因和它在水浒故事演变发展过程中的地位进行了探讨。他认为："元杂剧中的水浒戏是水浒故事演变发展过程中的一个重要时期，它继承了前代关于梁山泊人物传说的有益方面，并且予以革命性的改造和大幅度的创作。而这些改造和创作，充分地体现了作者的进步思想倾向和聪明才智。同时，它对长篇巨著《水浒传》的写作也产生了积极的影响。所以说，元代水浒戏以它那较强的现实性和人民性，以及它对水浒故事的创造性发展，都足以说明它在水浒故事演变发展史上具有继往开来的意义"①。

王晓家认为"元代'水浒戏'开创了元末明初《水浒传》小说的先河，在情节、细节及人物刻画和对景物的描写、环境条件以及气氛渲染、安排等等，都形成了一套完整的概念，为《水浒传》的问世滋补了营养并准备了条件"②。熊文钦、石麟则通过对李逵这一人物形象演变过程的分析，认为"《水浒传》对李逵形象的塑造较之'水浒戏'，是既有继承，更有发展的"，"《水浒传》继承了'水浒戏'对李逵那种疾恶如仇，爱打抱不平的描写"，"对李逵那种粗豪、天真、淳朴、憨厚甚至莽撞的性格特征的刻画，都借鉴和继承了'水浒戏'"③。这实质上也是承认水浒戏是《水浒传》的艺术源头之一。此外，黄竹三也认为元代水浒戏"曲折地反映了当时社会现实的斗争，较好地塑造了农民起义军的英雄形象，并在主题思想、情节、背景、人物性格等方面为后来的《水浒传》的创作提供了良好的基础"④。

水浒戏是《水浒传》的艺术源头的观点虽然在当时居于主流地位，但也有学者敢于发表反对意见。其实早在十七年时期，严敦易就曾经提出《水浒传》不是由元代水浒戏演变来的观点，但这个观点在当时并没有引

---

① 宋子俊：《试论元代水浒戏的思想价值及其地位》，《西北师大学报》1984年第3期。

② 王晓家：《康进之与他的"水浒戏"》，《齐鲁艺苑》1983年第1期。

③ 熊文钦、石麟：《从水浒戏到〈水浒传〉看李逵形象的发展》，《水浒争鸣》第1辑，长江文艺出版社1982年版，第143页。

④ 黄竹三：《元代水浒戏的思想倾向》，《水浒争鸣》第2辑，长江文艺出版社1983年版，第129—130页。

起研究者的注意。本时期曲家源再次提出水浒杂剧不是小说源头的观点。曲家源在《元代水浒杂剧非〈水浒传〉来源考辨》一文中将水浒杂剧和《水浒传》中的主要人物、故事情节等方面进行了比较，认为元代水浒杂剧与长篇小说《水浒传》的这些不同之处是“带有根本性质”的区别。通过比较，作者认为“元代水浒杂剧的题材基本上取自当时的水浒说话”，而《水浒传》的发展线索应该是“由口头流传经说话艺人演说到产生长篇小说《水浒传》”这样一个“由少到多，由简到繁，由浅入深”“一脉相承的发展系统”，因此“在整个水浒艺术发展的历史上，元代水浒杂剧和明初长篇小说《水浒传》是并生于水浒说话这株民间艺术之树上的两枝超绝的花。它们是同根生，但是它们之间却并无前后承继关系。水浒杂剧虽然较《水浒传》产生为早，但它并非后者的来源。”另外作者还对流行的水浒戏为《水浒传》艺术源头的观点这一认识进行了分析，认为之所以文学史家产生这样的误解主要是因为“元代保留下来的杂剧资料相当丰富，……而说话情况却绝少记载”。学者在看不到元代水浒说话材料的情况下就往往误认为水浒故事在元代只有杂剧一种存在形式，并且只在杂剧这种形式中得到了发展，这样必然就得出了水浒戏为《水浒传》艺术源头的观点[①]。此外，高明阁也认为元代水浒戏与小说的关系并没有今天学者所说的那样重要[②]。

本时期《水浒传》成书演变研究从整体上看取得了比较大的成果。在本事研究上，关于宋江问题的讨论是这一时期的一个热点问题，经过争鸣，宋江接受招安基本成为定论。在《水浒传》演变问题上虽然文章比较多，但整体上没有能够突破前人。而在成书时间问题上，无论是元代说或者是明代说都取得了很大的进展，研究更趋细化。另外在元杂剧与《水浒传》的关系问题上，曲家源的元杂剧非《水浒传》源头说能够在继承前人的继承上突破成说，独树己见，学术勇气可嘉。

① 曲家源：《元代水浒杂剧非〈水浒传〉来源考辨》，《山西师大学报》1986 年第 2 期。

② 高明阁：《〈水浒传〉与〈宣和遗事〉——口头文学所奠定的〈水浒〉基础之一》，《水浒争鸣》第 1 辑，长江文艺出版社 1982 年版，第 48 页。

第三节　新时期《水浒传》版本研究

本时期《水浒传》的版本研究是一大热点，相继出现了“七十回古本”的论争和“梅寄鹤古本论争”两次大的讨论。在研究范围上几乎涵盖了所有《水浒传》版本的问题，在研究深度上也对前人有所超越，尤其是在具体的版本问题上对前人的很多观点进行了补充和修正。

一　版本形态问题

《水浒传》的原本形态和插增问题也是《水浒传》研究史上争论不休的问题之一。在十七年时期及其以前，大多数学者都认为《水浒传》的原本形态是有招安而无田王二传，至于有无征辽则无定论，何心则认为“征辽、征田虎、征王庆三段都不是后人加进去的”，是“原本所固有”[①]。本时期对《水浒传》原本形态研究的争执虽然较大，但却有力地推动了该问题研究的深入。

（一）原本有无招安及其他内容

一些学者认为《水浒传》原本无招安及征辽、方腊等其他内容，只是以排座次结束。关于这点，罗尔纲、陈辽和张惠仁等学者力主其说，其文前已引述。此外，周维衍《罗贯中〈水浒传〉原本无招安等部分》一文从王圻《稗史汇编》“从空中放出许多罡煞，又从梦里收拾一场怪诞”材料的分析、七十一回后的文字和情节存在许多瑕疵以及“招安、征辽、平方腊三部分是同时增入”三个方面进行论证，认为“罗贯中的‘原本’是没有招安、征方腊部分的；说金圣叹腰斩《水浒传》，也并不见得能确信无疑”[②]。

另外，有的学者认为《水浒传》原本有招安和征方腊的情节。如鲜述文就根据刘知渐考证出的《南沙先生文集》中已经有《水浒传》及其招安方面的材料，认为“上引史料提及宋江派燕青争取招安故事，足证《水浒传》早期版本就有招安情节，罗尔纲先生说古本《水浒传》不写招

① 何心：《水浒研究》，上海文艺联合出版社1954年版，第78页。
② 周维衍：《罗贯中〈水浒传〉原本无招安等部分》，《复旦学报》1985年第6期。

安，实际上是经不起推敲的”[①]。刘知渐《〈水浒〉的书名及其所谓“真义”——罗尔纲同志〈水浒真义考〉质疑》也认为“原本是招安之后，紧接征方腊的故事，最后就是宋江被害的结局”[②]。陈新也认为“受招安、平方腊，是《大宋宣和遗事》中已有的内容，所以无论在水浒故事发展过程中的哪个阶段，不可能没有这两项内容”[③]。

（二）关于征辽

征辽这部分是否属于原本固有自来就众说纷纭，但这时期的学者基本上都认为原本无征辽，他们的主要根据就是袁本《发凡》。如王根林《〈水浒祖本探考〉质疑——与张国光先生商榷》引百二十回本《发凡》中谓郭武定本“去田王而加辽国”一语，肯定征辽非祖本所有，乃后人所加[④]。洪克夷认为“今传完整的百二十回本《水浒全传》，包含着八十回招安以前的故事，征辽、征田虎、征王庆、征方腊等环节。研究者们根据其中用语及宋江等一百〇八人在征方腊时损兵折将，而征辽、征田虎、征王庆时损失的情况，公认招安以前及征方腊，为《水浒》中最古老的部分”，“征辽部分的产生，必在征方腊部分之后，征田、王之前，可能即郭勋门客所为”[⑤]。

陈新也肯定征辽不是原本所有的部分。他认为“征辽不合历史，也不见于《大宋宣和遗事》，文笔亦和全书不相协调。郑振铎根据征辽中一百八人无一伤损，而平方腊十损六七，论定为后人所增，是可信的”。他还对这段故事插增的时间和作者进行了分析，认为“征辽故事的增入，为《水浒传》忠君思想增加了爱国内容，因此很可能是元代说话艺人伤怀宋王朝灭亡的泄愤之作。这段故事文笔干枯，多排阵、斗法的老套，涉及的地理方位基本错误，必出于文化、历史知识都不甚高明的人之手”。[⑥]

当然也有部分学者坚持“征辽”是原本所有，如张国光《再论〈水

---

① 鲜述文：《〈水浒〉的书名和意义》，《重庆师范学院学报》1986 年第 2 期。

② 刘知渐：《〈水浒〉的书名及其所谓“真义”——罗尔纲同志〈水浒真义考〉质疑》，《明清小说研究》1986 年第 1 期。

③ 陈新：《关于〈水浒传〉的几个问题》，《南京师大学报》（社会科学版）1989 年第 3 期。

④ 王根林：《〈水浒祖本探考〉质疑——与张国光先生商榷》，《中华文史论丛》1982 年第 4 辑。

⑤ 洪克夷：《〈水浒〉二论》，《杭州大学学报》1982 年第 1 期。

⑥ 陈新：《关于〈水浒传〉的几个问题》，《南京师大学报》（社会科学版）1989 年第 3 期。

浒〉成书于明嘉靖初年》认为“征辽与打方腊同为祖本所有。‘北幽南至睦，两处见奇功’，‘九天玄女’这一‘预言’正说明百回本是一个有机体。直到金圣叹他为了使小说止于排座次，才删去受招安、征辽、打方腊的故事的。……‘加辽国’与‘去田王’之说都是全传本《发凡》的伪托，俱不可信……鲁迅《中国小说史略》说：‘郭本始破其拘，删王田而加辽国成百回’。郑振铎《水浒全传序》也说：‘一百回木里……征辽的故事这是原本所没有的。’均是误信《发凡》所致”。①

（三）关于田王二传

对于田王二传，学术界通常认为田王二传是后来的人加入的，这几乎已成为定论。如李国才就认为《水浒传》“原本文字古朴、粗糙，无田王故事”②。洪克夷也根据明人张凤翼《处实堂续集·水浒传序》、汪道昆所说的郭勋以后“版者渐多，复为村学究所损益，盖损其科诨形容之妙，而益以淮西、河北二事”和现存刊本中有万历时所刊的《新刊京本全像插增田虎王庆忠义水浒全传》三则材料认为“田虎、王庆两大段为万历时所加”③。

首先，有学者认为《水浒传》田、王二传系原本所固有的。如赵明政就认为“田、王二传与征辽国、征方腊一样，有一定的历史依据，是由讲史话本发展而来”，是小说原本固有的部分。他首先通过袁无涯本和评林本在描写田虎故事的地域、时间、人物、思想内容和故事情节等方面的雷同处入手，认为“征田虎乃是整个征辽故事的一部分”。由此他推测出《水浒》原有的征辽故事应该“包括现有的征辽八回，以及袁无涯、杨定见百二十回本和简本征田虎的全部。换言之，百回本征辽八回，只是删存了征辽故事的一部分（即收复燕云部分）”。

其次，作者从“地理位置和时代背景”、“王庆、王进和史斌的关系”、“王庆是抗金义军领袖”三方面进行了详细论证，认为“征王庆属于抗金故事，王庆—王进—史进是同一人物的故事分支，史斌为王庆原型”，“王庆就是百回本王进故事的继续，整个征王庆故事，就是征辽

① 张国光：《再论〈水浒〉成书于明嘉靖初年》，《武汉师范学院学报》（哲学社会科学版）1983年第4期。

② 李国才：《论巴黎所藏〈新刊京本全像插增田虎王庆忠义水浒传〉》，《水浒争鸣》第4辑，长江文艺出版社1985年版，第140页。

③ 洪克夷：《〈水浒〉二论》，《杭州大学学报》1982年第1期。

（征田虎）以后的抗金故事”。

根据以上两点，作者认为：“今存最早百回本是删除田、王二传而重刻的，所以第七十二回‘四大寇’之名依次为宋江、王庆、田虎、方腊，而全书三大部分依次为梁山泊聚义和招安过程、征辽、平方腊。田、王二传原是演述北宋末年征辽至南宋初年抗金北伐和‘平群寇’的英雄传奇（有别于严格依傍史书的历史演义），而现存百回本征辽八回只是节录了其中的一小部分。删去的部分，后人又以‘增补’的形式重新插入百回本。”所以，今本的田王二传实际上是原本所固有而被刊落的。赵明政还根据小说反映了“明代正统以后外患不断、朝政腐败、宦官专权的社会现实的印记”这样的时代背景和思想倾向，认为今本征辽和田、王二传重新插入《水浒传》的时间“应在明正统至嘉靖年间”①。

夏梦菊认为今存的简本田王二传虽然是后来插增的，但它们本质上是“在元末即已存在而为罗氏不用的”施耐庵原本田、王二传在文字上的删削，百二十回全传本又以此为基础进行改造成为今天繁本的田王二传②。欧阳健等也认为原本是有田王传的，后来被删节③。

（四）原本是否为词话

对于《水浒传》原本是否为词话本形态也是这一时期研究者讨论的一个话题。早在20世纪40年代孙楷第的《〈水浒传〉旧本考》以大涤余人序本《水浒传》为据，认为百回本以前的《水浒传》是元代南方书会所编的词话本，“其易词话本为说散本，似在明化治之后，正嘉之前”④。此外赵景深《〈水浒传〉简论》和叶德钧《宋元明讲唱文学》也持大体相同观点。⑤

张惠仁《鸟瞰〈水浒〉演变史，漫议如何评〈水浒〉》一文继承前人之说，认为“施耐庵的《水浒》原本在艺术上可能比较粗糙，在形式上可能是比较接近于说唱艺人底本的、每折前面有诸如‘灯花婆婆’等

---

① 赵明政：《〈水浒〉田、王二传新探》，《江汉论坛》1985年第11期。

② 夏梦菊：《〈水浒〉演变史新论》，《新疆师范大学学报》（哲社版）1990年第1期。

③ 欧阳健、萧相恺：《水浒新议》，重庆出版社1983年版，第260页。

④ 孙楷第：《〈水浒传〉旧本考》，《图书季刊》1941年第4期。

⑤ 赵景深：《〈水浒传〉简论》，《中国小说丛考》，齐鲁书社1980年版，第142页；叶德钧：《宋元明讲唱文学》，上杂出版社1953年版。

的‘致语’的‘词话’本子”①。洪克夷认为郭勋以前的《水浒传》旧本是词话，“每卷或每则前有定场用的韵语或外加故事，较接近于演出的原貌”，并且“文字可能稍粗糙，但不会简略”②。

反对者认为所谓的《水浒传》原本为词话本更多是想象推测之辞，没有确切的证据。张国光《再评聂绀弩等先生的〈水浒〉简本先于繁本说——兼辨〈水浒〉成书之前并无所谓词话本》一文对孙楷第、叶德均和胡士莹的论据一一进行辩驳，将持词话论者的三则主要材料即“百回本第四十八回赞祝家庄的古风”、《徐文长佚稿》中“《三国志》与今《水浒传》一辙，为弹唱词话耳”一段文字和《戏瑕》中文徵明听《水浒传》进行仔细分析，认为这些材料至多能够说明很可能《水浒传》产生之后民间艺人将它改编为词话本进行演唱；在百回本《水浒传》产生之前纵然有说唱的《水浒传》也只可能是局部的，而不能认为“当时已有说唱全部《水浒》故事的词话本流传”③。

夏梦菊《〈水浒〉演变史新论》也认为，尽管罗贯中所编定的《原本水浒》在形式上仍属于话本，但从《京本忠义传》的残页来看，“它的体制和词话全然无涉。……我们虽说《原本水浒》非词话本，却有可能题作‘词话’也未可知”④。

关于《水浒传》的原本形态和插增问题是《水浒传》研究史上一个很令人头疼的问题。本时期对该问题的讨论范围之广、程度之深都超过了以前任何一个时期，自然成绩也更大，其中最突出的一点就是以前认为是基本定案的问题现在又重新提出来探讨。如金本七十回本是伪古本早在20世纪40年代基本上就成了铁案，但本时期似乎又翻过来了；40年代孙楷第、叶德均和胡士莹等大家认为的《水浒传》原本形态为词话本的问题则有被推翻之势，而赵明政对田王二传的研究更是让人耳目一新，重新启发了我们对以前一些问题的思考和深入研究。

二　繁本与简本问题

繁本与简本关系问题自20世纪20年代开始就一直争论不休。鲁迅以

① 张惠仁：《鸟瞰〈水浒〉演变史，漫议如何评〈水浒〉》，《陕西理工学院学报》1984年第1期。

② 洪克夷：《〈水浒〉二论》，《杭州大学学报》1982年第1期。

③ 张国光：《再评聂绀弩等先生的〈水浒〉简本先于繁本说——兼辨〈水浒〉成书之前并无所谓词话本》，《湖北大学学报》1987年第5期。

④ 夏梦菊：《〈水浒〉演变史新论》，《新疆师范大学学报》（哲社版）1989年第1期。

进化论的观点认同繁本从简本所出，郑振铎当时也赞同该观点，胡适则与其相反。稍后孙楷第通过对几种版本的校勘，认为繁本在前，简本是繁本的删节本。随着材料的不断发掘，50年代郑振铎修正了自己的观点，认为是繁本在前，李希凡也赞同该观点，于是繁本先于简本几成定论。到了80年代，关于繁本与简本的关系问题再次提了出来，并在原来的简单的二元对立的模式基础上进了一步，标志着这时期繁本与简本关系问题研究的深入。

（一）繁本先于简本说

繁本先于简本的观点在20世纪50年代郑振铎力主此说之后就基本上占了上风，本时期许多学者也都持该观点。如陈辽《郭刻本水浒非〈水浒〉祖本——兼谈〈水浒〉版本的演变》一文通过对《京本忠义传》、郭勋刻本、天都外臣序本和评林本等现存版本的比勘，发现现存《水浒传》版本"繁本的出版年月均早于简本"。因此他认为："若说简本的成书时间早于繁本，那么总该有一种早于繁本的简本留存下来吧？但是事实上却没有。而南宋时期的《宣和遗事》那样的宋江故事的简本却留存下来了。因此，比较合理的解释是：'施耐庵的本'《水浒》从一开始就是比较繁的本子，繁本的成书时间早于简本。"①

傅隆基将简本的代表《京本增补校正全像忠义水浒志传评林》和繁本代表容与堂本、天都外臣序本的文本进行比较，从"全书的脉络线索""回目的省并""文辞的删削""某些情节的改窜""诗词韵文的增删改易"和"田王故事的增补"六个方面详细论证了"简本依据繁本删削而成"的观点。② 陈新认为"郑振铎于一九五三年为《水浒全传》作序亦修正了他当年的观点，论定简本是'把一百回本的原文大加删节'，这是经过认真比勘而获得的结论。完全可信"③。王根林《论〈水浒〉繁本与简本的关系》一文将评林本和天都外臣本进行对勘，举出十例说明"简本是繁本的删节本"，并对何心在《水浒研究》中持简本先于繁本说的三

① 陈辽：《郭刻本〈水浒〉非〈水浒〉祖本——兼谈〈水浒〉版本的演变》，《江汉论坛》1983年第3期。

② 傅隆基：《从评林本看〈水浒〉简本与繁本的关系》，《水浒争鸣》第5辑，武汉大学出版社1987年版，第86—100页。

③ 陈新：《关于〈水浒传〉的几个问题》，《南京师大学报》（社会科学版）1989年第3期。

个主要论据进行了辩驳，认为它们“都不能成立”[①]。赵明政《〈水浒〉田、王二传新探》通过评林本与郑藏本、天都外臣本的比较，认为“根据目前已知的繁简版本来看，只能得出如下结论：繁本先出，简本后出”[②]。高明阁也认为简本是由繁本删节而来的，“它形成的原因本来很简单，是书贾为了牟利，既偷工减料，又以全为号召，对古典小说任意大删大抹的结果”，并对简本在小说情节、环境描写和细节描写等方面对繁本的删削情况进行了分析[③]。

此外张国光《鲁迅以来盛行的〈水浒〉简本“加工”为繁本说的再讨论》和《再评聂绀弩等先生的〈水浒〉简本先于繁本说——兼辨〈水浒〉成书之前并无所谓词话本》以及刘世德《〈水浒传〉映雪草堂刊本——简本和删节本》等文也都持繁本先于简本的观点。[④]

（二）简本先于繁本说

这一时期简本先于繁本说的代表者是聂绀弩。他在《中华文史论丛》1980 年第 2 辑上发表了《论〈水浒〉的繁本和简本》这篇长达四万余字的宏文，文章以文学进化论的思想为理论依据，从简本和繁本各自演变承传的分析入手，通过对简本和繁本在题署、版式、分卷分回等八个形式方面的比较和简本、繁本具体小说片段的对勘，详尽阐述了“简本在先，繁本在后，繁本是由简本加工而来”的观点。[⑤] 这篇被马幼垣赞为“鸿博精洽、卓识迭见”的文章发表后引起了一定的反响，张国光专门撰文 2 篇与之商榷，对他文章中的论点论据进行了辩驳，极力否定简本先于繁本说。

齐裕焜《略谈〈水浒传〉的成书过程》一文认为：“《水浒传》的版本非常复杂，主要有简本和繁本两大系统。学术界一直存在着简先繁后或繁先简后的争论，我的看法是施耐庵原作或接近原作的本子，应该是个简

---

① 王根林：《论〈水浒〉繁本与简本的关系》，《中华文史论丛》1980 年第 2 辑。

② 赵明政：《〈水浒〉田、王二传新探》，《江汉论坛》1985 年第 11 期。

③ 高明阁：《水浒传论稿》，辽宁大学出版社 1987 年版，第 145—164 页。

④ 张国光：《鲁迅以来盛行的〈水浒〉简本“加工”为繁本说的再讨论》，《水浒与金圣叹研究》，中州书画社 1981 年版，第 21—42 页；张国光：《再评聂绀弩等先生的〈水浒〉简本先于繁本说——兼辨〈水浒〉成书之前并无所谓词话本》，《湖北大学学报》1987 年第 5 期；刘世德：《〈水浒传〉映雪草堂刊本——简本和删节本》，《水浒争鸣》第 4 辑，长江文艺出版社 1985 年版，第 165 页。

⑤ 聂绀弩：《论〈水浒〉的繁本和简本》，《中国古典小说论集》，上海古籍出版社 1981 年版，第 141—203 页。

本，它已失传。嘉靖年间出现的百回繁本，是在简本基础上修改加工而成的。”①

（三）繁简相互递嬗说

这个观点主要是欧阳健和萧相恺提出的，他们在《水浒简本繁本递嬗过程新证》一文中认为，“所谓的简本和繁本，只是《水浒》版本的不同形态和类型”，它们之间的关系其实是“一个密切相关而又相互递嬗的发展过程”。他们将《水浒传》的版本发展分为三个阶段：第一个阶段是从“有田、王而无辽国”之简本发展为“去田、王而加辽国”之繁本；第二个阶段是从“有辽国而无田、王”之繁本删节为“有辽国而无田、王”之简本；第三阶段是在“添加改造后的田、王”之繁本产生前后，出现了“插增旧本田、王部分”之简本。②

欧阳健、刘冬在《〈京本忠义传〉评价商兑》一文中认为，虽然“现存的简本，是从现存的繁本删削而成的”，但是“现存版本的‘删繁为简’，并不等于历史上就不曾有过‘由简到繁’的过程”，并且现存版本的“删繁为简”也有种种复杂的情况。他们通过对现存版本的分析，认为：“如果说简本是从繁本删削而来，那么为什么至今没有发现一百回的简本呢？简本中那些多出的回目、多出的内容，又是从哪里‘删节’得来的呢？袁无涯刊本一百二十回《忠义水浒全传》虽有田虎、王庆二传，却又与简本的田、王二传不同，从种种迹象看，倒像是据简本改造而来的，这又该怎么解释呢？可见，简单的‘删繁为简’的模式，并不能穷尽《水浒》版本研究的一切领域。”③

此外，何满子《从宋元说话家数探索〈水浒〉繁简本渊源及其作者问题》也大体与欧阳健和萧相恺观点相似。该文从《水浒传》成书源头上着手，通过对宋元说话中讲史与说话家数各自不同的特点分析，认为“简本出自‘讲史’，繁本导源于‘小说’，本是两科、两个系。以《水浒》的故事系统完整的本子来说，简本形成在前，繁本‘集撰’于后，繁本‘集撰’之时，必以先出的简本为情节发展的轮廓所据，繁本既出，简本也就会吸收繁本的精彩之处加以充实”，在发展过程中，繁本和简本

---

① 齐裕焜：《略谈〈水浒传〉的成书过程》，《兰州大学学报》（哲学社会科学版）1979 年第 1 期。

② 欧阳健、萧相恺：《水浒新议》，重庆出版社 1983 年版，第 254—287 页。

③ 欧阳健、刘冬：《〈京本忠义传〉评价商兑》，《贵州文史丛刊》1985 年第 2 期。

"相互影响，相互取资"，形成由简增繁，由繁删简的错综复杂的关系"。[①]

（四）繁简同源不分先后说

除了以上三种说法之外，有的学者认为《水浒传》繁本和简本之间尽管有互相借鉴的一面，但从根本上说它们是同源而异流的。如夏梦菊就认为，虽然简本和繁本之间确实存在着不可否认的一些差异，而繁本又早出于简本，并且简本也无疑是删节本，但"不管用'删繁为简'还是用'润简为繁'的观点，都不可能揭示出《水浒传》繁、简本之间的真正关系"。他认为"简本也和繁本一样直接来自罗贯中的原本，我们甚至可以相信，它比繁本更早刊行，只是繁本走的是增润的路，而简本走的是删落的路"，"作为繁、简本共同祖本的《原本水浒》，它较繁本应为简；简本既由它删削而来，它自又较简本为繁了。在现存的《水浒传》版本资料中，符合这一要求的，只有《京本忠义传》残页。……如果没有什么理由证明这条材料不可靠的话，《京本忠义传》应该就是《三槐堂本》"[②]。

李国才也认为，"《水浒》的繁本与简本，作为同一渊源的两条支流，在长期的流传过程中，经历了非凡的演变过程，应该说两种本子都起了重大作用，只不过繁本在最初的阶段出入于知识分子之手的机会较大，而简本则在下层市民（包括农村的小知识分子）中广为流传……它的繁简两个系统相互依存，应该有他们各自的特定地位"[③]。

此外，马幼垣《呼吁研究简本〈水浒〉意见书》和《排座次以后〈水浒传〉的情节和人物安排》等文章也基本持此观点[④]。其实早在十七年时期，关于繁、简本同源不分先后说就已经由严敦易提出来了，这一时期夏梦菊等无非是重申并发展其说而已。

繁本与简本关系问题一直是《水浒传》研究史上的热点和难点。相对于以前任何一时期，本时期对该问题的研究成果是最突出的，研究是最

---

① 何满子：《从宋元说话家数探索〈水浒〉繁简本渊源及其作者问题》，《中华文史论丛》1982年第4辑。

② 夏梦菊：《〈水浒〉演变史新论》，《新疆师范大学学报》（哲社版）1988年第2期、1989年第1期和1990年第1期。

③ 李国才：《论巴黎所藏〈新刊京本全像插增田虎王庆忠义水浒传〉》，《水浒争鸣》第4辑，长江文艺出版社1985年版，第141页。

④ ［美］马幼垣：《呼吁研究简本〈水浒〉意见书》，《水浒争鸣》第3辑，长江文艺出版社1984年版，第183—204页；马幼垣：《排座次以后〈水浒传〉的情节和人物安排》，香港《明报月刊》1985年第6期。

深入细致的。从上面谈到的四种观点来看，繁本先于简本或者简本先于繁本似乎都不能够概括所有的版本发展实际情况，而繁简相互递嬗说实质上也是属于简本先于繁本说的系统，从小说成书和传播的历史看，唯有繁简同源不分先后说似乎更符合实际。当然，由于文献不足征等原因，关于繁、简本的关系的论争肯定还要持续下去。

三　七十回古本论争

所谓古本就是金圣叹所称的施耐庵（或后人所说的罗贯中）七十回原本。关于古本问题其实早在清代就有人提出来了。如清人李保恂《旧学庵笔记》就认为“所谓古本者，皆其（按指金圣叹）臆改者也”。民国时期的胡适也曾经认为金圣叹有一个古本，但在鲁迅、郑振铎的反对下又放弃了自己的观点。本时期关于古本问题再次被学术界提了出来，并形成了针锋相对的两派。

（一）肯定古本的存在

当时肯定古本存在的学者主要分为两派，一派以罗尔纲为代表，认为古本就是罗贯中的七十回原本，另外一派的学者认为古本是明代后期金圣叹之前的一个无名文人删改原本的结果。

罗尔纲是坚持原本为罗贯中原作的代表。他在《水浒真义考》一文中从《水浒传》命名入手，探求它的本义是“与宋皇朝对立，树建新的政权”，并从著者时代和本人的历史、成书时代、前七十回半与后二十九回半的不同主题、万历时期的文献记载等方面进行了考证，认为：

> 罗贯中《水浒传》原本，只写到梁山泊英雄大聚义为止，以惊恶梦结局，是一部热烈歌颂农民起义，反抗官府到底的小说。百回本《忠义水浒传》后二十九回半，却是明朝宣德、正统后，对朱元璋诛杀功臣愤愤不平的人所续加的。此人把罗贯中原本最后的惊恶梦删掉，续加受招安、攻辽国、平方腊部分，为照应和弥缝所加故事，并对原本有所盗改。他借宋江立大功后，与卢俊义同被宋徽宗毒死的故事，来发泄对朱元璋诛杀功臣的不平。现存百回本《忠义水浒传》前七十回半与后二十九回半，表现出两种显著不同的主题思想，分明是两个立场不同、时代不同、处境不同、怀着不同目的的人各自写成

的。这是一件斑斑可考，证据俱在的事实。①

欧阳健、萧相恺根据《稗史汇编》的材料，认为王圻当日所见的《水浒传》很可能就是金圣叹所说的古本。他认为这一梦“解释为类似‘卢俊义梁山惊恶梦’更近于‘从梦里拾一场怪诞’的本意。金圣叹自称得到了一种‘古本’，并且依据这种‘古本’，删去了大聚义以后的书，这样一种没有写宋江等人接受招安的古本，在《水浒》成书过程中，是很可能存在过的”。②

陈辽则认为过去《水浒传》研究者都以为古本是金圣叹伪造出来的，现在“把王圻的有关《水浒》结局的记载，与胡适的判断、鲁迅的考证联系起来看，不能否认有这样一部‘空中放出许多罡煞’起，‘从梦里收拾一场怪诞终’的祖本《水浒》存在”。他认为这个古本是施耐庵的原作，其面貌“写宋江一百八人事‘奸盗脱骗机械甚详’，写到‘从梦里收拾一场怪诞’结束。共七十卷（或七十一卷）。它是我国第一部古典长篇小说，分卷不分回，并无受招安、打方腊的故事，卷首有‘致语’”。③

此外，张惠仁也认为施耐庵原本“应是没有‘招安’‘平寇’（既没有平王庆、田虎，也没有征方腊、征辽）的内容。其主题是‘乱自上作’‘官逼民反’（以及‘奸逼忠反’、‘邪逼正反’、‘恶逼善反’）和‘造反有理’。其理想是通过各阶级、阶层的联合武装斗争建立起有自己的‘太平天子’和‘清慎官员’的（借用金批本卷终诗语句）、以远古大同社会为蓝本的乌托邦社会，相当于见存版本的七十回左右。以大谈‘梁山泊的好处’的‘四六言语’及‘惊梦’作结。”④

除了将古本认为是罗贯中或者施耐庵原作之外，有的学者还认为古本不是施耐庵或者罗贯中的原作，而是明代后期无名文人删改原本的结果。刘知渐也根据《稗史汇编》中那则材料认为王圻说的这个本子显然是指以“洪太尉误走妖魔”开始，到“梁山泊英雄惊恶梦”结束的七十回本

① 罗尔纲：《水浒真义考》，载《水浒原本和著者研究》，江苏古籍出版社1992年版，第54页。

② 欧阳健、萧相恺：《水浒新议》，重庆出版社1983年版，第257页。

③ 陈辽：《郭刻本〈水浒〉非〈水浒〉祖本——兼谈〈水浒〉版本的演变》，《江汉论坛》1983年第3期。

④ 张惠仁：《鸟瞰〈水浒〉演变史，漫议如何评〈水浒〉》，《陕西理工学院学报》1984年第1期。

而言，因此“‘腰斩’《水浒传》不是金圣叹的罪名，也不是金圣叹的功劳，而是金圣叹之前一个不知名的文人搞的”。他还结合明代后期文艺批评界的实际情况，认为“腰斩”本的出现“一方面反映了现实和理想不能统一的矛盾；一方面也是把前代人所谓‘留有余不尽之意于言外’的欣赏观点，用到戏曲、小说上来了”。①

（二）否定古本

反对派极力反对所谓古本的说法，认为古本是金圣叹自己伪造的，是为他评点小说做“托古改制”的幌子。张国光针对罗尔纲的罗贯中古本说论据进行辩驳，认为“学术界早已承认了鲁迅二十年代在《中国小说史略》中论证七十回本确为金圣叹的节改本之说”，“金本乃是据百二十回删节的”②。徐朔方针对罗尔纲《从〈三遂平妖传〉看〈水浒传〉著者和原本》一文的论点，对《水浒传》和《三遂平妖传》进行详尽文本对勘，认为“二书的雷同因袭并不限于第七十一回之前，硬将《水浒》前七十回半和后二十九回半分成两截，断言《水浒》原本只有七十回，至少在《平妖传》中找不到这样的证明”③。范宁认为“金圣叹的七十一回本是腰斩百二十回本的结果，所谓古本者，纯属欺人之谈”④。

陈新认为王圻《稗史汇编》中的“从空中放出许多罡煞，又从梦里收拾一场怪诞”一段话不能够作为金圣叹改本之前即有古本存在的证据。因为“我们今天能见到的明代各种版本根本没有卢俊义恶梦的本子，而百回本是以‘徽宗帝梦游梁山泊’结束的，百二十回本相同，与王圻的说法也毫无矛盾。”他还认为“在明代嘉靖以前，根本不存在两句对仗工稳的回目形式，根本不存在没有回首诗词和正文中不用诗词、韵语描写的小说。所以古本之说不能成立”⑤。此外，鲜述文《〈水浒〉的书名和意义》也认为《水浒传》本来没有什么古本，这里所说的古本其实只是金

① 刘知渐：《〈水浒〉的书名及其所谓“真义”——罗尔纲同志〈水浒真义考〉质疑》，《明清小说研究》1986年第1期。

② 张国光：《对罗尔纲先生〈水浒真义考〉一文之商榷》，《武汉师范学院学报》（哲学社会科学版）1984年第4期。

③ 徐朔方：《〈平妖传〉的版本以及〈水浒传〉原本七十回说辨正》，《浙江学刊》1986年第3期。

④ 范宁：《〈水浒传〉版本源流考》，《中华文史论丛》1982年第4辑。

⑤ 陈新：《关于〈水浒传〉的几个问题》，《南京师大学报》（社会科学版）1989年第3期。

圣叹腰斩本。[①]

古本《水浒传》论争最核心的一点就是如何理解明代王圻《稗史汇编》中的“从空中放出许多罡煞，又从梦里收拾一场怪诞，其与王实甫《西厢记》始以蒲东遘会，终于草场扬灵，是二梦语殆同机局，总之惟虚故活耳”一段话。赞同者认为“从梦里收拾一场怪诞”指的就是“卢俊义恶梦”，反对者认为它与“徽宗帝梦游梁山泊”“毫无矛盾”。其实关于这个问题的争论在很大程度上是对一则材料的推测悬想，双方都没有更多的、更为确切的版本证据，面对一条孤证，我们认为还是持谨慎的态度比较好。

四　梅寄鹤古本论争

所谓梅寄鹤古本是指1933年上海中西书局排印本《古本水浒传》，这部书前有署名梅寄鹤的序，序中说这本百二十回本《水浒传》是他从江阴梅氏家中得到的一部手抄本。1985年，河北人民出版社出版了蒋祖钢校勘的《古本水浒传》。校勘者在《前言》中认为“这是我们目前唯一一部署名施耐庵著的长达120回的《水浒传》”，“它与前七十回的作者为同一人”[②]。在该书出版以后，一些报刊也纷纷报道这本《古本水浒传》，从此引发了一场四年左右的古本水浒论争。一些著名的《水浒传》学术团体和专家学者对巨量发行的《古本水浒传》纷纷做出了反应。如湖北省水浒研究会于1986年4月19日在武汉举行了《古本水浒传》辨伪座谈会。到会的专家学者经过热烈的讨论形成了一致的否定意见。其后《湖北大学学报》、《光明日报》、《读书》、香港《大公报》等报纸杂志先后发表或转载了一些学者的文章，从文学、美学、语言学等角度对《古本水浒传》作了全面考察，结果否定论基本占据了上风。关于这个问题，应坚《〈古本水浒传〉真伪问题研究述评》[③]一文有详细的论述，本书撮其大要，简述如下。

（一）反方观点

以陈辽、张国光等为代表的反对派认为梅寄鹤《古本水浒传》是伪作，代表文章有张国光《鱼目岂容混珠——续辨所谓“新发现的”“古本”〈水浒传〉之伪》、吴小如《〈古本水浒传〉辨伪》、王利器《斥〈古

---

① 鲜述文：《〈水浒〉的书名和意义》，《重庆师范学院学报》1986年第2期。

② 蒋祖钢：《古本水浒传·前言》，河北人民出版社1985年版。

③ 应坚：《〈古本水浒传〉真伪问题研究述评》，《龙岩师专学报》（社会科学版）1990年第1期。

本水浒传〉》、陈辽《〈古本水浒传〉并非古本辨》、徐跃明《〈古本水浒传〉辨伪》等文章。① 这些文章的主要观点有以下三点。

首先是大师的沉默。反对者认为几乎现代所有研究小说的著名大学者如鲁迅、胡适、俞平伯、郑振铎、阿英等在他们的论著中，从未曾就《古本》作过片言只字的评论，似乎《古本》根本不存在。

其次是小说前七十回和后五十回有明显的差异，主要表现在以下六方面：

1）前七十回平均每回八千字，后五十回平均每回仅五千五百字，每回平均相差二千五百字。

2）后五十回中，有许多近、现代语，说明伪作者不懂宋元语言。

3）后五十回中没有诗词歌赋。

4）有的副词、动词不见于前七十回。

5）把握人物性格能力很差。

6）后五十回中一些人物结局与前七十回的设计不一致。

最后是多数学者认为梅寄鹤序是伪作，并指出其绪言之误。一是梅序引笔记《梦花馆笔谈》及传说，称明初洪武年间已有《水浒传》刻本，这与明人自己的版本记录完全相悖。二是绪言承认贯华堂本非古本，却又发现《古本水浒传》与贯本七十回一字不差，只是七十回煞尾处变换几句，这恰恰证明《古本水浒传》非古本，跟贯华堂本一样是伪托的。

（二）正方观点

以蒋祖钢为代表的一部分学者认为梅寄鹤本《水浒传》是施耐庵原本。这方面的文章主要有蒋祖钢《埋没的珍珠——简介梅氏藏本〈水浒〉》、《从“语言”看梅本〈水浒〉决非现代人伪作》、宣啸东《梅氏〈古本水浒传〉即金圣叹所云〈古本〉》、刘冬《“草莽失身怜赤子”——

① 张国光：《鱼目岂容混珠——续辨所谓“新发现的”“古本”〈水浒传〉之伪》，《湖北大学学报》1986 年第 3 期；吴小如：《〈古本水浒传〉辨伪》，《读书》1986 年第 11 期；王利器：《斥〈古本水浒传〉》，《光明日报》1986 年 9 月 23 日和 10 月 7 日；陈辽：《〈古本水浒传〉并非古本辨》，《湖北大学学报》1986 年第 3 期；徐跃明：《〈古本水浒传〉辨伪》，《湖北大学学报》1986 年第 3 期；范崇德：《〈古本水浒传〉非出一人之手》，《明清小说》1988 年第 2 期；李思明：《通过语言比较来看〈古本水浒传〉的作者》，《文学遗产》1987 年第 5 期；吕致远：《评〈古本水浒传〉》，《郑州大学学报》1986 年第 4 期。

对〈古本水浒传〉的一点看法》等文章。① 在这些文章中，他们从 20 世纪 40 年代研究文献和小说文本本身进行论证，认为梅寄鹤本《水浒传》是施耐庵原本。其观点主要有以下几点：

首先，针对反对派所说的现代所有研究小说的著名大学者如鲁迅、胡适等的论著中从未提起过《古本水浒传》这一点，正方认为他们之所以对《古本水浒传》“不置一词”，是因为他们当时没见过《古本水浒传》。

其次，针对反对者提出的小说后五十回与前七十回风格不一致的问题，正方也一一进行了反驳。

1）思想感情一致。《古本水浒传》肯定宋江招安想法，愤恨并惩罚奸臣贼子（蔡京失宠，高俅罢官），洪教头、高衙内等均为梁山好汉所杀。

2）人物个性一致。如李逵的天真烂漫、关胜的稳重含蓄、索超的急不可耐等等，均独特鲜明，栩栩如生。

3）语言运用基本一致。如“不耐”之“耐”同“索”，正是宋人语言。

再次，梅序是真的，非伪作。梅寄鹤序中提到的笔记《梦花馆笔谈》以及江阴等地有关施耐庵的传说，经 50 年后江苏省社科院文研所研究员欧阳健、刘冬等人实地调查，发现情况吻合，这充分证明梅序并未作伪。

最后，贯华堂本结尾诗“清慎官员四海分”、“负曝奇温胜若裘”，与《古本水浒传》终卷诗“太平重造有高贤”、“负曝高谈理故编”句相似，明显有承继关系，贯华堂本盖从《古本水浒传》而来。

梅寄鹤《古本水浒传》的论证持续了近 4 年，经过双方反复的论辩和一段时间的沉淀，现在学术界已基本认定所谓的《古本水浒传》是梅寄鹤伪作，从本质上看是《水浒传》续书的一种。

---

① 蒋祖钢：《埋没的珍珠——简介梅氏藏本〈水浒〉》，《明清小说研究》第 2 辑，中国文联出版公司 1985 年版；蒋祖钢：《新发现的“古本”〈水浒传〉》，《北京晚报》1986 年 2 月 25 日（《文学报》、《人民日报》海外版、《书刊导报》、《文汇报》、《羊城晚报》先后摘要转载）；蒋祖钢：《梅寄鹤不是〈古本水浒传〉的作者》，《北京晚报》1986 年 4 月 5 日；宣啸东：《梅氏〈古本水浒传〉即金圣叹所云〈古本〉》，江苏明清小说研究会 1986 年年会论文；蒋祖钢：《从“语言”看梅本〈水浒〉决非现代人伪作》，《耐庵学刊》第 5 辑；蒋祖钢：《〈古本水浒传〉是伪续作品吗?》，《团结报》1988 年 1 月 12 日；刘冬：《“草莽失身怜赤子”——对〈古本水浒传〉的一点看法》，《明清小说研究》1988 年第 1 期；宣啸东：《从语言上看〈古本水浒传〉非梅寄鹤伪作——与王利器、李思明同志商榷》，《明清小说研究》1989 年第 3 期。

五　嘉靖本及其他

20世纪80年代初，戴不凡提出郭勋刻本是最早的《水浒传》本子，怀疑施耐庵是郭勋（或者是其门客）。① 这个观点得到张国光的赞同，并进一步引申为郭勋刻本是《水浒传》的祖本。

张国光在《〈水浒传〉祖本探考》一文中认为“郭刻本就是《水浒》最早的刻本，它其实就是郭勋的门客执笔的”，并认为该书的成书时间“不早于嘉靖十一二年，即十六世纪三十年代初。”② 另外他在《再评聂绀弩等先生的〈水浒〉简本先于繁本说——兼辨〈水浒〉成书之前并无所谓词话本》中再次认为：“《水浒》是我国最早的一部长篇白话小说。用文学发展的眼光来分析，它是不可能诞生于明初，而只能出现于明中叶的。今所见的嘉靖残本《水浒》，应如郑振铎先生所考证，定为郭勋原刻本，而它也正是《水浒》的祖本”③。

易名根据宁波天一阁藏《武定侯郭勋招供一卷》考证了郭本的刊刻时间，认为胡适、郑振铎和严敦易等以为《水浒》刊刻于嘉靖二十八年以前的观点是不准确的，“‘武定板’的刊刻时期应在嘉靖二十一年以前为妥”④。

张国光等的郭勋刻本为《水浒传》祖本观点一出就遭到学者的反对和质疑。刘知渐从《水浒传》书名最早出现的时间上驳斥了张说，认为《水浒传》这个书名“一般认为不能早于明世宗嘉靖年间，张国光同志更推定为嘉靖十一、二年间，就未免更加武断了。……《水浒传》这一书名，至少在正德六年（1511）即已出现”⑤。陈辽也认为“张国光同志认定‘郭刻本’就是《水浒》最早的刻本的意见，未免失之武断”⑥。刘冬、欧阳健则通过《京本忠义传》的分析和考证，从实证的角度对张国光的观点进行了反驳。他们认为《京本忠义传》的成书年代“为明正德、

① 戴不凡：《疑施耐庵即郭勋》，《小说见闻录》，浙江人民出版社1980年版，第125页。

② 张国光：《〈水浒传〉祖本探考》，《江汉论坛》1982年第1期。

③ 张国光：《再评聂绀弩等先生的〈水浒〉简本先于繁本说——兼辨〈水浒〉成书之前并无所谓词话本》，《湖北大学学报》1987年第5期。

④ 易名：《〈水浒传〉“武定板”的本子刊于何时》，《社会科学战线》1984年第3期。

⑤ 刘知渐：《〈水浒〉的书名及其所谓“真义”——罗尔纲同志〈水浒真义考〉质疑》，《明清小说研究》1986年第1期。

⑥ 陈辽：《郭刻本〈水浒〉非〈水浒〉祖本——兼谈〈水浒〉版本的演变》，《江汉论坛》1983年第3期。

嘉靖间书坊所刻，至今并没有任何反证可以推翻”，并从“《京本忠义传》书名的由来”、“残页中人称复数代词不用‘们’字而用‘每’字”和“残页中多用宋元俗字”三方面论证，认为《京本忠义传》的成书年代更应早于嘉靖刻本①。

另外，本时期在版本研究上还有一些文章是比较有价值的。如关于吴读本，黄霖认为这是“元初出现的一种话本。它与‘施耐庵的本’和《宣和遗事》是属两个系统的，后来‘施耐庵的本’广为流传起来，它就逐渐被淹没，但到明代中期还是存在的”②。后来黄霖又结合《靖康稗史》等史料修订了自己的观点，认为“吴读本《水浒》与施耐庵大有关系，很可能这种《水浒》古本就是以后罗贯中赖以加工的“施耐庵的本”③。侯会认为吴读本与《宣和遗事》的创作时间难分迟早，其故事框架的基本搭成大概在元初，它们合流并演变为今本《水浒传》最早也当在元末。吴读本以抗金影射抗元，表达了民众对蒙元统治的反感与敌视，具有强烈的民族情结④。

刘世德有关《水浒传》版本考证的系列文章从微观的角度考证了几种被研究者所忽略的本子。《谈〈水浒传〉映雪草堂刊本的底本——〈水浒传〉版本探索之一》一文将映雪草堂刊本与金本、袁本、容本及天都外臣本进行校勘，认为“容与堂刊本，尤其容与堂刊本的乙本，乃是映雪草堂刊本的底本。这个结论基本上反映了映雪草堂刊本的客观真实情况”⑤。《雄飞馆刊本〈英雄谱〉与〈二刻英雄谱〉的区别——〈水浒传〉版本探索之一》则比较详细地对雄飞馆刊本《英雄谱》与《二刻英雄谱》在回目、版刻、文字和诗文几方面进行了比勘，认为二者在回目上基本相同，版刻形式如版心、行格有比较明显的区别，小说正文基本上没有变动，只是为了节省纸张而删掉了初刻本的大量诗文，所以从版本优劣的评

---

① 刘冬、欧阳健：《〈京本忠义传〉评价商兑》，《中州文史丛刊》1985 年第 2 期。

② 黄霖：《一种值得注目的〈水浒〉古本》，《复旦学报》（社会科学版）1980 年第 4 期。

③ 黄霖：《宋末元初人施耐庵及“施耐庵的本”》，《复旦学报》（社会科学版）1982 年第 5 期。

④ 侯会：《再论吴读本〈水浒传〉》，《文学遗产》1988 年第 3 期。

⑤ 刘世德：《谈〈水浒传〉映雪草堂刊本的底本——〈水浒传〉版本探索之一》，《明清小说研究》1985 年第 2 期。

价而论，“雄飞馆初刻本优于雄飞馆二刻本”①。

总的来看，1977—1989 年的《水浒传》版本研究无论是在广度还是在深度上都取得了很大的成绩。简单来说，在插增问题上赵明政的观点对前人成说是个很大的突破。在繁本和简本关系问题上，欧阳健等的繁、简本相互嬗递说和马幼垣等的同源异流说对前人的观点有重大的补充和修正，为该问题的最终解决打下了坚实的基础。本时期相继出现的“七十回古本”论争和“梅寄鹤古本论争”两次大讨论对一些所谓定案的问题进行了重新讨论和思考，对《水浒传》研究史上一些错误的观点进行了修正，起到了正视听的作用，对《水浒传》研究的健康发展不无裨益。

这一时期在《水浒传》版本研究方面最大的一个特点就是大做“翻案”文章。这对突破陈见、打破迷信权威的思维定式有一定的好处。但另外一方面也要看到，如果没有确切的证据而是抱着其他的目的来做翻案文章，就易陷入哗众取宠、混淆视听的尴尬局面。关于这一点，“梅寄鹤古本论争”的教训是深刻的。

另外，通过对这一时期版本研究的简单回顾，我们也应该看到《水浒传》版本研究是一件非常复杂的工作，它往往牵涉《水浒传》的成书和作者等问题，因此常常是牵一发而动全身，弄不好就适得其反。此外，由于文献不足征和作者选取材料的以偏赅全等，许多问题往往停留于推测甚至玄想，如关于古本的形态问题和祖本问题等。我认为，在没有新的材料出现的情况下，这些问题最好暂且搁置不谈。

第四节　新时期《水浒传》作者研究

新时期关于《水浒传》作者的研究主要集中在两个方面，一是关于作者的认定问题；一是关于施耐庵研究的问题。现分述如下。

一　《水浒传》作者认定

关于《水浒传》作者的认定与十七年时期类似，主要集中在以下四

① 刘世德：《雄飞馆刊本〈英雄谱〉与〈二刻英雄谱〉的区别——〈水浒传〉版本探索之一》，《阴山学刊》1988 年第 1 期。

个方面。

首先是施耐庵说。这一时期部分学者认为施耐庵是《水浒传》的作者。该观点还可细分为两种。一种观点仍然继承前人成说，倾向于《水浒传》的作者为施耐庵，施耐庵是历史上真实存在的人物，他独自撰写了《水浒传》。如郑诗（张惠仁）就从兴化出土文物和民间传说的分析入手，认为从古人命名、取字、称号的习俗看兴化的“施彦端即施耐庵”，而“钱塘施耐庵”、“东都施耐庵”和“兴化施耐庵”三者实际上是“统一”的，都是指江苏人施耐庵。作者从兴化的民间传说如卞元亨打虎与武松打虎等的关系及兴化地形与梁山泊的相似，得出“兴化施耐庵就是《水浒传》的作者”这样的结论。①

有的学者还从语言学的角度对该问题进行了探讨，如张丙钊根据小说文本中的语言特别是人物对话常常频繁出现吴语和下江官话这一现象进行了具体分析，并结合苏北出土文物中施耐庵的相关材料，认为如果从语言角度来判定《水浒传》作者为钱塘人证据是不充分的，施耐庵原籍应该是苏北兴化，并曾流寓过苏州（古为浙西之地）、杭州一带。②

另一种观点认为施耐庵是托名。这个说法实际上发端于20世纪20年代的鲁迅和胡适，后来戴不凡《疑施耐庵即郭勋》更将所谓的施耐庵进一步坐实为“郭勋门下御用文人的托名”③。徐仲元在此基础上认为施耐庵虽然很可能是一个托名，但其时代则以元末的可能性为最大。罗贯中这个名字作为《水浒传》的编撰者来说，很可能是后人给加上去的，目的是提高《水浒传》的号召力。④ 张国光在《〈水浒〉祖本探考》、《再论〈水浒〉成书于明嘉靖初年》等文章和专著中多次重申“施耐庵系郭勋门客托名”的观点。⑤ 由于该问题后面将做详细分析，在此从略。

其次是施耐庵、罗贯中合作说。施罗合作说的观点在当时占据了主导

① 郑诗（张惠仁）：《施彦端即施耐庵考论》，《陕西理工学院学报》（社会科学版）1984年第1期；又该文收入作者专著《水浒与施耐庵研究》，延边大学出版社1988年版，第108—137页。

② 张丙钊：《从〈水浒传〉的语言看作者的籍贯问题》，《明清小说研究》1985年第2期。

③ 戴不凡：《疑施耐庵即郭勋》，《小说见闻录》，浙江人民出版社1980年版，第125页。

④ 徐仲元：《施耐庵热与〈水浒传〉作者》，《内蒙古大学学报》（哲学社会科学版）1984年第1期。

⑤ 张国光：《〈水浒〉祖本探考》，《江汉论坛》1982年第1期；张国光：《再论〈水浒〉成书于明嘉靖初年》，《武汉师范学院学报》（哲学社会科学版）1983年第4期。

地位，大部分著名学者几乎都持此说。但仔细分析，该观点还可分为两类。

一类是虽然承认施罗合作，但更强调施耐庵的肇始之功，认为施耐庵是《水浒传》的最初作者，罗贯中是修订加工者。如袁世硕《〈水浒传〉作者施耐庵问题》就认为《水浒传》或题“施耐庵的本，罗贯中编次”，或题“施耐庵集撰，罗贯中纂修”确乎是如实地反映着它成书的情况。“‘的本’就是真本。这表明施耐庵是《水浒传》的原作者，是他在旧有的话本的基础上编撰成一部长篇话本。他在统一的艺术构思下，组织材料，不独使许多本来不相关联的短篇联成一个艺术整体，而且也对旧有的材料进行了改写和再创造，故又曰‘集撰’。罗贯中又在施耐庵的本子的基础上进行了补充、编订、润色，便成了一部二十卷本的《水浒传》”。①

王利器《〈水浒传〉的来源》也认为“今所见《水浒全传》最早的天都外臣序本，其题署为‘施耐庵集撰，罗贯中纂修’，这是比较合理的”②。黄霖《宋末元初人施耐庵及“施耐庵的本”》也说：“我认为在《水浒》形成发展史上，施耐庵虽是今知《水浒》作者的‘始祖’，但他只是将当时流传的《水浒》故事简单地编集、联缀成一本而已。……《水浒》最后在文学史上大放光彩，就完全离不开罗贯中、郭勋等人不断的、全面的加工。因此，我们今天假如将《水浒》归之于施耐庵一人名下，实在是极不公平的”③。此外，陈新《关于〈水浒传〉的几个问题》④等文章也持大体相同观点。

另一类则在鲁迅关于施耐庵为“演为繁本（《水浒》）者之托名”的基础上进一步发展，强调《水浒传》的原作者是罗贯中，施耐庵只是在罗贯中的基础上加工而成的。如夏梦菊《水浒演变史新论》（上）就认为《原本水浒》是罗贯中编定，而施耐庵就只能是繁本修订者的托名⑤。章

① 袁世硕：《〈水浒传〉作者施耐庵问题》，《东岳论丛》1983 年第 3 期。

② 王利器：《〈水浒传〉的来源》，《西南师范大学学报》（人文社会科学版）1987 年第 1 期。

③ 黄霖：《宋末元初人施耐庵及“施耐庵的本”》，《复旦学报》（社会科学版）1982 年第 5 期。

④ 陈新：《关于〈水浒传〉的几个问题》，《南京师大学报》（社会科学版）1989 年第 3 期。

⑤ 夏梦菊：《〈水浒〉演变史新论》（上），《新疆师范大学学报》（哲社版）1988 年第 3 期。

培恒《施彦端是否施耐庵》认为鲁迅关于施耐庵为“演为繁本（《水浒》）者之托名”的说法是很正确的，并进一步认为：“旧本《水浒》署‘钱塘施耐庵的本，罗贯中编次’，当是施耐庵在罗贯中编次的基础上进行加工，说施耐庵的时代早于罗贯中，是不确的。施彦端生活年代与罗贯中相接，年龄则小于罗，完全可能在罗贯中编次的《水浒》上加工”①。

再次是罗贯中说。本期持罗贯中说最具代表性的显然应当是罗尔纲。他在《水浒真义考》中认为“《兴化县续志》所载淮安王道生撰《施耐庵墓志》……据考查全部都是捏造”，《水浒传》的作者是“元末明初人”罗贯中②。此外他在《从罗贯中〈三遂平妖传〉看〈水浒传〉著者和原本问题》一文中通过《三遂平妖传》和容本进行对勘，从十三篇赞词、小说叙事、小说对待人民大众态度等几个方面进行比较，认为“两书都同为罗贯中一人所著”，“《水浒传》的著者是罗贯中，而不是施耐庵”③。此外，罗尔纲还在《从〈忠义水浒传〉与〈忠义水浒全传〉对勘看出续加者对罗贯中〈水浒传〉原本的盗改》、《金圣叹贯华堂水浒传的问题》等文章中进一步地阐发了该观点④。

王晓家也是罗贯中说的坚定支持者。他在《〈水浒传〉作者及其他——与王利器先生商榷》一文中认为由于“《水浒传》作者是慑于当时的文字之祸，没有那么大的胆量署上自己的名字，所以就有‘施耐庵’的托名。这样一来，有些多少知道《水浒传》为罗贯中所作的人，在辗转流传中，便逐渐把‘施耐庵’这个化名与历史上的真人罗贯中混淆起来，出现了‘施耐庵’集撰、罗贯中纂修之类的题署”⑤。另外王晓家《〈水浒〉作者为罗贯中考辨》认为“历史上不存在‘施耐庵’其人”，《水浒传》的作者是山西太原人，“《三国志演义》与《水浒传》出于同一人手笔，即都由罗贯中创作。《三国志演义》创作于前，《水浒传》创作于后，表现了

① 章培恒：《施彦端是否施耐庵》，《复旦学报》（社会科学版）1982 年第 6 期。

② 罗尔纲：《水浒真义考》，载《水浒原本和著者研究》，江苏古籍出版社 1992 年版，第 7 页。

③ 罗尔纲：《从罗贯中〈三遂平妖传〉看〈水浒传〉著者和原本问题》，《学术月刊》1984 年第 10 期。

④ 罗尔纲：《从〈忠义水浒传〉与〈忠义水浒全传〉对勘看出续加者对罗贯中〈水浒传〉原本的盗改》，《学术论坛》1988 年第 6 期；《金圣叹贯华堂水浒传的问题》，《文史》第 28 辑，中华书局 1987 年版。

⑤ 王晓家：《〈水浒传〉作者及其他——与王利器先生商榷》，《文学评论》1983 年第 4 期。

作者世界观上的变化和创作上的成熟”①。周维衍通过对小说文本地名等的考辨认为《水浒传》最后成书于洪武四年至十年间，因此“施耐庵即施君美是主要撰写者的可能性便不复存在。此外，从《水浒传》反映的地理知识看，最后成书者也应是罗贯中”②。

罗尔纲的观点虽然在学术界引起很大的反响，但也遭到很多学者如张国光、商韬等的质疑和反驳。商韬、陈年希在《用〈三遂平妖传〉不能说明〈水浒传〉的著者和原本问题——与罗尔纲先生商榷》一文中通过《清平山堂话本》和《京本通俗小说》中的一些学术界公认的宋元话本小说作品与《水浒传》、《三遂平妖传》对勘，发现《三遂平妖传》的二十二篇赞词已有七篇相同和相似于所引话本小说中的赞词，它们从笔法到文字都很相似。因此作者认为“《平妖传》的赞词并非如罗尔纲先生所说是罗贯中‘自己撰的’，而是由于说话艺人和小说的加工者、写作者互相抄袭采用，模仿改作，拼凑增删的缘故，故罗尔纲先生认为《水浒传》七十回是罗贯中写的观点不正确”③。另外亚英、林同《双峰并峙　众脉相连——从〈三国演义〉〈水浒传〉之异同看两书作者兼与罗尔纲、王晓家同志商榷》一文也通过两部小说的相同相异的比较，认为二书作者“决非一人”④。

最后是世代累积型集体创作说。在前一阶段，就有戴不凡、严敦易、张默生和陈中凡等人著文提出《水浒传》“不是一人写成的，也不是一次写成的；是经过很多人、很长时期、很多次修改才完成的”⑤。该观点被徐朔方所继承并进一步发展，提出了所谓的“世代累积型集体创作说”⑥。他在《再论〈水浒传〉和〈金瓶梅〉不是个人创作——兼及〈平妖传〉〈西游记〉〈封神演义〉成书的一个侧面》和《〈平妖传〉的版本以及

---

① 王晓家：《〈水浒〉作者为罗贯中考辨》，《水浒争鸣》第2辑，长江文艺出版社1983年版，第153页。

② 周维衍：《〈水浒传〉的成书年代和作者问题》，《学术月刊》1984年第7期。

③ 商韬、陈年希：《用〈三遂平妖传〉不能说明〈水浒传〉的著者和原本问题——与罗尔纲先生商榷》，《学术月刊》1986年第2期。

④ 亚英、林同：《双峰并峙　众脉相连——从〈三国演义〉〈水浒传〉之异同看两书作者兼与罗尔纲、王晓家同志商榷》，《曲靖师专学报》（社会科学版）1987年第2期。

⑤ 详见聂绀弩《〈水浒〉是怎样写成的》（《人民文学》1953年第6期）、严敦易《水浒传的演变》、张默生《谈谈水浒》（《西南文艺》1953年3月号）、陈中凡《试论〈水浒传〉的著者及其创作时代》（《南京大学学报》1955年第1期）等论著。

⑥ 徐朔方：《从宋江起义到〈水浒传〉成书》，《中华文史论丛》1982年第4期。

〈水浒传〉原本七十回说辨正》两篇文章中通过《水浒传》与《三遂平妖传》和《金瓶梅》赞语的比较，认为《水浒传》与《三遂平妖传》和《金瓶梅》存在互相抄袭赞语的情况，因此《水浒传》和其他几部小说一样都只能是“世代累积型的集体创作”[①]。另外，他还在《〈西游记〉的成书》、《〈金瓶梅〉成书新探》等文章中对明代几部著名长篇小说的成书过程进行探讨并作规律性的总结，认为中国早期的几部通俗小说如《三国演义》《水浒传》《金瓶梅》《西游记》“并不出于任何个人作家的天才笔下，它们都是在世代说书艺人的流传过程中逐渐成熟而写定的。谁也说不清现在我们所见的版本是出于谁的手笔”[②]。

周学禹《〈水浒〉作者探考》对《水浒传》的成书过程考察后也认为：“《水浒》不是一人写成的，也不是一次写成的，它是经过很多人、很多次编辑、整理、修改、润饰才完成的。它不可能是施耐庵写成的，因为根据今年（1982）十月十一日《文汇报》报导，压根就没有一个施耐庵。施耐庵是托名，是‘子虚’、‘乌有先生’。另外《水浒》的作者也不可能是罗贯中，如果罗贯中真正撰写过《水浒》，他也只能是很多作者之一，因为《水浒》是很多人、很长时间内逐渐完成的集体创作”。[③]

二　施耐庵研究

本时期由于施耐庵材料的陆续出土，引发了所谓的“施耐庵热”，学术界也分别召开了四次比较大的施耐庵学术研讨会，对施耐庵出土材料进行了探讨。

第一次大型研讨会是江苏省社会科学院文学研究所在 1982 年 4 月于兴化、大丰召开的施耐庵文物史料考察座谈会。这次会议有张志岳、朱一玄、范宁、刘操南、何满子、袁世硕、章培恒和马蹄疾等十多位专家学者应邀参加，历时近两周，会后发表《座谈纪要》，肯定了苏北施彦端即《水浒传》作者施耐庵，并进一步明确其为元末明初泰州白驹场人。在此期间《人民日报》《光明日报》《文汇报》《羊城晚报》《新华日报》《北京晚报》《上海师院学报》《学术月刊》等十几家报纸刊物，发表了 100

---

① 徐朔方：《再论〈水浒传〉和〈金瓶梅〉不是个人创作——兼及〈平妖传〉〈西游记〉〈封神演义〉成书的一个侧面》，《徐州师范大学学报》（哲学社会科学版）1986 年第 1 期。

② 徐朔方：《关于中国小说史的一些思考——〈小说考信编〉前言》，《文学遗产》1997 年第 2 期。

③ 周学禹：《〈水浒〉作者探考》，《信阳师院学报》1983 年第 1 期。

多篇文章和报道，均肯定施彦端即《水浒传》作者施耐庵。[①]

1982 年 8 月中国社会科学院文学研究所组织召开了第二次有关施耐庵的研讨会，出席专家有蔡美彪、王利器、周政烺、刘冬和江苏大丰、兴化有关人士。会议历时四天，经过讨论，大多数研究者认为施彦端是否《水浒传》作者施耐庵尚难认定，也有部分学者认为可以肯定。

1982 年 11 月湖北“水浒学会”主持召开了第三次施耐庵研讨会议，包括刘冬、徐放等来自江苏、湖北、山东、内蒙古、黑龙江、辽宁等十多个省市区 100 多位专家学者参加，会议收到相关论文近百篇。这次会议虽然讨论热烈，各抒己见，但并没有对施耐庵出土材料等作结论。[②]

第四次大的有关施耐庵的研讨会——施耐庵文物史料辨证会是由江苏省作家协会和江苏省社会科学院文学研究所于 1983 年 6 月 18 日、19 日在南京召开的。刘冬在会议中介绍了《顾丹午笔记》关于施耐庵条目的考证情况，认为这为兴化、大丰两县施氏后裔自认其始祖为施耐庵即著《水浒传》的施耐庵增加了一项有价值的证明。与会者还对施罗关系、已发现的施耐庵文物史料进行了深入的辨析，并对研究方法问题进行了讨论，提出总体着眼、辩证看待，反对把文物史料孤立割裂开来然后加以否定的倾向。[③]

这时期关于施耐庵的研究主要有以下几方面。

（一）施耐庵资料考辨

从 20 世纪 50 年代开始，苏北就陆续出土了一批关于施耐庵的文物资料。对这批资料学术界的分歧很大，基本上分为肯定、否定两派，现分述如下。

肯定方主要以刘冬、张惠仁和欧阳健等学者为代表。刘冬在 50 年代就是施耐庵材料真实论的坚定拥护者。本时期，他发表《施耐庵生平探考》，坚持旧说，力驳何心、戴不凡等的否定论。作者在文章中对十七年时期反对者提出的三个疑问进行了“新释”，并对“官钱塘二载”、自苏

① 欧阳健：《施耐庵文物史料考察座谈纪要》，《江苏社会科学》1982 年第 5 期；欧阳健：《对江苏省新发现的关于〈水浒传〉作者施耐庵文物史料考察报告》，《江海学刊》1982 年第 4 期。

② 参见王同书《〈水浒〉作者施耐庵问题讨论述评》，《苏州大学学报》（哲学社会科学版）1983 年第 1 期。

③ 参见欧阳健《施耐庵文物史料辨证会纪要》，《江苏社会科学》1983 年第 10 期。

迁兴化、施罗关系等问题进行了详尽的辨析，再次重申了施耐庵是苏州人，系《水浒传》的作者[①]。此后刘冬多次到苏北兴化、大丰、淮安，苏南苏州、江阴、常熟、沙洲，山东郓城，浙江建德、淳安进行调查，先后撰写了《施耐庵四世孙施廷佐墓志铭考实》《笑煞雕龙，愧煞雕虫——施耐庵遗曲〈秋江送别〉三读》《施耐庵文物史料辨证》《施耐庵生平探考散记》等重要论文[②]，主张运用“综合的、整体的、系统的分析方法”，将地下出土的文物、历代传抄的史料和民间口头的传说进行科学分析，从而得出正确的结论。

张惠仁发表《〈施耐庵墓志〉的真伪问题》一文，论证王道生《施耐庵墓志》的合理性，认为何、戴之说不能成立[③]。此外张惠仁还在他的专著《水浒与施耐庵研究》中对施耐庵墓志的五点疑问进行了辨析，认为墓志是“可信的”；并从古代名讳学和民俗学、作品内证等方面考证施彦端就是《水浒传》作者施耐庵[④]。

欧阳健《关于〈水浒〉作者施耐庵之我见》认为“江苏新发现的这批关于施耐庵的文物史料，不存在什么真伪问题，换句话说，它们都是真的，对于施耐庵的生平家世的研究，都是有价值的”，并认为“元末明初在江苏兴化白驹一带，有一位施耐庵的存在是可信的，只是现有的材料还不足以使所有的人信服而已”[⑤]。同时持类似观点的学者还有李灵年《施耐庵杂考》、王春瑜《施耐庵故乡考察散记》、卢兴基《关于施耐庵文物史料的新发现》及姚恩荣和王同书的《施耐庵籍贯考证》等文章。[⑥]

与那些完全持肯定态度的学者略有不同的是章培恒，他在《施彦端是否施耐庵》一文中认为胡瑞亭的《施耐庵世籍考》《兴化县续志》和

① 刘冬：《施耐庵生平探考》，《中华文史论丛》1980 年第 4 辑。

② 参见刘冬《施耐庵四世孙施廷佐墓志铭考实》，《江海学刊》1982 年第 3 期；《笑煞雕龙，愧煞雕虫——施耐庵遗曲〈秋江送别〉三读》，《江海学刊》1983 年第 2 期；《施耐庵文物史料辨证》，《江海学刊》1983 年第 4 期。

③ 张惠仁：《〈施耐庵墓志〉的真伪问题》，《群众论丛》1981 年第 3 期。

④ 详见张惠仁《水浒与施耐庵研究》下篇《有无施耐庵》，延边大学出版社 1988 年版。

⑤ 欧阳健：《关于〈水浒〉作者施耐庵之我见》，《吉林大学社会科学学报》1983 年第 6 期。

⑥ 李灵年：《施耐庵杂考》，《南京师大学报》（社会科学版）1982 年第 3 期；王春瑜：《施耐庵故乡考察散记》，《光明日报》1982 年 4 月 25 日；卢兴基：《关于施耐庵文物史料的新发现》，《文汇报》1982 年 6 月 21 日；姚恩荣、王同书：《施耐庵籍贯考证》，《上海师范大学学报》（哲学社会科学版）1982 年第 1 期。

抄本《施氏族谱》这些材料都有部分是虚假的，而新近出土的地下文物和满家抄本《施氏家簿谱》是可信的，根据现有的这些材料，“可以承认施彦端即施耐庵”①。

在20世纪50年代戴不凡、何心等人就对《施耐庵世籍考》《兴化县续志》《施耐庵墓志》提出过疑议。本时期对施耐庵材料持否定态度的主要是刘世德等学者。

1982年刘世德发表了《施耐庵文物史料辨析》一文，成为当时施耐庵否定论的集大成者。他在这篇文章中对1962年以前的材料提出了六点质疑，并认为这些新材料“绝大部分不是信史”。对于1962年以后发现的材料，作者认为《处士施公廷佐墓志铭》是可信的，但家谱则存在矛盾和可疑之处，其他文物则与“施耐庵无直接关系”，因此“到目前为止，还没有一项真实可靠的、能排斥任何反证的文物、史料可以证明施彦端即《水浒传》作者施耐庵”②。

罗尔纲《水浒真义考》认为“《兴化县续志》所载淮安王道生撰《施耐庵墓志》，妄称他名子安，元朝至顺辛未进士，曾任钱塘县令两年，据考查全部都是捏造”③。黄霖根据《靖康稗史》和吴读本等有关资料，认为近年出土的文物“有力地证明了兴化、大丰在元末明初确无施耐庵其人，有关施耐庵的墓志、传说等都是后世附会出来的”④。王晓家也认为“历史上不存在‘施耐庵’其人。施耐庵既非元曲作家施惠，又非《水浒传》的作者，而是《水浒传》的作者为逃避文网虚构出来的人物，是从心胸的激愤情绪中化出来的人物——愤懑情绪存其间”⑤。曹晋杰等的《〈施耐庵墓志〉伪作者考》则认为明王道生的《施耐庵墓志》纯系伪作，作伪人可能是袁吉人，或者施以广，抑或二人通同作伪⑥。另外，章培恒《〈施耐庵墓志〉辨伪及其他》对所谓的施耐庵文献进行了分析，

① 章培恒：《施彦端是否施耐庵》，《复旦学报》（社会科学版）1982年第6期。

② 刘世德：《施耐庵文物史料辨析》，《中国社会科学》1982年第6期。

③ 罗尔纲：《水浒真义考》，载《水浒原本和著者研究》，江苏古籍出版社1992年版，第7页。

④ 黄霖：《宋末元初人施耐庵及“施耐庵的本”》，《复旦学报》（社会科学版）1982年第5期。

⑤ 王晓家：《〈水浒〉作者为罗贯中考辨》，《水浒争鸣》，长江文艺出版社1983年版，第153页。

⑥ 曹晋杰、朱步楼、洪家璧：《〈施耐庵墓志〉伪作者考》，《上海师范大学学报》（哲学社会科学版）1982年3期。

认为《施耐庵墓志》《耐庵小史》,《兴化县续志》所载的《施耐庵墓志》《施耐庵传》,以及另一种抄本《施氏族谱》所收的《故处士施公墓志铭》中涉及施耐庵的部分有很多作伪,不能够完全作为信史①。

（二）施耐庵籍贯争论

关于施耐庵的籍贯,这一时期主要有三种观点。第一种观点认为施耐庵是江苏兴化白驹场人。如欧阳健就同意“元末明初在江苏兴化白驹一带,有一位施耐庵的存在是可信的”,认为只是现有的材料还不足以使所有的人信服而已。他在发现的文物基础上勾勒了施耐庵的生平简历,认为施耐庵是“元末进士,官钱塘二载,后弃官居于苏州。张士诚据吴,曾登门造访,不应。避祸居江阴,又回兴化,旋居白驹场,成为白驹镇施家桥一带施氏自苏迁兴的始祖。死于淮安。名彦端,或子安,或耳,字耐庵”②。刘冬《施耐庵生平探考》认为施耐庵原籍为苏州阊门,曾官钱塘二载,复归苏州,后流寓江阴,七十一岁或七十二岁迁兴化,后定居白驹镇、施家桥③。王同书从系统论思想出发,将古代笔记中有关作者的记载和现在发现的施耐庵文物视为两个相关的系统,认为它们互相联系,互相依赖,“编织着施耐庵形象之网,使他的形象活生生地出现在人们的面前。他的姓名、年龄、性别、籍贯、家世、社会关系、主要经历……作为一个活生生的人所应具备的条件应有尽有,且一方面经受历史检验,得到社会认可,另一方面在新材料不断发现中,眉目更加清楚形象更加丰富完善”。因此作者认为白驹镇的施耐庵即小说作者施耐庵④,此外李灵年《施耐庵杂考》、江苏省大丰县县志办公室《施耐庵研究材料三则》也持相同观点。⑤

张丙钊《从〈水浒传〉的语言看作者的籍贯问题》一文认为尽管最后揭开施耐庵身世之谜尚有很多艰巨工作要做,但就《水浒传》语言提

① 章培恒:《〈施耐庵墓志〉辨伪及其他》,《中华文史论丛》1982 年第 4 辑。

② 欧阳健:《关于〈水浒〉作者施耐庵之我见》,《吉林大学社会科学学报》1983 年第 6 期。

③ 刘冬:《施耐庵生平探考》,《中华文史论丛》1980 年第 4 期。

④ 王同书:《用系统论还〈水浒〉作者施耐庵的本来面目》,《杭州师范学院学报》(社会科学版)1986 年第 2 期。

⑤ 李灵年:《施耐庵杂考》,《南京师大学报》(社会科学版)1982 年第 3 期;江苏省大丰县县志办公室:《施耐庵研究材料三则》,《上海师范大学学报》(哲学社会科学版)1982 年第 1 期。

供的“内证”来看，与苏北兴化一带发现的有关史料的内容基本上还是吻合的。[①]

第二种观点认为施耐庵的籍贯是杭州。从明代的文献开始就已经有施耐庵为“钱塘”人的说法，复旦大学黄霖重申这一观点。他从《靖康稗史》的作者耐庵的考证入手，结合吴读本的有关资料，认为此耐庵即《水浒传》作者施耐庵，“施耐庵当为宋末元初钱塘（今杭州）人，他曾于元初编集了一本简略的《水浒传》”，而近年出土的文物“有力地证明了兴化、大丰在元末明初确无施耐庵其人，有关施耐庵的墓志、传说等都是后世附会出来的”[②]。刘世德《施耐庵文物史料辨析》也从明清文人笔记的记载及小说作者对山东、河南、陕西、甘肃等地的地理环境不熟悉以及书内运用了宋元时期杭州一带流行的方言土语等证据，认为这与《水浒》作者施耐庵为元末明初“钱塘人的身份是符合的”，江苏施彦端不是施耐庵[③]。

（三）耐庵与施耐庵、施彦端和施惠

对于文献中《靖康稗史》的编者“耐庵”与施耐庵、施彦端和元曲作家施惠的关系也是当时辩论的一个重要问题。有的学者认为《靖康稗史》的编者耐庵与施耐庵就是同一人。王利器《〈水浒全传〉是怎样纂修的》就认为《水浒传》作者即《靖康稗史》的编者耐庵[④]。黄霖在《宋末元初人施耐庵及“施耐庵的本”》中从作者生活时代、活动地点和《靖康稗史》编写的内容与精神进行考察，认为《水浒传》作者就是宋末元初人《靖康稗史》的编者耐庵，吴从先所阅读的《水浒传》就是“施耐庵的本”[⑤]。但黄霖的观点随即遭到一些学者的反对。如喻蘅、林同《〈靖康稗史〉编者是〈水浒〉作者吗?》一文从“生活时代”“地点”“编写的内容和创作精神”三方面对黄霖的论据进行了反驳，并根据著名版

---

① 张丙钊：《从〈水浒传〉的语言看作者的籍贯问题》，《明清小说研究》1985 年第 2 期。

② 黄霖：《宋末元初人施耐庵及“施耐庵的本”》，《复旦学报》（社会科学版）1982 年第 5 期。

③ 刘世德：《施耐庵文物史料辨析》，《中国社会科学》1982 年第 6 期。

④ 王利器：《〈水浒全传〉是怎样纂修的》，《文学评论》1982 年第 3 期。

⑤ 黄霖：《宋末元初人施耐庵及“施耐庵的本”》，《复旦学报》（社会科学版）1982 年第 5 期。

本学家王欣夫“耐庵又不详其姓名”的跋语认为黄霖的观点不正确①。

其次，对于施彦端是否是施耐庵的问题也持相互对立的观点。有的学者认为施彦端就是《水浒传》作者施耐庵。如刘冬就认为元末明初苏北白驹人施彦端即施耐庵；郑诗（张惠仁）《施彦端即施耐庵考论》一文从古人命名取字称号的角度进行分析；“钱塘施耐庵”“东都施耐庵”“兴化施耐庵”三者的“统一”；从兴化民间口头传说、《水浒传》中的梁山泊与兴化周围的地理形势、“遇洪而开”与当地“遇詹再修”的故事、“武松打虎”与“卞元亨打虎”三方面认为兴化施彦端就是《水浒传》作者施耐庵。卫诗、林同《评刘世德〈施耐庵文物史料辨析〉》认为《施氏家簿谱》《施廷佐墓志铭》从不同角度相互补充，证实白驹施彦端确有其人，且即《水浒传》作者施耐庵②。

部分学者则持比较谨慎的观点，认为在目前的材料基础上，基本可以认定兴化施彦端就是《水浒传》作者施耐庵，但还需要进一步研究。如袁世硕《〈水浒传〉作者施耐庵问题》认为，“施彦端和施耐庵，很有可能是一个人”，“江苏兴化、大丰搜集到的文物资料，固然还不能直接证实施彦端即施耐庵，但将这两个名字联系起来，也不能算是牵强附会”，因此他认为“在更为确凿的资料发现以前，也不妨尊重群众的口碑，有分析地为《水浒传》的作者画出一个粗略的轮廓”③。欧阳健《关于〈水浒〉作者施耐庵之我见》认为，“光凭新发现的施廷佐墓志铭和长门谱这样一、两件文物史料，自然是难以认定施耐庵的存在的，如果从一种联系的、发展的角度去考察，事情就要明显得多。既然新发现的文物史料能够证明以往关于施耐庵身世的材料的若干重要关节，那就应当基本肯定以往的材料是有根据的，从而基本上作出施耐庵确实存在的结论来”④。

但是也有部分学者仍然持反对意见。如徐仲元《施耐庵热与〈水浒传〉作者》认为“仅凭这几件新近出土与发现的文物，尚不足以证明传为《水浒传》作者之一的施耐庵其人在历史上存在过的真实性。特别是

---

① 喻蘅、林同：《〈靖康稗史〉编者是〈水浒〉作者吗?》，《复旦学报》（社会科学版）1982 年第 6 期。

② 卫诗、林同：《评刘世德〈施耐庵文物史料辨析〉》，《陕西理工学院学报》（社会科学版）1985 年第 1 期。

③ 袁世硕：《〈水浒传〉作者施耐庵问题》，《东岳论丛》1983 年第 3 期。

④ 欧阳健：《关于〈水浒〉作者施耐庵之我见》，《吉林大学社会科学学报》1983 年第 6 期。

其作为苏北兴化一支施氏家族之第一世祖的关系”。“作为族谱所列第一世祖的施彦端是否就是被传为撰写《水浒传》的施耐庵其人，从这几件出土和新发现之文物中却仍然无法找出令人信服的证据，因此，也就难于做出肯定的论断”。作者认为，施廷佐墓志铭的出土和《施氏家簿谱》的发现“反而证实了以前所传《施氏族谱》及其末所附一些材料以及某些材料中关键性词句系出自有意窜入和妄增，从而也就更有根据令人怀疑，的确有人企图把传为《水浒传》作者的施耐庵这个名字千方百计和兴化一支施氏家族的族谱挂起钩来，把施耐庵这个名字附会在施彦端身上”①。黄霖也认为“新发现”的材料揭示了这样一个至关重要的事实，即兴化、大丰的始祖为施彦端，而不是施耐庵，“施氏家谱上施耐庵的名字乃如《红楼梦》中王狗儿家和王熙凤家联宗认亲一样搞出来的‘以光门相’的把戏”②。

最后就是施耐庵与施惠的关系。最早提出《水浒传》作者施耐庵即施惠的当是程穆衡《水浒传注略》：“‘东都施耐庵叙’，原书叙末记此，而不知耐庵何名字，宋、元人书俱无载者。惟考元人钟嗣成《录鬼簿》有‘施惠字君美，巨目美髯，好谈笑。余尝与赵君卿、陈彦实、颜君常至其家，每承接款，多有高论，诗酒之暇，以填词和曲为事，有《古今砌话》亦成一集，其好事也如此。’嗣成，宋末元初人，而与君美游，或即其人未可知。”③ 其后李伯珩炼石补天楼抄录宝敦楼珍藏《传奇汇考标目》亦云：“施耐菴，名惠，字君承，杭州人。《拜月亭》、《芙蓉城》、《周小郎月夜戏小乔》。”④ 蒋瑞藻《小说考证续编》卷三引《怀香楼闲话》：“《元宵闹》杂剧，无名氏撰。衍施君美《水浒传》卢俊义事。”⑤ 吴梅《顾曲座谈》：“《幽闺》为施君美作。君美名惠，即作《水浒传》之耐菴居士也。”⑥ 孙楷第《中国通俗小说书目》卷六《说公案》第三

① 徐仲元：《施耐庵热与〈水浒传〉作者》，《内蒙古大学学报》（哲学社会科学版）1984年第1期。

② 黄霖：《宋末元初人施耐庵及“施耐庵的本”》，《复旦学报》（社会科学版）1982年第5期。

③ 程穆衡：《水浒传注略》，载朱一玄、刘毓忱《水浒传资料汇编》，南开大学出版社2002年版，第377—378页。

④ （清）无名氏：《传奇汇考标目》，《中国古典戏曲论著集成》第七集，中国戏剧出版社1959年版，第249页。

⑤ 蒋瑞藻：《小说考证续编》，江竹虚标校，上海古籍出版社1984年版，第525页。

⑥ 朱一玄、刘毓忱：《水浒传资料汇编》，南开大学出版社2002年版，第131页。

《水浒传》："耐菴即施惠号，见传钞本宝敦楼《传奇汇目考》。惠字君美（一云字君承），钱塘人。二人（施、罗）皆元末明初人。第不知《水浒传》果为谁作耳。"①

本时期坚持施耐庵就是施惠的当属著名学者王利器。他在《〈水浒全传〉是怎样纂修的》一文中根据《录鬼簿》的记载，认为施惠所作的《古今诗话》"即《水浒传》之'施耐庵的本'"，他还将施惠所作的《幽闺记》与《水浒传》进行比较，认为"二者的描写方法，竟有许多相似甚至相同之处"。因此他认为《水浒传》作者即《靖康稗史》的编者耐庵，也是《幽闺记》作者施惠（字君美），因为他是一个书会才人，所以取了个当时书会才人流行的艺名叫"耐庵"②。此外刘世德在《鸭》一文中也认为《水浒传》作者施耐庵即施惠，与王利器观点相类③。

但该观点却遭到了许多学者如张国光、章培恒、欧阳健、喻蘅、林同的反对。张国光认为吴从先生活的时代在万历后期，他所见本子不一定是早期的施耐庵的本，也可能是嘉靖以后的另一种本子，《水浒传》系参考民间文学和多种文献而成的小说，夹杂了山东、关西和浙江等多地方言，并且苏州、杭州是当时出版中心，《水浒传》吸收一些当地方言也是正常的，故从方言的角度认为作者是浙江人不准确的④。喻蘅、林同则认为《靖康稗史》编者耐庵和《水浒传》作者在时代、地望和创作精神上不一致，否认《水浒传》作者施耐庵与《靖康稗史》编者为同一人⑤。

（四）施罗关系研究

关于施、罗关系，自古以来就有所谓罗贯中为施耐庵门人之说。此说最早见于胡应麟《少室山房笔丛》，其后大多数研究者都认为罗贯中为施耐庵门人之说是可信的，本时期也有学者重申之。如曹晋杰、朱步楼将《水浒传》与《三国志演义》《三遂平妖传》《粉妆楼》等作品进行比较，发现"《三国志演义》及其他罗著因袭《水浒传》的成分较多"，因此作者认为这"说明了它们之间的一脉相承，也说明了《水浒传》成书在

① 孙楷第：《中国通俗小说书目》，人民文学出版社1982年版，第209—210页。

② 王利器：《〈水浒全传〉是怎样纂修的》，《文学评论》1982年第3期。

③ 刘世德：《鸭》，香港《文汇报》1979年9月24日。

④ 张国光：《〈水浒〉是由"元人施耐庵""纂修"的吗？——与王利器先生商榷》，《湖北大学学报》（哲学社会科学版）1982年第4期。

⑤ 喻蘅、林同：《〈靖康稗史〉编者是〈水浒〉作者吗?》，《复旦学报》（社会科学版）1982年第6期。

《三国志演义》之前。从对历史资料的分析，罗贯中为施耐庵‘门人’之说，是可以成立的，应当得到首肯”。①

有的学者则从两人的生卒年角度进行考察，认为罗贯中为施耐庵门人之说虽然没有确凿的证据，但可能性比较大，至少施耐庵应该比罗贯中年长。如黄霖认为从施罗生年推测的情况来看，罗贯中为施耐庵门人之说的可能性并非没有，况且胡应麟在明代也以博学著名，因此“对于施耐庵在前，罗贯中在后这一点还是应该肯定的”②。

李灵年《施耐庵杂考》则认为罗贯中为施耐庵门人之说不可信，“据现有材料分析，恰是罗长于施，因而也就排除了施罗为师生关系的可能。罗本的生年大概在十三世纪的初叶，要早于施耐庵二三十年，到元至正二十四年祭其师赵宝峰时，恐怕已是六十岁上下的老人了，而这时的施耐庵却只有三四十岁，因此，所谓的师生关系当然就无从说起了”③。

章培恒认为关于施耐庵、罗贯中的时代先后问题，旧有罗贯中为施耐庵学生之说，但无确据。他认为鲁迅先生以为施耐庵为“演为繁本（《水浒》）者之托名”，即是指“在《水浒》创作过程中，罗贯中先写了一个简单的本子，再由施耐庵加工而成杰作……旧本《水浒》署‘钱塘施耐庵的本，罗贯中编次’，当是施耐庵在罗贯中编次的基础上进行加工，说施耐庵的时代早于罗贯中，是不确的。施彦端生活年代与罗贯中相接，年龄则小于罗，完全可能在罗贯中编次的《水浒》上加工”④。

另外有部分学者则认为施罗关系非师生关系，但有密切联系。如亚英、林同从《三国演义》《水浒传》二书的异同比较入手，认为两书的作者“有一定关系，但决非一人，极大可能是二书作者是两个不仅相互熟悉而且交谊颇厚的至交”⑤。

（五）施耐庵托名说

从历史的角度看，施耐庵托名说这一学术假说实肇自鲁迅《中国小

---

① 曹晋杰、朱步楼：《〈水浒传〉与〈三国志演义〉及其他——兼考罗贯中为施耐庵“门人”说》，《盐城师专学报》（社会科学版）1988年第4期。

② 黄霖：《宋末元初人施耐庵及“施耐庵的本”》，《复旦学报》（社会科学版）1982年第5期。

③ 李灵年：《施耐庵杂考》，《南京师范大学学报》（社会科学版）1982年第3期。

④ 章培恒：《施彦端是否施耐庵》，《复旦学报》（社会科学版）1982年第6期。

⑤ 亚英、林同：《双峰并峙　众脉相连——从〈三国演义〉〈水浒传〉之异同看两书作者兼与罗尔纲、王晓家同志商榷》，《曲靖师专学报》（社会科学版）1987年第2期。

说史略》，他怀疑“施乃演为繁本者之托名”。后来这种观点经过戴不凡、张国光等的论证发展，进一步坐实施耐庵系郭勋门客的托名，最后竟流变为“子虚”、“乌有”说，为当时的集体创作说张本助威。

所谓施耐庵为托名说在《水浒传》研究史上大体来说有三种观点：第一种观点是认为施耐庵仅是真正作者为了避祸而虚拟的名字，真正的作者是罗贯中。王晓家《〈水浒传〉作者及其他——与王利器先生商榷》认为“《水浒传》作者慑于当时的文字之祸，没有那么大的胆量署上自己的名字。所以，就有‘施耐庵’的托名。这样一来，有些多少知道《水浒传》为罗贯中所作的人，在辗转流传中，便逐渐把‘施耐庵’这化名与历史上的真人罗贯中混淆起来，出现了‘施耐庵’集撰、罗贯中纂修之类的题署”①。

第二种观点虽然也认为施耐庵是《水浒传》的“作者”，但却认为这仅仅是个托名，真正作者不可确指，这实际上类似于我们今天所说的笔名。徐仲元《施耐庵热与〈水浒传〉作者》也认为“所谓施耐庵其人很可能是在元代后期活动于杭州说书界的一位颇负文学才能的书会才人，然而他的真名却被历史湮没了。他的时代应该比鲁迅推断的《录鬼簿续编》中的那位罗贯中时代稍早，其成书不会迟于元末，明人传说的所谓国初征诏不赴隐居著水浒的说法是靠不住的。托名施耐庵的这位书会才人经过较长期地致力于有关宋江起义故事的搜集、整理与提高之后，又进行了独创性的艺术加工，天才地编撰了一部系统、完整地反映宋江起义故事的长篇《水浒传》”②。

第三种观点是以张国光为代表的学者，他们认为施耐庵就是郭勋门客的托名。张国光在《〈水浒〉祖本探考——兼论施耐庵为郭勋门客之托名》一文中根据当时农民起义领袖投降招安和道教受到统治者重视的时代背景，并结合《皇明从信录》等材料，认为是郭勋“指使门客仿《三国志演义》编撰成长篇小说《水浒》”，目的是“用这部小说来宣扬他的政治主张：即对农民起义军进行分化、腐蚀，诱使其中一部分不坚定分子叛变投降，然后又要这些人作鹰犬去镇压坚持斗争的农民军”，“《忠义水

① 王晓家：《〈水浒传〉作者及其他——与王利器先生商榷》，《文学评论》1983年第4期。

② 徐仲元：《施耐庵热与〈水浒传〉作者》，《内蒙古大学学报》（哲学社会科学版）1984年第1期。

浒》极力宣扬道教，也是郭勋借以迎合明世宗之确证”①。后来张国光《再论〈水浒〉成书于明嘉靖初年》又从“郭勋之前无关于《水浒》的记载”，“郭勋又是最早出现的《水浒》版本的刊行者”等再次重申《水浒传》的作者是郭勋门客，认为郭勋“授意其门客撰写《忠义水浒传》的时间当在嘉靖十一二年”②。作者还在《〈水浒〉是由“元人施耐庵”“纂修”的吗——与王利器先生商榷》等文章和专著中多次重申这一观点，成为“施耐庵系郭勋门客托名”说的代表人物。

夏梦菊《水浒演变史新论》（下）也认为“明嘉靖年间武定侯郭勋的门人受《三国演义》刊刻的影响，托名施耐庵，也取罗贯中的《水浒传》再次改编”③。

张国光等的观点发表后就遭到不少学者的质疑。欧阳健从有关记载《水浒传》的文献、《水浒传》的版本、《水浒传》道教问题以及明代有关文献无一提及郭勋是《水浒传》的作者等方面论证了戴不凡“疑施耐庵即郭勋”的论点和张国光“施耐庵为郭勋门客之托名”不成立，认为像“《水浒》这样一部宣扬‘官逼民反’的战斗主题的伟大作品，竟然出于郭勋这样的‘跗注大僚’之手，完全是不可思议的事”④。袁世硕《〈水浒传〉作者施耐庵问题》和《郭勋与〈水浒传〉》考察了郭勋的身世与小说的内容、主题的矛盾以及地理描写等方面的抵牾，认为“明中叶以后的人，不论是武定侯，还是其门下士，是不可能如此深谙宋代的事语的，即使具备了足够的历史知识，他们也不会有严格的历史态度去查阅宋代的文献”，所以疑施耐庵即郭勋或其门客的说法不可信⑤。

以上三种观点虽然各有不同，但从本质上讲都是不承认历史上存在过一个真正的施耐庵，否定了他的著作权。这种观点最终导致了集体创作说的产生。如周学禹《〈水浒〉作者探考》就认为“施耐庵是一个化名，实

① 张国光：《〈水浒〉祖本探考——兼论施耐庵为郭勋门客之托名》，《江汉论坛》1982 年第 1 期。

② 张国光：《再论〈水浒〉成书于明嘉靖初年》，《武汉师范学院学报》（哲学社会科学版）1983 年第 4 期。

③ 夏梦菊：《水浒演变史新论》（下），《新疆师范大学学报》（哲社版）1990 年第 1 期。

④ 欧阳健：《关于〈水浒〉作者施耐庵之我见》，《吉林大学社会科学学报》1983 年第 6 期。

⑤ 袁世硕：《〈水浒传〉作者施耐庵问题》，《东岳论丛》1983 年第 3 期；《郭勋与〈水浒传〉》，《水浒争鸣》第 4 辑，长江文艺出版社 1985 年版，第 94—105 页。

属‘乌有’、‘子虚’已无可置疑了”，“《水浒》的作者也不可能是罗贯中，如果罗贯中真正撰写过《水浒》，他也只能是很多作者之一，因为《水浒》是很多人、很长时间内逐渐完成的集体创作”①。

总的来说，新时期《水浒传》的作者研究是本时期《水浒传》研究史上最引人注目的焦点，无论是从研究论文的数量还是质量以及参与该问题讨论的学者人数来看都远远超越了《水浒传》其他方面的研究。这一时期对《水浒传》作者的研究主要包括了施耐庵相关材料的辨析考证和《水浒传》的作者的具体考证分析。《水浒传》作者问题的探讨虽然没能突破前几个时期的基本格局，但在研究的深度上还是大大地推进了的。对施耐庵材料的辨析考证相对十七年时期来说更加科学和理性，一边倒的格局基本上没有了，百家争鸣的风气形成了。在研究施耐庵与施惠、郭勋等问题上，王利器、张国光等不少学者都提出了很新颖的见解，是这一时期施耐庵研究的一大亮点。

在研究方法上，本时期的作者考证不仅有微观的传统考据方法，更有宏观的崭新的方法论。章培恒、黄霖、欧阳健等运用传统考据方法对地下出土文物的考辨堪称细致严密；而刘冬、王同书等学者则运用系统论的新方法，将古代和现代发现的各种材料进行综合分析归纳，勾勒了施耐庵的大致生平，为本时期施耐庵研究做出了重要的贡献。

第五节　新时期《水浒传》文本研究

新时期《水浒传》的文本研究主要集中在《水浒传》的主题思想、招安问题、宋江形象和小说艺术成就的研究等方面。

一　主题研究

关于《水浒传》的主题，明清时已有“忠义”说和“诲盗”说两种对立的观点。近代则有“倡民主民权”的“政治小说”之提法。1949年以后，冯雪峰提出“农民起义”说并在很长期一段时期内成为最权威的观点。“文化大革命”后期则有人对此提出异议，“市民说”产生了。进

① 周学禹：《〈水浒〉作者探考》，《信阳师院学报》1983年第1期。

入新时期以来，不少学者纷纷提出新说，遂成百家争鸣之势。大体而言有以下 9 种观点。

（一）农民起义与官逼民反说

农民起义说是十七年时期占据主流的观点，新时期仍然有不少学者坚持此说。如张志岳《关于〈水浒〉若干问题的看法》从小说“热情而大力地歌颂了农民起义及其英雄人物”、“《水浒》写出了农民起义的纲领——替天行道，劫富济贫”、“《水浒》创造性地写出了农民起义军的根据地——梁山泊”三方面论证“《水浒》是真实地反映并热情歌颂了农民起义军的”，认为任何持怀疑态度的论点都是站不住脚的[①]。

张惠仁《试谈〈水浒〉原名“江湖豪客传”问题——兼与〈水浒〉“非反映农民起义”说商榷》从《水浒传》原名为《江湖豪客传》出发，认为“施耐庵正是以着重刻划若干个江湖豪客（仗义疏财’者与‘见义勇为’者）的典型形象作为自己的主要任务，以‘造反有理’、造反的正义性为主题，以江湖豪客们各自不同的‘逼上梁山’的事迹为线索，把遍布各地的大大小小的农民起义（包括农民起义的最初级形式如打家劫舍）汇集为一股巨大的农民起义的力量，用它去‘反抗政府’，用它去建立一个独立国——理想社会”[②]。序德也认为“《水浒传》的主要成就，是它写了一次不成熟的、失败的农民起义历史，刻划了这次起义的领导人物宋江”[③]。钟扬《回荡在忠奸斗争框架中的农民革命的挽歌——〈水浒〉主题心解》针对李庆西《〈水浒〉主题思维方法辨略——兼说起义说与市民说》中否定农民起义说的观点进行反驳，认为《水浒》作者是在忠义观的文化意识的支配下和所生活的专制时代背景下，以“‘忠义’观念为视角，将梁山农民起义的故事组装在‘忠奸斗争’的框架中”，因此他认为《水浒传》的主体精神是“农民革命的悲壮挽歌”[④]。这其实是对所谓的“忠义说”（详见后文）和“农民起义说”在某种程度上的调和。

与农民起义说类似的是官逼民反说。这种观点认为《水浒传》是表

---

① 张志岳：《关于〈水浒〉若干问题的看法》，《学习与探索》1980 年第 4 期。

② 张惠仁：《试谈〈水浒〉原名“江湖豪客传”问题——兼与〈水浒〉“非反映农民起义”说商榷》，《汉中师院学报》（哲学社会科学版）1988 年第 3 期。

③ 序德：《〈水浒传是写农民起义的吗〉质疑》，《重庆师范学院学报》（哲学社会科学版）1981 年第 1 期。

④ 钟扬：《回荡在忠奸斗争框架中的农民革命的挽歌——〈水浒〉主题心解》，《安庆师范学院学报》1988 年第 2 期。

现下层人民反抗暴政、反对剥削和压迫的作品。如崔树人《〈水浒〉的主题及其有关问题》认为《水浒传》以北宋末年梁山农民起义为题材，通过众多人物形象被逼上梁山的过程描写，深刻揭示了“乱自上作，官逼民反”这一主题①。陈新也认为《水浒传》是一部“充斥着强烈的忠君思想”的“抗击暴政，反映官逼民反，并把同情心完全倾向在被压迫者一方的作品”②。

但农民起义说也遭到不少学者的否定，如欧阳健、萧相恺从“《水浒》中的‘梁山泊聚义’不同于历史上的‘宋江起义’”、“‘官逼民反’的‘民’主要不是农民”、“‘替天行道’并非代表农民利益的旗帜”和“梁山泊发动的战争不是农民革命战争”四个角度进行反驳，认为梁山泊聚义“从根本上说不能算农民起义”③。王开富根据历史材料的分析认为“历史上的宋江起义，并不是代表农民利益的农民起义，而是封建社会的无业游民的武装斗争”，他从小说中绝大多数好汉出身、活动的性质与口号、没有反映地主和农民的矛盾等方面认为它的作者“既不是站在地主阶级立场上宣扬农民革命的投降叛变，也不是站在农民立场上歌颂农民的革命反抗，而是站在下层市民的立场上，讲述一群无业游民的斗争故事，批判封建政府的滥污害民”④。陈新也认为“《水浒传》小说不反映农民起义……没有一个字涉及农民的疾苦，它没有一句为农民呐喊的口号，没有一条为农民谋福利的纲领，这是可以肯定的”⑤。

（二）市民说与游民说

所谓市民说是指小说《水浒传》反映的是市民阶层的思想利益，而非反映农民阶级的理想的观点。市民说可能发端于鲁迅《中国小说史略》，该书在论述清之侠义及公案小说时指出：“《三侠五义》为市民写心，乃似较有《水浒》余韵，然亦仅其外貌，而非精神。”⑥ 此后伊永文于1975年发表《〈水浒传〉是反映市民阶层利益的作品》一文，成为新

① 崔树人：《〈水浒〉的主题及其有关问题》，《学习与探索》1986年第5期。

② 陈新：《关于〈水浒传〉的几个问题》，《南京师大学报》（社会科学版）1989年第3期

③ 欧阳健、萧相恺：《水浒新议》，重庆出版社1983年版，第1—21页。

④ 王开富：《〈水浒传〉是写农民起义的吗?》，《重庆师范学院学报》（哲学社会科学版）1980年第3期。

⑤ 陈新：《关于〈水浒传〉的几个问题》，《南京师大学报》（社会科学版）1989年第3期。

⑥ 鲁迅：《中国小说史略》，《鲁迅全集》第九卷，人民文学出版社2005年版，第287页。

中国成立后“市民说”的首发者。“文化大革命”结束后，他又发表了《再论〈水浒传〉是反映市民阶层利益的作品》，从《水浒传》产生于宋代市民文化发达的时代环境这个前提出发，从小说中大量的有关市井风情的描写、市民意识的渗透等方面重申了《水浒传》是反映市民阶层利益的观点①。

1980 年，欧阳健和萧相恺对“市民说”作了详尽的阐述，正式提出《水浒传》“为市井细民写心”说。二人从“《水浒》展现了市民社会的广阔场景”“广大市民群众活跃在全部《水浒》之中”“《水浒》表达了市井细民的憎和爱”“《水浒》所反映的市民的思想局限”四个方面详细论证了这一观点，认为《水浒传》是表现“市民阶级的生活、命运和思想感情的长篇小说”②。后来，他们又在《〈水浒〉“为市井细民写心”二说》、《〈水浒〉作者代表什么阶级的思想》③ 等文章中多次重申该观点。欧阳健、萧相恺的这一观点发表后引起了很大的反响，成为市民说的代表论著，赞同者有之，反对者亦有之。如沈伯俊师就发表《从题材主题和作者意识论〈水浒〉写的是农民起义——与欧阳健等同志商榷》一文，从《水浒传》的题材是写农民起义、《水浒传》主题是歌颂梁山农民起义军反对奸臣贪官、反对虐民暴政的斗争和作者渗透在小说中的意识主要不是市民意识三方面反驳了欧阳健的观点，认为“《水浒》为市井细民写心说，并没有正确地概括《水浒》的内容，反而在理论上引起概念的混淆，因而是不可取的”④。

与市民说观点相关的是游民说。王开富认为《水浒传》从本质上讲不是写农民起义的，因为历史上的宋江起义就并不是代表农民利益的农民起义，而是“封建社会的无业游民的武装斗争”。明代出现的《水浒传》虽然是写宋江等人故事的文学作品，有一定的虚构和夸张，不会是历史上宋江活动的翻版，“但就无业游民武装斗争的基本特征来看，《水浒传》

---

① 伊永文：《〈水浒传〉是反映市民阶层利益的作品》，《天津师范大学学报》（社会科学版）1975 年第 4 期；《再论〈水浒传〉是反映市民阶层利益的作品》，《河北大学学报》（哲学社会科学版）1980 年第 4 期。

② 欧阳健、萧相恺：《〈水浒〉“为市井细民写心”》，《群众论丛》1980 年第 1 期。后收入《水浒新议》。

③ 欧阳健、萧相恺：《水浒新议》，重庆出版社 1983 年版，第 45 和 73 页。

④ 沈伯俊：《从题材主题和作者意识论〈水浒〉写的是农民起义——与欧阳健等同志商榷》，《青海社会科学》1982 年第 4 期。

还是反映了宋江起义的历史真实的”。因此王开富认为《水浒传》的作者“既不是站在地主阶级立场上宣扬农民革命的投降叛变，也不是站在农民立场上歌颂农民的革命反抗，而是站在下层市民的立场上，讲述一群无业游民的斗争故事，批判封建政府的滥污害民；它虽不能认识镇压方腊农民起义的错误，但对无业游民的流氓性和破坏性也有所揭发和批评”①。

王开富的观点在多年后再次被有的学者继承。如王学泰就认为《水浒传》写的是脱离宗法网络、宗法秩序而沉沦在社会底层的游民们为了生存、为了改善自己的处境的挣扎与奋斗的过程。他们的“经济诉求”是优裕的物质生活，为了实现这一目标，就要迅速改变自身的社会地位，于是“发迹变泰”就成为他们的政治诉求②。

（三）忠奸斗争与忠义说

“忠奸斗争说”认为《水浒传》反映了地主阶级内部当权派与在野派为实现各自的政治目的而斗争。齐裕焜《论〈水浒传〉里的宋江》认为“虽然《水浒传》用农民起义的故事为题材，并且其中某些优秀的章节也表现了被压迫人民反抗封建统治的火热斗争，塑造了可歌可泣的革命英雄形象，但是《水浒传》的作者并不完全理解农民革命，并没有自觉地把《水浒传》写成一部歌颂农民革命斗争的小说，而是把它当作忠奸斗争来表现的”。从这个角度出发，作者认为宋江虽然具有农民起义领袖的身份，但作者只是把宋江塑造成具有特殊身份和经历的忠臣义士的形象，并通过这个形象来宣扬作者的忠义思想③。

凌左义认为“官逼民反”、“逼上梁山”不是（或者主要不是）地主逼农民，而是权奸逼忠臣，忠奸斗争是《水浒传》的主线，它具体表现为这样几个方面：一是王进、林冲、杨志、宋江等人与高俅的权奸的矛盾；二是以宋王朝与宋江为一方同田虎、王庆、方腊的矛盾；三是宿元景、陈瓘、张叔夜同蔡京、高俅的矛盾；四是李逵、武松、鲁达、三阮等人同宋江等人的矛盾④。

---

① 王开富：《〈水浒传〉是写农民起义的吗?》，《重庆师范学院学报》（哲学社会科学版）1980年第3期。

② 王学泰：《〈水浒传〉思想本质新论》，《文史哲》2004年第4期。

③ 齐裕焜：《论〈水浒传〉里的宋江》，《兰州大学学报》（社会科学版）1980年第4期。

④ 凌左义：《论忠奸斗争是〈水浒传〉的主线》，《水浒争鸣》第2辑，长江文艺出版社1983年版，第233—237页。

刘烈茂也认为“贯串《水浒》全书的并不是农民阶级与地主阶级的矛盾和斗争，而是所谓忠与奸的矛盾和斗争。它所表现的主题思想并不是‘官逼民反’，而是宋江如何‘替天行道’；它着力歌颂的理想人物并不是晁盖、方腊那样的农民起义英雄，而是像宋江那样的‘忠义之士’”。[①] 张振华认为小说作者在开篇就为全书定下了忠奸斗争的调子，宋江领导的梁山义军的“造反”及平辽征方腊实质是发生在一个特定历史时期的在野的中小地主阶级这个特殊阶层所进行的一场“清君侧”的轰轰烈烈的武装改良救国运动。[②]

与忠奸斗争类似的忠义说。这种观点认为小说反映的是封建时代的忠义思想，宋江就是这种思想的典型代表。张锦池《“乱世忠义”的颂歌——论〈水浒〉故事的思想倾向》一文分析了南宋以来水浒故事和宋江形象的演变以及宋江等活动根据地变化，认为水浒故事自南宋以来“既不是在歌颂什么农民起义，也不是在宣扬什么投降主义”，而是“特定时代的一曲昂入云天的‘乱世忠义的颂歌’”，施耐庵的《水浒传》则是这种思想的集大成者。[③] 马经辉从“《水浒传》成书的过程也是主题升华的过程”、“‘忠义’思潮影响主题”、“创作动机和宗旨——讴歌‘忠义’”、主要人物的描绘体现了忠义主题四个方面进行分析后认为“《水浒传》的主题是描写‘忠义’与‘反忠义’的斗争”。[④]

吕致远对小说是歌颂“忠义”的观点进行了反驳，认为《水浒传》不是歌颂而是批判，“《水浒》悲剧就是对‘忠义’的无情批判”，作者写作的目的不是在宣扬宋江的“忠义”，而是在于揭露“忠义”所必然导致的悲剧，并向后人指出“忠义”的道路是一条危险的道路[⑤]。这其实是从另外一个方面肯定了小说的主题是写“忠义”。崔树人认为“忠义”的概念不规范，不能够揭示事物的本质，它以概括《水浒》作品的主题，“恰如没有一样”，并且这种观点“把一部具有巨大历史价值的现实主义

① 刘烈茂：《评〈水浒传〉应怎样一分为二》，《中山大学学报》（社会科学版）1979年第1期。

② 张振华：《〈水浒传〉宋江形象新议》，《齐齐哈尔社会科学》1985年第4期。

③ 张锦池：《“乱世忠义”的颂歌——论〈水浒〉故事的思想倾向》，《社会科学战线》1983年4期。

④ 马经辉：《忠义在水浒——也谈〈水浒传〉的主题》，《六盘水师范高等专科学校学报》1989年第1期。

⑤ 吕致远：《忠义者宋江，并非〈水浒〉》，《殷都学刊》1986年第2期。

巨著曲解为只是反映了帝王将相内部的权势争夺”，贬低了作品的思想价值①。

（四）替天行道说

这种观点认为小说作者主要是对当时黑暗现实愤愤不平，但作为统治阶级的一部分的下层知识分子，他们又不敢彻底否定自己生活的制度，因此就希望有梁山好汉那样的英雄出来替天行道，伸张正义。如张志欣、宋嘉雄《试论〈水浒〉的主题》就认为由于《水浒传》的作者身处元末社会大动荡，既对现实黑暗不平又不能彻底否定封建制度，因此作者就通过《水浒传》的“梁山起义来抒发‘替天行道’的社会理想”，因此“替天行道’正是统领全书的主题”。作者认为“《水浒传》把‘替天行道’作为主题，一方面清楚地表现出作者鲜明的阶级立场和力图维护封建制度长久存在的社会理想，另一方面却又反映了作者的理想社会和社会现实之间的深刻矛盾，反映出作者世界观中进步因素和落后因素的剧烈矛盾”，这也造成了《水浒传》在内容和形式上错综复杂、瑕瑜难分的艺术特征。②

苗壮认为《水浒传》“替天行道”的含义包括在政治上打击当朝的贪官污吏和在野的土豪劣绅等邪恶势力，反抗剥削压迫，为受迫害者报仇雪恨，争取清明政治，社会安定；在经济上反对封建官府与土豪恶霸的肆意掠夺诈取，劫富济贫，扶弱抑强。“反贪官不反皇帝是全书基本倾向，也可说是‘替天行道’这一纲领的简单说明”。在这一纲领的指引下，义军打击贪官污吏，猛烈地冲击封建官府；同样是在这一纲领的左右下，他们走上妥协投降的道路，使革命归于失败。③

（五）复仇说

汪远平《〈水浒〉的复仇主题及其美学意义》认为《水浒传》是一部反映伟大的民族复仇精神的不朽巨著。文章分析了《水浒传》的复仇主题的广泛性，认为梁山英雄体现了具有比较明显的复仇意识和复仇行动的人物约占一百单八将的百分之四十，尤其是那些重要的人物，大都涂有浓重的复仇色彩。作者将《水浒》复仇主题分为个人怨毒郁积深久而骤然暴发的“狂飙式”复仇、突遇打击陷害而随时萌生勃起的复仇行为、

---

① 崔树人：《〈水浒〉的主题及其有关问题》，《学习与探索》1986 年第 5 期。

② 张志欣、宋嘉雄：《试论〈水浒〉的主题》，《渤海学刊》1985 年第 3 期。

③ 苗壮：《谈〈水浒〉的“替天行道”》，《辽宁师范大学学报》（社会科学版）1979 年第 4 期。

为受压迫者申冤复仇和不满现实而对整个社会的复仇这四种最主要的表现形式，认为这些复仇“大都包含深厚社会内容”和“阶级斗争色彩”，确实富有社会意义和审美价值。文章还认为中华文化的民族历史生活和悠久的民族文化是《水浒传》复仇主题形成的渊源。这种强烈的复仇意识，直露坦率，光明磊落，是中华民族思想心理的精髓，是历史前进的动力。①

（六）讽谏说

陶诚认为《水浒传》产生的时代背景是元末明初，调整政策，“毋逼民反”，利用民心来巩固政权、安定社会发展经济成为当时的时代课题和统治者的主导思想。施耐庵作为地主阶级的知识分子也受到这种时代思潮的影响，于是在小说中以“忠义”将农民造反与表达忠君两件事物协调起来，表达他“劝谕皇帝亲贤臣，远小人，通忠谏之路，而杜谄佞之门，防患于上，禁乱于下”的思想，于是《水浒传》就变为一部劝谕皇帝“毋逼民反”的“谏书”。为了实现这一意图，作者在小说中采取为统治阶级罪恶指定“替身”、为农民起义设定“框子”、借宋江这个“钟馗”来打鬼等方式将小说原本的农民斗争题材转化为以讽喻为目的、以农民造反为内容的形象“谏书”②。

（七）封建士子探索说

佘德余《身处乱世，沉抑下僚的封建士子的痛苦求索——关于〈水浒传〉主题的思考》认为《水浒传》一书是借宋徽宗朝的史实，通过宋江与众英雄梁山聚义、接受招安、征辽平方腊的曲笔，真实而又形象地表现了身处乱世、沉抑下僚的封建士子不甘沉沦、幻想有为、终于破灭的痛苦求索的深刻主题。作者与作品的主人公一样，怀抱知和行的种种矛盾，从无道的乱世中起步，经历了替天行道的追求，在知和行的太极圈中漫游了一周，仍然回到了原来的起点，完成了一次悖论，反映了作者对前途、出路的积极求索反思。③

（八）伦理反省说

李庆西用儒家伦理文化探求《水浒传》的创作原旨，提出“伦理反

① 汪远平：《〈水浒〉的复仇主题及其美学意义》，《郑州大学学报》（哲学社会科学版）1987年第1期。

② 陶诚：《一部形象的谏书》，《求是学刊》1985年第1期。

③ 佘德余：《身处乱世，沉抑下僚的封建士子的痛苦求索——关于〈水浒传〉主题的思考》，《明清小说研究》1989年第3期。

省”说。他认为“起义说”与“市民说”“都走到岔路上去了”，而“《水浒传》不只囿于断代的生活内容，这里所提供的氛围与心境应当看作历史的积淀，是对世代相袭的伦理政治的反思”，梁山泊的英雄悲剧无疑是纵深的历史观照。它通过纷纭幻化的人世沧桑透视中国文化的深厚背景，表现了外拓与内省兼备的主题意识。因此，作者认为《水浒传》一书正是“施耐庵们”作为正直的封建社会知识分子对困扰于心的儒教纲常进行强烈伦理反省的忧愤之作①。

（九）多元融合说

刘靖安《也谈〈水浒传〉的主题思想》针对农民起义说、官逼民反说等多种观点，认为《水浒传》的主题是双重的。他通过对晁盖、宋江为首的梁山义军性质的考察，认为小说前半部分通过“乱自上作”的事实揭示了广大人民“逼上梁山”的原因，后半部分则突现了与其背道而驰的接受招安投降的主题②。欧阳健针对主题研究中众说纷纭的状况，认为《水浒传》主题诸说本身都有其相对的合理内核，但全书内容十分丰富，而研究者的思维方法、角度又各不相同，因此《水浒传》的主题非某一说所能全面概括。他认为应该运用系统、多维的研究方法，即承认《水浒传》主题探索的多元化倾向（包括作为研究客体的《水浒传》主题的多元化和作为研究主体的研究者主观思维的多样性），多元化内部并存的诸说，应该互相融合，互相渗透③。多元融合说的提出受到一些学者的认可，如卢炘《接受美学的优势——谈〈水浒〉主题思维的争辩》认为多元融合说“从各种层面、各种角度、各种方位、各种坐标系去肯定应该肯定的东西，承认存在的各种因素”，因此从主题思维方法而论，“无疑是对头的”④。

总的来看，新时期《水浒传》的主题研究受当时整个学术界重思想主题研究的影响，因而诸家并出，众说纷纭。但从总体上看，农民起义说仍然是占主流地位的。这种诸说蜂起的现象一方面是因为小说本身反映了

---

① 李庆西：《〈水浒〉主题思维方法辨略——兼说起义说与市民说》，《文学评论》1986 年第 3 期。

② 刘靖安：《也谈〈水浒传〉的主题思想》，《贵州文史丛刊》1984 年第 4 期。

③ 欧阳健：《〈水浒〉主题研究的多元融合》，《明清小说研究》第 6 辑，中国文联出版公司 1987 年版。

④ 卢炘：《接受美学的优势——谈〈水浒〉主题思维的争辩》，《明清小说研究》1989 年第 3 期。

极其丰富的生活内容，另一方面就是对使用的“主题思想”这一概念的定义和界说都不是很明确。但无论是农民起义说或者市民说等，它们对深入理解小说都有积极的作用。

当然，在主题思想研究的过程中也有些不足的地方。如有的研究者往往用一种简单抽象的哲学、政治、伦理道德概念或逻辑命题来概括作品的全部内容，而实际上任何一部真正的文学作品都不能把它的内容归结为一个或几个抽象的思想概念。另外有的研究者试图用“副主题”、“多主题”、“主题的多义性”等说法来解决这种纷争，但是这种多元的“主题”论恰恰说明无主题可言。

二　招安问题

招安问题是《水浒传》思想内容研究中一个既让人困惑而又惹争议的问题，它对整个《水浒传》的主题思想和宋江形象的评价都有重要的影响，可以说招安是解读《水浒传》的一把钥匙。新时期关于招安的讨论非常热烈，赞同者有之，否定者有之。

首先是肯定招安。肯定招安的论者往往认为招安是历史真实的反映，招安征辽是爱国精神的体现。如张志岳《关于〈水浒〉若干问题的看法》就认为从历史上看，农民起义军就存在着能够接受招安的内在因素，因此编写者做出接受招安的处理，也就不能算是违反历史规律，不能算是强加于农民起义军的污蔑。从小说成书来看，太行山忠义军抗金英雄抵抗外敌的故事对招安有一定的影响，而编写者在元代所受的民族压迫也影响到《水浒传》写英雄接受招安及征辽这样的情节。此外宋人留下来的资料中就有关于宋江接受招安和平方腊的记载，这是编者写招安的一种依据。但是由于作者反对元代统治者的招安，所以只能以悲惨的结局来写梁山起义军接受招安后的命运，来总结教训①。

王文彬《关于〈水浒传〉与“招安”的再认识》认为历史上招安之说形成于北宋末南宋初，到了宋末元初更加合理化，其原因是招安包含着以宋室为正统的抗金反元的内容。作者从歌颂梁山英雄反贪官、反腐政、反外寇、反分裂斗争这个前提出发赞颂招安的合理性，既符合北宋末年宋江起义时期的历史真实，也符合宋之社会的历史真实，反映了从北宋末到元末明初这一段较长历史时期的封建社会的阶级矛盾和民族矛盾的本质特

① 张志岳：《关于〈水浒〉若干问题的看法》，《学习与探索》1980 年第 4 期。

征。因此招安有“理”①。

辛国柱、李孝堂认为由于历史与阶级的局限，农民阶级本身就不反皇帝，因此我们也不能要求《水浒传》的作者们写出梁山义军反皇帝的内容。《水浒传》写梁山义军不反皇帝符合历史的真实。接受招安去征辽在特定的历史条件下是代表了大多数人的愿望，是值得肯定的。② 王潜生认为受招安是起义的合理发展，征辽、打方腊是受招安的必然结果，反映的是不同时代的人民的愿望与时代精神。③ 张振华也认为说“接受招安是农民阶级的历史局限性”的观点很荒唐。《水浒传》所描写的宋江全伙受招安完全是地主阶级中的一派与另一派的妥协，体现了地主阶级在野改良派与农民阶级造反派的本质区别，同“农民阶级的历史局限性”风马牛不相及。“招安”是宋江这个在野的地主阶级改良派的必然归宿，而平辽、征方腊，则是特定历史时期地主阶级改良派的使命④。

其次是否定招安。否定招安论者往往从思想评价（招安是投降）和艺术评价（在艺术上也不成功）两方面立论。如唐耿夫《略谈〈水浒传〉作者描写招安的主观意图》认为《水浒传》的作者在宋江等人的结局这个关键性的问题上对史实做了较大的改动，他把《大宋宣和遗事》的大团圆结局改为血淋淋的悲剧，以此来表达作者反对招安的思想。文章认为应该把作者的思想与作品中主人公的思想区别开来。宋江竭力主张招安，不等于作者主张招安。宋江只不过是作者所塑造的艺术形象。作者通过这个悲剧的整体艺术形象，表达了自己那种既想忠君又不赞成招安的矛盾的主观意图。在攻打方腊的问题上，作者也不是通过此来赞同招安，而是因为在民族矛盾激化的时代，作者不希望大家自立朝廷⑤。

汤国梁《也谈〈水浒传〉中“招安”与“平方腊”——与王文彬同志商榷》认为在分析和评论作品时，不但要看作者想写什么，还要看他写了什么和怎么写的；不但要研究作家的写作动机，还要分析检验作品的

① 王文彬：《关于〈水浒传〉与“招安”的再认识》，《延边大学学报》（社会科学版）1983 年第 3 期。

② 辛国柱、李孝堂：《〈水浒〉二题》，《齐齐哈尔大学学报》（哲学社会科学版）1982 年第 2 期。

③ 王潜生：《〈水浒传〉招安问题新探》，《东岳论丛》1986 年第 1 期。

④ 张振华：《〈水浒传〉宋江形象新议》，《齐齐哈尔社会科学》1985 年第 4 期。

⑤ 唐耿夫：《略谈〈水浒传〉作者描写招安的主观意图》，《湖州师专学报》1983 年第 4 期。

艺术效果。《水浒传》的作者从思想上是要肯定并赞扬宋江等接受招安“平虏保国安民”的，在描写宋江等接受招安和征辽中，也出现了一些着意描写的光彩文字。这是由于作者既有爱国思想，又以忠君思想和正统观念为主导而写的。但是，作者在宋江等招安问题上，却能够正视现实、忠于现实，能够不以个人的意愿来反映现实，自觉不自觉地批判了招安这一投降主义的路线，既对招安的过程有所批判，又对招安的结局以悲惨的事实予以否定①。

最后是综合评价招安问题。综合论者往往从多个角度对招安问题进行分析，而不是简单地肯定或者否定。如郭豫适《关于〈水浒传〉后半部的评价问题》对招安的原因及其实际效果进行了分析，认为梁山泊队伍之所以终于接受招安虽然是由于宋江的坚持，但原因却是多方面的。就起义军内部来说，主要领导人和决策者以及山寨头领中许多人是主张接受招安或者至少是不反对接受招安的，只反对贪官污吏而拥护“好皇帝”的观念成了接受招安的广泛的思想基础。同时，梁山泊队伍之所以接受招安，也是朝廷施加影响和计谋的结果。从小说的实际描写来说，《水浒传》有关宋江等人受招安以后的悲剧结局，客观上是告诉人们，起义队伍接受招安并不是一条真正的出路，而是一条通向悲剧的道路②。

刘孝严则从招安的历史内涵入手，认为宋元时期“水浒”故事中的“招安”情节渗入了人民反金抗元、反对异族入侵的愿望和要求，明初的《水浒传》加入招安又与“功成遇害”相映照，表现了人民对明初黑暗政治和残害忠良的不满情绪。因此文章认为在分析《水浒传》中的“招安”问题时不能仅从“招安”的概念出发，而必须从其历史的形成与发展，从艺术处理的指导思想进行具体分析，不能简单地把史实中的“招安”与文学作品中的“招安”情节简单类比。离开了具体分析，就招安论招安，是不可能正确解决《水浒全传》中招安情节的分歧和争论的③。

杨仲义认为肯定与否定招安的观点都“不符合《水浒传》作品的实际”。文章从分析梁山头领的思想行为和“替天行道”的具体内涵入手，

① 汤国梁：《也谈〈水浒传〉中“招安”与“平方腊”——与王文彬同志商榷》，《延边大学学报》（社会科学版）1984 年第 3 期。

② 郭豫适：《关于〈水浒传〉后半部的评价问题》，《文艺理论研究》1984 年第 4 期。

③ 刘孝严：《〈水浒全传〉及其招安问题》，《东北师范大学学报》（哲学社会科学版）1980 年第 4 期。

认为接受招安不仅符合梁山义军所有头领思想性格的发展逻辑，而且也是以“替天行道”为纲领的梁山义军发展的必然趋势。梁山众头领在招安问题上存在的矛盾斗争只是在何时接受招安、怎样归顺朝廷上的分歧，小说对招安问题的具体描写始终带有同情和赞赏。因此作者认为写招安不是宣扬投降，而是要借招安描写批判、谴责奸臣恶吏①。

与前一阶段比较，本时期对招安问题的讨论更多是从具体的历史文化背景和小说艺术表达等方面切入论题，不再是简单的肯定与否定，也不再做简单的政治定性，因而更加理性和科学，更加符合小说最后写定者的创作意图和文本实际。

三　宋江形象研究

本时期对宋江形象的研究主要从思想评价和艺术分析两方面进行②。

（一）宋江形象的思想评价

思想评价是与小说思想主题紧密联系的，它主要是对宋江的阶级属性等问题进行分析，着重对宋江形象的思想道德与阶级归属进行认定和探讨。大体来说有农民起义领袖形象、忠臣形象、地主阶级改良派形象和综合形象等几种主要观点。

①农民领袖形象。李玉昆认为宋江是一个有重大缺点的农民革命领袖，他在接受招安之前是农民革命的领袖，但受招安之后就走向了他作为农民革命领袖的反面，由起义军的首领变成了投降主义的代表，由革命造反的英雄变成了宋王朝的奴才。但宋江这一艺术形象也还是农民革命领袖的形象，“一个有着严重缺欠的农民革命领袖的形象”。文章认为宋江之所以成为这样一个形象，首先是因为宋江形象“是时代的产物”，是历史的“真人”，在他的身上体现了那个时代的思想潮流。其次，宋江这一形象是作者根据自己的世界观塑造的理想的人物形象，因此“宋江这一形象的矛盾和复杂性既是现实生活本身的反映，也是作者的世界观的反映”③。郭豫适则认为宋江的形象还不是一个叛徒的形象，“整个地说来，《水浒传》所描写的是一位农民起义军领导者的形象，而不是一位民族英

---

① 杨仲义：《〈水浒传〉招安新议》，《信阳师范学院学报》（哲学社会科学版）1986 年第 3 期。

② 宋江形象研究本属于小说文本艺术研究范畴，但因为本时期宋江形象成为学界讨论的重要议题，故而独立出来进行论述。

③ 李玉昆：《宋江的道路》，《河北师范大学学报》（哲学社会科学版）1978 年第 3 期。

雄的形象"[①]。蒋长林认为宋江是一个集民族理想、传统道德和封建礼法于一身的可歌可泣而又可悲可叹的起义领袖形象，在他身上反映了封建社会农民革命的优点和缺点、进步性和局限性[②]。欧阳代发则指出宋江这个梁山起义军领袖形象苍白、缺少血肉，有概念化倾向[③]。

②忠臣义士形象。齐裕焜《论〈水浒传〉里的宋江》认为宋江虽然具有农民起义领袖的身份，但作者既不想把他作为农民革命领袖来歌颂，也无意把他作为农民革命的叛徒来鞭挞，而是把宋江塑造成具有特殊身份和经历的忠臣义士的形象[④]。张锦池认为宋江这一形象是作家心目中的正面理想人物，其最醒目的性格特征是"忠义"，"义是他连结李逵一流人物思想的纽带；忠是他沟通关胜一流人物思想的桥梁"[⑤]。黄海鹏也认为《水浒传》的主题是忠与奸、善良与邪恶、迫害者和受害者之间的冲突和抗争，解决这些社会矛盾就必须选贤任能，铲除奸邪，为此作者塑造了宋江这样一个忠臣义士作为自己笔下的理想形象。作为一个忠臣义士，宋江这个形象是完整的、统一的。他思想上虽然也免不了有些矛盾，但那是在尽忠与重义之间的徘徊，其性格绝不是分裂的，他一生都没有背叛他那忠臣义士的立场。他上山并不等于革命；没有参加革命，也就不存在背叛革命。所以他既不是农民起义的英雄、领袖，也不是农民起义军中的叛徒和蛀虫[⑥]。

③地主阶级改良派形象。有的研究者认为宋江是封建时代地主阶级改良派的形象。如王齐洲就认为"宋江不是什么投降派，而是作者理想的地主阶级革新派人物，是个'忠义双全'的典型"，"作者通过塑造宋江形象，强烈地表达了他对贪官奸臣祸国殃民的痛恨和对选贤授能的清明政治的向往"[⑦]。张振华也认为"宋江是封建王朝末期一个特定时代的地主阶级改良派"，宋江领导的梁山义军的"造反"及平辽征方腊实质是发生

① 郭豫适：《关于〈水浒传〉后半部的评价问题》，《文艺理论研究》1984 年第 4 期。

② 蒋长林：《试论宋江——传统道德观念的体现者》，《明清小说研究》1986 年第 2 期。

③ 欧阳代发：《浅谈宋江——兼与李玉昆同志商榷》，《河北师范大学学报》（哲学社会科学版）1979 年第 1 期。

④ 齐裕焜：《论〈水浒传〉里的宋江》，《兰州大学学报》（社会科学版）1980 年第 4 期。

⑤ 张锦池：《〈水浒传〉是一部宣传忠义的小说》，《未定稿》1983 年第 20 期。

⑥ 黄海鹏：《封建时代的忠臣义士——宋江》，《黄冈师范学院学报》1986 年第 1 期。

⑦ 王齐洲：《〈水浒传〉的结构不是有机的吗?》，《水浒争鸣》第 4 辑，长江文艺出版社 1985 年版，第 295 页。

在一个特定历史时期的在野的中小地主阶级这个特殊阶层所进行的一场“清君侧”的改良救国运动，宋江就是这个改良运动的领袖人物。文章认为，作为一个完整的人物形象，宋江的性格具有统一性，那就是贯穿他一生的“忠义”，因此，宋江是古代文学作品中较为少见的“圆”形人物。宋江除暴安良客观上打击了地主阶级的腐朽势力，具有一定的人民性，基本上是可以肯定的[①]。

④矛盾综合形象。与以上几种观点不同的是，有的研究者认为宋江形象是复杂的、矛盾的。如张国光就提出“两个宋江说”。所谓“两种《水浒》两个宋江”，意思是金本以前的《水浒传》无论是简本、繁本，统称为“旧本”《水浒传》，它们都写了宋江投降后镇压方腊起义军直到“服毒自缢，同死而不辞”的过程，都是“投降主义黑线占主导地位”的本子，这种本子应正名为《忠义水浒传》。另一种就是七十回本，即金圣叹批改本，是“武装斗争到底的红线”占主导地位的本子。前者可称为“旧本”，后者应简称金本。所谓“两个宋江”，是指旧本中的宋江被描写成一个典型的“投降派”，而金本中的宋江则被改造成一个“打着红旗的造反英雄”[②]。作者还在他的专著《水浒与金圣叹研究》以及《〈水浒〉研究中的辩证法——对〈评“两种水浒两个宋江”说〉一文的答辩》中多次重申该观点。这一观点也得到了部分学者的支持[③]。

易名则在张国光“两个宋江说”的基础上提出三个宋江说。他在《三种〈水浒〉版本，三个宋江形象》一文中认为《水浒传》各种版本之中的宋江形象是不同的。百回本是郭勋在元人施耐庵基础上根据明代历史人物改写的，宋江是一个理想人物形象。金圣叹的“曲笔论”及其对宋江的批判，是为了维护封建法治，这表达了他的世界观中反动的政治思想部分，而这与苏州市民运动的封建性、妥协性，是一脉相通的。七十回本中的宋江是个批判人物，人民文学出版社的七十一回本的宋江是一个符

① 张振华：《〈水浒传〉宋江形象新议》，《齐齐哈尔社会科学》1985年第4期。

② 张国光：《两种〈水浒〉传，两个宋江——论必须完整地理解毛主席和鲁迅对〈水浒〉、宋江的评价，兼谈金圣叹批改〈水浒〉贡献》，《武汉师范学院学报》（哲学社会科学版）1979年第1期。

③ 张国光：《水浒与金圣叹研究》，中州书画社1981年版；张国光：《〈水浒〉研究中的辩证法——对〈评“两种水浒两个宋江”说〉一文的答辩》，《水浒争鸣》第3辑，长江文艺出版社1984年版，第302—320页；汤国梁：《简议“两种〈水浒〉两个宋江”》，《济宁师专学报》1995年第4期。

合历史真实的梁山领袖的正面人物形象。[1]

聂石樵则认为宋江形象是矛盾的，他既是一个农民革命的领袖，又是一个唯君命是从的忠臣。他的矛盾性格完全是在历史生活斗争中形成、发展并走向悲剧结局的，它概括了历史上巨大的冲突以及这个冲突的各个方面，展示了封建社会历史生活的丰富画卷，是一个深刻的现实主义悲剧典型。[2]

何士龙也认为宋江是一个比较复杂的艺术典型。他一方面同情下层人民的疾苦，仗义疏财、济贫扶困是他思想性格的主流。在与滥官污吏、奸恶谗佞以及地主豪强的斗争中表现出勇悍狂侠的性格，是他参加农民起义并成为领袖的重要原因。但另一方面宋江由于出身中小地主家庭，封建统治阶级三纲五常的理学思想和封妻荫子、青史留名的思想对他影响极深。这构成他思想性格上深刻的矛盾，这种矛盾是那个时代社会阶级矛盾的曲折反映。在作者心目中，宋江是一个忠臣义士的形象，描写虽然有某些失实之处，人物的思想言行也有许多矛盾的地方，但总的来说，形象还是统一的[3]，此外丁畅松等也持类似的观点[4]。

还有的学者反对用简单的阶级分析法来评价宋江，主张将其放在小说写作的传统文化背景和时代背景下研究。如欧恢章认为把宋江放在一定历史条件和一定的阶级关系中去作政治态度的考察就容易出现简单化，甚至庸俗社会学的倾向。作者从宋明之际儒学的发展变化和中国传统文化中中庸之道对宋江的影响出发，认为宋江不是以某个或几个生活原型为模特儿创造出来的形象，而是特定历史时期的“时代心态”外化而成的形象，“作家创作这一形象，主要的不是对现实的个别的摹仿，也不是对现实的同类人物的选择和集中，而是以宋明之际普遍存在的时代思潮、社会情绪和文化心理等的综合体，即‘时代心态’为对象，同作家自己的思想、情感、文化深层意识以及生活体验相融合，然后外化成的可感的艺术形象”。宋江形象不仅是时代心态的感性显现，同时也表现了《水浒传》作

---

① 易名：《三种〈水浒〉版本三个宋江形象》，《江汉论坛》1982 年第 2 期。

② 聂石樵：《对宋江形象的再认识》，《水浒争鸣》第 2 辑，长江文艺出版社 1983 年版，第 319 页。

③ 何士龙：《宋江论》，《中南民族学院学报》1983 年第 3 期。

④ 丁畅松：《试论宋江》，《吉首大学学报》（社会科学版）1984 年第 1 期。

者的文化心理①。

（二）宋江形象的艺术分析

宋江形象艺术成就研究也是宋江研究的重要组成部分，主要有肯定、否定和综合三种观点。

肯定论者多认为宋江形象是成功的典型形象。如郭豫适就认为尽管这个典型形象有些缺陷，但总的说来小说是反复、充分地叙写了阶级出身、阶级教养对宋江思想所打下的深刻烙印，写出了随着他生活道路的发展变化思想上也产生某些变化，但始终未能摆脱“忠”和“义”的矛盾对他思想言行的制约。作者既没有把他写成一个始终没有一点反抗性格的奴才，也没有将他写成像李逵、鲁智深那样具有革命彻底性的好汉。作为一个文学形象来看，宋江形象基本上还是写得比较真实、有说服力的②。

刘敬圻也高度评价了宋江形象，认为其中确实存在着一种不同于传统的忠臣义士形象的崭新的个性质素，即对生存、发展、功名、利禄的强烈欲望与执著追求。另外宋江形象中还包含着一种崇尚功利的个性质素。这一质素冲淡与削弱着那种模式化了的、为人们所熟悉、所习惯了的“忠”与“义”的类型化性格特征，从而增添了一种为当时人们所陌生的、“义利合一”的、具有鲜明个性的混杂色彩。因此作者认为宋江形象的出现标志着古代小说家的审美心理正在发生裂变，由“美则无一不美，恶则无往不恶”的审美习惯和类型化原则向着“从特殊中显示一般”的艺术法则一步步靠拢。③ 唐富龄则认为宋江性格具有双重性、分裂性和统一性的特点④。此外蒋长林等也从各个角度肯定了宋江形象⑤。

否定论者认为宋江形象是作者思想的代言人和传声筒，因此这个形象的塑造是不成功的。齐裕焜《论〈水浒传〉里的宋江》从《水浒传》的

---

① 欧恢章：《对宋江形象的再认识》，《重庆师范学院学报》（哲学社会科学版）1987 年第 2 期。

② 郭豫适：《关于〈水浒传〉后半部的评价问题》，《文艺理论研究》1984 年第 4 期。

③ 刘敬圻：《由类型化典型向个性化典型过渡——宋江形象补论》，《求是学刊》1985 年第 1 期。

④ 唐富龄：《宋江形象的分裂性、统一性及其他》，《水浒争鸣》第 1 辑，长江文艺出版社 1982 年版，第 66—67 页。

⑤ 蒋长林：《试论宋江——传统道德观念的体现者》，《明清小说研究》1986 年第 2 期；黄海鹏：《封建时代的忠臣义士——宋江》，《黄冈师范学院学报》1986 年第 1 期；丁畅松：《试论宋江》，《吉首大学学报》（社会科学版）1984 年第 1 期；陈周昌：《宋江性格结构试探》，《水浒争鸣》第 1 辑，长江文艺出版社 1982 年版，第 150 页。

写作意图、梁山义军的结局和山梁泊内部斗争这三方面作了分析，认为作者企图在《水浒传》里表现忠奸斗争，力图把宋江塑造成忠臣义士的形象。但由于《水浒传》存在着部分与整体、题材与思想两个重要的矛盾，所以导致宋江在某种程度上是脱离真实的“理想人物”。尽管作者竭力想使他“高大”起来，但脱离现实的“拔高”必然是没有艺术感染力的，因此宋江形象只是作者主观思想的传声筒和“观念的傀儡”，而不是像有些同志所主张的那样是成功的艺术典型①。

欧阳代发针对李玉昆的观点进行了反驳，认为宋江从上梁山之后他的性格发展就不符合逻辑了，因此这个形象的塑造是不成功的。究其原因，文章认为主要是施耐庵不了解起义的农民军的思想、要求和愿望而把自己的主观思想和封建伦理观念强加给农民起义军，因此歪曲了农民革命的本质，当然也就歪曲了起义军领袖的形象。由于作者背离了现实主义创作原则，图解主观思想，把人物当作传声筒，这就造成了宋江这个梁山起义军领袖形象苍白，缺少血肉，概念化，并不是“典型环境中的典型人物”②。

相对于以上两种截然肯定或否定的观点，白盾则认为在前半部分中宋江形象是基本上成功的，但后半部分宋江不但和前半部分那胆气过人的豪侠性格不相容，和历来农民起义军发展、变化的规律也不相容，这主要是作者为了宣传自己的“忠君”思想，使宋江形象离开了性格发展的逻辑，成为作者思想的“传声筒”③。

总的来看，新时期宋江形象的研究无论是褒还是贬，主要是从人物所包含的思想倾向着眼，分析其思想性格的分裂与统一，评论其功过。在艺术评价方面，主要从当时的典型理论出发，以是否符合典型理论为创作得失的标准，很少有学者从传统思想文化心理等方面进行具体深入的分析。

四 《水浒传》艺术研究

本时期对《水浒传》文本艺术的分析主要集中在人物形象、语言艺术、情节结构和艺术手法等方面都进行了比较深入的探讨。

（一）人物形象研究

人物形象的塑造是小说最主要的职能之一，成功的小说往往是刻画了

---

① 齐裕焜：《论〈水浒传〉里的宋江》，《兰州大学学报》（社会科学版）1980 年第 4 期。

② 欧阳代发：《浅谈宋江——兼与李玉昆同志商榷》，《河北师范大学学报》（哲学社会科学版）1979 年第 1 期。

③ 白盾：《“忠君”思想对宋江形象的损害——〈水浒〉创作思想初探》，《安徽师范大学学报》（人文社会科学版）1984 年第 1 期。

大量典型的人物形象。十七年时期李希凡已经开始运用马列文论来研究《水浒传》的人物形象了。新时期《水浒传》的人物形象研究无论是对小说塑造人物的技巧方法还是对具体人物形象的研究都取得了很大的成绩。

①在《水浒传》塑造人物的技巧方法的研究方面，由于受到时代的影响，研究者主要还是以马列文论为探讨的标尺对小说人物塑造的成就进行论述和分析。如李骞《谈〈水浒〉描写人物的艺术手法》具体总结了《水浒传》人物描写的几个特点：一是重点刻画主要人物，特别是由广大人民大众中涌现出来的农民革命英雄形象；二是把人物放在矛盾斗争中加以描写刻画，并通过矛盾斗争写出人物在事物发展中的积极作用；三是人物放在主要矛盾斗争中描写，往往是放在鲜明的生活场景中、具体的矛盾斗争场面上来刻画主要人物形象的行为、肖像、心理状态；四是在行动中塑造艺术形象；五是《水浒传》对人物的细节描写多样化；六是《水浒传》在人物心理描写上采用潜台词的描写手法；七是《水浒传》把人物、情节的描写和社会环境、自然景物的描写有机地结合起来；八是《水浒传》在描写塑造人物形象上广泛地运用了对比、衬托的方法①。

曹晋杰等借鉴传统绘画理论分析了《水浒传》在人物描写上的色彩美。他们认为小说在人物描写上的色彩美有三个特点：一是通过为一百零八位好汉起绰号，给每个人物形象都抹上了浓墨重彩；二是运用“间色法”，通过色彩的对比使不同外貌、不同装束、不同性格的人物形象更加鲜明、凸现；三是运用“染叶衬花”法，通过对环境景物的描写，来烘托渲染人物，增强人物形象的色彩。② 汪远平的《水浒艺术探胜》在人物形象研究这部分，从人物形象的形与神的统一、抑扬手法、对比手法、性格与情节的一致、虚与实的统一等方面具体入微地分析了小说塑造人物形象的方法。③ 另外，徐君慧等也有相关的论述④。

吴士余在其专著《水浒艺术探微》中提出《水浒传》在塑造人物形象方面有四个重要成就，即系列形象的创造、人物形象的客观描写、性格

① 李骞：《谈〈水浒〉描写人物的艺术手法》，《辽宁大学学报》1983 年第 6 期。

② 曹晋杰、朱步楼：《浅论〈水浒〉人物描写的色彩美》，《语文学刊》1984 年第 1 期。

③ 汪远平：《水浒艺术探胜》，山西人民出版社 1985 版，第 40—52 页。

④ 徐君慧：《〈水浒传〉的人物描写》，《贵州大学学报》（社会科学版）1985 年第 3 期；朱开真：《牡丹虽好，还得绿叶扶持——〈水浒〉人物塑造方法浅谈》，《六盘水师范高等专科学校学报》1985 年第 1 期。

形象丰富性与复杂性的统一和开拓性格形象内涵的思想深度。作者认为《水浒传》塑造典型人物的方法主要有六个方面：一是入神托形的肖像描写；二是行为中的性格写实；三是正墨反墨的性格对比；四是借物寓意的个性点染；五是细剖微析的内心刻画；六是还他说话一样的语言来活画人物。除了宏观的分析外，作者还利用具体的篇章对《水浒传》人物描写的技巧进行了详尽的论述和分析，做到了宏观的面与具体的点的结合，是新时期《水浒传》人物艺术研究方面的重要作品①。

②除了宏观的方法研究外，有的学者还对小说具体的人物形象进行了分析。除了宋江外，研究者注目最多的就是武松、李逵、林冲等人物形象。

曲家源《论武松》认为武松是封建社会里的平民勇士形象，他的性格分打虎以前、阳谷—孟州时期和上二龙山以后三步发展，而打虎是一个转折点。武松性格是复杂的，既英勇无畏、敢作敢为、勇猛刚强而又细心周密、野蛮狭隘。武松之所以被人们看做是自己的理想英雄，主要是因为他不向邪恶势力低头的斗争和他所伸张的正义，表达了封建社会广大平民的希望，在一切被压迫、受欺凌、有冤欲申的人们心中引起普遍共鸣②。王仁忠认为武松的性格是发展变化的。在武松身上，有见义勇为的品格，知恩报恩的情义，有刚烈倔强的脾气，也有胆大心细、机智灵活、处事周密的特点，还有古代英雄的神奇的力和勇。诸多因素集于一身，构成了武松性格“圆形人物”的复杂性。武松虽然有着性格的多面性和内涵的丰富性，但他的性格首先是一个完整统一的整体，这是因为他的性格中有一种突出的、连贯的基本特征，即顽强的反抗精神。这种反抗精神是支配、制约着武松性格的诸因素，代表着武松性格的总面貌③。傅继馥《论武松形象》认为武松是古代人民的英雄形象，这个形象的核心特征是拳打猛虎的勇和力，是刚烈正直的气质，是为被压迫者申冤复仇的精神，以及对封建统治者的起义反抗④。此外，吕致远、韩楚森等也从不同角度对武松

① 吴士余：《水浒艺术探微》，重庆出版社 1985 年版，第 17—22、25—28 页。

② 曲家源：《论武松》，《山西师大学报》（社会科学版）1988 年第 2 期。

③ 王仁忠：《简谈武松的性格》，《求是》1985 年第 1 期。

④ 傅继馥：《论武松形象》，《江淮论坛》1983 年第 3 期。

形象进行了分析。①

李逵是《水浒传》中家喻户晓的人物，新时期不少研究者对这一形象也有论述。齐裕焜认为在《水浒传》的流传过程中李逵就已经被塑造成一个性格粗豪而又风趣横生的喜剧形象，其核心是“真”。作者在塑造这个人物形象的时候是有歌颂也有讽刺的。② 欧阳健认为李逵虽然勇敢、爽直、疾恶如仇、最有反抗性，但却不是一个彻底的农民起义英雄而是在市镇中厮混的游民无产者。他没有任何起码的政权观念，无论是在经济上还是政治上都有严重的依赖性。但由于作品着重于表现李逵性格中“勇敢奋斗”和“做出轰轰烈烈的英雄勋业”的一面，从而使得这个形象获得了历史的积极意义，反映了人民对于黑暗腐朽的封建统治猛烈冲击和坚决反抗的精神③。

王前程认为以滑稽人物的姿态出现正是李逵形象的独特之处，并认为这种滑稽姿态主要表现为丑角的外貌、不协调的装扮、语言与行动的矛盾和逗人笑乐的“趣话”四个方面。作者认为李逵的滑稽除了娱乐观众、使小说情节生动有趣外，在客观上仍具有藐视封建法律和封建皇帝，反对向封建政权妥协投降和反假道学等不同寻常的价值。④ 吕致远认为李逵的形象是非常丰富而复杂的。他出身贫苦所以有坚决的反抗精神，这在他反对招安上最为明显。他也有憨直粗鲁喜欢撒泼滋事和幼稚耍乖的落后的一面，并且是梁山上的喜剧人物之一。⑤ 王雅林则认为一方面李逵有着栩栩如生的个性特征如爽直、纯朴、浑厚、粗蛮，具有扶危济困、正直不阿、仇恨社会黑暗势力的反抗性格。但另外一方面李逵身上也有诸如粗疏、狭隘等许多缺点，反映了“农民的阶级局限性”。文章还认为，小说作者是将李逵当做与宋江对立的“邪”和“魔性”的代表来写的，李逵的最终忠心跟随宋江就是作者所表彰的忠义思想对“邪”和“魔性”的改造的

① 吕致远：《复仇英雄武松——〈水浒〉人物论之五》，《信阳师范学院学报》（哲学社会科学版）1984 年第 4 期；韩楚森：《谈武松艺术形象的魅力》，《明清小说研究》1989 年第 1 期。

② 齐裕焜：《李逵——〈水浒传〉里的戏剧角色》，《水浒争鸣》第 4 辑，长江文艺出版社 1985 年版，第 191—200 页。

③ 欧阳健、萧相恺：《水浒新议》，重庆出版社 1983 年版，第 123—129 页。

④ 王前程：《李逵形象的滑稽色彩》，《郧阳师专学报》1989 年第 3—4 期。

⑤ 吕致远：《性格丰富的李逵——〈水浒〉人物论之八》，《郑州大学学报》（哲学社会科学版）1987 年第 5 期。

结果和体现①。此外，林文山、董源等也对李逵形象有所论及。②

除了武松、李逵形象外，还有的研究者对林冲等形象也进行了讨论。如王平从系统论的角度出发，认为林冲性格系统表层在横向上呈现出矛盾对立的两极，表现为性格的二重性，即“美丑并举”；从纵向上又表现为肯定性性格行为与否定性性格行为交叉推进的定式，即“美丑泯灭”。这种对立体现了人物性格的复杂性和丰富性。林冲由忠实忍让向义勇抗争转化过程中经历了一次漫长的痛苦的自我肯定、自我否定、自我胜利和自我投降的生死搏斗。最终火烧草料场事件成为林冲性格的界线，林冲由第一阶段以忠实忍让为主导性格特征转向了第二阶段以义勇抗争为主导性格特征③。吕致远认为林冲被逼上梁山是《水浒传》中描写最集中、最成功的一个典型形象。林冲性格表现为刚和柔的复杂性。所谓刚，就是林冲对蛮横无度的封建统治阶级有一定的不满情绪；所谓柔，就是他企图保存自己已取得的地位而采取逆来顺受的屈身哲学④。胡邦炜等还研究了小说中其他人物形象。⑤

（二）语言艺术

语言是小说的载体和表现工具，优秀的小说家往往是语言大师。这一时期的研究者对《水浒传》的语言运用也进行了多方位的研究。

曲沐《论〈水浒传〉的文学语言》高度肯定了《水浒传》的语言成就，认为它是由文言体式进入近代白话体式的关键和桥梁，是古典语言艺术的总结和近代白话语言艺术的开端。作者从语言体式的角度将《水浒传》的语言分为纯粹的口语体、平浅稍带文言的白话体、通俗易懂的诗

---

① 王雅林：《论〈水浒〉中李逵形象的塑造及作者的创作意图》，《学习与探索》1982 年第 6 期。

② 林文山：《封建时代革命农民的典型——李逵》，《郑州大学学报》（哲学社会科学版）1982 年第 4 期；董源：《李逵形象塑造得失初探》，《云南师范大学学报》（哲学社会科学版）1981 年第 1 期；董源：《再谈李逵形象的塑造——与张德学同志商榷》，《云南师范大学学报》（哲学社会科学版）1982 年第 3 期。

③ 王平：《林冲性格及其转化的中介问题》，《新疆教育学院学报》1987 年汉文版第 3 期。

④ 吕致远：《论林冲——〈水浒〉人物论之二》，《青海社会科学》1985 年第 2 期。

⑤ 胡邦炜：《论潘金莲》，《水浒争鸣》第 4 辑，长江文艺出版社 1985 年版，第 201 页；李丽莹：《略论花和尚鲁智深的性格刻划——浅谈“情节是性格的历史”》，《齐鲁学刊》1980 年第 2 期；汪远平：《论〈水浒〉里的宋徽宗形象》，《湖南师大社会科学学报》1986 年第 3 期；曲家源：《论浪子燕青》，《青海师范大学学报》（哲学社会科学版）1989 年第 4 期；胡昌国：《论燕青》，《郑州大学学报》（哲学社会科学版）1981 年第 4 期；胡振务：《谈吴用》，《水浒争鸣》第 2 辑，长江文艺出版社 1983 年版，第 360 页。

词体韵文和行业语、方言俗语和成语谚语四类，并对小说语言运用的成就进行了概括，认为作者在对事物的描写上达到了“神境化境”的艺术境界，另外在对人物的描写和对人物与场景的关系的描写等方面用语也极其精彩，是高度形象化了的文学语言①。

徐金城认为《水浒传》语言具有准确、精练、形象逼真和广泛而巧妙地运用比喻几个特点。《水浒传》在人物语言个性化方面主要有三个特色：善于在形象对比中显示人物语言的个性化；善于在矛盾冲突中处理个性化与多样化的辩证统一关系；善于在性格发展中刻画人物语言，做到“人变声亦变”②。何士龙认为《水浒传》口语化、说书色彩和大量诗词等的插入是和它的民间传说和瓦舍说书的源头分不开的。另外小说人物语言的性格化特征也很明显，不同的性格特征具有不同的语言。小说的叙述语言是一种白描的语言，具有简洁明快、干净利落而又生动传神的特点③。

王林书、王同书则专门研究了《水浒传》人物的个性化语言，认为小说人物的语言不仅能够紧扣人物身份，还紧扣不同的人物性格④。周晖《〈水浒〉人物语言特色举隅》从语言特色、身份特色、个性特色和场景特色四方面对小说的人物语言进行了分析⑤。李庆荣对《水浒传》如何炼字的问题进行了比较细致的分析，提出小说在用字上具有“捶字坚而难移”、“看似寻常最奇崛”、“重机趣，戒板腐”和“明白晓畅，语语家常”四大特点⑥。李奇林则对《水浒传》中近300个比喻句进行了研究，认为这些妙比佳喻具有化抽象为具体、化深奥为通俗、化平淡为神奇的艺术效果⑦。

---

① 曲沐：《论〈水浒传〉的文学语言》，《贵州文史丛刊》1984年第3期。

② 徐金城：《论〈水浒传〉的语言特色》，《广西师范学院学报》（哲学社会科学版）1983年第2期。

③ 何士龙：《谈谈〈水浒〉的语言艺术》，《水浒争鸣》第1辑，长江文艺出版社1982年版，第174—184页。

④ 王林书、王同书：《〈水浒〉人物的个性化语言》，《水浒争鸣》第2辑，长江文艺出版社1983年版，第270—277页。

⑤ 周晖：《〈水浒〉人物语言特色举隅》，《黄冈师专学报》1986年第1期。

⑥ 李庆荣：《千锤百炼 溢采流光——谈〈水浒〉词语的选择与运用》，《北京大学学报》（哲学社会科学版）1985年第2期。

⑦ 李奇林：《通俗 粗犷 风趣——〈水浒〉语言的比喻特色》，《盐城师范学院学报》（人文社会科学版）1985年第4期。

除了对小说整体语言特色进行分析外，有的研究者还对小说运用民间俗语、谚语进行了探讨。汪远平认为《水浒传》广泛精确选用民间谚语、成语，是《水浒传》运用民间语言的突出特色，把民间语言溶化在作品的语言整体中，使它们在描人、状物、写景和叙事中发挥多方面的独特艺术效能，这是《水浒传》运用民间语言的另一个特色。① 何红一专门分析了《水浒传》民间谚语对人物形象塑造的作用，认为大量民间谚语不仅刻画出水泊英雄粗放豪爽等群体性特征，还能够写出其同中有异的性格，表现出某些英雄人物性格的复杂性。另外《水浒传》运用市井谚语刻画了市井人物的性格风貌，并且还能够用两句话、一条谚语便将那些露面不多或闪现的过场人物的面目勾画出来②。

汪远平《醉语骂语——〈水浒〉语言艺术二题》还专门对《水浒传》中的醉语和骂语、谜语、睿语、呆语进行了分析。③ 陈君安《〈智取生辰纲〉的语言特色》则以《水浒传》经典片段《智取生辰纲》为代表，具体分析了小说中的民歌、成语和俗语等，认为它具有口语化，明快、洗炼而质朴的特征，对人物形象的塑造具有重要作用。④

（三）情节结构

小说的情节既是人物性格构成的历史，更是一个具体显示人物之间相互关系的事件体系。对重故事情节的中国传统小说而言，情节结构的好坏往往决定一部小说的成败。为此，新时期的研究者对《水浒传》的情节结构也进行了一定的研究。

吴士余对《水浒传》的情节结构的研究相当深入。他在《附会之体，杂而不越——谈〈水浒〉的形象结构》一文中对《水浒传》的形象结构进行了细致精彩的分析。文章首先从整体上肯定了《水浒传》在结构上的成就，认为“它突破了古代短篇小说的结构框架，由单一化的直线式结构发展为纵、横双向交叉的综合情节结构”，“初创了具有民族特色的

① 汪远平：《沙里淘金，趣味津津——〈水浒〉对民间语言的运用》，《水浒艺术探胜》，山西人民出版社 1985 年版，第 135 页。

② 何红一：《试谈〈水浒传〉中民间谚语在刻画人物上的作用》，《中南民族学院学报》1984 年第 4 期。

③ 汪远平：《醉语骂语——〈水浒〉语言艺术二题》，《求是学刊》1987 年第 3 期；《谜语、睿语、呆语——〈水浒〉语言艺术三题》，《杭州大学学报》（哲学社会科学版）1985 年第 5 期。

④ 陈君安：《〈智取生辰纲〉的语言特色》，《五邑大学学报》1987 年第 3 期。

形象结构”。其次吴士余认为《水浒传》的整体结构具有“杂而不越”的特点。为了做到这一点，作者一是以高俅和晁盖两人作为总体构图的透视点和牵引人物关系、情节线的支撑点；二是还借助主要人物的传记部署长篇小说的纵向结构脉线；三是利用非主干情节的横向穿插和交叉增加了情节内容的思想容量和反映生活的深度。再次，吴士余认为虽然《水浒传》在整体上追求完整统一的规律，但在局部结构上却注重通过倒插、特笔、补叙等方法以达到参差变化、“纵横曲直”的审美效果。吴士余还认为小说的形象结构的和谐美集中体现作者在各局部结构组合和连接的协调处理上。为此，小说作者通过结构章法上的“趋繁趋简，亦微亦著”和“若明若暗，如断如续”等和结构的节奏上的“静似微波，动如惊涛”的场景转换、“缓则迟、急则张的情节交叉”等达到章法的和谐之美①。

早在十七年时期，针对《水浒传》的结构是否是有机统一的问题，茅盾和李希凡两位著名研究者得出了针锋相对的结论。新时期有的学者对此也提出了自己的看法。如王齐州认为小说的主人公是宋江，作者紧紧围绕宋江这个中心人物的性格发展为线索安排全书的人物和情节。因此《水浒传》的长篇结构“是有着内在逻辑的不可分割和颠倒的艺术整体”，是“紧凑的、严密的，因而是有机的”②。欧阳健、萧相恺认为《水浒传》的结构是内容和形式的辩证统一，它具有这样几个特点：一是恰当地安排人物和环境的关系，注意到让人物充分地在最能显示他们性格特点的环境中活动；二是以单个英雄人物的独立故事为作品的主体；三是以环环相扣、单人独线连续穿接的形式来结构小说；四是从小说全书的性质来看，高俅等人和广大市民的矛盾冲突是贯穿始终的主要矛盾冲突的线索；最后，小说也塑造了宋江、吴用和李逵三个贯穿全书的人物形象，这才使作品从形象思维的角度结构成为一部统一的艺术品③。

郑云波认为《水浒传》全书的情节结构是由序曲等六大板块组成的，其中又有若干小的板块单位存在。作者认为，水浒故事曾在人民中间长期流传与创造、《水浒传》农民起义的主题思想内容、水浒故事的地域因素

① 吴士余：《〈水浒〉艺术探微》，重庆出版社1985年版，第41—78页。

② 王齐州：《〈水浒传〉的结构不是有机的吗?》，《水浒争鸣》第4辑，长江文艺出版社1985年版，第257—265页。

③ 欧阳健、萧相恺：《〈水浒〉情节结构刍议》，《水浒新议》，重庆出版社1983年版，第206—222页。

和《水浒传》流传过程中的民族历史因素是《水浒传》艺术形式上呈现出板块特征的主要原因。这种板块特征使得《水浒传》在艺术形式上呈现出建筑美、统一美和波澜美的美学特征①。程远山《水浒赏析》则认为《水浒传》的作者借助于北宋王朝腐朽而导致人民群众不满和反抗的这根红线把小说中一些主要的英雄人物及其重大生活遭遇连接起来，并围绕这些着力刻画的主要英雄人物渐次带出了一组又一组其他好汉②。

吴士余《契机如巧　浮假无功——谈〈水浒〉戏剧因素》对《水浒传》情节的戏剧性进行了研究，认为所谓“情节的戏剧性”就是小说所叙述的人物、事件能激起读者的艺术联想，从中获得一种喜悦（或悲哀），一种审美的满足。《水浒传》情节的戏剧性并不是寄托于“奇情异事”和表达形式的离奇曲折，而在于自身的戏剧因素，如人物性格的冲突，情绪、人物与环境的对立等等诸多因素③。汪远平对《水浒传》运用巧合来结构故事进行了分析，认为《水浒传》的巧合情节颇具特色，不仅巧合因素丰富多样，而且巧合因素的运用也缜密合理。小说常常利用时空观念因素、性格因素和误会法等构成巧合情节，不仅更典型地突出矛盾冲突，深化作品的主题旨意，同时由于巧合技巧的驾驭还给作品增添了绚丽的色彩和浓郁的生活情趣。文章认为，作者之所以能够使巧合情节发挥如此大的艺术功能，主要是因为《水浒传》里的偶然情节是以必然性为基础的，蕴含着深刻的客观生活的规律性；巧合情节的合理性都可以从性格的真实性中找到依据；很多巧合情节大都含有深意，使巧合的情节本身蕴含着思想的深度④。另外作者在该书中还对《水浒传》的悬念、伏笔等技巧进行了研究⑤。

此外林文山《〈水浒〉的情节安排》也对《水浒传》在情节结构上的设置悬念、注意巧合等进行了分析⑥。李庆容《无数小文字，都有一丘一壑之妙——〈水浒〉布局结构与意识构思琐谈》从《水浒传》局部的

① 郑云波：《论〈水浒传〉情节的版块构成》，《水浒争鸣》第4辑，长江文艺出版社1985年版，第248—257页。

② 程远山：《水浒赏析》，少年儿童出版社1987年版，第135页。

③ 吴士余：《水浒艺术探微》，重庆出版社1985年版，第177—189页。

④ 汪远平：《水浒艺术探胜》，山西人民出版社1985版，第98—111页。

⑤ 同上书，第112—120、90—97页。

⑥ 林文山：《〈水浒〉的情节安排》，《水浒争鸣》第1辑，长江文艺出版社1982年版，第185—203页。

结构安排入手，对诸如小说为何以“误走妖魔”开头、宋江为何三次不上梁山等问题从结构的角度进行了探讨[①]。

总的来说，新时期对《水浒传》情节结构的研究还是比较初步的，其研究成果也没有突破十七年时期。研究者们往往从维护《水浒传》地位的良好愿望出发来探讨其结构的所谓优点，而很少进行客观的分析研究。另外在研究方法上也是单一的，基本上还是十七年时期的思维方式，西方新的理论和研究方法如结构主义叙事学等基本上还没有被研究者所借鉴利用。

（四）艺术手法及其他

新时期除了对《水浒传》的人物形象、情节结构、语言艺术等问题进行研究外，还对小说的艺术表现手法等问题也有所涉及。

欧阳健等《谈〈水浒〉的现实主义和浪漫主义》对《水浒传》的创作方法进行了探讨，认为小说用现实主义的手法写出了真实的市民生活的本质，揭露了现实的矛盾和黑暗，而用浪漫主义的手法塑造出表现市民阶级理想的英雄人物，让那些现实中不能解决的矛盾在艺术的理想境界中获得解决，从而曲折地表现了市民阶级的意志和愿望。文章认为总体上《水浒传》的创作方法是“既有积极的浪漫主义，又有消极的浪漫主义，二者相互区别，有时又纠缠在一起。除此而外，《水浒》还显然充斥了许多既非现实主义、亦非浪漫主义，实质上是公式主义的陈词滥调，甚至是拙劣粗陋的胡编乱诌”。之所以出现这样的情况，主要是因为“它与作品所反映的社会生活的复杂性和多样性有关”[②]。潘琪认为《水浒传》有一定的史实依据而又不乏虚构成分，它是现实主义的，也有浪漫主义的手法[③]。

除了对《水浒传》宏观的创作手法进行探讨外，许多学者对《水浒传》具体的艺术手法也进行了研究。如鲁德才《〈水浒传〉的叙事艺术》一文专门分析了《水浒传》的几种叙事视角，认为《水浒传》说书类型

---

① 李庆容：《无数小文字，都有一丘一壑之妙——〈水浒〉布局结构与意识构思琐谈》，《水浒争鸣》第5辑，武汉大学出版社1987年版，第217—230页。

② 欧阳健、萧相恺：《谈〈水浒〉的现实主义和浪漫主义》，《水浒新议》，重庆出版社1983年版，第193—205页。

③ 潘琪：《〈水浒传〉的艺术真实性浅说》，《湖北民族学院学报》（哲学社会科学版）1982年第1期。

小说的特性决定了小说是以第三人称评述模式为主要的叙述形式。叙述者以说话人的身份介入故事情节中，超离各个人物之外，以凌驾的眼光交代一切人物事件，引导听众或读者进入故事，并时时表明主观态度和价值判断，发挥陈述和诠释的作用。除了最基本的全知视角外，《水浒传》在处理空间场面环境上常常通过人物的活动或人物的主观世界的感受来描写客观世界，这样小说叙述的视点就转移给小说中人物的眼睛，小说以人物的"自我"为中心，空间场面随人走，场面环境或大或小，或详或略完全由人物行动的流程来决定。这也是《水浒传》一种比较特殊的视角。另外流动视点也是一种颇具民族特色的叙事视角。由于作家为了使叙事的方式更有说服力和可靠性，常常将介绍人物、穿插情节、点染场面环境的任务转移给小说中人物而尽量避免直接介入，这必然在小说叙事视角上形成流动的多重视点，如杨志与索超比武，江州劫法场等。这种视角的好处是它能够用游移、流动的视点把一个个画面串联起来，赋予它运动形态，从而造成一种人物行动的连续性。除了叙事视角外，《水浒传》在描绘人物性格、心理活动时往往通过语言（言语性的行动）、动作来展示，鲁德才认为这种手法是与中国传统的雕刻、绘画等艺术不重视立体性而注重流动的线条这样的美学思想紧密联系的。①

任远平《〈水浒〉里的寻思与意识流》以西方意识流艺术手法为参照，研究了《水浒传》的"寻思"、内心独白、自由联思、梦幻等接近于"意识流"的艺术手法。作者认为小说的"寻思"这种心理描写往往是截取与提炼心理活动的关键内容，因而语言含蓄简短。而《水浒传》穿插在情节故事和行动中的动态独白则与行动紧密结合起来，互为映衬补充，常常表现在尖锐矛盾冲突中"忙里偷闲"穿插独白和在人与人关系映衬对照中写独白两种形式。《水浒传》还有另外一种展示人物意识流动的"层次性"与"跳跃性"的"寻思"以及表现人物意识活动的"小连贯性"和跳跃性的"一闪念"，而表现人物深层次的意识活动的梦幻描写与西方意识流手法相比，更多地强调了意识的理性和思想背景，具有"重视客观、清晰分明和有条不紊"的特点。②

吴士余运用西方蒙太奇理论研究《水浒传》在场面转换方面的成就，

---

① 鲁德才：《〈水浒传〉的叙事艺术》，《水浒争鸣》第4辑，长江文艺出版社1985年版，第215—229页。

② 任远平：《〈水浒〉里的寻思与意识流》，《晋阳学刊》1986年第4期。

认为《水浒传》与之前的短篇小说相比，场景转换和组接的复杂性（画面琐碎和空间次序不一）、多向性（画面视角的多方向）逐渐取代了单一性（即按时、空、顺序组合场景和画面），成功地完成了《水浒》场景的剪接和转换处理，保证了小说形象结构的整体美。[①] 汪远平《论〈水浒〉的喜剧手法》对《水浒传》的喜剧手法进行了分析，提出小说主要运用了“一个人物前后言行或不同人物思想性格之间进行对比对照”的“形击法”、“借助人物之间关系来展现各种奇遇，这便会产生巧合的喜剧效果”的“巧合法”以及误会法、倒置法、夸诞法等，并对喜剧手法的根源和本质进行了思考[②]。徐金城《独特的对比艺术——浅谈〈水浒〉的对比手法》对《水浒传》的对比艺术进行了分析，提出小说主要有“日月合璧”式的正、反对比和“众星捧月”式的立体对比两种手法[③]。

对《水浒传》的描写艺术的分析是这一时期艺术研究的重点。相关论著甚多。如汪远平在《水浒艺术探胜》中就对人物描写、景物描写、细节描写、民俗风情描写甚至于人物的醉态描写和小说中的酒店、武术乃至动物等描写进行了研究，可以说是这一时期对《水浒传》描写艺术研究最多、最系统的论著。[④] 吴士余也对《水浒传》艺术描写等问题进行了研究。[⑤]

此外，葛泽生《〈水浒传〉景物描写的特色》考察了《水浒传》景物描写，力耘《〈水浒传〉里的梦境描写》专门探讨了《水浒传》的梦境描写，张虎升《〈水浒传〉的心理描写》则分析了《水浒传》以貌传神的心理描写[⑥]。

除了对以上内容进行研究外，新时期不少学者还对那些代表了《水浒传》艺术最高成就的经典片断进行了细致入微的分析。其中以汪远平

---

① 吴士余：《水浒艺术探微》，重庆出版社 1985 年版，第 79—90 页。

② 汪远平：《论〈水浒〉的喜剧手法》，《湘潭大学学报》（哲学社会科学版）1988 年第 4 期。

③ 徐金城：《独特的对比艺术——浅谈〈水浒〉的对比手法》，《广西民族学院学报》（哲学社会科学版）1984 年第 1 期。

④ 汪远平：《水浒艺术探胜》，山西人民出版社 1985 版，第 252—264、235—242 页。

⑤ 参见吴士余《水浒艺术探微》（重庆出版社 1985 年版）相关部分。

⑥ 葛泽生：《〈水浒传〉景物描写的特色》，《淮阴师范学院学报》（哲学社会科学版）1983 年第 2 期；力耘：《〈水浒传〉里的梦境描写》，《山西师范大学学报》（社会科学版）1987 年第 1 期；张虎升：《〈水浒传〉的心理描写》，《水浒争鸣》第 4 辑，长江文艺出版社 1985 年版，第 312—322 页。

为代表，他在《水浒艺术探胜》一书中就有10篇文章对《水浒传》的名篇如《武松打虎》、《拳打镇关西》、《智取生辰纲》等文章进行了分析鉴赏。这类文章还有庄中度《精彩的起笔——〈武松打虎〉“三碗不过冈”酒店片段赏析》、翟耀《浅谈〈鲁提辖拳打镇关西〉的人物形象刻划》、文建国《林冲上梁山与雪——读〈水浒〉札记》、李华贵《层波叠浪　珠联璧合——〈智取生辰纲〉情节结构赏析》[①] 等文章。这些文章虽然题目小，但往往采取艺术鉴赏与理论分析相结合的手法，限于篇幅就不赘言了。

总的来看，新时期《水浒传》的文本研究有两个重大的突破。一是对《水浒传》的主题思想的研究，由于思想的解放，研究者从以往的农民起义一元说中走了出来，纷纷提出自己的新的观点。其中又以欧阳健等的市民说以及齐裕焜等的忠奸斗争说（包括类似的忠义说等）影响最大，虽然这些新说还没能从根本上动摇农民起义说，但在开拓人们视野，打开思路方面却有积极的作用。二是对小说艺术的研究取得了可喜的成果。无论是近现代还是十七年时期（更不用说“文化大革命”时期了），对《水浒传》艺术成就的研究都是非常薄弱的。新时期的艺术研究除了运用传统的马列文艺理论外，还开始借鉴新引进的西方文艺理论如叙事学、意识流、文化学甚至模糊数学等方法，研究的内容也基本上覆盖了小说艺术研究的各个层面，并日趋细密、精致和系统，取得了很大的成果。

当然，这一时期《水浒传》艺术研究也有许多不足，如对招安问题和宋江形象的研究就没能够突破十七年时期的基本格局。另外在研究方法上也显得单一，西方新的研究方法的运用还是不足，这一状况直到20世纪90年代才得以改观。

---

① 庄中度：《精彩的起笔——〈武松打虎〉“三碗不过冈”酒店片段赏析》，《华侨大学学报》（哲学社会科学版）1983年第1期；翟耀：《浅谈〈鲁提辖拳打镇关西〉的人物形象刻划》，《山东师范大学学报》（人文社会科学版）1980年第5期；文建国：《林冲上梁山与雪——读〈水浒〉札记》，《云梦学刊》1981年第1期；李华贵：《层波叠浪　珠联璧合——〈智取生辰纲〉情节结构赏析》，《南充师范学院学报》（哲学社会科学版）1982年第2期。

第六节　新时期《水浒传》评点研究

新时期的《水浒传》评点研究仍然关注于李评本和金圣叹，并在诸如李评本的真伪、李评本的思想艺术和金圣叹的思想以及小说理论等方面展开研究，取得了很大的成果。

一　李评本研究

本时期对李评本的研究仍然包括对李卓吾评点本真伪的考辨和评点艺术的阐发。相对前一阶段，这两个问题在本时期都更加细致深入，但没有特别大的突破。

（一）李评本真伪考辨

李贽评点本的真伪问题一直是学术界争论不休的难题。和以前一样，新时期对这一问题的看法也基本上是三足鼎立的格局。

第一种观点认为容本是真的。陈洪《〈水浒传〉李卓吾评本真伪一辨》将把同题署名为李评的容本与袁本进行比较，发现容本的评语无论其思想观点，还是文学风格都和李卓吾晚年其他著作一致，而且更由于两者有若干相同的段落，因此认为先出的容本绝非伪托，乃是李卓吾评点的真本。[①] 许玉琢从容本和袁本刊刻时间、怀林《述语》中的某些矛盾和广告语进行分析，并根据容本评语所反映的评点者的思想、语言风格、艺术见解和与《忠义水浒传序》精神的统一诸方面进行考辨，认为容本是真正的李贽评点本。[②] 朱恩彬辨析了《戏瑕》、《杨定见小引》和《游居柹录》等材料，认为这些材料不可信。作者将《水浒传》评点的回末总评的署名和《藏书》的署名对比，认为容本的署名符合李贽的风格，是真本。从评点内容看，容本符合李贽的文艺思想和哲学观。另外在语言风格上，“容本”评点尖锐、泼辣、豪爽，富有概括力，与李贽的杂文风格相

① 陈洪：《〈水浒传〉李卓吾评本真伪一辨》，《南开学报》1981 年第 3 期。

② 许玉琢：《论李贽与〈水浒传〉》，《东北师大学报》（哲学社会科学版）1977 年第 Z2 期。

近；而袁本评点的语言则平实、细腻，但显得琐屑，不像李贽的文风。[①]龚兆吉根据李贽生前书信等的考证发现李贽曾经评点过《水浒传》，认为叶昼对小说的特点一窍不通，对罗贯中和李贽怀有恶感，不可能在容本中高度评价小说的艺术成就。另外作者还认为“容本中绝大部分批语不但在用语方面是李贽的，而且在思想内容方面，和李贽的政治观点、艺术观点、美学观点是完全一致的”，因此容本只能“出自李贽之手，不可能是叶昼的伪作”[②]。

第二种观点认为袁本是真的。王利器认为“杭州容与堂刊行《李卓吾评本忠义水浒传》一百卷（一百回），这个本子，除李卓吾序是真的外，……其它假李卓吾之名的，如评点、《述语》……各部分无一不是假的”[③]。叶朗在《叶昼评点“水浒传”考证》一文中认为“容与堂刊一百回《水浒传》评点的作者，不是李贽，而是叶昼”[④]。王先霈等也认为袁本“是以李贽手批本为依据而做了某些加工”[⑤]。欧阳代发《何者为〈水浒传〉李贽评本真迹——与朱恩彬同志商榷》从杨定见与李贽的关系、《杨升庵集》李评本的真实性、袁宏道《东西汉通俗演义序》本属伪托等方面对朱恩彬的观点进行了辩驳，认为朱恩彬的观点不能够成立。另外认为比较“容本”评点与“袁本”评点的关键不在署名和对妇女、嗜酒等的态度，关键在于《忠义水浒传序》的基本精神是否贯彻于具体的小说评点中。由此认为“容本”批语与李贽《忠义水浒传序》的基本观点尖锐对立，完全可以肯定它是伪托本。当然他也承认袁本不完全是李贽的真迹，也有部分增加的内容。[⑥] 另外作者在《袁刊本〈水浒〉李评确出李贽之手辨——兼评容本李评为叶昼伪作献疑》一文也提出类似的观点。[⑦] 此

① 朱恩彬：《李贽评点的〈水浒传〉版本辨析》，《山东师范大学学报》（人文社会科学版）1984 年第 1 期。

② 龚兆吉：《容本李评为叶昼伪作说质疑》，《水浒争鸣》第 2 辑，长江文艺出版社 1983 版，第 155—167 页。

③ 王利器：《〈水浒〉李卓吾评本的真伪问题》，《文学评论丛刊》第 2 辑，中国社会科学出版社 1979 年版，又见《耐雪堂集》，中国社会科学出版社 1986 年版，第 255 页。

④ 叶朗：《中国小说美学》，北京大学出版社 1982 年版，第 289 页。

⑤ 王先霈、周伟民：《明清小说理论批评史》，花城出版社 1988 年版，第 167 页。

⑥ 欧阳代发：《何者为〈水浒传〉李贽评本真迹——与朱恩彬同志商榷》，《山东师范大学学报》（人文社会科学版）1984 年第 5 期。

⑦ 欧阳代发：《袁刊本〈水浒〉李评确出李贽之手辨——兼评容本李评为叶昼伪作献疑》，《水浒争鸣》第 3 辑，长江文艺出版社 1984 年版，第 251—2627 页。

外复旦大学中文系古典文学教研室新编的《中国文学批评史》也说："现在看来，容与堂刊百回本肯定是假，且有具体材料证明是叶昼所为。而袁无涯刊的一百二十回本自称得之于李贽门人杨定见，似属可信"①。陈豫谦《中国小说理论批评史》也持这个观点。②

第三种观点认为二者都是假的。黄霖《〈水浒传〉李贽评也属伪托》通过文本对勘，发现"袁本评语不少地方都受到容本影响，有的甚至清楚地留下了抄袭容本的印记"。作者从两书刊刻时间、对袁宏道《游居杮录》等文献进行考证辨析，认为"袁本参考抄袭容本"的评语，"袁无涯是伪造一百二十回本《水浒》李贽评语的最大的怀疑对象"③。赵明政在认同黄霖观点的前提下，从袁本批语针对容与堂本批语加以评论和"辩驳"、"袁本将容本的回末评移置于眉批、夹批"、"袁本批语的破绽完全戳穿了杨定见《小引》的谎言"、"袁本《发凡》的内容证实了所谓李贽评是伪托"、"当时诸家笔记确指袁本李贽评为伪托"五个角度对其文进行了补充。作者同意黄霖"袁无涯是伪造一百二十回本《水浒》李贽评语的最大怀疑对象"的结论，并认为许自昌、冯犹龙（梦龙）、叶昼、杨定见等文士也参与其事。④

崔文印《袁无涯刊本〈水浒〉李贽评辨伪》据《戏瑕》中的材料认为"确定了《樗斋漫录》的作者是叶昼，我们就可以得出结论说，正是叶昼，伙同袁无涯等刊刻了伪李评《水浒》"，"无论容与堂刊本还是袁无涯刊本都一无例外，其评都是叶昼的伪作，根本用不着加以区别"。⑤

客观地说，关于李评本真伪的考辨尽管在具体的细节方面更加细致，但整体上没有超越十七年时期的框架。

（二）李评本思想艺术研究

①十七年时期及以前对李贽的思想评价主要集中在发愤著书和政治思想倾向问题。新时期以来一些学者也对李贽思想的政治倾向问题进行了讨论。如马成生在《试论李卓吾对〈水浒传〉的批评》一文中认为李卓吾

---

① 复旦大学中文系古典文学教研室新编：《中国文学批评史》（中册），上海古籍出版社1981年版，第432页。

② 陈谦豫：《中国小说理论批评史》，华东师范大学出版社1989年版，第68页。

③ 黄霖：《〈水浒传〉李贽评也属伪托》，《江汉论坛》1982年第1期。

④ 赵明政：《〈水浒传〉李贽评也属伪托补证》，《江汉论坛》1983年第7期。

⑤ 崔文印：《袁无涯刊本〈水浒〉李贽评辨伪》，《中华文史论丛》1980年第2辑。

批评《水浒传》表达了他反对孔学教条主义者的思想。这主要体现在：一是相当深刻地揭露并批判了孔学教条主义者的极端个人主义；二是相当深刻地揭露了当时那些孔学教条主义者的极端虚伪的双重人格。作者也承认李卓吾的历史与阶级的局限性，认为李卓吾的爱国与忠君是相互联系的，另外李卓吾的“愤懑”还只限于个别“处上”的“不肖”者，未能由此而进一步认识到封建社会的真正症结所在。[①] 在《“糟粕所传非粹美”——李卓吾是怎样对待农民起义的》一文中，作者针对肖伍、马蹄疾、南石等所谓李卓吾是赞扬农民起义的观点从五个角度进行了反驳，认为李卓吾在小说评点中谩骂农民起义军为“盗贼”，谩骂农民起义队伍的发展和壮大，大力赞扬起义队伍中某些分子的投降变节效忠朝廷，并与自己的阶级兄弟自相残杀，这说明他绝对不是赞扬农民起义，而是站到与农民起义军完全对立的地位上去了[②]。

许玉琢也认为《忠义水浒传序》是李贽批点《水浒传》的纲。这篇序言的要害是向最高的封建统治集团献策对付农民起义。序言和批点表现了李贽矢忠皇帝的顽固态度，而极力地颂扬《水浒传》一书的主要人物投降派宋江，是李贽的《水浒传》评论中的一个核心问题。[③] 贵州大学历史系科研组《评李贽的忠义水浒传叙》认为，李贽在政治黑暗、思想腐朽的当时，能够以犀利的笔锋，对不合理的现实加以辛辣的抨击，并把批判的矛头指向了儒家的始祖孔丘，在我国思想史的发展上起了一定作用，这是应该肯定的；但他站在地主阶级立场，为了挽救封建统治危机，对宣扬投降主义的反面教材《水浒传》大肆吹捧，竭力鼓吹《水浒传》只反贪官，不反皇帝，为投降主义辩护，为封建统治阶级镇压农民起义效劳。[④] 总的来看，这一时期对李贽思想的评价多是脱离了李贽的时代与社会环境而更多地从主观的、抽象的阶级斗争思想出发，以今人的思想来要求和衡量李贽，而且“文化大革命”的阴影非常浓厚，其成就相对于十七年时期而言是历史的倒退。

---

① 马成生：《试论李卓吾对〈水浒传〉的批评》，《杭州师范学院学报》（社会科学版）1979 年第 1 期。

② 马成生：《“糟粕所传非粹美”——李卓吾是怎样对待农民起义的》，《杭州师范学院学报》（社会科学版）1980 年第 1 期。

③ 许玉琢：《论李贽与〈水浒传〉》，《东北师范大学学报》（哲学社会科学版）1977 年第 Z2 期。

④ 贵州大学历史系科研组：《评李贽的忠义水浒传叙》，《思想战线》1977 年第 6 期。

除了对李贽评点本的思想内容进行研究外，一些学者还对李贽评点的地位进行了比较科学的定位。如王先霈就指出，李卓吾全面地接受了司马迁以来关于发愤著书的观点，把发愤看作文学创作的前提和必不可少的条件，认为作者的忧愤悲思既是文学创作的燃料动力，又是创作的原料和作品内容的要素。首先，在中国小说理论发展史上，李卓吾是第一个不用游戏笔墨而用发愤著书的观点来评论小说创作的人，他把被统治阶级诋毁杳禁的《水浒传》提升到很高的位置，其意义非常重大。其次，李卓吾讲的发愤并不着重于自己个人的穷通出处，而着重于整个国家能否选贤任能；不止为一般怀才不遇的正直文人鸣不平，而且敢于替啸聚山野江海的农民起义英雄仗义执言。再次，李卓吾讲发愤著书虽然首先着眼于作品的思想倾向和社会价值，但他并没有忽视作品的艺术成就同作者是否发愤以及发愤的深浅强弱的关系，这也是值得重视的一点。①

陈豫谦则高度肯定了李贽的小说评点，认为他从“变”的角度提出一代有一代之文学，为小说地位的提高提供了理论依据，强调小说是“发愤之作”，有明确的创作目的和教育作用，通过肯定小说的思想内容和艺术成就，为小说地位的提高做出了贡献。②

②在李评本评点艺术成就的研究方面，这一时期相对十七年时期而言更加深入全面，特别是两部小说理论批评专著对李评本都进行了非常细致深入的研究，影响深远。叶朗《中国小说美学》指出，叶昼提出的小说艺术生命力来自于反映了现实生活的真实性，这为中国古典小说美学奠定了唯物主义的基础，对金圣叹、张竹坡等影响很大。此外，叶朗还具体阐发了李评本在小说真实性与虚构性、小说人物塑造的典型化和小说艺术形式美等问题。③ 这些观点成为后来李评本研究的基本常识。

陈豫谦在《中国小说理论批评史》中对李贽和叶昼的小说批评理论都进行了研究。他认为李贽对袁本的评点体现出李贽非常重视人物形象的刻画，关注小说细腻的细节描写和曲折奇伟的情节结构，并对小说的感染力有了比较充分的认识。针对叶昼的小说评点，陈氏认为他突破了李贽的局限，在艺术方面的探讨上较前者更深入丰富，这主要体现在艺术真实与

① 王先霈：《李卓吾和小说理论中的发愤著书说》，《华中师范大学学报》（人文社会科学版）1983 年第 1 期。

② 陈谦豫：《中国小说理论批评史》，华东师范大学出版社 1989 年版，第 57—59 页。

③ 叶朗：《中国小说美学》，北京大学出版社 1982 年版，第 28、29—40 页。

生活真实的区别、塑造人物形象与刻画典型性格两方面。①

除此之外，其他一些学者也对李评本的理论成就进行了考察。马成生认为李卓吾在小说批评方面提出了不少富有创造性的见解，如在人物性格方面提出了个性与共性的统一问题；在情节结构方面提出了处理好情节结构与人物性格、情节结构与生活规律的关系；在文学语言方面要求语言符合人物的身份与性格，做到准确、恰当，不能夸张失实；要求语言鲜明生动，反对枯燥烦闷等。② 在《李贽——中国古典小说理论的奠基人》一文中，马成生认为李贽对古典小说批评的贡献在以下三方面：一是关于小说的地位与作用问题。李贽将《水浒传》提到与《史记》《庄子》等经典同等的地位，并提出"发愤著书"说，认为小说之类作者的"发愤"来自封建社会的不合理，又是对此的反响与抗争。这就是李贽对小说之类的巨大社会功能的认识。二是关于小说的源泉问题，李贽提出诗文、小说等的创作要从作家所处的时代出发，作品的源泉应该是当时的现实生活。三是在关于小说的艺术技巧方面，李贽注意到塑造人物性格的多层次性和人物性格的多面性，提出要真实地再现典型环境中的典型性格。在情节结构的安排问题上，李贽提出情节结构要符合生活逻辑，要服从人物性格，还要紧凑与连贯。在关于小说语言的运用问题上，李贽提出小说的语言要符合人物的身份和性格、鲜明生动和雅正纯洁。③

陈洪、沈福身《李卓吾小说创作论评述》认为李卓吾看出了生活真实是艺术真实的源泉，又看出了艺术真实不同于生活真实，并进而认识到艺术真实的形成是"文人之心"在生活逻辑制约下的结果。文章还对李卓吾的小说人物的典型性和个性化问题以及小说的艺术标准和"趣"的追求问题进行了探讨。④

张菊玲认为李贽从要求有"童心"和"真人"的思想出发，提出评价小说的重要标准是"逼真"和"传神"，《水浒传》通过对李逵情真、意真、语真的描绘塑造出一个"真人"李逵的艺术形象。小说创作不仅

① 陈谦豫：《中国小说理论批评史》，华东师范大学出版社 1989 年版，第 63—66、72—79 页。

② 马成生：《试论李卓吾对〈水浒传〉的批评》，《杭州师范学院学报》（社会科学版）1979 年第 1 期。

③ 马成生：《李贽——中国古典小说理论的奠基人》，《杭州师院学报》（社会科学版）1985 年第 4 期。

④ 陈洪、沈福身：《李卓吾小说创作论评述》，《天津社会科学》1983 年第 2 期。

真实地摹写出世态人情，而且表现出客观事物本质的真实；不仅“形似”，而且“传神入化，形神兼备”。①

由于文学本位的回归和文艺理论研究的深入，新时期对李评本的研究相对以前几个阶段来说进步是明显的，尤其是对李评本小说理论的总结及其在中国古代小说理论史上的地位的定位都基本上取得了比较一致的科学而客观的结论。但是在李评本真伪问题的探讨上，由于不少研究者对《戏瑕》《樗斋漫录》《游居柿录》及杨定见《小引》等现存材料的解读不一致，往往存在着从主观意愿出发来肢解、臆测历史材料的现象，因此该问题的研究一直没有多大进展，其结论也存在很大的分歧。从研究史的角度看，对李评本真伪问题的探讨从本质上并没有超越十七年时期，而更多地表现为对前一阶段材料、方法和结论的重复。对李贽思想的研究更多地因袭了“文化大革命”的余风，动辄阶级、革命，没有将李贽放到晚明思想史、文化史的角度进行考察，呈现出一种倒退的趋势。相对而言，学界从小说批评史的角度对李评本评点艺术的分析总结取得的成绩更为显著突出。

二　金圣叹评点研究

新时期金圣叹评点研究相对以前几个时期而言取得了巨大的成就，除了六七十篇单篇论文的发表外，还先后出版了四部有关金圣叹的著作，即张国光的《金圣叹与七十回本水浒研究》、《水浒与金圣叹研究》及刘欣中《金圣叹的小说理论》和徐立、陈瑜《文坛怪杰金圣叹》。这些论著对金圣叹的政治思想和文艺思想等问题进行了比较深入的研究和评价。

（一）金圣叹思想研究

关于金圣叹的思想政治倾向、评点《水浒传》的动机以及金本《水浒传》的历史地位的评价等问题是这一时期金圣叹思想研究的主要内容。简单来说主要有以下三个方面。

①对金圣叹思想立场的评价。这一时期大多数人认为金圣叹的政治立场是站在人民的一边的，是进步的。以张国光为代表的学者更是高度赞扬金圣叹，称其为杰出的启蒙思想家。张国光在《我国杰出的启蒙思想家金圣叹》中认为金圣叹“生得清白，死得壮烈”，他鼓吹“性即自然”，赞美聚义群雄，对君主制的怀疑与否定，具有“均产和劫富济贫的思

① 张菊玲：《谈回族文学家李贽的小说理论》，《朔方》1984年第10期。

想”，提倡庶人议政，要求写作自由，是一位杰出的启蒙思想家[①]。王晓家认为生于明末清初的金圣叹受到王夫之、顾亭林、黄宗羲等人反君主思想的影响，因此他不满意于君主就要反对君主。[②] 潘运告则将金圣叹与早期启蒙思想家黄宗羲、王夫之和顾炎武进行比较，发现金圣叹与他们有着相通或相同之处。这种相通或相同之处突出表现在诋毁君权，同情人民上；也表现在反对封建礼教、主张思想自由和个性解放上。[③] 汪德羞从金圣叹对封建社会里人民作乱之由的剖析、对晁盖和梁山上的几位主要英雄人物的评价几方面进行考察，认为金圣叹的思想是进步的。[④] 当然也有个别学者认为金圣叹在思想上是反对农民起义的，这主要体现在歪曲宋江形象和腰斩小说两方面。[⑤]

②对金圣叹评点《水浒传》的思想倾向的评价。首先是评点《水浒传》的动机。张国光、王晓家等研究者对金圣叹评点《水浒传》的动机进行了肯定。张国光从金圣叹是一个杰出的启蒙思想家的前提出发，从明末社会现实和金本批语以及金圣叹的序言等进行分析，认为金圣叹的“反动序文，附在书末的恶梦和他在书中表达的独恶宋江之类的批文”都是“处在儒教束缚、特务横行、言论禁锢非常严厉的明末的金圣叹‘不得已而为之’的，是他批改的七十回本《水浒传》这部真正宣扬武装反抗反动王朝到底的小说的‘保护色’”[⑥]。王晓家认为金圣叹生于明末清初，科场失意使他对封建统治阶级有所认识，慢慢滋长了他的反抗情绪，加上他所居住的苏州的资本主义萌芽最早，受其影响，民主主义思想代替他脑子里的封建思想并逐渐占了主导地位。于是金圣叹就通过批改《水浒传》等书来“贯注他的民主思想和寄托他对农民起义者的希望”，“通过批书来贯穿宣传他的反封建主义的思想”。但为了逃避当时的文字狱，

---

① 张国光：《我国杰出的启蒙思想家金圣叹》，《江汉论坛》1979 年第 1 期；又见张国光《金圣叹与七十回本水浒研究》，武汉师范学院学报编辑部 1980 年版，第 8 页。

② 王晓家：《容与堂刻本与贯华堂刻本——兼论金圣叹为什么不满意李卓吾》，《甘肃社会科学》1985 年第 3 期。

③ 潘运告：《金圣叹与早期启蒙思想家之比较》，《求索》1985 年第 3 期。

④ 汪德羞：《从比较中看金圣叹批注〈水浒传〉的进步性，兼谈腰斩〈水浒〉的贡献》，《昭乌达蒙族师专学报》1984 年第 2 期。

⑤ 陈谦豫：《中国小说理论批评史》，华东师范大学出版社 1989 年版，第 92 页。

⑥ 张国光：《寓褒贬于笔墨之外——关于金圣叹〈水浒〉批中的“保护色”问题》，《社会科学》1980 年第 5 期；又见张国光《金圣叹与七十回本水浒研究》，武汉师范学院学报编辑部 1980 年版，第 110 页。

金圣叹便用隐晦曲折的办法，拐弯抹角或常常从相反或前后矛盾中来披露他所要表达的思想内容和客观真理①。此外唐家祚等也基本持此观点②。

但张国光的“保护色说”却遭到了一些学者的质疑。商韬认为金圣叹在《水浒》的批改中所表现的思想立场是反对农民革命的，根本说不上同情和向往。但他有反贪官的思想，却也根本说不上反皇帝。反对农民革命和反对贪官，都是忠君，都是为了维护封建统治。那些认为金圣叹是向往和同情农民革命，咒骂农民革命的话是一种不得不搞的“保护色”的说法，是“难以令人信服的”③。刘欣中则认为金圣叹是一位“具有批判精神、民主倾向的地主阶级文学评论家、理论家，他的政治思想是充满矛盾的。他愤怒地抨击封建统治阶级的腐朽、政治的黑暗，却没有从根本上否定封建制度；他肯定人民群众起义的必然性和合理性，对义军抱有巨大的同情和好感，同时又主张对义军不能姑息，不能招安，只能武装镇压，奢想以此实现‘太平天子当中坐，清慎官员四海分’的封建社会理想模式”④。

萧相恺、欧阳健从他们的市民主题说的思想出发，认为金圣叹腰斩《水浒传》除了艺术上的原因外，更有政治上的原因。因为金本除去“惊恶梦”的尾巴，结末所描写的梁山泊大聚义、分调人员、量材使用等正是市民所憧憬的平等社会，完全符合市民（包括金圣叹本人）“跻身于较富有的阶级的行列”，“参加一份对公共事务的领导以保障自己的利益”的意愿。另外，金圣叹虽有要求平等、追求自我解放的愿望，对当时的专制统治怀有强烈的不满，却不可能提出任何推翻封建专制政权的革命要求。他一方面同情平民的不幸，同情他们的反抗斗争，认为这斗争是被统治者“逼”出来的，并且为之唱赞歌；另一方面他又怕“不合时宜的对抗行为会触怒政府”，于是他又不赞成用革命的手段去推翻政府。此外作者认为金圣叹骂宋江，不是假骂而是真骂。有人用“保护色”说去解释，但“那只能是今天人们的一种推测，外证固然不少，内证则嫌不足，所

① 王晓家：《容与堂刻本与贯华堂刻本——兼论金圣叹为什么不满意李卓吾》，《甘肃社会科学》1985 年第 3 期。

② 唐家祚：《论金圣叹置于〈第五才子书水浒传〉卷首的六篇文字》，《齐齐哈尔师范学院学报》1985 年第 4 期。

③ 商韬：《金圣叹批改〈水浒〉的思想立场》，《上海师范大学学报》（哲学社会科学版）1981 年第 1 期。

④ 刘欣中：《金圣叹的小说理论》，河北人民出版社 1982 年版，第 173 页。

以不能完全令人信服”。①

其次是金圣叹对宋江的态度问题。有的学者认为金圣叹骂宋江是假，维护宋江、保护《水浒传》是真。如周学禹就认为金圣叹骂宋江的话有些是他的真情实感，有些则是明贬实褒的曲笔，含弦外之音，实际上是明贬实褒、寓褒贬于笔墨之外的“吉祥文字”。金圣叹用骂宋江来改造宋江的形象，用骂宋江有时也骂梁山英雄来回护他在评点《水浒传》中的真实思想，目的是免遭杀身之祸，以换取金本的传世。作者还对金圣叹大骂宋江的原因进行了分析，认为当时的社会环境的变迁、阶级对立的日趋尖锐和民主思想潮流的兴起使金圣叹由一个封建正统的支持者变成了一个“异端”的文人。正因为如此他才同情和赞扬农民起义。② 唐家祚也认为金圣叹之所以苦心孤诣运用赞与骂的辩证法，目的在于“剥去那层洒在宋江身上的奴才的污垢”，修复宋江作为农民起义领袖的形象，恢复他逐鹿英雄的荣光③。

周锡山认为金圣叹一方面对宋江此人极有恶感，金圣叹独恶宋江是因为他的弄假、权诈和个人品质不好，不符合金圣叹所向往的真、善、美的理想，而与他痛恨农民起义无关，并非因为宋江是义军领袖的缘故。作者认为，金圣叹在独恶宋江的同时，也深爱宋江，这主要表现在对宋江的权术、爱才和称职的起义领袖三方面的称赞上。作者认为金圣叹自觉地运用艺术辩证法和两重组合性格的原理，分析和评论宋江丰富复杂的性格特征和幽微深邃的心理活动，又将心理和性格、性格中的多组两重性纵横交叉地有机复合成一个完整的英雄人物，把施耐庵在塑造宋江过程中的艺术匠心曲曲批出，为我们树立了一个崭新的人物形象。④

傅隆基则认为金圣叹是真恶宋江，不是假恶宋江。文章认为张国光所谓金圣叹“不是丑化，而是美化了宋江形象”的论点“实在是一种臆断”，“是不合金批本身的实际的。特别是金圣叹为了丑化和诋毁宋江，而随意改动原文，更是一种恶劣的做法，不应该得到肯定”。虽然金批中有少数的批语是赞扬宋江的，但从根本立场上看，金圣叹是完全否定宋江

---

① 萧相恺、欧阳健：《金圣叹〈水浒〉评改动机探》，《贵州社会科学》1981 年第 2 期。

② 周学禹：《略论金评〈水浒〉的弦外之音》，《驻马店师专学报》1987 年第 1 期。

③ 唐家祚：《金圣叹对宋江赞与骂的辩证法》，《齐齐哈尔师范学院学报》1986 年第 2 期。

④ 周锡山：《金批〈水浒〉宋江论——金批〈水浒〉人物论之一》，《山西师大学报》（社会科学版）1988 年第 2 期。

的。金圣叹所以如此痛恨宋江，一是因为他愤世嫉俗，憎恨贪官污吏，憎恨奸诈之人，他通过歪曲、改窜宋江的形象来咒骂一切玩弄权术的人。二是因为金圣叹生在崇祯时期，农民起义已经直接威胁到明王朝的统治，加之他又目睹张献忠等的降而复叛，因此他认为忠义不在水浒，“强盗”的头子并不可靠，于是极力将宋江改塑成不忠不义的形象，其目的在于反对招安。①

商韬《再论金圣叹批改〈水浒〉的思想立场》认为经金圣叹批改后的宋江形象是“对《水浒》现实主义精神的抹杀”。《水浒传》对宋江形象的塑造和描写是现实主义的，是以作者描写的这个人物的复杂性格和曲折道路来着眼的。但经过金圣叹批改，宋江就变成一个玩弄权术、投机狡诈、一片虚假的人物，这是对宋江性格的曲解，抹杀了《水浒传》现实主义的创作精神②。龚兆吉也认为金圣叹在评点《水浒传》中所写下那些政论性的评语存在着极其明显的矛盾，保护色的观点难以令人同意。作者认为金圣叹虽然尖锐地批判了封建社会的吏治积弊，但对于农民起义军却始终抱有偏见，向往的是封建王朝长治永安的天下太平。他腰斩《水浒传》的主要原因在于受到当时统治阶级思想的影响，他并不同情、赞成农民起义，宋江形象的实质也没有改变，如果说小有变化，那倒是因他的有关篡改和评论而被丑化了③。

三是对金本《水浒传》历史地位的评价。新时期对金本在小说史和文学批评史上地位的评价，大多数学者是持肯定态度的，当然也有部分学者持旧的观点。

对金本《水浒传》持否定论的代表是聂绀弩。他早在十七年时期就已经对金圣叹持否定观点，本时期他再次发表文章，认为“金圣叹是《水浒》的最凶恶的敌人，也是通过《水浒》所表现出来的民主思想最凶恶的敌人。他反对《水浒》；反对《水浒》里的英雄人物，特别是宋江，也反对《水浒》的推崇者，虽未指明是谁，经材料印证，具体对象就是

① 傅隆基：《金圣叹是假恶宋江还是真恶宋江——与张国光先生商榷》，《江汉论坛》1982年第2期。

② 商韬：《再论金圣叹批改〈水浒〉的思想立场》，《上海师范大学学报》（哲学社会科学版）1982年第3期。

③ 龚兆吉：《明末社会与金圣叹评点〈水浒传〉的历史意义》，《史学史研究》1985年第3期。

李卓吾。这三件事其实是一件事：反对《水浒》”[①]。陈新认为金圣叹八股文式的改动是拙劣的，他的任意删改是粗暴的。文章具体从“不懂方言妄改”、“用庸俗的八股文法妄改”、“粗暴的删改”三方面进行批评，认为“贯华堂本不仅在内容上，就是在文字上也是拙劣的本子，完全不应该推崇”[②]。此外高明阁《金圣叹对〈水浒传〉的评点与篡改》也持类似的观点[③]。

大多数学者往往从小说主题和艺术的角度对金本《水浒传》进行了肯定。如汪德羞就从小说主题演变的角度对金本《水浒传》给予了高度评价，认为腰斩本“使《水浒》从描写人民群众起义、发展，到妥协投降的过程，变成了坚决革命，不屈不挠，斗争到底”，使宋江镇压方腊起义、剿灭农民起义这种“《水浒》的糟粕”没有了，主题思想更积极了。并且从金本产生后遭受统治者禁毁等现象来看，作者认为金圣叹腰斩《水浒》是进步的，“不是站在反动立场上的，金圣叹也不是‘《水浒》最凶恶的敌人’”[④]。

翟建波《是“点金成铁”还是“点铁成金”——金圣叹对〈水浒传〉的文字修改》针对何心金本“改坏了”的观点从三个角度进行反驳，认为金本《水浒传》是成功的：首先在政治上是改得成功的，它“把一个宣扬投降路线的主题转换为一个鼓吹造反起义——‘逼上梁山’的主题”；在结构上是改得成功，它“淘汰了《忠义水浒全传》第七十一回以后的文字，使《水浒传》结束于梁山革命高潮到来之际，真正成了一部完整统一的、充满浪漫主义精神的现实主义杰作”；在文字上的修改也是成功的，“经过金圣叹修改的《水浒传》，文字之洗炼、精湛，更是非他本所能比拟”[⑤]。

崔树人《〈水浒〉的主题及其有关问题》也认为金圣叹删得有理。从读者角度看，删去招安、覆灭部分反映了广大赞同梁山义军的读者的愿

---

① 聂绀弩：《中国古典小说论集》，上海古籍出版社 1981 年版，第 112 页。

② 陈新：《关于〈水浒传〉的几个问题》，《南京师大学报》（社会科学版）1989 年第 3 期。

③ 高明阁：《金圣叹对〈水浒传〉的评点与篡改》，《社会科学辑刊》1979 年第 5 期。

④ 汪德羞：《从比较中看金圣叹批注〈水浒传〉的进步性，兼谈腰斩〈水浒〉的贡献》，《昭乌达蒙族师专学报》1984 年第 2 期。

⑤ 翟建波：《是“点金成铁”还是“点铁成金”——金圣叹对〈水浒传〉的文字修改》，《宁夏社会科学》1988 年第 3 期。

望，那就是不忍其投降，不忍其覆灭。经金圣叹删改之后，《水浒传》留给读者的就是阶级斗争不可调和的故事情节，就是鼓舞人心的农民革命斗争的壮丽画面。《水浒传》全书招安后的部分，除了反面教材这点积极作用，也给读者以凄苦创痛和茫然之感，逼上梁山的主题也被冲淡、被掩盖、被模糊了。另外从主题和艺术风格的统一，从读者的愿望和客观上对农民革命所起的正面作用看，金圣叹的删节也是有积极意义的。①

徐朔方先生对金本《水浒传》的评价更为客观全面。他在《论金圣叹其人其业》一文中认为，金圣叹评《水浒》的要旨是“敌视农民起义，但又以最高级的赞语加在《水浒》的小说艺术上”。作者认为金圣叹的七十回本在艺术上是成功的，“个别文字改好的不少，单就宋江形象而论，改坏的也不少……但有一点可以肯定，在七八十万字的长篇中，局部改动所占的比例毕竟太少，对全书的评价影响不大。金本以第一回改题《楔子》关系也不大。唯有腰斩使得金圣叹的评点本面目一新，这才是要害所在”。徐朔方认为，金圣叹第一次将小说的艺术创作手法作为研究对象，并且成绩斐然，这是金圣叹的一大成就。金圣叹的《读法》及其在具体评点中的实践使得他“成为中国小说戏曲评点派的奠基人，后来没有人超过他的成就”。当然，作者也辩证地看到，尽管金圣叹对《水浒传》的小说创作艺术具有独到的见解，相当接近于近代的文艺理论，但它带有极其严重的封建性。金圣叹评点《水浒传》有一个根本缺陷就是他对《水浒传》作为世代累积型集体创作的特征或它的成书过程一无所知，他对它所有的赞扬和批评都只适用于个人作家的作品。②

新时期对金圣叹思想的研究从总体上来说是对“文化大革命”时期所谓“反动文人”的错误观点的纠正和肃清，并在此基础上对金本的思想倾向、对宋江的态度问题进行了比较科学的分析，但有些提法如“杰出的启蒙思想家”、“保护色”似乎又言过其实。对于这种倾向以及研究方法的缺陷，徐朔方先生早就有所察觉。他说：“一九四九年迄今，国内学术界随着政治形势的变化，对金圣叹的评价，由学术讨论演变成为政治批判，腰斩《水浒》成为他敌视农民起义的罪状，差不多变成他的代号。一九七八年之后，极‘左’思潮逐渐被清除，金圣叹的评价又从相反的

① 崔树人：《〈水浒〉的主题及其有关问题》，《学习与探索》1986 年第 5 期。

② 徐朔方：《论金圣叹其人其业》，《文艺理论研究》1989 年第 1 期。

方向层层加码，既是爱国志士，又是启蒙思想家，差点没被加上革命文豪的桂冠。无论在三个世纪之前或之后，无论是对他大张挞伐，或者对他高声吹捧，不管双方论点怎样对立，他们的手法却出奇地相似：不放过对自己论点有利的资料，必要时随意曲解以满足自己立论的需要，对自己论点不利的资料则一概视而不见。无论是肯定或否定，双方都从论定其人着手，然后及于他的文学批评的功过"①。我们认为，这种倾向不仅是在《水浒传》研究，也不仅是在古代文学研究上存在，在新时期的文学批评研究中也普遍存在。

（二）金圣叹小说理论研究

对于金圣叹小说理论的研究虽然从近代的燕南尚生已经开始，并在十七年时期取得了一定的成绩，但由于以胡适为代表的学者对金圣叹的小说理论做了否定性的评价，加上"文化大革命"的影响，因此有的论者对金圣叹的小说理论往往持简单的否定态度。但更多的学者本着客观公正的态度从文本出发对金圣叹的小说理论进行了比较深入的研究，取得了不俗的成就，这主要集中在以下几个方面。

①对金圣叹的文法理论的研究。高小康《金圣叹"文法"理论的美学意义》一文对金圣叹在古代文艺美学史上的地位进行了高度评价，认为他从审美心理出发研究叙事文学艺术形式结构的思想，对中国小说美学的发展有重要意义。作者从金圣叹要求古典的"严谨"与浪漫"神变"之统一的美学思想入手，认为他的"文法"理论的核心就是从"神变"中寻求"严整"。作者认为金圣叹的小说理论是从自己的鉴赏实践出发建立起来的，他通过自己在欣赏过程中的主观感受而发现了审美活动的心理特征，并进一步把作品作用于读者而产生的审美感受作为评判作品艺术价值的标准。文章认为金圣叹对审美心理的探索摆脱了传统美学的模糊影响，他对审美心理的认识是他的"文法"理论的心理学基础，并为小说艺术的形式结构找到了心理根据，因而他的形式结构观念多少带上了近代美学的色彩。在此基础上，文章分析了金圣叹的艺术形式结构——"文法"，如全局着眼安排情节布局的"胸有成竹"、要求情节的发展不能露出人为安排痕迹的"胸无成竹"等。②

---

① 徐朔方：《论金圣叹其人其业》，《文艺理论研究》1989年第1期。

② 高小康：《金圣叹"文法"理论的美学意义》，《南京师大学报》（社会科学版）1989年第2期。

王齐洲《金圣叹小说理论初探》认为金圣叹围绕着典型形象的塑造还对小说的创作方法进行了深入探讨，提出了“格物”“忠恕”和“因缘生法”一整套理论。所谓“格物”是创作与生活的关系问题，是指主观对客观的观察、认识，是指主观与客观的统一、融合。这实际上是指出一个作家如果能对社会实际生活中的各种人物和事物有长期的认真而细致的观察与认识，一旦他真正熟悉了人情事理、掌握了人物性格的发展规律，他就有了创造典型形象的自由，就能得心应手，毫无滞碍地创造出各种各样的人物来。所谓“忠恕”是作家在创作过程的各个环节中的态度与情感问题。“忠”就是指作者不能用自己的感情去影响作品中人物的感情，更不能以自己的喜怒哀乐代替作品中人物的喜怒哀乐，这样才算做到了“忠”；“恕”就是“自然”。做到了“忠恕”，也就达到了“物格”，就有了创造典型形象的自由。此外金圣叹还提出了“因缘生法”的理论：即作者在描写作品中的人物时，必须将自己的全部身心深入到这一人物的内心世界中去，必须将自己的感情无条件地融化到这一人物的思想感情中去，尽量排除主观意识对于作品人物的影响。“因缘生法”阐明了创作过程中思维形式的基本特征和基本规律。①

郭兴良《金圣叹“文法”辨说》认为金圣叹的“文法论”体现在诗文批评、戏曲批评、小说批评各方面，它们都显示了颇富民族特色的美学创造，对于我们民族小说艺术的创作和鉴赏都有很大的启发意义。作者将金圣叹的文法分为情节安排、结构布局、人物描写和叙事事件四个方面，并对其进行了简单的分析，认为金圣叹提出“文法”论，不仅表明他对《水浒》的卓越艺术见解，而且反映了当时的文学进一步觉醒。②

罗德荣《为金圣叹“草蛇灰线法”一辩》认为金圣叹的“草蛇灰线法”虽然只是一种叙事行文的笔法，但在人物描写和情节结构方面，却有不可忽视的作用。首先，运用“草蛇灰线法”描写有关细节，如语言、动作、表情、服饰、兵器等，有助于人物的性格刻画。其次，“草蛇灰线法”通过对特定事物忽断忽续的描写，为情节的发展埋下伏笔，使故事的来龙去脉、前因后果自然而又合乎逻辑，从而形成此呼彼应、首尾贯通的艺术整体。作者认为这一叙事说法源于说话艺术传统，认为金圣叹如此

① 王齐洲：《金圣叹小说理论初探》，《社会科学研究》1981 年第 5 期。
② 郭兴良：《金圣叹“文法”辨说》，《曲靖师范学院学报》1989 年第 1 期。

重视“草蛇灰线法”并予以理论概括乃是对说书体小说的艺术规律的总结①。另外，汤国梁《探讨金本〈水浒〉中有关情节结构的理论和实践》、翟建波《略论金圣叹对于〈水浒传〉文法的评点》、刘靖安《〈水浒传〉文法再探》对该问题也有所阐发②。

②对金圣叹人物性格理论的研究。叶朗《中国小说美学》设专章对金圣叹的评点进行了非常详尽而独到的分析。在人物性格和人物塑造方面，该书从典型性格、人物肖像和动作的个性化、性格的对比、性格与环境情节的关系等方面进行了全方位的探讨，堪称新时期金圣叹人物性格理论研究的代表③。

高小康《金圣叹人物理论新探》认为金圣叹可能是中外文艺理论史上最早明确地把个性化的人物形象放到了小说审美特性的中心地位的论者。他关于小说人物的理论不仅仅是指出了小说人物塑造的重要性，更有价值的是，他还对人物形象的审美特征提出了明确的见解，这就是他的人物个性化的思想。文章通过金圣叹的“性格”理论同黑格尔理论的比较，认为金圣叹“性格”理论的主要倾向是侧重于微观、感性的方面，强调性格的生动性即心理真实感，可以说是一种带有心理学特点的性格理论。作者认为，金圣叹关于小说人物性格的理论富于天才的创见，是中国古典小说理论乃至中国古代美学思想发展过程中合乎逻辑的产物，它对我国文艺理论研究界将典型性格问题长期局限于历史—社会学的单一角度与方法的缺陷有一定的救弊补偏意义④。

王齐洲《金圣叹小说理论初探》指出，首先，金圣叹的贡献不只在于他促进了《水浒传》的广泛流传，而且在于他第一次明确地揭示了小说的本质特点，深入地探讨了小说创作的艺术规律，建立起以人物形象为中心的小说理论。其次，作者认为金圣叹十分重视个性化在人物形象塑造中的地位，这是他的典型化理论的一个重要方面。然而他对人物个性化的创造性的理解绝不只是要求小说中人物各有其性情、气质、形状、声口，

① 罗德荣：《为金圣叹“草蛇灰线法”一辩》，《天津师大学报》（哲学社会科学版）1985年第2期。

② 汤国梁：《探讨金本〈水浒〉中有关情节结构的理论和实践》，《枣庄师专学报》1986年第2期；翟建波：《略论金圣叹对于〈水浒传〉文法的评点》，《人文杂志》1986年第5期；刘靖安：《〈水浒传〉文法再探》，《零陵师专学报》1989年第2期。

③ 叶朗：《中国小说美学》，北京大学出版社1982年版，第68—96页。

④ 高小康：《金圣叹人物理论新探》，《文艺理论研究》1988年第5期。

而且进一步认为典型性格与典型环境有着密不可分的联系，作品应该十分自觉地反映这种联系，塑造出真实可信的人物形象来。金圣叹反对作品脱离人物孤立地去写景物，而要求景物与人物有机地统一，景物也和人物一样的个性化、典型化。①

余昌谷《典型理论的历史性突破——浅论金圣叹的人物“性格”说》对金圣叹在古代典型理论上的地位进行了分析，指出金圣叹把“性格”的概念首先引入文学批评领域，并以此作为对小说进行审美评价的核心，这在中国传统的美学思想面前展现了一个新的天地。他根据小说塑造人物的这一特点，认为金圣叹在《水浒传》人物分析中首先明确地提出了“性格”的概念，揭示了《水浒传》中人物面目与其性格的关系，并把个性描写作为性格塑造成功与否的关键。其次作者也认识到金圣叹强调性格的个性化，但并非不重视人物性格的普遍性。金圣叹在分析人物性格时，不是离开个性去谈共性，他重视的是那种通过人物个性所显示出来的普遍性。另外金圣叹还非常重视和强调对人物性格的刻画，就怎样塑造出性格鲜明的人物形象提出了许多独到的见解。在这些见解中贯穿着一个基本方法，这就是用“对立方式”刻画人物，它集中地体现了金圣叹的艺术辩证法思想，具体表现为“相形对写”和“相准而立”两条法则。②

卓支中《试评金圣叹的文学形象与典型论》认为金圣叹很重视“比兴”，强调文学创作要用形象思维，体现了金圣叹对文艺创作规律的认识。他还认识到小说戏剧作品不但要以写人物为中心，而且应当塑造出典型的人物形象来，并具体从人物语言个性化、重视心理活动的刻画、细节描写、对比衬托手法和格物五个方面提出如何刻画个性化的人物形象。③此外对该问题进行研究的文章还有陆联星《金圣叹的小说理论批评——中国古代小说理论批评概观之二》、倪彬《任提起一个，都似旧时熟识——学习〈读第五才子书法〉随想》、陈昌恒《也谈金圣叹的文学典型

---

① 王齐洲：《金圣叹小说理论初探》，《社会科学研究》1981 年第 5 期。

② 余昌谷：《典型理论的历史性突破——浅论金圣叹的人物“性格”说》，《阜阳师范学院学报》（社会科学版）1984 年第 1—2 期。

③ 卓支中：《试评金圣叹的文学形象与典型论》，《暨南学报》（哲学社会科学）1983 年第 4 期。

观》等①。

③这一时期学者对金圣叹的文艺创作观等也多有阐发。如陈豫谦分析了金圣叹的“动心说”，认为动心说就是文学创作中的想象问题，但想象不是空想，必须以现实生活为基础，这就是所谓的“因缘生法”和“格物”。② 尹缉熙、肖卓平专门探讨了金圣叹的创作灵感论、心理体验论（“亲动心”说和“现身说法”说）和创作心境论，认为金圣叹的文艺创作心理学思想虽然缺乏理性的思辨性，但是从深层心理结构上揭示了文学艺术的创作规律，为我国古代文艺心理学、古代小说美学留下了一笔不可多得的宝贵遗产③。

钟扬则从虚构这个问题入手，认为金圣叹自觉地强调小说与史书的区别，提出艺术虚构在小说创作中具有重要作用。首先，在如何虚构这个问题上，金圣叹强调要格物，以“忠恕为门”，化身入境地体验、把握了万人万物“因缘生活”的微妙规律，从而创作出“人有其性情，人有其气质，人有其形状，人有其声口”的典型形象。④ 余三定《金圣叹〈水浒传〉评点中的辩证思想浅探》则对金圣叹小说评点中的辩证思想进行了分析，指出金圣叹以辩证观点做方法论，把握了小说这种文学体裁的艺术特征，看到了作为艺术的小说与历史著作有着不同的特点和与其他艺术门类所不具有的特殊性。其次，金圣叹在对《水浒传》的艺术性评点中，比较广泛地体现了对立统一这个辩证法的基本规律。如他十分重视典型形象的塑造，并认识到典型形象是概括化与个性化的对立统一；在作品结构和情节安排上的虚写与实写、紧张与松弛等相反相成的辩证关系；在小说细节描写上的“细”与“省”的辩证统一关系。金圣叹在解决文学的源泉、形象思维等带有根本意义的问题上也包含辩证的思想。⑤

除此之外，有的学者还把金圣叹与外国作家的文艺思想进行比较。如

① 陆联星：《金圣叹的小说理论批评——中国古代小说理论批评概观之二》，《淮北煤炭师范学院学报》（哲学社会科学版）1983 年第 3 期；倪彬：《任提起一个，都似旧时熟识——学习〈读第五才子书法〉随想》，《广西民族学院学报》（哲学社会科学版）1987 年第 4 期；陈昌恒：《也谈金圣叹的文学典型观》，《中南民族学院学报》1984 年第 3 期。

② 陈谦豫：《中国小说理论批评史》，华东师范大学出版社 1989 年版，第 96—100 页。

③ 尹缉熙、肖卓平：《金圣叹的文艺创作心理学思想初探》，《心理学报》1989 年第 3 期。

④ 钟扬：《艺术虚构：金圣叹文艺心理学之一斑》，《阜阳师范学院学报》（社会科学版）1988 年第 3 期。

⑤ 余三定：《金圣叹〈水浒传〉评点中的辩证思想浅探》，《湘潭大学学报》（社会科学版）1983 年第 3 期。

余三定《试比较菲尔丁与金圣叹的小说理论》一文比较了菲尔丁与金圣叹的小说理论，认为在艺术虚构上，两人都是通过与历史著作的比较来阐明小说可以虚构的艺术特点，同时又都认为艺术虚构必须合情合理，必须具有艺术的真实。两人不仅观点一致，论证方法也基本相同。在人物塑造方面，金圣叹对典型形象的认识是全面而较深刻的，不只一般地认识了典型是共性与个性的统一，而且特别强调个性化，把个性化作为塑造人物的重点。菲尔丁同样重视小说作品典型形象的塑造，然而他关于典型形象重点的理解则与金圣叹有所不同，他更强调典型形象的共性、概括性。金圣叹和菲尔丁同样主张写出人物性格的丰富性、复杂性，但菲尔丁比金圣叹论述得更明确、更清楚，作了更多方面的论证。在有关小说的艺术手法，特别是刻画人物性格的手法方面，金圣叹和菲尔丁也有不少大致相近的看法。此外在文学欣赏和文学源泉的问题上，金圣叹和菲尔丁都做出了唯物主义的回答。①

张维芳、张辉《金圣叹的亲动心与福楼拜的深入说》认为福楼拜的深入说和金圣叹的“亲动心”有相似之处，都是指作家在观察生活的基础上，发挥艺术想象力，全身心地去感受、体验人物在特定情境中的思想、情感表现和心理活动。但是金圣叹提出了把人物放置到特定情境中去描写的美学见解，比19世纪的福楼拜的认识深刻、透彻、全面。文章认为金圣叹的亲动心与福楼拜的深入说强调“凭借内心的视力”来塑造人物是以现实生活为依据的，并不是天马行空，独往独来。但他们的观点也有缺陷，即他们认为作者在塑造人物形象时只需要自己“亲动心”，而不要有作家自己的情感的投入，但实际上这种纯客观的“观照”是根本不存在的。②

李燃青《金圣叹和黑格尔的性格论——中西比较诗学札记》认为无论是金圣叹还是黑格尔，都把性格塑造看作是叙事艺术和戏剧艺术的中心课题，毫不含糊地确立了性格中心论，这是他们最大的相同之处。在人物性格的审美特征问题上，黑格尔在《美学》中提出了著名的性格三原则，而金圣叹在《水浒传》评点中提出人物性格的典型性、丰富性和真实性的原则。在人物形象与环境的关系上，金圣叹主要是从文学鉴赏的角度窥

① 余三定：《试比较菲尔丁与金圣叹的小说理论》，《云梦学刊》1984年Z1期。
② 张维芳、张辉：《金圣叹的亲动心与福楼拜的深入说》，《江汉论坛》1984年11期。

察到人物性格与社会环境之间的密切关系，并把这一认识贯穿于文学评论，重视对人物活动的客观环境加以分析，探讨环境对于人物性格的深刻影响，但尚缺乏充分的理论阐述；而黑格尔则对人物与环境的关系作了充满辩证法的透辟论析，表现了卓越的见解。作者认为，黑格尔和金圣叹的性格论虽然在思想基础、实践依据和审视角度方面互不相同，但两人的美学见解却是十分接近的，可谓贤者所见略同。他们确立的叙事艺术和戏剧艺术的性格中心论，对典型性格提出的审美要求，以及关于人物性格和社会环境之间相互关系的论述，反映了中西方典型艺术的普遍规律。①

总的来看，新时期对金圣叹小说理论的研究虽然主要精力还集中在文法理论和人物典型理论方面，但已经有部分研究者开始关注金圣叹的文艺创作心理等问题，并将他与国外的一些文艺理论进行初步的比较研究，为20 世纪 90 年代的《水浒传》评点研究打开了新的局面。

本章小结

当中国的历史翻过“文化大革命”这一页而走向改革开放新时期时，中国大陆的学术研究也出现了春天。在政治上的拨乱反正和西方先进思想文化理论大输入的时代背景下，新时期《水浒传》研究无论是从研究队伍还是研究成果来看，都达到了一个从未有过的新的高度。本时期除了专门研究机构的成立和专刊的出版外，小说研究取得的成果主要有这样几个方面：

首先，在《水浒传》成书演变研究方面，本时期从整体上看成绩还是比较大的。特别是在《水浒传》成书时间问题上，无论是元代说或者是明代说都取得了很大的进展，研究更趋细化，为该问题的最终解决奠定了基础；在本事研究上，关于宋江问题的讨论是这一时期的一个热点问题，经过争鸣，宋江接受招安基本成为定论。

其次，在《水浒传》的版本研究方面，本时期相继出现了“七十回古本”的论争和“梅寄鹤古本论争”两次大的讨论，对一些所谓定案的

① 李燃青：《金圣叹和黑格尔的性格论——中西比较诗学札记》，《宁波师范学院学报》（社会科学版）1987 年第 4 期。

问题进行了重新讨论和思考，这对《水浒传》研究健康发展不无裨益。在具体的版本问题上，欧阳健等的繁、简本相互嬗递说和马幼垣等的同源异流说对前人的观点也有重大的补充和修正。

再次，在《水浒传》作者研究方面，本时期《水浒传》作者再度成为研究史上最热闹的焦点，无论是从研究论文的数量还是质量以及参与该问题讨论的学者人数来看，都远远超越了《水浒传》其他方面的研究。虽然《水浒传》作者问题的探讨不可能突破前面几个时期的基本格局，但在研究的深度上还是大大地推进了的，对施耐庵材料的辨析考证相对十七年时期来说更加科学和理性，而王利器、张国光等不少学者都提出了很新颖的见解，也是这一时期施耐庵研究的一大亮点。

又次，在《水浒传》的文本研究方面，本时期《水浒传》的文本研究有两个方面的突破。一是对《水浒传》的主题思想的研究，由于思想的解放，研究者从以往的农民起义一元说中走了出来，纷纷提出自己的新的观点。其中又以欧阳健等的市民说以及齐裕焜等的忠奸斗争说（包括类似的忠义说等）影响最大。二是对小说艺术的研究取得了可喜的成果。新时期的艺术研究除了运用传统的马列文艺理论外，还开始借鉴新引进的西方文艺理论如叙事学、意识流、文化学甚至模糊数学等方法，研究的内容也基本上覆盖了小说艺术研究的各个层面，并日趋细密精致和系统，取得了很大的成果。

最后，在《水浒传》评点研究方面，由于文学本位的回归和文艺理论研究的深入，新时期对李评本和金圣叹小说理论的研究进步也很大。在对李评本小说理论的总结及其在中国古代小说理论史上的地位的定位都基本上取得了比较一致的科学而客观的结论。对于金圣叹的研究虽然主要精力还集中在文法理论和人物典型理论方面，但已经有部分研究者开始关注金圣叹的文艺创作心理等问题。

当然，本时期《水浒传》研究的问题也不少。第一，是对有的问题的研究陈陈相因，突破不大。如对《水浒传》成书过程的研究就基本上没有能够突破胡适、鲁迅以来的研究格局；在李评本真伪问题的探讨上也没有超越十七年时期，而更多表现为对前一阶段材料、方法和结论的重复；对金圣叹文艺理论的研究进展也不大。出现这种状况一方面是因为前人已经做出了很大成绩，从而出现盛极难续的尴尬局面，另外有的是因为现存文献的价值发掘基本上已经穷尽，在没有新材料的情况下不可能出现跨越式的发展。

第二，是研究方法单一。虽然自 20 世纪 80 年代开始，西方大量的文艺思想和理论被纷纷介绍进来，但由于新的方法与中国古代文学研究实践还存在一个磨合的过程，而传统的马列文论的影响又非常深远，因此从总体来看，本时期《水浒传》研究在方法的更新上还有许多不足。当然这也是当时整个古典文学研究界的基本状况。

第三，部分《水浒传》研究学者的治学研究观念也存在一些不足。譬如在如何对待现存文献的问题上，研究者往往出现“摘取文献”、“割裂文献”和“悬想文献”的失误。如在李评本真伪问题的探讨上，由于不少研究者对《戏瑕》、《樗斋漫录》、《游居柿录》、杨定见《小引》等现存材料的解读不一致，往往存在着从主观意愿出发来摘取、臆测历史材料的现象，因此该问题的研究一直没有多大进展，其结论也存在很大的分歧。在对待施耐庵出土文献的问题上，有的学者也采取“割裂文献”的方法，对各个文献进行单一的研究，而往往忽略了从宏观的、系统的方面对这些材料进行统筹研究，因而不能得出符合客观事实的结论。

第五章　当代《水浒传》研究（下）

——近二十年《水浒传》研究（1990—2014）

20 世纪 90 年代以来，随着大量西方文艺理论的输入和日趋熟练的运用，古典文学研究进入了多元时代，叙事学、文化学、心理学、符号学和阐释学等各种理论纷纷作为解剖古代文化典籍的手术刀而大显身手。作为古典文学重要分支的《水浒传》研究同样也异彩纷呈，并取得了众多的研究成果。尽管相对于上一时期，本阶段的《水浒传》研究在宏观上没有特别重大的突破，也基本没有特别引人注目的论争（除了嘉靖说外），但它却在中观乃至微观层面上取得了巨大的成绩，极大地推动了当代“水浒学”的现代化、国际化。因此，无论是从研究成果的数量还是质量而言，这一时期都当之无愧地成为 400 年《水浒传》研究史上的第三个研究高潮。

第一节　近二十年《水浒传》研究概述

当《水浒传》研究进入 20 世纪 90 年代以后，由于外部环境如政治经济的飞速发展、外来文化的持久输入、传播媒介如影视网络的普及和科研考核机制的变化等，使得曾经相对曲高和寡的学术研究逐渐摘掉清高超脱的面纱，增添了几分烟火气和功利心。

一　研究背景

当历史进入 20 世纪 90 年代，中国大陆的经济保持了持续的快速增长，人民生活日益富裕，物质文化极大丰富。电视、网络和手机等娱乐设施与通信设备极大普及，成为人们日常生活的必需品，这为水浒文化的传播发展和学术研究提供了必备的物质条件。

除了经济的发展外，文化政策的进一步人性化和宽松化，对水浒文化和学术研究也起到了积极的推动作用。自延安时期开始，大陆的文化政策就与政治紧密联系，“文化大革命”及“批《水浒》”运动则是其必然的发展。20世纪80年代以后，国家文化政策进一步开明，真正实现了“双百”方针，文化生活和学术研究恢复正常并得到进一步的健康发展。这种宽松的文化政策为许多以水浒故事为影视、游戏题材的文化娱乐产品的开发创作了条件，也为各种类型的学术研究提供了良好的生态环境。

物质文化的极大丰富必然导致百姓追求丰富的精神文化生活，特别是电视和网络的普及，为水浒影视题材和游戏产品的开发创造了极为便利的条件。同时由于社会上掀起的国学热和央视百家讲坛等文化节目的开播，对大众阅读《水浒传》、了解《水浒传》起了推波助澜的作用，这也在无形中促进了地方水浒旅游文化资源的开发和利用，推动了地方水浒文化研究的发展。

同时，西方文化的持续输入，特别是西方学术研究方法的不断翻译和介绍，使得这一时期的《水浒传》研究与其他文学研究一样，在研究方法上逐渐趋于多元化。如文化研究热与对宋江形象解读的深入、叙事学的传入与金圣叹叙事理论的总结、传播接受理论与《水浒传》的接受研究等等，都是其显著特征。此外，随着这些理论逐渐为国内研究者所熟悉和掌握，学术研究也经历了由最初的生搬硬套到后来的与本土文化和文本实际结合这样一个过程。

随着现代商业文化的发达和网络技术的普及，包括《水浒传》在内的各种经典名著也出现了一种实用性和娱乐性的解读趋势：如《麻辣水浒》运用文学经典来演绎企业管理与资本运营，《宋江日记》对社会人生、婚姻爱情的反思等。有学者称这些作品为“大话文化”，其特征是在文化产业化的过程中，在商业利润法则的驱使与市场化的运作下，利用现代的声像技术或网络便利，通过对经典戏拟、拼贴和改写，来迎合满足大众的消费欲望和娱乐需求。[①]

此外，这一时期学术考核机制和各种社会职称评审晋升机制也对当代学术泡沫的形成产生了巨大的影响，一方面高校和学术研究机构因为考核

---

① 张同胜：《论〈水浒传〉的大话文化解读——兼论“恶搞”文化经典的存在意义》，《济宁学院学报》2010年第5期。

和职称需要必须发表大量论文，另外一方面高校的研究生为了毕业也要发表若干不同级别的论文，甚至于中学教师和各种事业单位机构的职称晋升也与论文发表挂钩。于是论文的写作和发表就与阐发学术观点的初衷发生了背离，大量学术水平低、观点陈旧、简单重复的论文纷纷见诸报纸杂志，包括《水浒传》在内的学术研究一时大有泥沙俱下之势。

二　研究成果

近二十年来《水浒传》的研究成果主要表现在以下几个方面：

一是各级水浒学会的陆续成立和各种水浒学术会议的连续举办。自1981年湖北省水浒学会成立以来，全国多地陆续成立了各级水浒研究会。如省级的有浙江、湖北和北京水浒研究会，还有市县级的如盐城市水浒研究会、郓城县水浒研究会等等。根据林同的统计，全国性水浒学会有11个。[①] 加上2010年杭州市三国水浒文化研究会和2012年的山东省水浒研究会的成立，全国各级水浒研究会目前至少已有13个。各级水浒学会的成立对举办各类学术研讨会，活跃水浒文化研究起到了积极作用。如杭州的水浒研究会已经连续举办了30次专业的水浒研讨会，山东省近几年也举办了多次专题研讨会，取得了可喜的成绩。

二是各种专业刊物的出版发行。早在1982年湖北省水浒研究会就创办了《水浒争鸣》丛刊，1987年中国水浒学会成立后即将该刊作为会刊，先后出版了5辑，在海内外引起了巨大反响。后来该刊因故停刊，直到2001年才出版了第6辑。目前该刊已经连续出版了15辑，刊发了包括台湾、香港在内的全国各地和美国、日本的专家学者的大量学术论文，对推动《水浒传》和水浒文化研究的深入和提高做出了重要贡献。此外各级地方学会也不时出版相关著作或刊物，如浙江省水浒研究会先后编辑出版了《水浒研究与欣赏》（1—10辑）；大丰县施耐庵研究会主编的《耐庵学刊》已经连续出版了21辑；山东郓城县宣传部主办的《水浒文化》已经连续出版40多期；蒲玉生主编的《水浒杂志》也不定期出版。这些专业刊物的出版发行，既有利于《水浒传》研究者之间的相互切磋，同时也推动了水浒文化的研究和发展。

三是文本整理出版。这一时期在影印本方面有两套丛书值得一提，中国社会科学院文学研究所编的《古本小说丛刊》，里面收录了包括钟伯敬

---

① 林同：《全国水浒研究会知多少》，《水浒文化》2011年第2期。

本和插增本在内的 6 种本子;[①] 而《古本小说集成》则收录了包括容本、金本和评林本在内的 8 个本子。[②]

在整理本方面，这一时期出版了几个比较重要本子的点校本，一是《忠义水浒全传》，该书以袁无涯本为基础进行整理；二是《钟伯敬批评忠义水浒传》，但美中不足的是出版者将钟本的眉批和夹批删去，只有回末总评及回前文字；三是《日本轮王寺秘藏水浒》，该书系著名的简本代表，由盛瑞裕点校；四是齐鲁书社出版的金圣叹评点本《水浒传》。[③] 此外，黑龙江人民出版社还出版了一套《水浒小说系列集成》，共 14 册，其特点是收入了清代三部续书和民国的几部续书，对《水浒传》续书研究有一定的帮助。[④]

四是大量论文的发表和专著的出版。这一时期可以说是《水浒传》研究史上成果最多的时期。根据笔者的不完全统计，自 20 世纪 90 年代以来出版的《水浒传》方面的研究专著有 130 部左右。[⑤] 远远超过 1949 年以来到 20 世纪 80 年代末的总和（十七年时期共出版专著 14 部，新时期出版专著 30 余部）。除了论著之外，各类单篇学术论文则更为庞大，估计应该在 3000 篇左右。[⑥] 而前两个时期发表的论文总数也才约 1200 篇。可见近二十年的《水浒传》研究成果在数量上是遥遥领先的。

除了以上几个方面外，附带一提的是随着社会经济的发展和旅游市场的繁荣，以水浒文化为核心的文化旅游资源的开发也日益兴旺。鲁西南水浒故事流传集中的几个地区和杭州、兴化等地都不失时机地大打水浒牌，创造了比较可观的经济价值。地方旅游资源的开发带动了当地社会经济的发展，激发了地方政府和地方文史工作者进一步研究《水浒传》和水浒文化的热情，并形成了一种双赢的局面。但在这个过程中也出现了些许不

① 中国社会科学院文学研究所编:《古本小说丛刊》，中华书局 1991 年版。

② 《古本小说集成》，上海古籍出版社 1990 年至 1994 年版。

③ 《忠义水浒全传》，黄山书社 1991 年版；《钟伯敬批评忠义水浒传》，安徽文艺出版社 1995 年版；《日本轮王寺密藏水浒》，武汉出版社 1994 年版；《水浒传》，齐鲁书社 1991 年版。

④ 梅庆吉主编:《水浒系列小说集成》，黑龙江人民出版社 1997 年版。

⑤ 这里的专著仅仅是指以《水浒传》和金圣叹小说评点为主要研究对象的论著，其中包括部分大话类性质的著作。凡是以前出版过但在这一时期又再版的不计入内。

⑥ 笔者以“水浒传”为关键词，以 1990—2013 年为时间节点，在万方数据库检索期刊和学位论文两项，共计 3040 条；在中国知网仅检索中国文学子库，共计 4122 条。考虑到重复统计（重复发表）和不少文章并非学术研究论文等因素，这一时期的研究论文保守估计也应该在 3000 篇左右。

和谐的声音，如为了地方经济利益而争水浒作者、抢水浒地名、造水浒景点等现象。

第二节 近二十年《水浒传》成书与传播接受研究

本时期《水浒传》成书研究主要表现在以宋江史实研究为中心的本事研究及以洞庭湖钟相杨幺起义、张士诚起义为模型的水浒源流研究，以嘉靖说论争为核心的《水浒传》成书时间研究。此外有的学者还对水浒戏与《水浒传》关系、《水浒传》的传播接受等问题进行了讨论，现分述之。

一 本事研究

这一时期《水浒传》本事研究主要是对历史上有无宋江其人和宋江是否在梁山泊安营扎寨这两个问题进行讨论。

在《水浒传》研究史上，尽管有不少学者对宋江一伙人数的多少、活动地点及是否招安攻打方腊等问题有争论，但均无否定宋江其人的论点。这一时期，以王珏、李殿元为代表的部分学者根据宋江文献诸多矛盾现象，认为宋江史无其人，诸多历史文献的记载均是由小说进入历史的。

1993年王珏发表《从家传墓志之“谀”说到宋江之谜》，文章根据宋江历史文献的诸多矛盾，认为宋江原是一个小说中的角色，他由张叔夜等人的家传而进入《东都事略》等野史，由野史而进入《宋史》，历史上“宋江本无其人”[①]。嗣后，作者在《〈水浒传〉中的悬案》、《水浒大观》两书中再次重申这一观点，断言“宋江其人不是源于《宋史》，恰恰相反，倒是《宋史》中有关宋江的记载是来源于小说。宋江是由小说而入正史的。宋江史无其人”[②]。

何梅琴也认为“历史上并没有宋江等人，他们只是小说中的人物”。作者认为由于宋江等人的故事在民间流传十分广泛，《宋史》的编撰者便

① 王珏：《从家传墓志之“谀”说到宋江之谜》，《文史杂志》1993年第5期。

② 王珏、李殿元：《〈水浒传〉中的悬案》，四川人民出版社1994年版；王珏、李殿元：《水浒大观》，四川人民出版社1996年版。

把传说人物误以为历史人物，写进了正史，因此“宋江是由小说而被写入正史的”①。而杜景华则比较审慎地认为，尽管宋江这个人物被写入《宋史》，但由于对这个人的生卒年代并没有详细的记载，其事迹材料也十分矛盾，因此“对于宋江这个人物的真实性还有待于进一步考查”②。

针对王珏等的否定论，王学泰认为从《东都事略》等的记载来看，这些铁的事实证明了宋江不是一个从“文学到史学”，“把文学作品中的人物当成真人真事”的子虚乌有人物。文章分析了宋江为何“无碑无传无坟无墓”等问题，认为历史上显赫一时而又马上烟消云散的人物很多，宋江当时事闹得并不大，只是名声大而已。宋室南渡后宋江作为文学人物出场也许正说明了宋江本人在抵抗金人的战斗中牺牲了，人们怀念这位草莽中的“忠义人”，才把他的传奇在临安的瓦子里演说起来③。李鲁歌也认为历史上确有宋江其人，这一点可在《折可存墓志铭》、《王师心墓志铭》及其他相当多的历史文献中得到充分证实。在此基础上，作者还考证了历史上方腊和宋江被擒、被杀的具体时间。④ 老夫子也认为宋江在历史上确有其人。⑤

宋江是否据有梁山泊一直都是《水浒传》本事研究的一个老问题，经过王利器等学者的考证，一般学者大多认为历史上的宋江并没有在梁山泊安营扎寨。这一时期大多数学者也基本沿袭传统观点。如《漫说水浒》认为宋江他们横行齐、魏，那就是说他们从山东东部转战到陕西东部横贯四省两千余里的地方，打的是游击战，并没有以梁山为据点。⑥ 宁稼雨也认为梁山的实际地形与《水浒传》的描写有很大出入，不大适合作为长久的起义根据地。⑦ 何梅琴则从史无宋江的前提出发，认为《宋史》中有关宋江的几条材料，没有一条记载宋江曾在梁山泊占山为王，啸聚于此。这说明宋江等人虽然东西转战，有可能到过梁山地区，但并没有结寨于梁山，也没有以此为根据地长期与朝廷作对。他们只是一支流寇队伍，并没

① 何梅琴：《〈水浒传〉之谜》，中州古籍出版社 1998 年版，第 376 页。

② 杜景华：《夜话〈水浒〉》，北京图书馆出版社 1997 年版，第 43 页。

③ 王学泰：《〈水浒〉与江湖》，中国工人出版社 2004 年版，第 4 页。

④ 李鲁歌：《历史上到底有没有宋江——〈水浒传〉研究札记》，《西北大学学报》（哲学社会科学版）1998 年第 3 期。

⑤ 老夫子：《老夫子诠解〈水浒传〉》，中国电影出版社 2007 年版，第 8 页。

⑥ 陈洪、孙勇进：《漫说水浒》，人民文学出版社 2000 年版，第 15 页。

⑦ 宁稼雨：《漫话水浒传》，河北人民出版社 2000 年版，第 330 页

有稳固的根据地。[①] 此外，大塚秀高等也持类似观点[②]。

也有个别学者持论比较审慎，他们强调尽管史料并未明确说明宋江占据梁山泊，但不能够绝对否定二者之间的关系。如佘大平就认为宋江造反的大本营虽然不在梁山，但是他们南北纵横、东西转战的地域之内肯定包括了梁山泊。从这一点来看问题，声言宋江造反与梁山毫无关系就太武断了。[③] 王学泰则强调不能因为宋江造反队伍存在时间短暂而否认他到过山东。他指出，由于“宋江是当时的传奇人物，并有一定的新闻性，为当地绿林豪杰和地方官吏所熟知，冒充者也会不少。即使真的宋江没有到过山东，假宋江也一定到过，再加上自宋神宗以来梁山泊、环城一带就‘多盗’，宋江‘应该’在梁山泊一带活动就成为梁山一带人们的共识”。[④]

与以上论点相反的是一些学者（主要是山东学者）往往认为梁山泊就是宋江起义的根据地。20 世纪 80 年代山东学者朱希江、周谦和王衍用、王学真曾先后撰文，从梁山水泊地理位置等角度说明“它是反抗者铤而走险的理想依托”，从而推导出梁山地区（甚至于说水泊梁山）是宋江义军理想的根据地[⑤]。

90 年代以来，部分山东学者继续对该问题进行研究，如葛成民就认为宋江领导的起义军声势很大，宋徽宗派侯蒙去知东平府（郓州）招抚宋江，可见宋江起义是在当时距东平很近的梁山一带，并以梁山泊为根据地向外出击的。作者还从小说中发生的故事、人物以及饮食文化、语言等多个角度论证了《水浒传》与梁山泊的关系，指出梁山起义军与山东水泊梁山有着鱼水的依存关系，他们生存、发展、壮大在山东水泊梁山的文化根基之上。[⑥] 山东学者丁永林在 2010 年举行的中国梁山天下水浒论坛上宣读了《宋江在梁山刍考》。文章根据《侯蒙传》《折可存墓志》和

---

① 何梅琴：《〈水浒传〉之谜》，中州古籍出版社 1998 年版，第 377 页。

② ［日］大塚秀高：《天书与泰山》，《保定师范专科学校学报》2003 年第 1 期；老夫子：《老夫子诠解〈水浒传〉》，中国电影出版社 2007 年版，第 10 页；李蕊芹、许勇强：《再论宋江起义与梁山泊无关》，《东华理工大学学报》（社会科学版）2010 年第 2 期。

③ 佘大平：《草莽龙蛇话水浒》，华中理工大学出版社 1994 年版，第 27 页。

④ 王学泰：《〈水浒〉与江湖》，中国工人出版社 2004 年版，第 12 页。

⑤ 朱希江、周谦：《〈水浒〉文史辨析》，《水浒争鸣》第 4 辑，长江文艺出版社 1985 年版，第 61—70 页；王衍用、王学真：《北宋梁山地区地理环境探考——兼论宋江据梁山地区的可能性》，《水浒争鸣》第 5 辑，武汉大学出版社 1987 年版，第 118—125 页。

⑥ 葛成民：《〈水浒传〉与梁山泊文化渊源》，《山东社会科学》1998 年第 3 期。

《捕盗偶成》等材料，并结合小说描写内容，认为宋江在政和四年起义，然后转略十郡，四处出击，宣和四年三月接受招安，“旋即复叛”，宋江起义军主要将领即被折可存捕杀，其余部仍固守梁山继续反抗，直到宣和六年被蔡居厚诱降诛杀①。此外汤国梁《〈水浒传〉与梁山泊》等文章亦持此论②。

20世纪50年代王利器曾认为水浒故事中的梁山泊是由三个系统（梁山泊、太行山和南方洪泽湖）构成的，作者将活动在太行山地区忠义人的故事搬到梁山泊，创造了宋江安营扎寨的根据地。③ 这个观点多年来一直作为《水浒传》成书研究的经典论断被广泛引用。山东学者杜贵晨通过对泰山古称“太行山”或“太山”相关文献的梳理，认为以往学者以“太行山梁山泊”之“太行山”为今天的太行山，实属误读。其所谓“太行好汉”的“山林故事”与《水浒传》“太行山系统本”之推想，也基本上是错误的。④ 这其实是从一个方面再次肯定了宋江起义与梁山泊的关系。

宋江是否征讨方腊这个问题从20世纪50年代起就争论不休，一直没有结论。这一时期一些学者继续对该问题进行研究，部分学者认为讨方腊是真实存在的。如李灵年、陈新就通过新发现的《五云赵氏宗谱》卷十八所载李纲《赵忠简公言引录》中宋江为征方腊先锋这一材料，再结合其他正史、野史的记载，认为宋江是参与对方腊作战的主力，在平方腊班师后被捕杀。⑤ 王齐洲也认为宋江在开封接受招安后“便从海州直下苏杭，去镇压方腊起义了”⑥。佘大平也认为历史上的宋江是“投降了朝廷，并且替朝廷打了方腊”⑦。

但是不少学者却认为征方腊未必是史实。徐规针对李灵年、陈新的文章，从“《言引录》的主人公赵期”“赵奉请李纲撰文事”和“其他有

---

① 丁永林：《宋江在梁山刍考》，http://blog.sina.com.cn/s/blog_4d2bc0c90100i374.html。

② 汤国梁：《〈水浒传〉与梁山泊》，《水浒争鸣》第6辑，光明日报出版社2001年版，第20页。

③ 王利器：《施耐庵是怎样创造梁山泊的》，《文学遗产》1954年8月15日第16期。

④ 杜贵晨：《试说泰山别称“太行山”——兼及若干小说戏曲之误读》，《文学遗产》2010年第6期。

⑤ 李灵年、陈新：《宋江征方腊新证》，《文学遗产》1994年第3期。

⑥ 王齐洲：《历史上的宋江起义不是农民起义》，《荆州师范专科学校学报》1991年第6期。

⑦ 佘大平：《草莽龙蛇话水浒》，华中理工大学出版社1994年版，第183页。

违史实和宋朝官制之例”三方面进行考证，认为所谓李纲撰写的《赵忠简公言引录》，当属不熟悉宋事的后人所伪托，故谬误迭见，毫无文献价值①。杜景华则认为包括三打祝家庄、两赢童贯、三败高俅和讨方腊这些故事都是凭人们想象创造出来的，“宋江就根本不可能参加什么讨方腊”②。

有的研究者认为征讨方腊是作者参考朱元璋讨伐张士诚的历史改编的。马成生指出，《水浒传》“征方腊”中的地理描述在北宋宋江和方腊起义历史中都没有任何根据，其路线与明初朱元璋将领征伐张士诚非常相似。因此作者认为小说作者“把朱元璋派遣众将征伐张士诚的某些事实，作为《水浒传》中赵佶派遣宋江一百零八将‘征方腊’的素材”，表达作者对朱元璋杀戮功臣的愤恨③。张振萍认为根据历史记载，可推断《水浒》中的“宋江征方腊”实乃虚构，但不排除《水浒传》作者在编撰“征方腊”细节之时，以历史事件为框架，参照了朱元璋征张士诚的某些历史史实。《水浒传》中“征方腊”的某些细节也与历史中的朱元璋征张士诚非常相似，从某一方面支撑了这种设想。④ 陈洪等也认为《水浒传》中征方腊之役“实际上就是历史中朱元璋征讨张士诚战争的翻版”⑤。

二　成书过程研究

本时期成书过程的研究成果丰硕，主要表现为侯会和马成生、曹晋杰等学者对《水浒传》与宋明历史史实、人物之间关系的研究。

首先是《水浒传》与钟相杨幺起义。侯会将历史材料与小说描写对比，从起义地点（水乡泽国）、规模（十万人）、人员组成（基本群众为农夫渔夫，领导层复杂）、领导者（上百人，最高领导层几经更迭）、起义时间（长达数年）、统治者镇压（多次围剿失败）、招安和起义结局等八个方面进行详尽分析，认为历史上的宋江起义“并不符合小说以水为特征的斗争模式”，历史上“钟相、杨幺发起领导的洞庭湖农民大起义，

① 徐规：《取证族谱必须审慎——对〈宋江征方腊新证〉一文的意见》，《文献》1995年第4期。

② 杜景华：《夜话水浒》，北京图书馆出版社1997年版，第47页。

③ 马成生：《水浒试笔集》，团结出版社1990年版，第16—17页。

④ 张振萍：《论〈水浒传〉之“宋江征方腊”》，《湖州师院学报》2007年第5期。

⑤ 陈洪、孙勇进：《漫说水浒》，人民文学出版社2000年版，第19页。

几乎符合以上全部条件”①。

例如在梁山泊原型问题上，侯会认为元代杂剧作家所说的八百里水泊乃是夸饰之词，“宋元明诸朝，梁山泊水势从未达到八百里之广；而组织严密、水寨坚牢的义军根据地，在梁山泊历史上也迄无所见”。梁山泊水寨的蓝图是借鉴的洞庭湖起义。在梁山义军队伍规模问题上，作者认为历史上的宋江只是“游击小分队”，“显然不是小说的主要原型，只有洞庭湖起义，才堪与小说中的描写相匹配”。

侯会关于《水浒传》与洞庭湖起义关系的分析角度新颖，材料翔实，逻辑严密，考证精审，是这一时期关于《水浒传》源流研究的代表性成果。

其次是《水浒传》与征讨张士诚。马成生考察了“征方腊”中关于杭州、睦州和青溪三大战役的地理问题，发现《水浒传》“征方腊”中自润州而常州、自苏州而湖州等地理描述，在北宋的宋江和方腊起义历史中都没有任何根据，而在明初，恰恰有朱元璋派遣众多将领在上述地区征伐张士诚的事实。因此作者认为《水浒传》作者“因事立题”，就近取材，把朱元璋遣将征伐张士诚的某些事迹作为《水浒传》“征方腊”的素材了②。

皋古华、曹晋杰对这个问题进行了比较深入的研究。他们认为：小说中描写的梁山泊其实就是以张士诚屯兵的兴化小阳山与得胜湖作为原型而创造出来的；北宋末年农民起义斗争形势的描写与元朝末年张士诚起义前后的形势基本相似；宋江上梁山后的主要故事情节与张士诚起义的过程十分相似；书中塑造的一些人物形象有不少是直接取材于张士诚的起义队伍；书中的文学语言有不少采自张士诚起义地盐城、兴化一带的民间方言口语；施耐庵与张士诚起义军具有多种联系，他在“水浒”故事的基础上结合亲见亲闻的张士诚起义和其他许多故事，写成了《水浒传》。因此《水浒传》“虽然写的是北宋末年宋江在梁山泊聚义的故事，但实际上却

---

① 侯会：《〈水浒〉源流新证》，华文出版社 2002 年版，第 17—18 页。又作者早在《〈水浒〉源流新探》（《文学遗产》1992 年第 6 期）一文中就提出晁盖形象其实来源于历史上洞庭起义的钟相，该文又收入作者《〈水浒〉〈西游〉探源》（学苑出版社 2009 年版）一书中。

② 马成生：《水浒试笔集》，团结出版社 1990 年版，第 14 页。

是反映了元末农民大起义特别是张士诚领导盐民起义的社会现实"[①]。

此外孟繁仁、张振萍、陈洪等研究者也有类似的观点。[②]

除了以上比较具有代表性的观点外，这一时期还有部分学者也从各个角度对《水浒传》成书问题进行了探讨。

侯会除了对梁山泊与洞庭湖起义关系进行系统的论证外，还对《水浒传》成书过程中的许多问题进行了讨论。如在《夷坚志》与《水浒传》的关系方面，鲁迅和孙楷第均有涉及，侯会经过研究认为小说利用《夷坚志》的材料有20多则。在小说人物渊源上，侯会认为鲁智深形象最初大概受到五台山杨五郎的启发，并借鉴《西厢记》发聪和尚以及《夷坚志》等材料。此外作者还从"误走妖魔"的寓言、天降石碣和憎女心态等角度考察了小说与宋元摩尼教的关系[③]。

大塚秀高考察了小说成书之前以《宣和遗事》为代表的说唱文艺时期的水浒故事，参照《杨家将演义》等书，认为晁盖与宋江之间的交替过程影射了宋太祖传位太宗的烛影斧声之疑，九天玄女降天书与泰山还愿是对宋真宗泰山封禅的大胆影射。[④]

杭州与《水浒传》有着密切的关系，这一时期不少学者对二者的关系进行了研究。应守岩从"杭州是水浒故事的温床""杭州是《水浒传》的摇篮""杭州是水浒作者的产房"三方面分析了小说与杭州的关系[⑤]。马成生教授专著《杭州与水浒》第三章从"杭州是水浒故事孕育与发展的最重要地方""杭州是《水浒传》作者长期生活的地方"两个方面具

---

① 皋古华、曹晋杰：《〈水浒传〉与张士诚起义——〈水浒〉杂考之一》，《水浒争鸣》第6辑，光明日报出版社2001年版，第38—49页。

② 孟繁仁：《"许贯忠"是罗贯中的虚象》，载《晋阳学刊》1990年第4期；张振萍：《论〈水浒传〉之"宋江征方腊"》，载《湖州师院学报》2007年第5期；陈洪、孙勇进：《漫说水浒》，人民文学出版社2000年版，第19页；洪长寿等：《〈水浒〉"宋江征方腊"是大明兵打张士诚的历史移植》，《水浒研究与欣赏》第4辑，浙江水浒研究会编，1995年版（内部刊物），第200页。

③ 侯会：《〈夷坚志〉中的〈水浒传〉素材》，载《明清小说研究》1999年第2期；《鲁智深形象源流考》，载《首都师范大学学报》1996年第2期；《疑〈水浒传〉与摩尼教信仰有关》，载《中国古代小说研究》第1辑，人民文学出版社2005年版。又以上诸文又收入作者《〈水浒〉〈西游〉探源》（学苑出版社2009年版）一书中。

④ ［日］大塚秀高：《天书与泰山》，载《保定师范专科学校学报》2003年第1期。

⑤ 应守岩：《杭州孕育了〈水浒〉》，《水浒争鸣》第11辑，中央文献出版社2009年版，第638页。

体详尽地阐释了杭州与水浒的关系，堪称这方面的代表作①。此外杨子华还从小说所反映的杭州地方文化的角度探讨了这个问题。②

三 成书时间研究

《水浒传》成书时间研究历来是“水浒学”的重点，在20世纪90年代末期更成为《水浒传》研究史上最突出的亮点。这首先表现在大量文章的发表，据笔者的不完全统计，这一时期关于《水浒传》成书时间的论文有43篇，约占这一时期成书研究论著的一半。其次是论文质量高，研究成果显著，尤其是以石昌渝为代表的嘉靖说通过论争，几有取代传统元末明初说之势。

（一）关于嘉靖说的论争

1999年石昌渝发表《从朴刀杆棒到子母炮——〈水浒传〉成书研究之一》，引发了90年代末期至21世纪初《水浒传》研究史上一场学术大论争。在这次论争中，持嘉靖说的学者主要有石昌渝、王齐洲、王丽娟和侯会等；反方主要有沈伯俊、萧相恺、苗怀明和张培锋等学者，相关文章有20多篇。这次学术论争主要围绕外证（小说传播文献的考辨）和内证（小说名物和内容的考证）两方面从以下十个角度进行讨论，其主要观点如下。

首先是关于小说传播文献的考辨。这部分主要是通过对《水浒传》相关传播文献的考证辨析，以确定《水浒传》的成书时间。

①关于《七修类稿》等《水浒传》著录材料。目前较早著录《水浒传》的文献是嘉靖及以后的材料，如《百川书志》《七修类稿》等。石昌渝认为“这些嘉靖万历年间的种种相互矛盾的说法，都只是说说而已，并无一说曾有缜密的论证”，因此不可以采信③。崔茂新则认为这些互相矛盾的说法正说明《水浒传》的成书绝对不是眼前发生的事；而他们关于版本问题言之凿凿正说明那一时代的文人对《水浒传》的所有当下事是了然于心且乐意谈论的。因此可以确定无疑地说，“《水浒传》成书于

① 马成生：《杭州与水浒》，中央文献出版社2009年版。

② 详见杨子华《〈水浒〉所反映的宋元杭州酒文化》（《菏泽学院学报》2006年第4期）、《〈水浒〉与宋元杭州的茶文化》（《郧阳师范高等专科学校学报》2008年第2期）等文。

③ 石昌渝：《〈水浒传〉成书年代问题再答客难》，《文学遗产》2007年第5期。

嘉靖年初年”是一个彻头彻尾的谬论和伪判断①。

②关于朱有燉杂剧与《水浒传》的关系。侯会认为朱有燉时代《水浒传》还没有定稿，艺术水平不高，故朱氏在创作杂剧时没有依傍小说，杂剧问世后今本《水浒传》的作者吸收了朱剧的内容，因此今本《水浒传》成书时间不应早于15世纪中叶。② 石昌渝也根据朱剧以《宣和遗事》和元杂剧等为题材，其人物、故事和意境与《水浒传》相距甚远的情况，认为朱有燉杂剧中没有《水浒传》的影响，而《水浒传》却吸纳了朱有燉杂剧的元素，因此所谓《水浒传》成书于元末明初之说不能成立。③ 崔茂新认为不能因为水浒戏和水浒人物叶子与《水浒传》情节及人物的不同，就遽断朱有燉和陆容不知道有《水浒传》存在。从南宋到明朝中期，宋江等绿林好汉的故事和传闻一直是人人皆可发挥其创造性文学想象的公共叙事母题，由于意识形态倾向和艺术视野及境界的差异，决不会因《水浒传》已经存在，就必定使所有试图借这一公共叙事母题自我呈显的人都放弃独出心裁的个人创造而趋于一统。④

③关于文徵明小楷古本《水浒传》。对于张丑《清河书画舫》和《真迹日录》记载文徵明手书小楷古本《水浒传》这则材料，萧相恺、苗怀明通过分析，认为其抄录的时间“最有可能是在文徵明二十岁至三十岁之间，亦即弘治二年己酉至弘治十二年己未（1489—1499）之间……《水浒传》一书，应当在弘治以前，最迟也应当在正德末年之前就已在社会上广为流传”⑤。石昌渝则认为张丑的作品是嘉靖以后的文献，“即使张丑所记无误，即便肯定文徵明精抄古本《水浒传》是在正德末年之前，也不能证明百卷本《水浒传》在嘉靖前已在社会上广为流传，因为既称‘古本《水浒传》’，显然不同于当时流行的百卷本《水浒传》。”⑥ 王齐洲则认为张丑所著录的古本《水浒》在万历年间流传过，但其书写时间是

① 崔茂新：《论〈水浒传〉成书于嘉靖初年说之不成立——就教于石昌渝先生》，《菏泽学院学报》2006年第3期。

② 侯会：《后来居上的水浒人物——公孙胜》，《文学遗产》2000年第5期。

③ 石昌渝：《明初朱有燉二种“偷儿传奇”与〈水浒传〉成书》，《文学遗产》2009年第5期。

④ 崔茂新：《论〈水浒传〉成书于嘉靖初年说之不成立——就教于石昌渝先生》，《菏泽学院学报》2006年第3期。

⑤ 萧相恺、苗怀明：《〈水浒传〉成书于嘉靖说辨证——与石昌渝先生商榷》，《文学遗产》2007年第5期。

⑥ 石昌渝：《〈水浒传〉成书年代问题再答客难》，《文学遗产》2007年第5期。

在嘉靖五年以后，由于文徵明赋闲家居33年，晚年仍能书写蝇头小楷，故这一时段的任何时期他都可能用小楷书写《水浒传》。因此这一信息就《水浒传》的早期传播而言意义有限①。

④关于《故相国石斋杨公墓表》所记《水浒传》传播史料。《故相国石斋杨公墓表》记载正德五年“刘七等《水浒传》宋江赦者”，于是萧相恺、苗怀明据此认为“至少正德七年以前《水浒传》一书已经在社会上流传”②。石昌渝认为《墓表》不是嘉靖以前的文献，《水浒传》写“燕青月夜遇道君”这段情节正是“根据刘七等人的素材创作出来的，而决不是刘七模仿《水浒传》”③。王丽娟、王齐洲则抛开个别字词的纠缠，通过对熊过生平、《墓表》撰写目的、材料来源、成文时间等的考察分析，结合熊过与杨慎的交往以及他们与《水浒传》的关系，认为《墓表》作于嘉靖三十八年至隆庆元年之间，并非采自嘉靖之前的原始材料，而是熊过自己对刘七事件的理解或说明，因此“这则材料并不能成为正德七年前《水浒传》已经成书并在社会上流传的证据，更非‘铁证’”④。

⑤关于《戏瑕》所记《水浒传》传播史料。钱希言《戏瑕》记载文徵明等人听人说《水浒传》材料常为研究者所征引，但解读各有不同。石昌渝从“宋江”与“水浒”的区别入手，认为文徵明听人说“宋江”说明当时《水浒传》“尚未成书，当时讲说宋江很吸引听众，已接近于成书”，而文徵明有暇日听人说书“一定是正德末年入翰林院之后”，因为“白衣本来就是闲人，无所谓‘暇日’”，因此《水浒传》自然不会成书于元末明初了⑤。萧相恺、苗怀明则举例认为“《水浒传》成书之后，称《水浒传》为《宋江》的依然大有人在”，而依据所谓的“暇日”判断其时间在正德末之后也不准确⑥。王丽娟、王齐洲考证出“功父”即钱允治

① 王齐洲：《论〈水浒传〉的早期传播——以张丑著录文征明小楷古本〈水浒传〉为中心》，《社会科学研究》2010年第3期。

② 萧相恺、苗怀明：《〈水浒传〉成书于嘉靖说辨证——与石昌渝先生商榷》，《文学遗产》2007年第5期。

③ 石昌渝：《〈水浒传〉成书年代问题再答客难》，《文学遗产》2007年第5期。

④ 王丽娟、王齐洲：《〈水浒传〉早期传播史料辨析——以〈南沙先生文集·故相国石斋杨公墓表〉为中心》，《中山大学学报》2010年第5期。

⑤ 石昌渝：《从朴刀杆棒到子母炮——〈水浒传〉成书研究之一》，《文学遗产》1999年第2期。

⑥ 萧相恺、苗怀明：《〈水浒传〉成书于嘉靖说辨证——与石昌渝先生商榷》，《文学遗产》2007年第5期。

出生于嘉靖十一年，因此他和文徵明“听人说宋江”的时间只能在嘉靖十一年之后，而这时《水浒传》已广泛传播，因此这条史料不能证明嘉靖以前《水浒传》在社会上流传过。联系万历年间“文徵明小楷古本《水浒传》”，二者相互参证，反而更增加了文徵明晚年抄录《水浒传》的可能性①。

综观学者对小说传播史料的考辨，我们认为正方对文徵明古本小楷、《墓表》和《戏瑕》等几则材料的考证，因为持之有故、逻辑严密，故而论断精审，说服力强。但正方对《七修类稿》等早期著录材料的反驳和反方对朱有燉杂剧的分析均臆测居多，实证者少，说服力不足。在没有发现更有力的材料之前，既不应轻易否认《七修类稿》等早期著录材料的价值；也不宜忽视朱有燉水浒杂剧在厘定小说成书时间上的重要作用。

其次是对小说名物和内容的考辨。这部分主要是通过小说中名物出现的历史时间及小说具体内容与现实社会之间的关系进行考辨，以确定《水浒传》是否成书于嘉靖年间。

①关于朴刀与腰刀的考辨。石昌渝认为朴刀是民间打斗用器械，由于元朝对兵器严厉禁管，明初人对朴刀的认识就有了隔膜。《水浒传》对朴刀的认识较元杂剧和明初杂剧有明显偏差，说明它的写作时间要晚于它们②。陈松柏认为朴刀、杆棒都是兵器，朴刀并非农具的畲刀，元朝政府禁止民间藏有兵器这种官样文章没人去贯彻落实，因此不会存在认识的模糊，故而《水浒传》中的官军和正规战争的将领使用朴刀不是对朴刀认识的模糊，而是从反面证明了朴刀就是兵器③。

关于腰刀，石昌渝在多篇文章中认为腰刀是明朝的产物，在嘉靖年间成熟和普及，《水浒传》中频频出现而与朴刀并举说明小说成书时间不在元代，甚至不在明初，而在靠近戚继光的时代④。张培锋根据元杂剧中材料认为“‘腰刀’与‘环刀’只是称呼不同，元代早已普遍使用”，“至晚在南宋时期，腰刀就已经是一种常见的兵器，在军队中使用量很大，相

① 王齐洲、王丽娟：《钱希言〈戏瑕〉所记〈水浒传〉传播史料辨析》，《北京师范大学学报》2010年第4期。

② 石昌渝：《从朴刀杆棒到子母炮——〈水浒传〉成书研究之一》，《文学遗产》1999年第2期。

③ 陈松柏：《朴刀杆棒子母炮辨疑》，《中国文学研究》2000年第2期。

④ 石昌渝：《从朴刀杆棒到子母炮——〈水浒传〉成书研究之一》，《文学遗产》1999年第2期。

当普及"[①]。萧相恺、苗怀明认为，"腰刀连用作为名词，最迟也在南北朝时就已出现"，"到宋代，腰刀更是一种常用的战争武器了"[②]。针对这些反驳意见，石先生认为反对者引用的元曲是明人修改的本子，不足为据；名物的考证必须注意"名"与"实"的关系，《水浒传》的"腰刀"是一种普遍使用的特定刀器，从南北朝到宋元金近千年的文献中搜索到数条"腰刀"的记载，是不足以证明那"腰刀"在当时已成为一种普遍使用的特定兵器的。彼"腰刀"非此"腰刀"[③]。

②关于土兵的考辨。石昌渝认为《水浒传》中出现的"土兵""形同皂隶"和被"私役"的情况只能出现在明朝中期以后，因此《水浒传》的写成不会早于弘治时期[④]。张培锋认为自宋至明一直有土兵，但形态多样更替复杂，且"战时"和"平时"的职能有所区别。《水浒传》所描写的土兵当属"平时"的状态，隶属于州县，确实"形同皂隶"，但这一点丝毫不能证明必定属于明代正德年间以后的情形，用来判断《水浒传》的创作年代证据不足[⑤]。萧相恺、苗怀明也认为明代成化之前土兵之制也依然存在，而且有时在边境地区的平叛剿匪战争中仍是一支重要的力量；成化以后的土兵也并未都沦为舆皂[⑥]。石昌渝则认为南宋土兵是国家兵制中的正规作战部队，不可与《水浒传》中分散隶属于县衙之"土兵"混为一谈。宋代土兵中确有"私役"现象，那也是发生在军营之中，而非到寻常百姓如潘金莲家去干家务。反驳者所提供的关于明朝土兵的材料乃是将西南土司所辖之兵说成是中央政府编制内、驻扎在中原地区的"土兵"，因此不能够驳倒他的论断[⑦]。萧、苗二人则认为，"土兵"问题的关键在于《水浒传》描写的土兵与宋代土兵是否有共同点，如若有则不能证明《水浒传》一定出于成化以后。《水浒传》中写到的都头、土兵是宋

① 张培锋：《关于〈水浒传〉成书时间的几个"内证"考辨——与石昌渝先生商榷》，《贵州大学学报》2004年第2期。

② 萧相恺、苗怀明：《〈水浒传〉成书于嘉靖说辨证——与石昌渝先生商榷》，《文学遗产》2007年第5期。

③ 石昌渝：《〈水浒传〉成书年代问题再答客难》，《文学遗产》2007年第5期。

④ 石昌渝：《〈水浒传〉成书于嘉靖初年考》，《上海师范大学学报》2001年第5期。

⑤ 张培锋：《关于〈水浒传〉成书时间的几个"内证"考辨——与石昌渝先生商榷》，《贵州大学学报》2004年第2期。

⑥ 萧相恺、苗怀明：《〈水浒传〉成书于嘉靖说辨证——与石昌渝先生商榷》，《文学遗产》2007年第5期。

⑦ 石昌渝：《〈水浒传〉成书年代问题再答客难》，《文学遗产》2007年第5期。

元兵制的一种反映，因此石昌渝的观点不能够成立①。

③关于白银的考辨。石昌渝认为《水浒传》写人们在商品买卖中广泛使用白银，这种情况不可能发生在正统之前，很可能在弘治正德以后②。沈伯俊先生从宋元小说话本、宋元讲史话本、永乐大典、明初文言小说和元代戏曲中货币的使用几个方面列举了大量文献，证明在元代至明初“人们在日常生活和交易中使用的货币是多元化的，白银、铜钱、纸币都有，而白银的使用则明显地居于主导地位。”因此企图以白银的使用来证明《水浒传》成书于嘉靖初年未必可靠，反之却可以成为《水浒传》成书于元末明初的重要依据③。萧相恺、张培锋等也持类似的观点。

④关于子母炮的考辨。石昌渝从火器发展史的角度认为《水浒传》中凌振的子母炮就是正德末年出现的佛郎机，它开始制造和装备军队在嘉靖初，因此《水浒传》写作的时间上限不可能早于正德末年④。对此，陈松柏、张培锋和萧相恺、苗怀明等均在文章中进行反驳，主要集中在两方面：一是《水浒传》中的子母炮是否是虚构。反对者均认为所谓的子母炮很可能是虚构的产物，张培锋甚至认为“这不仅是一个单纯资料考证的问题，更是一个思维方式的问题，即：我们是否允许和承认一个小说家可以超越他的‘生活经验’和时代环境虚构出一些东西来？如果石先生对此持完全否定的态度，那么再争论下去就完全没有必要”⑤。二是《水浒传》中的子母炮是否就是佛郎机，陈松柏认为石文所引的材料并没有明确说明子母炮就是佛郎机，小说中的“子母炮”与明中叶的“佛郎机”无关，仅是《水浒传》作者简单想象的产物⑥。萧苗二人从子母炮的结构功能进行分析，认为子母炮与佛郎机完全不同，它不过是一种相当简单的火器，不必等到嘉靖时期才制造出来，而是即将被淘汰的落后武器⑦。

---

① 萧相恺、苗怀明：《〈水浒传〉成书于嘉靖说再辨证——石昌渝先生〈答客难〉评议》，《文学遗产》2008年第6期。

② 石昌渝：《〈水浒传〉成书于嘉靖初年考》，《上海师范大学学报》2001年第5期。

③ 沈伯俊：《文学史料的归纳与解读——元代至明初小说和戏曲中白银的使用》，《文艺研究》2005年第1期。

④ 石昌渝：《从朴刀杆棒到子母炮——〈水浒传〉成书研究之一》，《文学遗产》1999年第2期。

⑤ 张培锋：《〈水浒传〉成书于嘉靖初年说再质疑》，《贵州大学学报》2005年第4期。

⑥ 陈松柏：《朴刀杆棒子母炮辨疑》，《中国文学研究》2000年第2期。

⑦ 萧相恺、苗怀明：《〈水浒传〉成书于嘉靖说辨证——与石昌渝先生商榷》，《文学遗产》2007年第5期。

⑤关于小说内容与社会历史环境的关系。石昌渝从林冲与高俅这对人物形象的演变入手，认为二人是《水浒传》作者独具匠心的创造，其时代背景与元末时代环境“明显的难以契合”，而与正德时刘瑾阉党专权、农民起义威逼北京的时代背景很相似，《水浒传》作者在塑造高俅这样一个头号贪官奸臣的时候“自觉或不自觉地吸纳了这类人物原型的某些元素”①。侯会认为在早期“水浒”故事中公孙胜是个默默无闻的小角色，没有证据表明他曾是宗教人物。公孙胜面貌的改变及地位的提高，应是在《水浒传》的写定阶段完成的。他根据朱有燉杂剧和嘉靖时期崇道之风的特点，认为公孙胜的“变脸”及“拔高”应在嘉靖时期，即《水浒传》的问世很可能是嘉靖年间②。

除了人物形象外，学者还从《水浒传》的情节内容与时代环境的关系上考证小说成书于嘉靖年间。石昌渝认为《水浒传》的故事情节和主题思想与元末明初的历史环境有明显隔膜。《水浒传》写梁山聚义与元末历史实景对不上号，此外元末农民起义之群雄无不称王称帝，《水浒传》只反贪官不反皇帝的政治主张在元末农民起义中找不到根据③。王丽娟《〈水浒传〉成书时间新证》也持类似的观点④。

有趣的是同样的思路得出的结论却大相径庭。崔茂新从“宋遗民情结”、“弥漫于全书的匪气、酒气、民气与无法无天之气”和“元明时期水浒戏情调旨趣的嬗变演进轨迹”三个角度分析，认为《水浒传》只能是元代尤其是元代中叶之总体时代特征的写照，而绝对不可能会是嘉靖初年或曰明朝中期之时代特征的写照，因此可以断言“嘉靖”说根本不能成立⑤。

总的来看，我们认为关于朴刀经过讨论应该没有异议，宋元小说戏曲中大量白银的使用说明通过货币尚不能够证明《水浒传》的成书时间。至于腰刀、土兵和子母炮，关键是要解决历史上的腰刀、土兵和佛郎机是否就是《水浒传》中的腰刀、土兵和子母炮，目前来看这还需要进一步

---

① 石昌渝：《林冲与高俅——〈水浒传〉成书研究》，《文学评论》2003 年第 4 期。

② 侯会：《后来居上的水浒人物——公孙胜》，《文学遗产》2000 年第 5 期。

③ 石昌渝：《〈水浒传〉成书在元末明初，还是在嘉靖初年》，《中华读书报》2007 年 11 月 21 日（01）。

④ 王丽娟：《〈水浒传〉成书时间新证》，《湖北大学学报》2001 年第 1 期。

⑤ 崔茂新：《论〈水浒传〉成书于嘉靖初年说之不成立——就教于石昌渝先生》，《菏泽学院学报》2006 年第 3 期。

的论证，但其思路无疑是非常具有启迪意义的。

世纪之交的嘉靖说大论争是继80年代施耐庵热之后《水浒传》研究史上又一次大的学术论争。这次论争参与人员之广泛，文章数量之多、质量之高均是近年来古代小说研究史上罕见的。总的来看，这次论争具有这样几个特点：

首先是研究成果丰硕。尽管这次论争还不能够完全推翻元末明初说，但却将80年代以张国光为代表的嘉靖说向前大大推进了一步，对《水浒传》成书研究这个世纪难题的最终解决做出了贡献。这次论争摒弃了以前一些难以操作的论证角度（如从小说发展史的角度，或从文学作品风格角度），实证性增强；另外在对一些文献的挖掘和解读方面也较80年代进一步深入细致，如对《戏瑕》和《墓表》中相关材料的考证。

其次是研究方法的拓展。这次论争中学者除了运用文学的研究方法外（如《林冲与高俅》），历史研究方法也被大量引入，传统考据法的娴熟运用在这次论争中结出了累累硕果。此外王齐洲、王丽娟等学者运用传播学方法解读旧有文献，为小说成书研究开启了一条新的路径。

最后还值得一提的是在这次大论争中，尽管参与的学者众多，不少人的学术地位也颇高，但面对尖锐的批评和商榷，无一例外地表现出虚怀若谷的端正学风和友好的学术批评态度。这对当下一团和气的文学批评现状无疑具有良好的导向作用。

当然，这次论争也暴露出了一些问题。如在逻辑的必然性与事实的可能性之间，究竟如何选择？朱有燉水浒杂剧是元末明初说的重要障碍，反对者认为朱氏杂剧以《宣和遗事》为蓝本并不能说明那时没有《水浒传》，因为戏曲创作未必一定以小说为蓝本。从逻辑上分析这句话自然是成立的，但从戏曲史来看，小说成书后的戏曲创作往往以小说基本情节为框架，这可以说是常识。那么朱有燉时代《水浒传》已经成书的可能性又有多大呢？同样的思维方式在《录鬼簿续编》罗贯中材料和兴化施耐庵史料上也出现过。我们认为在类似问题上必须坚持文献为主，逻辑推论为辅，在没有更新、更有力的材料被发掘之前，应该坚持有一分材料说一分话的原则。

（二）元末明初说

元末明初说几十年来一直居于主导地位，但在这一时期却遭受到前所未有的挑战。尽管如此，也有一些学者还撰文坚持此说。冯宝善根据诸宫调发展的历史，认为《水浒传》具体细致地描写诸宫调说唱，表明其作者最晚也不过是由元入明者，因此小说创作时间下限最晚在明初数年间，而绝不可能更晚。① 周腊生从小说单薄的斯文气和元曲词语的使用入手进行考察，认为小说成书时间当为元代，其作者当为未曾进过科场的下层人士。② 张颖、陈速考察了明代《水浒传》相关文献和小说地名，认为“罗贯中编次”本《忠义水浒传》始写于元至正末，终编于明洪武初，罗氏《水浒传》全书成于元末明初。③

（三）明初说

与传统元末明初说比较接近的是明初说。这一时期持明初说的学者比较多。如马成生研究征方腊的行军路线，认为它是以明初征讨张士诚历史事实为蓝本的，作者根据朱元璋诛杀功臣和封“乌龙山神”事件，推测小说成书时间当在朱元璋封“乌龙山神”之后相当长的时间，流行的成书于“元末明初”说看来是需要重新考虑。④ 后来作者又进一步认为小说创作时间当在洪武十八年（1385）之后。⑤

陈辽从《三国演义》和《水浒传》中斗阵的比较入手，认为《水浒传》产生的年代当在明成祖永乐（1403—1424）期间或以后。刘铭从小说中“折叠纸西川扇子”的流行时间进行考察，推断《水浒传》的成书不可能在元末，其成书上限当不早于明朝初期的永乐年间，即不会在1403年之前。颜廷亮考察了暹罗国的由来及火药局设立的时间，认为《水浒传》成书时代的上限定格在明代永乐初年。⑥

（四）明中叶说

新时期李伟时曾经提出《水浒传》成书时间“最早也不得早于成化

① 冯保善：《从白秀英说唱诸宫调谈〈水浒传〉成书的下限》，《南京师范大学文学院学报》2006年第1期。

② 周腊生：《从淡薄的斯文气息看〈水浒〉的作者与成书年代》，《明清小说研究》2006年第4期；《从元曲语词的使用看〈水浒〉的作者与成书年代》，《明清小说研究》2009年第4期。

③ 张颖、陈速：《〈水浒传〉成书元末明初新考》，《黑龙江社会科学》1999年第3期。

④ 马成生：《水浒试笔集》，团结出版社1990年版，第21、47页。

⑤ 马成生：《〈水浒传〉作者及成书年代论争述评》，《中华文化论坛》2001年第1期。

⑥ 陈辽：《从斗阵辨〈三国〉〈水浒〉何者在先》，《常州教育学院学报》1995年第1期；刘铭：《从林冲的“折叠纸西川扇子”看〈水浒传〉的成书年代》，《明清小说研究》2009年第4期；颜廷亮：《两位英雄结局对〈水浒传〉成书时代的有限界定》，《菏泽学院学报》2010年第6期。

前期”，这一时期作者继续对该问题进行研究。他根据画家杜堇生活年代，考察《水浒人物全图》创作时间至多不过正德六七年，而《水浒传》小说的产生最晚也不得晚于弘治末正德初，即《水浒传》产生于明弘治初到正德初这二十年间①，并认为《水浒传》成书于明朝中叶可以定论。《水浒传》的作者为明朝中叶东平人罗本字贯中，他与元代戏曲作家罗贯中是不同时代的两个人。②

王平考察了灵官之名及其事迹、信仰，发现这些记载都大量出现于明永乐年间之后，因此作者认为就小说中灵官殿这一描写来看，《水浒传》成书似更符合明代弘治年间的情形。③ 刘洪强从《水浒》引用唐伯虎遗诗“骏马却驮痴汉走，美妻常伴拙夫眠”的情况，根据唐伯虎的生卒年，推断小说成书上限在1488—1523年之间。④ 郭万金根据小说中解腕尖刀、三尖两刃刀、兖刀等首见于明初，通行于明中叶和当铺在明初被官方禁止的事实，认为《水浒》的成书时间或不在元代，而可能是明初至中叶。⑤

四　水浒戏与成书关系研究

从胡适、鲁迅开始，水浒戏历来被多数研究者认为是水浒故事发展链条上不可或缺的一环，80年代中期曲家源提出水浒戏并非《水浒传》的来源。这一时期，他在其专著中再次重申这一观点，认为“在整个水浒艺术发展的历史上，元代水浒杂剧和明初长篇小说《水浒传》是并生于水浒说话这株民间艺术之树上的两枝超绝的花。它们是同根生，但是它们之间却并无前后承继关系。水浒杂剧虽然较《水浒传》产生为早，但它并非后者的来源”⑥。与之类似的是陈松柏，他也提出小说《水浒传》与元末明初水浒杂剧无涉的观点。⑦

① 李伟实：《从杜堇的〈水浒人物全图〉看〈水浒传〉的成书年代》，《社会科学战线》1991年第3期。

② 李伟实：《〈水浒传〉成书于明朝中叶可以定论》，《广东技术师范学院学报》2011年第6期。

③ 王平：《〈水浒传〉“灵官殿”小考——兼及〈水浒传〉成书时间问题》，《辽东学院学报》2010年第1期。

④ 刘洪强：《从唐伯虎一句诗看〈水浒传〉的成书年代——〈水浒传〉成书上限小考》，《明清小说研究》2008年第2期。

⑤ 郭万金：《梁山好汉与刀及酒之关系——兼谈〈水浒传〉之成书年代》，《明清小说研究》2007年第1期。

⑥ 曲家源：《水浒传新论》，中国和平出版社1995年版，第363页。

⑦ 陈松柏：《水浒传源流考论》，人民文学出版社2006年版，第185页。

针对这些论断，齐裕焜认为不要把元代水浒戏看作“水浒话本”之后的一个阶段，小说和戏剧的关系是同生共长，相同的题材或作“说话”，或被编为杂剧，然后作家在吸收了“说话”和戏曲成果的基础上完成了长篇小说的创作。元代水浒戏构建了一个高挂“替天行道”杏黄旗的水浒寨；表现惩恶除霸、“替天行道”的主题；塑造了李逵等人物形象。作家在吸收了传说、说话、杂剧的基础上创作小说《水浒传》，因此水浒戏对小说的贡献不可抹杀。[①] 许勇强、李蕊芹通过比较《宣和遗事》与元代水浒杂剧的异同，认为两者乃同源并生的南北两种不同系统的水浒故事，而非前后继承的关系。明初的《水浒传》主要吸纳了以《宣和遗事》为代表的南派水浒故事，以元代水浒杂剧为代表的北派水浒故事对小说的成书贡献相对较小，故而出现杂剧与《水浒传》 “无关”的假象。[②]

崔茂新认为在“水浒文学”发展史上，元代水浒杂剧把《宣和遗事》“反叛”与“忠义”之间的外在矛盾对立内化为宋江的身世、行迹及性格特征，对《宣和遗事》一带而过的梁山泊及好汉群像从故事情节及思想意蕴方面做了创造性的拓展，还提炼出了“替天行道”这一体现元代下层民众之政治文化理想的哲学理念，这一作品群是中国文学谱系当中一个有着自组织系统的文学现象，是《水浒传》先在诗性结构历时发育过程中有着特殊重要地位的阶段[③]。此外，陈桂声、胡正强等也对水浒戏与《水浒传》的关系进行了探讨[④]。

佘大平对万历年间脉望馆抄校本中保存下来的五种阙名水浒杂剧进行了研究，认为这五种水浒杂剧产生的时间大约与朱有燉的两种杂剧同时或稍有先后。他认为这五种水浒杂剧对《水浒传》成书起了很重要的作用，具体表现为：通过推迟晁盖死亡的时间，让宋江站在与晁盖完全不同的起点上来表现这个人物的忠义思想，突出水浒故事的忠义思想主题；征辽故事的出现为水浒故事的忠义思想做了一次非常了不起的完善和润色的工

① 齐裕焜：《水浒戏的贡献不可抹杀》，《明清小说研究》2009 年第 2 期。

② 许勇强、李蕊芹：《元代水浒杂剧与〈宣和遗事〉关系新论》，《明清小说研究》2014 年第 3 期。

③ 崔茂新：《元代水浒戏与〈水浒传〉诗性结构的先期发育》，《东方论坛》2006 年第 5 期。

④ 陈桂声：《论元代的水浒戏》，《右江民族师专》1994 年第 1—2 期；胡正强、罗时嘉：《戏剧与〈水浒传〉关系论略》，《菏泽师专学报》（社会科学版）1990 年第 2 期。

作；这五种杂剧一方面继承了《宣和遗事》偏重反权奸的主题和元人水浒杂剧偏重于反权豪势要的主题，一方面又将这两个各有侧重的主题糅合在一起，形成了既反权奸也反权豪势要的新主题，从而扩大了水浒故事描写梁山进行反抗斗争的范围，丰富了忠义思想的表现手段。①

此外，佘大平还认为元人水浒杂剧对水浒故事中忠义思想的发展做出了巨大贡献，这主要表现在以下三个方面：第一个方面是元人水浒杂剧中第一次出现了“杏黄旗”和“忠义堂”，这一直是后来水浒故事不可缺少的重要组成部分。第二个方面是推迟晁盖的死亡时间，把领头造反这种与忠义思想发生尖锐矛盾的行为全部移置到晁盖身上，从而塑造宋江完美的忠义形象。第三个方面是以忠义思想为主要性格特征的宋江这一艺术形象有了较大的发展，变得比较充实而丰满了。②

王恒展也认为元代水浒戏对水浒故事有重要影响，具体表现为：水浒戏将水浒英雄从三十六人发展到一百单八人，基本完成了《水浒传》人物形象体系的构建；对宋江起义的故事情节有了进一步的发展；写出了封建时代梁山泊人民的反抗精神，表现了梁山好汉们路见不平、拔刀相助的江湖义气，为《水浒传》的出现奠定了思想基础。③

五　《水浒传》的传播接受研究

进入 20 世纪 90 年代，文学传播与接受研究成为时尚，《水浒传》研究领域也不例外。据不完全统计，近二十年来运用文学传播、接受理论来研究《水浒传》（包括版本图像的传播）和水浒戏的论文有百余篇（含硕士、博士学位论文）。这些文章或从人物形象、或从主题，或从影视等方面考察小说在后世的传播接受情况，大大拓展了《水浒传》研究的视野，取得了比较好的成绩。

在《水浒传》的传播研究方面，许多研究者或从传播时代入手，考察某一时代《水浒传》的传播情况。如王齐洲等具体考察明代嘉靖时期《水浒传》的传播情况，以之论证小说的成书问题。关于这个问题详见本节成书时间部分。王丽娟则对《水浒传》早期传播方式和特点进行了研究，认为早期的传播方式有人际传播、组织传播、娱乐传播和宗教传播，

---

① 佘大平：《明初五种阙名水浒杂剧考论》，《湖北大学学报》（哲学社会科学版）1991 年第 3 期。

② 佘大平：《元人水浒杂剧的忠义思想》，《江汉大学学报》1991 年第 1 期。

③ 王恒展：《梁山泊与〈水浒传〉》，山东文艺出版社 2004 年版，第 81 页。

其中以组织传播和人际传播为主。在小说的传播过程中，形成了以官刻本为先为主和中心扩散型的早期传播特点。[①] 万梦蕊等的硕士论文或从一个时代或者以人物形象传播接受为对象进行研究。[②] 舒媛媛博士以“江湖”与“庙堂”的互动为中心，紧扣《水浒传》传播的时代大环境，对小说400余年的传播情况进行了全面考察。如作者在明代《水浒传》传播问题上，就紧紧抓住遗民心态这个重点具体分析了《水浒后传》等三种续书对小说的传播，考察颇为深入。在近现代传播部分，则注意到“小说革命”、“新文化运动”、抗日战争和新中国成立后的阶级斗争思想对小说传播的重点影响。[③]

也有研究者从传播媒介的角度研究《水浒传》的传播。如王平以历代水浒戏为中心，考察不同时代戏曲舞台艺术对小说的传播情况和传播特点。[④] 段金虎、闫东平等则从当代影视艺术的角度考察《水浒传》的传播情况。[⑤]

从传播地域和特定版本入手考察《水浒传》的传播情况也是本时期小说传播研究的一个方面。如孙伟认为《水浒传》在蒙古族地区流传的过程中，接受者根据蒙古族的审美情趣对原著中的故事情节或人物形象进行了增删改写，注入了大量的蒙古游牧文化精神，使人物形象趋向蒙古化[⑥]。木村淳哉则关注《水浒传》在日本的传播情况，包括小说的刊刻翻译、小说主题思想、人物形象对日本文学艺术的影响等。[⑦] 佘大平、张虹等则呼吁关注金本《水浒传》的传播情况，认为近300年来《水浒传》

---

① 王丽娟：《〈水浒传〉的早期传播》，《华南农业大学学报》（社会科学版）2005年第3期。

② 万梦蕊：《明代〈水浒传〉传播初探》，硕士学位论文，华东师范大学，2006年；杨小娜：《明清时期〈水浒传〉传播研究》，硕士学位论文，扬州大学，2010年；王晓红：《明清时期宋江形象的传播接受研究》，硕士学位论文，西北大学，2010年。

③ 舒媛媛：《水浒故事之流变与传播研究——以“江湖”与“庙堂”的互动为中心》，博士学位论文，苏州大学，2008年。

④ 王平：《“水浒戏”与〈水浒传〉的传播》，《东岳论丛》2005年第6期。

⑤ 段金虎、王新芳：《论二十世纪〈水浒传〉的影视传播》，《河北建筑科技学院学报》2005年第2期；闫东平：《〈水浒传〉的现代传播——以影视水浒为例》，硕士学位论文，武汉大学，2004年。

⑥ 孙伟：《谈〈水浒传〉在蒙古地区的传播状况》，《内蒙古民族大学学报》2011年第4期。

⑦ ［日］木村淳哉：《中国明代四大小说在日本的传播研究》，博士学位论文，复旦大学，2009年。

的文本传播主要是以金本为中心，1949年以后因为各种原因金本被批判，其他版本得以流行。而文学史的书写和学界的研究却忽略了这个问题。①

在《水浒传》的接受研究方面，王丽娟和高日晖、郭冰等年轻学者用力颇勤。如王丽娟《水浒传的早期接受》以郭勋刊刻《水浒传》和李开先创作《宝剑记》为例，认为嘉靖时期特定的社会政治环境导致了当时大多数的《水浒传》接受者认可了小说的忠义观点，开后来《水浒传》忠义说的先河。② 高日晖的博士论文从明代、清代、清末民初、现代和当代四个阶段非常详尽地考察了《水浒传》的接受情况。③ 郭冰的博士论文《明清时期水浒接受研究》则以明清这一段时期的《水浒传》接受为研究对象，具体考察了统治者、文人和民众三种不同类型的接受者对小说的接受情况。④

近二十年从传播接受的视角研究《水浒传》取得了比较大的成绩，尤其是几部硕士、博士论文的撰写，为今后的进一步研究打下了基础。但也要看到，虽然传播接受方法比较新，但研究者也难免存在生搬硬套的现象，这些在今后的研究中都还需要进一步的完善。

总的来看，本时期《水浒传》的成书研究相对新时期而言有很大进步，尤其是在成书源流上，侯会的取材洞庭湖说立论新颖，发前人之所未发，马成生等的征方腊取材征讨张士诚说也很有价值。在成书时间方面，嘉靖说独领风骚，成为本时期《水浒传》研究最突出的亮点，明初说也较上一阶段的论证更为细致深入，而传统的元末明初说几有被颠覆之虞。但在宋江本事和元杂剧与小说关系等老问题上，因为材料的阙如或缺乏对旧材料的深入剖析，基本上没有取得大的进展，大多是重复前人或者权威的旧论。在小说的传播与接受研究方面，由于方法的更新和视角的转换，旧的材料焕发出新的生机，让人耳目一新，但同时生搬硬套西方理论的缺点也在所难免。

---

① 佘大平：《〈水浒传〉传播问题的历史与现状》，《鄂州大学学报》2006年第1期；佘大平：《研究传播史，开创〈水浒〉研究新局面》，《广东技术师范学院学报》2010年第1期；张虹、佘大平：《〈水浒传〉的创作与传播问题》，《水浒争鸣》第8辑，崇文书局2006年版，第1—21页。

② 王丽娟：《〈水浒传〉的早期接受》，《海南大学学报》（人文社会科学版）2006年第2期。

③ 高日晖：《〈水浒传〉接受史》，博士学位论文，复旦大学，2003年。

④ 郭冰：《明清时期“水浒”接受研究》，博士学位论文，浙江大学，2005年。

第三节　近二十年《水浒传》作者研究

相对80年代的施耐庵热而言，近二十年学界对《水浒传》作者的关注度有所下降，大多数论著主要集中在兴化施耐庵与杭州施耐庵之争、罗贯中籍贯及与《水浒传》的关系两个问题上。下面试对近二十年《水浒传》作者研究情况做一简要论述。

一　施耐庵研究

从20世纪20年代开始，有关兴化施耐庵出土文物和传说的论争就一直没有停止，近二十年来许多学者继续对这个问题进行讨论。一部分学者否认施耐庵，认为这是其他作家的托名；有一部分学者尽管也肯定施耐庵的存在，但认为他是杭州人，与兴化的施耐庵无关；还有一部分学者则坚持兴化施彦端就是《水浒传》作者施耐庵。

首先是否定施耐庵。部分研究者对兴化一带出土的文物和施氏族谱的真实性持怀疑态度，认为“王道生的《施耐庵墓志》完全是无中生有、道听途说的闭门造车”，“一些学者根据江苏省大丰县施氏族谱及其他一些伪造材料试图证明元明之际施氏祖先施彦端就是《水浒传》的作者施耐庵，这是不能成功的”，因为“历史上不存在‘施耐庵’其人。‘施耐庵’既非元曲作家施惠，又非《水浒传》的作者，而是《水浒传》的作者为逃避文网虚构出来的人物，是从心胸的激愤情绪中化出来的人物”。《水浒传》的作者是无名氏，这个“无名氏”不是指某一个人，而是千千万万的民众。①

有的学者如杜景华虽然没有否认兴化一带有关施彦端的出土文献的真实性，但却认为这些文献仅仅证明了“在苏北确实有一个施氏大家族，但他们是施彦端的后代，和施耐庵没有什么关系。所有发现的‘施氏族谱’及‘施奉桥地卷’等，都是有根据的，它们对于研究元、明时期的

① 李骞：《谁是〈水浒传〉的作者》，《文学自由谈》2007年第4期；李伟实：《〈水浒传〉成书于元末明初之说不能成立——兼论〈水浒传〉的作者为罗贯中非施耐庵》，《社会科学战线》1993年第6期；王晓家：《〈水浒传〉作者考论》，陕西人民出版社1998年版；王珏、李殿元：《〈水浒传〉中的悬案》，四川人民出版社1994年版。

历史尤其苏北一带的历史，都是有参考价值的；只是它们和《水浒传》的著者施耐庵没有什么关系”①。

还有部分研究者认为施耐庵只是小说撰写者的托名，甚至很可能就是罗贯中的托名。陈松柏认为施耐庵是元末书商在编好《宋江》之后追求名人效应的产物，他们借用《靖康稗史》编者的托名“耐庵”，以施为姓，暗示其以耐庵名号为旗帜，施编纂者名义予耐庵的意思②。俞强认为“施耐庵乃《水浒传》作者之托名应在情理之中。但这个阙疑之人如果要具体落实到郭勋身上，则匪敢苟同”③。顾文若、焦中栋则进一步认为“包括《施氏族谱》、淮安王道生撰《施耐庵墓志》、施家新出土的《施让地券》、《施廷佐墓志铭》、《施氏家簿谱》”等文献存在种种矛盾和疑点，均不能完全成立，到目前为止“还没有一项真实可靠的文物史料可以证明施耐庵为《水浒传》的作者”，“‘施耐庵’是罗贯中的托名，为‘是乃俺’的谐音，这是罗贯中为避文祸，根据杭州风俗做的一个隐语，罗贯中才是《水浒传》唯一可靠的作者”④。

其次是杭州施耐庵说。马成生等杭州学者从80年代开始就坚持认为《水浒传》的作者施耐庵是杭州人，与兴化的施耐庵非一人。马成生具体分析了杨新《故处士施公墓志铭》和王道生的《施耐庵墓志》，认为杨新的墓志铭有明显的“窜改”“窜入”之疑，王道生的墓志更是疑点太多，极可疑为晚近文字，因此其真实性“难以让人承认”。《处士施公廷佐墓志铭》的真实性无可置疑，但其关键的“兵起”以下三个字有七种辨认结论，有的学者完全无视其他六种辨识，只肯定为“播浙遂”，企图以此论证苏北施彦端就是《水浒传》作者“钱塘施耐庵”。马成生认为照目前的情况来看，把苏北兴化施彦端与《水浒传》作者“钱塘施耐庵”“合二为一”实在很难⑤。马成生还从《水浒》中有关北方地理态势、气候物象的实际描写以及语言文字的运用等情况进行考察，认为它不可能出自一个长期研读“四书五经”的进士、“为官”者之手。因此如果苏北施彦端真

---

① 杜景华：《夜话水浒》，北京图书馆出版社1997年版，第203页。

② 陈松柏：《施耐庵之谜别解》，《殷都学刊》2000年第2期。

③ 俞强：《〈水浒传〉作者施耐庵假说》，《水浒争鸣》第10辑，崇文书局2008年版，第313页。

④ 顾文若、焦中栋：《“施耐庵”为罗贯中之托名》，《晋阳学刊》1999年第1期。

⑤ 马成生：《钱塘施耐庵与兴化施彦端难以“合一”》，《水浒争鸣》第11辑，中央文献出版社2009年版。

的是长期研读“四书五经”的进士、“为官”者，就不会写出这样的《水浒传》，所以施彦端不可能是《水浒传》作者[①]。

杨子华从《水浒传》创作的三个阶段、明人关于小说作者籍贯的著录以及《江湖豪客传》一书所具有的30年代武侠小说时代烙印三方面进行论证，认为“施耐庵不仅是‘钱塘人’，而且又是整理、加工并再创作写成《水浒》的书会才人”[②]。此外，应守岩、王益庸还具体探讨了杭州与《水浒传》的关系，认为杭州是水浒作者的产房，《水浒传》经历了杭州说书艺人口头说讲和杭州书会才人书面整理以及作家的再创作三个阶段，《水浒传》是杭州说书艺人的集体创作，书会才人施耐庵、罗贯中乃是最后的整理与审定者。[③]

再次是兴化施耐庵说。这一时期力主兴化施彦端就是《水浒传》作者施耐庵的主要是盐城地方学者如莫其康、浦玉生和张袁祥等。他们以《耐庵学刊》和《水浒争鸣》为主要阵地，围绕施耐庵出土材料和民间传说，详尽论证并具体勾勒了施耐庵生平，编写出了施耐庵年谱，撰写出施耐庵的传记。[④] 综观这些论著的基本材料，尽管仍不出80年代施耐庵大讨论时的范围，但这一阶段的研究明显进一步细化和深入，尤其是结合民间传说等材料，具体勾勒了施耐庵的生平活动，为人们充分了解施耐庵和《水浒传》做出了贡献。当然，部分论著在对民间传说的取舍和运用上也存在片面性，甚至不科学性等问题，因此遭到一些学者的诟病。

二　罗贯中研究

这一时期学界对罗贯中的研究主要包括三方面，一是罗贯中与《水浒传》的关系度，二是罗贯中的籍贯是太原还是东原，三是《水浒传》中人物许贯中是否为罗贯中的自我写照。

首先是罗贯中与《水浒传》的关系度。如前所述，尽管有部分学者

---

① 马成生：《从施彦端的“仕途”论〈水浒传〉的作者》，《杭州师范大学学报》2008年第4期。

② 杨子华：《〈水浒〉的作者是杭州书会才人施耐庵——兼驳〈施耐庵墓志〉、〈施耐庵与水浒〉》，《水浒争鸣》第7辑，武汉出版社2003年版。

③ 参见应守岩《杭州孕育了〈水浒〉》和王益庸《施耐庵笔下的杭州》，《水浒争鸣》第11辑，中央文献出版社2009年版。

④ 刘冬：《施耐庵探考》，南京出版社1992年版；洪东流：《水浒解密》，学林出版社2008年版；浦玉生：《草泽英雄梦：施耐庵传》，作家出版社2013年版；江苏省社科院文学研究所、大丰县（耐庵学刊）编：《施耐庵研究（续编）》，1990年版；大丰县施耐庵研究会：《耐庵学刊》第8—21辑等论著。

如李骞、李殿元等认为施耐庵和罗贯中都是后人的托名，但大多数学者均认为罗贯中是真实存在的，是《三国演义》的作者。但就罗贯中与《水浒传》的关系度问题，学界则颇有分歧。王晓家、李伟实、刁云展和顾文若、焦中栋等认为《水浒传》的真正作者是罗贯中，施耐庵仅仅是罗贯中的托名。王晓家在《〈水浒传〉作者考论》中将《水浒传》与《残唐五代史演义传》《平妖传》《宋太祖龙虎风云会》等进行比较，并结合小说的扬道贬佛倾向、民族意识和乡土观念等，认为施耐庵是《水浒传》作者罗贯中"为逃避文网虚构出来的人物"。顾文若、焦中栋也认为"'施耐庵'是罗贯中的托名，为'是乃俺'的谐音，这是罗贯中为避文祸，根据杭州风俗做的一个隐语，罗贯中才是《水浒传》唯一可靠的作者"①。

欧阳健、陈辽、李永祜、孟繁仁和许多学者则坚持传统的施罗合作说。如陈辽认为"罗贯中创作的简本《水浒》（不是明代出版的《水浒》简本）是施耐庵据以加工、改写、再创造的繁本《水浒》的底本，《水浒》应为罗贯中、施耐庵合著"②。欧阳健则认为"罗贯中协助施耐庵完成《水浒传》，又独立写出《三国志演义》；弱化乃至抹杀罗贯中与施耐庵关系的倾向，对中国小说史研究是非常危险的"③。李永祜、吕乃岩和杨林等学者还具体分析了施罗二人对《水浒传》成书的不同贡献。④

其次是罗贯中籍贯之争。关于罗贯中的籍贯自20世纪以来一直存在着五种说法，其中又以太原说与东原说最引人注目。这一时期山西和山东两地学者继续就此问题进行论争。主张山西说的代表学者是孟繁仁和刘世德、田同旭等学者。孟繁仁根据《录鬼簿续编》、罗氏家谱和小说内证认为罗贯中是山西清徐人，《水浒传》中出现的许贯忠就是作者的自我写照（该说详下）。刘世德认为"'太原'不可能是'东原'的讹误"，并指出

---

① 王晓家：《〈水浒传〉作者考论》，陕西人民出版社1998年版；李伟实：《〈水浒传〉成书于元末明初之说不能成立——兼论〈水浒传〉的作者为罗贯中非施耐庵》，《社会科学战线》1993年第6期；刁云展：《〈水浒传〉的真正作者是山东人罗贯中》，《社会科学辑刊》1990年第6期；顾文若、焦中栋：《"施耐庵"为罗贯中之托名》，《晋阳学刊》1999年第1期。

② 陈辽：《两个罗贯中》，《江苏社会科学》2007年第4期。

③ 欧阳健：《罗贯中研究三题》，《东南大学学报》（哲学社会科学版）2003年第5期。

④ 李永祜：《施耐庵和罗贯中对〈水浒传〉成书的贡献》，《菏泽学院学报》2011年第1期；吕乃岩：《试说罗贯中续〈水浒〉》，《北京大学学报》2008年第2期；杨林：《罗贯中散论》，《海南师院学报》1999年第3期。

《水浒》、《三国志通俗演义》中有三处属于古东平范围内的地理错误，因此罗贯中非东平人[①]。田同旭指出传统观点认为庸愚子序误将“太原”讹写为“东原”或贾仲明误将“东原”讹写为“太原”均不正确，《尚书大传》与《水经注》明确记载：东原即太原，庸愚子“东原罗贯中”之说，就是贾仲明“罗贯中太原人”之意[②]。

主东原说的学者如杜贵晨、刁云展和宋培宪等则坚持罗贯中是山东人。杜贵晨认为，从《三国演义》多种明刊本署名等情况看，其作者为“东原罗贯中”即山东东平人；《三国演义》、《水浒传》也有多处内证共同表明其作者罗贯中为“东原”人，近百年来被抬得很高的“太原说”不能成立[③]。刘颖则认为历史上有三个太原郡，《录鬼簿续编》所说的“太原”很可能是指东晋、刘宋时期设置的“东太原”，与“东原”实为一地。因《录鬼簿续编》的作者有用古地名、地方别名等生僻地名的习好，故对罗贯中的籍贯也用了生僻地名，因此罗贯中是山东人。此外杨海中的《罗贯中的籍贯应为山东太原》、杜贵晨的《罗贯中籍贯“东原”说辨论》等文也进一步论述了这个观点[④]。

针对山西学者立论的重要依据《罗氏家谱》，陈辽和宋培宪均指出其错误之处，认为罗锦之子与元末明初的《三国演义》作者罗贯中毫不相干。[⑤] 在此基础上，陈辽进一步指出，历史上有两个罗贯中，一个是山东东平的小说家罗贯中，一个是山西太原的杂剧家罗贯中。他俩不仅籍贯不同，而且年龄差别很大，小说家罗贯中比杂剧家罗贯中年长四十几岁。[⑥]

再次是关于许贯忠是否为罗贯中的虚像问题。孟繁仁在《“许贯忠”是罗贯中的虚像》一文中认为，《水浒全传》是罗贯中在“施耐庵的本”基础上最后创作完成的。“征田虎”部分塑造的隐士“许贯忠”就是晚年

---

① 刘世德：《罗贯中籍贯考辨》，《文学遗产》1992 年第 2 期。

② 田同旭：《罗贯中籍贯太原说之大传》，《水浒争鸣》第 11 辑，中央文献出版社 2009 年版，第 117—126 页。

③ 杜贵晨：《〈三国演义〉作者罗贯中是山东东平人——罗贯中籍贯“东原说”的外证与内证》，《南都学坛》2002 年第 6 期

④ 刘颖：《罗贯中的籍贯——太原即东原解》，《齐鲁学刊》1994 年增刊；杨海中：《罗贯中的籍贯应为山东太原》，《东岳论丛》1995 年第 4 期；杜贵晨：《罗贯中籍贯“东原”说辨论》，《齐鲁学刊》1995 年第 5 期。

⑤ 陈辽：《太原清徐罗某某绝非〈三国〉作者罗贯中》，《中华文化论坛》2000 年第 1 期；宋培宪：《罗贯中与〈罗氏家谱〉》，《历史教学》1997 年第 8 期。

⑥ 陈辽：《两个罗贯中》，《江苏社会科学》2007 年第 4 期。

隐居于河南浚县许家沟村之罗贯中的虚像。作者通过“许贯忠”这样一个人物将自己的形象、籍贯、身世行踪和晚年隐居之地进行了暗示。此外作者还在《罗贯中故乡考察散记》等文章中表达了这一观点。[①] “虚像说”很快得到了一些学者的响应。如宣啸东就认为许贯忠和罗贯中的名字十分相似乃至完全一样，小说对许贯忠的描述与《录鬼簿》非常一致，作者更改“双林镇燕青遇故”这一情节，就是为了突出许贯忠这个人物形象，表达罗贯中“雕鸟尽，良弓藏”之感慨，许贯忠形象完全是罗贯中的夫子自道。[②] 顾文若、焦中栋也认为“许贯忠”和“罗贯中”二人同名，“许”就是“虚”的谐音，“许贯忠”就是“虚贯中”，是罗贯中的一个虚像。[③] 此外姚仲杰、和玉琢等研究者也持此观点。[④]

针对孟繁仁的虚像说，李永祜从河北曲阳和山西阳曲的关系、与籍贯相联系的地理形势和地名的错误、许贯忠的身世经历与罗贯中不符合小说梦境神道描写四个方面进行驳斥，认为许贯忠的形象及有关描写印证不了“虚像”说，田虎部分及许贯忠形象并非罗贯中创作，与罗贯中全然无关。[⑤] 陈辽也认为所谓罗贯中即《水浒传》中的许贯忠，罗贯中晚年隐居于今鹤壁市许家沟写作《三国演义》和《水浒传》“全属子虚乌有”[⑥]。

整体来看，近二十年《水浒传》作者研究并没有突破新时期的水平：无论是关于苏北施耐庵的争论，还是罗贯中籍贯之争，基本上都没有什么新材料，论争双方大都在原来讨论的几个点上纠缠不休，没有取得任何实质性的进展。但这一时期作者研究也有一些新的特点。

一是学术论争中的地域利益现象逐渐突出，学术有被地区经济利益绑架的趋势。随着社会经济的发展，越来越多地方的执政者认识到区域文化和名人的社会经济效益，于是最近几年来各地纷纷出现为争夺名人故里

---

① 孟繁仁：《“许贯忠”是罗贯中的虚像》，《晋阳学刊》1990 年第 4 期；孟繁仁、郭维忠：《罗贯中故乡考察散记》，《明清小说研究》1993 年第 2 期。

② 宣啸东：《许贯忠之原型即罗贯中辩》，《晋阳学刊》1991 年第 3 期。

③ 顾文若、焦中栋：《“施耐庵”为罗贯中之托名》，《晋阳学刊》1999 年第 1 期。

④ 姚仲杰：《罗贯中——许贯忠和河南鹤壁市郊许家沟》，《河南图书馆学刊》1990 年第 1 期；和玉琢：《罗贯中晚年隐居地许家沟》，《中州今古》1995 年第 4 期。

⑤ 李永祜：《水浒传的版本研究与田王二传的作者——与孟繁仁诸先生商榷》，《广西师范学院学报》（哲学社会科学版）2006 年第 4 期。

⑥ 陈辽：《太原清徐罗某某绝非〈三国〉作者罗贯中》，《中华文化论坛》2000 年第 1 期。

而打学术口水仗的案例。在这样的背景下，施耐庵是兴化人还是杭州人，罗贯中故里是山西清徐还是山东东平已非纯粹的学术之争，更多的是其背后的经济利益之争。长此下去，学术研究将有被地区经济利益绑架的危机。

由于地域利益的趋势便导致了第二个问题，即部分学者因为先入为主，在学术研究过程中往往对材料的取舍不全面甚至不科学。如为了论证自己的观点，一些学者玩起了文字游戏，将施耐庵理解为“是乃俺”的谐音，有的又认为是“俺乃是”的倒文，有的认为“许”就是“虚”的谐音，所以许贯忠就是虚贯中。除了不科学的研究方法外，有研究者在论证材料的取舍上也出现了以偏概全、主观臆断的现象。如为了论证故土情结，山西学者和山东学者均从小说内容入手进行论证，但均有以偏概全之嫌。为了论证施耐庵的籍贯，苏北学者和杭州学者均从语言角度进行讨论，各自列举若干方言，似乎言之凿凿，但这些所谓的方言是否具有地区唯一性？它们在全书中的比例如何？作者是否有模拟某一地区人物语言的可能性？这些所谓的铁证有多少是世代累积的素材，多少是最后写定者的创作？

此外，在对待传说故事的问题上，一些学者过度依赖民间传闻，甚至将这些传闻当做史实。这在苏北施耐庵生平传记、年谱的编撰上体现得特别明显。针对一些研究者忽略甚至鄙视民间口传故事的倾向，一方面，笔者曾经说过，在古代小说作者、版本等问题的研究上，我们要充分考虑到古代小说地位卑下的客观现实，对待民间口传文献不能够轻视，要客观辩证地进行分析，找出其科学的合理的一面为我所用。[①] 但另一方面，我们也强调对待诸如苏北施耐庵传说、鲁西南的水浒英雄传说和所谓的水浒遗迹等要冷静分析，不能将小说普遍流传之后民间的附会当做历史真实，要注意世代累积型小说中的文史互渗现象。[②] 只有秉持客观公正和实事求是的态度，古代小说研究才能够在新世纪取得更大的成绩。

---

① 许勇强、李蕊芹：《从阙疑到悬想：施耐庵托名说与集体创作说检讨》，《菏泽学院学报》2011 年第 1 期。

② 许勇强、李蕊芹：《略论世代累积型小说中的文史互渗现象——以宋江起义与梁山泊关系演变为考察对象》，《杭州师范大学学报》2012 年第 2 期，人大复印报刊资料 2012 年第 8 期全文转载。

第四节　近二十年《水浒传》版本研究

相对于20世纪80年代的《水浒传》版本论争，近二十年的版本研究比较平和，少了些许论争，但却更为深入细致，尤其是对具体的版本如袁无涯本、部分简本的研究达到了前所未有的深度。下面试从四个方面对近二十年《水浒传》的版本研究做一简要回顾。

一　祖本与版本演变研究

20世纪80年代，一些学者对《水浒传》原本的形态（是否词话本）、主要内容（是否招安、征方腊及插增田王）和刊刻时间等进行了研究，但并没有取得基本一致的结论。本时期部分学者继续就这个问题进行深入研究。

竺青、李永祜从明代人的记述、著者题署用词及宋元话本的体制特点三个方面推断题署“施耐庵的本，罗贯中编次”的百卷（回）本《忠义水浒传》“是在明代前期即已出现的最早的版本；是带有元代刻书业者行业用语的版本；是保存有宋元话本体制胎记的一个版本。这几个特点是明代其他版本所没有的，因此，我们可以认定，它就是现知所有明代《水浒传》版本的祖本。”郭武定版即是根据这个祖本进行修改的①。陈松柏根据《菽园杂记》、朱有燉水浒戏考证至弘治九年还没有描写一百零八人聚义的《水浒传》，再结合高儒家族藏书的时间推论，认为百卷本《忠义水浒传》正是《水浒传》祖本，其刊刻时间在弘治十一年（1500）前后。郭勋“削去致语”就成了“郭武定本”。②

崔茂新认为《忠义水浒传》具有祖本的居间性特征，即它的题署用词和宋元话本的体制特点表明它是现知明代《水浒传》主流版本当中刊刻时间最接近于其成书年代的版本；其反叛、忠义、行侠统一于替天行道的内在诗性结构和聚义、招安、征方腊的基本叙事板块，表明它是对历史上各种水浒故事、水浒戏所体现的文学精魂的创造性继承与升华。因此

① 竺青、李永祜：《〈水浒传〉祖本及“郭武定本”问题新议》，《文学遗产》1997年第5期。

② 陈松柏：《也谈〈水浒传〉的祖本》，《湖南社会科学》2007年第1期。

《忠义水浒传》具备了作为《水浒传》祖本的决定性条件。①

在祖本的形态上，黄俶成认为施耐庵集撰的祖本具有以下几个主要特点：书名原题《江湖豪客传》，同时又以《宋江》、《忠义传》、《水浒传》等名称在社会上流行；话本性质很明显；塑造了梁山一百零八位英雄以及与梁山有关的各种正反面人物形象；不但写了众虎归水泊，还写了排座次后的招安，招安后的征北、平方腊，交代了众英雄的结局；施耐庵虽写到征北、平方腊，但所写具体情节与今存各本皆不同；今见各种《水浒》的前七十一回差别皆不大，可见罗贯中及以后各书商对施氏祖本的前七十一回改动皆不大。故施著祖本今虽不见，但今见各本前七十一回基本能反映施著祖本排座次之前的状况。②

在版本演变问题上，由于前人论述已经比较完备，这一时期的学者鲜有论及，个别学者如黄俶成在其论著中有所涉及，但整体看来并没有多少新意。③

值得一提的是侯会对"带诗本"的推测。他就今本《水浒传》中人物出场诗的差别进行了分析，认为在今本《水浒传》之前应存在着一个"带诗本"，它综合了早期各派《水浒传》故事，包容了太行、淮南和山东三派早期传说，是今本据以写定的晚近版本，其作者很可能就是元末明初的施耐庵和罗贯中。侯会认为这个本子具有如下几个特点：第一，书中好汉人数已有一百零八位；且每位好汉出场时，都带有一首诗赞，这在书中形成很有规律的"出场诗"现象。第二，此本相对完整，已形成宋江、田虎、王庆、方腊"四寇"模式。征辽的关目也已具备，那是由抗金关目转化而来的。第三，此本应将早期《水浒》传说中的时空谬误一一加以订正。第四，此本没有开篇的王进故事及其后的林冲故事。全书情节很可能如某些学者所推测，是从今本第十二回后半回时文彬升厅开始的。第五，该本篇幅较今本简短，有关鲁智深、武松乃至杨志的精彩关目大概都未收入。④

二 简本研究

在《水浒传》研究史上，简本的研究一直被忽略。自 20 世纪 80 年

---

① 崔茂新：《〈水浒传〉祖本问题补说》，《齐鲁学刊》1999 年第 2 期。

② 黄俶成：《施耐庵与〈水浒〉》，上海人民出版社 2000 年版，第 158—160 页。

③ 黄俶成：《施耐庵与〈水浒〉》，上海人民出版社 2000 年版，第 161—179 页，又见其《〈水浒〉版本衍变考论》，《扬州大学学报》（人文社会科学版）2001 年第 1 期。

④ 侯会：《〈水浒〉源流新证》，华文出版社 2002 年版，第 282—287 页。

代以来，在马幼垣等学者的呼吁下，大陆学者才逐渐开始重视简本的研究。近二十年以刘世德为代表的一些学者在简本研究上取得了比较大的成绩。

《京本忠义传》自20世纪70年代发现以来就受到学界的重视，有的学者认为《京本忠义传》属于"繁本系统"，其成书时间当在"正德嘉靖"甚至是"元末明初之际"，它"是一切《水浒传》版本的祖本，是作者编写《水浒传》的原本"①。但这些论断却遭到张国光的反对。② 刘世德认为《京本忠义传》刊刻于正德、嘉靖年间，极可能是福建建阳刊本。它是早期的简本，不是"原本"、"原始本"、"祖本"，而是来源于繁本的删节本，是从繁本向其他简本发展之间的过渡本。其底本是一种刊刻于南京的以"忠义"为书名的繁本，与郭勋刊本、新安刊本或天都外臣序本有别。③ 李永祜通过考察《京本忠义传》残页的行款、字体、书口等版本信息和明代删书风气等因素，认为《京本忠义传》并非成就于元末明初，而是刊刻于嘉靖初年福建建阳书坊；它对繁本做了较少的删节，是介于繁、简两个系统之间的过渡性删削本。④

牛津大学藏《全像水浒》残叶是比较罕见的本子，刘世德将其与余象斗"评林"本、刘兴我刊本和梵蒂冈藏本进行对勘，认为这四个简本文字异同甚多，彼此之间不是父子关系，但其基本情节和主体字词基本相同，这说明它们之间有着共同的底本（或底本的底本），它们之间为远近不同的兄弟关系，但牛津残叶本与梵蒂冈藏本血缘更接近。此外作者还对何心以"曰"和"道"区分小说版本先后的方法做了否定，指出这四个简本都有使用"曰"和"道"的情况，之所以简本更多地使用"曰"字，不是因为它更古，而是因为它笔画少，刊刻时更省工省时。⑤

刘世德还就《水浒传》双峰堂刊本的引头诗进行了考察，认为双峰

① 顾廷龙、沈津：《关于新发现的〈京本忠义传〉残页》，《学习与批评》1975年第12期；刘冬、欧阳健：《关于〈京本忠义传〉》，《文学遗产》1983年第2期；李骞：《〈京本忠义传〉考释》，《明清小说研究》第1辑，第48—70页。

② 张国光：《评〈忠义传〉残页发现"意义非常重大"论》，《武汉师范学院学报》1984年第1期。

③ 刘世德：《论〈京本忠义传〉的时代、性质和地位》，《明清小说研究》1993年第2期。

④ 李永祜：《〈京本忠义传〉的断代断性与版本研究》，《水浒争鸣》第11辑，中央文献出版社2009年版，第1—32页。

⑤ 刘世德：《〈水浒传〉牛津残叶试论》，《菏泽学院学报》2011年第1期。

堂刊本的引头诗被删节或者移置于上层其主要是为了缩减篇幅，节省工料。研究者根据这些修改产生的异文可以判定繁本在先，双峰堂刊本（简本）在后。将这些引头诗与现存繁本进行比较，作者认为双峰堂刊本所依据的繁本底本不是容与堂刊本，而是天都外臣序本。①

除此之外，涂秀虹还将简本与繁本进行对比，认为判断小说版本的价值一方面要看其文学价值，但另一方面也要看其读者定位，不同版本因读者定位不同而呈现出不同的文本面貌和文学价值。② 董宁还对《水浒志传评林》本进行了专门研究，王辉、刘天振对20世纪以来《水浒传》的简本研究做了非常详尽的综述。③

三 繁本研究

相对于简本研究的深入，近二十年繁本的研究比较薄弱，论者主要关注的是袁无涯本与田王二传，另外对个别繁本的研究也取得了一些成绩。

学界一般认为田王二传是后来刊刻者增加的。这一时期有的学者还继续对这个基本成为定论的问题进行讨论。如刘华亭、黄绍筠和左汉林等人的论文。④

关于田王二传的作者，李永祜认为《水浒传》成书前的早期本和原本不曾有田王二传部分，“现存最早的简本‘插增本’（残本）的刊行者就是插增田王二传的始作俑者。罗贯中下距‘插增本’成书200年之久，田王二传的增补与罗贯中无关”⑤。傅承洲则进一步考证其作者是冯梦龙。他分析了《樗斋漫录》记载的真实性和冯梦龙与袁无涯的关系，认为冯梦龙具有增补田王二传的条件，并根据冯梦龙《北宋三遂平妖传》中王

---

① 刘世德：《谈〈水浒传〉双峰堂刊本的引头诗问题》，《文献》1993年第3期。

② 涂秀虹：《论〈水浒传〉不同版本的文学价值——以评林本和贯华堂本为中心》，《文史哲》2013年第4期；《〈水浒志传评林〉版本价值论——以容与堂本为参照》，《明清小说研究》2014年第2期。

③ 董宁：《建阳刻本〈水浒志传评林〉研究》，硕士学位论文，福建师范大学，2007年；王辉、刘天振：《20世纪以来〈水浒传〉简本系统研究述略》，《水浒争鸣》第12辑，团结出版社2010年版，第189—223页。

④ 刘华亭：《从〈水浒〉行文本身谈征田、征王两段是后加的》，《济宁师专学报》1996年第4期；黄绍筠：《〈水浒传〉的“征四寇”油离考》，《学术月刊》1990年第5期；左汉林：《百回本〈忠义水浒传〉后三十回应为续书》，《唐山师范学院学报》2002年第4期；李向阳：《〈水浒〉研究二题》，《乐山师专学报》1990年第3期。

⑤ 李永祜：《〈水浒传〉的版本研究与田王二传的作者——与孟繁仁诸先生商榷》，《广西师范学院学报》（哲学社会科学版）2006年第4期。

则与《忠义水浒全传》中王庆出身经历基本相同，以及田王二传部分地名与春秋时期事件的联系，认为作为《春秋》专家的冯梦龙很可能就是田王二传的作者[①]。后来作者比勘了容与堂本和袁无涯本，发现袁无涯本的增补和修改为同一人所为。傅承洲将袁本修改者对小说诗词的看法及处理方式与冯梦龙晚年重写《新列国志》对诗词的处理方式进行比较，并根据冯梦龙诗歌的特征，从内外两方面论证了“袁无涯刻本《忠义水浒全传》的修订工作也是冯梦龙完成的”[②]。

无穷会藏本《全像忠义水浒传》是比较罕见的本子，20 世纪 80 年代范宁先生曾做简单的报道[③]。王利器认为这个本子才是李贽的真评本，其依据的底本是郭勋刻本，但没有进行详尽的论证[④]。刘世德对这个本子进行了比较细致的比勘，认为无穷会藏本的底本，不是天都外臣本、容本、袁本或钟伯敬评本，但与袁本在版本系统的血缘关系比较亲近。从其纸张、墨色和避讳等来看，当是清初顺治年间的刊本[⑤]。但谈蓓芳对刘世德的考证结论提出了不同看法。她认为无穷会藏本应该是“明刻清初重印本”；天都外臣序本与无穷会藏本在引头诗、回目、情节和文字等方面存在着不少差异，而后者更周密合理，因此天都外臣序本在前，无穷会藏本在后；作者详尽比勘了袁本和无穷会藏本，发现除第七十二回的“四大寇”名单及与此有关的交代是袁无涯刊本同于天都外臣序本而异于无穷会藏本的之外，还没有发现袁无涯刊本存在其他的异于无穷会藏本而同于天都外臣序本的例子，因此作者认为“袁无涯刊本当出于无穷会藏本或其底本、祖本”。此外作者还认为无穷会藏本大致保存了郭武定本的面貌，其批语是李贽评点《水浒传》的初稿，而袁本中的批语乃是最后的定稿。[⑥] 邓雷则对与无穷会藏本同属一个版本系统的林九兵卫刊本的批语进行了考察，认为该批语当在余象都本批语之后，容本批语之前，其批语

① 傅承洲：《冯梦龙与〈忠义水浒全传〉》，《明清小说研究》1992 年 3—4 期合刊。

② 傅承洲：《〈忠义水浒全传〉修订者考略》，《文献》2011 年第 4 期。

③ 范宁：《〈水浒传〉版本源流考》，《中华文史论丛》1982 年第 4 辑；范宁：《东京所见两部〈水浒传〉》，《明清小说研究》第 1 辑，中国文联出版社 1985 年版，第 71—73 页。

④ 王利器：《李卓吾评郭勋本〈忠义水浒传〉之发现》，《河北师范学院学报》（社会科学版）1994 年第 3 期。

⑤ 刘世德：《〈水浒传〉无穷会藏本初论——〈水浒传〉版本探索之一》，《文学遗产》2000 年第 1 期。

⑥ 谈蓓芳：《也谈无穷会藏本〈水浒传〉——兼及〈水浒传〉版本中的其他问题》，《中国文学研究》第 2 辑，江西教育出版社 2000 年版，第 234—293 页。

的风格及批点内容多与容本批语相近。①

关于大涤余人序本《水浒传》的研究方面，其刊刻时间马蹄疾等学者认为在万历早期，孙楷第则认为在昌历之际。② 李金松则根据大涤余人序本刻工黄诚之在1632年刊刻遗香堂本《三国志》、刘启先1645年刊刻《清夜钟》的事实，认为大涤余人序本刊刻年代不可能在万历早期，而当在万历晚期或更后，其刊行时间的下限当在李渔刊行芥子园本《水浒传》之前，因而它不可能成为袁无涯刊行的百二十回《水浒传》的底本。③ 邓雷将属于大涤余人序本的遗香堂本与同一系统的芥子园本的批语进行对比，发现二者相似度极高，因此作者认为它们系底本小异同的源批语，二者各自所缺失的批语当为大涤余人序本祖本所有。④ 作者还将袁本系统与大涤余人序本系统多个本子中的批语进行对比研究，发现二者有共同的祖本，而袁本所缺少的批语并非大涤余人序本增补，乃是二者祖本本身所有；相反，袁本中多出的二十回及回末总评却并非袁涤二者祖本原有，而是后人增补所成。⑤

在繁本关系问题上，齐裕焜将《水浒传》繁本分为甲乙两个系统：甲系统版本有“致语”，即引头诗，乙系统版本没有；甲系统版本未移置阎婆事，乙系统版本已移置；诗词和文字有不同。乙系统繁本是在甲系统繁本的基础上修改加工的，其忠奸斗争的思想倾向加强了，艺术上有所提高。袁无涯本是用乙系统的百回本做底本加上经过脱胎换骨改造的征田虎、王庆故事成为一百二十回的《水浒全传》本。⑥

章培恒通过解读袁本《发凡》的内容，认为这段文字系李贽所写而被袁无涯修改。根据这段文字所提到的郭勋刻本的特点（“移置阎婆事”和在七十二回的“大寇”名单中删去王、田而加上辽国），天都外臣序本等各种版本的《水浒传》都不是出于郭武定本，而是以一种比郭本更早

① 邓雷、许勇强：《〈水浒传〉林九兵卫刊本批语初探》，《宜宾学院学报》2013年第8期。

② 马蹄疾：《水浒书录》，上海古籍出版社1986年版，第56页；孙楷第：《中国通俗小说书目》，人民文学出版社1982年版，第21页。

③ 李金松：《〈水浒传〉大涤余人序本之刊刻年代辨》，《文献》2001年第2期。

④ 邓雷：《遗香堂本〈水浒传〉批语初探》，《牡丹江大学学报》2013年第9期。

⑤ 邓雷：《袁无涯刊本与大涤余人序本〈水浒传〉关系考辨》，《水浒争鸣》第15辑，万卷出版公司2014年版，第424—440页。

⑥ 齐裕焜：《〈水浒传〉不同繁本系统之比较》，《中国典籍与文化》2011年第1期。

的本子为祖本，袁无涯因为保留了“移置阎婆事”而比容本等更接近郭本。[①] 但李金松却认为所谓“移置阎婆事”的并非郭勋，而是袁无涯和冯梦龙。因此作者认为繁本《水浒传》的版本流变依次应是祖本、郭勋本、天都外臣序本（由此派生出简本系统）、容与堂本（四知馆本以此为底本）、百二十回本、大涤余人序本等。金圣叹的“七十回本”乃由百二十回本出[②]。

四　其他问题

除了以上三方面外，这一时期还有部分学者对《水浒传》版本的其他问题也进行了一些探讨。

繁简本的关系问题是《水浒传》版本研究史上的大难题，20 世纪 80 年代对这个问题的研究已经比较深入，取得了重要的成绩。这一时期个别学者也对该问题进行了思考，但基本是重复以前的观点。如李殿元认为“《水浒传》的第一个刻印本当是繁本，是直接记录说话。这个本子名字可能叫《宋江》，大概只有 40 回，其内容为现在 120 回本的第 3 回至第 50 回”。作者认为，在《水浒传》繁简本的继承与发展问题上存在有两条线。一条线是书商们，他们专拣简本；另一条线是以郭勋、都察院为代表，他们不以赚钱为目的，所以重视书的质量，他们专拣繁本。[③]

针对 1985 年河北人民出版社刊行的《古本水浒传》，张国光指斥为“伪中之伪”，认为其作者是 30 年代的梅寄鹤[④]。魏达纯通过大量统计和比较前 70 回与后 50 回在用词和句式等七个方面的差异，认为后 50 回与前 70 回绝非出自同一人之手，将后 50 回也说成是“施耐庵著”是欠妥当的[⑤]。刘明远则从语言、人物形象、表现手法等方面进行考察，认为“《古本水浒传》疑点重重应该说是一本后人伪托之作”[⑥]。应坚则对 20 世纪 80 年代关于《古本水浒传》的论争进行了比较系统的总结。[⑦]

---

① 章培恒：《关于〈水浒〉的郭勋本与袁无涯本》，《复旦学报》1991 年第 3 期。

② 李金松：《郭勋“移置阎婆事”考辨——论〈水浒传〉版本嬗递过程中一处情节的移动》，《中国典籍与文化》2001 年第 2 期。

③ 李殿元：《〈水浒传〉中的悬案》，四川人民出版社 1994 年版，第 342 页。

④ 张国光：《伪中之伪的 120 回〈古本水浒传〉剖析》，《湖北大学学报》1992 年第 1 期。

⑤ 魏达纯：《再证〈古本水浒〉后 50 回非施耐庵所作——前 70 回与后 50 回用语调查》，《中山大学学报》1999 年第 3 期。

⑥ 刘明远：《古本〈水浒传〉真伪优劣谈》，《河南图书馆学刊》2002 年第 1 期。

⑦ 应坚：《〈古本水浒传〉真伪问题研究述评》，《龙岩师专学报》1990 年第 1 期。

小说版本数字化是当前小说版本研究非常值得注意的一个方向，目前学术界已经在国内外先后举办了13届小说（戏曲）数字化的专业研讨会。其主要代表人周文业在《〈水浒传〉版本数字化及应用》一文中介绍了当前《水浒传》版本数字化的进程、使用和其他小说版本的数字化进程①。可以预见小说版本数字化工程对今后《水浒传》和整个小说版本的研究将产生重要影响。

在小说版本研究综述方面，谢卫平概述了日本的《水浒传》版本研究情况，为我们了解海外汉学家的成果提供了门径。何红梅《新世纪〈水浒传〉作者、成书与版本研究综述》一文也涉及近几年国内《水浒传》版本研究的情况。许勇强《近20年〈水浒传〉版本研究述评》则对最近20年来的版本研究概况进行了综述。②

郭英德对古代通俗小说版本研究进行了宏观的思考。文章以《水浒传》作为例证论述了中国古代通俗小说版本研究中“一书各本”的现象、文本“原貌”的追寻、不同版本的价值等问题。作者认为一书的不同版本系统之间具有显著的甚至巨大的差异，这是中国古代通俗小说的特点，也是中国古代通俗小说版本研究的难点。因此，中国古代通俗小说版本研究的主要任务不是恢复一书问世之初的文本“原貌”，而是致力于恢复一书的不同版本或不同版本系统的文本“原貌”。从历史研究的角度来看，中国古代通俗小说不同版本或版本系统对正文文字内容的不同处理，不仅有其各自的合理性，而且也有其各自的价值。③

回顾近二十年来《水浒传》的版本研究，我们发现它具有以下几个特点：

一是研究范围由集中趋于零散，没有形成比较突出的研究亮点。与前一阶段版本研究集中关注繁简本关系、古本水浒真伪讨论等热点问题相比，这一时期版本研究比较分散，没有聚焦在某几个特别重大的问题上。其原因除了研究者兴趣的变化之外，前人在某些重大问题（如繁简本关

---

① 周文业：《〈水浒传〉版本数字化及其应用》，《水浒争鸣》第11辑，中央文献出版社2009年版，第127—168页。

② 详见谢卫平《〈水浒传〉版本研究在日本——兼谈国内相关情况》，《明清小说研究》2008年第2期；何红梅《新世纪〈水浒传〉作者、成书与版本研究综述》，《苏州大学学报》2006年第6期；许勇强、李蕊芹《近20年〈水浒传〉版本研究述评》，《南阳师范学院学报》2013年第4期，《高等学校文科学术文摘》2013年第4期全文转载。

③ 郭英德：《中国古代通俗小说版本研究刍议》，《文学遗产》2005年第2期。

系）上的成果很难突破也是一个重要因素。

二是研究对象由宏观趋于微观。如果说前一阶段《水浒传》版本研究还停留在宏观问题的研讨（如繁简本关系、版本演变史等）上，那么这一阶段学者关注的重心已经逐渐过渡到中观（如齐裕焜对繁本内部关系的思考）甚至微观（如刘世德、李永祜对《京本忠义传》的研究）的版本研究上了。由于研究对象的细化，其结论自然更加深入细致，但理论性、系统性也就相对显得薄弱。

三是简本研究由冷落趋于重视。由于历史的偏见和简本自身艺术水平的相对低下，学界历来忽略《水浒传》简本研究。自20世纪80年代马幼垣先生力倡简本研究以来，这一状况逐渐得到改观。如刘世德的简本研究成绩比较显著，个别年轻学者也开始关注简本。但是就简本在整个《水浒传》演变史的地位来看，目前的研究仍然很欠缺，今后进一步开拓的空间还很大。

四是研究队伍日趋老龄化，呈现出后继难续的困境。版本研究除了客观条件（掌握众多版本）比较难以具备之外，研究者的传统文化素养（如版本、校勘知识）也是一个重要条件。新时期成长起来的年轻学者由于历史环境原因，在版本校勘等方面的素养明显不如老一辈学人，加之当前日趋功利化、产业化的学术环境也难以让年轻人沉下心来做枯燥的版本研究。因此这一时期版本研究者基本上都是年龄偏大的学人（如刘世德、李永祜），《水浒传》版本研究呈现出后继无人的尴尬局面。

面对这些问题，我们认为今后一段时间《水浒传》版本研究应注意以下几个问题：

首先是避免一些问题的重复研究。有的问题通过几代学人的努力已经基本解决（如版本演变史）或在目前条件下暂时无法解决（如繁、简本关系问题），对于这些问题我们完全可以采取搁置的态度，避免浪费精力。

其次是出版一批影印本，为版本研究提供充分的文本条件。尽管台湾的《明清善本小说丛刊》和大陆的《古本小说丛刊》、《古本小说集成》已经出版了部分《水浒传》的影印本，但还有不少本子尤其是简本没有影印，并且这几套丛书价格昂贵，普通研究者不易得到。为此应该专门出版一套《水浒传》影印本丛书，为学者提供研究便利。

再次是加大对《水浒传》简本的研究。前面已经说过，尽管从20世纪 80 年代开始马幼垣先生就已经呼吁重视简本的研究，但到目前为止，关于简本研究的论著还是非常少，今后进一步开拓的空间还很大。

最后是培养新人，为版本研究队伍输入新鲜血液。目前从事古代小说版本研究的大多是老一辈学者，后继乏人，为此今后学界应该有意识地培养一批年轻的硕士、博士从事小说版本研究。另外由于版本研究是个枯燥的“冷门”，所以还需要研究者有奉献精神，耐得住寂寞。只有这样，《水浒传》版本研究才可能在新世纪取得更大的成就！

第五节　近二十年《水浒传》文本研究

作为《水浒传》研究的主体，文本研究在近二十年的时间里仍然是“水浒学”的重头戏。除了传统的主题思想、人物形象和文本艺术的分析外，这一时期对小说与传统文化的关系以及《水浒传》与其他文学作品包括外国作品的比较都日益增多，并取得了比较大的成绩。下面就从这几个方面对最近 20 年来《水浒传》文本研究的情况做一简单的梳理。

一　思想内容研究

本时期关于《水浒传》思想内容的研究主要包括小说的主题、招安与“替天行道”、暴力问题和妇女观问题等几方面。

（一）《水浒传》主题研究

首先是传统的几种观点如农民起义说、忠义说、市民写心说和多元主题说等在这一时期仍然不断有学者坚持。

最传统的农民起义说虽然在这一时期已经不再是主流观点，但仍然有学者在秉持之。如孙建模就从是否“反映农民革命的教科书”、是否“离开了土地问题，离开了阶级的利害冲突”、是否有“政治纲领”和“政权要求”四个方面坚持认为《水浒传》就是表现农民起义的①。有的学者也认识到农民起义说的不足，于是对其做了适度的修正，如白祖诗就在农民的基础上加入了城市平民，认为《水浒传》是反映封建社会的政治危机，描述在封建统治残暴压迫下，农民—城市平民起义队伍发生、发展与失败

---

①　孙建模：《〈水浒〉究竟做的什么文章》，《江汉大学学报》1991 年第 1 期。

的过程。[①] 高原则提出“泛农民”的概念，认为无论是江湖豪侠、无业游民以及市民、农民等广大劳动人民与地主阶级都是“泛农民”，因此《水浒传》歌颂的是长期浸淫在大一统农业文明中的民族积淀在其政治、伦理乃至心理文化深处的“泛农民”或“小农生产者”的思想意识、价值取向。[②] 虽然这些学者也认识到农民起义说的不足，并试图对其进行修正，但仍然无法解决一些根本性的问题，如历史上的宋江“起义”与小说中的宋江聚义的区别、梁山是否有农民起义的政治诉求和行动等问题。所以陈松柏等学者认为《水浒传》根本就不是农民起义。[③]

除了农民起义说外，忠义说（包括忠奸斗争说）、市民写心说和多元主题说也得到一些学者的支持。如张锦池重申其“忠义”说观点，认为《水浒传》是一部以“忠义人”的襟怀写“忠义人”的“乱世英雄的悲歌”[④]。宋子俊也认为《水浒传》表现的是忠良与奸邪的矛盾斗争，因此它不是描写和歌颂农民起义，而是一曲封建社会忠臣义士的悲壮颂歌。[⑤] 张继认为《水浒传》描绘的是一幅市民阶级的带有空想性质的社会生活图景，它充分体现了当时社会市民阶级的意愿与理想。[⑥] 何建洋认为《水浒传》主题多义性是由主题概念本身就有不确指的多义特性、《水浒》成书经历了一个漫长的过程、小说由“讲述”向“显示”转化而造成的主题模糊以及读者接受的不同等四个原因造成的。[⑦] 欧恢章也认为《水浒传》是几代作家创作的结晶，凝结了几代作家的思想情感和生活体验，这是造成小说思想内容复杂的客观历史原因。但最后写定者施耐庵的思想对《水浒传》基本主题的形成具有决定性的意义，这个基本主题就是小

① 白祖诗：《论“水浒”的主题及其思想倾向》，《云南社会科学》1991 年第 6 期。

② 高原：《“泛农民趣味”的颂歌——从中西方社会文化形态之比较看〈水浒传〉主题》，《兰州大学学报》2006 年第 2 期。

③ 参见陈松柏《再论聚义不是起义》（《许昌师专学报》1995 年第 1 期），宋子俊、范建刚《〈水浒全传〉主题辨析——与传统的农民起义说商榷》（《中国古代小说戏剧研究丛刊》第 1 辑，甘肃教育出版社 2003 年版，第 153—166 页），王基《论〈水浒〉之非农民起义说——让忠奸斗争的真面目重见天日》（《中州大学学报》（综合版）1997 年第 2 期）等文章。

④ 张锦池：《乱世英雄的悲歌——谈谈我对〈水浒传〉思想倾向的认识》，《古典文学知识》2001 年第 2 期。

⑤ 宋子俊、范建刚：《〈水浒全传〉主题辨析——与传统的农民起义说商榷》，《中国古代小说戏剧研究丛刊》（第 1 辑），甘肃教育出版社 2003 年版，第 153—166 页。

⑥ 张继：《体现市民阶级的意愿与理想——谈〈水浒〉“梁山聚义”的性质》，《辽宁广播电视大学学报》1999 年第 3 期。

⑦ 何建洋：《〈水浒〉主题多义性原因分析》，《明清小说研究》1992 年第 4 期。

说多元主题的主元。[①]

其次，本时期影响最大的《水浒传》主题说应该是王学泰的游民说。早在1980年王开富就提出《水浒传》是讲述“无业游民的斗争故事”[②]。这一时期游民说的代表人物是王学泰。他在《论〈水浒传〉中的主导意识——游民意识》一文中认为，所谓游民就是脱离宗法网络、宗法秩序沉沦在社会底层的人们，《水浒》《三国》是游民意识与情绪的载体。游民的性格具有强烈的帮派意识、赤裸裸地宣扬野蛮残暴、垂涎于财货金银等特征。游民的人格理想是侠，道德理想是义与义气，招安是游民一条重要的“发迹变泰”之路。《水浒传》所描写的梁山武装集团的组成与原则就反映了游民的社会理想，带有空想性质。[③] 此外作者还在其他论著中多次重申这一观点，认为《水浒传》是游民说给游民听的故事，其内容是讲述游民的奋斗成功与失败的，其中所表达的思想也主要是游民的思想意识。[④]

除了王学泰外，不少学者也持类似的观点。如纪德君就认为无论是水浒故事的讲说者，还是《水浒传》的最后写定者，主观上都不是或主要不是为农民写“心”，小说中所写的梁山英雄慷慨大方、不吝金钱等品行也不是市井细民们所具备的美德。水浒英雄讲交情、重义气、敢于复仇等侠义精神性格基本是在江湖游民的文化心理土壤中萌生、发展而形成的，它在一定程度上反映了游民们的喜怒哀乐、人生追求和社会理想，具有较为浓郁的江湖文化色彩。[⑤] 姚安也认为生存、享乐、自由三个本能欲望与伦理（忠义）的矛盾构成了《水浒传》主题必不可少的两个方面，真实地反映了游民知识分子这一特殊阶层的特殊矛盾性格与人生理想。[⑥]

---

① 欧恢章：《〈水浒传〉主题的多元与主元》，《重庆师范学院学报》（哲学社会科学版）1997年第4期。

② 王开富：《〈水浒传〉是写农民起义的吗?》，《重庆师范学院学报》（哲学社会科学版）1980年第3期。

③ 王学泰：《论〈水浒传〉中的主导意识——游民意识》，《文学遗产》1994年第5期。

④ 王学泰：《重评〈水浒〉》，《社会科学论坛》2002年第11期；《〈水浒传〉思想本质新论——评“农民起义说”等》，《文史哲》2004年第4期；《水浒 · 江湖：理解中国社会的另一条线索》，陕西人民出版社2011年版；《游民文化与中国社会》，学苑出版社1999年版。

⑤ 纪德君：《〈水浒传〉写心说综析》，《海南大学学报》（人文社会科学版）2001年第1期。

⑥ 姚安：《〈水浒〉中的欲望与伦理——也论〈水浒〉的主题》，《南京师范大学文学院学报》2000年第1期。

最后，这一时期还有不少学者提出了其他比较新的观点。比如廖可斌和郑春元等人认为《水浒传》表现的是封建时代的人才问题。[①] 刘明华、倪长康认为《水浒传》表达的是封建时代知识分子的乌托邦理想。[②] 许并生、宋大琦认为《水浒传》表达的是要求平等。[③] 张同胜认为《水浒传》的主题思想就是“生存功名说”。[④] 卢明认为《水浒传》是歌颂英雄，揭露黑暗腐朽，“弘扬正气”的小说。[⑤] 徐慧琴、王军等认为小说主要是写英雄的传奇故事等等。[⑥]

回顾几十年来关于《水浒传》主题的论争，20 世纪 50 年代居于主流地位的农民起义说的局限性和时代色彩是非常明显的，后起的市民写心说从小说发生发展的环境及其浓厚的市井色彩立论，进步性是显然的。台湾孙述宇的“强盗说”从宋江故事的源头出发，有一定的合理性，能够比较圆融地解释小说在女性问题、嗜血和暴力等方面的“缺陷”[⑦]。从市民说发展到后来游民说应该是主题研究更趋精细化的体现，但游民说的缺点或者说不足则是过度夸大了游民的力量和思想对小说的影响。归根到底，《水浒传》最后是由一位天才文人（姑且说是施耐庵）写定，作为社会主体思想的传统儒家文化的巨大惯性（忠孝节义）和传统士大夫的思想（修齐治平）必然要渗透到小说中去，成为其基本的思想。考虑到小说成书过程（宋金对峙、元代民族矛盾和明朝中后期的边境危机以及阶级矛盾等）中的社会问题对小说主题的渗透，我们认为忠义说应该更符合《水浒传》文本实际的主题思想。

---

① 廖可斌：《〈水浒〉与明代的“〈水浒〉热”》，《浙江学刊》1990 年第 1 期；郑春元：《失路英雄回归旧路的惨烈悲剧——〈水浒〉主旨蠡测》，《十堰大学学报》（哲社版）1992 年第 3 期；黄飞：《〈水浒〉的知识分子立场及其意义阐述》，《佳木斯大学社会科学学报》2003 年第 2 期。

② 刘明华：《〈水浒〉：绿林世界的乌托邦》，《西南师范大学学报》（哲学社会科学版）1993 年第 4 期；倪长康：《封建长夜中的一个理想国梦——〈水浒〉主题之我见》，《荆州师专学报》1991 年第 6 期。

③ 许并生、宋大琦：《20 世纪〈水浒传〉思想研究及〈水浒传〉思想论析》，《东南大学学报》（哲学社会科学版）2008 年第 1 期。

④ 张同胜：《〈水浒传〉主题思想辨析》，《济宁师范专科学校学报》2006 年第 2 期。

⑤ 卢明：《〈水浒传〉主题正气论》，《菏泽学院学报》2006 年第 6 期。

⑥ 徐慧琴、陈征一：《侠之无出路——评长篇小说〈水浒传〉》，《中北大学学报》（社会科学版）2005 年第 4 期；王军：《再谈〈水浒〉主题的“起义说”》，《船山学刊》2011 年第 1 期。

⑦ 详见孙述宇《水浒传的来历、心态与艺术》（时报文化出版事业有限公司 1981 年版）一书。

（二）招安与“替天行道”

本时期关于招安问题的讨论，大多数学者均认为招安的描写具有积极的意义，值得肯定。如赵明生就认为招安描写“保证了人物性格的整体性和一致性”，“揭示了封建统治者的凶残、狡诈”①。邹必俊也认为招安的描写突破了“好人完全好，坏人完全坏”的框架，招安描写是成功的②。

针对招安原因的论述，多数文章口径基本一致，并没有超出前一时期的研究成果。如王学泰就认为《水浒传》之所以要写招安，是由于水浒故事作为讲史体例的限制、江湖艺人的思想寄托、民族的共同愿望以及历史上的宋江确实接受招安等多方面的原因造成的③。杨吉兰也认为写招安符合历史上有关宋江的传说，也符合水浒故事流传以来汉族人民的心理真实，更符合作者以及作者所代表的一类下层士人的心态④。比较有新意的是王延荣从心理学和社会信仰形态的角度考察招安问题，认为招安的结局完全是梁山英雄盲目崇拜宋江的群体偶像意识所致。文章认为，梁山众好汉都以宋江为群体崇拜的偶像，而部分好汉反对招安本质上是因为主张招安将皇帝置于宋江之上，伤害了他们“唯宋江是尊”的情感。招安悲剧的根本原因是众好汉虽然崇拜宋江，但多数人并没有完全反叛旧日的偶像即皇帝。在“替天行道”的口号下，他们最终又回归到旧日偶像皇帝身边，因此导致了悲剧的发生⑤。

“替天行道”是《水浒传》中重要的伦理观念，但其具体的含义却众说纷纭。一般而言，学界都倾向于认为“替天行道”的“道”是儒家之道。比如陈辽、王珏就认为“替天行道”的“道”就是儒家的仁义之道，孔孟之道。⑥ 王平则从水浒故事流变的角度考察了“替天行道”含义的演变，认为元杂剧的“替天行道”与《宣和遗事》“广行忠义”“卫护国

① 赵明生：《如何看待〈水浒传〉受招安情节的安排》，《内蒙古教育学院学报》1997 年第 1 期。

② 邹必俊：《也论〈水浒〉中的“招安”》，《盐城师专学报》（社会科学版）1991 年第 4 期。

③ 王学泰：《话说“招安”》，《社会科学论坛》2003 年第 11 期。

④ 杨吉兰：《〈水浒传〉招安问题辨析》，《广州师院学报》（社会科学版）2000 年第 9 期。

⑤ 王延荣：《招安新探——兼论梁山社会的偶像崇拜意识》，《绍兴师专学报》1992 年第 4 期。

⑥ 陈辽：《“替天行道”行何“道”——关于〈水浒传〉“道”的辨析》，《明清小说研究》2005 年第 1 期；王珏：《论梁山的“替天行道”》，《成都师专学报》（文科版）1993 年第 1 期。

家”的思想有较大距离，其所替之“天”，实际上是指一种朦胧的天理，所行之“道”实际上是指生存的基本安全和基本秩序。《水浒传》中的“替天行道”则由“侠义”向“忠义”的变化，即首先承认君权的存在是上天的旨意，由此派生出的道就是君臣之义，“替天行道”就是代君行道，客观上维护着这一君权的存在。①

王学泰则以“游民说”为基础，认为“替天行道”是指梁山好汉能够救民于水火，为天下主持公道。它最初是游民提出的口号，带有强烈的反抗现存社会秩序的色彩，其目的不单纯是拯救哀哀无告的平民百姓，实现公平正义，而是要在政治斗争和经济斗争中表现出主动精神，自己去拿本应该属于自己的一份。② 陈松柏也认为“替天行道”无非是代表公正与道义，铲除不平，主持公道，正因为这样，“替天行道”外化在梁山众英雄的具体行动上，就是保国安民、见义勇为与仗义疏财的种种举动。③

（三）暴力与妇女观问题

随着人文主义思潮在20世纪90年代的兴起，《水浒传》中的诸如暴力血腥以及蔑视女性等负面问题逐渐为研究者所关注。在小说的暴力血腥问题上，以刘再复、王学泰为代表的学者对其进行了猛烈的批评。刘再复在他的《双典批判》一书中认为《水浒传》与《三国演义》都是中国伪形文化的高峰，它们崇尚雄性暴力，蔑视、仇视女性，是中国文化最黑暗的一页。该书对小说中的一些理念诸如造反有理等进行了批评，对小说中的血腥暴力现象进行了猛烈抨击。④ 王学泰等从《水浒传》是表达游民诉求的前提出发，认为小说大力宣扬暴力和非理性等，负载着强烈的游民意识，散播着与当代法治社会、公民社会的不和谐音符，因此作者认为必须要为《水浒传》和《三国演义》解毒⑤。此外周月亮等也认为水浒英雄的讲义气与逞暴力是典型的行帮无政府主义，暴力无法完成对整个社会秩

① 王平：《〈水浒传〉“替天行道”考论》，《文史哲》2010年第1期。

② 王学泰：《从“忠义”说到“替天行道”》，《南京师范大学文学院学报》2003年第1期。

③ 陈松柏：《梁山泊替天行道辨》，《衡阳师专学报》1993年第3期。

④ 参见刘再复《双典批判：对〈水浒传〉和〈三国演义〉的文化批判》，生活·读书·新知三联书店2010年版。

⑤ 参见王学泰、李新宇《〈水浒传〉与〈三国演义〉批判》，天津古籍出版社2004年版。

序的本质批判，也无法构成真正意义上的文化批判①。潘知常则指出小说以暴力为美的审美误区②。

针对这种责难，一些研究者对《水浒传》的暴力血腥问题进行了辩驳。齐裕焜从“不能离开当时的历史语境”、“不能用现代人的道德观念代替审美评价”和“不能忽视它把血腥、暴力喜剧化、戏谑化、公式化的特点”三方面谈了他对小说的暴力血腥问题的认识，认为刘再复的文化批判片面性、简单化，用文化批评代替了审美批评，具有很大的局限性③。王前程则认为小说中的乱砍乱杀是正义集团成长过程中的必然现象，梁山好汉的暴力倾向是黑暗专制社会的产物，小说大量宣扬的“替天行道”是水浒世界的主流，暴力等是个别现象，小说之所以渲染血腥场景是为了迎合市民的审美趣味。一些批判《水浒传》等古典文学名著的翻案风潮犯了牵强附会、言过其实和评价人物妖魔化等错误④。此外曲家源、王同舟和刘坎龙等也从不同的角度剖析了小说的暴力血腥问题⑤。

《水浒传》对女性的态度在新时期以来一直为研究者所诟病。这一时期对小说的女性观问题也基本分为正反两派。占主流的否定《水浒传》女性观者认为《水浒传》是一部仇视女性的小说。如魏崇新就认为梁山好汉具有女色禁忌心理，对女性既惧怕又难以忘怀，并在此基础上发展为对男女性爱的厌恶与对女性的仇恨。女性成为男性的陪衬和英雄屠宰的羔羊。文章认为小说之所以形成这样的女性观念，是传统封建社会女人祸水观和理学思想的集中体⑥。董阳等也认为《水浒传》落后的女性观如对女性美的否定、红颜祸水、否定婚姻自主、反对自由恋爱等观念，是与中国

① 周月亮、赵鹤宇：《辉煌的没落——关于水浒英雄的理性批判》，《求是学刊》1994 年第 6 期。

② 潘知常：《以暴力为美：〈水浒〉的一个美学误区》，《古典文学知识》2007 年第 5 期。

③ 齐裕焜：《对〈水浒传〉中血腥、暴力问题的思考》，《明清小说研究》2011 年第 2 期。

④ 王前程：《怎样看待〈水浒传〉中的暴力行为》，《湖北民族学院学报》（哲学社会科学版）2005 年第 3 期；《不应夸大〈水浒传〉中游民思想的负面影响——兼评新时期学术界的名著翻案风潮》，《菏泽学院学报》2008 年第 6 期。

⑤ 曲家源：《论〈水浒传〉的血腥气》，《山西师大学报》（社会科学版）1990 年第 4 期；王同舟：《理解的背景与意义的生成——兼为〈水浒传〉一辩》，《菏泽学院学报》2006 年第 3 期；刘坎龙：《论〈水浒传〉的“嗜杀”与化解》，《新疆教育学院学报》2005 年第 3 期。

⑥ 魏崇新：《〈水浒传〉——一个反女性的文本》，《明清小说研究》1997 年第 4 期。

传统文化等息息相关的。①

针对否定《水浒传》女性观的论点，个别学者进行了澄清。如滕桂华就针对反女性论者常持有的“英雄无情”“异化女性”“仇视女性”三个观点进行批判，认为水浒英雄对女性也充满崇敬怜爱等丰富的感情，将顾大嫂等女英雄塑造为勇猛强悍的英雄是肯定女性，而非异化，潘金莲等“淫妇”的悲剧也不是作者仇视女性，而是意在通过她们的悲剧反映历史，揭露婚姻制度的不合理②。朱仰东也认为判定《水浒传》在女性观方面是否落后，不仅要看文本对女性世界的展示，还要看文本背后的文化积淀。《水浒传》中对女性世界的具体描写是丰富的，同时小说的创作还受到文化传承等客观原因的影响，因此不能以落后与否为《水浒传》简单定性。③ 当然在维护《水浒传》女性观点的同时，个别论者拔高了小说作者的认识水平，明显不符合实际。如有的认为《水浒传》的妇女观不但不是消极的，而且是积极的、革命的，已超越了同情妇女的范围，超前地达到了解放妇女的思想高度。有的认为书中关于女性改嫁、婚姻自由和淫妇问题的描叙，反映出明代资本主义萌芽初期具有进步民主因素的清新的婚姻爱情观。④

客观地说，《水浒传》存在不少暴力血腥的描写，在女性观上也存在瑕疵。但不少否定论者往往是忽略了小说成书的思想文化背景，以今人的观点去衡量宋元人的观念，必然胶柱鼓瑟，难中肯綮。另外，小说的英雄传奇的文体性质和江湖豪侠的题材特点也是不可忽略的一个重要原因。作为英雄传奇小说，其重心是江湖世界中的男性英雄，暴力血腥自然难免；而女性尤其是反面女性形象的塑造更多的是为了衬托男性英雄，推动故事演进，女性往往成为作者表达观念的某种符号。当然如果不顾文本实际，刻意拔高《水浒传》的女性观，上升到所谓的妇女解放、民主思想等高度显然也是不可取的。

① 董阳：《〈水浒传〉与中国传统文化中的女性观》，《重庆大学学报》2004 年第 5 期；王菊艳：《〈水浒传〉妇女观的文化学诠释》，《嘉兴学院学报》2007 年第 5 期；吴璇：《从〈水浒传〉女性人物形象看作者的女性观》，《惠州学院学报》（社会科学版）2008 年第 1 期。

② 滕桂华：《“反女性”批判——再论〈水浒传〉的女性观》，《菏泽学院学报》2009 年第 4 期。

③ 朱仰东：《〈水浒传〉女性观辩证》，《菏泽学院学报》2009 年第 6 期。

④ 喻斌：《〈水浒〉妇女观浅探》，《郧阳师专学报》（社会科学版）1992 年第 3 期；龙耀明：《〈水浒传〉的婚姻爱情观》，《衡阳师专学报》（社会科学版）1997 年第 1 期。

二　人物形象研究

小说以塑造人物形象为中心。《水浒传》的人物形象虽然不可能达到金圣叹所说的“把一百八个人性格都写出来”，但经典的人物形象也不少，因此这一阶段的研究者也多将目光聚焦在一些比较成功的人物形象身上。

（一）宋江等好汉形象

宋江是《水浒传》的灵魂人物，和新时期的同类文章相比，这一时期绝大多数文章都没有再对宋江做阶级属性的划分，或者对宋江形象是否成功做简单的否定与肯定，而是从人物形象生成史入手，考察人物形象的生成演变，进而考察人物形象所具有的矛盾性、复杂性、悲剧性等特征，并对其做出学理的阐释。例如赵维国就认为宋江形象经历了从市井英雄升华为庙堂烈士的历程，在这个过程中，早期市井细民的侠义文化和后期写定文人的儒家思想融合在一起，从而使宋江成为世俗之义与忠义思想融合的典型形象①。冯文楼认为宋江脚踩忠、义两境界的人格取向和价值关怀，决定了他在人生理想的构设上和行为选择的操作上的矛盾性。② 曲家源则认为宋江是集忠、义、恭、宽、信、毅、惠于一身，是作家的理想“完人”，但由于儒学自身的悖论和作家过分强调对观念的体现，所以宋江形象存在着许多艺术漏洞和自相矛盾之处③。郭玢则认为宋江身上所具有的“忠义”与“个人奋斗”的二重形象其实是作者矛盾思想的化身，是“理学”与“心学”对垒的时代思潮的产物④。

作为古典文学著名的悲剧性人物，宋金民认为宋江的悲剧是一个殉道者知其不可为而强为之的悲剧，他以微薄之力试图抗衡、规范他所认同的君父秩序与等级模式，最终既得不到朝廷的谅解，又得不到梁山兄弟的理解和支持⑤。冯文楼认为宋江的悲剧是他人格价值观的必然结果，是无法

---

① 赵维国：《从市井到庙堂：宋江形象生成的历史解读》，《信阳师范学院学报》（哲学社会科学版）1999 年第 1 期。

② 冯文楼：《“忠义”：一个二极背逆的价值选择——重读宋江》，《甘肃社会科学》1996 年第 4 期。

③ 曲家源：《宋江——〈水浒传〉里的理想“完人”》，《山西师范大学学报》（社会科学版）1992 年第 4 期。

④ 郭玢：《宋江形象的悲剧性》，《山西师范学院学报》1996 年第 1 期。

⑤ 宋金民：《追求孤独与殉道——〈水浒传〉宋江的性格特征》，《明清小说研究》2011 年第 1 期。

调谐的文化伦理悲剧，体现了施耐庵、罗贯中等知识分子在人格价值上的理想追求和政治关切上深沉的历史困惑①。周甲辰也认为宋江的失败是我国以儒家思想为核心、以儒道释三位一体为基本构架的传统文化在现实社会的失败②。

除了宋江这个核心人物外，许多学者对其他塑造得非常成功的英雄人物也进行了深入的分析。在鲁智深形象研究方面，马成生从侠义小说史的宏观视野考察鲁智深对前代侠义精神的继承和对后世侠义小说的影响，认为鲁智深是雄视千古的奇侠③。陈玉勤认为鲁智深僧人形象的继承与创新主要表现在两方面："狂僧"鲁智深僧人形象是对前代文学作品和史籍中僧人外表举止描绘的继承与创新，重点展示在"骂佛犹益真修"，而"狂侠"鲁智深僧人形象则是对前代僧人行侠仗义行为描写的继承与创新，重点展示在"替天行道"方面④。另外有论者还分析了鲁智深僧人身份所体现出的宗教伦理意识，认为他在六和寺的坐化张扬了人格的坦荡、真实与纯美，表现了小说家对生命过程的独特的价值思考⑤。

被金圣叹称为"天人"的武松是家喻户晓的水浒英雄。有学者从社会学视角分析武松形象的来源、社会属性等，认为武松是中国古代农业文明所孕育出来的"英雄"的代表，"痞子"是他最原始、最本真的形象内核。痞子加英雄的形象来源于与其同时的"小说""讲史"话本，其形成的原因在于游民队伍的壮大、肉体力的崇拜、对女性的歧视防范和市民阶层的文化自卑心态，以及古代"差序格局"型的伦理社会等多种因素的交互作用⑥。胥惠民、王学泰等则指出武松来源于游民社会，是游民英

① 冯文楼：《"忠义"：一个二极背逆的价值选择——重读宋江》，《甘肃社会科学》1996年第4期。

② 周甲辰：《一个超悲剧人物的审美意蕴——宋江典型性格解读》，《零陵师范高等专科学校学报》2000年第1期。

③ 马成生：《鹤立鸡群　雄视千古——从中国小说史谈鲁智深的"侠气"》，《杭州师范学院学报》1990年第5期。

④ 陈玉勤：《论〈水浒传〉鲁智深僧人形象的继承与创新》，《南昌大学学报》（人文社会科学版）2005年第3期。

⑤ 周莉：《钱塘江上潮信来　今日方知我是我——从鲁智深的圆寂正果谈起》，《明清小说研究》2008年第4期。

⑥ 范丽敏：《武松的形象、来源及社会学解读》，《明清小说研究》2011年第3期。

雄的代表，身上具有非常复杂的性格特征，比如盲目性、痞性、匪性等缺陷。[①] 王骥洲则认为武松的江湖义气是在中国传统差序格局社会结构中的有条件的利他主义行为，是在充斥着暴力、残忍和血腥的自我执法行为中完成的，而下层社会的广泛认同恰恰又是武松式江湖义气保持长盛不衰的一个重要支撑力量。[②]

针对李逵形象两面性矛盾性的论争，齐裕焜指出李逵是作者肯定的人物形象，他具有“真”“蛮”“趣”的喜剧性特征。作者为了把李逵塑造成一个喜剧性角色，故意对他的言行进行了夸张和歪曲，从而具有荒谬背理的性质。不少否定李逵的文章或是抓住小说中的只言片语或某些行为就下结论，或者是忽略了李逵在小说中的独特的喜剧性地位和与宋江的互补性的特殊关系，从而得出不科学的结论。李逵形象开启了我国古代历史演义、英雄传奇、侠义小说中莽汉系列，因此正确科学地评价李逵具有重要的意义。[③] 魏崇新则从小说史和心理学的角度考察了以李逵为代表的“黑旋风人物系列”，认为黑旋风们都具有粗野外貌和粗莽的性格以及思维方式的原始性，而野性原始的赤子之心是其最可爱的地方。黑旋风们的恋母情绪培植了他们蔑视礼法、反叛秩序的性格，而寻父意识则使他们的反叛难以彻底，造成了他们对某种权威的倾倒。二者交织导致了黑旋风们性格的两重性，真实地展现出人性内部原始意识与伦理文化的冲突。作者认为，黑旋风代表的是酒神精神，而刘备、宋江等人代表的则是日神精神，二者相互冲突又相互制约、相互补充。[④]

以往研究者对吴用形象较少关注，这一时期有 10 篇左右的文章专门对这个人物进行了研究。例如有的研究者认为吴用形象是《水浒传》中线索式人物，具有双重性、矛盾性，与诸葛亮的高大全形象相比更真实可感，反映了真实的人性。[⑤] 关四平将诸葛亮和吴用进行对比，认为在人生

---

① 胥惠民：《论游民英雄武松》，《新疆师范大学学报》（哲社版）1990 年第 3 期；王学泰：《〈水浒传〉江湖人物论（之六）江湖人的楷模——武松、石秀》，《名作欣赏》2011 年第 1 期；孙绍振：《武松的痞性、匪性和人性》，《名作欣赏》2009 年第 22 期；张桐林：《明镜照物　妍媸毕露——试论武松的性格缺憾》，《东南大学学报》（哲学社会科学版）2002 年第 2 期。

② 王骥洲：《文本江湖义气的社会学解读——以〈水浒传〉里的武松为例》，《中共中央党校学报》2006 年第 6 期。

③ 齐裕焜：《正确科学地评价李逵》，《福建广播电视大学学报》2009 年第 5 期。

④ 魏崇新：《人物类型与文化精神——“黑旋风人物系列”论》，《明清小说研究》1992 年第 2 期。

⑤ 黄蕴：《吴用形象的性格美学意义探讨》，《云梦学刊》2000 年第 2 期。

目标与社会理想层面，诸葛亮是救民为国，一以贯之；吴用是由“图个一世快活”到“扶国安民”，又回归到追求“快活”；在智慧才能层面，诸葛亮是具有大智慧的杰出战略家，吴用则是战术家而缺乏战略眼光；在人生悲剧结局层面，诸葛亮是命运悲剧，吴用则是性格悲剧。作者认为，诸葛亮和吴用这两个士人形象揭示出两种士林人生道路与人生理想的差异，“《三国志演义》体现了道统与政统的统一，而《水浒传》体现的则是道统与政统的背离”。这种差异体现了罗贯中和施耐庵们在特定文化土壤中所产生的复杂矛盾的文化心态①。杨峰则认为吴用形象具有一定的理想化色彩，体现出个体的人对自我价值的基本追求和个体独立精神的肯定。②

（二）潘金莲等女性形象

潘金莲和其他女性形象在这一时期受到重视，是与整个社会尊重女性的大环境密切相关的。关于潘金莲，过去的论著往往持批判态度，而这一时期的论著则基本上是一边倒，绝大多数文章都认为潘金莲是值得同情的人物，造成其悲剧人生的主要原因是封建婚姻制度。例如宋培宪就认为，潘金莲的毁灭既源于封建婚姻制度和陈旧贞节观念的戕害，也缘于她的由受害至害人的自我堕落。③ 宋琤运用西方悲剧理论，认为潘金莲无论是“不肯依从”于张大户还是不满自己的畸形婚姻而偷情，都是对封建社会的挑战与抗争。潘金莲的人生追求是必然的、合理的、“有价值”的，但实际都“不可能实现”，因此构成了她的悲剧命运，这是封建制度下任何一个追求爱情幸福的妇女的必然结局④。

由于女性主义思潮在20世纪90年代的大陆影响甚大，所以不少学者在讨论潘金莲形象的时候存在着过度拔高的现象。如有的研究者认为潘金莲的悲剧是“封建制度下任何一个追求爱情幸福与个性解放的妇女的必

① 关四平：《诸葛亮与吴用同中之异的再认识——〈三国志演义〉与〈水浒传〉比较研究之一》，《东岳论丛》2007年第3期。

② 杨峰：《论吴用之“用”》，《广西师范学院学报》（哲学社会科学版）2011年第2期。

③ 宋培宪：《多棱镜下的潘金莲与潘金莲形象的再思考——兼及古典名著改编的有关问题》，《聊城师范学院学报》（哲学社会科学版）1998年第4期。

④ 宋琤：《论〈水浒传〉中潘金莲性格的二重性》，《甘肃联合大学学报》（社会科学版）2010年第4期。

然结局”，是对“封建礼教的超越”[①]。对此，吴敢认为《水浒传》中的潘金莲是一个为自己活着，被他人利用，以嫁人与偷情为其生命全部的悲惨女人。这个形象只是作为武松的陪衬，还没有被充分展开，算不上不朽的艺术典型。[②]

对于其他女性如阎婆惜、李师师等，一些论者也有所论及，但更多的是侧重于小说女性群像的考察。例如有论者认为《水浒传》女英雄形象因为背离生活实际而显得假大空，缺乏个性，但那些淫妇形象却鲜明生动，有血有肉，达到性格化典型的高度。究其原因，是因为淫妇虔婆一类形象既有生活原型，更有前代艺术可资借鉴，而女将领形象只凭主观臆造。[③] 马瑞芳则认为《水浒传》以女人祸水为主旨，无论是淫荡女性还是巾帼女性都呈现出以“淫乱、庸俗、粗野为突出特点的丑化女性的女性形象”，而宋儒理学就是导致这一现象的根本原因。[④]

吴宪贞从江湖文化的角度出发，认为在英雄本位语境下，《水浒传》女性视点呈现出弱化、丑化、男化等非对称性、非常态化的建构。究其原因，除了宋明理学时代文化心理的深层影响外，更主要的是流传广布而极具世俗情味的江湖母题自然渗入《水浒传》的累积成型中，使得《水浒传》女性视点成为某些江湖母题的情节化、故事化和具象化，成为趋附于英雄本位而生的一类特定语境女性景观。[⑤] 纪德君则从叙事学的视角考察《水浒传》女性被贬损或丑化的原因，认为除了与作者妇女观落后及小说所写人物的特殊性有关，更主要的是这些女性形象被作者当成了叙事建构物，其主要功能就是诱使英雄犯罪，使英雄流落江湖，聚向梁山。因此这些女性形象的思想性格及行事逻辑等都是根据故事情节建构和发展的需要而产生的。[⑥]

---

① 杨守国、李枫：《摭论〈水浒〉潘金莲思想性格的抗争性与悲剧性》，《商洛师范专科学校学报》2001 年第 1 期；董沼：《从雅斯贝尔斯的悲剧观看〈水浒传〉潘金莲形象的艺术价值》，《中国古代小说戏剧研究丛刊》第 6 辑，甘肃教育出版社 2008 年版，第 138—151 页。

② 吴敢：《说〈水浒传〉中的潘金莲》，《昆明学院学报》2009 年第 1 期。

③ 谭桂英、周健：《评〈水浒〉中的女性形象塑造》，《暨南学报》（哲学社会科学）1999 年第 3 期。

④ 马瑞芳：《女性意识在〈三国〉〈水浒〉中的空前失落》，《东方论坛》1994 年第 4 期。

⑤ 吴宪贞：《〈水浒传〉女性视点生成及其拓新价值》，《齐鲁学刊》2012 年第 4 期。

⑥ 纪德君：《试从叙事建构角度解读〈水浒〉女性》，《广州大学学报》（社会科学版）2002 年第 9 期。

（三）其他人物形象

除了以上一些人物形象外，这时期研究者还对小说中比较次要的人物形象如武大郎、何九叔和宋徽宗等进行了研究。武大郎一直是被忽略的形象，偶有论及者也多是以善良可怜视之。赵树功却认为武大郎形象表面是可怜懦弱，而这种懦弱其实是一种强烈依附性下的非独立的人格。但当其作为封建时代男性的地位尊严受到挑战的时候，其呆笨懦弱的形象却被出奇的勇敢所取代。作者认为这种性格的悖反来源于封建男权制度的浸淫，是不合理的制度与文化传统对武大郎这个天性善良的小人物的异化。①

对于诸如何九叔、唐牛儿和郓哥以及王伦、宋徽宗等次要人物，研究者也有所关注②，更有论者还对次要人物在小说中的地位作用进行了探讨。如张萍就认为这些“小人物”形象的塑造主要是为了推动情节的发展，为刻画故事主人公提供条件，同时对主人公起到衬托作用。③ 草夫则认为次要人物承担起了创造典型环境、实现主题思想的艺术功用，对营构故事情节，推动故事情节的发展和刻画主要人物起了极为重要的艺术功用。④

除了以上几种人物形象的研究外，个别文章还从人物塑造艺术方面探究了小说塑造人物的技巧。如汪远平从雕塑美的角度分析了《水浒传》的人物形象塑造，认为这些形象具有包蓄着性格和职业特征的“肖像造型”、富于力感和象征性的“动态造型”和坚毅而雄壮的阳刚美造型三种美学特征⑤。

首先，作为文本研究重要内容的人物形象研究，近二十年的研究成果在数量上非常丰硕，但质量相对而言有所下降，真正有见解的论文不多，更多的是习见观点的简单重复。其次，在研究对象方面过度扎堆。从上面的概述就可以看出，这一时期对人物形象的研究主要集中于宋江、潘金

---

① 赵树功：《〈水浒传〉武大郎人格的悖反与其文化意义解读》，《明清小说研究》2005 年第 3 期。

② 李成芳：《于夹缝中求生存——评〈水浒传〉中的何九叔》，《聊城师范学院学报》（哲学社会科学版）1993 年第 3 期；赵百成：《唐牛儿和郓哥在情节发展中的作用》，《佳木斯师专学报》1995 年第 1 期；丛远东：《王伦形象面面观及其美学价值》，《南京师大学报》（社会科学版）1992 年第 1 期；赵民：《〈水浒传〉中宋徽宗形象论》，《枣庄学院学报》2006 年第 3 期。

③ 张萍、郑飞云：《浅谈〈水浒传〉中小人物的塑造及其价值》，《临沂师专学报》1998 年第 5 期。

④ 草夫：《〈水浒传〉中次要人物的艺术功用》，《零陵师专学报》1992 年第 4 期。

⑤ 汪远平：《漫谈〈水浒〉人物描写的雕塑美》，《晋阳学刊》1990 年第 1 期。

莲、鲁智深、武松等几个著名的形象，其中宋江特别突出。笔者根据中国期刊网进行了大致统计，从 1990 年到 2013 年的 24 年间的专论文章就达到 160 余篇，而 1950 年到 1989 年（不含“文化大革命”时期）的 30 年间才 50 余篇。另外，与新时期人物形象研究相比，这一时期用传统美学理论去探讨人物形象塑造技巧的文章非常少，这既是缘于前一阶段研究成果突出，后来者有盛极难续之感，更是与 20 世纪 90 年代后学术研究的理论方法大转变相关。

三　文本艺术研究

这一时期对《水浒传》文本艺术的研究除了继承传统的诸如语言艺术、抒情艺术、细节描写等小说美学研究外，许多学者纷纷运用叙事学的方法考察小说的叙事艺术，取得比较好的成绩。另外，对小说悲剧色彩的深入考察也成为本时期文本艺术研究的一个亮点。

（一）关于小说的叙事艺术

叙事学引入大陆以后，迅速被学者运用于传统小说的研究，《水浒传》也不例外。在叙事视角方面，傅隆基认为《水浒传》从总体上看是属于古典式全知全能叙事型，讲述者即“说书人”，其功能包括讲述故事，对故事进行注释和思想道德评价等。在运用全知视角的同时，小说已经开始运用带有限制性的内视角甚至客观视角。① 杨义则认为《水浒传》的叙事视角是超全知全能的，小说最具中国色彩的叙事视角应该是流动视角以及环形视角和辐射视角。② 段江丽认为，《水浒传》在叙述声音方面充分发挥了全知视角模式的特点，对作品中的人物事件从多方面进行了评论，具有预告故事内容、提供背景知识和必要信息、深化主题、注明事情原委、解释人物动机等作用。在具体运用全知视角时，《水浒传》主要透视了主要人物和正面人物的内心，为了弥补全知视角损害真实性和戏剧性的弊病，叙述者有意识地采用了临时变换为人物有限视角的方法。此外，还采用了故意“隐瞒”人物身份和必要事件的方法，大大增加了作品的

---

① 傅隆基：《〈水浒传〉中的叙述人及视角初探》，《华中理工大学学报》（社会科学版）1993 年第 1 期。

② 杨义：《中国古典小说史论》，中国社会科学出版社 1995 年版，第 288—293 页。

神秘感和戏剧性[1]。此外罗宪敏等也有类似的论述。[2]

在叙事结构方面，杨义认为《水浒传》叙事具有三重结构层：最外一层是以天人感应模式建构的超人间的玄想层面，中间一层是以高俅为代表的奸邪之辈和以宋江为代表的“义士—罪人”两极对立的社会层面，最内一层是宋江内心的孝义或忠义两极共构的心理层面。三个层面的相互呼应、制约和运作，形成了《水浒传》形散神圆的叙事结构和神理。[3] 郑铁生运用“单元结构”和“结合部”概念把《水浒传》七十回以前的叙事结构归纳为 5 个大单元，并探讨了单元间的组合方式。后来作者又提出《水浒传》的叙事潜隐结构，并对其三个表现进行了分析。[4] 此外王平、纪德君等学者也从不同角度讨论了《水浒传》的叙事结构问题。[5]

还有学者对《水浒传》其他叙事问题进行了研究。如在叙事时空问题上，张世君认为包括《水浒传》在内的古典小说叙事的历史时间和自然时间都呈现出循环的特点，表现出浓重的悲剧意识。解立红将《水浒传》的叙事空间分为隐性的神秘空间、显性的现实空间、虚拟的书场空间等三个层次，并具体论述了三个叙事空间的转换、连接方式等问题[6]。项晓敏、聂春艳考察了《水浒传》的叙事频率和叙事节奏。[7] 吕小蓬则从公案的角度研究了《水浒传》的公案叙事形态，认为为了适应小说篇幅增加、体制的变革，《水浒传》有意识地打破传统的公案叙事结构，发展出了新的叙事形态，丰富了小说中公案的叙事功能，推动了明清小说、特

---

① 段江丽：《论〈水浒传〉的叙事视角》，《湖南师范大学社会科学学报》2001 年第 3 期。

② 罗宪敏：《〈水浒传〉的视角艺术》，《明清小说研究》1992 年第 2 期；赵雷：《〈水浒传〉叙事视角分析》，《济宁师范专科学校学报》2003 年第 1 期。

③ 杨义：《〈水浒传〉的叙事神理》，《齐鲁学刊》1994 年第 1 期。

④ 郑铁生：《论〈水浒传〉叙事结构》，《天津外国语学院学报》1998 年第 1 期；《论〈水浒传〉的叙事潜隐结构》，《江西社会科学》2008 年第 9 期。

⑤ 王平：《论〈水浒传〉的叙事逻辑》，《齐鲁学刊》1999 年第 6 期；洪哲雄、纪德君：《“知其二千余纸，只是一篇文字”——试绎〈水浒传〉的整体结构逻辑》，《中山大学学报》（社会科学版）2000 年第 1 期；陈西平：《论〈水浒传〉的循环式叙事结构》，《山东农业大学学报》（社会科学版）2007 年第 2 期。

⑥ 张世君：《古典小说叙事的时空意识》，《暨南学报》（哲学社会科学）1999 年第 1 期；解立红：《〈水浒传〉的空间叙事研究》，硕士学位论文，首都师范大学，2004 年。

⑦ 项晓敏：《〈水浒传〉的节奏性艺术特征》，《杭州师范学院学报》1992 年第 1 期；聂春艳：《重复的艺术——〈水浒传〉故事类型的重复与词语的重复》，《安徽教育学院学报》1997 年第 4 期。

别是章回小说中的公案创作。①

值得一提的是李桂奎结合西方叙事学理论，探讨《水浒传》等古典小说的叙事特征和规律，由于作者立足于中国古典小说的叙事文本，因此结论也更具说服力。比如作者将《水浒传》经常出现的关于黑夜的叙事分为传奇性的“夜行”“夜走”“夜闹”“夜战”等形态，并分析了各种“夜话”叙事的特征，认为《水浒传》的“夜化”叙事包含着挑战伦理秩序的寓意，特别有利于英雄好汉“壮心”的打造和英雄悲情的渲染②。此外作者还考察了钱财、天时等观念与小说叙事的关系。③

本时期虽然不少学者都主动地运用叙事学的方法来研究《水浒传》，但很多研究者往往直接套用叙事学的一些基本理论，忽略了我国古代小说产生的文化背景和《水浒传》时代累积的特殊性，因而多有削足适履之憾。相对而言杨义、李桂奎等从传统文化和小说文本实际出发，参以西方叙事学理论，研究结论更为圆融通达。

（二）关于小说的悲剧色彩

《水浒传》是草莽英雄的一曲悲歌，本时期不少研究者从多个角度对小说的悲剧色彩进行了研究。比如在《水浒传》悲剧的表现方面，有学者认为《水浒传》的悲剧是由以下三个层面构成的：表层结构是社会历史层面的悲剧，具体表现为真善美的被毁灭；深层结构是文化意识层面，表现为庙堂文化与江湖文化的冲突；潜层结构是人本意识层面，表现为人类在选择问题上的两难困境。这三个层面由浅入深，纵横交错、渗透融合，彰显着巨大的文化悲剧价值。④ 在悲剧氛围的营造方面，有研究者认为，《水浒传》主要通过写朝奸暗算、写英雄的悲剧预感和写敌手警告或名士忠告、真人指点来创造悲剧气氛。或者是通过英雄人物前后境况的对

---

① 吕小蓬：《〈水浒传〉的公案叙事形态论析》，《上海师范大学学报》（哲学社会科学版）2004 年第 3 期。

② 李桂奎：《〈水浒传〉的“夜化”叙事形态及其文化意蕴》，《南开学报》（哲学社会科学版）2009 年第 1 期；《〈水浒传〉时间设置的“夜化”与叙事效果的强化》，《玉溪师范学院学报》2007 年第 2 期。

③ 李桂奎：《传统钱财观念与〈水浒传〉的叙事形态》，《燕山大学学报》（哲学社会科学版）2009 年第 3 期；《“天时”观念与明清小说的叙事机制》，《鲁东大学学报》（哲学社会科学版）2009 年第 2 期。

④ 杨冬梅：《论〈水浒传〉结构层面的文化悲剧价值》，《佳木斯大学社会科学学报》2006 年第 2 期。

比，或者是通过英雄人物死亡过程等细节描写来增强悲剧气氛。[①]

本时期最有成就的是关于悲剧成因的研究。以前的研究者对小说悲剧原因的分析大多从社会或者历史的角度切入。这种方法以《水浒传》是描写农民起义为前提，运用社会政治学理论、阶级斗争理论来分析小说的悲剧性。这一时期也有学者从这个角度探讨《水浒传》的悲剧问题。如龚留柱从封建统治阶级保卫现存制度、领袖人物妥协方针造成目的和手段的脱节、狂热的下层群众忽视复杂的现实三方面，认为《水浒传》表现了农民战争中"历史的必然要求和这个要求的实际上不可能实现"的悲剧性。[②] 王桂英认为《水浒传》作为农民起义之所以失败，是由于封建统治阶级思想的毒害、起义队伍成分复杂和农民阶级本身的局限三方面原因造成的。[③]

佘树声将《水浒传》的悲剧性聚焦于梁山好汉的内部，认为蕴含于"梁山"首领宋江形象中的忠与叛逆的矛盾冲突与蕴含于"梁山"群体形象中的义与叛逆的矛盾冲突之间的同构互渗，是构成《水浒传》悲剧性质的基本根源。从整体性的高度看，《水浒传》又是统治者与叛逆者共同的悲剧，这是由两者共有的两种悲剧性内涵（社会与历史周期律之间的冲突；人性与奴性的冲突）所决定的。而从作者的观念世界与《水浒传》小说世界的内在联系看，水泊"梁山"既是作者抗上意识的衍化，也是作者乌托邦理想的折射，同时也是作者忠义价值观念的投影，因此，从一定意义上说，《水浒传》的悲剧也就是作者施耐庵观念的悲剧。[④] 与之类似，敬晓庆从小说成书历史和作者思想矛盾的角度考察《水浒传》英雄人物悲剧的必然性，认为作为小说人物的原型，历史上的"淮南盗"宋江和南宋河北抗金忠义军的悲剧命运直接造成了其悲剧性，而明初朱元璋鸩杀勋臣则影响了小说的悲剧主题，施耐庵人生理想的矛盾与最终破灭也

---

① 杨道平：《析〈水浒全传〉悲剧气氛的创造》，《大庆高等专科学校学报》1998 年第 3 期；王莹雪：《〈水浒传〉中梁山好汉的悲剧命运解读》，《重庆科技学院学报》（社会科学版）2012 年第 1 期。

② 龚留柱：《对〈水浒传〉梁山悲剧的几点看法》，《河南大学学报》（社会科学版）1998 年第 6 期。

③ 王桂英：《历史的悲歌——论〈水浒传〉农民起义失败的必然性》，《昭通师专学报》1999 年第 4 期。

④ 佘树声：《论〈水浒传〉的悲剧意义》，《齐鲁学刊》1999 年第 3 期。

是小说悲剧性的重要因素。[1]

除此之外，有的学者还从文化的角度考察《水浒传》的悲剧原因。如冯文楼认为《水浒传》招安悲剧本质上是以“忠”为代表的儒家文化大传统对以“义”为代表的江湖文化小传统进行文化整合的悲剧。[2] 纪德君认为《水浒传》悲剧发端于江湖文化与儒家文化的内在紧张性，后者对前者的规范和消解导致了悲剧的产生，作者虽然将水浒英雄的悲剧故事纳入到用天命观念预设的神话式框架里，但天命与佛道并不能够真正消解小说浓厚的悲剧情怀。[3] 关四平等也认为《水浒传》贯穿着弘扬侠义与墨守忠君的矛盾与困惑，如实写出了侠义皈依忠君的惨烈悲剧。“水浒”中的“侠义”既有儒家的“仁爱”、墨家的“兼爱”，又有江湖文化中的道德人格。作者试图统一侠义与忠君的矛盾，以忠规范义，却未能达到忠义一体的主观命意，凸显两种文化整合的艰难。这样写是作者文化心理矛盾的结果，更深层次说就是大众文化与正统文化冲突碰撞的结果。[4]

《水浒传》悲剧性的研究是个老课题，以往的研究大多从小说成书历史、农民起义斗争的局限性和小说最后写定者情志表达等角度去探讨，而这一时期学者从文化整合角度去思考这一问题，明显将该课题的研究大大向前推进了一步。

（三）其他方面

除了以上两个方面外，还有很多研究者从各个方面对《水浒传》的艺术成就进行了研究。例如宁宗一和吴志达两位先生都不约而同地注意到小说艺术特色与民族风格之间的关系。宁宗一认为《水浒传》作为中国古代长篇章回小说，其民族风格和民族气派是最突出、最强烈的，阳刚之美是《水浒传》总体的审美风格，而传奇性、传神、白描和意境则是小说的四大民族审美风格[5]。吴志达也认为《水浒传》无论是在结构方式、塑造人物形象、刻画典型性格的美学追求方面，还是在具有浓厚地方色彩而又富于表现力的语气艺术方面，无不体现出鲜明的民族风格。而从各个

---

① 敬晓庆：《千古蓼洼埋玉地，落花啼鸟总关愁——论〈水浒传〉英雄人物悲剧结局的必然性》，《中国古代小说戏剧研究丛刊》（第 1 辑），甘肃教育出版社 2003 年版，第 167—185。

② 冯文楼：《招安：一个文化整合的悲剧》，《社会科学战线》1997 年第 4 期。

③ 纪德君：《〈水浒〉文化的悲剧解读》，《明清小说研究》1998 年第 3 期。

④ 关四平、陈砚平：《〈水浒传〉：“侠义”皈依“忠君”的悲剧》，《北方论丛》1998 年第 3 期。

⑤ 宁宗一：《浅谈〈水浒传〉的民族审美风格》，《明清小说研究》2010 年第 1 期。

层面展现出的北宋末年的社会生活状况、人们的精神面貌和有民族特色的风俗画面更是小说民族风格最生动、具体的表现。①

在《水浒传》语言艺术方面，不少研究者都认识到《水浒传》的语言具有通俗、简明、生动、幽默以及地域化等特点。② 汪德羞认为《水浒传》的作者熟练地驾驭了明快、生动、形象的语言用字，准确、精当或生动地显示出人物的性格，或恰到好处地传达出人物彼时、彼地、彼境的心理状态，或巧妙地烘托出人物活动的环境氛围，或清晰地叙述了故事情节，或准确地描摹了人物的行为动作，为后人提供了值得模拟的语言标本。③ 此外还有一些研究者对小说人物的语言也进行了思考。④

在具体的艺术技巧方面，研究者们也从多个角度进行了探讨。如寇相法仔细分析了《水浒传》的细节描写，认为小说通过细节描绘了英雄上山的具体道路，塑造了光辉的英雄形象，谱写出扣人心弦的情节结构乐章。⑤ 周晴、郭福平等讨论了《水浒传》的抒情艺术，认为小说善于利用悲剧的形式创造抒情气氛，通过借景抒情和诗词歌赋等来加强抒情色彩，而人物绰号和喝酒等场面描写也洋溢着浓郁的情感。⑥ 张西爱等考察了《水浒传》人物描写的对比艺术⑦，段春旭和隋彬等考察了《水浒传》的肖像描写和白描手法⑧。

---

① 吴志达：《〈水浒传〉的艺术特色与民族风格》，《武汉大学学报》（社会科学版）1991年第6期。

② 葛成民：《中华民族文学语言的瑰宝——论〈水浒传〉的文学语言》，《临沂师专学报》1998年第2期；邓鹏：《简论〈水浒传〉的语言艺术》，《四川文理学院学报》2011年第4期。

③ 汪德羞：《千姿百态、出神入化的语言——〈水浒传〉艺术论之二》，《昭乌达蒙族师专学报》（汉文哲学社会科学版）2001年第2期。

④ 赖丽青：《简论〈水浒〉的人物对话艺术成就》，《明清小说研究》2000年第4期；张海燕：《〈水浒传〉个性化的人物语言》，《渤海学刊》1995年第1期；张向东：《“从说话看出人来”——浅论〈水浒传〉人物语言的性格化描写》，《荆门大学学报》（哲学社会科学版）1995年第4期。

⑤ 寇相法：《为大于其细——略谈〈水浒〉的细节描写》，《明清小说研究》1993年第2期。

⑥ 周晴：《〈水浒〉的抒情艺术》，《济宁师专学报》2004年第1期；郭福平：《论〈水浒传〉的抒情艺术》，《社科纵横》2008年第4期。

⑦ 张西爱：《谈〈水浒传〉中运用对照来描写人物的特点》，《济宁师专学报》2001年第1期；焦庆艳：《浅析对比艺术对〈水浒〉人物性格刻画的贡献》，《鸡西大学学报》2008年第4期。

⑧ 段春旭：《淡彩浓墨总相宜：〈水浒传〉的肖像描写》，《宁德师专学报》（哲学社会科学版）2000年第2期；隋彬：《白描手法在〈水浒传〉中的运用》，《南都学坛》2003年第5期。

在小说审美风格方面，王前程认为《水浒传》是一部以雄浑宏阔为基调的古典名著，作品中的英雄好汉以其健壮的体魄、超凡的勇力、粗豪的性格和高大的人格精神而响震天下，充分表现了我们民族所崇尚的阳刚之美。① 王振星认为《水浒传》的杀人吃人情节、许多自然环境和部分人物外貌等的描写都具有荒诞的审美特征。② 他借用巴赫金狂欢化诗学理论，认为《水浒传》在主题上主张突破一般社会规范；在人物形象的塑造上表现出崇高与卑下、磊落与猥琐、正与反、真与诞的性格双重性；在体裁结构上把高雅与粗俗、严肃与诙谐、神圣与滑稽、悲剧与喜剧成分融为一体，打破了各文体之间难以逾越的鸿沟，展现了狂欢化小说的未完成性、开放性和多义性。因此作者认为《水浒传》是一部狂欢化程度颇高的作品。③

相对于新时期的文本艺术研究而言，近二十年对《水浒传》文本艺术的研究成果在量方面没有优势，并且由于文艺思潮的演变和研究方法的转换，文本研究由传统的注重人物形象塑造、语言艺术、情节结构、细节描写、对比艺术等的研究转向对作品叙事艺术、悲剧意蕴的考察分析。因此，这一时期文本艺术研究的亮点是对《水浒传》叙事艺术的分析取得了很大的成绩，而运用文化学的方法考察小说的悲剧意蕴也更趋合理圆融，显示出运用新方法研究老问题的成效。相对而言，对小说语言艺术、细节描写、对比艺术等的分析则没有超过 20 世纪 80 年代的水平。

四 文化研究

随着 20 世纪 90 年代以来文化学研究的兴盛，许多学者运用这一方法，从中国传统文化的角度考察《水浒传》与儒道释墨等各种传统文化的关系，取得了比较显著的成绩。

（一）《水浒传》与侠文化（江湖文化）

《水浒传》作为一部描写绿林豪杰的巨著，无论是对小说主题思想、人物形象还是具体的环境器物描写等，都与江湖文化或者侠义文化有着非常密切的联系。本时期许多学者都从侠文化（江湖文化）的角度去审视《水浒传》，对小说中侠文化的性质内涵特征、小说在中国侠义文学史上

---

① 王前程：《试论〈水浒传〉的阳刚之美》，《郧阳师范高等专科学校学报》2001 年第 4 期。

② 王振星：《论〈水浒传〉荒诞的审美特质》，《济宁师专学报》1995 年第 1 期。

③ 王振星：《〈水浒传〉狂欢化的文学品格》，《济宁师专学报》2001 年第 1 期。

的地位等问题进行了比较充分的论述。

首先，学者对《水浒传》侠文化或江湖文化的性质、内涵和特征等进行了界定和描述。如王学泰从他的游民说出发，认为《水浒传》所描写的江湖是以游民为主体的江湖世界，书中倡导了造反有理的游民意识。[①] 伍凌燕认为所谓“江湖社会”就是脱离了宗法制度、与官方对立的秘密的民间社会，它以游民为活动主体，同时吸纳主流社会里的边缘群体与个人。[②] 宁稼雨认为《水浒传》所表现的绿林文化精神是墨家思想影响下的侠文化的组成部分，“替天行道”是绿林文化的行动纲领，“路见不平，拔刀相助”、“仗义疏财”等是绿林文化的人格崇拜。[③] 韩云波认为《水浒传》是早期形态的绿林英雄传奇，报仇和疏财是它主要的侠行，而“义”则是侠的核心价值观，是两类侠行的根源和标准。[④] 比较全面地对《水浒传》的江湖文化进行研究的是王同舟的《地煞天罡：〈水浒传〉与民俗文化》一书。该书分析了小说中的侠义观念，对小说所体现的江湖习俗如结盟、尚武、性禁忌和饮食等进行了比较全面的研究，堪称本时期研究《水浒传》江湖文化的代表作品。[⑤]

其次，学者对《水浒传》在侠义文化史上的地位、影响进行了定位。如李真瑜认为《水浒传》英雄好汉的行为特点和行为道德准则直接受到《游侠列传》的影响，以武力排难解纷和崇尚“义”是他们共同的特点。但《水浒传》的“义”，更为丰富和复杂。[⑥] 曹萌认为《水浒传》的根本思想倾向是尚侠思想的遗传和变异，其遗传主要表现在塑造了游侠形象、表现了侠的率真乐观心态、塑造了侠的品格；其变异则体现在侠遵从儒家伦理道德，个体活动服从群体的意志。[⑦] 冯媛媛认为《水浒传》代表着侠义小说史上侠义传统的新变和“侠义精神”的重新整合。其整合表现在“侠”与“英雄”的合流和“私义”变为“公义”，新变表现在对豪侠精

---

① 王学泰：《从〈水浒传〉看江湖文化》，《上饶师范学院学报》2005 年第 4 期。

② 伍凌燕：《论〈水浒〉中的“江湖”》，《湖北社会科学》2011 年第 8 期。

③ 宁稼雨：《〈水浒传〉与中国绿林文化——兼谈墨家思想对绿林文化的影响》，《文学遗产》1995 年第 2 期。

④ 韩云波：《一部早期形态的绿林英雄传奇——谈〈水浒〉的侠行与侠义》，《江汉论坛》1991 年第 3 期。

⑤ 王同舟：《地煞天罡：〈水浒传〉与民俗文化》，黑龙江人民出版社 2003 年版。

⑥ 李真瑜：《游侠遗风与〈水浒传〉》，《北京师范大学学报》（社会科学版）1992 年第 4 期。

⑦ 曹萌：《〈水浒传〉：尚侠思想的遗传与变异》，《河南师范大学学报》（哲学社会科学版）2004 年第 4 期。

神的文化洗礼，把历史上的“游侠”转变为具有报国公心的“团体之侠”。[①] 黄华童则认为《水浒传》是中国第一部成功的长篇侠义小说，它在题材选择、主题提炼、情节结构、人物塑造、创作模式诸方面对后世侠义小说的创作都产生了重要的影响。[②]

（二）《水浒传》与儒墨文化

儒家文化作为中国文化的绝对主流，对《水浒传》影响非常深远。因此郭兴良认为《水浒传》表现了以儒家思想为主的中国传统文化精神，具体表现在忠奸斗争的小说主题和“忠”“义”“仁”为核心的儒家思想观念。[③] 陈彦廷认为作为权威话语的儒家思想在《水浒传》中具体表现为“事亲以孝”、“事君以忠”、“夫权至上”三方面。但同时小说对儒学也进行了大胆质疑及至无情颠覆。[④] 陈惠琴则从小说主题的角度认为《水浒传》这部小说是演绎水亦覆舟、仁义治国的儒学思想，表现了作者在儒家学说的影响下对国家长治久安问题的思考。[⑤] 王振星则从儒家文化人格的角度考察了儒家文化人格符号对小说人物塑造的影响，认为孔子及其弟子子路对《水浒传》中的宋江和李逵这对文学形象的孕育、塑造起了潜移默化的作用。[⑥]

除此之外，有的研究者还从儒家文化与侠义文化或者江湖文化关系的角度来考察小说的主题、招安和悲剧等问题，如冯文楼、关四平等人。[⑦] 关于这方面的论述前已论及，此处不再赘述。

在《水浒传》与墨家文化关系问题上，宁稼雨认为《水浒传》所表现的绿林文化精神是墨家影响下的侠文化的组成部分。[⑧] 郭红东认为《水

---

① 冯媛媛：《〈水浒传〉的小说史定位及文化谱系探源》，《明清小说研究》2012 年第 2 期。

② 黄华童：《论〈水浒传〉在中国侠义小说发展史上的地位》，《浙江师大学报》（社会科学版）2000 年第 2 期。

③ 郭兴良：《〈水浒传〉的文化精神》，《明清小说研究》1993 年第 2 期。

④ 陈彦廷：《〈水浒〉：对权威话语的认同、质疑及颠覆》，《台州学院学报》2002 年第 5 期。

⑤ 陈惠琴：《激愤而悲凉的儒学演绎——〈水浒传〉的国家观解读》，《明清小说研究》2005 年第 4 期。

⑥ 王振星：《儒家文化人格与〈水浒传〉的创作》，《齐鲁学刊》2004 年第 2 期。

⑦ 冯文楼：《招安：一个文化整合的悲剧》，《社会科学战线》1997 年第 4 期；关四平、陈砚平：《〈水浒传〉：“侠义”皈依“忠君”的悲剧》，《北方论丛》1998 年第 3 期。

⑧ 宁稼雨：《〈水浒传〉与中国绿林文化——兼谈墨家思想对绿林文化的影响》，《文学遗产》1995 年第 2 期。

浒传》中的人际关系与墨子所主张的“兼相爱，交相利”的思想相符合，水浒英雄的“替天行道”主张与墨子的“天志明鬼”思想相符合，而宋江性格的多重性表现出墨子社会思想的层次性。因此作者认为《水浒传》的主流思想是墨家思想。[①] 罗祖基也认为梁山好汉反贪官不反皇帝的愚忠是墨子尚同理论影响的结果，小说中的义即兼爱也来源于墨家，梁山好汉的替天所行之道也是墨子所坚持的大同时代公有制下的平均分配之道。因此作者认为梁山好汉的忠义和替天行道具有从墨学衍化出的游侠特点。[②]

（三）《水浒传》与佛道文化

《水浒传》无论是在人物形象、艺术结构还是思想意蕴等方面都与佛教有着非常密切的关系。如钱茂竹认为《水浒传》渗透了佛教的色空观念和因果报应思想，这对小说的艺术效果如情节结构的前后照应、奇趣的梦幻色彩都有影响。[③] 朱成祥认为佛教的救世精神和佛家慈悲观对《水浒传》也有影响，具体表现为鲁智深的行侠仗义。[④] 张煜也认为《水浒传》表面上对佛教持贬抑的态度，实际上却是赞扬了像鲁智深那样性情真率，嫉恶如仇的另一种佛教精神。[⑤]

王立则运用母题学的方法，具体地考察了佛教文化对《水浒传》故事情节等的影响。如他认为鲁智深跌入深井洞穴的洞穴叙事故事模式来自佛经，而小说中的斗法描写来自传播史诗印度故事的汉译佛经、唐代变文和壁画及吸收佛教斗法描写的道教法术。戴宗的神行术既来源于佛经的木鸟故事，还与中古时期僧传所载高僧们为自神其佛教的幻术表演相关。[⑥] 作者认为《水浒传》琼英复仇的动机来自中古汉译佛经的“变化示真相”、“冤死尸如生”母题，其复仇手段则来自佛经的“梦授文才”、“梦得神技”母题。[⑦]

---

① 郭红东：《〈水浒传〉与墨子》，《湖北大学学报》（哲学社会科学版）1999 年第 3 期。

② 罗祖基：《〈水浒〉与侠墨文化》，《江汉论坛》1996 年第 4 期。

③ 钱茂竹：《〈水浒传〉与佛教文化》，《绍兴文理学院学报》1998 年第 3 期。

④ 朱成祥：《论儒、释、道对〈水浒传〉人格模式的影响》，《济宁师范专科学校学报》2003 年第 4 期。

⑤ 张煜：《〈水浒传〉与佛教》，《明清小说研究》2006 年第 4 期。

⑥ 王立、刘莹莹：《〈水浒传〉中的神秘信奉及其佛道来源》，《烟台大学学报》（哲学社会科学版）2009 年第 1 期；王立，刘囡妮：《〈水浒传〉中戴宗神行术渊源探究》，《中南民族大学学报》（人文社会科学版）2011 年第 3 期。

⑦ 王立、刘畅：《〈水浒传〉侠女复仇与佛经故事母题》，《山西大学学报》（哲学社会科学版）2010 年第 5 期。

本时期学者就道教与《水浒传》关系的关注较之佛教更多，成果也更显著。根据笔者不完全的统计，近二十年研究《水浒传》与道教的单篇论文就有 40 多篇（含论文集中的单篇论文），内容主要涵盖了小说的道教文化语境、道教在小说艺术方面的作用、九天玄女三个方面。如王濯巾从梁山好汉队伍成分、聚义方式、战斗生活等方面考察其与道教的关系，认为《水浒传》中对道教的描写众多，内容丰富多彩，基本上反映了宋明时期道教的基本状况。① 王在明则从宗教信仰和仪式两方面考察《水浒传》与道教文化的关系。②

道教对小说艺术的影响是《水浒传》与道教关系是研究者考察的重点。如在小说叙事方面，纪德君认为宗教描写为小说设置了一个整体叙事框架，使全书形成了一个由神界到人间、再由人间返回神界的圆环式结构。它还通过宗教“谶语”“偈言”巧妙地预示了一些主要人物的命运和故事情节的发展，从而造成了一种草蛇灰线、伏脉千里的叙事效果。③ 盛志梅也认为《水浒传》中道教文化在小说的布局谋篇、情节推演、人物命运等各个方面都有重要影响，作者多次利用道教活动、道教人物、道教思想为小说张纲举目，渲染背景。④ 吴光正肯定了《水浒传》利用宗教叙事来整合多元复杂的水浒故事和确立全书叙事框架、表现作者创作主旨等方面的重要作用，但另一方面文章也认为小说作者的主观意图和水浒故事固有的叙事逻辑之间存在着无法弥合的张力，从而造成了叙事上的诸多悖论。⑤

此外，一些学者还讨论了《水浒传》中的道教女神九天玄女。⑥

本时期学者运用文化学的方法研究《水浒传》与中国传统文化的关系，整体而言由于研究思路和方法的转变，对许多问题的阐述自然更加新

---

① 王濯巾：《略论〈水浒传〉与道教》，《嘉应大学学报》（哲学社会科学版）2001 年第 5 期。

② 王在明：《试论〈水浒传〉的道教文化底蕴》，《枣庄学院学报》2009 年第 6 期。

③ 纪德君：《〈水浒传〉宗教描写新论》，《广州大学学报》（社会科学版）2010 年第 1 期。

④ 盛志梅：《论道教文化在〈水浒传〉成书过程的作用与表现》，《华东师范大学学报》（哲学社会科学版）2002 年第 3 期。

⑤ 吴光正：《容与堂本〈水浒传〉的宗教叙事及其悖论》，《武汉大学学报》（人文科学版）2010 年第 3 期。

⑥ 杜贵晨：《“九天玄女”与〈水浒传〉》，《济宁师范专科学校学报》2006 年第 5 期；新江：《九天玄女授天书——〈水浒〉札记》，《世界宗教文化》1996 年第 4 期；李景梅：《古代小说中的“九天玄女”考论》，《明清小说研究》2006 年第 2 期。

颖深刻。特别是在《水浒传》与侠义文化（江湖文化）的研究上，这一时期的研究者将小说与先秦墨家文化、游侠文化等结合，从整个侠义文学史的视角重新审视《水浒传》的性质、地位及影响，有力地推动了该问题的深入研究。当然传统文化博大精深，今后的研究者还可以运用这个方法，在包括宗教文化、市民文化等在内的各种文化传统中继续深入研究《水浒传》。

五　比较研究

比较研究主要包括影响研究和平行研究两种模式。作为一种文学研究方法，比较研究虽然很早就得到运用，但真正从学科自觉的高度运用比较文学研究方法则是在 20 世纪 80 年代以后。近二十年《水浒传》的比较研究既有与古代、现代乃至日本文学进行比较的影响研究，也有与《三国演义》和其他外国文学进行对比的平行研究。下面就从这两个方面对本时期《水浒传》的比较研究做一粗线条的描述。

（一）影响研究

《水浒传》植根于传统文化的大环境中，必然受到前代文学尤其是以《史记》为代表的史传文学的影响。本时期有的学者已经注意到这个问题。如俞樟华就从情节、体例和写人艺术三个方面初步分析了《史记》对《水浒传》的影响①，张新科从内在精神和传记艺术两方面考察了《水浒传》对古代传记文学的继承发展问题，认为小说继承了前代传记文学的批判现实主义精神、反抗精神、侠义精神和英雄主义精神。在艺术方面《水浒传》则从个性化的人物、戏剧化的场面、叙述方法和虚实结合手法方面对前代传记文学进行了继承与发展。② 此外，郭鹏等也有类似的研究。③

《水浒传》作为古典章回小说的杰出代表，对后世的小说产生了巨大的影响。对此许多研究者都从各个方面对该问题进行了探索。在宏观的影响方面，陈文新认为后世的英侠传奇主要以三种方式继承和发展了《水

---

① 俞樟华：《〈史记〉与〈水浒〉》，《求索》1992 年第 1 期。

② 张新科：《〈水浒传〉与中国古代传记》，《明清小说研究》1998 年第 2 期。

③ 郭鹏：《传神写照与写照传神——〈史记〉、〈水浒传〉人物塑造方法比较》，《山西大学学报》（哲学社会科学版）1999 年第 4 期；许勇强、李蕊芹：《试论〈史记〉人物传记对〈水浒传〉叙事的影响》，《宜宾学院学报》2008 年第 2 期；葛鑫：《〈史记〉对四大名著的叙事影响研究》，博士学位论文，中央民族大学，2010 年。

浒传》：一是部分历史演义中的人物带有水浒气，如《英烈传》等；二是对《水浒传》战阵描写的传统加以发扬，如几部《水浒传》续书；三是侠义小说和侠义公案小说，如《三侠五义》等。[①] 曹萌认为《水浒传》对古代奸情小说的影响主要表现在三方面，即奸情构成过程中担当"拉皮条"的第三者出现、奸情情节描写的三阶段结构布局和奸情描写中关于"捱光"的说教内容。[②]

在对具体小说作品的影响方面，我国的《金瓶梅》《封神演义》《红楼梦》等名著都被研究者纳入了比较的范围。如在《水浒传》与《金瓶梅》方面，刘永良认为无论是人物形象塑造、篇章结构安排、情节事件描述，还是诗词曲赋的穿插都可以看出《金瓶梅》对《水浒传》的继承与创新。[③] 沈治钧则认为武松形象对《金瓶梅》中西门庆形象的塑造具有逆向影响的效果。[④] 张进德认为《金瓶梅》之所以要借径《水浒传》，是因为"武松杀嫂"中英雄、侏儒、泼皮与一个美人故事的潜在审美效应，迎合了人们崇拜英雄的心理。[⑤] 王振星等则考察了《水浒传》对《封神演义》的影响，认为后者在怪力乱神、故事情节和座次表等方面抄袭前者。[⑥] 在对《红楼梦》的影响方面，论者认为《水浒传》在神话构思、座次表编排、绰号运用方面对《红楼梦》创作有显著的影响。[⑦]

除了古代文学外，有的研究者还考察了《水浒传》对现代文学的影响。如周新民考察了当代著名作家梁斌的作品，认为《水浒传》的侠文化观念和武打描写甚至结构都影响了《红旗谱》《播火记》，而《水浒传》的影响则扩展了《红旗谱》《播火记》的审美空间，也增添了小说的审美意蕴。[⑧] 邓程认为阿城的《棋王》对《水浒传》从语言风格到布局

---

① 陈文新、苏静：《论〈水浒传〉与英侠传奇的三种类型》，《明清小说研究》2003 年第 4 期。

② 曹萌：《〈水浒传〉对中国古代奸情小说的影响》，《菏泽学院学报》2006 年第 3 期。

③ 刘永良：《〈金瓶梅〉对〈水浒传〉的继承与发展》，《内蒙古民族师院学报》（哲学社会科学·汉文版）1990 年第 2 期。

④ 沈治钧：《武松、西门庆与贾宝玉形象之比较》，《济南大学学报》1992 年第 3 期。

⑤ 张进德：《〈金瓶梅〉借径〈水浒传〉的文化渊源》，《求是学刊》2009 年第 2 期。

⑥ 王振星：《怪力乱神：论〈水浒传〉对〈封神演义〉创作的影响》，《宁夏社会科学》2006 年第 5 期；黄毓文：《〈封神演义〉抄袭〈水浒传〉例证》，《吉林师范学院学报》1991 年第 1 期。

⑦ 王振星：《〈水浒传〉对〈红楼梦〉创作影响探析》，《红楼梦学刊》2009 年第 1 辑。

⑧ 周新民：《论〈红旗谱〉〈播火记〉与〈水浒传〉的传承关系》，《中国现代文学研究丛刊》2013 年第 8 期。

谋篇都有明显的继承。此外《棋王》还继承了《水浒传》主题的奋斗精神和对人生的追求，并形成了《棋王》自己的特定风貌。①

日本文学作为大中国文化圈的一部分，其文学创作深受中国影响，其中《水浒传》对日本文学的影响非常大。因此一些研究者也讨论了《水浒传》对日本小说的影响。如李树果《〈八犬传〉与〈水浒传〉》具体讨论了《八犬传》在构思、结构、题材、体裁、文体和情节内容等方面对《水浒传》的继承情况。② 乔光辉等运用阐释学的互文性理论，从直接引用、转换式引用、人物形象的组合拼贴三方面考察了《忠臣水浒传》对《水浒传》的仿作情况。③ 汪俊文也在其博士论文中讨论了《八犬传》《忠臣水浒传》对《水浒传》的继承情况。④

（二）平行研究

平行研究主要是比较两部作品之间在文学艺术方面的异同。本时期许多学者将《水浒传》与国内外一些名著进行对比研究。在与古代小说的比较方面，《三国演义》是论者关注最多的作品。如在思想内容方面，郑福田从五个方面分析了“义”在二书中的相同表现，又从“义”的行施范围、结义的宗旨和客观效果三方面比较其不同⑤。鲁小俊则比较了梁山聚义与桃园结义的异同⑥。马瑞芳对两部名著女性意识的缺失进行了比较研究⑦，石育良比较了二书的英雄⑧，而傅惠生则从宋明社会心理的视角对两者进行了全面的比较研究，堪称《三国演义》与《水浒传》比较的代表作⑨。关于这个问题，笔者曾撰专文进行论述⑩，此不赘言。

① 邓程：《〈棋王〉与〈水浒〉》，《江苏教育学院学报》（社会科学版）2004年第5期。

② 李树果：《〈八犬传〉与〈水浒传〉》，《日语学习与研究》1995年第2期。

③ 乔光辉、陈金鑫：《日本〈忠臣水浒传〉之与中国〈水浒传〉的互文性解读》，《水浒争鸣》第10辑，崇文书局2008年版，第258—265页。

④ 汪俊文：《日本江户时代读本小说与中国古代小说》，博士学位论文，上海师范大学，2009年。

⑤ 郑福田：《论〈三国演义〉和〈水浒传〉中的“义”》，《内蒙古师大学报》1992年第1期。

⑥ 鲁小俊：《汗青浊酒：〈三国演义〉与民俗文化》，黑龙江人民出版社2003年版，第17—18页。

⑦ 马瑞芳：《女性意识在〈三国〉〈水浒〉中的空前失落》，《东方论坛》1994年第4期。

⑧ 石育良：《〈三国〉与〈水浒〉：两个英雄世界》，《文学评论》1993年第3期。

⑨ 傅惠生：《宋明之际的社会心理与小说》，东方出版社1997年版。

⑩ 许勇强、李蕊芹：《近三十年〈三国演义〉〈水浒传〉比较研究述略》，《江汉大学学报》（人文科学版）2010年第6期。

在《水浒传》与《西游记》比较研究方面，马宇辉将宋江与唐僧进行比较，发现他们不仅在两部作品中的地位及功能相似，而且作者塑造人物的方法也相似。[①] 孙可诚从小说结构的角度比较，认为《西游记》和《水浒传》都具有一个相同的叙事模式，即：神异降生—反叛自立—屈身投降—征讨异己—抛却肉身—成佛成神的叙事结构。[②] 武玉莲则考察了两部小说在主题等方面的相似性。[③]

除此之外，还有研究者将《水浒传》与《金瓶梅》《儒林外史》《红楼梦》《聊斋志异》《肉蒲团》等小说进行了比较，限于篇幅，不再一一引述。

除了将《水浒传》与中国小说比较外，还有论者将其与国外的一些名著进行比较。在这些比较文章中，大多数都关注的是小说人物形象之间的异同，如罗维明将林冲和哈姆雷特进行比较，李君将爱玛和潘金莲进行比较等等。[④] 也有的论者关注小说在叙事艺术或者思想内容等方面的不同。如胡伟立比较了司各特与罗贯中的忠义思想，黄曦比较了《水浒传》与《失乐园》的起义问题，单宝凤则关注《水浒传》与《侠盗罗宾汉》在叙事艺术方面的异同。[⑤]

俗话说，有比较才有鉴别，运用比较研究的方法，肯定能够加深我们对研究对象的认识。近二十年来学界运用比较研究的方法，对《水浒传》与其他文学作品进行比较，确实取得了一些成绩。如傅惠生从宋元社会心理的视角将《三国演义》与《水浒传》等进行全面比较，加深了我们对宋元时期审美心理、伦理思想等问题的认识。但同时我们也感觉到，论者在运用比较研究这一方法时，有将比较对象泛化的倾向，似乎什么作品都可以拿来与《水浒传》比一比，这也就失去了研究的边界，其结论可想

① 马宇辉：《试论宋江与唐僧形象之可比性》，《明清小说研究》1998 年第 4 期。

② 孙克诚：《略论〈西游记〉、〈水浒传〉叙事模式的同构性》，《青岛科技大学学报》（社会科学版）2008 年第 3 期。

③ 武玉莲：《关于孙悟空与宋江招安之比较研究》，《西北民族大学学报》（哲学社会科学版）2006 年第 3 期。

④ 罗维明：《林冲和哈姆雷特形象异同论》，《明清小说研究》1993 年第 3 期；李君：《两个在梦中跋涉的不幸女人——浅论爱玛和潘金莲的形象》，《辽宁大学学报》1997 年第 2 期。

⑤ 胡伟立：《全忠仗义，保国安民——司各特、罗贯中之忠义思想浅析》，《无锡教育学院学报》1996 年第 4 期；黄曦：《〈水浒传〉与〈失乐园〉中起义的异同》，《成都大学学报》（社科版）2009 年第 4 期；单宝凤：《〈水浒传〉与〈侠盗罗宾汉〉叙事艺术之比较》，硕士学位论文，浙江工业大学，2010 年。

而知了。

回顾近二十年来对《水浒传》的文本研究，我们认为它具有这几个特点：一是从研究内容来看，纯粹的小说艺术方面的研究如语言、结构等大大减少，而文本外围研究如小说与社会、小说与传统文化等的研究逐渐增多。二是从研究方法来看，传统的美学分析、社会历史批评和考据等使用较少，各种西方的新方法如传播学、接受美学、阐释学、叙事学和文化学等大量运用。三是从研究的范围来看，几乎涉及小说文本的各个方面，但却没有形成几个研究重点，成果比较分散，因此很难形成诸如嘉靖说那样让人瞩目的焦点。四是从研究队伍来看，年轻的硕士和博士成为一支重要的力量。从20世纪90年代后期开始，一大批硕士、博士将《水浒传》作为其学位论文的选题，发表和出版了一系列的成果①。假以时日，他们将成为今后《水浒传》研究的中坚力量。

通观近二十年来《水浒传》的文本研究，有几个成绩是显著的。首先是在小说主题研究方面，游民说的提出和充分论证，进一步补充拓展了以前的市民写心说，从而更加丰富了小说主题的阐释。其次是运用文化研究的方法，对宋江形象、招安等问题的阐释更圆融通达和深刻。再次是对小说叙事艺术的研究方面，逐渐将西方叙事理论与中国叙事传统进行了融合，从而更加接近小说文本的实际。最后对《水浒传》与侠义文化、绿林文化等的研究也日趋深入。

当然，《水浒传》文本研究在取得比较好的成绩的同时，也存在着一些缺陷与不足。首先是部分论者对《水浒传》的一些认识如暴力、黑帮、反女性等脱离了小说产生的文化土壤和时代环境，存在以偏概全等倾向。其次是低层次的重复研究仍然大量存在，比如宋江形象研究、潘金莲形象研究等。最后是在运用西方新的研究方法解决问题的时候，还不同程度地存在着如何结合具体的小说文本和中国传统文化的问题。这些都需要我们在今后的《水浒传》研究中正视和逐步解决。

---

① 如成书研究方面陈松柏的《〈水浒传〉源流考论》（人民文学出版社2006年版）；传播研究方面舒媛媛的《水浒故事之流变与传播研究——以“江湖”与“庙堂”的互动为中心》（博士学位论文，苏州大学，2008年）；接受研究方面高日晖的《〈水浒传〉接受史》（博士学位论文，复旦大学，2003年），郭冰《明清时期〈水浒〉接受研究》（博士学位论文，浙江大学，2005年）；阐释研究方面张同胜的《〈水浒传〉诠释史论》（博士学位论文，山东大学，2007年）；比较研究方面傅惠生的《宋明之际的社会心理与小说》（东方出版社1997年版）；学术史研究方面许勇强的《四百年水浒传研究史略》（博士学位论文，四川大学，2009年）等。

第六节　近二十年《水浒传》评点研究

相对于新时期《水浒传》评点研究特别是金圣叹研究论争的红火，近二十多年的评点研究则显得更加理性。整体来看，大多数研究者还是将目光聚焦在金圣叹评点，对容本、袁本和其他评点本则关注很少。下面将从这三个方面对近二十多年的评点研究作一概述。

一　金本评点研究

尽管本时期金圣叹评点研究没有像上一时期那样成为《水浒传》研究的焦点之一，但仍然不影响研究者的热情。本时期研究金圣叹的专著有十余本，涉及金圣叹的生平、小说评点、戏曲评点和其他方面①。公开发表的论文有470余篇，占所有《水浒传》评点研究论文的九成之多，形成了新中国成立以后金圣叹研究的井喷之势。大体而言有如下几个方面的内容。

首先是对金圣叹评点和腰斩《水浒传》的认识与评价。相对新时期的金圣叹研究，这一阶段学界对金圣叹的政治思想、是否反动文人等问题已经不再过多关注，但对金圣叹是否腰斩《水浒传》以及对腰斩的评价却仍然争论不休。20世纪末周岭在《文学评论》上发表《金圣叹腰斩〈水浒传〉说质疑》一文，对学界已经基本定论的腰斩问题再次翻案。周文对周亮工关于金圣叹腰斩《水浒传》的材料进行了辨析，并以《稗史汇编》“从梦里收拾一场怪诞”和《庄岳委谈》等材料为论据，认为金圣叹没有腰斩过《水浒传》，他所批点的七十回本《水浒传》是嘉靖时人腰

① 例如传记方面有陈洪的《金圣叹传论》（天津人民出版社1996年版）和杨子忱的《金圣叹全传》（长春出版社1998年版），戏曲评点方面有谭帆的《金圣叹与中国戏曲批评》（华东师范大学出版社1993年版），小说评点方面有张国光《金圣叹的志与才》（南京出版社1998年版）、王汝梅《金圣叹·毛宗岗·张竹坡》（春风文艺出版社1999年版）、丁利荣《金圣叹美学思想研究》（武汉大学出版社2009年版）、吴子林《经典再生产：金圣叹小说评点的文化透视》（北京大学出版社2009年版）、钟锡南《金圣叹文学批评理论研究》（上海古籍出版社2006年版）、白岚玲《才子文心：金圣叹小说理论探源》（北京广播学院出版社2002年版）、陈果安《金圣叹小说理论研究》（湖南师范大学出版社1999年版）等。

斩郭勋百回繁本改写而成的本子①。

周文一经发表，随即遭到学界的批评。如王齐洲在追溯腰斩说来源的基础上，再次辨析了《稗史汇编》“从梦里收拾一场怪诞”这则材料，认为它不是指“梁山泊英雄惊噩梦”，进而对比了几种《水浒传》版本和《金瓶梅词话》的相关文字，认为金本是采用袁无涯百二十回本做底本并参考其他版本腰斩、删改和增补而成②。此外张国光、崔茂新等也撰文进行驳斥③。

值得注意的是，这一时期学界对腰斩问题的评价已经超越了前一阶段的功与过的简单二元价值评判，上升到了更具理性思维和学术判断的层面。如崔茂新就认为腰斩行为使金圣叹头脑中的封建正统思想和《水浒传》本文中的离经叛道倾向在相互妥协的过程中同时被弱化，小说文本的审美价值与艺术技巧获得了置于前景的突出地位，突显了《水浒传》作为经过加工的民间创作狂欢化的复调思想价值。④ 樊宝英则从深层文化结构层面入手，认为金圣叹的腰斩行为是与《周易》“物不可以穷”论、老庄“有无”观以及佛教的梦幻观所积淀成的深层文化结构所潜藏的“诗性智慧”紧密相关的⑤。

除了腰斩问题外，学界还对金圣叹评点《水浒传》的功过是非进行了分析。虽然也有学者承袭前一阶段的论调，从思想政治等环节考察金氏批评小说的原因功过等⑥。但更多的研究者已经超越了这个层次，进而从文化的层面思考和理性评价金圣叹的评点价值。如卢永和认为金圣叹批点《水浒传》表达了边缘文人的自我认同，也彰显了文人的审美趣味。他在

---

① 周岭：《金圣叹腰斩〈水浒传〉说质疑》，《文学评论》1998 年第 1 期。

② 王齐洲：《金圣叹腰斩〈水浒传〉无可怀疑——与周岭同志商榷》，《江汉论坛》1998 年第 8 期。

③ 张国光：《鲁迅等定谳的金圣叹“腰斩”〈水浒〉一案不能翻——兼批周岭袭据罗尔纲抄自周邨的误说之谬》，《湖北大学学报》（哲学社会科学版）2001 年第 1 期；崔茂新《从金评本〈水浒传〉看“腰斩”问题》，《齐鲁学刊》2000 年第 5 期。

④ 崔茂新：《从金评本〈水浒传〉看“腰斩”问题》，《齐鲁学刊》2000 年第 5 期。

⑤ 樊宝英：《金圣叹“腰斩”〈水浒传〉〈西厢记〉文本的深层文化分析》，《文学评论》2008 年第 5 期。

⑥ 如刘杰超《金圣叹评点〈水浒传〉的二律背反现象》（《学术研究》2003 年第 8 期）、武小新《金圣叹的个性与他的〈水浒〉点评——对金批〈水浒〉几个问题的重新思考》（《社会科学辑刊》2006 年第 4 期）、王前程《略论金本〈水浒〉在艺术上的得失》（《三峡大学学报》2009 年第 6 期）等文章。

批点中“以雅律俗”提高《水浒传》的艺术地位，但却忽略了小说与诗文的文体差异。金圣叹视《水浒传》为才子之文，忽略了小说文本所潜含的口头、民间文化因子，由此遮蔽了小说固有的民间文化情趣[①]。周剑之也认为金圣叹的评点呈现出评点者在雅与俗之间的游走，从而形成了一个连接文人与通俗小说、文人趣味与大众趣味的场域，反映着晚明这一历史时期中文人雅文学与大众通俗文学之间的沟通与拉锯[②]。

张平仁则从诗性思维入手，认为金圣叹主要通过梦境和诗起诗结两种方式来实现对小说的删改。这两种方式的叙述功能在一定程度上喻示了被删去部分的情节发展，并使作品的意蕴趋于空灵和含蓄。它们的抒情功能大大强化了人生感悟并使其成为作品的第一主题，这些做法把小说的主题与结构引上了诗化之路[③]。

其次是对金圣叹评点中的叙事理论的总结和阐发。随着20世纪80年代西方叙事学理论的传入，越来越多的研究者开始注意到金圣叹小说评点中的叙事学理论，并对其基本的理论和在中国叙事学的地位进行了详尽的阐发和定位。这一时期较早关注金圣叹叙事理论的是陈洪。他在《中国小说理论史》第四章就论述了金圣叹在叙事结构和叙事视点方面的理论[④]。后来他又在《金圣叹传论》中对这个问题（鸾胶续弦、影灯漏月）再次进行了阐发[⑤]。钟锡南《金圣叹文学批评理论研究》第四章涉及金圣叹的叙事理论[⑥]。比较系统地探讨金圣叹叙事理论的应该是吴子林。他在《经典再生产：金圣叹小说评点的文化透视》第二章中用了两节讨论金圣叹的叙事理论，具体包括小说叙事与历史叙事的区别、《水浒传》叙事的具体成规（叙事结构、叙事节奏、叙事观点和叙事语言），可以说是这一时期研究金圣叹叙事理论的代表作之一[⑦]。

除了这些大部头的专著外，许多单篇论文也对金圣叹叙事理论进行了

---

① 卢永和：《文人趣味与通俗小说的评点——金批〈水浒〉新论》，《山西师大学报》（社会科学版）2011年第4期。

② 周剑之：《文人趣味与大众趣味的沟通与拉锯——以金圣叹评点〈水浒传〉为场域》，《哈尔滨学院学报》2011年第4期。

③ 张平仁：《金圣叹删评〈水浒传〉的诗性思维》，《明清小说研究》2005年第2期。

④ 陈洪：《中国小说理论史》，安徽文艺出版社1992年版，第181—193页。

⑤ 陈洪：《金圣叹传论》，天津人民出版社1996年版，第196、210页。

⑥ 钟锡南：《金圣叹文学批评理论研究》，上海古籍出版社2006年版，第196页。

⑦ 吴子林：《经典再生产：金圣叹小说评点的文化透视》，北京大学出版社2009年版，第93—127页。

全方位的阐释。例如王平对金批《水浒传》二律背反式叙事规律作了阐释，认为金圣叹提出的“以文运事”明确了小说叙事的虚构性本质，“神变”与“严整”是对小说叙事整体性结构的要求，“闲笔”与“正笔”体现了对小说叙事节奏的重视。[①] 马将伟则阐发了金圣叹小说评点中的空间结构观念，认为金氏的这种空间结构观念迥异于西方传统叙事所遵循的“时间性”和“因果律”，具有鲜明的民族文化品质。[②] 张晓丽和邢海阔对金圣叹的“草蛇灰线法”与悬念设置技巧进行了分析，赵炎秋则关注金圣叹评点中的叙事接受思想，张小芳则分析了金圣叹在叙事中追求诗性意境营构的主张，认为这是中国叙事文学及叙事学在抒情传统下的必然产物。[③]

除了对具体的叙事技巧的阐发分析外，有的研究者还对金圣叹叙事观念在中国叙事学史上的地位进行了定位。如竺洪波从小说观念、典型塑造与叙事策略三个方面对金圣叹叙事学的贡献做了阐发，认为金圣叹揭示和总结的一系列小说创作原则与经验为中国叙事学奠定了扎实的基础，打破了中国文学抒情理论片面发展而叙事学说严重滞后的格局。[④] 王丽文认为金圣叹通过对《水浒传》的评改，保持了整体叙事节奏的连贯与紧凑，缩短了读者与小说中人物的距离，而他的一些观点如强调小说人物言行的性格化、心理化描写，强调由作品中人物视点表现情节与场面，限制叙事者过多介入等观点加强了小说文人化、书面化的倾向，是中国古代小说叙事模式理论的一个突破。[⑤]

再次是对金圣叹小说评点中的性格理论、鉴赏理论和接受理论等的总结归纳。金圣叹的人物性格理论几十年来一直作为古典小说批评理论的重头戏进行阐释，这一时期也有许多学者对这个问题进行了研究，例如陈洪《中国小说理论史》《金圣叹传论》和白岚玲《才子文心：金圣叹小说理

① 王平：《对金批〈水浒传〉悖反式叙事理论的解读》，《明清小说研究》2010 年第 4 期。

② 马将伟：《“间架经营”：金评〈水浒传〉中的空间结构观念之考察》，《贵州社会科学》2007 年第 5 期。

③ 张晓丽：《论金圣叹之“草蛇灰线法”》，《内蒙古师范大学学报》（哲学社会科学版）2008 年第 2 期；邢海阔：《从金圣叹评点看〈水浒传〉叙事悬念形成机制》，《菏泽学院学报》2008 年第 4 期；赵炎秋：《金圣叹叙事接受思想研究》，《湖南社会科学》2010 年第 4 期；张小芳：《论金圣叹对叙事文学的诗化解读》，《中州学刊》2004 年第 5 期。

④ 竺洪波：《金圣叹与中国叙事学》，《明清小说研究》2002 年第 4 期。

⑤ 王丽文：《金批〈水浒〉对中国古代小说叙事模式的突破》，《南开学报》2000 年第 3 期。

论探源》以及丁利荣《金圣叹美学思想研究》等专著。此外还有许多单篇论文也对该问题进行了阐发，限于篇幅，不再一一介绍。客观地说，关于金圣叹的人物性格理论研究在整体上并没有突破前人的成果，更多的是对前人论述的进一步修补和充实。

除了对金圣叹小说性格理论等的阐释外，这一时期有的研究者从小说鉴赏的角度去考察金圣叹的评点，取得了一定的成绩。如严云绶认为金圣叹强调小说鉴赏论的出发点是“理会文字”，小说鉴赏中读者的心理准备和态度（如细心、耐心和有眼力）对于文学鉴赏非常重要，在文学鉴赏中读者的心理活动和鉴赏的审美教育意义金圣叹也有所涉及。① 贾文昭认为审美感官的全方位投入、审美鉴赏的多元视角和审美观照的主次兼顾是金圣叹观赏方法上的三个重要特点。② 刘杰超则强调了金圣叹文学鉴赏理论中的整体观问题。③

此外，部分研究者还运用接受美学的观点考查金圣叹小说评点中的接受理论。如邓新华认为金圣叹的小说戏曲接受理论主要表现在三方面：一是采用随文批评的方式来表达对批评对象独到而深刻的理解，对读者的阅读和接受活动起到导向作用；二是对读者在文学接受活动中的主体地位、接受条件和接受能力予以高度的重视和强调；三是对作为接受对象的原作品进行了删节和改动，从而使金圣叹自己成为新文本名副其实的参与者和创造者，同时也使他的接受批评实践由文学接受领域延伸到了文学创作领域。④ 陈刚和黄红也有类似的论述。⑤ 陈慧娟则从读者的角度分析了金圣叹小说评点中的读者立场。⑥

本时期金圣叹小说评点研究无论是从数量还是质量上都超过了以往任何一个时期，可谓硕果累累。大致而言，其研究经历了由新时期的“外”（关注金圣叹的思想政治态度、金圣叹的地位等）到本时期的“内”（小

① 严云绶：《金圣叹的小说鉴赏论》，《安徽师大学报》1991 年第 3 期。

② 贾文昭：《金圣叹对〈水浒〉的审美观照与超越》，《学术界》1990 年第 2 期。

③ 刘杰超：《金圣叹鉴赏〈水浒传〉的整体观》，《学术研究》2004 年第 12 期。

④ 邓新华：《金圣叹小说戏曲接受理论的基本特色》，《山西师大学报》（社会科学版）2002 年第 4 期。

⑤ 陈刚：《金圣叹的文学接受理论初探——以其戏曲小说评点为例》，《宁夏社会科学》2005 年第 5 期；黄红：《试论金圣叹评点中的接受美学思想》，硕士学位论文，扬州大学，2008 年。

⑥ 陈慧娟：《文学批评的读者立场——评金圣叹评点〈水浒传〉》，《江淮论坛》1997 年第 6 期。

说评点自身的理论考察）的转向，并且其研究能够紧跟时代潮流，将叙事学、接受美学等理论与金圣叹的小说评点实践结合，既体现出国际化视野，又充分注意到金圣叹文学理论的传统性特征。当然也存在一些不足，如对金圣叹小说创作理论的过度阐释与反复研究等。

二　容本评点研究

这一时期对容本的研究论文有20多篇，主要集中在对容本评点者的认定、评点艺术的阐发和与其他评点本的比较三方面。

首先是对容本评点者的认定。容本评点者是叶昼还是李贽，几十年来一直纠缠不清，本时期也同样如此。从发表的论著来看，不少研究者还是支持叶昼说。如日本的佐藤炼太郎将署名李卓吾的四种版本的评语进行辨析，认为容与堂本的评语是叶昼伪托的，其评语重视社会正义，嘲讽了社会的黑暗和贪官污吏的丑态。[①] 乔光辉考证出钟评本像赞中的“无知子”即叶昼，因此所谓的钟评本实际上就是叶昼托名而作。文章认为钟评本评语内容和容本之间具有高度的一致性，两者之间存在明显的前后相袭、因循剪裁的蛛丝马迹。因此明钟评内容实源自容本，容本和钟评本的评语大多出于叶昼[②]。此外，谈蓓芳、董国炎、韩洪举、宋振宏等也持此观点[③]。

当然也有学者主张容本评点系李贽所作。如陈洪从容本思想语言风格更接近李贽和袁本参考了容本两方面认为容本应该是李贽所作[④]。朱万曙通过目前流传的容与堂刻四种署名李卓吾的戏曲评点的分析，认为它们与容本《水浒传》在“哲学和艺术观念上完全一致。将容与堂刊刻的李氏评点的曲本和《水浒传》的批语加以比较，就可以见出两者的互通”，因此作者认为容本《水浒传》的评点者应该是李贽[⑤]。张同胜将容本的评语与《李贽文集》特别是《焚书》《续焚书》等从思想内容和行文风格等方面进行比较，认为李贽的著述与对《水浒传》的评点都着眼于朝廷国

---

① ［日］佐藤炼太郎：《关于李卓吾评〈水浒传〉》，张志合译，《黄淮学刊》（社会科学版）1991年第3期。

② 乔光辉、何平：《“无知子”像赞与〈水浒传〉钟评、李评关系探微》，《明清小说研究》2013年第4期。

③ 详见谈蓓芳《也谈无穷会藏本〈水浒传〉——兼及〈水浒传〉版本中的其他问题》，《中国文学研究》第2辑，江西教育出版社2000年版，第282页；董国炎《现实主义创作理论的初创——谈叶昼的〈水浒〉评点》，《山西大学师范学院学报》1990年第3—4期；韩洪举《叶昼〈水浒传〉批评思想的现代阐释》，《河南社会科学》2002年第4期等。

④ 陈洪：《中国小说理论史》，安徽文艺出版社1992年版，第72页。

⑤ 朱万曙：《明代戏曲评点研究》，安徽教育出版社2002年版，第319页。

家的理治，“与圣教有益无害”、“忠义”思想和“童心”说是李贽评点《水浒传》的重要指导思想，因此容本中的点评不是叶昼托名李贽所为，而是李贽自己的评点①。此外还有部分研究者也持该观点②。

除此之外，还有学者主张容本和袁本都不是李贽的真评本。王利器先生通过对日本新发现的一些《水浒传》版本的研究，修正了自己以前的观点，认为：“日本无穷会藏明刻清印本及日本宝历复刻本之李卓吾评，乃李评真本，其他如袁无涯本及容与堂本之李评，乃袁无涯叶昼辈假李卓吾之名以行者，钱希言所谓赝籍也”③。谭帆也认为容本是书商请人在李贽评点本的基础之上进行了模仿、增改和扩充而成的，已非李评原貌。④

本期多数关于容本的论著都集中在对容本评点艺术的阐发。如陈洪认为容本评点是对以往小说本体观和功用观的突破，它打破了传统的补史之阙的小说史观，强调小说的虚构特征，强调小说的娱乐和宣泄功能。在小说创作理论问题上，陈洪认为容本的贡献主要集中在故事情节的“假事真情”、人物性格的“同而不同”、小说艺术的“化工肖物”和艺术作品感染力的“趣为第一”理论⑤。

董国炎则认为叶昼的容本评点是现实主义创作理论的初创，他较为正确地回答了文学和生活、艺术虚构和生活真实的关系，体现了与现实主义相一致的美学理想。文章具体从题材、人物描写和细节与环境描写三个方面对叶昼的现实主义创作主张进行了比较充分的阐发⑥。韩洪举从《水浒传》的创作思想、艺术与现实的关系、人物形象及其个性的分析和“趣”“奇”的艺术分析等方面对容本评点进行了阐释⑦。作者还对李贽的“发愤”说和“忠义”说进行了阐释，认为这是李贽《水浒传》批评思想的

① 张同胜：《论李贽的〈水浒传〉评点》，《济宁学院学报》2009 年第 4 期。

② 详见田冬梅、张颖夫《从禅宗思想辨析“李评本”〈水浒传〉之真伪》（《安徽文学》2011 年第 9 期）、张天星《明代心学思潮与容与堂刊本〈水浒传〉的评点》（硕士学位论文，四川师范大学，2005 年）、司伟伟《李贽〈水浒传〉评点研究》（硕士学位论文，辽宁大学，2013 年）等文章。

③ 王利器：《李卓吾评郭勋本〈忠义水浒传〉之发现》，《河北师范学院学报》（社会科学版）1994 年第 3 期。

④ 谭帆：《中国小说评点研究》，华东师范大学出版社 2001 年版，第 18 页。

⑤ 陈洪：《中国小说理论史》，安徽文艺出版社 1992 年版，第 65—93 页。

⑥ 董国炎：《现实主义创作理论的初创——谈叶昼的〈水浒〉评点》，《山西大学师范学院学报》1990 年第 3—4 期。

⑦ 韩洪举：《叶昼〈水浒传〉批评思想的现代阐释》，《河南社会科学》2002 年第 4 期。

集中体现，前者强调小说应是“发愤之作”，“不愤则不作”，即现代所说的创作激情；后者是对小说主题的概括，肯定了梁山起义的正义性①。周光铁则从接受视野的角度认为容本评点体现了双重的美学接受视野，即强调小说怨刺功用的儒家美学视野和在道家、禅佛、心学影响下追求童心自然之美的审美视野。这两种美学接受视野的统一提高了古典小说的社会地位。②

值得一提的是这一时期几篇硕士学位论文，它们或从晚明文学思潮的角度考察容本评点与社会思潮的联系，或者考察容本评点的思想价值如发愤著书、童心说等的影响，或者考察容本评点的美学价值，或者单独考察容本的人物评点③。虽然这些文章的作者都很年轻，但对容本评点的某些问题的思考往往也颇有值得借鉴的地方。

除了以上内容外，还有一些文章对容本与其他评点本进行了比较。如谭帆先生从评点史的高度将容本和袁本并提，认为它们开启了小说评点的新路，奠定了后世小说评点的基本形态，完成了古代小说评点批评内涵上的转型，因而具有重要的价值④。

高日晖从共时和历时两个层面比较具体地讨论了容与堂本评点在《水浒传》接受史上的地位和影响。在共时性的比较中，作者认为余本的阐释属于“村学究见识”，还停留在看故事层次的普通接受者的阐释层面，思想意识上也比较落后，而容本评点不相信“天意”，具有一种唯物论者的精神，和袁本阐释的相似，它们更注重小说人物形象和小说艺术的分析。在历时性比较方面，文章重点从“在朝强盗”到“乱自上作”再到“官逼民反”和“假道学真强盗”到“独恶宋江”两方面考察了容本对后世评点的影响⑤。

也有学者将容本与金本进行比较。如有研究者考察了李贽“发愤之

① 韩洪举：《李贽〈水浒传〉批评思想的现代阐释》，《许昌师专学报》2001 年第 6 期。

② 周光铁：《李贽评〈水浒传〉的美学接受视野》，《广西教育学院学报》2007 年第 4 期。

③ 张天星：《明代心学思潮与容与堂刊本〈水浒传〉的评点》，硕士学位论文，四川师范大学，2005 年；张敏：《李贽〈忠义水浒传〉人物评点研究》，硕士学位论文，宁夏大学，2006 年；谢艳花：《李贽小说美学思想研究》，硕士学位论文，湖南师范大学，2008 年；张玉华：《李贽小说评点的理论价值——以容与堂〈水浒传〉为例》，硕士学位论文，广西民族大学，2009 年；司伟伟：《李贽〈水浒传〉点研究》，硕士学位论文，辽宁大学，2013 年等。

④ 谭帆：《中国小说评点研究》，华东师范大学出版社 2001 年版，第 18—19 页。

⑤ 高日晖：《容与堂本〈水浒传〉的评点在接受链条上的地位》，《中州学刊》2002 年第 3 期。

所作”与金圣叹“心闲试笔”的区别，认为这是两大批评家对《水浒传》创作动因的概括。两位评点者对小说创作动因的歧义导致了他们对小说的思想意义、批评的目的和侧重点以及引导读者接受鉴赏重点的不同①。此外蒋成德、王丽杰等也将容本与金本进行了对比研究②。

总的来看，这一时期学界对容本的研究无论是在评点者的判定还是容本评点艺术的研究等方面基本上都没有突破以往的格局，呈现出一种重复和徘徊的状态。这应该是与研究的方法和视野狭窄有关。综观这些论著，大多在研究方法上都是比较传统的，其视野也往往局限于容本本身，这自然就很难超越新时期诸如叶朗等前辈的研究成果。

三　袁本与其他评点本研究

相对于容本，本时期对袁本的研究则薄弱得多，相关文献寥寥无几。在袁本是否为李贽评本的问题上，一般学者均认为其为李贽真评本，但有所增益。如章培恒就认为，袁小修《游居杮录》证明袁无涯本评语是李贽的，而田虎、王庆故事的二十回评语则当出于伪托。袁本批语与容本批语相同，很可能是后者抄袭前者的结果③。佐藤炼太郎、谈蓓芳也基本持此观点④。陈洪从容本思想语言风格更接近李贽和袁本参考了容本两方面认为袁本是叶昼伪托的⑤。陈玉东则从版本不符、刊刻时间和文风不符、思想不符及与袁小修的记载不符等方面论证，认为袁本不是真正的李评本⑥。而上文也提到王利器、谭帆都认为无论容本袁本均系伪托。

关于袁本的评点艺术，陈洪认为袁本在大的文学理论问题上如对小说的功用价值问题等的见解都“比较平庸”，多为“劝惩”“教化”之说，远不如容本。但在小说创作方面，袁本提出了“本情以造事”的观点，即强调编造故事情节时要注意合乎情理。此外作者还对袁本评点中的小说

① 张祝平：《“发愤之所作”与“心闲试笔”——李贽、金圣叹〈水浒〉创作动因论比较》，《明清小说研究》2002 年第 4 期。

② 蒋成德：《李贽与金圣叹的〈水浒传〉批评之比较》，《徐州教育学院学报》2004 年第 1 期；王丽杰：《〈水浒传〉容与堂本与贯华堂本差异考述》，硕士学位论文，曲阜师范大学，2011 年。

③ 章培恒：《关于〈水浒〉的郭勋本与袁无涯本》，《复旦大学学报》1991 年第 3 期。

④ 详见［日］佐藤炼太郎《关于李卓吾评〈水浒传〉》，张志合译，《黄淮学刊》（社会科学版）1991 年第 3 期；谈蓓芳《也谈无穷会藏本〈水浒传〉——兼及〈水浒传〉版本中的其他问题》，《中国文学研究》第 2 辑，江西教育出版社 2000 年版，第 282 页。

⑤ 陈洪：《中国小说理论史》，安徽文艺出版社 1992 年版，第 72 页。

⑥ 陈玉东：《袁无涯本〈水浒传〉辨伪》，《哈尔滨学院学报》2006 年第 6 期。

创作技巧如“实以虚行”（关于小说叙事的虚实问题）、“叙事养题”（关于小说情节波折和悬念问题）、“曲尽情状”（关于小说细节描写问题）和“逆法离法”（关于小说开篇技巧）等进行了比较具体的分析，认为袁本从文章学的角度研究《水浒传》行文技巧，对后世的评点者特别是金圣叹有重要的影响①。

而《中国文学批评史新编》则认为袁本在思想方面与李贽《忠义水浒传序》是基本一致的，在艺术分析方面，虽然内容不多，但也有可观之处。如它已经注意到人物形象的描写问题，但没有注意人物的性格特点。在情节结构方面，它主张既要合情合理，又要有波澜曲折，做到“真”与“奇”的统一②。此外，袁震宇和刘明今的《明代文学批评史》中也涉及袁本的评点问题③。

除了袁本之外，这一时期还有个别问题涉及其他评点本。如对于余象斗评本，学界评论都不高，有学者甚至称其为“村学究式”的评点。而林毓莎从文本价值、理论价值和传播价值三个层面对余象斗的评点进行了比较全面的分析，认为余本在文本价值上开创了上评、中图、下文的新的评点体式，对小说原本也进行了删减；在理论价值方面，余本遵循了劝善惩恶评点准则，影响深远；而余本以读者的需求为目标，着力于评点的导读作用，促进《水浒传》的传播。因此余象斗评点是《水浒传》评点链条上十分重要的一环，具有很深的研究价值④。此外张云娟《金批〈水浒〉价值论》第一章第一节也对余本和金本进行了比较⑤。

王望如评点本历来较少被关注。商韬是较早研究王评本的学者之一。他在《〈水浒〉王（望如）评的思想成就和特色》中对王望如的评点尤其是思想价值进行了分析⑥。高日晖在《〈水浒传〉接受史》第二章“清代的《水浒传》接受”论述了王望如对《水浒传》的接受⑦。刘永良则

---

① 陈洪：《中国小说理论史》，安徽文艺出版社 1992 年版，第 96—104 页。

② 王运熙、顾易生主编：《中国文学批评史新编》（下），复旦大学出版社 2001 年版，第 152 页。

③ 详见袁震宇、刘明今《明代文学批评史》，上海古籍出版社 1991 年版，第 401—412 页。

④ 林毓莎：《浅论〈余象斗水浒志传评林〉评点的价值》，《水浒争鸣》第 11 辑，中央文献出版社 2009 年版，第 744—750 页。

⑤ 张云娟：《金批〈水浒〉价值论》，硕士学位论文，华东师范大学，2009 年。

⑥ 商韬：《〈水浒〉王（望如）评的思想成就和特色》，《上海师范大学学报》1990 年第 3 期。

⑦ 高日晖：《〈水浒传〉接受史》，博士学位论文，复旦大学，2003 年。

对王评本的思想意义、情节设置和与金本的关系等进行了分析。[①]

此外，邓雷还对遗香堂本和林九兵卫刊本的评点进行了初步的分析。在《遗香堂本〈水浒传〉批语初探》中，作者通过批语的详细比勘，发现遗香堂本批语与芥本批语相似度极高，当为同源批语，然而其各自的底本却小有差异；遗香堂本与芥子园本各自所缺失的批语当为大涤余人序本祖本所有，并非二者后添；遗香堂本与芥子园本所有批语相加亦非大涤余人序本祖本全貌，而有所缺失。在此基础上，作者认为遗香堂本《水浒传》属于大涤余人序本系统，与芥子园本及李玄伯藏本相近。[②] 林九兵卫刊《水浒传》学界鲜有涉及，作者通过对该本的批语进行研究，认为其批语略显粗糙轻率，感情流露无所顾忌，抒发了对世情的感慨和对道学的厌恶。因此作者认为该本批语属于较早期的批语，当在余本批语之后，容本批语之前，且批语的风格及批点内容多与容本批语相近。[③]

总的来看，近二十多年《水浒传》评点研究的成果是丰硕的，但也存在着一些问题。

首先，研究对象严重不均衡。根据笔者的不完全统计，1990 年以来《水浒传》评点研究的论文有 500 余篇，其中金本 470 篇，占全部研究的 94%；容本 22 篇，占全部研究的 4.4%；袁本、钟本、王本、余本共 8 篇，占全部研究的 1.6%。因此，今后研究者应注重对袁本和其他评点本的研究以及各本之间的综合比较研究，从小说评点史的高度对这些被忽略的评点本的价值地位进行重新评估和定位。[④]

其次，当前学界对叶昼的研究还存在明显的不足，如果将叶昼的小说评点和戏曲评点结合进行系统的对比考察，效果可能会更好。

再次，将小说评点研究与小说版本研究结合。传统的小说评点研究往往是从文艺学的角度进行阐发，少有人将其与小说版本的考证结合。其实由于评点具有的随文阐发特征，今人往往能够通过评语的异同考辨版本的

---

① 刘永良：《王望如评点〈水浒〉论略》，《广东技术师范学院学报》2010 年第 1 期。

② 邓雷：《遗香堂本〈水浒传〉批语初探》，《牡丹江大学学报》2013 年第 9 期。

③ 邓雷、许勇强：《〈水浒传〉林九兵卫刊本批语初探》，《宜宾学院学报》2013 年第 8 期。

④ 关于这个问题，高日晖、邓雷等已有所关注。详见高日晖《〈水浒传〉接受史》，年博士学位论文，复旦大学，2003 年；邓雷《明代〈水浒传〉评点研究》，硕士学位论文，东华理工大学，2014 年。

演变关系。这方面当代学者如谈蓓芳、乔光辉等曾有过成功的案例。① 笔者和学生的两篇文章也是按照这个思路进行的。②

本章小结

回顾近二十年来的《水浒传》研究，我们认为尽管从总体上来看这一阶段的研究似乎没有上一时期那样轰轰烈烈，一些研究史上比较重大的遗留问题（如施耐庵其人及其籍贯、成书时间、繁简本关系等）也没有得到很好的解决——当然这些问题可能根本就无解。但通过大批学者的努力，这一阶段仍然在很多问题上特别是中观和微观问题研究方面取得了很大的成绩。因此，无论是从研究的数量还是研究的质量上说，近二十年来的《水浒传》研究可谓400年学术史上的第三个高潮。大体而言其成就主要有以下几个方面。

首先，在小说成书问题方面，最引人注目的就是成书源流上侯会的取材洞庭湖说和马成生等的征方腊取材征讨张士诚说。这些都发前人所未发，大大充实了鲁迅、胡适以来的成书研究。在成书时间方面，嘉靖说通过论争大有取代元末明初说之势。

其次，在版面研究方面，一些学者对具体小说版本的深入细致的研究和对海外新的版本的介绍考察（如无穷会本系统）取得了较好的成绩，但整体而言版本研究与其他问题的研究相比严重不足，今后还有非常大的发展空间。

再次，是在小说文本研究方面，游民说的提出和充分论证进一步丰富了小说主题阐释，而运用文化研究的方法对宋江形象和招安等问题的阐释更圆融通达。

最后，在金圣叹小说评点理论的研究方面，由最初的政治定性到小说

① 谈蓓芳：《试谈海内外汉籍善本的缀合研究》，《中华典籍与文化论丛》（第7辑），北京大学出版社2002年版，第122页；乔光辉、何平：《“无知子”像赞与〈水浒传〉钟评、李评关系探微》，《明清小说研究》2013年第4期。

② 详见邓雷《遗香堂本〈水浒传〉批语初探》（《牡丹江大学学报》2013年第9期）和邓雷、许勇强《〈水浒传〉林九兵卫刊本批语初探》（《宜宾学院学报》2013年第8期）两篇文章。

创作理论研究再到这时期对其叙事理论、鉴赏理论和接受理论的全方位阐发，可以说是步步深入，成果喜人。

相对前几个阶段，近二十年《水浒传》研究有以下几个显著的特点：

一是研究方法日趋多元化，且逐渐与本土文化和小说文本深度结合。相对于新时期而言，这一时期除了传统的考据和社会历史批评方法外，几乎西方传来的各种研究方法都得到了不同程度的利用。并且学者对这些研究方法的运用也逐渐突破了20世纪80年代末90年代初生搬硬套的格局，日趋与中国本土文化和小说文本实际进行结合，因而更加圆融通达。

二是研究内容面越来越广，研究更趋于精细化。这一时期的研究几乎是全面开花，但却很少集中在某几个点上（除了评点研究主要集中在金圣叹身上外）。虽然一些大的问题还没有彻底解决，但对具体的微观层次的研究却更加深入细致。例如对一些简本的研究、对某些传播史料的解读等等。

三是小说文本内部研究减少，外部研究增多。相对新时期对小说文本的艺术解读，这一时期的研究更多地关注小说的外部因素，如小说与传统文化、小说的传播与接受等问题，这与整个古代文学研究的大趋势也是一致的。

四是从研究队伍来看，虽然高校和科研院所仍然是主流，且主要集中在北京、山东、苏北和杭州等几个地方，但地方学者也逐渐壮大，成为《水浒传》研究队伍中一支重要力量。这一点在山东和苏北特别明显。

当然在看到成绩的同时，我们也不得不承认这一时期的研究也存在着一些不足和遗憾的地方。比如：作者研究的相对平淡，版本研究的严重缺失，许多评点本研究的缺席等等。另外，在市场经济规律的导向下，一些地方的学术研究与地区利益日益紧密，无论是施耐庵抑或是罗贯中之争，多少都存在这样的背景。地方学者的研究有学院派难以企及的优势，但因为地方利益和情感等因素，他们往往在对民间传说与历史真实和文学虚构的认识方面就有意无意地发生了错位。这在施耐庵传说和地方旅游景点的开发上体现得比较充分。此外，大量低层次的重复性研究严重掩盖了真知灼见的论著，而个别研究者脱离小说成书的具体历史环境或者是故意迎合世俗，对小说进行的歪曲或者颠覆性解读，也对小说的普及和研读产生了不良误导。

余　论

《水浒传》的研究从明代嘉靖时期就已经开始，中经李贽、金圣叹等的评点提倡而广为士大夫与贩夫走卒所接受。封建时代的士大夫们开始在自己的著作中对《水浒传》的源流、作者和版本等问题进行了比较原始的研究。虽然这些论著多是断章片语，但却奠定了后世“水浒学”的基本框架。经过梁启超小说界革命和五四新文化运动的洗礼，《水浒传》的研究在胡适、鲁迅两位大师的示范下确立了其现代学术研究之典范，稍后经过郑振铎、孙楷第、余嘉锡、赵景深诸位学者的推波助澜，终于掀起了20世纪二三十年代《水浒传》研究史上的第一个高潮。新中国成立之后，由于社会环境的巨大变化和领导者的提倡，《水浒传》研究取得了可喜的成绩，出版了30多部专著和大量的高质量论文，将前一时期的《水浒传》研究继续向前推进，并在作者研究、文本研究诸方面取得了较大的进步。当然由于时代的原因，其缺陷也是明显的，这在“文化大革命”时期的“评水浒运动”中表现得最为充分。“文化大革命”之后，随着大陆思想解放和改革开放政策的实施以及大量外国文艺理论思潮的涌入，新的研究方法陆续被引入古典文艺研究中，《水浒传》研究出现了第二次研究高潮。这一时期《水浒传》的研究无论是数量还是质量都超过了以前任何一个阶段，在作者研究、文本研究和评点研究方面都取得了很大的成绩。进入90年代以后，随着大陆经济文化的持续高速发展和现代传媒技术的发达，《水浒传》研究在数量上出现了井喷式的发展，相对前面几个时期，这一阶段的研究在某些中观和微观领域取得了很大的成绩，且出现了一些新的元素，但在一些大的问题方面并没有取得突破性的进展。同时，几十年来海外学者对《水浒传》的研究也取得了很大的成绩。

一　《水浒传》研究的主要业绩

回首四百多年的《水浒传》研究史，我们发现经过历代学者的辛勤耕耘，《水浒传》的研究已经取得了很大的成就，简单来说有如下几个方面：

首先，在《水浒传》成书研究方面，通过历代学者的努力，基本上廓清了历史上宋江起义的时间、地点和三十六人等诸多史实、梁山泊地理位置以及如何由具体的现实地名演变为小说中群雄聚义的大本营等问题。另外水浒戏的整理及与小说的关系也得到了比较充分的研究。而成书方面最大的成绩是在胡适、鲁迅、郑振铎和严敦易等学者的努力下，基本上理清了水浒故事如何由历史上的真人真事演变为今天的巨著《水浒传》的发展脉络。

其次，在作者研究方面，通过对大量历史文献的发掘和出土文献的研究分析，并经过多次实地调查和几次学术论争，《水浒传》的作者研究取得了很大成绩，施耐庵的生平籍贯等也有了大致的了解。但由于文献不足征等原因，这个问题还没有从根本上得到解决，争论势必持续下去。

再次，在《水浒传》版本研究方面，通过胡适、鲁迅特别是孙楷第和马幼垣的研究，学术界基本上已经对现存的各种《水浒传》版本有了不同程度的了解和研究；对《水浒传》祖本形态、插增情况的探索也取得了比较大的成绩；在简本和繁本这个问题上基本上形成了三足鼎立的局面，为这一问题的最终解决打下了良好的基础。

又次，在《水浒传》文本研究方面，小说的主题思想由最初的“诲盗”与“忠义”的二元对立到农民起义说的唯我独尊再到诸说蜂起，形成百家争鸣之势；宋江和其他小说人物形象的研究也取得了大的成就；而小说在情节结构、语言艺术等方面的研究也因20世纪80年代以来文学本位的回归而得到了长足的发展。

最后，在《水浒传》评点研究方面，李评本的真伪问题经历数百年未能解决，对金圣叹的评价也经历了几次大起大落而基本尘埃落定，对李评本和金圣叹在古典小说理论批评上的地位和取得的成就的定位和阐释已经取得了基本的共识。

二 《水浒传》研究的不足

《水浒传》的研究走过了四百余年的风雨历程，成就固然是灿烂辉煌的，但缺陷也是明显的。

首先在研究内容方面，往往在一个时期局限于几个主要的领域。如明清时期的《水浒传》研究主要局限于历史史实的考证和“诲盗”与“忠义”的论争上；近现代则集中于对成书和版本的研究；十七年时期则对思想内容和典型人物等争议最大。新时期以来这种局面才得以改观，但仍然存在诸多不足，如作者研究、金圣叹等成了焦点，简本研究和部分评点本研究却被忽略。出现这种现象的原因，一则是时代风气的影响，如十七年时期重思想主题的阐发就与当时社会意识形态相关；二则是研究方法的影响，明清时期直到20世纪30年代，传统考据方法仍然占主导地位，而当时学者在运用这些方法来研究《水浒传》时也取得了很大的成就，但当有限的材料被挖掘殆尽的时候，运用新方法、新视角去考察阐释这些材料就非传统考据方法所能胜任的了，这一点在苏北施耐庵出土文献的论争中体现得比较充分。

其次是研究方法的相对单一。如前所论，在明清时期和近现代，主要的研究方法是传统的乾嘉学派的考据方法。这种方法在研究《水浒传》的成书演变、版本和作者问题时发挥了巨大的作用，所以《水浒传》的成书演变、版本和作者问题在20世纪30年代基本上已经奠定了今年的研究格局，后来的学者由于学养的不足和材料无法更新，就不可能在根本上超越胡适、鲁迅等大师，只能在他们的身影下进行不同程度的修修补补。因此在没有新材料的情况下，要打破这种研究局面必须要引入新的研究方法。这一情况在十七年时期同样很突出，其缺陷更是非常明显。到了新时期，由于新的方法的运用，这一问题已经有所改观，但真正将各种新的研究方法和小说文本的研究相结合，并立足于本土文化进行全方位的阐释还是在20世纪90年代以后才得以全面展开，并逐渐成熟。

再次是与其他古典文学的研究不同，《水浒传》的研究历来就与政治有不解之缘。从明清时期开始，《水浒传》就已经在“诲盗”与“忠义”之间纠缠不清了。近代由于特定的时代环境使得《水浒传》和其他小说一样承担了“新民”“救国”的重任。十七年时期，由于庸俗社会学的文艺批评方法的泛滥，最终导致了“文化大革命”“批《水浒》”运动这场历史闹剧。出现这样的情况，一方面是中国传统文化中从《毛诗序》就开始的文艺与政治密不可分的特殊文学理论背景的影响，另外一方面是小说内容本身具有非常强的政治敏感性，加上金圣叹的腰斩和修改，更是增加了其阐释的复杂性、多义性，这也是几百年来《水浒传》与政治藕断丝连的一个重要因素。

除了以上三点，当然还存在其他的问题，如研究的不系统性、研究内容的低层次重复性和研究过程中对待历史材料的随意性问题等等。认真总结这些成绩和教训，显然对我们今后的研究工作具有重要指导意义。

三　新世纪《水浒传》研究展望

当站在21世纪初的时代分水岭上再次回顾四百余年的《水浒传》研究时，我认为在今后的《水浒传》研究过程中，有必要在以下几方面进行努力，以期有力地推动“水浒学”的健康发展。

一是加强领导与合作。在现有的《水浒传》研究会的基础上，吸纳新人以扩大研究团体，争取在各个省、市都有《水浒》研究的机构和团队，形成以中国水浒学会为核心的一个强大的有组织的研究团体，定期开会，定期出版刊物（包括《水浒争鸣》等学术刊物和报道研究动态方面的报纸通讯等），互通消息，避免重复研究。另外鉴于《水浒传》研究是一个复杂的系统工程，因此有必要充分利用互联网的优势，建立大型的专业《水浒传》研究网站，实现研究过程中的互通有无、资料共享和相互交流等。

二是加强研究队伍建设，大力培养学术新人。当前《水浒传》研究的主要人员还是高校和科研机构的专业人员，此外山东、苏北等地也出现了不少地方性的研究者和民间爱好者。他们以网络等为交流平台，对《水浒传》与地方文化、水浒故事的搜集整理等进行研究，做了许多通常学院派做不到或者不屑于做的工作，为水浒文化的研究做出了贡献。今后应该进一步地通过各种媒介，加大宣传和普及，让水浒研究在民间继续扩大。

同时，还要有意识地培养专业的研究新人。水浒研究不仅要依靠现在的一批专家学者，更有赖于一大批年富力强的年轻学者的薪火相传。因此《水浒传》研究的专家要着意培养一批新的博士和硕士研究生，为今后的《水浒传》研究的健康发展打下良好的人才基础。所幸近几年来已有专家学者意识到这个问题，出版和撰写出了一批质量比较高的博士、硕士论文。

三是做好基础文献的整理出版工作。《水浒传》的研究至今已经四百余年，在漫长的历史长河中累积了大量的文献资料，因此有必要对这些资料进行全方位的搜集和整理。为此，建议在这几方面加大工作力度。首先是影印和点校整理出版全套的《水浒传》文本，尤其是对一些罕见本子进行复制，为专业研究者和水浒文化爱好者提供更多的文本资料。其次是组织一批学者，将四百余年的《水浒传》研究史进行学术编年，并将历代的研究成果编辑目录，撰写提要，为今后的《水浒传》研究者提供检索便利，也减少各种盲目性的重复研究。最后是建议由著名的《水浒传》研究专家组成一个学术小组，对四百余年研究成果进行整理，去粗取精，编辑出版一套大型的《水浒传》研究集成和资料汇编丛书，为年轻的《水浒传》研究者提供一种学术示范。

四是改进研究方法。对于像《水浒传》这样的经典文学巨著，其研究方法必然是多方面的。回顾近百年的《水浒传》研究，我们发现传统的考证等学术研究方法仍然是行之有效的，这从胡适、鲁迅和孙楷第等的学术实践中就可以看出来。由于时代的原因，今天《水浒传》研究者的传统文献和考据功夫已经不能够与这些前辈学者相提并论了，因此有必要在年轻学者中加大对传统学术研究方法的训练，特别是版本校勘整理等方法的训练。当然年轻学者也有他们的优势，即他们对西方各种新的研究方法接触较多，思维更加灵活，学术视野更为开阔，因此有必要将传统的考据等研究方法和西方的文艺理论结合起来，建构一套适合中国文化传统和《水浒传》文本实际的研究方法体系。

五是做大做强水浒文化产业。以《水浒传》为核心的水浒文化是祖先留给我们的一笔丰厚的历史文化遗产，我们应该充分利用这一文化资源，做大做强，形成一个强势文化产业，为今天的社会生活服务。为此我认为可以从以下几方面进行努力。

首先是加大《水浒传》的普及和宣传工作。当今世界，影视传媒和网络文化已经成为我们生活的一部分。在这样的历史背景下，《水浒传》的研究必须打破传统的研究思路，不仅要提倡学院派的纯学术研究，更要鼓励和提倡充分利用影视传媒和网络资源进行通俗化、社会化的宣传普及研究。在这点上，《三国演义》就做得很好。当然也要注意到在这个过程中的庸俗化和过度商业化等倾向。

其次是搜集整理有关《水浒传》和施耐庵的民间传说和历史文物。在这一点上，虽然已经有施耐庵纪念馆的建立和一些专著的出版，但还远远不够。当前还需要地方政府的大力扶持、资金投入和相关学术机构与学者的积极介入，以促进其健康发展。

再次是强化对以水浒故事为题材的说唱文学、地方戏曲乃至其他各种艺术形式的作品的发掘、整理和研究。在历代水浒故事流传的过程中，除了小说《水浒传》这一核心的文化成果外，许多戏曲说唱和其他艺术形式都对水浒文化的继承和发展做出了巨大的贡献，而这些东西因为其原生态区域性等特征，更接地气，更具生命活力。但由于时代的发展，伴随着新媒体的普及，传统的娱乐形式逐渐淡出人们的视野，面临消亡的危险。为此，我们要在傅惜华《水浒戏曲集》的基础上，进一步加大对各种题材的水浒艺术的发掘保护和整理研究。

最后是加大对水浒旅游资源的开发利用和相关商品的注册与开发。水浒旅游资源是一笔宝贵的财富，在当前注重休闲娱乐的时代环境下具有极大的经济价值。为此要做好这方面的开发利用，做到可持续发展。在这方面与水浒文化关系最密切的山东省做得有声有色。以梁山旅游资源开发为例，2005 年当地政府注册了“山东梁山泊旅游开发有限公司”及“梁山泊”旅游项目的相关商标，并首期开发梁山泊——聚义岛（原东平湖湖心岛）项目。2006 年 4 月，梁山泊旅游开发有限公司买断了以腊山森林公园为核心的“前梁山”（腊山、昆山、金山、六工山、卧牛山）的 40 年全部经营、管理及开发权，从而拉开了 76 平方公里水浒文化旅游景区大规模开发的序幕。据报道，梁山风景区适应现代旅游的需要，挖掘水浒文化内涵，着力提高景点的文化艺术价值，委托北京大学的专家，依据古典名著《水浒传》的描写及相关史料，制定了总体开发规划。山上建寨，山下造水，重现当年梁山风貌，建成了全国最大的水浒陈列馆，馆藏古今中外各种《水浒传》版本、研究资料 2000 余册，陈列着梁山一带出土的文物、碑刻及义军遗物等数百件，征集了古今名家吟赞梁山的诗词、字画上千件，同时还陈列着与《水浒传》相关的邮票、火花、兵器、雕塑等工艺品及实用物品，并以图片形式介绍梁山一带的风情①。此外，阳谷、莘县、郓城等县也在积极地打造以水浒文化为核心的旅游景点，有力地推动了地方经济文化建设。

总之，只要我们齐心协力，沉下心来认真钻研，《水浒传》研究一定大有所为，“水浒学”的明天肯定会更加美好！

---

① http://www.gmw.cn/01gmrb/2003-02/24/07-6808855905F1013A48256CD60081A51B.htm.

附录：《水浒传》海外研究概述

《水浒传》成书之后，其巨大的艺术魅力不仅征服了中国的士大夫和贩夫走卒，并且随着它的流布海外，还引起了大量外国作家的模仿学习和学者的探讨研究。然而关于《水浒传》在大陆外的研究是个比较复杂的问题，由于资料不足和语言障碍以及笔者学识浅薄，只能够综合一些研究者的相关论述对该问题做一个简单概述；另外笔者就所接触到的海外《水浒传》研究论著的主要内容做一个简单介绍，以资参考。

一 《水浒传》海外研究情况概述

《水浒传》自流传到东南亚和欧美诸国后，引起了各国爱好者的刊刻、翻译和研究。其中尤以日本为甚。

（一）《水浒传》在日本

中国古典名著《水浒传》很早就流传到国外，据有的学者的考证，最早评介该书的国家则是一衣带水的邻邦日本。据日本学者考证，《水浒传》是在17世纪七八十年代传入日本的。目前能见到的最早版本当是铃木虎雄珍藏的《二刻英雄谱》中的一百一十回本《水浒传》，它是在延宝七年（1679）由长崎人山形八右卫门从一个中国商人手中得到的①。

《水浒传》传入日本后的翻刻大概始于江户时代。公元1728年，居住京都的林九兵卫翻刻了李贽评点的一百回本《忠义水浒传》，日本学者冈岛冠山为该书加上了日文假名标音读法。据香港中文大学谭汝谦博士的统计，截至1978年，《水浒传》的日文译本共达33种之多，在日本翻译的中国古代文史哲著作中，《水浒传》名列第一。其中1660—1867年出版的《水浒传》日译本有16种；1946—1978年又有11种之多。②

几乎与翻译同时，日本的《水浒》研究也开始起步。1757年日本第

① 马兴国：《〈水浒传〉在日本的流传及影响》，《日本研究》1991年第1期。

② 谭汝谦：《中日之间翻译事业的几个问题》，《日本研究》1985年第3期。

一部研究《水浒传》的专著陶山尚善（汉名陶冕）的《忠义水浒传解》刊行了。该书根据田文瑟讲座的内容并结合自己的研究心得而写成，主要是对《水浒传》的语句进行解析。1806年，日本著名作家曲亭马琴刊出了《新编水浒画传》，此书集翻译、研究、绘画于一体，作者注意吸收前人的成果，并做出了新的尝试。可惜此书只刊出前十回。①

日本研究《水浒传》所涉及的范围非常广泛，如《水浒传》传入日本的时间、《水浒传》对日本文学的影响、日文训点木刻本《水浒传》的考证，各种日译本《水浒传》译文的优劣得失，以及《水浒传》产生的背景、思想、艺术、语言、版本、评点等等问题。日本汉学家们都发表过许多文章，有的问题还曾展开过争论。其中，老一代汉学家的重要文章有：青木正儿的《同岛冠山与中国白话文学》、《〈水浒传〉对日本文学的影响》，长泽规矩也的《江户时代〈水浒传〉的流行情况》等。新一代汉学家的重要文章有：村上芳郎的《杂记〈水浒〉嗜好者马琴》，小川环树的《关于〈水浒传〉作者》《〈水浒传〉的文学》，相浦昊的《〈水浒传〉的语言》，水山英雄的《〈水浒传〉的背景》，白木直也的《和刻本〈水浒传〉的研究》《〈水浒传〉的传日与文简本》，大内田三郎的《〈水浒传〉繁本与简本的关系》《〈水浒传〉与〈金瓶梅〉》，松枝茂夫的《金圣叹的〈水浒传〉》，幸田露伴的《〈水浒传〉诸版本》等。另外，日本近年还编纂了不少关于《水浒传》的资料工具书。如香坂顺一编的《〈水浒全传〉语录索引》等，为研究者带来了方便。②

日本学者对《水浒传》的评价是很高的。曲亭马琴说：“《水浒》、《西游》之奇且巧，其文绝妙，句句锦绣，实是稗史之大笔，和文之师表。”盐谷温在《中国文学概论讲话》一书中指出：《水浒传》“结构的雄大，文字的刚健，人物描写的精细，不独为中国小说之冠冕，且足以雄飞于世界的文坛”。青木正儿在《中国文学概说》一书中也说《水浒传》“毫无异议的是中国小说中屈指的杰作”。

日本学者对《水浒传》的研究既有语言学方面的阐释、版本学方面的考证，也有社会文化学方面的剖析。日本学者对《水浒传》的研究并没有囿于宋江起义的本事与农民战争的题材，而是把《水浒传》放到更

① 袁荻涌：《〈水浒传〉在日本》，《文史杂志》1994年第5期。
② 王丽娜：《〈水浒传〉在国外》，《天津外国语学院学报》1998年第1—2期。

加广阔的中国封建社会的文化大背景下来检视，从而揭示和阐发了《水浒传》的社会文化学、民族学、文化哲学方面的价值和意义。如盐谷温认为《水浒传》可“供研究中国国民性及风俗”。村上知行在《水浒传·序》中指出《水浒传》“对于了解中国人，特别是了解中国人民大众的国民性，也会起很大作用”。井坂锦江在《水浒传与中华民族》一书中更强调指出：“要了解中国和中华民族，就必须很好地阅读中国小说”，“阅读像《水浒传》这样的富有中华民族特色的小说”。坂崎紫澜署名乌乌道人的《政治小说之效力》甚至说，中国的二十二史诚然有着制度文物的记载或英雄豪杰的传记，但是今天（1885）足以作为文明史的材料来认识社会一般风俗的，却只有《水浒传》一书。因为只有它才把“狱吏跋扈，道德腐败”的情况描绘得逼真可观。总之，他们一致认为《水浒传》“很好地描写了时代思想、风俗以及其他种种的社会状况，在研究中华民族上是很少与之类比的好材料”①。

（二）《水浒传》在欧美等国

现存西方文学中最早翻译《水浒传》的是1850年的法译本。根据王丽娜的统计，现有的《水浒传》外文译本（除日文）大概有32种，其中：拉丁文译本1种；英文（含片段译文，下同）有10种，其中包括著名的赛珍珠译本；法文译本5种；意大利文译本1种；俄文译本2种；匈牙利文译本2种；捷克文译本1种；波兰文译本1种；德文译本7种；朝鲜文译本2种；越南文译本1种；泰文译本1种。随着《水浒传》节本和全本的翻译，研究者也逐渐多起来。根据王丽娜的统计，国外研究《水浒传》的论著单是西文部分就有27种②。

《水浒传》在英、美、德、法等国都得到了很高的评价。如《大英百科全书》说：“元末明初的小说《水浒》因以通俗的口语形式出现于历史杰作的行列而获得普遍的喝彩，它被认为是最有意义的一部文学作品。”法国《大百科全书》说：“《水浒传》与西方骑士小说遥相呼应，《水浒传》对多种人物的英勇或懦弱的描写，都是对龌龊的社会所进行的愤怒的批判。《水浒传》中的许多故事又可与阿拉伯故事相媲美，这些故事中的英雄人物大胆机智，经常拿豪门富家子弟取笑开心。《水浒传》堪称传

① 参见安源《〈水浒传〉在日本》，《内蒙古电大学刊》1992年第1期。

② 参见王丽娜《〈水浒传〉外文论著简介》，《湖北大学学报》（哲学社会科学版）1985年第3期。

奇作品的伟大典型。”

另外许多国外翻译家在《水浒传》译本中作序，充分肯定了这部文学巨著的国际意义。如英国杰克逊在其译本的序言中说：“《水浒传》又一次证明人类灵魂的不可征服的、向上的不朽精神，这种精神贯穿着世界各地的人类历史。”前苏联罗加切夫在其译本《跋》中说：“《水浒传》是中国人民最优秀的文化遗产之一，此译本的出版，可以帮助读者开阔眼界，深入了解中国人民的历史，也有助于促进和巩固中苏人民的友谊。”

西方现代汉学家对《水浒传》的研究，侧重在探讨作品的思想意义、社会作用以及与西方传统小说的比较。重要论著有：琼·切纽兹的《〈水浒传〉与近代社会的关联——它对十九世纪和二十世纪起义运动的影响》，C. P. 菲茨杰拉德的《被视为颠覆力量的中国小说》，杰克吴的《〈水浒传〉的道德标准》，B. 松科尔的《论〈水浒传〉的民众性》、《〈水浒传〉与〈西游记〉的比较分析》，李培德（彼得李）的《〈三国〉与〈水浒传〉的叙事体模式》，夏志清的《〈水浒传〉的比较研究》（与北欧传奇故事《冰岛家族》等的比较研究），王靖宇的《金圣叹》，查尔斯·J. 艾伯的《〈水浒传〉英语评论文章的考查》，理查德·格鲁格·伊尔文的《中国小说的演化：〈水浒传〉》，雅洛斯拉夫·普什克的《〈水浒传〉及其作者》等。1964 年美国出版的《东方古典文学指南》一书，列有许多西方学人关于《水浒传》的研究论题，例如，关于说话艺人的创作、关于历史故事与文学作品的演进、典型人物的中国民族特点、作品的结构、作品的现实主义深度、作品中人物的道德准则，等等。除了专题论著之外，西方汉学家在综合研究中国小说与戏剧的文章中也常论及《水浒传》的主题思想，并往往有独到的看法。如 1960 年美国斯坦福大学出版社出版的《儒家学派》一书，收有罗伯特·鲁尔曼的“中国通俗小说戏剧中的传统英雄人物”一文，文中写道：“《水浒传》是研究中国革命运动动机的一本必读作品。……中国历史中的许多造反者，不论是成败，都宣称有权反抗暴君，这也是孟子所曾认可的权利。《水浒传》将当时盛行的贪污腐化归咎于行政机构而非皇帝本人，看来虽有软弱之嫌，但这部小说认为绿林社会比正统社会更合乎儒家的真正理想，确属极端大胆的看法。的确，在当时恶劣的社会环境中，强盗的山寨成为唯一能容纳儒家君子行动的地方[①]。

《水浒传》在苏联的学术界也颇受重视。如列宁格勒大学讲师庞英在1973年完成了讨论这部作品的学位论文，以后又发表了几篇文章。庞英在一篇文章里提供了若干补充的证据（语法特点、地名等等）支持郑振铎的观点，即认为有关征田虎、王庆的两回（第九十三回和第一百一十回前部）是《水浒传》原本中没有的。他认为征辽情节（第八十三至第八十九回）在最早的本子里就有，并提出了他的论据。在一篇标题为《论施耐庵《水浒传》里的“忠”和“义”》的论文里，他阐发了这样的看法：“忠”反映着儒家观念，“义”反映着墨家的思想。

李福清在一篇题为《中国长篇小说的形成》的论文里，也谈到过《水浒传》。这篇文章把从“民间读物”（《大宋宣和遗事》）到英雄史诗（《水浒传》）进而到长篇小说（《金瓶梅》）的整个发展过程，做了一个纵的叙述。比较了《宣和遗事》和《水浒传》里的杨志和宋江的形象，发现两者在人物塑造上的不同原则。介绍了《宣和遗事》的简略记述怎样在《水浒传》里变成了有血有肉的艺术描写。这篇文章还以武松为实例，讨论了由《水浒传》过渡到《金瓶梅词话》的问题[②]。

二 海外《水浒传》研究举隅

首先是作者和成书研究。马幼垣在《从招安部分看〈水浒传〉的成书过程》中借鉴前人的研究成果，深入细致地分析论证了水浒杂剧为《水浒传》小说的基本素材，指出《水浒传》的演化分为三个阶段，而今本《水浒》各部分以排座次以后至招安为止这一段最古，最接近成书之初的状况。前七十回代表为期较后的改写，这两部分的串联在一起可算是《水浒传》的正式定型。在《水浒传》成书年代的考证上，他认为传统的元末明初说缺乏事实根据，提出“约略为弘治、正德两朝”的观点。他的这一结论，同李伟实提出的“弘治初到正德初这二十年间”的观点相同。马幼垣还从气象描写入手，对林冲上山的环境描写、连环马与大雪天气等进行分析，指出《水浒传》的作者是“南方人，一个未曾在北方度过寒冬的南方人”[③]。

---

① 参见王丽娜《〈水浒传〉在国外》，《天津外国语学院学报》1998年第1—2期。

② 参见［俄］李福清《中国古典文学研究在苏联》（小说·戏曲），田大畏译，书目文献出版社1987年版，第31—32页。

③ ［美］马幼垣：《水浒论衡》，三联书店2007年版，第165、174页。

孙述宇则认为《水浒传》反映了典型的强人心态，如重视同道中人的义气、强调复仇等，是一本强盗讲给强盗听的书，它与南宋岳飞及当年的抗金忠义人有着密切的联系。①

浦安迪的《明代小说四大奇书》对《水浒传》的作者和原本问题发表了自己的看法，认为“事实上那些连篇累牍关于作者是施、罗的材料甚至连表面价值也没有，因为所有这些资料都是互相抄袭的，所以它们谁都有赖于最早出处的真伪。另一方面，我们有充分理由认为那嘉靖本或郭勋本均非原作，而都是来自一种或数种早先版本的修订本”。②

夏志清认为：“既然我们实际上对施耐庵一无所知，既然他的《水浒》（假如它确实存在过的话）早已被溶进了罗贯中的本子，那么，如果要把《水浒》归于某个特定的作者的话，首先把它归于罗贯中，是完全公平合理的”。③

柳存仁通过对署名罗贯中的小说进行比较研究，认为罗贯中系元末明初杂剧和通俗小说作家，除杂剧外还编撰《三国志传》、《大唐秦王词话》一部分，简本《水浒传》之征田虎、王庆部分；《隋唐两朝志传》和《残唐五代演义传》两本书也可能是他的作品，但现存本已经被窜改；以百回本为代表的繁本《水浒传》和坊刻本《平妖传》的大部分都不是他的作品。④

吉川幸次郎认为《水浒传》的成书“首先是以一些短小的、以一个一个的豪杰为中心的世情故事的形式出现，到后来把它们接合到一起，而创作出了今天的《水浒》”，“我们认为《水浒》是由小的、短篇的东西而产生的。《水浒》、《三国》像这样地演变成今天的形式，是十四世纪末、十五世纪初的事”。吉川幸次郎认为“从原则上看，作者的名字并不清楚。《水浒》在施耐庵和罗贯中名下流传，而《三国》在罗贯中名下，《西游记》在吴承恩名下。但是，他们只不过是最后加工润色的人。到

① 详见香港孙述宇《水浒传的来历、心态与艺术》（时报文化出版事业有限公司 1981 年版）一书。

② ［美］浦安迪：《明代小说四大奇书》，沈亨寿译，中国和平出版社 1993 年版，第 246 页。

③ ［美］夏志清：《中国古典小说史论》，胡益民等译，江西人民出版社 2001 年版，第 79 页。

④ ［澳］柳存仁：《罗贯中讲史小说之真伪性质》，见刘世德编《中国古代小说研究》，上海古籍出版社 1983 年版，第 156—157 页。

《金瓶梅》，其作者完全不清楚了”①。

另外狩野直喜《〈水浒传〉与中国戏曲》也认为“自宋末始，有关宋江等三十六人义贼之传说即已盛行，至元而有《宣和遗事》”，同时元曲中亦有其传说及人，终而衍生《水浒传》百八人豪杰。但“大水浒传”之前，恐已有为数甚多之“小水浒传”（当然尚无书名），最后成为今日所见之情况。据此《水浒传》成书之时代当在其后。对此究系罗贯中或何人虽未见其他论述，但尤以周亮工《书影》中认为其时代为洪武即明初一说较为新颖②。

其次是对《水浒传》的版本研究。海外《水浒传》的版本研究当首推美国夏威夷大学教授马幼垣，他著有《中国小说史集稿》、《水浒论衡》和《水浒二论》诸书。其中《水浒论衡》全书共37万字，分为考据篇和论析篇。前者主要考证小说的版本，尤其是一些稀有罕见的简本，也对《水浒传》的成书和作者进行了探讨；后者主要是对小说中的人物如鲁智深、李逵和小说的情节等进行研究。书首附有各种版本包括多为流失到欧洲和日本的孤本的书影共30幅，颇有文物价值。《水浒二论》全书共52万字，分为专论和简研两部分。专论主要是版本考证和小说中一些具体问题如关胜之死、排座次、王庆故事的来源等；简研主要是一些杂论。书首附有各种版本书影共54幅。

这两部书中共有16篇文章详细介绍了一些罕见版本的发现情况、特点，并考证了这些版本（主要是简本）的刊刻年代及它们之间的关系，进而探讨了《水浒传》版本的演化过程。这方面内容在两书中占有很大比重，也是其主要成果和特点。如马幼垣首次将插增本划分为甲、乙两个系列，指出斯图加特、歌本哈根、巴黎、牛津大学所藏残本、残叶属插增甲本，是同书异版；德勒斯顿、梵蒂冈所藏残本属插增乙本，则是同版同书的两个部分。他根据评林本中卷二十二余呈之死等五条强而有力的内证，断定插增甲、乙本早于评林本，而其他现存简本则在评林本之后（《京本忠义传》介于繁简之间，很可能较任何一种插增本为早）。在繁本、简本孰先孰后和原本问题上，他认为从现存插增本的分析可以确定

① ［日］吉川幸次郎：《中国文学史》，陈顺智、徐少舟译，四川人民出版社1987年版，第225、227页。

② 转引自［日］白木直也《〈水浒传〉的传日与文简本》，《水浒传争鸣》第1辑，长江文艺出版社1982年版，第384页。

“简本只能是从繁本删出来的，现存繁本以容与堂本为最古，可靠程度也最高，而该本自排座次过后至受招安的一段是今本《水浒》中最能够反映最初成书时原貌的部分；简本种类繁多，分别又大，相互关系复杂，现尚不知其详，但这并不妨碍达到简本全皆后出的结论；招安以后的故事，不管独见于简本，还是兼见于简繁两系统，都是后出的”①。

关于《水浒论衡》的价值和学术地位，曲家源总结为三点：一是把过去已知尚存世但国人多未见、不确切了解的《水浒传》珍本几尽搜集，并有许多新的发现；二是纠正了不少过去由于未见原书无法比勘而造成的记载错误以及以讹传讹；三是补足了若干《水浒传》珍本缺失的部分或文字②。

美国学者浦安迪对《水浒传》的版本问题也提出了自己独到的看法。他认为，对于繁简本关系问题这种拉锯式的论争必然得不出结论，“因为对版本先后问题的决定有赖于对偶尔保存下来本子的校勘，而我们有种种理由怀疑，它们实际上没有一部是各自体系的原始样本，甚至可能连一点代表性也没有。反之，倘使我们发现这是两种平行发展的版本支脉，只是到了某个阶段才开始相互影响的话，那么在整体上把简本看做是一个较早演变阶段的证据，而同时依然承认我们手头有的某些特定简本范例可能只是后来16世纪繁本的删节本，这就丝毫不矛盾了。或者反过来说，我们可以承认繁本一定有过一些更早的原型，而不必在下面的陷阱里打转，即假设任何现存简本一定就是这种祖本的蓝图”，“繁本有其独立的演变经历，后来对现存各版简本施加过限定性的影响”③。

夏志清对《水浒传》的版本发展进行了回顾，对于所谓的郭勋本他评价很高，认为：“大约在1550年，著名的艺术赞助人、武定侯郭勋委派人扩编了一部二十卷的《水浒》百回本。……明末刻本都是根据郭本，尽管其中有不少细小的差异。……学者们现在一致认为，武定侯本在以下几个方面的叙述上是忠实于罗贯中原文的……这个本子的杰出贡献并不在于这一增加的材料（这个材料颇为乏味），而在于它明确采用了白话文体来取代从《三国》和罗贯中所作的其他小说来看更有书卷气、笔墨更经

① ［美］马幼垣：《水浒论衡》，生活·读书·新知三联书店2007年版，第2页。

② 曲家源：《〈水浒〉版本研究的重大进展——评马幼垣教授的〈水浒论衡〉》，《山西师大学报》（社会科学版）1993年第4期。

③ ［美］浦安迪：《明代小说四大奇书》，中国和平出版社1993年版，第249页。

济的那种文体。不论这位编辑者是谁，他作为《水浒》第二位最重要的作者，当之无愧。”对于袁无涯刻本，他认为“该本有杨定见序，杨很可能就是修改者。现代学者认为这是梁山英雄传奇的演变所达到的顶点。这种看法是正确的”。对于《水浒传》研究史上争论很大的繁简本之论，作者认为“仅就两种版本中某些情节在细节上存在很大差别的例子来看，简本也似乎比繁本早”。①

大内田三郎《〈水浒传〉版本考——中心是繁本和简本的关系》一文将《水浒全传》和百十五回本进行对勘，从回目的压缩和文言文与白话文用语如是否用“曰”字等方面考察，并结合明清人笔记资料，认为《水浒传》简本系繁本节本。另外作者还通过刊刻于1594年的《水浒传评林本》与百十五回本在回目、韵文等方面的校勘，认为评林本是在百十五回本刊行后才刊行的。因此，百十五回本刊行的下限可推定为万历二十二年。关于上限，从百十五回本（评林本亦相同）引首的“闲阅水浒全传”一句来看，可知它的刊刻时间一定在《新刊京本全像插增田虎王庆忠义水浒全传》后，但这个版本年代不详，仅存万历年残本②。另外白木直也《〈水浒传〉的传日与文简本》对《水浒传》流传到日本的时间进行了探讨，认为《水浒传》流传到日本是在江户时代，主要版本形态是文简本③。

再次是《水浒传》艺术研究。浦安迪对《水浒传》的艺术研究是海外颇具代表性的。他在《明代小说四大奇书》和《中国叙事学》等书中对《水浒传》的艺术成就进行了探讨。在《中国叙事学》中，浦安迪考察了中西方叙事文学的不同特点，将《三国演义》《水浒传》为代表的中国古代名著称为“奇书体小说”，并对这些小说的结构、修辞形态和寓意进行了研究。其中作者对奇书文体的结构的分析应当说是最具特色的。

浦安迪认为中国古典小说的百回定型长度“在四大奇书成文的时代，它已成为文人小说形式的标准特征”，这是因为“百”的数字暗示着各种

① ［美］夏志清：《中国古典小说史论》，胡益民等译，江西人民出版社2001年版，第79—81页。

② ［日］大内田三郎：《〈水浒传〉版本考——中心是繁本和简本的关系》，《水浒传争鸣》第1辑，长江文艺出版社1982年版，第394页。

③ ［日］白木直也：《〈水浒传〉的传日与文简本》，《水浒争鸣》第1辑，长江文艺出版社1982年版，第382页。

潜在对称和数字图形意义，正好符合中国艺术美学追求二元平衡的倾向。另外这些小说的“百回”还可以“划分为十个十回，形成一种特殊的节奏律动”。作者认为，现存的繁本百回《水浒传》虽然没有一部是分成十回一卷的，但各种分成二十卷、每卷五回的本子，都可以变相地合并成“十回”的结构，足见《水浒传》一书，大体上也与《金瓶梅》和《西游记》大同小异，基本上是以十回为单元的节奏组成的。这种十进位的章法既清楚地见于前半部的所谓“武（松）十回”、“林（冲）十回”和“宋（江）十回”等脍炙人口的卷帙，又贯穿于后半部梁山泊全伙受招安、平辽、平田虎、平王庆和方腊。①

浦安迪通过对《金瓶梅》和《西游记》等的考察，认为奇书文体通常把高潮设在全书三分之二或四分之二处，同时这个高潮的点又将全文划分成对等的两半。如《金瓶梅》第四十九回西门庆在永福寺获春药，标志着把全书前后划为两截的分水岭；《西游记》中第四十九回渡通天河恰好象征性地发生在西天取经的中途，进而标志着小说上半部的结尾。按照这个美学原则，百二十回本《水浒传》的中点（高潮）就应当在第七十一回“梁山泊英雄排座次”，然后通过“征四寇”的血战有条不紊地几乎清除了所有的梁山好汉，从而实现了上述约定俗成的结构美学原则。作者认为，即使是经过金圣叹腰斩的七十回本，从另一个角度，也可以作如是观：第三十五回宋江在充军途中上梁山与晁盖聚义，具有意味深长的象征意义；然后小说经过梁山泊英雄江州劫法场而在第四十回“宋江智取无为军”处突然升级，结束了前半部地方性的打家劫舍营生，而标态着梁山好汉在小说后半部开始成为对中央政府的严重威胁。②

作者认为，这种截全书为两半的叙事模式使我们可以把它看成是一个不断旋转的法轮。如金圣叹的七十回本《水浒传》以“忠义堂石竭受天文、梁山泊英雄惊恶梦”使故事戛然而止，也提供了足以和第一回对称抗衡的起承转合，给人以强烈的天道循环的结构感受。这种布局的真意在于延绵不断的回转，所以我们可以进而把这类似无了局的结构视为一种无休止的周旋现象。③

对于明清文人小说的开篇，作者总结出一个重要章法：在作品主体部

① ［美］浦安迪：《中国叙事学》，北京大学出版社 1996 年版，第 65 页。

② 同上书，第 79 页。

③ 同上书，第 80 页。

分之前附加一个结构独立的序曲。如《西游记》前十回的重心是孙悟空闹天宫，与西天取经的主体若即若离。金圣叹腰斩《水浒传》把原第一回改成单独的“楔子”，而重编其余原章回的号码数字之后，就把更多的宝押到十回单元的头一回上了。而《三国演义》的前十回则围绕着董卓而展开。上述种种都是变相的“楔子”。作者认为，奇书文体的这一共同章法“显然与拟话本中的‘入话’有某种渊源关系”，其“用意在于提醒读者注意作品的主体部分有深意存焉”①。

在小说的时空布局上，作者认为《水浒传》中的空间排列的模式也呈现不少巧妙的构思。水泊梁山为崇山峻岭所环抱，山外环湖，湖外有沼泽，层层递进。山寨虽小但地理辐射范围广大，东至青州，北达沧州，西抵延安府，南到江州。这种空间的方位模型，是全书空间设计的一种缩影。第七十一回以后的故事安排不但在一定的程度上复现了这个模式，并有巧妙的发展。“征四寇”的故事，北方征辽、西北平田虎、西南平王庆、东南征方腊，隐隐然划出一道逆时针方向的全方位扫荡，从而构成一种以“四时八方”为结构原形的空间美②。作者对小说在叙事修辞形态、小说寓意等方面的特征也进行了阐释。在浦安迪的另外一本著作《明代小说四大奇书》里，他对《水浒传》的结构等表达了大致相同的看法。

除了浦安迪外，夏志清也是《水浒传》艺术研究的著名学者。他在《中国古典小说史论》中高度评价了《水浒传》在中国古代小说史上的地位，认为“与《三国演义》相比，《水浒》至少在两个主要方面发展了中国的小说艺术，其一，它大量采用了现代读者仍喜闻乐道的白话文体。其二，它在塑造人物、铺陈故事时，能不为史实所囿”。作者认为“《水浒》以真实的日常生活为背景，写了不少江湖豪杰的故事，比《三国演义》的确具有更生动的现实主义特色”③。

作者对小说所着力描写的英雄好汉和文章的主题进行了分析。他认为梁山好汉的特点是讲义气，爱武艺；仗义疏财，慷慨大方；不贪女色而嗜食贪杯，“一般来讲，好汉们都反贪官，正如他们仇恨一切邪恶和不义之徒一样。但是他们的仇恨不可能上升到要发动一场革命的理论的高度……

① ［美］浦安迪:《中国叙事学》，北京大学出版社1996年版，第81页。

② 同上书，第86页。

③ ［美］夏志清:《中国古典小说史论》，胡益民等译，江西人民出版社2001年版，第79页。

单个的好汉恪守英雄信条，然而整个梁山好汉群，则奉行一种行帮道德”。夏志清认为：“说书人当年讲这些故事，惟以取悦听众为务，未必注意个人英雄与结伙行凶的区别；这些故事至今流传不衰，实在与中国人对痛苦与杀戮不甚敏感有关，然而，正是因为小说对暴虐行为的颂扬主要是出于不自觉的，今天的读者不妨把七十回标准本（一百零八将受招安后仅仅成了官府鹰犬，已失去其整体性），作为一个支持某种奇谈怪论的政治寓言来读。这个怪论就是：官府的不义不公，激发了个人的英雄主义的反抗；而众好汉结成的群体却又损害了这种英雄主义，它制造了比腐败官府更为可怕的邪恶与恐怖统治。一个秘密团体在求生存争发展的奋斗中往往会走向它声言要追求的反面。由此可见，七十回本《水浒》是行帮道德压倒了个人英雄主义的记录。”①

此外，夏志清还将武松为代表的英雄的复仇行为和冰岛的家族复仇故事进行了比较，认为《水浒传》在对英雄们采取的野蛮报复行为大加赞赏之时，却并不是肯定文明；并且《水浒传》在对待女性的态度上和冰岛传奇还有根本的区别，后者并没有“表现出任何厌恶女性、决心与女人对抗的迹象”，而《水浒传》中的英雄由于信奉禁欲主义“下意识地仇视女性，视女性为大敌”②。

除此之外，青木正儿在《中国文学概说》中也谈到了《水浒传》：“比讲史稍有变更而以一时代特殊的事件作成一部书的，即可认为是其旁系者，有《忠义水浒传》。此书有人说是元施耐庵作，有人说是施氏门人罗本完成的，总之好像是经过明人修改而演变来的。现存最古之本，是明万历年间李卓吾批点的百回本，自称李氏门人，根据此书刊行的百二十回本。次之，又有一种明刊百回本，近年已铅印发刊。从前通行的清初金圣叹批评的七十回本，不仅是回数减少，并且文章是大半删改了。《水浒》故事是北宋末年的事，据云在宋代就有许多关于这个故事的巷谈俗说流行着，其见于文学者，以《宣和遗事》为最古；元代杂剧中亦有不少以之为题材的。大概民间的说话家，也把它用为所谓说公案的好题材。而把这故事完成起来的，便是《水浒传》。《水浒传》这部书，不仅只演义，它不特充分地达到创作的境地，并且结构描写既好，事迹亦佳的地方也很

---

① ［美］夏志清：《中国古典小说史论》，胡益民等译，江西人民出版社 2001 年版，第 79 页，第 92、95 页。

② 同上书，第 102—103 页。

多，毫无异议的是中国小说中屈指的杰作。[①]

日本京都大学的胜股高志《从叙事观点来看〈水浒传〉的描写手法》[②] 对《水浒传》描写手法进行了分析，大内田三郎对《水浒传》的几种本子的语言进行了研究[③]，大冢秀高《天书与泰山——从〈宣和遗事〉看〈水浒传〉成书之谜》以《宣和遗事》为线索，论述了梁山好汉落草地址的变化、梁山泊首领的继承等，认为宋江泰山还愿与太宗宿愿、其子真宗泰山封禅有大胆的影射[④]。新加坡国立大学的陈美玲对《三国演义》和《水浒传》中的性格强化型典型人物进行了分析[⑤]。另外，柳存仁、辜美高等还对流传在海外的《水浒传》版本进行了研究，韩国学者闵宽东对《水浒传》在韩国的传播接受也进行了探讨[⑥]。

---

① ［日］青木正儿:《中国文学概说》，隋树森译，重庆出版社 1982 年版，第 154 页。

② ［日］胜股高志:《从叙事观点来看〈水浒传〉的描写手法》，《明清小说研究》1986 年第 1 期。

③ ［日］大内田三郎:《〈水浒传〉的语言——关于“容与堂本”的字句研究》，佟金铭译，《扬州大学学报》（人文社会科学版）1986 年第 3 期；大内田三郎:《〈水浒传〉的语言——关于〈水浒志传评林〉本的用语研究》，佟金铭译，《扬州大学学报》（人文社会科学版）1984 年第 3 期；大内田三郎:《〈水浒传〉的语言——关于简本（百十五回）的文章》，王齐洲译，《荆州师专学报》（哲学社会科学版）1986 年第 1 期。

④ ［日］大冢秀高:《天书与泰山——从〈宣和遗事〉看〈水浒传〉成书之谜》，阎家仁、董皓译，《保定师范专科学校学报》2003 年第 1 期。

⑤ ［新］陈美玲:《论性格“强化”的典型人物——以〈三国演义〉和〈水浒传〉为例》，见辜美高、黄霖主编《明代小说面面观》，学林出版社 2002 版，第 141—164 页。

⑥ ［澳大利亚］柳存仁:《伦敦所见中国小说书目提要》，书目文献出版社 1986 年版；［新］辜美高主编:《新加坡国立大学中文图书馆藏中国明清通俗小说书目提要》，新加坡国立大学中文系汉学研究中心 1998 年版；［韩］闵宽东:《中国古典小说在韩国之传播》，学林出版社 1998 年版。

参考文献

一　水浒传文本

《明清善本小说丛刊》第十七辑《水浒传》专辑，台湾天一出版社1985年版。

中国社会科学院文学研究所编：《古本小说丛刊》，中华书局1991年版。

安平秋等辑：《古本小说集成》，上海古籍出版社1990年至1994年版。

《李卓吾先生批评忠义水浒传》，明万历年间杭州容与堂刻。

金圣叹批评：《第五才子书施耐庵水浒传》，中华书局1975年影印本。

王望如：《评论出像水浒传》，清顺治十一年醉耕堂本。

陈曦钟等点校：《水浒传会评本》，北京大学出版社1981年版。

蒋祖钢点校：《古本水浒传》，河北人民出版社1985年版。

二　古籍书目（按作者年代排列）

钟嗣成、贾仲明撰：《录鬼簿新校注》，马廉校注，文学古籍刊行社1957年版。

高儒：《百川书志》，古典文学出版社1957年版。

李开先：《词谑》，《中国古典戏曲论著集成》本，中国戏曲出版社1959年版。

郎瑛：《七修类稿》，中华书局1959年版。

田汝成：《西湖游览志余》，浙江人民出版社1981年版。

王圻：《续文献通考》，台北文海出版社1988年版。

王圻：《稗史汇编》，北京出版社1993年版。

李贤等撰：《大明一统志》，台联国风出版社1977年版。

胡应麟:《少室山房笔丛》,上海书店出版社 2001 年版。

王阳明:《传习录注疏》,邓艾民注,(台)法严出版社 2000 年版。

李贽:《续焚书》,中华书局 1974 年版。

李贽:《藏书》,中华书局 1974 年版。

嘉靖:《山东通志》,《四库全书存目丛书》本,齐鲁书社 1996 年版。

袁中道:《游居柿录》,《笔记小说大观》本,台北新兴书局 1985 年版。

沈德符:《万历野获编》,中华书局 1980 年版。

焦循:《剧说》,古典文学出版社 1957 年版。

周晖:《金陵琐事》,《笔记小说大观》本,台北新兴书局 1985 年版。

许自昌:《樗斋漫录》,《续修四库全书》本,上海古籍出版社 1995 年版。

顾祖禹:《读史方舆纪要》,《续修四库全书》本,上海古籍出版社 1995 年版。

钱希言:《戏瑕》,《笔记小说大观》本,台北新兴书局 1985 年版。

周亮工:《书影》,古典文学出版社 1957 年版。

李渔:《闲情偶寄》,《中国古典戏曲论著集成》本,中国戏曲出版社 1959 年版。

王士禛:《香祖笔记》,赵伯陶选评,学苑出版社 2001 年版。

王士禛:《居易录》,《笔记小说大观》本,台北新兴书局 1985 年版。

梁章钜:《浪迹丛谈》,刘叶秋、苑育新校注,福建人民出版社 1983 年版。

黄汝成:《日知录集释》,花山文艺出版社 1990 年版。

刘廷玑:《在园杂志》,张守谦点校,中华书局 2005 年版。

蒲松龄:《聊斋志异》(会校会评会注本),上海古籍出版社 1986 年版。

李调元:《剧话》,《中国古典戏曲论著集成》本,中国戏曲出版社 1959 年版。

汪师韩:《韩门缀学续编》,《续修四库全书》本,上海古籍出版社 1995 年版。

梁玉绳:《瞥记》,《续修四库全书》本,上海古籍出版社 1995 年版。

袁枚:《随园随笔》,《续修四库全书》本,上海古籍出版社 1995

年版。

龚炜：《巢林笔谈》，钱丙寰点校，中华书局 1981 年版。

三　论著、编著书目（按作者、编者姓氏音序排列）

阿英：《晚清小说史》，人民文学出版社 1980 年版。

北京图书馆编：《〈水浒传〉及其参考资料》，北京图书馆出版社 1953 年版。

北京大学中文系 1955 级集体编：《中国文学史》，人民文学出版社 1958 年版。

白岚玲：《才子文心：金圣叹小说理论探源》，北京广播学院出版社 2002 年版。

曹晋杰、朱步楼：《施耐庵新证》，学林出版社 1986 年版。

陈谦豫：《中国小说理论批评史》，华东师范大学出版社 1989 年版。

陈大康：《明代小说史》，上海文艺出版社 2000 年版。

陈洪：《中国小说理论史》，安徽文艺出版社 1992 年版。

陈洪：《金圣叹传论》，天津人民出版社 1996 年版。

陈洪、孙勇进：《漫说水浒》，人民文学出版社 2000 年版。

陈松柏：《水浒传源流考论》，人民文学出版社 2006 年版。

陈果安：《金圣叹小说理论研究》，湖南师范大学出版社 1999 年版。

陈建平：《水浒戏与中国侠义文化》，文化艺术出版社 2008 年版。

程远山、吕耘：《水浒赏析》，少年儿童出版社 1987 年版。

戴望舒：《小说戏曲论集》，作家出版社 1958 年版。

戴不凡：《小说见闻录》，浙江人民出版社 1986 年版。

丁利荣：《金圣叹美学思想研究》，武汉大学出版社 2009 年版。

《邓小平论文艺》，人民文学出版社 1989 年版。

东北人民大学中文系资料室：《〈水浒〉研究论文集》，东北人民大学出版社 1955 年版。

杜景华：《夜话〈水浒〉》，北京图书馆出版社 1997 年版。

方维保：《当代文学思潮史论》，长江文艺出版社 2004 年版。

傅惜华、杜颖陶：《〈水浒〉戏曲集》，古典文学出版社 1957 年版。

傅惠生：《宋明之际的社会心理与小说》，东方出版社 1997 年版。

复旦大学中文系资料室编：《有关〈水浒传〉的参考资料目录》，复旦大学中文系资料室1956年版。

复旦大学中文系古典文学组学生集体编著：《中国文学史》，中华书局1959年版。

高明阁：《水浒传论稿》，辽宁大学出版社1987年版。

高日晖、洪雁：《水浒传接受史》，齐鲁书社2006年版。

高阳（杨柳）：《水浒人物论》，火星出版社1954年版。

郭绍虞、罗根泽主编：《中国近代文论选》，人民文学出版社1981年版。

辜美高、李金生编：《新加坡国立大学中文图书馆藏中国明清通俗小说书目提要》，新加坡国立大学中文系汉学中心1998年版。

辜美高、黄霖主编：《明代小说面面观》，学林出版社2002年版。

《胡适文集》，北京大学出版社1998年版。

何心：《水浒研究》，上海文艺联合出版社1954年版。

黄霖：《中国历代小说论著选》，江西人民出版社1985年版。

黄裳：《谈水浒戏及其他》，开明书店1952年版。

黄俶成：《施耐庵与〈水浒〉》，上海人民出版社2000年版。

何满子：《论金圣叹评改〈水浒传〉》，上海出版公司1954年版。

何梅琴：《〈水浒传〉之谜》，中州古籍出版社1998年版。

侯会：《〈水浒〉源流新证》，华文出版社2002年版。

侯会：《〈水浒〉〈西游〉探源》，学苑出版社2009年版。

洪东流：《水浒解密》，学林出版社2008年版。

湖北省文学学会《水浒》研究会、武汉师范学院中文系资料室编：《水浒研究论著目录索引》，1981年。

蒋瑞藻：《小说考证》，江竹虚标校，上海古籍出版社1984年版。

蒋瑞藻：《小说枝谈》，古典文学出版社1958年版。

纪德君：《正说水浒传》，团结出版社2007年版。

江苏省社会科学院文研所：《施耐庵研究》，江苏古籍出版社1984年版。

［日］吉川幸次郎：《中国文学史》，陈顺智、徐少舟译，四川人民出版社1987年版。

江苏省社科院文学研究所、大丰县（耐庵学刊）编：《施耐庵研究（续编）》，1990年。

吉林大学中文系中国文学史教材编写组编：《中国文学史》，吉林人民出版社 1959 年版。

孔另境：《中国小说史料》，上海古籍出版社 1982 年版。

老夫子：《老夫子诠解〈水浒传〉》，中国电影出版社 2007 年版。

《梁启超全集》，北京出版社 1999 年版。

李泽厚：《中国近代思想史论》，天津社会科学院出版社 2003 年版。

《李辰冬古典小说研究论集》，中华书局 2006 年版。

［俄］李福清：《中国古典文学研究在苏联》（小说·戏曲），田大畏译，书目文献出版社 1987 年版。

刘再复：《双典批判：对〈水浒传〉和〈三国演义〉的文化批判》，生活·读书·新知三联书店 2010 年版。

刘世德：《水浒论集》，社会科学文献出版社 2014 年版。

刘世德编：《中国古代小说研究》，上海古籍出版社 1983 年版。

刘冬：《施耐庵探考》，南京出版社 1992 年版。

林金树、高寿仙、梁勇：《中国明代经济史》，人民出版社 1994 年版。

刘欣中：《金圣叹的小说理论》，河北人民出版社 1982 年版。

［澳大利亚］柳存仁：《伦敦所见中国小说书目提要》，书目文献出版社 1986 年版。

罗尔纲：《水浒原本和著者研究》，江苏古籍出版社 1992 年版。

李希凡：《论中国古典小说的艺术形象》，上海文艺出版社 1961 年版。

陆侃如、冯沅君：《中国文学史简编》，作家出版社 1957 年版。

《鲁迅全集》，人民文学出版社 2005 年版。

鲁小俊：《汗青浊酒：〈三国演义〉与民俗文化》，黑龙江人民出版社 2003 年版。

马蹄疾：《水浒书录》，上海古籍出版社 1986 年版。

马幼垣：《水浒论衡》，生活·读书·新知三联书店 2007 年版。

马幼垣：《水浒二论》，生活·读书·新知三联书店 2007 年版。

马成生：《水浒试笔集》，团结出版社 1990 年版。

马成生：《杭州与水浒》，中央文献出版社 2009 年版。

马春阳：《施耐庵的传说》，江苏人民出版社 1984 年版。

［韩］闵宽东：《中国古典小说在韩国之传播》，学林出版社 1998

年版。

聂绀弩：《中国古典小说论集》，上海古籍出版社 1981 年版。

南京大学中文系资料室编：《水浒研究资料》，南京大学中文系资料室 1980 年版。

宁稼雨：《漫话水浒传》，河北人民出版社 2000 年版。

欧阳健、萧相恺：《水浒新议》，重庆出版社 1983 年版。

［美］浦安迪：《中国叙事学》，北京大学出版社 1996 年版。

［美］浦安迪：《明代小说四大奇书》，沈亨寿译，中国和平出版社 1993 年版。

钱钟书：《管锥编》，中华书局 1979 年版。

曲家源：《水浒传新论》，中国和平出版社 1995 年版。

［日］青木正儿：《中国文学概说》，隋树森译，重庆出版社 1982 年版。

容肇祖：《李贽年谱》，生活·读书·新知三联书店 1957 年版。

［法］热拉尔·热奈特：《叙事话语·新叙事话语》，王文融译，中国社会科学出版社 1990 年版。

孙楷第：《日本东京所见中国小说书目》，上杂出版社 1953 年版。

孙楷第：《中国通俗小说书目》，人民文学出版社 1982 年版。

孙楷第：《沧州集》，中华书局 1965 年版。

孙楷第：《沧州后集》，中华书局 1983 年版。

孙楷第：《论中国短篇白话小说》，棠棣出版社 1953 年版。

孙述宇：《水浒传的来历、心态与艺术》，（台）时报文化出版事业有限公司 1981 年版。

萨孟武：《水浒与中国社会》，岳麓书社 1998 年版。

沈伯俊：《水浒研究论文集》，中华书局 1994 年版。

佘大平：《草莽龙蛇话水浒》，华中理工大学出版社 1994 年版。

《水浒争鸣》第 1 辑，长江文艺出版社 1982 年版。

《水浒争鸣》第 2 辑，长江文艺出版社 1983 年版。

《水浒争鸣》第 3 辑，长江文艺出版社 1984 年版。

《水浒争鸣》第 4 辑，长江文艺出版社 1985 年版。

《水浒争鸣》第 5 辑，武汉大学出版社 1987 年版。

《水浒争鸣》第 6 辑，光明日报出版社 2001 年版。

《水浒争鸣》第 7 辑，武汉出版社 2003 年版。

《水浒争鸣》第 8 辑，崇文书局 2006 年版。

《水浒争鸣》第 10 辑，崇文书局 2008 年版。

《水浒争鸣》第 11 辑，中央文献出版社 2009 年版。

《水浒争鸣》第 12 辑，团结出版社 2010 年版。

《水浒争鸣》第 13 辑，团结出版社 2012 年版。

《水浒争鸣》第 14 辑，团结出版社 2014 年版。

《水浒争鸣》第 15 辑，万卷出版公司 2014 年版。

谭帆：《中国小说评点研究》，华东师范大学出版社 2001 年版。

谭帆：《金圣叹与中国戏曲批评》，华东师范大学出版社 1993 年版。

汪远平：《水浒艺术探胜》，山西人民出版社 1985 版。

汪远平：《水浒拾趣》，北岳文艺出版社 1987 年版。

《王国维遗书》，上海古籍书店 1983 年版。

王利器：《耐雪堂集》，中国社会科学出版社 1986 年版。

王先霈：《明清小说理论批评史》，花城出版社 1988 年版。

王珏、李殿元：《〈水浒传〉中的悬案》，四川人民出版社 1994 年版。

王珏、李殿元：《水浒大观》，四川人民出版社 1996 年版。

王学泰：《游民文化与中国社会》，学苑出版社 1999 年版。

王学泰：《〈水浒〉与江湖》，中国工人出版社 2004 年版。

王学泰：《水浒 · 江湖：理解中国社会的另一条线索》，陕西人民出版社 2011 年版。

王学泰、李新宇：《〈水浒传〉与〈三国演义〉批判》，天津古籍出版社 2004 年版。

王少堂口述、扬州评话研究小组整理：《武松：扬州评话水浒》，江苏人民出版社 1959 年版。

王运熙等主编：《中国文学批评史新编》，复旦大学出版社 2001 年版。

王恒展：《梁山泊与〈水浒传〉》，山东文艺出版社 2004 年版。

王晓家：《〈水浒传〉作者考论》，陕西人民出版社 1998 年版。

王汝梅：《金圣叹 · 毛宗岗 · 张竹坡》，春风文艺出版社 1999 年版。

王同舟：《地煞天罡：〈水浒传〉与民俗文化》，黑龙江人民出版社 2003 年版。

吴子林：《经典再生产：金圣叹小说评点的文化透视》，北京大学出版社 2009 年版。

吴士余：《水浒艺术探微》，重庆出版社 1985 年版。

徐士年：《古典小说论集》，古典文学出版社 1956 年版。

厦门大学历史系编：《李贽研究参考资料》，福建人民出版社 1976 年版。

[美] 夏志清：《中国古典小说史论》，胡益民等译，江西人民出版社 2001 年版。

余嘉锡：《宋江三十六人考实》，作家出版社 1955 年版。

严敦易：《水浒传的演变》，作家出版社 1957 年版。

杨义：《中国古典小说史论》，中国社会科学出版社 1995 年版。

杨子忱：《金圣叹全传》，长春出版社 1998 年出版。

叶朗：《中国小说美学》，北京大学出版社 1982 年版。

叶德钧：《宋元明讲唱文学》，上杂出版社 1953 年版。

游国恩等主编：《中国文学史》，人民文学出版社 1964 年版。

易竹贤：《胡适传》，湖北人民出版社 2005 年版。

袁震宇、刘明今：《明代文学批评史》，上海古籍出版社 1991 年版。

郑振铎：《插图本中国文学史》，人民文学出版社 1957 年版。

赵景深：《中国小说丛考》，齐鲁书社 1980 年版。

朱一玄、刘毓忱：《水浒传资料汇编》，南开大学出版社 2002 年版。

朱一玄、刘毓忱：《西游记资料汇编》，南开大学出版社 2002 年版。

作家出版社编辑部：《水浒研究论文集》，作家出版社 1957 年版。

张惠仁：《水浒与施耐庵研究》，延边大学出版社 1988 年版。

张国光：《金圣叹与七十回本水浒研究》，武汉师范学院学报编辑部 1980 年版。

张国光：《水浒与金圣叹研究》，中州书画社 1981 年版。

张国光：《金圣叹的志与才》，南京出版社 1998 年版。

张同胜：《〈水浒传〉诠释史论》，齐鲁书社 2009 年版。

中国科学院文学研究所编：《中国文学史》，人民文学出版社 1962 年版。

钟锡南：《金圣叹文学批评理论研究》，上海古籍出版社 2006 年版。

郑公盾：《水浒传论文集》，宁夏人民出版社 1983 年版。

后　记

我们常常喜欢将人生做各种比喻：人生是一杯茶，人生是一条路，人生是一部书……那么我的人生是什么呢？年届不惑的我常常问自己。我想我的人生应该就像是爬山吧：年龄越大，你似乎就爬得越高，因而也就越累，但同时你的眼界也就更开阔，看到的风景也就更别致。

从小在农村玩泥巴长大的我最早是想考农业大学，做个技术员，因为那时我家种着好几亩的橘子；后来喜欢上了金庸的武侠小说，迷恋上了奇经八脉，于是想学中医，悬壶济世。可是高考的时候老师将我的志愿改为师范，从此我念上了子曰诗云的中文系。大学毕业的时候我英语以一分之差没有考上研究生，于是去了一个三本院校做老师。后来就继续读研，然后又做了两年大学老师，然后又继续读博，再然后又继续做老师……

但随着父母白发的增多，随着身边长辈的逐渐老去，随着孩子开始咿呀学语，我逐渐明白，这就是我的人生，平淡而自然，琐碎而充实：除了上课，就是读书，写作，喝茶。

说到读书，自然就想起了我的许多老师——从小学到博士，从乡下到城里——许多老师包括他们的言行都深深地烙在我的记忆中：初中的毛老师让我喜欢上了文学，大学的段庸生老师让我见识了大学老师的风采，硕士生导师董运庭教授让我感受到了师道尊严，而川大的项楚先生和沈伯俊先生则让我知道什么是真正的渊博，什么是真正的恬淡。项楚师为人寡言，给我印象最深的不是他的学问，而是他讲的月光童子的故事；伯俊师和蔼可亲，温润如玉——两位导师真是霁月清风，各擅胜场，让我终身受益。

俗话说“同声相应，同气相求”。因为喜欢读书，所以逐渐地身边就多了许多像亲人一样有着共同爱好的朋友，其间硕士、博士的同学同门又占了大半。昔日同在歌乐山麓求学的好友，或居川渝，或在海南，或去米国；或为师执鞭于三尺讲台，或为贾驰骋于万里商海，不知何时才能够共聚一室，再话别后的思念。蓉城求学是我近四十年来最低迷的岁月，但所幸有众多同门和师友的帮扶，终于顺利地走了过来。回首在川大的日子，怎能不让我心潮起伏，感慨万千？在后来的工作中，因为《水浒传》，我结识了山东的卢明、丁永林、刘传录，苏北的莫其康、浦玉生，湖北的石麟，广州的王丽娟，兰州的张同胜等同行，而诸多学界前辈或亲自聆听教诲，或电邮请教解惑，在此不敢直书其名讳，恐有虎皮大旗之讥也。

人伦大端，首孝父母。我的父母文化程度不高，但却正直善良，为乡人所敬，我因他们而自豪；手足之亲，让我在一路磕碰中不致跌倒。几年来，与我风雨同舟却又无怨无悔的还是妻子蕊芹。从读博士到今天，从今天到永远，我相信我们一直会这样相濡以沫地走下去！孩子是人生的希望，是我的全部，希望我的三个宝贝永远健康快乐！

除了师友亲人之外，在前行的道路上，许多同事的关心和帮助让我铭记五内。重庆工商大学教务处的潘久骏先生是我大学毕业后第一位领导，他曾经在我读研期间提供了宝贵的代课机会，让我的囊中不至于非常羞涩。博士毕业后在临川东华理工的五年令我最难忘：黄振林院长冒着酷暑到我尚未安顿好的家中嘘寒问暖，汗水打湿衣背却浑然不觉；章军华博士为我孩子上学的事情多方奔走；而与毕文君、曹瑞娟、李小兰、涂育珍等博士的相处则如饮醇酒。带着对临川的恋恋不舍，我来到了朴实厚重的古都西安，漆思院长的大气睿智和人文学院同事的热情关心，让我再次感受到了大家庭的温暖。我相信这将是我人生旅途中又一个愉快而又重要的一站。

此外，还应感谢中国社会科学出版社的王曦编辑。拙稿历经三校，大量的句法、标点和错别字被校正，这与他们的辛勤劳作是分不开的。

回首十多年的求学治学之路，虽然步履蹒跚，但却从未轻言放弃。人生最难得的就是做自己喜欢的事情，我喜静，好书，嗜茶，现在这些都有了，我还有什么理由不满足不感恩呢？

在一场春雨中，北方的春天终于还是到来了。看着那些刚刚探出头的嫩叶，我不禁又想起千里之外的临川的菜园来。只是不知道我那个院子，是不是还像往常一样种满了辣椒、黄瓜和四季豆？

作者　陵州映雪斋主人

甲午暮春初识于临川，乙未初春复改于长安蜗居